蒋子龙文集

第14卷

人生笔记

人民文学出版社

龙志亚 题

前　言

　　人的一生都在尽力发现并了解自己的"偶然局限"和"必然局限"。对一个作家来说更是如此，这也是自述类的文字所存在的意义。

　　这一卷可以理解为我的"创作揭密"。

　　每一部作品是怎样写出来的？作者的人生经历、每个时期的思想感情以及文学主张，全收在这一卷里了。如果读者有耐心读完这一卷，那么对我和我的作品的了解，很可能比我本人对自己的了解更全面、更透彻。

　　这是几十年来我在各种情况下袒露自己心境的积累。也许写得太坦诚了，没有修饰，如同写日记，如同和朋友谈心。

蒋子龙

2012 年 12 月 16 日

目 录

中卷　交　谈

下卷　对　话

上卷

自　述

第一篇小说

《北京青年报》的编辑诙谐地给我出了这个题目,我却觉得很有意思,想认真地回答这个题目。人活一世该有多少个"第一"?第一次学走路,第一次学话,第一次坐进课堂,第一次走进工厂,第一次扣动扳机,第一次拿起笔……有了第一,才有第一百,第一万;有了尝试,才有成功和失败。不论成功或失败,"第一"还是值得珍惜的。

六十年代初,我在海军里当制图员。部队上的大练兵、大比武搞得热火朝天,士气昂扬。有两件事格外引起人们的关注,一件是帝国主义不断侵犯我们的领空和领海,我国政府一次又一次地向敌人提出严重警告;另一件事是敌人经常向我们祖国大陆上空派遣高空侦察机。这两件事都和我们海军有关,我们比别人更加焦急和愤怒。陆军老大哥打下了敌人的U2高空侦察机,空军兄弟打下了敌人的无人驾驶高空侦察机。陆海空,海军身为老二,却掉在了最后面。

机会终于来了。夏天的一个午后,某基地接到了情报,敌人的无人驾驶高空侦察机要来骚扰。但是,天不作美,空气潮漉漉,天空乌沉沉,眼看一场暴雨就要来临。而下大雨又会影响我们战斗机的起飞和空战。司令员叫设立在海岛上的海军某气象站提供准确的气象预报。这个气象站是连续三年的"四好单位",平时预报气象很准确,这时候中尉站长可慌神了。他已经测出了准确的数字,两个小时之内不会下雨,可他不敢相信自己,不敢向司令员报告,关系重大呀!如果说没有雨,飞机起飞后下起雨来,出了事故谁负得起责任?倘若说有雨,飞机不起飞,错过战机,那责任就更大。时间一分一分地溜过去,两个小时、一个小时，还剩下最后半个小时了！司令员着急了："你能不能保证在半小时之内不下雨？"气象站长不敢保证。还剩下最后十分钟了，越到最后越紧张，敌机马上就要来了，雨也许立刻就会泼下来，中尉站长连说话的力气都吓没了。司令员当机立断撤掉了他的职务，怒不可遏地自己下令起飞，从开炮到敌机坠毁还没用十秒钟。

这件事给我的震动极大，那个站长只讲花架子，平时千好万好，临到战时却耽误大事，练兵的目的应该为实战。我突然涌起一股冲动，想写点东西。在这以前我只发表过散文和通讯，写的都是真人真事。这件事牵涉到许多保密的东西，不能直截了当地表现事情的内幕。于是，我决定写小说。小说可以概括集中，以假当真，以真当假，只要虚构得像真的一样就行。一打算写小说，我认识的其他一些性格突出的人物也全在脑子里活起来了，仿佛是催着我快给他们登记，叫着喊着要出生。我也憋得难受，就是没有时间写。

好不容易盼到星期六，吃完晚饭我就躲到三楼楼梯拐角处一个文艺宣传队放乐器的小暗室里，一口气干到深夜两点钟，草稿写完了，心里非常兴奋。偷偷地回到宿舍，躺到床上之后还迷迷糊糊地似睡非睡，老是想着自己小说里的人物和对话，特别是有那么几句自己很得意的话，在心里翻来覆去念叨个没完。

下一个星期六的晚上，连抄清带修改，又干了一个通宵，稿子算完成了。偷偷地拿给一个战友看，他是甘肃人，看过稿子以后鼓励我寄给《甘肃文艺》，我照办了，一个多月以后登了出来。这就是我的第一篇小说——《新站长》。

1979年5月

曾走过的一段路

任何人跟文学都有联系,文明人类的生活是离不开文学的。但我是由于文学给自己带来了灾难,赌着一口气开始注意文学的。一九五七年我正上初中,我很崇敬的一位老师突然被打成了"右派",她的一条罪状是向学生灌输丁玲的"一本书主义"。私下里同学们议论这件事,我也讲:丁玲的"一本书主义"不是完全没有道理,曹雪芹不就是写了一本《红楼梦》吗?中国有成千上万的作家,要是每个作家能写出一本像《红楼梦》、《三国演义》、《水浒传》那样的好书,也很了不起了。当时,有两个同学跑到团总支告了我一状。团总支召开团员大会把我批了一通。那两个同学批得最狠,而且大加发挥,说我想当作家,还想写一本书,成名成家。

跟着把我的班主席的职务也撤掉了,调到另一个班只挂个团分支委员的名。从此我的一言一行都受到那些好学生的监视。我到图书馆借了本书,第二天团总支的老师就知道了,那个告状的同学在会上批我:"蒋子龙专看巴金的《家》,他还说很欣赏。"当时,真把我气坏了。我还没有走上社会,却已经感到了社会上人与人之间关系的复杂,做人的艰难。其实,当时我的志愿是想当一个机器匠。我是靠哥哥的工资上学的,生活很困难,要不是他的阻拦,小学五年级的时候我就去工厂当学徒了。我上初中时作文是很一般的,十几门功课大都是五分,唯有作文,多数是四分,得五分的时候很少。由于他们会上会下,造了我很多谣言,讽刺挖苦,说我没有镜子也应该撒泡尿照照自己的模样,还想当作家?语文老师也说,如果我们班里能出三十个作家的话(班里共四十五名学生),也轮不上蒋子龙。在那段时间里,我差点没被气疯,得了肺结核,吐了血。但我瞒住了家里,没吃一片药,没吃一口营养饭。拼命看小说,一没有人就写稿子,甚至有时在上自习课的时候,也以写作业为幌子,偷偷在练习本上写小说。他们把我骂得一钱不值,我本来就没想当作家,现在却非当不可了。就是成不了"家",哪怕发表一篇作品,也气气那些人!我写了不少稿子,在寄走时都注明:要用就用,不用千万别退稿。我怕透露风声,又被人抓住辫子。所有寄走的稿子都石沉大海,一篇也没登出来。我明白了,自己的确不是当作家的材料,丁玲的"一本书主义"真对,写一篇都这么难,何况写一本书呢!但是,我和文学却从此结下了不解之缘。

初中毕业后进工厂当学徒,如愿以偿。我天生是个当工人的材料,对技术有特殊的感情,学徒还没出师就当了组长,肺病也不治自好。但是,要不叫我看小说也是不行的。我的一个师傅说我将来一定是个好手艺人,能当个大工匠。但是对文学的兴趣很可能要拉我的后腿,闹不好会鸡飞蛋打。当时我没听他的话,我不想给自己的将来算命。但是到以后想起来,师傅的话非常有道理,很有远见。要搞文学,哪怕是个业余文学爱好者,也要付出一定代价。而我认为,这些代价,这些生活上的种种磨难,对像我这样一个缺乏才气的,脑子比较笨而又想搞写作的人来说,似乎是不可少的。我所以能够写出点东西(且不管这些东西能不能进文学的大雅之堂),完全是靠生活的推动。我下的是笨功夫,用的是笨办法。高超的技巧,我至今也没学会几手。这是我致命的弱点,我现在正努力克服它。当然,一生都很顺顺当当的风流才子,也是有的。那是另一种作家类型,跟我无关,不敢妄谈。

一九六〇年,我从工厂参军来到部队,当的又是技术兵,技术性很强,知道的事情也比较多。我是个班长,业务压力很大,没有时间看小说了。资料室里只有技术书,没有文学书籍,实在把我憋坏了。有一次晚上看完电影《达吉和她的父亲》,回到作业室,我忍不住在技术笔记的封底上写了几句感想,被副大队长看见,叫我站起来挨了好一顿训。我的班在考核时从理论到实践，人人都是五分，满堂红。还出了一个标兵。政办室（政治工作办公室）叫我写一个材料，没想到几天后这个材料在报纸上登出来了。政治干事叫我写这个材料的时候，并没有提是给报社写稿。我真是大喜过望，觉得发表作品一点也不难，这不是不知不觉就登出来了吗？

这虽然是一篇小小的通讯，根本算不上文学作品，但对我一生和文学发生关系，却起了重要作用。什么当特级技术能手呀，什么服役期满后升军官呀，对我都没有吸引力，唯一吸引我的就是稿纸和笔。不热爱文学的人很难设想他会成为作家。只有情不自禁地想去从事文学创作活动，才能迈开脚步，很可能这种情不自禁也是自不量力的。但是，"热爱是最好的老师"。爱好，并不等于擅长，而擅长必定是先有爱好。当时部队上是很严的，一个星期只有星期六晚上的时间可以由自己支配，星期天白天要帮厨，学雷锋做好事，晚上就归队开生活会。我平时不仅把自己的业务工作做好，而且把班里的工作抓得很紧，不让别人说闲话，也不让任何人看出来我有"不务正业"的打算。每到星期六的晚上，躲到宣传队放乐器的小屋里，一干就到夜里两三点钟，甚至干个通宵。有时写着写着就困了，写不下去了，很想扔下笔回宿舍去睡觉。但立刻意识到，这是惰性在作怪。我又重新拿起笔，坚决写到原计划写到的那个地方再休息。哪怕找不到好情节、好的句子，用最一般的情节、最一般的话也写到那个地方。这就锻炼了毅力，逐渐克服了写作上的惰性。虽然这个时期我写的东西仍然废品多成品少，但是搞创作所必不可少的那些精神素质，如：韧劲、无休止地吃苦耐劳的精神、顽强的意志等等，我都多少具备了一点。还应该特别提一提的是，当时我们大队有个写诗的同志，年纪和我差不多，当时已经能够到处发表作品。我从他身上学到了不少宝贵的东西，学他平时怎样接人待事，怎样观察生活，怎样提炼素材。每到星期六的晚上，只要他的屋里亮着灯，我就决不休息。

一九六四年我的散文登上了《光明日报》。一九六五年发表了第一个短篇小说。搞业余创作的这条路，我是注定要走下去了。如果文学真有个大门的话,那么立志是迈进这个大门的左脚,信心是迈进这个大门的右脚。一般说来,只有首先相信自己会写出东西,才有可能真的写出东西。创作只有通过进取的精神状态才能取得成功。而提高自信心,就能变得更富有创造性。这也顾虑,那也担心,灰心气馁,自暴自弃的人,是绝对不会有什么创造的。

搞创作应该学竹笋破土而出,硬往上挤。当然不是削尖脑袋硬往作家的行列里挤。而是拿出自己的作品,用自己的色彩、感情、风格,在文学的大森林里冒出芽,长出一枝。一个生命,它诞生了,就有诞生的原因和存在的道理。不怕人嘲笑,首先自己不嘲笑自己。一个有志于文学创作的人,尤其应该从自己的眼前,顽强地踩出一条道路;认真地观察、熟悉自己所处的现实环境,挖掘、提炼;喊出自己的声音,有真情实感才会有真文章。基于以上这些,我才有了粉碎"四人帮"以后的那些作品。那些作品不是什么成功之作,但却是我走向文学道路的深深脚印……

1981年3月

小龙也是龙

我名子龙,怎么可能属蛇呢?一定是某个环节出了什么差错,总觉得自己应该属龙。因为我自小就敬畏龙,此瑞兽是民族的图腾,上天行宫,足踏祥云,呼风唤雨,神秘莫测,被人们夸讲不尽,却不让任何人见到真面容。蛇则太具体了,而且凉森森,软乎乎,滑溜溜,站没站相,坐没坐相,"坐也卧,行也卧,立也卧,卧也卧"。隐伏潜行,不声不响,惯于偷袭,我无法容忍将自己跟这样一个爬虫联系起来。小时候只有在犯了错的时候才会用属相来安慰自己:我是属蛇的!

十四岁之前我生活在农村,有一年暑期下洼打草,有条大青蛇钻进了我的筐头子,不知不觉地把它背回了家,在向外掏草的时候它吱溜一下钻了出来,着实吓了我一大跳。一气之下决定见蛇就打,当下便找出一根一米多长的八号盘条,将顶端砸扁,磨出尖刺,第二天就带着这武器下洼了。塌下腰还没有打上几把草,就碰见了一条花蛇,抢起盘条三下五除二将其打死。这下可不要紧,以后三步一条蛇,五步一条蛇,有大有小,花花绿绿,我还从来没有见过那么多的蛇,几乎无法打草了。只觉得头皮发紧,毛发直立。它们不知为什么不像往常那样见人就逃,而是呆呆地看着我不动弹,好像专门等着受死。我打到后来感到低头就是蛇,有时还两条三条地挤在一起,打不胜打,越打越怕,最后丢掉盘条背着空筐跑回家去了。我至今不解那是怎么一回事,平时下洼只是偶尔才能碰上一两条蛇,怎么一决定打蛇就仿佛全洼里的蛇都凑到我跟前来找死?自那以后我不敢再打蛇。说也怪,心里不想打蛇了,下洼就再也见不到那么多的蛇了。

　　一九四一年的蛇,披着熊熊火光,顶着隆隆轰炸,搅得天翻地覆。日本人像蛇一样偷袭了珍珠港,美国人宣布参战,全世界变成了大战场。我一生下来就被家人抱着逃难,今天听到消息日本人到了东乡,村民们就往西跑。明天又听说日本人过了铁道,大家又掉头向东逃。由于我老是哭个不停,不仅搅得人心烦,还危及到乡亲们的安全,家人估计也养不活我,便狠狠心把我丢在了高粱地里。是大姐跑出了半里多地似乎还能听到我的哭声,就又跑回来把我抱上。于是今天就多了一个姓蒋的在谈本命年。

　　这一年里香港还出了一条蛇,也同样取名叫龙:李小龙。大概跟我怀着差不多的心态,羡慕龙,却不得不属蛇。其实龙蛇原本一体,龙的形象很有可能就是先民以蛇为基干,复合其他动物的某些特征幻化出来的。神话中的人类始祖伏羲、女娲夫妇,不就是人面蛇身之神吗?所以中国人把蛇年又称为小龙年。凡有人问我的属相,我连小字都去掉,就取一个龙字。

　　随着年龄的增大,属相不是越来越淡化,而是越来越强烈了,它就趴在你户口簿里和身份证上,时刻在提醒着你和组织部门。光你自己说属龙不行,龙年我想退休人家就不给办手续,今年想不退也不行。拉来十二种动物和地支相配本来是古人的一个玩笑,人和这些动物没有任何遗传或血缘上的关系。今天,属相却不是无关紧要的了——我一直口称属龙,却一辈子被蛇管着。

1981年7月2日

关于我这张脸

中央电视台《正大综艺》的主持人曾问过我："作家的脸都像你这样没有笑容,严肃得令人可畏吗?"

提出这个问题的已经不止一个人了。当我不足二十岁,还是海军制图学校学员的时候,有些上尉、中尉军官,尤其是女教员,对我都有点发怵。我的功课好,又是班主席,没有多少可指责的地方,但他们又不肯放过我这张不喜欢笑的脸,期末做鉴定的时候便给我写上:"自信趋于骄傲。"

这算很客气了。

我每到一地,给人的第一印象总是:"不好接近"、"骄傲自满"、"很可能是个杠头"。

这就是我的悲哀。都是由于这张脸造成的。

这张脸吓退了一些人,无声地拒绝了一些,丢失了一些,也招来了一些不必要的非议甚至麻烦。但也得到一些,比如:清静。

其实,我自认为很谦虚、很厚道、很善良,也不是全无温柔。

因此,长时间以来,我对别人的"以脸取我"甚不以为然。相反我对自己的脸倒相当满意。这是父母给的,如果另外再换一张脸,我肯定不要! 它虽然不能说很漂亮,但也不丑,无非线条硬了一点,脂肪少了一点,却是一张名副其实的男人脸。

尽管在有些人看来这张脸有点冷涩,难读,不潇洒,不畅销,似乎能拒人于千里之外。或者还让人觉得活得累,活得苦,活得沉郁。甚至是"玩深沉","玩痛苦"。可我的心里并不缺少阳光。感受过痛苦,

11

也感受过温暖。其喜欢快乐和得到的快乐,也不比一般人差。

因此,我觉得自己这张脸证明了我活得真实、活得自然,脸是自己的,并不是专为别人生的。

笑,更多的是一种技巧,笑是给别人看的,或是被别人逗笑。如果一个人经常独自发笑,那叫傻笑,或者精神有毛病。笑可以装出来,所以才有冷笑、奸笑、阴笑、假笑、苦笑、皮笑肉不笑。

真实的人生,真实的世界,并不以笑为主。相反人一生下来就哭,死的时候还要哭。中间这段哭哭笑笑,不哭不笑,以不哭不笑为主。笑可以装出来,哭是做不出来的,不动真情难以落泪。所以中国词典里不设"冷哭"、"奸哭"、"假哭"、"皮哭肉不哭"这样的条目。也许有人说,生活里有假哭,比如农村的吊孝,光"哈哈"没有眼泪。那不叫哭,那叫"干号",或者叫"哭唱"。

一个人的脸和心有不一致的时候,比如脸丑心不一定恶毒,脸美人不一定善良。也有一致的时候,当他不需要做表情给别人看,最真实自然的时候,脸就是"心灵的肖像"。

如此说来,我这张脸倒成了"初级阶段"的标准表情,也符合"后天下之乐而乐"的古训。

其实不是脸的问题,是我这个人在生活中缺乏舞台感。半个世纪的坎坷阅历居然没有把这张脸雕刻成见人三分笑的模样,我没有什么好抱怨的了。为自己的脸感到欣慰。

要脸还是要这样的脸。

1983年8月4日

我和儿子

　　我的儿子是初中二年级的学生,他常使我想起自己的中学时代。有时还禁不住把他和自己当中学生时相比……

　　上学期,在数学竞赛中他进入全校同年级的前六名,可是语文不及格。我当初在十四门功课中能拿十三个五分,唯有作文经常得四分。我很看重分数,每一次参加考试,总是出考场之后,很快就能较准确地估算出自己能得多少分。不论期中期末考试,如果有一门考得不理想(不会或答错的时候极少,往往由于大意或紧张,丢掉了半道题,少写了一道式),会非常懊恼,甚至一天吃不下饭。

　　我们家这位八十年代的中学生,似乎不太看重分数,至少是不像我那样看重。他一方面愿意考个好分数,不及格太不光彩;另一方面又觉得考上重点中学"太受罪",还得拼命。他每一次参加考试回来,都不能较有把握地说出自己可以得多少分。不论考好考坏,都不会影响他的吃饭和睡眠。五十年代,我没有感到中学里有什么竞争,但那时中学生年龄偏大,同学间有的相差好几岁,有勾心斗角、出卖朋友的事情。我曾因被好同学出卖而挨批、吐血,那不是竞争,是看我说话带农村腔好欺侮,顶多是夺走我占的那个"班主席"的职位。现在就不一样了,竞争几乎从小学就开始了。到中学更加激烈,进了大学反倒可以松口气,因为"知识分子"的头衔和铁饭碗已经十拿九稳了。儿女功课不好,家长忧心忡忡,压力沉重。许多家长并不是非要子女将来出人头地,成名成家。他们希望自己的孩子能在社会上找到一个独立生活的位置,有一个普通的劳动性的职业就行。考不上大学、中专、

13

技校,就失去了正式就业的机会。只剩下顶替父母的一条小路,倘顶替政策有变或父母的职业不便顶替,如之奈何?可悲的是我们家的这位当事人,却并无太大的压力。上了中学,压力还在家长身上,真是怪事。

我在农村上的小学,常在夏秋农忙之际辍学,仍然看了大量的中国古代小说,除去"三国"、"水浒"、"东周列国"、"三言二拍"等,更多的是武侠小说。当然是生吞活剥,只为了解故事。上中学考进了天津市,接触了一个更广阔的世界,每星期都要跑几次区图书馆,开始阅读外国文学名著。当时的中学生学的课程不比现在少,课外活动也很多,为什么还有时间看那么多课外书呢?现在,我身边这位中学生读过的中外文学作品,恐怕还不及当年我读过的百分之一,还只满足于听听电台的小说连播呢!但我又决不能下这样的结论:八十年代的中学生不如五十年代的中学生。不,我当中学生时倒是单纯而幼稚的,现代中学生的思想是不能用单纯幼稚来形容的。杂七杂八的知识懂得不少,该懂的却不懂,他一天到晚好像也很紧张,学校并未组织很多社会活动,为什么没有看"闲书"的时间呢?

我在写这篇短文的时候,儿子到学校参加期中考试去了,我比他还要紧张。而当年我自己是从不怕考试的,视考试如过年。也许人们谈起自己过去的历史,总喜欢讲"过五关",而不愿意提"走麦城"。这篇小文很可能让人觉得我有"老王卖瓜"之嫌,但当了家长的人也许能体谅我的苦恼和焦虑。

1983年10月30日

童年就是天堂

天堂往往被神话故事描绘得云遮雾绕、虚无缥缈，没有绿色和人间烟火。我所经历过的天堂恰恰相反，那里是一片绿色，而且是一种生机勃发的翠绿，富有神奇的诱惑力和征服性……差不多人人都有过这样的天堂——那就是童年。

童年的色彩就是天堂的颜色，它为人的一生打上底色，培育了命运的根基。因此随着年纪的增大，会更加向往能再次躲进童年的天堂。

我儿时的冬季是真正的冰天雪地，没有被冰雪覆盖的土地被冻得裂开一道道很深的大口子。即使如此，农村的小子除去睡觉也很少待在屋里，整天在雪地里摸爬滚打。因此，棉靴头和袜子永远是湿漉漉的，手脚年年都冻得像胡萝卜，却仍然喜欢一边啃着冻得梆硬的胡萝卜一边在外面玩耍：撞拐、弹球、对汰……

母亲为防备我直接用棉袄袖子抹鼻涕，却又不肯浪费布做两只套袖，就把旧线袜子筒缝在我的袄袖上，像两只毛烘烘的螃蟹爪，太难看了。这样一来，我抹鼻涕就成"官"的了，不必嘀嘀咕咕、偷偷摸摸，可以大大方方地随有随抹、左右开弓。半个冬天下来，我的两只袄袖便锃明瓦亮，像包着铁板一样光滑梆硬。一直要到过年的时候老娘才会给我摘掉两块铁板，终于能看见并享受到真实而柔软的两只棉袄袖子。

春节过后，待到地上的大雪渐渐消融，最先感知到春天讯息的反倒是地下的虫子。在场院的边边角角比较松软的土面上，出现了一些绿豆般大小的孔眼,我到阳坡挖一根细嫩的草根伸到孔眼里,就能钓出一条条白色的麦芽虫,然后再用麦芽虫去捉鸟或破冰钓鱼。鸟和鱼并不是那么容易捉到,作为一种游戏却很刺激,极富诱惑力,年年玩儿,年年玩儿不够。

二月二"龙抬头"之后,大地开始泛绿,农村就活起来了。我最盼望的是榆树开花,枝头挂满一串串青白色的榆钱儿,清香、微甜,可生吃,可熬粥,可掺到粮食面子里贴饽饽,无论怎么吃都是美味。农村的饭食天天老一套,能换个花样就是过节。这个时候又正是农村最难过的时候,俗称"青黄不接"——黄的(粮食)已经吃光,青的(新粮食)尚未下来。而农民却不能不下地干活了,正需要肚子里有食,好转换成力气……

一提到童年的天堂,就先说了这么多关于玩儿和吃,难道天堂就是玩儿和吃?这标准未免太低,也忒没出息了,让现在的孩子无法理解。现代商品社会物质过剩,食品极大的丰富,孩子们吃饭成了家长们的一大难题,家家的"小皇帝"们常常需哄着吓着才肯吃一点。在我小的时候,感觉肚子老是空的,早晨喝上三大碗红薯粥,小肚子鼓鼓的,走上五里路一进学校,就又感到肚子瘪了。可能是那个时候农村的孩子活动量大,平时的饭食又少荤腥多粗粮,消化得快,肚子就容易饿。容易饿的人,吃什么都是享受,便觉得天堂不在天上,生活就是天堂。而脑满肠肥经常没有饥饿感的人,饥饿也可能成为他们的天堂,或是通向天堂的阶梯。我记得童年时候每次从外面一回到家里,无论是放学回来,还是干活或玩耍回来,第一个动作就是踅摸吃的,好像进家就是为了吃。俗话说:"半大小子,吃死老子!"会过日子的人家都是将放干粮的篮子高高地悬于房顶,一是防儿,二是防狗。这也没关系,在家里找不到吃的,就到外面去打野食,农村小子总会想出办法犒赏自己的肚子——这就是按着季节吃,与时俱进。

春小麦一灌浆就可以在地里烧着吃,那种香、那种美、那种富有野趣的欢乐,是现在的孩子吃任何东西都无法比拟的。进入夏、秋两季,地里的庄稼开始陆续成熟,场院里的瓜果梨桃逐渐饱满,农村小子

16

天天都可以大饱口福。青豆、玉米在地里现掰现烧,就比拿回家再放到灶坑里烧出来的香。这时候我放学回到家不再直奔放饽饽的篮子,而是将书包一丢就往园子里跑,我们家的麦场和菜园子连在一起,被一条小河围绕,四周长满果树,或者上树摘一口袋红枣,或者找一棵已经熟了的转莲(向日葵),掰一口袋转莲子,然后才去找同伴去玩儿,或按大人的指派去干活,无论是玩儿或干活,嘴是不会闲着的。

甚至在闹灾的时候,农村小子也不会忘记大吃。比如闹蝗灾,蝗虫像飓风搅动着飞沙走石,铺天盖地,自天而降。没有人能明白它们是从哪里来,怎么会有那么多,为什么没有从小到大的成长过程,一露面个个都是凶猛的大蚂蚱,就仿佛是乌云所变,随风而来,无数张黄豆般大的圆嘴织成一张摧枯拉朽的绝户网,大网过后庄稼只剩下了光秆,一望无际的绿色变成一片白秃秃。大人们像疯了一样,明知无济于事,仍然不吃不喝没日没夜地扑打和烟熏火燎……而孩子们对蝗虫的愤怒,则表现在大吃烧蚂蚱上,用铁锨把蚂蚱铲到火堆上,专吃被烧熟的大蚂蚱那一肚子黄籽,好香!一个个都吃得小嘴漆黑。

当然,农村的孩子不能光是会吃,还要帮着家里干活。农村的孩子恐怕没有不干活的,可能从会走路开始就得帮着家里干活,比如晒粮食的时候负责轰鸡赶鸟、大人干活时在地头守着水罐等等。农村的活儿太多太杂了,给什么人都能派上用场,孩子们不知不觉就能顶事了,能顶事就是长大了。但,男孩子第一次下地,还是有一种荣誉感,类似西方有些民族的"成人节"。我第一次被正式通知要像个大人一样下地干活,大概是五六岁的时候,我记得还没有上学嘛,提一个小板凳跟母亲到胡萝卜地间苗。母亲则挎一个竹篮,篮里放一罐清水,另一只手里提着马扎。我们家的胡萝卜种在一片玉米地的中间,方方正正有五亩地,绿茵茵、齐刷刷,长得像蓑草一样密实。我们间苗从地边上开始,母亲坐在马扎上一边给我做样子,一边讲解,先问我胡萝卜最大的有多粗,我举起自己的胳膊,说最粗的像我的拳头。母亲就说两棵苗之间至少要留出一个拳头的空当,空当要留得均匀,但不能太死板,间苗要拔小的留大的……

　　许多年以后我参军当了海军制图员,用针头在图板上点沙滩的时候,经常会想起母亲给我讲的间苗课,点沙滩就跟给胡萝卜间苗差不多,要像筛子眼儿一样点出规则的菱形。当时我最大的问题是坐不住屁股,新鲜劲儿一过就没有耐性了,一会儿蹲着,一会儿站起来,一会儿喝水,喝得肚子圆鼓鼓的又不停地撒尿……母亲后来降低条件,我可以不干活但不能乱跑,以免踏坏胡萝卜苗。于是就不停地给我讲故事,以吸引我坐在她身边,从天上的星星直讲到地上的狗熊……那真是个幸福的下午。自从我能下地野跑了,就很少跟母亲这样亲近了。

　　小时候我干得最多的活儿是打草,我们家有一挂大车,驾辕的是牛或者骡子,还有一头黑驴,每到夏、秋两季这些大家伙们要吃的青草大部分得由我供应。那时候的学校也很有意思,每到天热,地里家里活儿最忙的时候,也是我最愿意上学的时候,学校偏偏放假,想不干活都不行。夏天青草茂盛,打草并不难,难的是到秋天……

　　秋后遍地金黄,金黄的后面是干枯的白色,这时候的绿色就变得格外珍贵了。我背着筐,提着镰刀,满洼里寻找绿色——在长得非常好的豆子地里兴许还保留着一些绿色。因为豆子长高以后就不能再锄草了,好的黑豆能长到一人高,枝叶繁茂,如棚如盖。豆子变黄了,在它遮盖下的草却还是绿的,鲜嫩而干净。秋后的嫩草,又正是牲口最爱吃的。在豆子地里打草最苦最累,要在豆秧下面半蹲半爬地寻找,找到后跪着割掉或拔下。嫩草塞了满把,再爬到地外边放进筐里,然后又一头钻进汪洋大海般的豆子地。

　　我只要找到好草,就会不顾命地割满自己的筐。当我弯着腰,背着像草垛般的一筐嫩草,迎着辉煌的落日进村时,心里满足而又骄傲。乡亲们惊奇、羡慕,纷纷问我嫩草是从哪儿打来的?还有的会夸我"干活欺"(沧州话就是不要命的意思)!我不怎么搭腔,像个凯旋的英雄一样走进家门,通常都能得到母亲的奖励。这奖励一般分两种:一种是允许我拿个玉米饼子用菜刀切开,抹上香油,再撒上细盐末。如果她老人家更高兴,还会给我二分钱,带上一个焦黄的大饼子到街里去喝豆腐脑儿。你看,又是吃……但现在想起那玉米饼子泡热豆腐脑儿,还香得不行。

　　我最怵头的活儿是拔麦子、打高粱叶子和掰棒子。每当我钻进庄稼地,都会感到自己是那样的弱小和孤单。地垄很长,好像比赤道还长,老也看不到头。我不断地鼓励自己,再直一次腰就到头了。但,腰直过十次了,还没有到头。庄稼叶子在身上脸上划出许多印子,汗水黏住了飞虫,又搅和着蛛蛛网,弄得浑身黏糊糊、紧绷绷。就盼着快点干完活儿,跳进大水坑里洗个痛快……令我真正感到自己长大了,家里人也开始把我当大人用,是在一次闹大水的时候。眼看庄稼就要熟了,突然大雨不停,大道成了河,地里的水也有半人深,倘若河堤再出毛病,一年的收获将顷刻间就化为乌有。家里决定冒雨下地,往家里抢粮食,男女一齐出动,头上顶着大雨,脚下踩着齐腰深的水,把半熟的或已经成熟的玉米棒、高粱头和谷子穗等所有能抢到手的粮食,掰下来放进直径近两米的大筐箩。我在每个筐箩上都拴根绳子,将绳子的另一端系在自己腰上,浮着水一趟趟把粮食运回家。后来全身被水泡得像白萝卜,夜里我睡得像死人一样,母亲用细盐在我身上轻轻地搓……

　　至今我还喜欢游泳,大概就是在那个时候练的。在我十四岁的时候,母亲去世,随后我便考到城里上中学,于是童年结束,从天堂走进人间……但童年的经历却营养了我的整个生命,深刻地影响了我一生的生活。我不知别人是不是也这样,我从离开老家的那一天就经常会想家,怀念童年的生活……

　　　　　　　　　　　　　　　　　　　　1984年春

打和被打

　　幸福的童年稍纵即逝,就像一只小鸟飞向远方时,留下的只是一些梦幻的影子。

　　现在想起来,我的童年似乎是和打架分不开的。小伙伴们在一起玩着玩着,不知为了一点什么屁大的事就动起手来了,较量一番之后仍然是好伙伴,仍然在一起玩耍。极少成为仇人,即使成了仇人也坚持不了一两天,又会滚到了一块儿。

　　有一个年纪比我大一点却跟我在同一个年级上学的本家哥哥,长得比我粗壮,他本人和我都觉得他的力气要比我大,因此处处想占我的上风,我害怕跟他动手,能让的就让他一点。人似乎就是这样,你越软,他就越硬。有一天他玩耍一根铁棍,把我的右眼眶打破了,倘若棍头再往下偏一点,我就成独眼龙了。我恼了,扑上去和他交起手来,结果我和他都发现,我的力气和身手倒略胜他一筹。自那以后,他变得怕我了,处处让着我。我也长了见识,不经过比试不要轻易地惧怕什么,你怕的东西也许还没有你强大。

　　那时候的农村,没有电影,没有电视,没有能吸引孩子们的娱乐活动,大人们也顾不得管孩子,功课又轻松,作业都是在课堂上就做完了。在我的印象里除去睡觉、吃饭,就不在屋里待着——有很多时候连吃饭也不在屋里。在外边就是小伙伴们凑在一起乱跑乱闹,自己哄着自己玩儿。农村少年的游戏大多是对抗性的,在游戏中必然有输赢、有冲突,免不了就会争吵、打架。打架也是游戏的一部分。

　　同村有个小名叫老小的,虽然跟我同岁,但个子长得矮小,相貌不够周正,同学们给他起了个外号叫瘪犊。瘪犊自小没有爹,他的寡母是个泼妇,能吵能闹,敢拉破头,护犊子更是在全村出了名。也许一个女人带几个孩子过日子,不泼一点不行。家里经常叮嘱我,不得招惹瘪犊。可瘪犊是个讨人嫌的家伙,仗着有他娘护着,你不惹他,他会惹你。有一天傍黑的时候,他要玩儿我的"大头狼"——一种较为凶猛的鸟。我不给他,他上前来抢,我用手一推,没有觉得使多大劲他却跌倒了,起来后不是跟我算账,而是哭着回家向他娘告状。他娘领着他就站到我们家的门前骂街,这时候村里下地干活的人都回来了,在我们家门前围了一大帮人看热闹——孩子的游戏升级为大人们的游戏,这是农村常有的娱乐项目。

我父亲在村里是受人尊敬的先生,写约、立契、撰对,能说会道,却无法跟一对孤儿寡母理论,被瘪犊的娘数落得脸色煞白。我惹的祸我就得冲进去给我父亲解围,我对瘪犊的娘讲述事情的经过,是她的儿子抢我的鸟,我不过推了他一下,又没磕着,又没碰着,跑到我们家里撒的哪门子泼……我理直气壮地正讲着大道理,父亲解下黑布腰带,搂头盖脸地就抽过来了,我一抱脑袋,被抽得在地上打了两个滚儿,爬起来就跑。跑到一个高土堆上,捡起一块砖头,大叫一声:"好人躲开!"砖头紧跟着就出手了——夏天我能在坑边用砖头打死鸟,可以说是训练有素的。再加上被父亲打急了,气坏了,那砖头就真的不偏不倚地正落到瘪犊的头上,他哇的一声捂着脑袋就躺到了地上。我一看不好,撒腿就跑,跑到十三里地以外的老舅家躲了三天,到母亲让人带信说父亲已经消气了才敢回家。

我想起童年就直觉得对不起父亲,惹祸太多了。还惹过一次大祸,是过年放鞭炮把一个外姓人家的柴火垛给点着了……母亲曾嘲笑我是"记吃不记打"——吃了一种好东西能记得住,一有机会还想要;挨了打却记不住,老伤疤未好又犯新错。在我的记忆里,父亲难得对我有过笑脸,甚至我在全区会考时得了第一名,也听不到父亲一句夸奖的话,尤其是我写的大仿体的毛笔字,更是经常挨说。父亲对我唯一的一次表扬,是看到语文课本外面包的封皮上写的"语文"两个字,问我是谁写的,我说是我写的。父亲说这两个字写得还不错。父亲就那么不经意地夸了我一句,我终生难忘,足够我受用一生。

我的保护神是母亲,平时对我呵护备至,疼爱有加,我若表现得好,总能从母亲那里得到点奖赏。比如割草割得多,母亲会塞给我二分钱和一个棒子面饼子,到街上去美美地吃上一大碗豆腐脑儿。尽管每一次我挨父亲打的时候母亲从不出面阻拦,那时候想拦也是拦不住的,只会火上浇油。但我时刻都感觉得到母亲是我最强大的靠山,哪怕是在我挨打的时候。在我十四岁的那年母亲病逝,我的欢乐的童年就结束了。自那以后,我再没有打过架,也再没有挨过父亲的打——我曾渴望过他还能像以前那样打我,那说明我是个幸福快乐的孩子。他不再打我是因为我变成一个可怜的没有娘呵护的孩子了。当一个父亲不得不同时还要承担母亲责任的时候,他就会以当母亲为主了。

童年像一朵田野上的蒲公英,被一阵轻风就吹得无影无踪了,当我学会思考,开始沉默和忧伤的时候,那还不太沉稳的脚步已踏进青春的门槛了。

1984年9月

女儿的琴声

1

"我们学校进行民意测验的结果表明,有百分之八十的现代中学生不愿做父母那样的人。您对这个结果有何感想?"

"您对中学里组织各种社团、搞勤工俭学怎么看?"

"您是不是认为中学生的学习成绩非常重要?您心目中完美的中学生形象应该是什么样的?"

"现在的中学生比您上中学的时候显得更成熟,思想更复杂,更有主见,更富有竞争性,您以为如何?您认为现代中学生的主要特点是什么?他们有什么长处和短处?"……

南开大学附中高中部记者采访团的郑梅同学和她的一个伙伴,轮流向我提出关于中学生的各种问题。这些问题尖锐而又敏感,十分钟前她们突然推门而入,把我从稿纸堆里拉出来,声称只占我半小时,可光听她们提问就过去了十分钟,问题还没有提完。我毫无思想准备,觉得这些学生记者比成年记者更厉害,他们没有顾虑,咄咄逼人。我的一双儿女也坐在旁边听我怎样回答……

2

正像郑梅说的,现代的中学生比我当中学生的时候"更有主见"。

我的儿子也在读高中二年级,身高已经超过了一米七,跟我穿一样长的裤子、一样大的鞋袜,在家庭里占据着一块不容忽视的空间。家里一些应该由男子汉承担的体力活儿,大部分归他负责了。不知不觉,连一些琐事似乎也进行了心照不宣但又十分明确的分工。早晨,儿子把他母亲的自行车搬到楼下去,母亲下班回来他再把车子扛上来。几年来,可谓"百扛不厌",责无旁贷,已成习惯。妻子在下班的路上负责采购,大包小包,青菜萝卜,在楼下一声呼唤,儿女急忙奔下楼去,儿子扛车,女儿提篮,如众星捧月,簇拥而上,邻里羡慕,妻子脸上的疲劳一扫而光,颇感得意。中午在儿女放学之前,我须赶回家中把饭菜加热,儿子负责刷锅洗碗,女儿负责桌子和收拾厨房。晚上,妻子负责做饭,儿女的分工不变。至于我嘛,碗筷一放就可以坐到沙发上去看电视新闻。偶有朋友来访,看到这场面甚感不满,说我茶来张口,饭来伸手,吆三喝四,大有老太爷的派头。而我儿女并无怨言,各人干自己应该干的事情,这只能说我们教子有方,养儿育女一场开始回收"经济效益"。

每个人都为家庭尽自己的责任,因此每个人在家庭里都有发言权。可惜我并不是很自觉地认识到这一点,也不是很心甘情愿地接受了这个事实。我自知不是个十分民主的家长,脾气暴躁,上来邪火地动山摇,家人惧怕。但是,儿女各自用不同的方式争取到了他们的发言权。

女儿嘴巧,看书也多,虽然只有十岁,却是家里唯一能跟我唇枪舌剑、针锋相对的人物,也是唯一敢取笑我、对我进行正面批评的人。每天放学回来都要凑到我的写字台前,看看稿纸上的页码,再问一句:"今天写了多少字?"我若写作顺利,自然会高高兴兴地跟她亲热一番。若文思受阻或来访者太多耽误了写作时间,就会心烦地把她赶开:

"躲开,别搅和,快去练琴!"

这时女儿就会向她的母亲和哥哥努努嘴、挤挤眼,阴阳怪气地故意大声说给我听:

"走走,咱们快点躲他远远的,他今儿个写的字少,窝着一肚子火想拿咱们出气！"

经女儿一点破，我肚子里的火气自消。以前常因写作不畅无缘无故地发火破坏家庭的和谐气氛，经女儿发现了这个规律，我就不好意思再借题发挥，"嫁祸于人"了。

当然，她有时也是很讲策略的。比如要批评我的脾气不好，就说她的某某同学的父亲"长得特别喜相"，愿意跟小孩儿在一块玩儿，还爱装傻样儿逗得大伙哈哈笑。她还会借别人的嘴挖苦我：

"凡是到咱家来过的同学，都对我说：'我们不怕你妈妈，怕你爸爸。'"

我心里难受，觉得这不是小事情，就说："我是个坏爸爸，让你在同学中丢脸了。"

她完全一副大人口吻："咳，脾气是小事，还有主要方面啦，你当然是我的好爸爸。"

"呀，你还懂辩证法？你说，你的同学来了，我把咱家的好东西都拿给他们吃，他们为什么还怕我？"

"你身上长着瘆人毛。"

我摸摸自己额前老爱支起来的那一绺头发，自嘲地说："是不是这撮毛？"

"不对，这是学问毛。"

"什么叫学问毛？"

"有学问的毛！"

又气你又哄你，令人哭笑不得。现在女儿有更好的办法对付我，她起着调节家庭气氛的重要作用，这到后面再说。

3

儿子则是蔫的。

他一直喜欢理科，升到高二分班时理所当然地上了理科班。半年之后由于化学考试受挫，对理科失去信心和兴趣，突然提出转科。

老师多次耐心地劝导,我也再三向他陈述中途转科的弊端,高中的功课那么多,负担那么重,落下半年的课程追赶起来绝非易事;更重要的是:学理科升学就业的机会多,选择的余地也大,学文科升学就业的机会相对来说就小得多了! 还有一种说不出的原因,我不愿自己的儿女学文。

任我和老师磨破嘴皮,每次都谈一两个小时,最后儿子还是那句话:"我就是想学文科。"

他从来没有这样有主意过。我发觉他长大了,尽管还不到十七岁,却像个男子汉一样有自己的主见了。我欣赏有主意的孩子,男孩子表现出应有的男子汉气概,应该得到鼓励。既然别人把利害关系都跟他讲清楚了,他仍坚持改科,我就不应该再加阻拦。他愿意为自己的命运负责,本是件好事。我心里却说不清是轻松了,还是更加沉重了。这次倘若决策失误,影响他明年考大学,将关系到他一生的前途……

有家长的签字,学校才给转科。我签上了"同意"两个字。

儿子一开始上学就是班里的尖子,上到二年级的时候老师想让他跳级。当时我的一篇小说正遭到大规模的批判,舆论汹汹,社会上谣言纷传。老子挨批,儿子跳级,使我颇感得意。觉得儿子为自己争了气,虚荣心促使我做出了错误的决定,同意儿子跳级。当时的小学还是五年制,他再跳一年,实际只上了四年。到了重点中学,他的基础知识就显得差了,由尖子生降为中等生,自尊心受到打击,功课时好时坏。但愿我在儿子身上不要再犯第二次错误!

应该说我对儿子的管教是相当严厉的,甚至可以说是粗暴和武断的。一旦发起脾气来,越说声音越高,火气越大,越打越不解气,一动手就收不住,自己火上浇油,打了第一次就想打第二次,打了一下还想打第二下。事后冷静下来,自己也觉得太过分了,埋怨自己脾气太坏,于事无补。当然也不是全无结果,偶尔曾某一门功课考试不及格,狠打一顿就可以拿个八九十分。不知是体罚真起作用,还是碰巧了。这是以前的事情,以后我觉察到了自己的坏脾气,一旦发作就不可收拾,最好的办法就是自己用理智控制住,不让坏脾气爆发。那时女儿还小,家里没有灭火器。

尽管如此,儿子的老师还是婉转地对我提出了批评。

语文课讲了《反对自由主义》,老师留出二十分钟给学生们出一道作文题:《反对……》。我的儿子不假思索,一挥而就。题目是:《反对父亲的粗暴管教方法》,文中有这样一段话:"他规定我必须六点钟起床,晚上十点钟睡觉,我要晚起五分钟,他就要批评我一刻钟。他浪费的时间三倍于我自己耽误的时间。我只要规规矩矩地坐在桌子跟前,不论我干什么、想什么,他都很高兴,不再管我,放心地去做他自己的事。作为作家,父亲也许是聪明的;作为父亲,他可真够笨的!"

老师说:"就作文本身而论,文字通顺,真情实感,学生讨厌打小报告,我可不想在家长面前告自己学生的状。你的孩子没有错,你的管教方法确实有问题……"

看来我得多给孩子一些自主权,增加一点家庭里的民主空气。

去年年底,我写了一篇反映女人生活的小说,题目定为《以男人形象闻名于世的女人》。儿子看后居然敢给我提意见了:

"这个题目不好。"

他说得那么肯定,我问:"为什么?"

"现在都写什么女人呀、男人呀,靠这个来吸引人,你怎么也学这一套?你不是说写作要新鲜,不走别人的路吗?"

真是一针见血,我立刻接受,把题目改成《长发男儿》。还是有个"男"字,想了半天去不掉,只好先凑合着交了卷儿。

我和妻子要一块外出,临行前女儿在饭桌上甩闲腔:

"你们光顾自己出去美吧!"

她那张十分讨人喜爱的小脸儿绷得紧紧的,连眼睛也不抬起来,语调更是不酸不凉。妻子心里不安。使我想起去年,我们两人去云南,钻大山、看边界,在保山宾馆的时候给家里打了个电话。儿子像个男人,声音镇定,话语不多,轮到女儿说话,可就大不一样了,一股亲热的感情热流,隔着几千公里通过声音送到我们心里。我把话筒交给妻子,女儿那张小嘴倒有说不完的话,什么安全啦,身体啦,吃呀,住呀,说着说着娘俩呜呜地哭起来了！女儿举着话筒在天津哭,妻子拿着话筒在保山哭,把宾馆服务员都闹蒙了。真是最亲不过娘闺女,最近不过闺女娘……

我对女儿说:"你妈妈上班干革命,下班做家务,出去散散心难道不应该?"

女儿还是不抬眼皮:"去吧,谁不让你们去了？反正你们一走我就倒霉了。"

"你倒的什么霉呢?"

她认真地叹了口气:"嗐,不说了。我要是说了,等你们一走更得把我打熟了!"

儿子一声不吭,闷头吃自己的饭。

我瞪着他,感到恼怒,心里也掠过一阵寒战。儿子莫非学到了我的坏脾气,当我们不在家的时候对他妹妹粗暴无礼?

我和妻子从外边回来以后就向请来看家的姥姥打听两个孩子的情况,儿子没有打过妹妹,大概也是因为找不到理由。平时像刺儿头一样的女儿,我们一走就对她哥哥绝对服从,他说什么她就听什么;他支使她干什么,她就老老实实地去干什么。

不管怎么说,当我不在家的时候,儿子能担负起一个男子汉的责任,令我感到欣慰。

4

有位朋友用玩笑的语气为我们家排了一下座次,女儿第一,儿子排在第四。

从外表看似乎是这样的,女儿在家里比较受宠。节假日和每个星期六的晚上儿女们可以看电视,我坐正面的沙发,女儿则坐在我的腿上,自称我的大腿和胸怀是她的"软席包厢",顽皮劲儿上来,还要骑到我的脖子上去。

去年她因体育课的成绩没有达到八十分,班里评上"三好"又被学校拉了下来。回到家就让我做她的体育教员,摁着她的膝盖做仰卧起坐,我给数数,保护她做前滚翻、弯腰、抬腿等等。每逢我被女儿支使得团团转的时候,妻子就在旁幸灾乐祸地说:

"这回可有了制你的啦,你的脾气哪?"

从心里对儿女不能一视同仁,甚至有意歧视自己某个孩子的父母,我想是没有的,要父母绝对一碗水端平也是不可能的,碗太平孩子就吃不到嘴里去,要想吃得省劲就要把碗端得斜一点。每个儿女的情况都不一样,在小事上有点偏向是正常的。

儿子出生的时候正赶上我在车间里上三班倒,在家里的时间很多,大部分家务活由我来干。如果赶上"停产闹革命",我就可以一连几天在家里哄儿子。他出生的那天晚上就具有一种喜剧气氛。妻子怀孕期间,热心的邻里老太太,时间充裕的工厂女同事,为她算日子、看手相,测妊娠反应,都断定她会生个女儿。而我对她们的测算结果嗤之以鼻,坚信自己会得个儿子。我没有任何根据,只是一种感应,或者叫一种希望。十月三十日的晚上,南开医院的产房接收了十二个孕妇,前十个生的都是女孩儿,我已经失望了,偏偏从我妻子开始,最后两胎全是男孩儿。妻子奶水充足,儿子吃得白胖喜人,长到五岁时,馋虫上来还要扎到母亲怀里咬住奶头嘬半天。尽管我的工资很低,仍然在工厂附近专门雇请一个老太太照看他。接他送他也常常是我的事情,路上要穿过一个坑坑洼洼的胡同,放在竹子推车里怕把儿子的脑袋颠傻,索性将他放在我的肩膀上,两条小腿夹住我的脖子,高人一头,招摇过市,优哉游哉……

女儿的命运就不一样了,她选了个最不吉祥的时刻来到我的家。

一九七六年复刊后的《人民文学》第一期上,发表了我的一篇小说《机电局长的一天》。随着"反击右倾翻案风运动"的不断高涨,这篇小说被上了七条纲:"四上桃峰"、"宣扬阶级斗争熄灭论和唯生产力论"等。五月九日,北京来人,带着当时的文化部长于会咏的信找到天津当时的文教书记王曼恬,责令我公开作检查,否则在全国范围内展开批判！

就在这时候女儿来到人间，好像是为我壮胆来的。我的妻子正希望再来个女儿，当我在产房外得到天遂人愿的消息，就急急忙忙奔回家去为劳苦功高的妻子熬小米粥。小米粥熬好灌进暖水瓶，将儿子锁在屋里，急急忙忙再返回医院。一个朋友正在医院门口等我哪，向我这个喜气洋洋的父亲通报了坏消息，市里派来了汽车就停在路边，要我马上去市委，王曼恬亲自跟我谈话。

我表示不能坐这个车去，除非公安局派警车来，让警察向我出示逮捕证，我才能丢下妻子儿女不管，任由你们发落。更可怕的是另有一女同志到产房里去做我妻子的"思想工作"，真是赶尽杀绝！那女同志是好意，想安抚我妻子，但这消息本身就足以使她精神上过度紧张，奶水顿失，点滴皆无。女儿没有吃上一口娘奶，乃我之过！

两个多月以后发生大地震，我每天早上从黄河道跑到西站，排上几个小时的队，抢购上一斤牛奶，再对些稀粥，以维持女儿的生命。尽管如此，在给她过百天的时候，朋友们还是建议为她取名"一巍"。我已经狼狈至此，仍然自吹《机电局长的一天》巍然不动，多亏鲁迅先生创造了"阿Q精神"。

女儿到了说话的年龄，吐字不清，经检查是"腭裂"。天哪，真是祸不单行！

她五岁半的时候住进了口腔医院。此病不算小，手术更复杂，难度很高。由于手术的部位在嗓子眼儿，医生需有极大的细心和耐性。

病房里，病人家属们成天议论纷纷。某人的孩子也患此病，通过后门找到大关系，重托了手术医生。医生感到责任重大，精神紧张，负担过沉，手术时间拉长，唯恐出差错反倒出了大差错，当天夜里病孩儿因伤口破裂，出血过多而亡。走后门把孩子送给了无常，真是写小说的材料。还有一些病孩儿，虽然手术本身没有出危险，但效果不理想，恢复一年半载之后还要做第二次乃至第三次手术，重吃二遭苦，再受三茬罪！

我女儿的命运会怎样呢？

　　不知为什么我相信她是大命的。她诞生在大转折的一九七六年，她是在我最困难的时候来投奔我，给我的命运带来转机。她自己也一定会否极泰来。

　　可是，当女儿被推进手术室以后，妻子首先呜咽起来。许多亲戚都来了，妻子一哭使女眷们眼角都挂着泪珠。我感到不妙，用不近人情的口吻把她们都赶走了，只剩下我一个人守候在手术室外面。

　　三个半小时以后女儿才被推了出来，我那个漂亮的活蹦乱跳的女儿已不复存在，脸色煞白，双眼紧闭，下半个脸缠着绷带，只露着鼻孔和一张小嘴，我心里一阵绞痛，几乎放纵了做父亲的感情抱女痛哭。主刀的主任医生王永秀告诉我手术进展顺利，他自我感觉不错，没有出现任何意外的情况。我心里稍安，等待那最危险时刻的到来。

　　夜半，女儿身上的麻药已失去效力，她苏醒以后的第一个感觉就是疼痛，就是想冲着父母大哭大闹。五岁半，又懂事又不懂事。即便是个大人，处于这种状态，靠讲道理能止住难熬的疼痛吗？妻子咬住手绢，双手抓住女儿的右手，把脸埋下去，只见肩膀抽动。她的意志已经垮了，能否帮助女儿闯过这最危险的前三天，就看我有没有足够的精神力量了。我扶着女儿正在输液的左臂，不管大道理止痛不止痛，现在只有求助于讲道理，不管女儿听得懂听不懂，只能当她听得懂来对待——

　　"好巍巍，千万不能哭，嗓子眼不能使劲。王大夫告诉爸爸你的手术做得非常好，很快就能出院，出院后跟其他小朋友一样，可以唱歌，可以朗诵。现在要是一哭，嗓子一用劲药线就会崩开，刀口裂开，造成大出血，你的手术就白做了。还得推回手术室，再打麻药，做更危险的手术！王大夫和护士阿姨都在值班室守着哪。"

　　女儿眼泪哗哗，不能说话只是轻轻摇头，眼睛里露出乞求的神色。我懂她的意思，一边替她擦泪，一边决断地说：

　　"巍巍是爸爸的好闺女，我的巍巍不哭，决不再做第二次手术，我看谁敢再把我巍巍推进手术室！叫妈妈去告诉王大夫，就说巍巍最听话，不哭不闹，叫他放心地回家去睡觉吧。"

妻子忍不住要哭出声,我借故把她支开了。

让女儿相信王大夫已回家,不再给她做第二次抢救手术,她精神就不会太紧张,心情平稳对她的伤口有好处。

不能停嘴,要不断地说,分散她的精神,也能转移她的一部分痛苦。

"巍巍,爸爸知道你嗓子里很疼,也知道我的巍巍扛得住。只要不出声,可以流眼泪。爸爸也可以替你哭,爸爸一哭我闺女就不疼了……"

说着说着,我控制了许久的眼泪突然奔流而下,女儿大概是头一次看见我哭,看见我会流这么多眼泪,父亲的眼泪大概是非常沉重的,对女儿有着不同一般的感染力。女儿似乎忘记了自己的疼痛,抬起右手为我抹眼泪。

好在这间特护病房里只有我们父女俩。当时如果有一种转压术能把女儿的痛苦转嫁到我的身上,将是我最大的幸福。正因为痛苦不能转嫁,我和妻子心里的痛苦要比女儿所受的罪更深!本来只是一份痛苦,有多少亲人就增加了多少份,而且比最早的那份痛苦又膨胀了好几倍……

我的巍巍是世界上最懂事的女儿,她果真一声没哭,熬过了七天危险期,熬过了连续几天不退的高烧。搬回大病房之后,又以连我都感到惊异的力量通过了吃饭关。人类自身蕴蓄着巨大的生存力量,连小孩子也不例外,这是与生俱有的。

女儿的手术一次成功。王永秀医生很满意,是他给了我女儿一个正常人的嗓子。我也很得意,为女儿感到骄傲。

5

郑梅说有百分之八十的现代中学生不愿做父母那样的人,这些学生是讨厌父母的职业呢,还是不喜欢父母的为人?

这真是个意味深长的现象。

我的儿子希望将来能进入经济界谋个职业,猜不透他动的是什么脑子。

女儿哪,也许是那次手术给她的印象太深刻了,从上一年级的时候开始,谁要问她将来长大了干什么,她就毫不犹豫地回答:"当个医生。"这志愿至今还没有变化。

然而根据我平常的观察,她有两个爱好,一是看杂书,比如:童话、科幻作品、小说、幽默故事等。二是喜欢音乐。

以前她是这样写作业的:先打开收录机,听着音乐或故事,零食、水壶放在眼前,课本、作业本、闲书也都在桌子上摊开。听着,吃着,喝着,写会儿作业,看会儿小说。每天晚上我或者妻子都要端着计算器检查她的作业,常有错漏,有时磨蹭到很晚。功课平平,多在中游晃荡。主要毛病是粗心,精神不集中,丢三落四。

我曾试图控制她看太多的闲书,那么她就跟着录音机瞎哼哼一些自己也不解其意的歌曲,令我管也不好,不管也不好。音乐是管不住的,流行歌曲也是管不住的,我也无法向她说清楚哪一首歌词是什么意思,为什么不适合她唱。再说她的嗓子动过手术,我老觉得她不适合过多地说说唱唱,这种担心仍然是多余的。父母嘛,父母对子女的担心有多少不是多余的呢?我想把她的音乐兴趣引导到器乐上来,于是就买了一架钢琴。

我决不是想入非非地想把女儿培养成钢琴演奏家。幸运的是朋友为她介绍了一位好老师,大名张文生。此人是七十四中的音乐老师,离我的家不远。张老师毕业于天津音乐学院钢琴系,也精于手风琴的演奏,颇有音乐才能。他本可以参加各种演出团体,走南闯北,轻而易举地挣点钱。此人有点为世人所不解的怪劲,偏爱音乐教育,尤其热心于对儿童进行音乐启蒙教育。这项工作在中国几乎不被重视,然而又是极为重要、功德无量的。他每周五个晚上再加一个星期天,全部用在自己醉心的事业上,他教的学生小到三岁的电子琴班、五岁的手风琴班,大到中专生、中小学音乐教师、手风琴独奏演员及大学本科的学生。层次很多,什么年龄的都有。通过多次交谈和一年来的观察,我对这位音乐"怪才"极感兴趣,若不是避嫌我早就把他写进小说了。因为他是我女儿的老师,我不愿让多事的人误解他和我。他教我女儿分文不取,我当然也不敢用俗物去惹恼雅士。张老师教学的动力好像来自他的学生,学生进步,是那么块材料,他就得到了满意的奖赏。

女儿跟着这样一位老师学琴,家长不仅完全可以放心,而且进步的速度也令我惊异。

一开始,每到星期日的下午我跟女儿一块去上课。我也想学琴,何不趁陪着女儿学琴的机会自己也长点本事呢!况且我以前也曾酷爱过音乐,当过文艺宣传队的队长,拉过手风琴、二胡,吹过笛子,尽管技术拙劣、滥竽充数,总还算有基础吧。自信会比女儿学得快、学得好,平时也可对她进行辅导。

谁知一个月后我便跟不上了,左手不听指挥,大脑不能同时指挥两个手。女儿则很容易就通过了这一关,把我甩在了后边。我失去了学琴的信心,只能满足于当她的观众和"精神指导老师"。凭我这双喜欢音乐的耳朵,能听得出她把哪儿弹错了。任何一部音乐作品,不论多么复杂,都是一个完整的形象,哪儿出现错音,都格外刺耳。至于那是个什么音,应该怎么弹,我说不上来,反正知道那儿出了毛病。我还懂得一些诸如强弱、情绪变化、跳音、连线、节拍等最简单的乐理知识,至今女儿还"唬"不住我,我却能"唬"住她。她说我"不会弹光会说"!能说得让她服气也不那么容易……

三个月后,张老师终止了他的较为简单的《拜厄钢琴初级教程》的练习,教学相当于中专课程的"车尔尼作品599"。其间根据课程的需要穿插加进哈农的指法练习和布格缪勒的进阶练习曲。

老师因人施教,很有章法。一年来,女儿已经把"车尔尼作品599"弹会了少半本,还学会了其他一些小练习曲。所以去年电视台一位记者在报道了张老师和他的学生的时候,听了巍巍的演奏不相信她只学了半年琴,以为我这个写小说的父亲在替女儿夸张。其实,拍电视分散了孩子的注意力,那天她弹得很糟糕。

这的确是不小的收获,但更让我满意的是女儿身上的其他变化和她的琴声给家庭带来的意想不到的"艺术效果"……

6

女儿争强好胜,脸皮薄,自尊心强。连跟我打羽毛球都愿赢不愿输,而且要赢得光明正大、实实在在。有时因我把球打得过高过低,她没有接到,便跺脚、流泪、发脾气。我不能吊儿郎当,不能让得叫人看出来,需认真拼搏,严肃争夺,最后输掉,口服心服。

弹钢琴首先会熏陶她自己的气质,培养和锻炼她的性格,自尊、自信、自立的能力增强了。

为了照顾邻里关系,我规定她早晨七点钟以后才可以练琴。晚上到七点钟,楼上楼下的邻居开始看电视的时候要停止练琴。偶尔要在晚上练琴,需摁下消音器。如果有一天没练琴,邻居还会关心地询问:"巍巍怎么没弹琴?"楼下的吴大爷更是女儿的忠实听众:"巍巍的琴越弹越有味了!"这当然都是大人对小孩子随口而出的鼓励话。问题是我做出这样的规定,就把她放学后写作业的"黄金时间"给占了,作业改到晚上写,不论留多少作业必须在一个半到两个小时里写完。父母不管检查,自己也尽量一次写对,不要依靠检查。

这个制度首先把我和妻子解脱了。但我的心里却藏着一句话没有说出来:练琴会不会影响女儿的学习?

听琴很美,练琴可是一件很刻苦的事情,前半年我主要督促她练琴,对她的学习只是偶尔问问,再也不用端着计算器替她一道题一道题地验算了。甚至到期末复习的时候,我和妻子也感到帮不上她多大忙,考试成绩公布了,女儿由期中考试的第十九名升到第三名。

简直是不可思议,我们不管她怎么学习反倒进步了?学钢琴莫非能增强孩子的智力?即使如此也不会有这般立竿见影的效果。一定是碰巧了,瞎猫撞上个死耗子!

今年的期中考试,女儿的平均分数是99.5,留在了前三名。我开始觉得这个现象很有意思了,至少不能算是偶然碰上的。当然还要再看两年才能下结论。

女儿上学的路上要穿过一个自由市场,自由市场上有家青年商店,商店的主人除去在生意上喜欢竞争以外,在音响效果上也进行竞争。把录音机的音量开到最大,从早到晚不停地播放一些奇奇怪怪的歌曲,吱呀怪叫或嘶哑造作。女儿每逢路过那个商店总是把耳朵堵起来,紧跑几步躲过那刺耳的噪音。她跟我说过多次:"那音乐难听死了!"我去听了两回,果然不雅。

我举这个例子不是想证明女儿讨厌流行歌曲,有的歌曲她还是愿意跟着哼几句。包括迪斯科音乐她也是喜欢的,有时还可以自由发挥地跟着跳几下。我是说——她的审美趣味确实在慢慢发生变化,连她自己也未必觉察。

每天下午五点钟左右,女儿的琴声便从隔壁房间里传来。这琴声把我一天的疲劳全部溶解了、吃掉了,把屋里的空气打扫得干干净净,给我的大脑重新注入新鲜血液。轻揉慢抚,激发我的想象力,使脑子里充满幻想。

从前,孩子一放学我的工作便收摊儿。现在,从五点到七点是我一天中写作效率最高的时候,一是这段时间没客人,二是有女儿的钢琴声为我伴奏。已成毛病,当女儿不在家,我对自己的创作不满意时,便播放李斯特或肖邦的钢琴曲,以代替女儿那幼稚的演奏,帮助振奋精神,燃起创作的激情。

我称女儿的琴声为"精神按摩器"。

女儿的琴声一响,我精神上就有一种稳定感、和谐感。如果时间到了,而女儿的钢琴不响,我便无法工作,心里有种莫名其妙的失落感。

有一次进城开会,回来晚了,但未过七点。走到楼下听不见琴声,心里不悦,上楼后见妻子儿女守在桌旁等我回来开饭。三个人全部望着我,我绷着脸大声说:

"巍巍,你练琴了吗?"

他们娘仨突然哄堂大笑。我虽然被他们笑得摸不着头脑,仍摆出一副户主的尊严,很不高兴地说:

"你还笑哪,我不在家就不好好练琴!"

他们笑得越发厉害。妻子说:

"行啦,别出洋相啦!楼梯一响你闺女就说了:'我爸爸回来了,他进门准绷着脸,头一句话就说:巍巍,你练琴了吗?第二句就说:好啊,我不在家你就不好好练琴!'闺女儿子全把你吃透了。"

我也笑了,笑得像他们一样开心。

我是凡人,也有精神不愉快、情绪烦躁的时候,每逢这种心境恶劣的时候就坐到女儿身边听她弹琴。当然赶上高兴而又清闲的时候也愿意去给她捧场。女儿是个小"人精",她在心里似乎跟我达成了某种默契。见我脸色好看,就按她自己的计划练琴或进行基本功训练,出了错漏我也不会发脾气。倘若见我脸色难看,她就弹得格外认真,专挑些完整的小独奏曲弹给我听。有时还要讲解几句:

"我给您弹《叙事曲》吧,您注意听,那神秘的大森林,一个小孩子迷了路,恶魔向他扑去……"

她的左手飞出一串低沉恐怖的和弦。

然后就会给我弹《坦诉》,大概是希望我的心能和着她的琴音,跟她那颗稚嫩的心交流。如果我的气色还不能平和下来,她就会弹轻松欢快的《溪水》、《天真烂漫》……反正她会什么曲子我都知道。

其实,用不着她把"家底"全抖搂净了我就会高兴起来。她的头轻轻晃动,身子也随着音乐的节奏而起伏摇摆,神色天真而又庄严,十个手指在键盘上灵巧地跳跃……

哦,我的宝贝女儿!

当个父亲是幸福的。

1986年5月22日18时,完稿于女儿的钢琴声中

岁月峥嵘

大兴安岭的黄花松生长缓慢，二百年才长得一抱粗。锯开来，年轮细密。由于气候寒冷，无霜期极短，每年就长那么一点点。

如果到了阳光雨露十分充足的南方，二百年可长成一棵惊世骇俗的大树。锯开来，断面光滑，年轮稀疏。

我的脸更像大兴安岭黄花松的横断面。

即使想恭维我的人，也不得不承认我看上去不像才四十多岁，更像五十多岁的人。就凭我这一脸褶皱，在公共场所经常赚得几声"老大爷"的称呼。

我并非愿意冒充"老字辈"，人老得快实在不是什么美妙的事。但也无可奈何，这是生活对我的格外照顾，每一条皱纹里都藏着一条人生的教训。

一位老同学劝我去整容，恢复本来的面目。据他说我也曾经英俊过。我拒绝了，我羡慕英俊，但更珍惜生活赐给我的这副面孔，只有它才能表达我的命运的真实品格。

"拥抱现实"——我最早见到这句话是在一位编辑写给我的信里，我喜欢它含义的真诚和大胆，"这是一条艰难的、布满荆棘和风险的创作道路……"

当时我并没有把这些话当成格言，多少年过去了，我几乎每写一篇着力反映现实生活的作品，总要引起一些或大或小的风波，称得上是三步一个跟头、五步一个吊毛。

任何一个作家都难于设想，如果没有出版部门和编辑，自己会是什么样子。有人把这种关系比喻成师生,比喻成园丁和花木,也有人说成是生产和销售的关系……

真要这样简单明了就好啦!

每个作家最初走上文坛总有那么一两个杂志或编辑起了重要的作用,假如没有《人民文学》、《天津文学》,我也许不会走上今天这样一条路。至于会走一条什么样的路,比眼下的这种生活更好或更坏、更容易些还是更艰难些,我也说不清楚。反正不会是眼前这个样子。

往事如烟如雾地飘散着,也总有一些东西飘散不了,在生命的沙滩上沉积下来。

当我二十五岁的时候,已经能够试着发表一点散文、杂文和短篇小说,对文学的圣殿就越发崇拜,心向往之:它是那样神秘莫测,庄严无情。我却不知道圣殿的大门朝哪儿开。我更喜欢人们把艺术形容成海洋。我曾在海军里服过役,虽然深知海洋变化万端、深沉广阔,但毕竟是可以征服的,乘上大船就可以渡过去,如果有一艘"航空母舰",简直就是海上霸王。每一种刊物都是艺术海洋里的船只,载着那些幸运儿驶向辉煌灿烂的彼岸。

我的航海知识和气象知识欺骗了我,它根本不能解释政治气候。一场昏天黑地的风暴,使艺术海洋上的大小船只几乎全部沉没了,我写出的稿子一件件退回来了,有的排出了清样,有的原封未动,湿漉漉,沉甸甸。大海在沉默,这是怒涛排空、惊雷炸天前的沉默;这是广大的无边无际的沉默,又是歇斯底里、热热闹闹、大喊大叫、死一般令人窒息的沉默。

谁也不认为是沉默,都以为是爆发,是革命,是新生,新生中的死亡。

"四清"工作队解散,我回到已经没有一个逍遥派的工厂,立刻成了资产阶级路线的"老保"。没有哪一个造反队愿意吸收我们这些人参加,在近万双充满敌意和蔑视的目光中,我和几个"四清"工作队员度日如年,熬了一个多月,实在难以混下去了,便横下一条心,决定自己摘掉头上的"老保"帽子，许别人造反就不许我们造反吗？于是，"锷未残革命造反队"的旗号打起来了，他们推举我做了"首领"。

尽管我的队员满打满算不足十名，一成了造反派，腰杆立刻就硬了。我们的主要任务就是油印出版《锷未残战报》。这是我们的长处，另外那些造反组织不管人马多么强大，写文章比不过我们。我们骂这个、骂那个，在我的眼里没有一个造反组织是纯洁的、是正确的。只有我们"锷未残"最革命、大方向掌握得最好。一开始还真把那些不可一世的造反元勋们给唬住了……

"过去他们搞'四清'整人，现在'锷'还没有残！"

当《锷未残战报》出到十五期的时候，文斗已不吃香，武斗之风渐盛。厂里最大的一派造反组织搞了一次突然袭击，砸开我们办公室的门，抄了我们的家，占了我们的房。一夜之间"锷未残"就惨了！我们几个人面对五千多个浑横不讲理的造反勇士，论打我们打不过他们，论骂我们也骂不过他们。我想起老前辈上山打游击的经验，于是宣布"锷未残"的战士打回老家闹革命，哪个单位来的还回原单位。参加"四清"工作队之前我给厂长当秘书，也好趁机下车间躲开上面的混乱。为了不让这口窝囊气憋在心里得癌症，我们在厂门口贴出了十张大纸的声明，我把一个二十五岁的业余作者仅有的才气全都扔出来了，痛快淋漓地将"大联筹"的造反队大骂一阵。

胜利者对我们报以嘲笑，并以"造反总司令部"的名义向全厂公开宣布：押送我去车间实行"监督劳动"。

我们明明是被人家打散了，还美其名曰是掌握革命的大方向，故作宽容。在造反至上的年月里，"老保"比地、富、反、坏、右更让人瞧不起。特别是被造反派打垮的保皇派，就更加丢人现眼，我像个犯人一样在汽锤上耍了九年钳子。

一九七五年秋天，正是"资产阶级复辟和反动路线大回潮"的时候，第一机械工业部在天津召开学大庆会议，贯彻落实中央钢铁座谈会的精神。一个阳光灿烂的中午，两位陌生的女同志像从天而降一样突然出现在我的房间里，自称是《人民文学》杂志的编辑。

久违了。编辑——多么美妙而又亲切的称号！连她们的名字都那么有味儿：许以、向前。《人民文学》杂志准备复刊，她们来向我约稿。在我眼里《人民文学》杂志可是艺术海洋中的一艘大船，如同郑和的战舰、哥伦布的征帆一样。我不免有点儿受宠若惊。心里当然也知道编辑是到天津来撒大网的，她们至少同时向十个人约了稿。不管怎么说，她们希望能从我这儿捞到鱼，这就足够了。

当时写小说并不难，有个现成的套子：主人公是革命小将，对立面多是老家伙，展开两条路线的斗争，中间穿插一个敌人搞破坏活动。

我不能钻这个套子，要写就得来点"绝活儿"。我在生活中已经掌握了太多的"绝活儿"，要对得起《人民文学》杂志这块牌子。

一九七六年初，在复刊后的《人民文学》杂志第一期上发表了我的小说《机电局长的一天》。此小说写于"资产阶级大回潮"时期，出笼于"无产阶级准备大反击"的时候，可谓生逢其时。开始，读者的来信是一片赞扬声。到三月，来信中就有一半认为它有严重错误。五月，几乎清一色地判定它是大毒草，其罪恶为："宣扬阶级斗争熄灭论和唯生产力论"，"是替走资派翻案的'四上桃峰'"。我实指望登上《人民文学》杂志这艘大船好好领略一下艺术海洋上的风光，谁料它要载我驶向一个绝望的海角……

编辑部想保我。三月，文化部召开一个文艺座谈会。编辑部想试探"上面"对我的态度，把我的名字也报了上去。文化部居然没有把我的名字砍去，看来事情还有救。我和一位副主编怀着紧张的心情走进会场。在第一天于会咏的报告中却给了我当头一棒："有人写了坏小说，影响很大，倾向危险。一些老家伙们看了这篇小说激动地掉泪，难道还不足以引起我们深思，说明这件事情的严重性吗？当然，如果作者勇于承认错误，站到正确路线上来，我们还是欢迎的。"

在这个会上做出决定，让我在《人民文学》杂志上公开作检查。那个年月这样一来就等于倒台了。编辑部出于对我的爱护，向上头要求，在发表我检讨文章的同时再发表我的一篇小说，表明我这个人虽然犯了错误，却并未完全倒台，还是可以挽救的。

在天津我被点名参加一个以"反击右倾翻案风"为主题的话剧创作组,戴罪立功到小靳庄深入生活半个月。以后我成了话剧《红松堡》的执笔之一,并写出短篇小说《铁锨传》。轮到写检查的时候手软了,不愿给自己上纲上线,只写了八百字,怀着侥幸的心理想混过关去。

此时风声更紧了,对《机电局长的一天》的批判调门也比以前更高了。我的检查不仅让坚定的无产阶级"左派"不满意,也让那些想保护我的人失望。两个副主编从北京驱车到天津做我的思想工作,希望我重写检查。自我批判越深刻越容易过关,他们绕着弯子对我进行启发诱导,大家都很紧张,字斟句酌,不能不打官腔,又不能全打官腔。

我一肚子怨气突然爆发了:一不写检查,二不再写小说。我是工人,谁还能不让我干活吃饭!

作者和编者——落水者和船员——展开了激烈的争辩。他们想保护我,我拒绝保护,在火头上还说了许多大逆不道的话。他们说不服我,也没有加害于我。否则,他们只要把我的言论整理出来往上一报就会一了百了。我是下班后骑了一个小时的自行车赶到文化局进行这场艰难的谈话的。我们都饿着肚子,告别的时候我送给他们两斤天津市粮票。我可以饿着肚子回家,不能让毕竟还是一片好心的主编们空着肚子回北京。

事情并不像我想的那么简单,以为从此不写作,脑袋一硬豁出去就行了。三个带着内蒙建设兵团公函的军官找到《人民文学》杂志编辑部,声色俱厉地宣布:"不彻底揭开文艺界阶级斗争的盖子,不揪出蒋子龙批倒批臭就不撤离编辑部!"

一群秀才怎么能应付得了这种全副武装、斗志昂扬的大兵?惶惶然无言以对。我拖累了神圣的文学殿堂和值得尊敬的编辑们。

天津市文化局创评室找出两个胆子稍大的年轻编辑,戴上当年的红卫兵袖章,做出一副也是革命派的姿态,专门负责接待打上门来对我进行批判的勇士。真难为他们了。

我所在的工厂也如临大敌般地做好了准备。奇怪的是那些反潮流的斗士没有一个找到工厂和我的车间里来。

一些外地的刊物开始公开批判《机电局长的一天》,其上纲之高、口气之激烈,令人毛骨悚然。中国是太阳的世界,也是风雨的故乡,眼见我是拖不过去、躲不过去、顶不过去了。现在讲来像开玩笑,当时却感到周围布满陷阱,日夜提防。

苦煎苦熬了两个月,从北京又来了一位副主编。他不再找我,带着于会咏的信直接找到市委文教书记。第二天,文教书记亲自跟我谈话,虽然前后不到十分钟,却把我逼上了绝境:

形势——如果我还是拒不检查,就要在全国范围内对《机电局长的一天》展开批判,车间班组、街道里弄都要召开批判会。你以为是工人就能饶过你吗?我如果执迷不悟,编辑部迫于压力只好表态。那就是说要把我抛出去,一切罪责、压力全由我一人承担。

出路——检查愿意写得写,不愿意写也得写。而且不用我动脑子,那位副主编根据文化部给定的调子写了一篇批判稿,实际上是用第三人称替我写的检讨书。我只需要照抄一遍把它改成第一人称就行了。这个稿子给许多有关人读过,大家同意,并赞成市委领导用组织手段迫使我认罪低头。同志们知道我脾气不大驯服,先用行政手段让我就范,然后再慢慢做思想工作。

我自知顶不住,就签字画押了。反正这是组织决定,领导拍板,检查又不是我写的……我在心里为自己的软弱辩白,越辩白越瞧不起自己,越觉得自己像阿Q。以前我总以为自己骨子里是强硬的,穷性很大。岂知到关键的时候不敢以命相拼,是懦弱的:"锷未残"被抄家封门的时候,关于《机电局长的一天》的检查文章毕竟是署我的名字……

看透了自己是很悲哀的。我真不想拼命,可当时那种形势下,不豁出命去,不准备蹲班房是顶不住的。在别人眼里也许我的命不如名誉值钱。当时对我自己来说命可是比文学名誉更值钱。名声臭就臭呗,反正我已经告别文坛了,去他妈的文学!家庭需要我平平安安地尽到丈夫和父亲的责任,妻子还躺在产院里,由于惊吓奶水迟迟下不来。六岁的儿子被反锁在家里,等我回去给他做饭。反正当不成让自己尊重的男子汉了,丢人一次也是丢,丢两次也是丢,破罐破摔凑合着活吧。他们不是说检查一发表,《机电局长的一天》的公案就画个句号吗?我砸了钢笔,焚烧了自己的所有作品,开始用书点炉子,仿佛丢掉了一个大包袱,今后准备过安生日子了。

《铁锹传》配合我的检查文章一块发表了,然而事情并没有结束,对《机电局长的一天》的批判反而升级了。《人民文学》杂志的编辑们在抗震棚里挨个儿表态,必须承认我的小说是大毒草。主编责令编辑部组织批判文章,对《机电局长的一天》的大规模批判已势在必行,《人民文学》杂志应该争取主动,不要落在后面陪着我一块儿挨批。

那位两肋插刀替我起草检讨书的副主编冲着主编拍了桌子:"人家写了检查还要批,你们说话不算话,叫我怎么向天津市委交代?怎么向蒋子龙解释?对一个工人作者怎么能这样?"那位主编大概从文化部得到了什么指示,口气更硬:"现在形势变了,蒋子龙是毒草小说的作者,对他也要跟对俞平伯一样,该批就得批!"

就在这时候毛泽东去世了。

这救了《红松堡》剧组,只写出草稿,仅在内部试演了一场便流产了。

历史一点儿也不幽默。《机电局长的一天》似乎又是好作品了,至少是没有问题。而《红松堡》的草稿和《铁锹传》又成了大毒草。天津市掀起了一场声势浩大的批判运动,仅市委机关报就发表了不知多少块版的批判文章。现在我只记得有一个通栏大标题格外醒目——《一把反革命的大铁锹》。

天津市委成立了"蒋子龙专案组"。据说"四人帮专案组"还管着王、张、江、姚四个人,为一个业余作者单成立一个专案组,在全国大概只是我有这份福气。

在全市文化系统的群众批判大会上,《红松堡》草稿的另一个执笔人(专业剧作家)反戈一击,点名批判我。连一些我过去的熟人、尊敬的行家也都突然翻脸了,不认识我了,在报刊上发表文章往死里批我。许多我不认识的人当然就更有理由在对我的批判中表现出他们的坚定立场和远见卓识了。

不过,他们打的是一只死老虎。

我跟文艺界已经一刀两断,当上了有将近七百人的代理车间主任,每个月跟工人们一块儿为国家创造几十万元的产值。不管批判搞得多热闹,我心里一点不紧张,有点像过来人一样对世间冷暖感到可笑和可怜,但不是笑自己和可怜自己。我即便是一块生面团,在社会这口大铁锅上翻过来倒过去地也烙熟了。每当报纸上发表一篇批判我的文章,吃饭的时候工人们就找我开稿费,我掏钱去买啤酒和火腿肠。大家嘻嘻哈哈,边吃边喝边批判。什么“反革命的大铁锨”呀,“大毒草《红松堡》”呀……

我罪有应得。

工厂也要召开群众批判大会。我给党委书记打电话:“我是自己走进会场,还是党委派人来把我揪去?我在台上是坐着、站着,还是有人给我架喷气式?”书记叫我跟车间工人坐在一块儿。我不愿玷污工人的清白,自己提前来到大礼堂,坐在第一排的正中间,预备人家揪我的时候好方便一些。谁知这前排正中间的好位子是工厂党委的常委们坐的,领导们当然不愿意跟我坐在一起,只好坐到角上去。职工们进场以后也都不愿意往前坐,以示跟我划清界限,也许是为了中途溜号更方便一些。全厂一万五千名职工来了不足一千人,稀稀落落地坐在礼堂的后半截。前十五排空荡荡只坐着我这个被批判对象和十来个工厂领导。主持会的人喊破嗓子也没有人愿意坐到前边来。我身上的毒太大了。

其他车间一些没见过我的人,借着去厕所绕到前面来想看看我这个臭名昭著的家伙长得是什么样子。我看出了他们的心意,便站起身向他们行注目礼。这些可爱的工人反倒低下头匆匆在我面前走过。后面的人退回去,再也没有人去厕所了。他们想看我,却又怕我看他们,这是为什么呢?我至今想不通。

我扬着头紧盯着台上的发言者,发言者却不看他的批判对象,唯一一个声音最洪亮、态度最激昂、批判最深刻,读到慷慨之处敢于用义愤的眼光扫一眼全场的是那位宣传科的干部,他是学中文的大学生,以前曾多次要求跟我合作,希望我帮助他把他的名字印成铅字。叫我怎么能在被批判的时候严肃得起来呢!

我快快乐乐、忙忙碌碌地又当了三年车间主任。一九七九年春,我因病住进医院。在一个大雨天,《人民文学》杂志的编辑披着湿漉漉的雨衣走进我的病房,发梢上滴着水,裤脚和鞋子都湿透了。声称代表编辑部为过去的事情向我表示歉意。

这是从何说起呢? 人没长前后眼,生活也不是打赌押宝。

这位编辑询问了我的生活和工作情况,向我介绍了文艺界的信息。最后又要求我给《人民文学》杂志写稿。我笑了:

"天津还在批我,我的专案组还没有解散,写出稿子你们敢发吗?"

"质量合格就敢发。你的问题我们最清楚。"

我有点动心。反正已经被批得焦头烂额了,何不妨再试它一下,在乱上再加点乱呢? 说到底还是身上有创作的这种虫子。

躺在病床上就开始构思,出院后利用那几天假期写出了《乔厂长上任记》。

旧的批判没有结束,新的批判风暴又刮起来了。甚至连市委文教书记也给中央写信告"乔厂长"的状,各个时代的文教书记都这么关心我真是一件幸事、乐事。

新的批判浪潮反而逗起了我的创作欲望。每见到一篇新的批判我的文章,除去喝瓶啤酒吞下五角钱的火腿肠之外,当天还要写出一个短篇小说。

总是一波未平一波又起,大风小风不断刮,老有人挑我的毛病。对我的小说的批判夹杂着个人攻击,谣言又借助于上头精神,因而我也老有作品出世。我跟文学可以说是不打不成交。批判家使我清醒、镇定,我从不脑袋膨胀发热,从不忘乎所以。背上悬着一把剑,哀兵大勇。蛇不蜕皮长不大,我如果像自己的属相一样成为一条真正的龙就得不断蜕皮。

作为反证,那些老是喜欢批判别人的人,自己很难长大,难得有好作品问世。

我从心里感激批判过我的人。曾托一个跟饭馆有关系的朋友联系了两桌酒席,想专门请那些用嘴或用笔批判过我的人赴宴。只是表达我的谢意,没有他们就不会有我那些作品。鼓励他们以后继续批我,多批点儿。几天后那位朋友告诉我没有人肯来。我甚感失望,省了钱心里却怅怅然。花钱买骂,那骂还值点儿钱。不花钱挨骂,说明那骂一钱不值。

文学本身毕竟是宽厚的、深情的。它不但允许那些文坛福将和巨子上船,也允许那些失意者和倒霉鬼上船。我不愿拿命运来解释文学,那太泄气了。

人们喜欢用文学解释人生,解释生活,那就有趣得多了,色彩缤纷,丰富而深刻。

人说"大难不死必有后福",我的福气大概就藏在脸上的皱纹里。我珍惜这满脸的褶子。

我不感激文学,也不怨恨文学。我知道它不会把我引向庄严的圣殿。如果它把我引向可怖的"百慕大三角",我也不会后悔。我只是努力想理解它,不让它失望。

几番沉浮,几度落水,能活着就是赚的,夫复何求?

1986年9月17日

初一试笔

　　除夕夜,我的房子像一座孤岛,经受着来自四面八方的炮火的轰击。

　　窗外的世界噼噼啪啪、有声有色,我心里却出奇的宁静、孤独,温暖而又充实,像潮汐下的沙滩。这样静静地体察着这个热热闹闹的世界不是很好吗?

　　去年夏天在五台山出了一次车祸,被文坛上戏称为"飞车之祸"——据车祸现场勘查者说,我们的大轿车离开山道在空中飞行了二十米……算是白捡了一条命,因此过年的感觉有些异样,对热热闹闹的大年三十生出了一种亲近之心。

　　以《易经》的解释:"正月为泰卦,三阳生于下。"此时阴消阳长,春回日暖,天地交合,万物更生,天地间充塞着浩浩荡荡的祥和之气。以一种憨态可掬、耐力强韧的可爱动物冠名的年,理所当然地给人以温暖和美好的祈望。我也同样祈望今年的生活温暖而美好,文学能够具备足够的自信,和历史对话,和现实对话,色彩鲜明,个性强烈。

　　我有自己的力量,自己的速度。像眼前被鞭炮震得耳聋目眩一样,也曾经受过各种新潮观念的轮番轰炸,所幸还没有成为种种新潮的附庸或牺牲品。多年来承受着文学的骄傲与尴尬,也庆幸文学的力量至今并未丢失。

　　于是我也不准备到新潮里去寻找深度,属于自己的世界还有待开发。

　　你说生活很实际吗?可又把握不住它,缺乏强大的穿透力。不能洞穿现实,更何谈穿透文学?文学理应预言"新的现实"。现在的作家还能预言吗?读者还相信文学的预言吗?

现实的本性是变化。世界在变,生活在变,人也在变。去寻找充满灵感的环境,不如把自己带到创作的最佳境界——"真诚与激情的顶峰"。有这样的魄力和勇气,敏锐地忠实地多方位地表现当代生活的真实,才能使文学呈现出一种开阔、凝重的品格。

自己拥有一百种感情,写作时才能表现一百种感情。贫乏的作家是心理资源贫乏,一个苍白的营养不良的灵魂是无法开采丰富的生活资源的。

愿这惊天动地的鞭炮确实为我轰开一片新气象。

一位可爱的朋友年前在为我搬家时将所有门窗都大开,手提一挂长长的爆竹,从一个墙角响到另一个墙角,且口中念念有词,把房子的所有角落都震遍了。剩下的最后几个响炮从窗口向外丢去,像一串带响的流星,他嘴里似乎喊了一声:"去吧!"

去吧,旧岁!除旧才能迎新。

夏天从五台山回来后,写了两句打油诗,此时拿来作新年开笔的吉语吧:

"大难不死回文坛,下笔何必惧鬼神。"

1988年2月17日

家有升学女

做父亲,真正是一门"做到老学到老"的学问。

做父亲很容易、很简单,一般男人都有这个权利、这个资格。有时想不做还不行。二十多岁的时候初为人父,充满自豪,充满自信,觉得自己是天下最快乐、最幸福、最负责任,总之是最好的父亲。也觉得儿子是天下最漂亮、最聪明、最可爱,总之是最好的儿子。

如果早婚早育,在这种自信的年轻中完成做父亲的责任,的确是一种幸福。即便是趁着年轻气盛,糊里糊涂地把孩子抚养大,也不失为一种幸运。

最惨的是像我这样,年近知天命了,女儿才刚要考高中,对如何做父亲突然没有把握了。

当她到夜里十二点多还不休息的时候,我一方面感到欣慰:她自己知道用功,我就可以省点心了;同时又感到心疼:小小年纪没黑没白,没有周末也没有节假日,一熬多半夜,怎么受得了!

我有自己的生活规律,不可能陪着她天天熬夜。说实话也熬不住,除非写作。而写作一过十二点还不放笔,就睡不着了,第二天则昏昏沉沉。即使我能熬夜,也不能天天陪她,要让她自觉地为自己负责。

尽管这样说、这样想,只要我先她而睡,总是很不好意思,有点偷偷摸摸睡懒觉的感觉。深更半夜丢下女儿一个人孤立奋斗,我还敢说自己是个负责任的好父亲吗?

女儿进入初三下学期,我和妻子联合跟她进行了一次长谈,共同分析了她面临的形势和任务。初中毕业后有三种选择:考高中,考中专,考技校。她选择了第一种,考高中。好,我们继续分析:上高中的目的是为了考大学,非常单纯。高中有两种,一般的高中和重点高中。考上重点高中就有希望上大学,进入一般的高中,上大学的希望就渺茫了。考不上大学就得被打入街道等待分配工作。

路,就是这么窄。

女儿的目标当然是选择重点高中。

要实现这目标就只有两个字:拼命。

我们让她明明白白地独立自主地决定自己的未来,让她成熟一点,懂得承担属于自己应该承担的压力和责任。

虽然把该说的道理说得非常清楚了,女儿的命运交由她自己掌握,我们再管得过多只会干扰她,惹她厌烦。但她的一言一行,情绪的细微变化,都受到我密切的注视。我想女儿的心里也很清楚,父母嘴上说多照顾她的生活,不再过多地过问她学习上的事,其实父母真正关心的还是她的功课。所谓关心她的生活还不是为了让她把学习搞好? 她每时每刻都能感受到父母监察的目光。

她经常洗头,有时放学回来就洗头,有时做一会儿功课再洗,一周要洗两三次,头发不长,每次都要耗费半个小时左右。开始我以为她用洗头驱赶睡意,清醒头脑。后来发现每天晚上例行公事地洗脸漱口,她有时要磨蹭四十分钟。每个动作都是那么慢条斯理,有板有眼,毛巾挂在绳上还要把四角拉平,像营房里战士的毛巾一样整齐好看。看似很认真,又像是心不在焉。

她这是得了什么病?

时间这么紧张,一方面天天熬夜,一方面又把许多宝贵的时光浪费掉。

我很着急,却又不能为此批评她。连女儿洗头用多少时间,洗脸用多少时间,都看表,都想加以限制,这样的父亲未免太刻板,太冷酷无情了!

渐渐地我似乎猜到了女儿为什么要借助于玩水而消磨时间。她自己也未必意识到,与水的接触使她放松了,暂时可以忘记课本,忘记那日益迫近的升学考试,排解各种压力和紧张。洗脸漱口谁也不能干涉,多亏每天还有一段自由自在的洗漱的时间。

也许她还以为当自己走进卫生间以后连父母监视的眼光也被挡住了。

让她保留一点能够让自己轻松惬意的生活习惯吧。钢琴不弹了,羽毛球不打了,为了这该死的升学考试,一切业余爱好和能够给她带来快乐的活动全停止了。

她活得太沉重、太劳累、太单调了。尽管她从小就被太多的爱包裹着。为了让她长见识、长身体,我们每年几乎都要带她外出旅游,让她看山、下海、走草原、钻森林,她和同龄孩子相比应该说是幸福的。不知她将来怎样回忆自己的童年,我总觉得现在的孩子也许不会有终生难忘的童年记忆。他们一出生,最晚从上小学一年级起竞争就开始了。社会的压力、家庭的压力,都会转嫁到他们身上。他们能有多少童稚?稍一懂事便不能再无忧无虑。

我在一个穷苦落后的农村长到十几岁,但那是我至今唯一亲眼所见和无比怀恋的天堂。摸鱼,捉鸟,打弹,游泳,上树摘枣,井水泡瓜,干能够干的农活,捅不该捅的马蜂窝。现在想起来连挨打都是甜蜜的,是真正"吃饱不问大铁勺"。对时代背景,政治运动,人间险恶,社会疾病,一无所知,一点没记住。记住的全是美好的、快乐的。没有童年就不会有现在,童年的色彩至今还养育着我的人生。

现在的孩子活得像大人一样累,甚至比大人还要累。

甚至连未来也成了一团灰暗的沉重,没有色彩,没有欢乐的诱惑,更不光辉灿烂,只是各种负担压力的集合——这也许只是我这个做父亲的感觉,她本人并无沉重感。

想想三年后还有一场考大学的恶战,我就感到厌烦,感到累得慌。也许这又是做父亲的多虑,是一种渐入老境的心态。女儿本人或许并不觉得这有什么可感到累呀烦呀的。

她常会趴在写字台上睡着了,我就很不高兴地将她喊醒,或者听任她继续用功,或者索性逼她上床睡觉。有时我睡不踏实,在半夜会突然醒来,女儿又趴在桌上睡着了,灯亮着,门窗开着。父女之间好像有某种感应。

有时星期天下午不去学校,她会整整睡上半天。还有时刚吃过晚饭就上床大睡了。似乎是表示一种反抗、一种愤怒。我心中不快,却也不去管她,隔一段时间不让她大睡一次,她的身体会吃不消的。我是经过开夜车锻炼的尚且熬不住,她一个十五岁的孩子又怎么能熬得住呢?越紧张她越能大睡,说明她心理素质不错,颇有点大将风度。有时还听音乐、听相声,嘴里哼着流行曲,兴致上来还要跟我开玩笑。我却笑不出来,感到困惑:她心里到底有没有压力?是她升学还是我升学?

这一点像她的母亲。在这篇短文里我老是说"我"对女儿怎样,"我"对女儿如何,很少提到妻子对女儿如何,妻子对女儿怎样。她主张顺其自然,让孩子吃好穿好,感受到家庭的温暖和父母的关怀,至于学习,女儿已经懂事了,别管得太多,别瞎操心。她厚道心宽,没有我那么多"思想活动",也很少跟儿女们进行长篇大论的谈话,她的疼爱多体现在行动上。所以,儿女们对她亲近,相对地说对我有点"敬而远之"。如果我们夫妻俩对某一件事情意见不一致,儿女们很自然地站到她一边。我在家里经常是少数,处于孤立无援的境地。

有时候我真希望自己是孩子们的朋友,而不是他们的父亲。

做父亲就要这也担心,那也负责。而这种担心和负责却未必是孩子们所需要的。

当初跟儿子的关系就足以让我深思许多东西,从他上初中到进大学这段时间里,父子关系老是跟着他的分数线起伏不定,时紧时松。直到他参加工作才恢复自然与和谐。

现在跟女儿的关系有点紧张,除去跟她谈她的学习,似乎没有让我更感兴趣的话题。而谈学习正是她最厌恶的话题,常常一言不发,我问三句她最多答一句。而且非常简练,答一句顶我问十句。相反,跟我的一位朋友(也恰巧是她的校长)倒是无话不谈。我有时不得不间接地从朋友那里了解一点自己女儿的思想动态。那位朋友不愧是优秀的教育家，严格信守对自己学生的诺言，不该告诉我的决不讲一个字，宁让我尴尬也不辜负自己学生的信赖。

我把"父亲"这两个字理解得太神圣、太沉重了，因而潇洒不起来。好在我还有自知之明，在不断观察，不断思考，不断修正自己。

1991年5月9日

多用斋 多味斋

"我的书斋"——编辑出了个多么清雅的题目。

我也有个读书写作的地方,但那叫"书斋"吗?在我的想象和希求中,"书斋"可是另外一种样子。可不叫它"书斋",又叫它什么呢?

不是它选择了我,也不是我选择了它。我拥有它完全不是因为我喜欢写作,仅仅由于我"参加革命"近三十年,理应有块属于自己的空间。是生活把它分配给我,或者说是命运把我塞给了它。它因为我而能荣幸地在《光明日报》上占一角地方;我能成为一个"写匠"也多亏它。我们相互依存,充满感情。虽然它地处郊区,是大地震之后盖起的简易居民楼中的一间,夏天小贩的叫卖声和孩子们的嬉闹声不绝于耳;冬天西北风呜呜怪叫,好像随时都可能再次发生地震。但我对它还是充满了依恋。我最快意的事情莫过于躲进它的怀抱,写点自己想写的东西,看点自己想看的书。

它的空间有限,但用途很广。它是我们家的经济、政治、文化的"活动中心"。我无法按自己的兴趣和风格来布置它,只能按"家庭首府"的需要来安放东西。

房子的正中是一个四四方方的大蜂窝煤的炉子,靠它取暖做饭。吃是活着的第一件大事嘛!一张单人床也是必不可少的,据说床铺南北方向置放为宜,这是由于地磁的作用对人体有好处。我的房子太小,实在调度不开,只好东西方向安放。我常做噩梦,大概就缘于此。

一进门最显眼的当然就是那两个顶天立地的大书架了,它是我自己设计的。用硬柞木制造,高及屋顶(房子小就要充分利用高空),

精细而又结实,颇像两个气概不凡的男子汉。左边悬着一把精钢青龙剑,右边挂着景颇刀。这两个书架里的书都是我喜欢的,有参考价值,不借外人,而且不断增加。如今铅字和油墨给人类造成的负担是很沉重的,许多书是不配摆上书架的。

靠着东墙还有两个从家具店买来的书架,与我自己设计的书架相比就显得矮小、寒酸和粗糙多了。如今人们对消费品的需求胃口越来越大,什么都要高级的,唯独没有高级书架。四个书架都塞得满满的,淘汰下来的书就捆好塞进床底下、堆到阳台上。在两排书架的挤压下留出一个小胡同,一头通阳台的门,一头顶上北墙。无论房子多么拥挤,也必须留出一块空地,供我在构思或被一个句子卡住的时候来回溜达,借助双腿有规律地运动,打通堵塞的思路。

我只要蹲在家里,就得承受来自四面八方的书的挤压。垫花盆的是书,当茶几的是书,柜顶上是书,过道里是书,厕所里是书,门后边是一人高的杂志垛。站在窗前向外望是像书本一样四四方方的大板楼;推开门向后看,还是方方正正的板子楼。狭小,拥挤,晕眩。在这样的环境里怎么会感受不到城市生活里的"现代气息"?

既然叫"书斋",自然少不了一张书桌。但这张书桌不归我专用,谁的工作重要谁就有权占用它。儿子今年要考大学,只要他回到家来,我便让位。全家人吃饭在这个房间,待客在这个房间,除夕放鞭炮、看焰火也要站在这个房间的阳台上。所以应该叫它"多用斋"。

在迎面的墙脚下放着一对触目惊心的巨型哑铃。这是当年我干锻工时根据自己的力气亲手锻造的,是钢的,不是铁铸的。它无声地告诉客人们,这间屋子的主人有多大的蛮劲,足令那些文弱瘦削的同行们咋舌。"好汉不提当年勇",其实我眼下对它也是举得起玩不转了。当年从事重体力劳动积攒下的老本快吃光了。

还有什么呢?噢,一对沙发。来两个客人正好,来三个以上的朋友就要坐到床上去或打开折叠椅。北墙上钉嵌着一挂鹿角。东南角的书架上面有一个苍鹰的标本,利爪紧紧抓住一块山石,翅膀张开,目光贼亮,似乎随时都可能俯冲下来。还有大大小小十盆花木,枝叶茁壮,很少开花。我偏爱看叶的植物,四季常绿,永远富有生机和希望,给人以扎实稳重的感觉。花儿虽好,有开终有落,开时好看,高出叶子一头;谢时难看,惹人怜惜。书架里、书桌上还摆了一些不值钱的工艺品。一位风雅的朋友说:"你这屋子里乱套了,什么玩意儿都有,不协调,没有风格。"

是的,乱七八糟是我这屋子的一种格调。不仅如此,连这里的气味也是多变的。抽烟的客人走了留下烟味,时髦的女客走了留下香水味,工厂的朋友来了谈经济,老家里来人谈农村,干部来了谈时事,同行们来了谈文艺……每个家庭都有自己的气味,唯独我这间屋子里是杂味。有时一天要变好几种气味,堪称"多味斋"或"杂味斋"。

不管怎么说,我在自己的屋子里感到轻松、自在,且有一种安全感。我是"业余作者"出身,用唱戏的话说叫"票友下海"。写作没有规律,一身游击习气,在哪儿都能吃能睡能干。可还是回到自己的根据地,精神最愉快,竞技状态最好,因此我的绝大多数作品都诞生在自己的"多用斋"里。中篇小说《赤橙黄绿青蓝紫》是趴在缝纫机上写出来的,因为孩子要占用书桌写作业。我一向觉得孩子第一,写作第二,至今如此。虽然作品也是自己的"孩子"。

所谓"破家值万贯",我深以为然。"破"而有用。虽"破"而属于自己,可以自由支配。正因为它"破",可以不必精心爱护,省去不敢碰、不敢摸、不敢坐以致成为物质的奴隶的担忧。如果"破"而"多用"或"乱"而"多用",就更加可爱,完全值得像我这样写文章来自卖自夸一番。

1992年8月4日

寻找王家达

　　每个作家都不会忘记自己的编辑,尤其是发表他不会忘记的作品的编辑。比如,我不会忘记自己的第一篇小说,不论它多么幼稚可笑,抑或多么单纯可爱,它毕竟是我小说创作的开端。

　　因此,我就永远不会忘记发表它的刊物和编辑,曾为此写过文章,在不同的场合都有不同的人问起过关于我的第一篇小说的情况,我也就多次讲到这件事——刊物是《甘肃文艺》,编辑则不知是谁。

　　那个年代的刊物上是不署编辑的名字的。当时我对任何一个杂志的编辑部都充满了神秘的敬意,是不敢去信打问编辑情况的,以免被误会。

　　后来经历了"文化大革命",文学杂志纷纷停刊,十年后又纷纷复刊,或沿用老刊名,或改成新名号。一场场运动,一个个事件,聚散离合,倏忽近三十年过去了。

　　近三十年来我并未忘记那位不知名的编辑,也没有消失对他的敬意、谢意,还有好奇……

　　当时我在渤海湾的边上当海军制图员,中国的大海算是见识过了,很想有机会再游历一番中国的大山大河。因此便格外向往西部,写出第一篇小说就想投给西部的刊物。选中《甘肃文艺》是因为喜欢它的开本,大32开,像本书,感到很新颖。还有一个原因,我是制图的,从地图上看兰州又是中国的中心。我不知道那位编辑为什么在许多来稿中相中了我的小说,我向往西部是因为我年轻、浪漫,没去过西部。他见过大海吗?他喜欢我小说里所表现的海军生活吗?他多大年纪……不知为什么我从来没想过这个编辑会不是男的,而且毫无根据地觉得他可能是位老先生。

我决定复员前,瞒着部队和天津军人安置办公室,想到新疆天山勘测大队当测绘员——这是我的专长。路过兰州的时候顺便可以拜见一下那位编辑。不想下车后天未亮,躺在候车室的长凳子上睡着了。直到小偷脱我的鞋才被惊醒,待我坐起来,一只胶鞋已被偷走,另一只脱了一半儿。我身着海军军装,赤着一只脚找到派出所,派出所把我送到兰州军人安置办公室。办公室的人看了我的证件(很庆幸放证件的挎包睡觉的时候套在肩上枕在头下,否则小偷偷包应该比偷脚上的鞋更方便,那我就惨了),给北京海军司令部打了电话,不知从哪里弄来一双又旧又脏的绿胶鞋让我将就着穿上,然后送我上了回北京的火车。海军司令部的一位参谋到北京站接我,对我好一顿批评,将我又送回天津。我的"西征"宣告彻底失败,那位编辑也未见到。

此后再也没有机会去兰州了。对那位编辑的感谢和好奇,变成一个温暖的悬念留在心里。

直到一九九三年八月十日,我参加敦煌笔会必须先到兰州。在我到达兰州的当天下午,甘肃省文联的一位副主席提着刚从他自己院子里剪下来的新鲜葡萄来宾馆看我们,在交谈中才知道他就是我寻找了近三十年的那位编辑——王家达。

他比我想象的要年轻得多。说话带西部口音,这淳朴的给人以历史感的语调又传达出他身上的现代文化气息,一个典型的到外面上完大学又回到家乡的文人——打住!我这种感觉很可能是受了他小说的影响——我读过他的一些作品,大都是第一人称。小说中的"我"就是一个学成归来的西部人。

早知道我的编辑是王家达,早就给他写信了!大有相见恨晚之意——阴错阳差推迟了近三十年才见面,实在也是够晚的了!他不再当编辑,是甘肃省作协的专业作家。倘若自己的编辑是老夫子,终生为别人做嫁衣裳固然可敬可佩;当发觉自己的编辑是位有特色的小说家,也很不错。

家达先生的小说正是有一种浓郁的西部韵味。高原天风,黄河水浪,伴着"花儿"婉转的高音,迎面扑来。西部景色的雄阔奇崛,黄河放筏的惊心骇目,筏子客命运的苍凉郁勃,男人的豪健狂野,女人的妖媚刚烈,情与义,血与欲,编织成一个个富有传奇色彩和野趣的故事。

作者是讲故事的高手,浪漫于西部风情的强大魅力之中,追求一种朴素,一种酣畅,一种原始,一种本质。偶尔投以现代意识的辉光,以期折射出人性的美。

读他的小说仿佛听一个现代知识分子哼着渺远的乡调,间或停下来讲一段他家乡古老永恒的爱情传说。唱一段,讲一段。色彩明艳,意境曼妙,情调悱恻动人。这是一种民歌体的小说,字里行间能飞出一种极富感染力的旋律,这旋律带着浓烈的西北情调,充满意象和情趣。我在读完《清凌凌的黄河水》之后,一个人情不自禁地哼了起来,越哼声调越高,最后甚至恨不得放开嗓子任意拔高、喊叫。但这不是瞎唱,不是瞎喊,绝对是西北的民歌调,有点像"花儿"。然而我从来没有唱过"花儿"。不知为什么突然找到了那种感觉,找到了"花儿"的腔调,只是没有词。我当时没有多想,只以为是一时的音乐灵感,一个喜欢音乐的人偶尔爆出一点音乐火花何足为奇。几天后我再想哼哼"花儿",却无论如何也找不着调儿了。到读完家达先生的《血河》,这种音乐灵感又出现了! 真是奇了,他的小说里仿佛藏着一部乐谱……

这就是他的小说里那种西部特色的强大感染力,而西部情调是离不开音乐的。

我也许先是被这西部情调迷住,然后再进入他的故事的;也许我原本就有"西部情结",再加上家达先生曾做过我的编辑,读他的小说自然感受就更多些。

但西部文化的强大魅力是毋庸置疑的。

我刚从西部归来,"西部情结"不仅没有消失,反而更向往和敬重西部了:西部的风情,西部人的淳朴和善良……

1992年8月10日

儿子长大以后

一个男人，应该感谢儿女。没有儿女他就当不了父亲，而不当父亲就不能算是一个真正的完全的男人。

我初为人父的时候是在工厂里，有位车间副主任五十来岁了，他经常以抱怨的口吻向我炫耀：今天裤子被儿子穿走了，明天新买的上衣又被儿子换走了，他的一身行头几乎都是捡儿子穿破的或不要的。当时我真的非常羡慕他，有一个和自己一般高大的儿子多么有趣、多么幸运，爷儿俩可以争穿一条裤子，衣服鞋袜可以换着穿，这才叫天伦之乐。

什么时候我的儿子也长到那样大？自己当时也很年轻，就觉得要把一个小毛孩子养成大小伙子是很遥远很不容易的事情。虽然觉得儿子小也有小的乐趣，很好玩，极可爱，却仍恨不得他第二天就长成大人。

现在已年过花甲，就觉得当初的那些想法很可笑。人能长大或许不容易，但是很快，转眼就是百年。当儿子真正长大以后，又会常常想起并留恋他的童年时期，如有可能宁愿自己多吃点苦，多受点累，也希望将儿子的童年时代多留住几年。

像我这个年龄的人也许有太多的不幸，赶上了太多的动荡、灾难和政治运动。但也有一大幸，童年是在农村度过的，充满色彩和刺激，培养了我的性格，为我的一生提供营养。同时又拥有许多儿女童年时代美好甜蜜的记忆。

我有个偏见，总以为在现代城市长大的人是没有童年的，至少他们不会对童年有深刻美好的记忆。因为他们大都走过一个相同的路线：从托儿所到幼儿园，从幼儿园到学校，生活大同小异，色彩千篇一律，大部分时间在房子里度过，跟玩具动物相处，没见过或很少见过活的牛马羊猪，不知何为原野，何为蓝天和星空。

他们的童年只给父亲提供了巨大的快乐和幸福，当然也有辛苦和责任，上学后就要催他好好读书，催他考重点中学，催他考大学……可谓操碎了心。

我几乎是在毫无准备的情况下，猛然发觉儿子长得跟老子一般高大了，不能说不高兴，但有点生疏。不可避免地也享受到了十几年前我那位副手经常向我炫耀的那种快乐，只是我的感觉比那时候要复杂得多。开始是他穿我的衣服，我的衣服自然要比他的"高级"一些，有些在当时来说算比较好的衣服，穿在我身上显不出有多么好，穿在儿子身上效果则大不一样了，人配衣服，衣服抬人，相得益彰。我还有什么好说的，凡是他能穿的，他喜欢穿的，都先让他穿。

渐渐地他有了自己的着装风格，不再抢穿我的衣服，而是轮到我捡他的衣服穿。他不要的，我穿在身上，还让人觉得挺新潮。

现在似乎是进入了第三个阶段，儿子开始为我置办行头，偶尔还会引进一些名牌，似乎是有意识地为我设计形象。前几年他刚参加工作的时候，花九十元为我买了一双美国皮鞋，当时穿这个价格的皮鞋已经算相当奢侈了，在此之前我还从未穿过超过三十元一双的皮鞋。穿在脚上果然舒服、轻便，心里也轻飘飘的，终于享受到有儿子的好处了，以前的投资开始见效益，开始回收……

那双鞋还没有穿坏，有年春天儿子突然又给我买来一双"老人头"，内部价格还花了二百八十元。我不敢不高兴，在心里可打了折扣，甜甜的又带苦味儿。我对名牌可没有太大的热情，只觉得不实惠，而且这些什么鬼名字，明明是脚，为什么说成"头"？当时我还在中年阶段，不愿意被提前打入老人行列，心里难免有些警惕。

刚进入夏天，一个偶然的机会听到儿子在向他母亲打听我的腿长、腰粗，我赶紧放下笔，问他想干什么？他说要为我买一套真丝的衣服,光一条裤子就二百多元。打住,我这两条腿值不了那么多钱!

什么话,您这两条腿给二十万咱也不换!

妻子也在旁边奚落我,真是土得够劲了,现在穿真丝衣服很普通。过去给儿女买衣服花多少钱也不心疼,现在轮到儿子给你买衣服反倒心疼了。

心疼倒也不假,更主要的还是不习惯儿子为我设计的那身行头。底下是"老人头",上边是一身真丝裤褂……那还得再添三样东西:左胸口袋里放一只金怀表,表链要露出来挂到扣眼上,右手举着鸟笼子,左手牵着狗……还是等以后养了狗和鸟再说吧。

儿子这份心意,还是让我感到骄傲、感到欣慰。他想用名牌武装自己老子的心情,跟他小的时候我想用最漂亮的衣服打扮他,不是一样的吗?我还没有觉得自己老,可是儿子突然间长成大人了,要来关心照顾我。我对这种来自儿子的关心和照顾,却还不太习惯。

儿子怎么会是突然长大的呢?难道这是很容易的事吗?他小的时候像一个活跃的水晶球,到处乱滚乱撞,不知从床上摔下过多少次。当时"一间屋子半间炕",为了让床底下多放东西,便把床腿垫得很高,又是水泥地面,居然没有被摔成重伤,可算他命大。至于脸上青一块,头上起个包,对他来讲不算什么。有时我在干活的时候,不得不把他拴在床架上,让他有多半个床铺的活动范围,却又不会掉下去。我称这为"床牢",也算是对他的惩罚。

倘是把他放在地上,那屋里就会大乱。他什么地方都要踢一脚,都要伸一手。你越不让他摸的东西,他越要摸。有一次竟把手伸到刚从炉子上端下来的稀饭锅里。我至今不明白,他自己也记不得了,当时是出于一种什么心态,非要把手伸到那个热气腾腾、黏黏糊糊的粥锅里去搅一搅。害得我每天抱着他从城西到城东一个专治烫伤的卫生院去换药。夜里他疼得哭,我就抱着他在地上转……折腾了一个多月,幸好治疗及时,遍求名医,治疗护理中没有一点失误,才没落下伤疤。

当时我不感到累,只觉得睡眠不足。有时在哄他睡觉的时候,自己便也睡着了。有那么两次我睡得正香,突然被大雨浇醒,以为是梦,明明在屋里睡觉怎会有雨?可脸是湿的,身上是湿的,大雨还在下,原来儿子不知在什么时候身体转了九十度,跟我成丁字形,小鸡鸡直冲着我,其尿如注,全撒到我的脸上。即使这样,我都舍不得把他打醒,赶紧用抹布擦凉席,边擦边发牢骚:好小子,你欠了老子一笔,有朝一日我很老了,需要你端屎端尿的时候,看你有何话说。二十年以后,日本、台湾以及东南亚一些国家的有识之士,才开始盛行"喝尿疗法"。我才知当年儿子是对我的孝敬。我喝的是童子尿,质量更高。

儿子的事多了,那是一部长篇小说的材料,连他当年闯的祸都成了我现在一种甜蜜的回忆。他非常漂亮,逗人喜爱,我一有空就把他扛在肩膀上,招摇过市,喜欢听邻居、熟人对儿子说一些赞美的话,喜欢看到不认识的人们都用一种艳羡的、愉悦的眼光望着高高骑在我脖子上的儿子。孩子的漂亮和幸福,使我感到极大的欢乐。

苦还没有吃够,累还没有受够,急还没有着够,快乐还没有享受够,他一下子就跟我平起平坐了……今后似乎要轮到他来纠正我的错误了。

我的一位老同事为他介绍了一个女朋友,刚毕业的医学院高才生,聪明,娴静,我和妻子非常满意。姑娘的父母似乎对我的儿子也很满意。几个月后,我便急不可耐地请姑娘一家人吃饭,意思就是给两个年轻人施加压力,按习俗未来的亲家见了面等于订婚。然后我就高高兴兴地去新疆了。

在新疆接待我们的是同行沈玉斌,为人极宽厚平和,且机智过人,人称"神算"。看手相、批八字、相面、算命,甚灵验。我请他为儿子择结婚吉期,他经过认真推算,告诉我,儿子要到二十八岁结婚最好,也只有到那时才能结婚,眼下尚无对象。我大笑,到我儿子二十八岁的时候,我的孙子都三四岁了。对这位所谓"神算"立刻失去了信任。把他的推算当作玩笑话,随即就忘掉了。

一个多月后,我回到家听到的第一个消息,就是儿子和女朋友分手了。他就是趁我不在家的时候迈出这一步的。其理由是:你是个很好的姑娘,如果是我们自己相识的,也许将来会很幸福,现在则非分手不可。介绍人是我父亲的朋友,我们相互还没有多少了解,我的父母率先相中了你,态度明确。你的父母和我的父母一见面又很谈得来。我似乎别无选择,成也得成,不成也得成,每次我们约会,我都觉得是替父母在谈恋爱,我们之间有一点风吹草动,通过介绍人传到我父母的耳朵里,就对我进行一番审问和教导。假若将来结了婚,有一点不愉快,让双方父母知道了就会担心、就会干预,我们还能有自己的生活吗?

这是什么狗屁理由!然而就是这些似通非通的理由,把一个也许是很好的儿媳妇给放走了。我在写文章或开导别人的时候,老觉得自己挺现代、挺开通。通过这件事连自己都感到我是多么迂腐、多么可笑。

儿子的确是成年人了,我时刻都不应该忘记这一点。记不得是前辈哪个老家伙说过这样的意思:父子之间不尽是爱的法则,而是革命的法则,解放的法则,是有才能的青年压服筋疲力尽的老人的法则。天哪,父子倒个儿也不该是这种倒法。

1992年9月

享受高考

　　一九九四年夏天漫长而奇热,我想跟社会爆炒高考有关。离高考还有一个多月哪,社会就已经把高考的气氛造得十足了,学校召开家长会,报纸、电视、广播等各种传媒,天天是高考、高考,开讲座,设专栏,讲学生该怎样复习,怎样应考,怎样调节自己的心理。对考生家长讲的就更多了,大家都出于好心,人人都可以出主意,要照顾好考生,给他们做好吃的,增加营养,又不要让孩子感到是专为他们做的,以免增加他们的心理负担。千万不要给考生施加压力,家长不得老谈高考的事,要劝孩子多休息,多陪他们外出散步,缓解紧张情绪。社会把高考锣鼓敲得惊天动地,家长却要装得跟没事人一样,岂不让孩子觉得反常,心理压力反而会更大?

　　今年我们家是"高考户"。对种种"高考指南"虽心存疑虑,还是照办为妙,多加一份小心总没有坏处。谁料我的女儿颇有点大将风度,原本心理负担就不重,见我不问她的功课只督促她休息,一下子彻底轻松了。中午要午睡两个小时,晚上不到十点钟就上床,一直睡到第二天早晨八点钟,剩下的时间是看电视、听音乐、跟我聊天,好像高考与她无关,把功课扔在了九霄云外。我也装出一副大将风度,像没事人一样看着她享受青春的轻松和快乐,她找我聊时我也尽力克制着情绪陪她说笑。这样过了几天,我就坚持不住了,推翻了所有"高考指南"上的教导,还是按自己的主意办吧。严肃地跟女儿谈了一次话,对心理素质较差的孩子,家长要尽力减轻孩子的心理压力,对你这种心理素质不错的孩子,家长施加点压力也没有关系。我给她制定了作息时间表，晚上十一点前不得上床，早上六点必须起床，中午只能睡一个小时。我自知风度全失，恢复了一个地道的火烧火燎的考生家长的面目。女儿听完我的要求笑了。我问她笑什么？她说早知道我让她休息是言不由衷的，不过轻松了这几天也休息过来了。

这真是，高考不只考学生，还考家长，考学校，考社会。人们说高考、怕高考、盼高考、吃高考、发高考财，连商品广告也不放过高考。太阳神口服液的广告是几个学生喝了这种液体考上了北大、清华。我立刻叫妻去买，如果女儿喝了这种东西又未考上北大、清华，就可以起诉太阳神公司。还有一种叫"清脑助学器"的玩意儿，广告上说得很神，能提高记忆力多少倍，能提高效率多少倍，我赶紧花一百五十八元买了一个，即使它一点效率没有，将来也可免得后悔。别的家长都给孩子买了这种玩意儿，如果我们不给女儿买，万一她在高考中有什么闪失，我们就会自责，就会后悔没有给孩子买个"清脑助学器"。如今学生的竞争，不仅靠自身，还要借助现代科技的力量。这玩意儿买来后我先戴上试试，是一条铁片上焊着五个金属疙瘩，勒在眉心眉骨上，骨头对铁，硬碰硬，极不舒服，戴了二十分钟我就受不了啦，如戴紧箍咒，脑子没有清，反而又疼又沉。我嘴上却极力夸赞这玩意儿，不然任性的女儿怎肯戴它。即便是看在我们一片苦心的分儿上，我想女儿也没有戴几次。买不买在我，戴不戴由她了。只要有人说家长该买什么，该让考生吃什么好，我们就买，就让女儿吃。无论如何不能让高考先把我们考倒。有一天从报纸上看到消息，药店的生意火爆起来了，家长们为考生大量购买防暑降温和驱蚊防蚊的药品。我后悔怎么就没想到这一点，老是跟着别人说，我的傻闺女也不知道要……

很快就到了七月七日，真正意义的高考开始了，考生们必须自己上阵，别人无法替代。老天可怜，从前一天晚上开始变阴，稍微凉快一些了。学校嘱咐过，不能让考生吃得太饱，喝水太多，以免考试中去厕所。早饭要精致，营养丰富，水分还要少，这并不难做到。在临去考场之前，我又让女儿喝了两口加奶的浓咖啡，这是提神的。喝了一袋西洋参冲剂，吞下两粒西洋参胶囊，临走时嘴里再含几片西洋参片。

有这么多西洋参保驾,营养和精力当不成问题了。女儿不愿意含,提出或者咽下,或者吐掉,是我去考试还是西洋参去考试?如果这西洋参是假的呢?我给她讲了一个故事,一位年近七十岁的老干部,几个月前刚做完切除肿瘤的大手术,嘴里含着四片西洋参,作了四个小时的大报告,气力充沛。可想而知你这十几岁的年轻人含上几片西洋参会有怎样的效力!即便西洋参不是真的,至少也是萝卜,萝卜通气,无毒无害。女儿不再争辩,至于参片放到嘴里是含着还是咽下,我也没有再多问。

考场离我的家甚远,骑自行车大约要半小时。我提出要送女儿去考场,在家长会上她的老师也是这样要求家长的,怕自行车万一出点问题,耽误考试。女儿起初不同意,我平时上学比去考场更远,您为什么不送?为什么不担心我的自行车出问题?这就不怕增加我的心理负担?我说,你心里无负担,我给增加一点也无妨。她笑了,笑得很甜,很可爱。我检查了她的准考证、文具盒。没有准考证是不准入考场的,几年前儿子参加高考,他不让我管得太多,谁知第二天他把准考证弄丢了,在考场外站了四十分钟,结果没有达到本科录取分数线。儿子可能会后悔一辈子,我也为此自责,很觉没有尽到一个做父亲的责任。在女儿身上决不能再发生这样的事了。

我和女儿穿好雨衣,用塑料袋把她的准考证和文具盒裹好,刚出家门天上就开始掉雨点。好像我们的脚蹬子连接着播雨机,越往前蹬,雨点越大,越蹬得快,雨点越密。行至中途,已是倾盆一般,雨水从头顶直浇下来,幸好没有风,没有雷电,蹬车虽然有点费劲,仍然能够前进。路面上是积水,前后左右都是雨帘,许多骑自行车的人都下车躲到商店廊下去避雨。我和女儿仍旧骑在车上,且有点兴致勃勃。我问她感觉怎么样?她说棒极了!对,的确棒极了,你属龙,我也属龙,两条龙一起出动奔考场,就该有大雨相随。这叫雨从龙。好兆头,预示着你的高考必定顺利,旗开得胜。你敢不敢大声说三句:我一定能够考好!女儿说这有什么不敢,果然大喊三声。我哈哈大笑,周围一片哗哗的雨声。我觉得心里轻松多了,我想女儿也是如此。

　　这大雨还真有点专门护送我们爷儿俩的意思,到了考场雨就变得小些了。我原以为我们来得够早的,想不到考场外已经站满了家长,我估计里面有多少学生,外面就有多少家长。虽然有的学生没有让家长送,但有的学生却是由一家人送来的,七姑八姨,哥哥姐姐,所以送学生的人的总数,不会低于考生的总数。学生进了考场,大部分家长并不离去,还站在雨里等着,他们担心自己的孩子在考试中出问题,比如:晕场了、生病了、忘记带什么东西了。我对女儿有信心,就说,我先回家,两个小时以后再来接你。放心大胆地考,考砸了也没有关系!

　　话虽这么说,我并未马上离开,想观察一下这些可怜可敬的家长们。一对五十岁左右的夫妻,焦急地在检查考场外的每一辆自行车。原来他们是在寻找儿子的自行车,儿子不让他们护送来考场,急匆匆自己先出来了,他们不知儿子到底来没来。一官员带着十几个随员和记者来到考场,被监考老师挡在了门外。我非常赞赏这位敢于挡驾的老师。这一大群人冲进考场,名为关心考生、慰问考生,报纸上可以发一篇消息,配一幅照片,××领导到考场看望考生,实际是搅扰考试,分散考生的注意力,浪费宝贵的时间。家长们也都愤愤不平,但官员坚持要进考场,最后只好让他一人进去,随员们留在门外,记者隔着门上的玻璃为他拍了几张照片。

　　上午的考试快结束的时候,我从冰箱里拿了一瓶矿泉水,又回到考场外面等候女儿。在考场的大门外面家长们排成两行长长的厚厚的人墙,等待着自己的孩子从考场内出来。家长们此时的心情格外敏感,看到最前面出来的考生脸色沉重,有位家长禁不住说,看来题够难的,孩子们没有考好。其实每个人心里都在紧张地根据考生的脸色猜测试题的难易程度,猜测自己的孩子能考得怎么样。有个女孩阴沉着脸,来接她的可能是她姐姐,一出考场她就对姐姐说,你安慰安慰我吧……不等姐姐说出安慰的话,她竟呜呜地哭起来了。

　　我的女儿出来了,她也看见了我,远远地向我招了招手,笑了。女儿的笑清纯而灿烂,令我们夫妻百看不厌,她平时的一笑都能解我的心头百愁,此时这一笑,不管她实际考得怎么样,我的心里立刻也阳光灿烂起来。竞争是激烈而残酷的,哭和闹都没有用,就应该咬牙,坚持下去。我的女儿在考后能有这样美丽的笑容,即便她考不上大学,我也是满意的。我拧开矿泉水的瓶塞,让她喝个够,她此时需要补充水分。看着她喝水的样子,我有一种幸福感。在回家的路上她向我讲了作文是怎么写的,还问了几个她拿不准的问题,比如《唐璜》是不是拜伦的代表作?我告诉她,她答对了,作文写得也可以。但不论上午考好了,还是考得不太理想,都忘记它,不能沉浸在上午考试的兴奋里,赶紧让脑子进入下一门要考的功课。

就这样我每天往返考场四次,把女儿送进考场,她出考场后再把她接回家。她不再拒绝,反而觉得这样很方便,我成了她的同伴,她的管家,她的保镖。平时我们各忙各的,虽然父女关系也算亲密,但不像这样同甘苦共患难,有一种父女加战友的情谊。加上口试,三天半的时间很快就过去了,一切又恢复了正常,女儿在家里不再享受特殊照顾,每天开始由她洗锅刷碗,西洋参制品之类的东西当然也没有了。女儿故意大喊大叫,你们怎么可以这样,高考刚结束一切优惠政策就都撤销了,还不如继续考下去哪。她把满是尘土的清脑器和只喝了一小瓶的太阳神口服液都扔还给我。

我也有同感,很怀恋女儿高考的这段时间,大家目标一致,团结紧张,互相体贴,每个人的脾气都格外好,说话轻声细语。我也不用写作,只扮演老勤务员的角色,忠心耿耿,心细周到就行,享受了平时享受不到的许多快乐。

1994 年 7 月

童年和羊

　　我厌恶狗是因为喜欢羊。无论厌恶还是喜欢,都是非常强烈的——这是儿时的态度,至今未能改变。

　　人的童年离不开动物,两种伙伴都需要,有年岁相当的小伙伴并不能取代动物伙伴。我的动物伙伴是一只小羊羔,它是家里的大母羊生下的一窝小羊羔中长得最壮实的一只。雪白的身子,嫩红的小嘴,抱在怀里毛茸茸、肉乎乎,它用嘴拱我的脸、拱我的胸口的时候,暖暖的,柔柔的,痒痒的,舒服极了,像在寻求友谊,寻求呵护。从第一次抱它的那一刹那,我就知道我们两个是天生的朋友,我能猜得到它的心思,它也能听得懂我的话。为了喊它方便,我给它起名叫"牛犊",希望它能长得像牛犊子一样粗大强健。从那天起"牛犊"就成了我的尾巴,我下洼它跟着,我下坑游泳也会把它拖下水,把它的身子洗得起亮光。只要我高兴,不嫌太累赘,连跟小伙伴们玩耍的时候都带上它。我在家里的时候更不用说了,它出来进去地就像拴在我的裤腰带上一样,形影不离,那感觉真是美极了——人只有跟人的亲密,生命不算完整,还能享受跟动物的亲密,活着才完美、快乐。

　　有我吃的就有"牛犊"吃的,连母亲给我的好东西我都会省下一点给它,一口梨,一块甜瓜,半块糖……我不能吃的也偷给它吃,一把黑豆,一块豆饼。这些东西是给下地干活的大牲口吃的,没有人家会给羊喂粮食的。冬天没有鲜草了,我会喂它白菜心、青萝卜,隔三差五地让它尝尝鲜。就这样,我长它也长,我却没有它长得快,不知不觉地"牛犊"果真长成一个大牛犊子了,腰粗腿壮,皮毛光洁,头上的两根硬角在左右各盘了一个圈儿,然后像扎枪头一样挺向前方,甚是雄壮威武。

"牛犊"的长大是我突然发现的,有一天我打了一大筐草,背着回家实在有点吃力,灵机一动就分成两捆放到它的背上,它毫不在乎地稳稳当当地驮回了家。这下我可乐坏了,回到家放下草,为了向小伙伴们炫耀,我骑到了"牛犊"的背上,昂头挺胸,双手抓着它的两只大角,美滋滋地在当街转了一大圈。在农村骑牛骑驴不算新鲜,能骑羊的好像我是独一份。小伙伴们眼馋得不得了,都想试一试,我坚决不答应,我是心疼"牛犊",羊生来毕竟不是为了驮人驮东西的。

我和"牛犊"也有麻烦,就是刘瘪犊家养了一条恶狗,个头也很大,看见人就乱汪汪,见了"牛犊"就追就咬。有一次那恶狗居然动员了四五条狗把我和"牛犊"围在了北场上,我手里又没带打狗的家伙,可真被吓坏了。多亏一位叔伯哥哥正赶上,才把狗群打散。

我恨那条狗,也恨刘瘪犊家,不知他们家为什么要养这样一条恶狗?为了看家护院?他们家很穷,似乎没有什么好看护的,连自己的狗都舍不得好好地喂,让它跑出来到处找野食,可不见了人和牲口就想咬呗。我并非不知道狗对人的好处,讲狗的机灵和忠诚的故事太多了。但狗对人不是平等的友谊和忠诚,是奴才对主子的忠诚,玩物对玩主的忠诚——所以世界上的狗除去它的主子喜欢它以外,别的人都憎恶它。被人骂得最多最狠的动物就是狗,还不如狼,人们骂狼只有一句"狼心狗肺"——就是这一句有一半还是骂狗的。至于单独骂狗的话就太多了:狗腿子、狗奴才、狗少、狗仗人势、狗娘养的、狗眼看人低……地球上再没有第二种动物能让人类这样痛恨!

但从那次遭到恶狗的围攻以后,我发现"牛犊"也意识到自己长大了。以后又遭遇了刘家恶狗,它不再惧怕,不再退让,而是低下头,弓起腰,用利角猛刺那恶狗,虽然没有刺中,那恶狗也被吓得逃开了。自那以后,我们不再躲避任何狗,每天大摇大摆地在刘瘪犊家的门前经过,那恶狗却只站得远远地对着我和"牛犊"汪汪几声,不敢再往上扑了。我感到扬眉吐气,活着就不能躲避较量,不经过较量不要轻易惧怕什么。

"牛犊"成了我的保护神,我为它感到骄傲。可它还是那样温顺、平和。

渐渐地我长大了,身体强壮了,真的能够保护它了,它却老了,不能再跟着我到处跑了,我也不能成天守着它了。家里要杀它,我坚决不答应。家里要卖它,我也不同意。难道要它在家里老死?别说是一只羊,就是那些牛、马、驴等大牲口——大人们过日子离不开的伙伴,哪一个不为人类立下过汗马功劳,到老了不中用了,还不是都得被卖掉或被杀了吃掉!我说,别的牲口爱怎么处置我不管,我的羊就是养它到老死,给它立一座坟,世界上有鹰坟、狗坟,为什么不能有羊坟?家里人不再跟我理论,认为我上学把脑子上出毛病来了。

我要到外地去读书了,临行前跟"牛犊"告别,它的眼里竟然流下了泪水——羊还会流眼泪!这倒让我没有想到,比看到人哭别有一种让人心酸、让人受不了的力量。我也流着泪安慰它,叫它多吃草,多活动腿脚,等着我回来……

我放寒假回来的时候,"牛犊"已经不在了。尽管谁都拒绝讲它,我也能猜得到它的结局,它那么老,是卖不出去的。原来我走的时候它就知道不会再见到我了,是跟我流泪诀别。

人的一生没有知己的朋友是很大的缺憾,没有连心扯肺的动物朋友也是一种缺憾。

我闷闷不乐地未等假期结束就提前返校了,从那时起不再吃羊肉。但是到了三年自然灾害时期,节粮度荒,成年累月饿得前心贴后心,我也变得什么都吃了。于是想起了刘瘪犊家的那条见人就咬的恶狗,兴许它也是因为饿,所以才恶,才讨人嫌。饥饿才是最可怕的,能让兽吃人,也能让人变成兽。但心里却始终觉得有负于我那只羊……

也许还是现在的孩子们好,他们只在屏幕上和纸面上被动地识别虚假的动物,喜欢变形的唐老鸭,看见真鸭子反倒无动于衷。欣赏活泼的米老鼠,看到真老鼠却吓得尖声怪叫。或者到动物园里隔着铁笼子远远地望几眼已经被驯化了的动物,或者逗逗改变了天性、真正成了人的玩具的宠物,如不会逮耗子的猫,只会摇尾乞怜的哈巴狗,被牛犊子能够踢伤的狮子、老虎……现在的孩子接触不到真实的动物,无法跟真正的动物结下真实亲密的感情,享受不到我曾经拥有过的真实巨大的快乐,但也不会有我这般对动物真实长久的歉疚。

1996年5月26日

喜 丧

罪

我接到大哥去世的消息好半天没有缓过神来。倒不完全是悲伤，还有震惊。一个多月前我回老家看他，他的状态还非常好，赶集、下地噔噔的，中午吃捞面比我吃得还多。三天前侄女打电话来，还说她父亲的身板儿忒好了，整个麦秋没闲着，刚帮着老儿子收完场。怎么会说没就没了呢？

生死的转换难道可以如此迅捷、突兀？平时听到什么人猝死的消息，虽然也要惋惜一番，但跟自己的亲兄弟突然故去大不一样。骨肉连心，疼到深处，于是生出许多疑问……

一个人可以毫无缘由地就出生到这个世界上来，要死去则必须有原因。如果没有原因、没有预兆就撒手走了，会把亲属坑一下。但那也许正是几辈子才能修来的福，叫"善终"。"善终"比"善始"更难得。

"善终"是有条件的，要活到了一定的年龄。就是俗话说的已经"活够了本儿"。死的时候要干净利索，没有受罪。

对许多人来说，死可不是简单的事，更不容易。按现代医学的解释，人的死亡"不是一个自然的过程，要忍受极大的痛苦才能最后告别这个世界"。"善终"就是没有这种痛苦，或极大地缩短了这种痛苦的过程。

于是人们把活到古稀之年再去世称为"喜丧"——把"丧"和"喜"

联系起来,是中国文化的高明。办"喜丧"和一般的治丧感情的投入不一样,表面上是办丧事,心里却把它当喜事来办。明明是死了人,又喜从何来呢?喜的是生命已经不亏,到该结束的时候就结束,自己不再受罪,也不会给活着的人添罪了。

这几年我可真是见过几位受够了大罪之后才闭眼的人,他们被病痛折磨得生不如死,家属的亲情、孝心也被折腾得到了最后的临界点,嘴里不说,心里恨不得快点解脱,病人解脱,别人也跟着解脱。人人都希望能健康长寿,但肉体凡胎是由碳水化合物构成,活得年头太长了,怎么能够健康?最常见的是没有力气控制屎尿,干净了一辈子最后却陷于屎尿阵之中,失去了排泄的快感和做人的尊严。让人很容易联想到有些宗教里关于"原罪"的理论……死是对一个人所有罪愆的总惩罚。

所以能够预测自己圆寂日期的高僧,提前许多天就不吃饭了,或者喝一点能清理肠胃、让肉身不坏的草药,让自己干干净净地脱离尘俗。

大哥走得这么干脆利落,自然不会受罪。他活了七十七岁,不算长,也不算短。我们的祖父活了七十四岁,父亲是七十七岁,他们临离开这个世界的时候都很清醒,走得干干净净。看来我们蒋家的男人大体都是这样的寿命了——正因为寿命不是很长,所以受的罪也少。我算了一下,自己还有二十多年的阳寿。突然间对自己最后的结局看得清清楚楚,心里一阵轻松,感到欣慰,竟没有丝毫的恐惧或遗憾。这要感谢大哥,是他的去世提示了我……

有生必有死,人从一出生开始就被死亡追赶,或者说是追赶死亡。人应惧生,而不是惧死。村里蒋姓一族,长一辈的人已经没有了,我想大哥对死早有准备,也许等待好几年了。特别是一年多前大嫂去世后,对大哥来说,死就变得真切和迫近了……感到意外的只是我们。意外的理由就是他的身体还很好,这其实是很盲目的。

在身体很好的时候离世是不失尊严地自己走,身体被彻底拖垮后再去世是被动无奈地被拉走。

礼

　　我们共有弟兄四个,二哥死得最早。天津还有一个七十岁的三哥,他对家乡对大哥乃至对乡亲们的感情是我这个最小的弟弟所无法比的,他坚持要回沧州亲自为大哥送行,让我暗松一口气。我原来还担心,三嫂或侄子们怕他年纪大吃不住奔丧的辛苦,不让他回去。那样我就成了家中唯一的长辈,一个长辈在丧礼上应该怎么做我可是一窍不通。

　　老家治丧有严格的程式,极尽烦琐和铺陈,一切都得按规矩和乡俗进行。你说你有真情,很悲痛,但乱哭乱闹也不行,那叫"闹丧";"闹丧"所表达的意思是对丧事办得不满意,对帮忙的人或侄子侄女们有意见,想找茬儿闹事。会说你在天津待了几年,故意狗长犄角——羊(洋)式的。我可不想叫本家的晚辈和村里的乡亲们说闲话,最好是一切都做得中规中矩。哭要会哭,说要会说,站要会站,跪要会跪,走要会走……在治丧的全过程中,每一项程序都有许多人在围着观看,你做错一点就会惹得议论纷纷或被指指戳戳。举个最简单的例子,奔到兄长的灵堂前,是该跪着哭呢,还是弯着腰哭?

　　有三哥在,我就省心了,一切按着他的样子做就行。偏我有个毛病,性情急躁,说话快,动作快,走路快。到了大哥生前居住的门口,一大群乡亲在盯着我们,不说话,不打招呼,连做棺材的也停了手直瞪瞪地看我们怎样哭,有人扭头跑进院子,想必是给侄子们送信儿,院子里立刻传出爆炸性的哭声。这一紧张我就忘记等三哥了,也许是急于想见到大哥的遗容,自己腿长脚快地先进了院子,这时候侄子们哭着迎了出来,我的眼泪控制不住,先于哭声而流出来了。奔到堂屋,见大哥的身上罩着黄布,躺在一个玻璃棺材里。心里咯噔一下,难道是水晶棺材?没听说哪个侄子发了大财能给大哥买得起水晶棺材?门外边不是正在赶做木头棺材吗?怎么不让我们见大哥最后一面就入殓了?就在我走神发愣,手足无措的时候,两个侄子扶架着三哥号啕着进了屋,我赶紧小声请示:

"要不要跪下哭?"

"不要。"

"咱得见见大哥的面儿吧?"

"得见,"三哥发了令,"打开冰柜。"

原来那是冰柜,为了镇着大哥的遗体不会变坏。麦收季节,正是五黄六月天上下火的日子,没有生命的肉体很快就会腐烂。我怎么就没想到呢?一碰上事就犯傻,常常露出一股呆气。

冰柜是两半儿的,有人开始撕揭封住连接处的胶布。要和大哥见面了,屋子里掀起一个痛哭的高潮,极富感染力,当时即便是木头人也会随着掉泪。侄女婿大声提醒哭泣者,他的声音高出所有的哭声:"不要把眼泪掉在死人身上!"这小子就这么称他岳父为"死人"……我又赶紧提醒自己,这种时候你就别挑字眼儿了。

冰柜掀开了,黄布拿掉了,我见到了大哥的脸。我对这张脸是非常熟悉的,现在却失去了生气,显得发黄,僵硬,怪异。嘴张着,眼也半睁着……莫非因走得匆忙,有些心事未了?小侄子用手掌帮着他父亲合眼、闭嘴,口中还念叨着:"爸爸,我三伯伯、老伯伯都回来了,你老牵挂着的人都在这儿守着哪,放心地走吧。把眼闭上吧,把嘴闭上吧,别吓着你的小孙女……"

小侄子的话又把满屋子的哭声催动得更为悲切凄厉。但大哥的眼和嘴仍不肯痛快地紧闭上,小侄子的手掌仍然极有耐心地在大哥脸上摩挲。人死了就该闭眼,所以人们把死亡又通称"闭眼"。死而不闭眼,是死得不安,也让生者不安。这时候哭已经不是主要的了,每个人都希望大哥快点把眼和嘴闭上。于是知道大哥心思的人,或者边哭边加以解劝,或者在心里默默地跟大哥对话,就仿佛大哥还能听得到大家的话一样。

我在清明节回来的时候,知道大哥有两件心事,一件是大侄子的儿子买房缺一点钱,另一件是二侄子的大小子还没有说上媳妇。其实这都不是大事,大侄子全家在天津,他是铸造业的能人,兼职很多,收入颇丰,他们既然想买房就一定会有办法弄到钱。二侄子的大小子才

78

二十岁出头,长得精精神神,身体健壮,尽管读书不多,在农村还能打一辈子光棍吗?我也暗暗地劝慰大哥,该闭眼时就得闭眼,该撒手时就得撒手。儿女都已长大成人,儿女的儿女就更用不着你操心了。

人死是高潮,所有的人都围着你转,哭你,想着你,念叨你,在三天的治丧期里你是全村人关注的中心,一个普通人不就是到死的时候才被人发现你是多么的重要、多么的不可缺少吗?是死成就了一生的辉煌,你已问心无愧,赶快高高兴兴地去找祖宗们和大嫂团聚去吧。

大哥的双眼终于慢慢地闭上了,嘴还微微地有点张着,似乎还想说点什么……主事的人张罗着又用黄布把大哥盖上,把冰柜合拢,重新粘好胶布。我们从天津赶回来为大哥治丧的第一个程序就算完成了,大侄子把三哥和我让进里屋,要进行第二步:全家人商议丧事应该怎么办。

大侄子说:"我爸爸不在了,三伯伯、老伯伯就是我们的老人,丧事该怎么办得听您二老的。"这话说得我鼻子又有点发酸,大哥的丧事该怎么办,主要得看大哥儿女们的意思,我相信在我和三哥回来之前他们兄弟姐妹肯定已经商议过了。尽管大侄子说得很动情、很客气,表现了对还活着的长辈的尊重,但我和三哥却不该轻易发号施令。我让大侄子先说说他们的想法,他说:"我和三伯伯、老伯伯在天津生活,丧事怎么办都好说,村里还有三个兄弟,丧事要办得合他们的心意,该有的程序一样也不能少。"

大侄子说得合情合理,他的情绪也很冷静,到底是喜丧,哭归哭,哭过就算。我请三哥表态,他对侄子们的想法表示赞成,我也觉得我们没有理由反对或另外再提出一些要求——除非我们是想挑刺儿。

三哥提了个我也很想知道的问题:"你们的爸爸到底是怎么没的?"

在老家的侄子们必须对他们父亲的两个亲弟弟有个交代。大哥和三侄子住在一起,就由老三来说:"昨天晚上,我爸爸到二哥家吃面条,前些日子有人给二哥的大小子介绍了个对象,媒人回信儿说,基本就算成了,大后天正式订亲。我爸爸高兴,吃了快两大碗,九点多钟回来先去了茅房,大概是想解完手就上炕睡觉。隔了一会儿狗叫起来了,我以为有外人来串门,出去看了看没有人,等我一回到屋里,狗就又叫个没完,我第二次出去把它喝唬了几嗓子。等我一回到屋,它叫得更凶了,我突然意识到不好,赶紧往外跑,我爸爸已经堆糊在茅房外边的墙根底下了。我喊您侄媳妇把我爸爸抬到屋里,赶紧叫孩子去把我二哥和老兄弟叫来,我去请大夫。大夫来了又打针又灌药,我爸爸就始终没有醒过来,到凌晨四点咽的气。"

如此说来大哥真的是"喜丧"——因喜而丧。成了他一块心病的孙子谈成了对象,一高兴就吃了那么多面条,老家的那种大碗,有一碗就够他那已经工作了七十七年的老胃对付的……大哥应该是死而瞑目的了!

吃

亲属将治丧的大原则一经确定,帮忙的人就开始忙乎了。其实就在我们一大家子人还在东屋商量的时候,治丧的领导核心已经自然形成并开始工作了。以我本家的一位兄弟为首,他在村里是个说说道道的人物,还有一位负责记账的,一位守着一个黑人造革提兜专管钱的出纳,一位掌握治丧进程、指挥和调度一切的"总理",另外还有两个侄子辈的人当跑腿的,负责采买。他们占据了三侄子家最好的一间屋子,那间屋子就成了"治丧大队"的队部,治丧工作也就热火朝天地开展起来了。

在当街一拉溜搭起了三个大棚,都是租来的,铁管一支一架,用印了治丧图案的白布一罩,里面摆上了几十张饭桌,大出殡的架势就出来了。这几十张饭桌非常重要,它标志着丧事的规格。主家想办多大场面,就看有多少张饭桌,将饭桌摆多少天。

治丧过程中的一个重要内容就是吃,根据你的家底儿,你想把丧事办到什么规模,桌上的菜应该上几个碟几个碗,约定俗成是有惯例的,你太寒碜了就让村里人和亲戚们笑话,甚至会怪罪。大哥的两个兄弟和长子都在天津卫做事,侄子们又想把丧事办得好看,那就得豁得出去让人吃。再说人家来吊唁都不会空着手来,烧纸是必带的,同时还要随礼,少则十元,多则几十元不等,不交钱的也会送一块幛子(布料)。

在民间深入人心的"吃绝户"最早就是由治丧引起的:没有儿子的人死了,在办丧事的时候人们就会拼命地吃,主家如果不大大方方地让村里人张开肚皮大吃几天,就会犯众怒,遭到唾骂。因为他继承了绝户的家产,也是白捡来的。以后演化成凡是丧事都要吃,从吃的规模看丧事办得排场不排场。吃是给死者减罪,到阴间少受苦,也是给死者的后人免灾。

兵马未动粮草先行,随着"治丧大队"的成立,火头军立刻行动,在院子里和大门口两边垒灶埋锅,一笸箩一笸箩的馒头蒸出来了,一大盆一大盆的菜炒出来了,一箱箱的白酒、啤酒从供销社搬来了……本家兄弟以及为丧事帮忙的人,理所当然要在丧事上吃,外村来吊唁的人随到随吃,流水的宴席就算开张了。所谓"流水席"就是指吃饭的人像流水一样哗哗流不断,前边的人刚吃完,后边的人又接上来。或者前边的人还没有吃完,后来的人已经在等着了。

但是孝子们——也就是我的侄子侄女、侄孙子侄孙女、外侄孙子外侄孙女们以及我们从天津去的一帮人,吃饭要自己想办法,或者见缝插针地从灶上摸个馒头盛碗菜。找个地方三下五除二地划拉到肚子里去,或者到哪个侄子的家里让侄媳妇抽空给做碗汤喝。所有参与办丧事的人都是在帮我们家的忙,从情理上说我们应该照顾人家,人家没有义务还要照顾我们。可是整个丧事有自己的领导机构,一切活动安排都是听从"治丧大队"的号令,我们倒成了局外人。

"治丧大队"的几位核心人物,他们坐在炕上天南地北,家长里短,说得开心,笑得痛快。三天里他们很少下炕,更难得出屋,灶上炒出了菜先端给大队部的领导,他们喝的酒也比外面那几十桌上的酒高一个档次,丧事操办过程中的大事小事都得请示他们以后才能办——办丧事尚且如此,可以想见平时农村干部的权威性了。

其实,大哥也被冷落在一边了。这些人并不悲伤,无非是想借他的死热闹一下,大吃大喝,猜拳斗嘴,过过酒瘾,而且吃喝完了还不会感谢他。因为谁都知道,很会过日子的大哥,在他活着的时候是绝不会请这么多人到家里来十个碟子八个碗地吃喝一通的。如此看来,与其死后被动地挨吃,真不如活着的时候主动请人来吃……

三天里我大部分时间都坐在寂寞的大哥的棺材旁边,和认识的乡亲说话,回想我在村里度过的童年生活,好奇地看着丧事乱糟糟地以吃为中心地在向前推进。

烧

第二天的主要程序是火化——这令我大为不解,已经拉开架势要把丧事办得热闹、堂皇,还做成了那么结实壮观的棺材,为什么还要火化呢?"治丧大队"的头头向我解释:现在农村不许土葬,谁家死了人偷着埋了,让村委会知道后不仅要把人挖出来照样送到炉子里去烧,还要罚款。没有人敢惹那个麻烦,于是农民们想出了这么一招儿,死一次葬两回,先火化,后土葬。只要火化完了,你再折腾多热闹政府也不管了。

这才是农民的幽默,是无数"你有政策我有对策"中的一"策"。

人们之所以惧怕火化,是因为火化完了人就彻底地消失了。因此有些老人临死前只留下一句话:"千万不要把我烧了!"现在先把人烧了,还要埋什么呢?

外面阳光很毒,热风烫人。孝子们哭着把大哥抬出来放到灵车上。沧州火化场的这种灵车却令人难以忍受,它是在普通的面包车底盘下面开了个长抽屉,把死人往里面一塞,然后让孝子们坐到上面,把死了的老人踩在脚下……这时候已经没有人顾及这些了,好像火化就是这种规矩,既然不得不火化也就不得不遵守火化的规矩。

火化场在沧州市的西南角,离村子很远,正好可以让一群半大小子尽情地耍把。他们坐着一辆拖拉机在前面开道,嘟嘟嘟开得很快,鞭炮挂在拖拉机的后尾巴上,一路上噼里啪啦炸得烟尘滚滚,同时趁风把纸钱撒得漫天飘舞。

在烈日下,这支奇怪的车队把气温搅得更加燥热了,引得路两旁的行人都捂着口鼻看热闹。好像走了近一个小时才到达火葬场。火葬场空旷而简陋,但生意不错,在大哥的前面还有两个人,大哥排在了上午的最后一炉。空荡荡的大院子里没有阴凉处,大家挤在火化炉外面的墙根下,有一位老太太在卖汽水,身边还跟着一个五六岁的小姑娘,小姑娘可以自由进入到火化炉跟前,在停放于炉口外面的死人跟前走来走去,不躲不怕,熟视无睹。这个姑娘长大了若分配当火化工,一定不需要别人再给她做思想工作……

在漫长的等待中,孝子们都躲到凉快的墙根底下去聊天,只有大哥自己孤单单地躺在火化炉前,排队等着化为灰烬的时刻快点到来。一送进火化炉,大哥就彻底消失了,这一刻应该是孝子们痛哭的时候,生离死别嘛。对死者多看一眼是一眼,多留一会儿是一会儿,希望尽量延缓把亲人送进火化炉的时间。可是,这时候所有的人都希望快一点烧,烧完了快一点回去。天也实在太热,年轻人的肚子大概早就饿了。

我默默地对大哥说:你不要怪哟,现代年轻人的孝心做做表面文章还可以,却经不住大的考验。为你的死这样大操大办,看似奔着你来的,吃的是你,花的是你,折腾的也是你。其实是你的死折腾了活着的人,吃的是活着的人,花的也是活着的人,这些花样一概与你无关,是为了活人的面子,是折腾给活人看的,归根到底还是活人折腾活人。

唱

三哥还是发了脾气。不是闹丧,是冲着乐队。

三哥年轻的时候是村里的吹笙高手,逢年过节或赶上庙会,为唱戏的伴奏,谁家有了红白事,少不了也会被请去吹奏一番。那个时候他们在丧事上吹奏的是《无量佛》《坐经曲》《行经曲》,还有几支哀怨伤痛的悲调，乐器一响，沉痛悲伤的沮丧气氛立刻笼罩了治丧现场，也笼罩了全村。亲的热的会悲从中来，想起诸多死者的优点和好处，即使是八竿子打不着的人，也会被音乐感染，心生同情，悲怜人世，都变得宽和友善了。

在那种乐队的伴奏下，孝子哭得格外悲痛，来吊孝的人也哭得自然。特别是到夜晚，《无量佛》的乐曲还让人生出一种庄严沉静的感觉，梵音圣号，送死者的魂灵升天。

谁料今天花钱请来的吹鼓手们，竟在大哥的棺材旁边吹奏起现代流行歌曲，一首接一首，《纤夫的爱》《九妹》《大花轿》……

乐曲一响，年轻人就跟着唱，其实是一种喊叫："妹妹你看着我一个劲地笑，我知道你在等我的大花轿……"叽叽嘎嘎，打打闹闹。叫孝子们还怎么哭？叫来吊孝的人想做个哭的样子都困难。乐曲与治丧的气氛格格不入，让人感到极不舒服，难怪三哥会发火。

他老人家是我们这一支蒋姓人家的权威，吹鼓手们怎敢不听，立刻改奏治丧的曲子，围观的老老少少也都跟着散了。二侄子找到我，悄悄地说："别人不敢张嘴，您得劝劝我三伯，不能管这种事。"

"为什么？这是办丧事，还是办喜事？"

"现在办丧事都是这个样，光吹丧曲子大家不爱听，不爱听来的人就少。咱花钱请乐队不就是图个热闹吗？就得多吹人们喜欢听的，等一会儿还要点歌儿，还要跳舞哪……"

"还要跳舞？在你爹的棺材旁边？"

"对啊，怎么啦？改革开放嘛，怎么城里人倒成了老赶？既然想大办，就要求来的人越多越好，也显得我大舅一家人缘好。"

"不，你爹现在需要的是鬼缘，这样瞎折腾把丧事办成狂欢节，叫你爹的灵魂怎么安息？倒好像是活着的人在庆祝他的死，就不怕他的惩罚吗？"话可以这样说，但侄子们想把他们父亲的丧事办得漂亮、圆满，我和三哥只能成事不能搅事。我对侄子说："你三伯管得对，你的道理也不错，我把你三伯拉到一个地方去休息，我们一走你就去告诉乐队，随他们的便！"

　　我把三哥安顿到距治丧现场还有老远的小侄子家歇着,把侄子的话去掉棱角向他学了一遍,劝他眼不见心不烦,耳不听不生气,随他们爱怎么折腾就怎么折腾吧,有大事需要他出面的时候我会来叫他。

　　等我再回到大哥身边的时候,乐队前面又围了不少人。围观者这回不是要求乐队吹奏什么歌曲,而是让一个手拿竹板,像女人一样扭捏作态、飞眼吊膀的男人给表演节目。直到有人从"治丧大队"领来十元钱交到那人手里,他才给自己报幕:

　　"那我就给老少爷们儿唱一段《奴家十八恨》……"

　　四周响起了嘻嘻的笑声和拍掌叫好声。我心里骂了一句,这叫什么玩意儿,带色儿的也开始上了。

哭

　　在办丧事的整个过程中,最不可缺少的就是哭。无哭不为丧。

　　现在的农村虽然爱赶时髦,把丧事办成了喜怒哀乐的大杂烩,唯独还缺一项——花钱雇人哭丧。因此大哥的丧事自始至终都得靠大哥的亲属们自己哭。

　　死了亲人要哭,这是很正常的。在亲人刚刚咽气的时候,你怎样哭都不要紧,却不外乎古人在《方言》里所归纳出来的三种方式:哭泣不止、无泪之哭和泣极无声。私人的悲哭一旦有别人介入,有了解劝者和观看者,或者进入正式的治丧程序,哭就变成一种责任,一种必不可少的形式。更多的是一种艺术,一种表演。

　　记得一九七七年春天,一向身体很好的父亲突然无疾而终。从天津回家奔丧的人一下火车就开始哭,从火车站到村子还有七里地,中途被接站的人劝住了一会儿,到了村边上又开始哭。那是真哭,是大哭,因为心疼——父亲活得厚道,死得仁义,没有给儿女们添一点麻烦,自己悄没声地干干净净地走了,让儿女们觉得像欠了老人家什么。哭起来就动真情,眼泪止不住,见到父亲的遗容会哭,想起跟父亲有关的事情会哭,听任何一个人谈起父亲也会哭……

到了第二天,我和妻子的嗓子都哑了,无论再怎样用力也哭不出声音来。但丧事要办好几天,孝子们无论白天黑夜都要跪在父亲灵前,一有来吊孝的就要陪着大哭,每天早、中、晚,要三次从村北头哭到村南头去报庙。

是孝子们的哭声支撑着治丧的全过程,治丧的悲哀氛围也要靠孝子们的哭声来营造。眼泪流干了还可以遮掩,没有声音可是非常难堪的事,甚至会被乡亲们误会为不孝。如果都像我和妻子,干流泪,干张嘴,不出声,那丧礼就变成了一幕幕哑剧,难免会被外人讥笑。

幸好大哥大嫂、三哥三嫂、侄子侄女,还有一大帮叔伯的兄弟姐妹、孙男嫡女,他们能哭会哭,哭声沉重动情,哭词滔滔不绝。直到治丧的最后高潮,出殡、下葬,他们仍能哭得撕心裂肺,惊天动地,让帮忙的人和村里看热闹的人无不动容。哭声是一种宣告,宣告死者生前有人疼,死后有人想,生得体面,死得也体面,生得功德圆满,死得无愧无悔。

转眼间就轮到哭我的同辈人了,一年多以前刚哭完了大嫂,现在又哭大哥。第一天哭得挺好,尤其是大哥的两个女儿,"焦肺枯肝,抽肠裂膈",哭得时间长,且伴有形体动作,或扑天抢地,或捶胸撞头。她们的哭不是干号,是有内容的,一边哭一边说,诸如"我那苦命的爸爸","不会享福的爸爸","不知道疼自己的爸爸"等等。总之是将大哥的种种长处当作缺点来抱怨,即便是不相干的人听到两个侄女的哭也会鼻子发酸,陪着掉泪。

人要死得风光,就得有女儿。

丧事要想办得感人,不能少了女人的哭。

或许由于先火化的缘故,再加上吹鼓手们制造的嘻嘻哈哈的气氛冲淡了应有的哀恸,到第三天出殡的时候,正需要大哭特哭了,孝子们却哭不上来了。或有声无泪,或只摆摆架势走个过场。

现代人是越来越不会哭了。特别是城里人,有些死者儿女一大帮,到需要高潮的时候,却哭不出效果。效果又是给谁看的呢?把内心的悲痛表演给外人看,这悲痛的味道就变了。哭是个人的事情,应该是动于中发乎情,自然放声。

　　但是,既生而为人,还要讲究"做人"。"做"——就有了表演给别人看的意思,哭也不能不讲究技巧了。

1998年6月

梦游国庆节

"游行"这个词不知从什么时候起有点变味了,一提起它就让人敏感,神经兮兮。从前一说到游行,那可是让人立刻就想到解放军进城、开国大典……恢宏,壮观,热烈,振奋,荣耀……

一九五九年十月一日,天津市要在海河东侧的中心广场举行建国十周年大游行。市里提前好几个月就下通知,有头有脸的大单位为了能够争取到参加游行的资格,抢破了脑袋。我们厂是全市重型机械行业的老大,最后争取到出一辆彩车参加游行,彩车上要载着我们厂最拿手的产品,除司机以外还可以再跟一个人。于是,在我们厂内又展开了激烈的竞争,各车间都希望拿自己的产品去参加游行……

那时我刚从中等技校毕业不久,学的是热处理,分配到水压车间,业余爱好是写小说。但对什么是小说却又搞不太清楚,唯一的特点是胆子大,敢写。当时全国重工业的热点是造万吨轮和大型内燃机车,无论是巨轮或内燃机车,其心脏是发动机,发动机的脊梁是一根大型的七拐曲轴。锻造这种曲轴的任务就交给了我们车间,在当时这可是尖端产品,几次试锻都没有成功……

产品的实验失败却给了我写作的"灵感",便根据曲轴试锻的情况写了一篇自认为是小说的东西。由于不懂投稿的规矩,没有寄给文艺部,信封上只写了《天津日报》。到九月下旬的一天,市委机关报居然在头版头条把我的小说当通讯给登了出来,那是我的名字第一次印成铅字,却着实地把我给害惨了。稿子里提到的厂名、车间名以及曲轴的名称都是真的,而车间主任、工程师、厂长的名字都是虚构的,我在小说里还"颠倒黑白"地大写特写曲轴试锻取得了多么辉煌的成功……

可想而知这篇东西在工厂引起大哗,友好一点的说我"真能写",刻薄一点的说我是"吃铁丝屎笊篱——瞎编"!我尽等着领导找我谈话呢,岂料厂长冯文彬,竟将错就错地决定到国庆节的时候让我跟着彩车去参加游行,彩车上就要放七拐曲轴,如果实验还不成功,宁可放弃参加游行的机会。

这下更惹得全厂的人都在骂我,外车间的人出于妒忌大说怪话:光是在厂里低头干活没有用,要想出头还得会到报纸上乱吹。本车间的人也怪我瞎吹招祸,到国庆节那一天若拿不出曲轴怎么办?这时候有厂部的人告诉我,那篇稿子的发表并不像我想象的那么简单,我可以乱投稿,报纸却不会乱发表,报社将稿子打出清样后寄给工厂审核,是冯厂长签了同意并让办公室盖上工厂的大印才发表的。

冯文彬毕竟是参加过长征的人物,指挥攻坚战确有一套,离国庆节还有三天的时候,他来到我们车间的两千五百吨水压机跟前,搬了把椅子一坐。很快,厂部分管生产的副厂长、生产科长、设备科长、总工程师……凡跟曲轴有关的各路人马都跑到现场来了,曲轴试锻真是要风有风,要雨有雨。在此后的三天三夜里,冯厂长一步也没有离开过水压机,他说话不多,就在那儿稳稳地坐着,我没见他吃过东西,更没见他打过哈欠,老是那么精气神十足。其他人却忙得脚丫子朝天,到十月一日的凌晨两点多钟,七拐曲轴锻造成功,放凉以后吊上彩车,用铁丝固定好,参加试锻的全体人员站在车间大门口送我护着曲轴出发。

一个刚进厂不久的年轻人享此殊荣,可算出足了风头。我坐在驾驶楼子里兴奋异常,是第一次享受虚构带来的荣誉,可谓因祸得福……我们赶到游行的集合地点才刚刚五点钟,司机叫郭启厚,人称"郭傻子",其实他能说会道,比谁都精。他说我编瞎话露了脸,应该请客给他买早点。我心里高兴,还答应中午回厂后送给他一个高温车间的保健菜。我下车按郭傻子的要求给他买了两个馒头一包炒花生仁,给自己买了四两大饼夹炸糕。回到车上香香甜甜地吞下去之后,眼皮可就睁不开了，我告诉郭傻子，游行开始的时候喊醒我，脑袋舒舒服服地往后一靠就没有意识了……

到我被喊醒的时候，已经是中午回到厂子里了。我想郭傻子如果不是惦记着我答应给他一个高温菜，说不定他还不会喊醒我。这时候轮上我犯傻了，用当时的话说，能参加国庆游行是极大的荣誉，押彩车的任务本应该是厂级干部的事，顶不济也得是车间主任去，歪打正着地轮上了我，全厂职工都盯着哪，我却既没"游"也没"行"，整整睡了一上午，什么都没看到。自己遗憾不用说，怎么跟厂部和车间交代？

我心里恼怒就怪罪郭傻子，他说：我喊你了，喊不醒你能怪谁？不信我有证据，每喊你一次就用钢笔在你脸上画一道……他把我拉到镜子跟前一照，左脸颊上果然被画了好几条蓝道道儿。我仍旧埋怨他：这怎么向厂部汇报呢？郭傻子幸灾乐祸：你不是能胡编吗？

被他这一说我又有了灵感：你把游行的全过程跟我说一遍，否则我就不给你买菜。

最后我还是如实向厂部汇报了游行睡觉的事，冯厂长哈哈大笑，一摆手给了我三天假。到底是大人物，处理问题的方式就是不一般。

1999年10月1日

怀念工厂

　　人总要怀旧,有"旧"可怀是一种美好。甚至连过去的灾难,回想起来都是愉快的。

　　一九七六年——是我命运中最富戏剧性的一年。年初发表了自鸣得意的小说《机电局长的一天》,两个月后这篇小说就成了大毒草,开始"在全国范围内批倒批臭"。工厂专为我组织了七千人的批斗大会,而且是用纱布蒙着半边脸站在批判台上,因为在被监督劳动时,一造反派用砖头砍破了我的右脸,当时他的砖头如果再上移一韭菜叶,我就成独眼龙了……

　　看来所有倒霉的事都叫我赶上了,可到了十二月份又突然被恢复车间主任的职务。工人们私下里传,是因为积压完不成的生产任务太多了,全厂各车间都不得不起用一批生产骨干。

　　我是学热处理的,毕业后却一直干锻造。重型机械厂的锻压车间有职工一千多人,分水压机、锻造、热处理、粗加工四大工段,一万多平方米一跨的厂房共有四跨。我战战兢兢地一坐到主任的位子上,立即就明白厂部这么急急忙忙让我出来的意图了,说白了就是让我干活。前些年工厂以"革命"为主,生产断断续续,订单压了一大摞,有许多十万火急的任务排不下去。如:十二点五万千瓦发电机的转子、大型柴油机的七拐曲轴、火车轴、巨型轮箍……真是"百废待兴"啊!

　　"兴"就得干,干就要有机器,我们是生产工作母机的,重型机械这一行不先干起来,整个工业就难"兴"。我被闲置了几年,正渴望干活,渴望站到六千吨水压机的指挥台上一展拳脚——那是一个锻工最风光的时候,只要你手指动一动,立刻便轰轰隆隆,势如奔雷,火星迸射,天上地上一片通红,仿佛是创世纪的大爆炸即将发生,你将感到自己力大无比,无坚不摧。

二百七十五吨天车的长臂就像是你自己的手臂一样,轻松灵活地伸进一千二百度高温的炉膛,钳出烧得通红的几十吨乃至几百吨重的大钢锭,像夹着一座火红的小山,放到水压机的锤头下面,而后任你击打,锻压,揉搓,坚硬的钢锭变得像面团一样,随着你的心意不停地变换形状,直至成为一件合格的锻件。这时候,你脸被烤得生疼,工作服被烤得冒烟,安全帽下面大汗蒸腾,却也痛快淋漓。

不喜欢钢铁,不热爱锻造的人,是不可能体会得到那份劳动的快乐的。锻打也是一种创造,我怀着刚被起用的兴奋和紧张,倾全部精力投入工作。能自己干的就不指挥别人,能动手的就不动口,哪儿缺人就顶到哪儿去,我成了"全天候"的机动工,常常是日班连夜班,下了夜班上日班,一周一周地回不了家。唯一感到欣慰的是生产越来越正规,多少年积压下来的订货合同在逐一兑现……

每到月底,全厂的生产计划如果还差个几十万元没完成,厂部就派给我,对我来说多创造几十万元的产值不过是小菜一碟。当许多年后我被调到作家协会,看到机关的人天天为经费犯愁,为三五万元,乃至三五千元就到处去求爷爷告奶奶,很后悔离开了工厂。倘是还当着锻压车间的主任,每月加一两个班就足够养活作家协会的。

随着生产的不断提高,我们车间的名气也越来越大,当时长江以北就只有我们这一台六千吨水压机,大型锻件都要拿到我的车间里来干,国家领导人也轮番到车间里来视察,有外国要人到北京访问,只要是想看工厂的,也大都会到我们车间来感受一番大型锻造的场面,这使我原本已经够紧张的神经绷得更紧了。

可越怕出事就越容易出事,一次是柬埔寨的西哈努克亲王来参观,赶上那天刮大风,车间顶部的天窗被打碎,一块大玻璃斜棱着从天劈下,只差一点儿没有把亲王随从的脑袋给开了,我真是被吓出了一身冷汗。事后爬上三十多米高的车间顶部,亲自一块一块地检查玻璃。

另一次是国务院副总理纪登奎来,六千吨水压机正在锻造一个一百七十吨的钢锭,干得正紧张的时候锻造天车的兜链断了,通红的大钢锭就晾在砧子上。幸好当班的工人都是技术高手,只用了几分钟就换上了新链子,正围着看热闹的头头们都没有看出有什么不妥,想不到当过洛阳矿山机械厂厂长的纪登奎倒很内行,当场问了一句让厂部头头下不来台的话:"你们的设备有定期检修制度吗?"

厂部领导满脸怒气地转身看着我,这是转嫁责任,我知道自己的车间主任大概是当到头了,就索性实话实说:"检修制度是有,三年一大修,一年一中修,由于生产任务太重,大修计划一推再推。"

纪登奎摇头:"这么大的厂子,这么好的设备,管理要有制度,一味地硬拼要把设备都拼坏了呢?"纪登奎走后厂部没有马上追究我的责任,却让我把急活赶完了就安排大修。

在大修的时候由于连续多日睡眠不足,我在空中检查加热炉的烧嘴时一脚踏空,从十几米高的炉墙上倒栽下来,登时就死过去了。据说人在死亡的一刹那是非常美妙的,身体飞扬,灵魂喜悦,见到了活着时想见而见不到的人……我却没有体验到一点有关死亡的美妙,当时似乎只闪过一个意识:"坏了!"后面就什么都不记得了。

生命说脆弱还真脆弱,碰上偶然事件眨眼工夫一条命就丢掉了。说强大也很强大,一个小时以后我又恢复了知觉,是在疾驶的救护车上,赤身裸体躺在担架上,旁边坐着厂部卫生所的医生。我动动腿脚晃晃脑袋,不疼不晕,知道自己没事,就希望救护车能掉头回厂,不然我身上只穿着一条短裤,怎么见人?医生却坚持要把我送到当时全市最权威的总医院检查一下……

那个时候,城里人少见多怪,爱看热闹,救护车鸣叫着一进总医院,后边就有一大帮人跟在车后面跑,救护车停住后,这一大帮人便立即围了上来。里面也有救护人员抬着担架跑出来,车门一开见我穿着裤衩自己从车上走下来了,围观的人开始七嘴八舌地指指戳戳,他们大多把我当成踢足球的了……

　　我红着脸不敢抬头,真比刚才被摔死还难受。厂医领着我出这个门,进那个屋,从头到脚检查了一番,最后只给了我四粒止痛片。厂医的家在市里,他说要回家,就从口袋里掏出三毛钱让我自己坐公共汽车回厂。厂子在北郊区,回去需要倒三次车,我赤身裸体怎么去挤公共汽车?只好躲进总医院的厕所,隔窗盯着大门口,等待车间来人给我带衣服来。我了解自己的工人,他们不会不管我的。

　　也许就因为那次我为厂子贡献出了一个多小时的生命,人都死过一遭了,可以既往不咎,厂部没有为掉玻璃和断链子的事处分我,让我风风火火地一直干到一九八二年夏天,市里下令把我调到作家协会。

　　但,至今我仍然怀疑那次调动是否值得?也许工厂更适合我,我也更适合工厂。

1999年10月

六十岁真好

真想不到,人到六十岁竟会是这个样子——夸张一点说是"百病俱消"!

年轻的时候命途不顺,没有很好地享受青春,年进花甲反而可以好好地体验自己的青春了。这可能跟自小命硬有关,太硬的东西不怕磕磕碰碰,因此磕磕碰碰就多。

我出生于日本侵华的战乱年代,在逃难中曾被遗弃在高粱地。但家人跑出去老远还能听得到我的哭声,心实不忍,便又折回把我抱上,算是捡回了一条小命。怎么样?命不该绝,一来到世间就表现出一种"硬"劲!

十四岁考入天津上中学,十六岁赶上了反"右派",虽有明文规定中学生不打"右派",不小心跟我的好朋友背后瞎叨咕了一句为一"右派"老师抱不平的话,那小子竟跑到学校运动办公室告了我一状。于是我就成了全校唯一一个被批判的学生,并被撤掉班主席职务,受严重警告处分……平生第一次认识了什么是小人,体会了奸诈和被出卖的滋味。沧州人气性大,开始大口吐血……以后进工厂,喜欢机器和大企业的气势,吐血的病不知怎么自己就好了——这也是"硬"。

正在工厂里干得好好的,一九六〇年又被招进海军当了制图员,那时国家刚刚确立十二海里领海,急需海洋测绘人员。在部队也干得不错,正在做升官梦的时候,政审没有合格,问题卡在出身上。招兵的时候出身是上中农,到该升官了出身怎么就成了富农?这才叫"用人朝前,不用人朝后"。当兵的时候是国家急需,国家急需了枝节就变得不重要了,一切都要服从急需。谁赶上这一拨儿都会像江心的一片树叶,水流的方向就是你的方向,想挡都挡不住。所以我吐过血,体检却查不出来,在学校受过处分且出身不好,政审也一路绿灯……现在国家不急需了,你请走好……此一时,彼一时也。但,既有现在,何必当初?

又回到原来的工厂,就想在写作上下点功夫,通过写作可以把自己变成一个与自己不同的人,寻找另一个自我。不幸的是"文化大革命"很快开始了,我被打成"保皇派"、"反革命修正主义黑笔杆子",在接受了一场七千人(当时厂里有一万五千名职工)大会的批判之后,被押到生产第一线监督劳动。从最低一级的工人干起,一干就是十年。到一九七六年,生存环境稍一改善,文学的神经又痒了,在复刊的《人民文学》杂志第一期上发表了短篇小说《机电局长的一天》,很快就被打成大毒草,在全国批倒批臭,且常有造反斗士打上门来。由此我的"硬"命变软,下部患上了慢性肠炎。说来也怪,挨批挨斗是神经紧张,神经系统没有出事,处于消化系统下梢的结肠怎么会出了毛病?

从此,命运跟文学搅在一起,那麻烦就更大了,我笔下的人物往往都处在生活尖锐矛盾的中心,害得我自己也常成为各种稀奇古怪的社会矛盾的牺牲品。《乔厂长上任记》,报纸上连续发表了十四块版的批判文章。以后是《燕赵悲歌》、《收审记》、《蛇神》,几乎是一部作品一场风波,甚至一篇两三千字的短文也会惹起一场麻烦……虽说我"命硬",也经不住长期的这样折腾。再加上经常开夜车,生活没有规律,肠炎的发作也没有规律,时好时坏,总也不能根除,几十年下来真也把我缠磨得够呛。到后来,我很自信的腰身和四肢也开始捣乱,具体摸哪儿都不疼,虽不疼可浑身又不舒服;觉得很累,躺到床上并不感到解乏;已经很困了,想睡又睡不香甜。有时还伴有腹胀、胃疼、食欲减退……做 B 超、下胃镜,一下子就有了结论:萎缩性胃炎加胆结石。

这下可热闹了,命再"硬",招惹上这么多毛病就使生命失去了本该有的乐趣。活着没有趣,就说明活的方式出了问题。有一天我骑着自行车路过海河沿,看到有几个老头儿在河里游泳,当时心里生出一问:为什么敢下河戏水的都是老年人?一群青年男女倒站在岸上瞧新鲜。脑袋一热,我没脱衣服就跳了下去。河水清凉,四面涌动着水波,我感到非常舒坦、安逸,全部身心都像被清洗得无比洁净。刹那间,如同修禅者开悟一般,我的脑子似乎也开窍了:心是人生最大的战场,无论谁想折腾你,无论折腾得多么厉害,只要你自己的心不动,平静如常,就能守住自己不被伤害。以后海河禁止游泳,我就跟着几个老顽童游进了水上公园的东湖,入冬后又转移到游泳馆,一直就这么游下来了。

人的心态一变,世界也随之变了。人原本就是在通向衰老的过程中领悟人生,并学会一切。我生性迟钝,所以到了六十岁才迎来自己的黄金时期。去年农历七月初二是我该退休的日子,就觉得呼啦一下全身心立刻轻松了。从此作协的是是非非,吵吵闹闹,文人们相轻也罢,相亲也好,谁去告状,谁又造谣,如何平衡,经费多少,药费能否报销,职称有无指标……全跟我没有关系了!感到从未有过的自由和惬意。人到六十岁就有了拒绝的权利,对有些人和事可以说“不”了。不想参加的活动就不去,不想开的会就不开,不想见的人就不见,不想听的话就不听……眼不见心不烦,耳根清净心就清净。

哎呀,妙,人到六十岁可真好!

人一般会越老越宿命,我就越来越相信造物主的公平:年轻时得的多,上了年纪就失去得多;年轻时缺的,到老了还会补上。我年轻时顾及不到生命本身的诸多欢乐,现在得到了补偿,能真切地感受到这种快乐:饿了能吃,困了能睡,累了躺下能觉得浑身舒服,萎缩性胃炎和胆结石竟不知跑到哪里去了,连纠缠了我许多年的慢性肠炎也有近三年没有发作了——我想三年没有犯的病今后大概就不会再犯了吧!

六十岁最大的感觉就是心里的空间大了。空间一大精神就舒展、强健,更容易和人相处,和生活相处。空间是一种境界。许多不切实际的渴望没有了,心静得下来。看看周围的青年人,为了挣钱,为了职位,不遗余力地打拼，真是同情他们。即使有奇迹发生能让我再倒回去，我也不干了！

——竟然说出这样的话，也许这就是老糊涂的表现。

赶紧打住！

2001年8月

空啊，想啊！

"空"——是现代家庭中的一种时髦。

空巢、空房、空心、空荡荡……而许多人竟都喜欢炫耀这种空。比如"空巢"，一跟人谈起自己的子女在国外，脸上就难免放光，甚至别人不谈自己也要把话题往这上面引，唯恐别人不知道自己的家是空巢。好像中国的年轻人在外面都混得人五人六，让空巢家庭的虚荣心得到极大的满足。

但，凡有人向我老伴询问我们女儿的情况，哪怕是由衷地称赞，只要我在场就急忙使眼色制止，如果来得及就偷偷地狠捅对方一指头，急令她闭嘴或转移话题。因为不论是在什么场合，家里、大街上、超市里、会桌旁，也不论旁边有没有外人，只要一提起女儿，老伴眼窝里的水龙头立马打开，咸水紧跟着就哗哗地流出来了……

我忽然一下子发现老伴老了，就是在几年前女儿决定要出国的时候。女儿原本有一份非常好的工作，和她在大学所学的专业对口，一个人的收入等于我们老两口子的工资总和，做父母的似乎再也没有什么好操心的了，就等着抱外孙子了！谁料她工作两年后，偷偷地通过了全部考试，等办好了所有出国手续才通知我们。

老伴一下子慌了，她想到的第一件事就是把她能搞得到的中国好吃的东西做给女儿吃，我自然也跟着沾光，却还是提醒她说："你只顾让女儿闹一肚子好杂碎，实际是害了她，出国后不是会更想家吗？"老伴已没有心思或没有工夫听我斗嘴磨牙了，她完全陷入事物性的忙乱之中，做吃做喝，买这买那，将母亲的疼爱全部化为物质。到女儿要起程的前一天夜里,老伴几乎哭了多半宿,一开始我百般解劝,将我能想到的现代年轻人出国留洋的种种好处全跟她讲了,为人父母不能天天盼着儿女翅膀长硬,却又害怕他们飞走,更不可将我们的关爱变成儿女的负担,永远将他们局限在我们的知识范围之内……岂料我越说得多,她就哭得越厉害!我索性不劝了,干脆鼓励她大哭特哭哭个透,把眼眶子里的咸水全部流干净,省得明天到机场再哭,那会害得让女儿也红着眼泡上飞机!

哪有那么好的事?这都是我一厢情愿想得美,机场一分手一时半会儿再想见女儿可就没那么容易了,还舍得不哭?我费尽心机,磨破了嘴皮子,用一个又一个的事物性的细节问题纠缠住她们娘儿俩的大脑,不让她们有时间想那种难舍难分的事,可随着过关时间的迫近,老伴嘴里叮嘱着一些事物性的问题,眼泪却无声无息地汩汩而下,这比痛痛快快的哭更难受。原来俗话所说的“眼泪哭干”是完全不符合事实,母亲眼窝里的咸水是无穷无尽的……哎呀,这哪里是去留洋啊,纯粹是遭罪!

古人说,女儿身上系着母亲的性命。女儿一起飞,我们不是松了一口气,而是心跟着也一块悬起来了,哪里还睡得着觉,一点点计算着女儿到达英国的时间。我也曾多次出国,相信没有一次能让妻子的心如此悬挂。开着电视,开着大灯,没有心思干别的,却又不能不干点别的,心里清清楚楚有一架小飞机在慢慢地向西飞。以前不愿意女儿走,现在又恨不得她快点平安到达。父母的心啊,真是操碎了,横竖就没有放下的时候!凌晨两点多钟,电话铃终于响了,女儿声音响亮,透着一种兴奋,完全没有我们还沉浸在离别中的那种情绪。她已经到了英国,从机场花八镑乘出租车直到大学,也找到了自己的宿舍,先报个平安,等会儿管理员给了房间的钥匙,把行李搬进房间再跟你们细说。不想这行李一搬就没有结果了,电话铃再也不响了,这时候当父母的就不往好处想了,女儿那里必定是出了麻烦,她提前预订的宿舍搞错了?出租车司机把行李弄错了?甚或他不是个好东西……这个急呀,如果她只报个平安,不说等一会儿再来电话我们就可以睡觉了。她留了个悬念,可把老爹老妈的心给吊起来了!直到凌晨四点多钟她的电话才来，原来人家看见校园非常幽静，古树很多，草地洁净，湖水湛蓝……就抑制不住先兜了一圈，然后好向我们讲得更详细一些，同时她也为自己的选择感到庆幸。

可我们还一夜未睡哪！我当时没有怪女儿，只是从骨子里恨英国。一个中国重点大学毕业的女孩子，并不是没有见过大学的校园，她舍弃家庭的亲情，男朋友的爱情，还有一份很好的工作，这代价不谓不大。可她刚刚踏进英国大学的校园，就感到自己的选择没有错！到底是什么偷走了她的心？中国，还有家庭以及我们这些做父母的，怎么就留不住女儿的心？可见家庭并不具有完满的幸福，注定是有人要出去，也有人要进来……

如此说来家里年纪最大的女人，也就是当母亲的，就只剩下哭的份儿了。心头肉远走高飞哪能不想，哪能不哭？不哭干什么去呢？退休了，又没有什么别的事情好干，思念好歹也算是一件事呀！但不能老想，不能老哭，她的眼泪也太方便了，说来就来，足见是人老了。但老归老，身体又很好，这也得益于经常哭。现代科学证实，流泪是一种很好的清毒方式，哭得多体内因消化食物而产生的毒素就被清理得干净。我曾经在给女儿的信里说："你出国最大的好处是能经常让你母亲服用免费的养颜排毒丸！"

光是默默地流泪还不行，还得要跟女儿说话。只要她想起女儿来就如百爪挠心，必须得立刻知道女儿在干什么，是安全的健康的，而不是出了什么事，怎么办呢？那就得立马听到女儿的声音，通不上话简直就可以发疯。经常在国际长途上煲电话粥她又心疼钱，就在网上装了电话，安上扩音器，价格便宜得让她可以不想价格了。这下可好了，我们家经常开国际电话会议，老伴对着话筒像领导作报告，家长里短，天气冷暖，亲朋变化，国际形势，物价指数……最长可以说上一个小时四十五分钟。我是旁观者清，经常听到是老伴在说，女儿被问到非回答不可的问题就说几句。于是我就劝老伴，你有时间，女儿可没有这么多时间陪着你聊家常。老伴说，女儿可以把音量放大，听着我说就行了，她在房子里愿意干什么就干什么，这不跟在家里一边干活一边说话一样吗？

　　哎哟，我算服了。但话太多也有误事的时候，零七碎八只顾扯闲白，丢了主题。那一年女儿的生日，当娘的自然要打电话祝贺。但电话打通以后不知怎么就把话题扯开了，从嘱咐春天要多喝败火的苦丁茶，到出门别忘了带雨伞，因为英国的气候阴晴无定……几十分钟过去了，倒把祝贺女儿生日的事给忘了，眼看要说"拜拜"了，女儿忍不住自己先提了："今天是我的生日，你们不祝我生日快乐吗？"女儿说着说着竟然在电话里哭了，当时我也在电话旁边，心里一阵刺痛，随即老泪也跟着下来了，悔得真想抽自己的嘴巴！

　　女儿从来都没有这么在意过她的生日和父母的祝福，她这是想家啊，想她的老妈老爹啊！我一直以为她很适应国外的生活，她的独立性很强，喜欢吃西餐，学习的压力又大，不会太想家，也没有时间想家。她这一哭让我明白了，不光是她带走了我们的心，正像闻一多先生所说，家也是个贼，同样也偷走了女儿的心。她这是第一次在异国他乡过生日，她想家，她怀念以往父母给她过生日的情景……平时她给我们传递的信息是她已经习惯了英国的生活，在那里很快乐，其实她是怕我们惦记她，她的全部成熟和历练都是表演给父母看的。女儿大了，无论她多么的需要出国深造或已经适应了国外的生活，她都不可能不想家，家在她的心里，走到哪带到哪。

　　好在英国的研究生教育也类似填鸭，专精博涉，生吞活剥，功课压力很大，学生不许打工。女儿只用了一年多的时间就拿到了法学硕士的学位证书，往后是继续读博士呢，还是找工作？自然要听听我和她母亲的意见。我迫不及待地先表态，不能再往上读了，女孩子还有好多人生的功课要作，光读书就读傻了、读废了，女孩子的学历越高在生活中的选择和被选择的几率就越小。女儿在电话的那头哧哧笑，我知道她笑什么，却也顾不得了，此时我这个当爸爸的眼光短浅而又实际。而且希望她把求职的眼光转向国内，她是学商业法的，恰巧赶上中国刚加入世界贸易组织，一定有不少机会。有位英国朋友把她推荐给一家英国公司，英国人很精，现在他们跟中国的贸易往来很多，正需要雇用懂中国又受过英国教育的人为他们工作,在商业谈判中代表英国公司的利益跟中国的公司讨价还价。我明确地告诉女儿,这份工作让我心里感到不舒服,如果是倒过来就好了。这不能简单地硬往爱国或不爱国上拉,更多的恐怕还是自爱、自重的问题。

其实我心里还有没说出来的潜台词,一个女孩子挣那么高的薪水干什么? 不是说钱多了烫手,在商品社会收入太低不能算是好事,但要看付出什么样的代价去得到高收入。生活中还有比薪水更重要的东西,比如结婚,建立自己的新家庭……光靠电话交谈我总觉得不牢靠,几个月后正好剑桥大学请我去参加一个活动,我在剑桥的任务完成以后就和妻子住到女儿那里去了。由女儿带着在国外到处跑,会见外国朋友时由女儿做翻译,那感觉真是可以用甜蜜、用陶醉来形容! 但,女儿再亲,国外再好,却不是我的久留之地,该跟女儿说的话都说了,就把妻子留下一个人先回国了。一是考虑妻子跟女儿还没有亲近够;二是算计当妻子想回国时,女儿或许不放心让老娘一个人乘机,就娘儿俩一块回来了。

一朋友说我老谋深算,他哪知我是谋算了自己。什么叫家? 家就是人,有人才是家。现在家里就剩下我一个人了,里外空空荡荡、脏脏乎乎,我才真正体会到什么是空巢。一个人的空跟有老婆的空又不一样,两个人的空巢还可以拿对方找乐儿、逗闷子,有时甚至觉得想念也是一种可以享受的境界,色彩丰富,苦中有甘,让人充实有盼。一个人的空就有了冷的感觉,清冷、孤绝,空得凄苦,空得心痛,越想越空,越空越想,少了活趣,多了死寂。每当上来那股劲,思念像犯了毒瘾的时候,就坐到女儿的房间里,不开灯,不吃不喝……想吧,愿意怎么想就怎么想……一直到渴得受不了或饿得受不了了,生物性的具体需求占了上风,一场"精神危机"就算过去了。

我得出结论,在这种空巢的牵挂中岂止是妻子老了,我也老了。幸好那是"黎明前的黑暗",后来女儿在北京找到工作,飞走了又飞回来,等于又白捡了个闺女。我这个美啊,有时真的做梦会笑醒了!

2001年9月18日

103

家的快乐有时在房子外面

闹"非典"如被软禁,外界的所有活动都取消了。对作家来说这未尝不是好事,闷头写吧,可游泳馆一关闭,我就蔫儿了。游泳十几年,如同有烟瘾、毒瘾一般,每天早晨不在水里折腾一通,浑身不自在,干什么都没有精神。

天天关在家里,只剩下老两口子相依为命,大眼瞪小眼,几天下来倒是老伴先受不了了:"你天天闷在屋里老跟睡不醒似的,'非典'是染不上了,可时间一长这不被关傻了吗?"

闹"非典"闹得脾气有点邪,老伴的话是关心,我却没有好气地回敬道:"傻了省心,难得糊涂嘛!"

"别抬杠,明天早晨跟游泳的时候一样,闹铃响了就起床,跟我去水上。我先打拳,你散步也行跑步也行,实在不想动就站在树林里听鸟叫,或冲着湖面愣神,也比赖在家里不出屋强。等我打完拳咱俩打半小时的羽毛球,我想运动量也够了……"

哦,这是怕我傻了给她找罪,想来已经为我的状态动了不少脑子。她本来每天早晨在住宅小区的空场上跟一群女人先打太极拳后耍剑,有音乐,有头领,耍把完了还可以叽叽嘎嘎,东家长西家短,不亦乐乎。为了陪我不惜放弃自己的习惯和快乐,这就叫"老来伴"。这个情我得领。

所谓"水上",即水上公园。是天津市最大的公园,有东西两片大湖,分南北两部分,北部精致,供游人娱乐的设施也更多些。南部浩大,还保留着诸多野趣,是动物园。我之所以从市内所谓的"欧洲风情街——五大道"搬到了市外的"水上花园小区",就是冲着这两片湖水和硕果仅存的一片林木。谁叫我名字里有个"龙"字呢,喜逐水而居。北方太干了,连续多年的干旱,地干透了,人也干透了。

第二天早晨,老伴提上一个兜子,里面装上羽毛球和球拍,用矿泉水的瓶子灌满凉白开,还放进两个香蕉,说运动后的二十分钟之内要补充糖分……挺正规,一副教练口吻。到公园门口她先花一百元买了两张年卡,我不觉一惊:"呀,你怎么就断定'非典'能闹一年?"

她说:"买门票一个人每次是十五元,买月卡二十五元,你说哪个合算?"

"好好好,年卡就年卡,我可把丑话说在前边,游泳馆一开我就不来了。"

"你爱来不来,好像谁还非求着你不行。"

别看拌两句嘴,一进了公园心情立刻就变了,嗨,水阔树茂,微风扬花,春来阳气动,万物生光辉。空气带着花草的清香,吸一口清凉清新,清澈透肺。我心胸大畅,真想敞开嗓子喊上几声……

其实公园里已经有人在喊,此起彼伏,相互应和。有的高亢,有的尖利,有的粗嘎,有的古怪;有的唱歌,有的学戏;有长调,有短吼;有男声,有女腔,有的在林子里喊叫,有的则扬着脖子边走边喊,旁若无人,随心所欲,只管自己痛快,不管别人的耳朵是否能接受。我还不敢,只有走到清静的地方,看看四周没有人就猛地喊上两嗓子,老伴撇着嘴偷笑。但喊着喊着胆儿就大了,声音也放开了,学虎吼,学鸟叫,只是怎么学都不大像。倒是老伴学布谷鸟儿可乱真,有时还能跟树上的真布谷鸟呼应上几句……

老伴像野营拉练一样在前面走得飞快,一边走一边指导我:"不能松松垮垮,慢慢吞吞,走要有个走的样子,才会有效果。"来到西湖南岸的一排大柳树下,她选中了一块幽静清洁的地方准备施展拳脚,我则没有目的地开始慢跑,哪儿热闹就往哪儿凑,有时还会停下来看上一会儿……

公园里不同的景区集结着不同的人群,玩儿着不同的花样,我跑跑停停,停停看看,等我兜了一大圈再回到柳树下,老伴的太极拳已经打完,正拿着根枯树枝当剑在瞎比画。看我回来就收起势子:"你一直在跑,还是又碰上熟人聊大天了?"

我说:"行啦,这又不是在家里你就别操那么多心了。我跑也跑了一会儿,聊也聊了一会儿,现在就要跟你大战一会儿。"

在公园里可以打羽毛球的地方太多了,我们选了一棵大梧桐树下的阴凉地拉开了阵势,一交手,我的兴致立刻高涨起来。原以为打球不过是哄着老伴玩儿,谁料她竟能跟我打个不分上下。表面上我打得是攻势球,她处于守势,有时我倾全力狠命地连续攻上六七拍,竟不能把球扣死,反而被她回击过来打了我的空当。看来小区的这群老娘们儿不光是打拳练剑,还经常摸球。打球有对抗性、游戏性,因此就有乐趣,我们打了半小时,大汗淋漓,甚是过瘾。然后喝光带来的水,吃了香蕉,回家冲个凉,好不痛快!

从此,每天早晨又成了我一天中最快乐的时候。每个人的家都是设在房子里面,但家庭的快乐有时是在房子外面。

人们还喜欢说人的本性难移,人是不可改变的。渐渐地我却觉得自己的性情变了很多。我生来脾气暴躁,小的时候曾骑着牲口打架打到邻村,眼眶被打破,差一点就成了"独眼龙"。当然也打破过别人的脑袋。后来以写作为生便成了文学的工具,性子不由自己控制,就更没准头了。不是有哲人说,自杀有一百种,其中就有嫁给作家这一种吗?以前我不发火的最高纪录大概只有两个月左右,自打去公园跟老伴一块晨练,有一年多没有认真发过火了。

后来"非典"警报解除,游泳馆开放,我也先到公园跟老伴打上半小时的球,然后再去游泳,她则留在公园里打拳。有时感到光是晨练还不满足,吃过晚饭后也一块到公园里转一圈。说来真是奇怪,一到公园情绪就不一样,两口子便有话可说……

在这之前,老夫老妻的哪有多少话好说,只有在吃饭的时候才能面对面,还要看电视里的新闻。吃过饭我躲在自己的书房里,她愿意干什么就干什么,但我最烦她到我的屋里来,我写字台后面的电线如一堆乱麻,她打扫卫生时不知碰上哪一根就会造成死机,很容易会成为闹一场别扭的导火索……

所以说,越是离得最近的人越难于交流。好像用不着多说什么,什么都是应该应分,理所当然。别看羽毛球不起眼,可它像个灵物,在两人中间飞来飞去,快慢难测,球路不定,这就有了悬念,有了戏剧性。因此在打球的这半小时里,两人说话最多,笑得最多,喊叫得最多。夏天我光着膀子,下面只穿一件运动短裤,汗珠子跟着球一块飞,我自己痛快,老伴看着也痛快。

生命需要共鸣,有共鸣才有激情。我们是在"文革"初期结婚的,那时候没有蜜月,也不知蜜月是什么滋味,临到老了,因闹"非典"似乎闹出了一个"蜜年"。中秋节的晚上,我俩躲开热闹又走进水上公园,月色当天,清光悠悠,林排疏影,湖生满月。四周一片柔和,满园的清辉也将心神透析得清清爽爽,我们慢慢地走着,还象征性地分食了一块小月饼——中秋节嘛,不吃个月饼亏得慌。

当我们兜了一圈走到竹林前的广场时,空中有了露气,天上香满一轮,地上流光一片,我们舍不得离开,总觉得在这样的时刻这样的环境中,老两口还应该干点什么……可惜我当兵当得不会跳舞,但哼哼曲调还可以,反正四周没有人,我就嘴里哼哼着和老伴跳起了"贴面舞"。这似乎正应了一句流行歌词:

"我能想到最浪漫的事,就是和你一起慢慢变老。"

2003年初夏

书　累

　　前年搬家,主要就是捣腾书,深受书之累,便对网络时代的书的价值,生出了许多疑问,对书的感情自然也随之有了一些变化。

　　有亲戚和朋友帮忙,还哩哩啦啦地干了一个星期,才把我的书分门别类地装进了几十个纸箱子。搬家公司的人一见很高兴,没有大件的家具和电器,全是纸箱子,好搬好扛,不怕磕碰。小伙子们又仗着刚吃过早饭,一身的力气还没使……

　　渐渐地他们越搬动作越慢,情绪越低沉,他们就觉得老也搬不完似的,嘟嘟囔囔地开始发牢骚:"这书也太多了,我们是来搬家的,不是搬图书馆的。谁也没成想书会这么沉,而且越搬越沉,还不如搬大件的家具哪,别看占得地方大,分量并不重,搬一件是一件……"

　　我笑了:"这都怪你们对书的分量估计不足,世界上最重的东西就是文字,不是有句老话叫'字字千钧'嘛!"我让家里人给大家发饮料,每人又塞给一点钱,并亲自在楼下督阵,好歹总算把书都搬上楼了。等我回到楼上自己的房间一看,脑袋却更大了,本来收拾得干干净净的新房子,突然间变成了伊拉克,到处是烂纸箱子、碎纸片子,五花八门的书籍堆了一地,横躺竖卧,乱成一团。我也没想到书会有这么大的破坏力,在书柜里摆着的时候是那么整齐幽雅,气韵堂皇。一旦散落开来,竟是这般凌乱不堪,气势嚣张,随心所欲地霸占着空间,连客厅和卧室的地板上都摊满了。

　　帮忙的人大声催促着:"快上架子,要不然就没地方做饭、没地方睡觉了。"是啊,书只有上了架子才像书。但书上架是我自己的活儿,

108

哪个架子放什么书我有一定之规,到用的时候才能找得到……一位老同事问我:"这么多书都是用得着的?你能都看得过来?你若真是能看这么多书,自己的那些书又是怎么写出来的?"

呀,我这里难道还有没有用的书吗?没有用我还买它干什么,搬它存它干什么?难道是为装样子好看?可我真的又不敢说这些书全都用得上,全都读过。我不是藏书家,只是看见喜欢的书就乱买,买后真正读完的又很少,有的翻翻就放下了,有许多买回来还从没有翻过。由于被问得闷了口,刹那间对书忽然生出一种厌烦情绪,眼下人慌书乱,只好咬牙闭眼,让大家一块帮着往书架上搬,以后我自己再慢慢地整理。

一声令下,大家响应,书像洪水一般往我的书房汇聚。那位老同事继续取笑说:"作家们都爱给自己的书斋起名号,今天我给你的书房也起个斋号,就叫'子龙车间'。你当过车间主任,对过去那段工厂生活也有感情,现在的这个书房其实就是个小车间,这里边装备了你用来生产的设备:空调、电脑、打印机、传真机、电话机,你在这里边存书、看书、写书、接订单、签合同……说白了不就是个养家糊口的生产车间嘛。"

他说得确有几分道理,作家的毛病是老想往雅上靠,唯恐被人看俗了。其实"卖文"就如同做小买卖。把我的书房比喻成车间,还算是抬举了我,我这里只能算是写书的小作坊,无法跟一个生产车间的规模相比。却可以仿效生产车间,以效率为重,应该搞一次整顿:"减负增效"。回想这几十年的"卖文"生涯,写书最快的时候是存书最少的时候,现在存书多了,写书反而少了。特别是世界进入网络时代,一上网全世界的图书馆都可为你所用,个人还存这么多书意义何在呢?话是这么说,对着电脑看书,跟把书拿在手里读没法比。书像老婆,还是放在家里天天看着,心里才觉得牢靠,用起来也更方便。

有些朋友很羡慕我书房的三面墙都是大书柜,全用硬木板打成,厚重而实用,从地板直顶天花板,把书房围成一座书城。不管是累了、烦了,坐拥书城,就能渐渐地找到一份踏实、宁静和惬意。

写书的人命该为书所累。人有大累,方有大的畅快、大的满足。

2003年8月4日

每逢佳节不思亲

过去挖苦崇洋媚外者,说在他们眼里"连外国的月亮都比中国的圆"。我在国外也赶上过中秋节,一九八二年在北美过八月十五,到夜晚竟怎么也找不到月亮。最近几年倒是发现公园的月亮比住宅小区的圆,也比小区的亮,且圆得饱满,亮得安静。

连续多年,每到中秋之夜,我和妻子都到公园里或坐或走地待上一两个小时。前几年非常清静,闹"非典"那年的中秋夜,公园里只有我们老两口子。这两年人开始多起来,也大多是上了一些年岁的人,我真想打听一下,他们都是些什么人,为什么在这月圆之夜不跟家人团圆,要到公园里来?

妻子说何必去问别人,问问你自己还没有答案吗?不错,我们在家里无非是守着电话机,等着它响起来听到儿女们的问候,却不知道它什么时候才会响?如果它不主动响,你想用它找到儿女们却并不容易,即便你找到了他们也往往不能多说上几句。所以,我不如揣上手机到公园里来寻找中秋节古典的味道,人与月遥遥相望,寄托情怀,凝神而思,获得一种难得的明澈和宁静。

而公园外面的月亮太闹了。城市里提前几个月就开始闹月饼,将中秋节变成了月饼推销节、跑关系节。而现在的月饼又千奇百怪,有纯金造的,有纯银做的,有直径六米的,有高度十三层的,总之就是不让人好好吃。可是,中秋的神粹是"月",不是"饼"呀!光在"饼"上闹腾,出奇制胜,赚钱第一,超女促销,模特当道……热闹是足够了,可人们却觉得中秋节的味道变了,似乎缺少了一点什么。缺了什么呢?

一种静,一种情,一种思,就是古人说的"每逢佳节倍思亲"。

人间无非两种境界:团圆有团圆的祥和,不团圆有不团圆的思念。"人有悲欢离合,月有阴晴圆缺,此事古难全",怎么可能一味地闹呢?过节不可不闹,不可光闹,光闹就把节味儿闹没了。这味道就是中秋节所蕴藉的文化情怀。现代人怎么就变得没有惦念、没有乡思,"每逢佳节不思亲"了呢?过年变成狂欢节,国庆节是"旅游黄金周",节节都是赚钱节,节节都想日进斗金……

难道当今全球一体化的世界已经人月两圆,不需要也没有必要"每逢佳节倍思亲"了吗?事实是今天的世界仍然流动太多,不团圆太多,往往"求名为骨肉,骨肉万余里"。有的大学不得不开展督促学生给家里写信或打电话的活动,因为现在的大学生不愿意写信,只有在缺钱的时候才会给父母打电话。这样的学生喜欢以自我为中心,亲情淡泊,没有责任心,自然也不会成为受欢迎的人。

过去是"父母在,不远游",现在是有本事的有专长的有关系的有钱的和有权的谁不想出去?以前"绝户"一词是令人恐惧的,甚至是一种诅咒,而今"绝户"就是"空巢",是一种时尚,甚至还能令某些人艳羡……现代人的情感就是这样被一个个五花八门的"现代观念"给稀释了。亲情本来是最没有条件的,而现在的人却在亲情上有着太多的算计,是不是影响自己赚钱,影响自己的升迁,影响自己的学业,甚至是不是影响自己的约会、出游等等。

功利心掺和进来,亲情还能不打折扣?古人讲孝子侍亲不可有"八态":沉静态、庄肃态、枯淡态、豪雄态、劳倦态、疾病态、愁苦态、怨怒态。现在只要还有点孝心,即便有这"八态"也还算是好的。就怕孝心全无,除这"八态"之外再加上凶恶态、虐杀态,家庭暴力已不新鲜,甚至像孙子杀死奶奶,儿子杀死母亲,或儿女杀死自己,让老人绝户绝望得生不如死。现代人为什么得抑郁症的特别多,其中一个重要原因是缺少亲情。

没有亲情,人就不知道自己是从哪里来,将要到哪里去。是亲情温暖着人的心智,缺少了这份温暖,人必然会感到冷寂和孤独。广州的谢洪均老人死在家里两年多,一个大活人变成一堆白骨之后才被人发现(《南方都市报》2005年9月15日)。这就是所谓的信息时代、网络社会,对远在天边的事情可以夸夸其谈,对身边该管的事情却漠不关心。这也是现代人感情稀释的典型表现:防着离自己最近的人,越防越对身边的人和事越冷漠。这还不是过去人们所批评的"娶了媳妇忘了娘",如今不娶媳妇也可以忘了娘,而且也不只是忘了娘,娶了媳妇的也可以忘了媳妇。

网上有个段子形象地刻画了这种情感稀释的过程:"两千年代,爱情太快,从爱到崩,一个礼拜。周一放电,周二表态,周三同床,周四腻歪,周五小闹,周六开端,周日寻找新爱。"现代人的情感甚至不只是被稀释了,还感染了"情感溃疡",流脓渗水,破破烂烂,自己的不珍惜,也不拿别人的当回事,动不动就卖情卖肉。成都一女大学生当街叫卖自己的"情爱日记",广东一男青年举着"出租处男"的牌子沿街兜售,北京一所大学在"爱情婚姻家庭社会学"的课堂上,一百多名学生跟着老师齐声高喊:"性,性,性!"像搞传销,真不知道这是在鼓励自己,还是吓唬自己? 是示威,还是胆怯?

你说这不是"溃疡"是什么? 滴答滴答地到处都是腥味儿。所以,社会学家根据各种各样的调查,为现代人的情感总结出一系列的"定律"。比如"男女定律":聪明的男人+聪明的女人=浪漫;聪明的男人+愚蠢的女人=怀孕;愚蠢的男人+聪明的女人=绯闻;愚蠢的男人+愚蠢的女人=结婚。而"情人定律"是:1.情人迟早会变心,只是时间长短的问题;2.情人若不变心,则你会变心;3.无论谁先变心,变心的一方必先指责对方变心;4.如果两人都变心,则会有其他变心人来插足其间。

男女之情尚且如此,对待父母、兄弟、朋友、邻里的感情已经被"稀释"或"溃疡"到什么程度不是可想而知了吗? 过年过节本来可以治疗这种"稀释"和"溃疡",现在似乎恰恰相反,加剧情感的"稀释"和"溃疡",年节过后人们变得更疲倦、更隔膜。那么,人类发明年节的本质和意义岂不是变了?

2003年中秋

国家的投影

国家不是一个空洞的概念,每个人一想起自己的国家,脑子里就自然会出现一个形状——这是地图告诉你的。你将终生熟记这个形状,热爱这个形状,保卫这个形状,因为这个形状就是祖国的投影。

我此生有幸,曾把自己最美好的一段青春岁月贡献出来,绘制祖国的投影……

那是一九六〇年,经过一场严格的考试,我舍弃了在工厂很有前途的一份工作,穿上了海军军服。几个月的新兵训练结束以后又经历了一次考试,被送到海军制图学校上学。这时候我才明白,别人当兵一次次地检查身体,为什么我当兵要一次次地考数学。我国刚刚颁布了十二海里领海的规定,国家急需要一批海军绘图员,把祖国海洋的形状画出来,让中国人、让全世界认识我们国家的投影,并尊重这个投影。

一个人一生总是要做过一些会后悔和不会后悔的事情。我当过兵,这是我做过的最不后悔的事情。你想,二十岁上下,正是生命的黄金时期,将最美好的青春年华给了部队,完全可以说是对祖国的初恋。能不珍惜、能不怀念吗?只有当过兵的人才相信这样一句话:"一个男人没有当过兵,他的人生就不能算是完满的。"

我从制图学校毕业后成为海军制图员,当时的世界正处于冷战时期,唯我国的沿海边疆"热战"的火星不断,且不断升级,大有一触即发之势。首先是美国不承认我们的十二海里领海权,三天两头派军舰侵犯我们的领海,我国政府便一次次地向美国政府提出严重警告,并出动军舰一次次地把美国人从我国的领海逼出去。摩擦时有发生,从小规模的海战到空战……战斗英雄麦贤得就是我们海军的骄傲。

有时一天可以发生几次摩擦,只几年的工夫我们就向美国政府提出二百多次严重警告,打落他们几十架高空侦察机。到以后,美国的军舰干脆就耍二皮脸了,你一个没看到,它就闯进来了;你追过去,它就又退回到十二海里以外;等你一不留神,它就又溜回来了……紧张的时候我一连几个月出不了绘图室。

在共和国成立之前我们没有像样的海图,那时的中国人并不了解自己的海洋,只有一些外国海军丢弃的当初为侵略中国绘制的港口资料,既不精确,又不系统。中国人民海军如果没有自己的海图,在海上就一动也不敢动。我们的任务就是根据自己的测量成果,精确地绘制出完备的各种比例的中国海洋图。也许可以说是美国人激发了我的爱国热情,强化了我关于祖国的概念。

其实,兵的意识就是国的意识,当兵的不能没有祖国而存在。以前在学校里培养的国家概念空洞而美好,一进部队,国家概念就变得具体、庄严、神圣,与自己息息相关,且责任重大。那时候我们的吃喝拉撒睡一言一行都和国家的利益连在一起,充分体验到关系国家的安危就是最高命令,没有国家的力量就没有个人的存在。

爱国是一种高贵的情感,"胸怀祖国"不再是一句口号。至少是祖国的海洋,从南到北,哪儿有港,哪儿有湾,哪儿有岛,哪儿是石,哪儿是泥,都烂熟于胸,分毫不差。那时,不管夜里是否能回宿舍躺一会儿,或趴在图板上打个盹儿,每天早晨都格外警醒,先要知道我国政府有没有向美国提出新的警告,在什么海域?然后收听广播,中央和"苏修"论战的文章……

现在五十多岁的人都能记得那个年代的氛围。天上、海上、北边、南边、思想、物质,我们受到来自四面八方的逼迫和侵犯,却培养起一种昂扬的情感。爱国是人类最高的道德。当时我把自己生命的热量和理想全都凝注到海图上了,海图上有我,我心里有海,有海才有国家。

有一次,我随测量小组登上虎口礁,天地不同方觉远,共天无别始知宽,周流乾坤混茫,远眺海天无垠。那是中国黄海最外面的一块陆地,从虎口礁再向外量十二海里都是中国领海,站在礁石的高处能亲眼看到中美军舰剑拔弩张的对峙局面。领海不仅仅是水,除去国家的尊严还有海洋资源。海权之争是政治之争,更是资源之争。只要拥有了岛屿(包括礁石),就有了海域,有了海域就有海洋资源。哪个国家拥有范围更大的海洋面积,哪个国家就拥有更多的海洋资源所有权。海洋意识既是生命意识,又是国土意识。因之,争夺海洋成了现代战争的根源和动力。一个国家只有海军强大,海权牢固,国家才会兴盛。海军弱,则海权弱,国家衰。美国远在太平洋对岸,为什么要跑到我们的家门口捣乱?它不是吃饱撑得没事干才这样的……

然而,拿破仑有言:"一切帝国皆因吞噬过多,无法消化而告崩溃。"罗马帝国、拿破仑王朝、大英帝国以及希特勒无不如此。可没有一个后来的帝国会吸取前朝帝国崩溃的教训,一旦强盛起来就会遏制不住地要向外扩充,贪得无厌地吞噬……

落日惊涛,浮天骇浪,我在远离大陆的孤礁上待了几天,看日月吞吐,受大风围困,越孤单就越想念亲友,越远离祖国心里就越有祖国。连茫茫海面上奔腾的波涛也都是翘首向大陆张望,然后一排接一排锲而不舍地向岸边涌扑,直至回到祖国的怀抱,发出一阵阵兴奋的喧哗。那时真希望自己能变成一片海浪,不屈不挠地扑回营房、扑回战友身边,一种对家对国的向往便立刻像大雾一样在我四周弥漫开来。

大风一停,我被急急地接回大队,原来,美国人把对我们没有发出来的邪火撒到了越南人的头上,发动了北部湾战争。我们要援助越南,又要加班加点了……我在绘图室里除去绘制中国海图,还要绘制世界海图,感到一种自豪、一种信心。你只有有国家,才有世界。一个没有强大国家的人,世界也不属于你。

至今,我一想到中国军舰的舰长们使用的海图中有一些就是我绘的,心里便格外滋润和欣慰,这种感觉是出版几本著作甚或受到读者好评都无法替代的。

已活到耳顺之年,人前人后从心里敢大大方方为之骄傲的,就是曾经当过海军制图员——心里永远印下了祖国的投影。

2004年7月2日

战友情论

在人类各式各样的感情中,战友情是很特殊的——我所说的战友情是指真正在部队里结下的友情,不是泛指一切"共同战斗过的人"的那种感情。"文化大革命"中,如同将阶级敌人扩大化一样,将战友的含义也扩大化了,除去敌人,剩下的都是"战友"。人们也确实处处、时时、事事在与天斗,与地斗,与人斗,全民皆兵嘛!那时候连江青都穿上了绿军装,无论走到哪里第一句话总是:"无产阶级革命派的战友们……"

就是在那个时候,有一天在大街上碰到了部队上来天津办事的战友,因我的日子正不好过,相互只把万千感慨用到眼睛上,行了个注目礼。未能握手便又分手了,心里却格外亲、格外热,真想把他拉到家里倒上酒好好喝一顿,说它一天一夜的话儿。此后许多年都为那次没有请战友到家里吃顿饭而懊悔。这几年战友间有了联系,每年聚会一次,每聚会一次我都要兴奋几天。我看大家也是如此,其快乐程度胜过任何一个节日。

这让我不能不思索:战友情到底是怎么一回事?为什么让人这么留恋、这么珍惜?战友之情是在生命的黄金时期、生活的浪漫时期、社会的特殊需要时期结下的。有生死之交,有血溶于血。不是爱情却有爱情的真,不是亲情却有胜似亲情的热,有男人的刚,也有女人的柔。有豪情,有烈性,有无数难忘的故事和美好的记忆。我是六十年代第一个春天当上了海军制图员。赶上了我国界定自己的领海,美国军舰不停地侵犯我国领海,我们不停地发出警告,一次又一次打下敌人的无人驾驶高空侦察机;赶上了北部湾战争,这都跟我的业务有关,经常要连续很多天不能离开绘图室;还赶上了著名的"度荒",我人高饭量大,有个战友每顿饭都要省出一个馒头让给我吃。夏天我们支农,看见能吃的马齿苋就采下来,没带装菜的家伙,就脱下水兵裤,塞满了放在肩头扛回营房,像装备了新式救生设备。

战友聚会之所以迷人,就因为它像一条倒流的时光隧道,让我们重回当年,重温青春时期的种种梦想和碰碎梦想的命运……平的变奇,淡的变浓,甚至连受到的挫折和打击也变成一种有味道的东西。一个人当几年兵,就足够受用一生,感悟一生,回味一生。打上兵的印记,就永远是兵,刚当兵是新兵,三年后是老兵,退役后是大兵——无论城市和农村,任何一个单位,人们对新来的复员转业军人统称大兵。不管他以前是工程师、学生、工人、农民,军装把他以前的色彩都遮盖了。

五年的制图员生活培养了我终生对海、对图的亲情。海图上有我,我心里有海,眼里有图。生命中怀有和享受过战友情是幸运的。否则,我会以为人生不够完美。有人说战争是艺术永恒的主题之一,表现战争中最动人的部分是歌颂战友之情。想想反映第二次世界大战的文艺作品,哪一部里没有战友情?甚至在古代被中国人奉为友情典范的,是刘备、关羽、张飞的桃园三结义。其实就因为他们是战友,在漫长的战乱年代中,生死相依,祸福与共,所以友情才那么亲密、那么牢固。

在好莱坞的反战片、动作片和警探片里,也要有战友情的支撑。有一个套子是:某老兵退役后或某杀手金盆洗手后,过着安定幸福的生活,忽然有人来报信,他的战友被杀或被困,他立刻重披战袍,冒九死一生、家破人亡的危险,去救战友,演绎出无数惊天动地、感人肺腑的故事。就连傻乎乎的阿甘,在战火中不也舍生忘死地抢救他的战友吗?没有战友情,就无法支持一场战争。战友情在任何一个国家的政权和军队中都起着重要作用,谁是西点军校几期的,谁是黄埔几期的,谁是哪个兵团的,谁是哪个军的,只要知道谁跟谁是战友,别的就不用说了!当然,古今中外战友反目为仇乃至相互残杀的也很多,就像爱情有结合有离异,友情也有忠诚有背叛,但人们还是不能没有爱情和友情。

但,生活中当过兵的人终究是少数。有幸能成为这少数中的一员,有战友也是别人的战友,终生享受战友之情,不能不说是命运的厚赐。而且战友情像酒,时间越长,越是离开了部队,越醇、越香、越珍贵。

于是,在战友们聚会之后,乘兴写下此文,权作纪念。

2004 年 8 月 1 日

反省"大师事件"

　　文坛不可以没有大大小小的一个接一个的"事件",不可以没有"是是非非"和"飞短流长"。设想一下,若是没有这些东西,文坛该是何等的寂寞、无聊和无趣啊! 我对此是有些体会的,在过去相当长的时间里曾一而再、再而三地被困扰其中。

　　我的好几部小说,总是始料不及地惹出一些"麻烦",被人没完没了地对号入座。有些事情甚至匪夷所思地以此画线,令人很长时间里都消散不去一会儿疼、一会儿痒的不良感应……这许多年来,层出不穷的"事件"或"风波"就像恶犬一样在追赶我、撕咬我,有时只是撕烂了我的衣服,有时却咬破了皮肉,乃至伤及心情。人生有限,如此内耗有什么意义? 我决心调整自己。

　　在创作上,小说写得少了,主攻随笔类的文章,企望修炼自己。改变跟社会的接触点,转移注意力,看能不能让自己的文字还有另一种面貌和神态。在做人和做事上,采取逐渐淡出文坛的姿态,退回到观众席。俗谚云:巧者言,拙者默;巧者劳,拙者逸。基本坚持"三不"方针:不参加活动,不听信传言,不评断人事。碰上实在拒绝不了的活动,严格要求自己只当"道具"……"任难任之事要有力而无气,处难处之人要有知而无言。"

　　人活着也不能什么事情都"不",在"三不"的基础上又增加一个项目:每天游泳。你有多大劲到水池里比画,游一千米不过瘾就游两千、三千,多咱折腾累了多咱上岸……果然,这两年耳根子清净多了,伏案工作也宁静多了。

不料,到二〇〇二年十月末,许多中文网站同时发表了内容大致相同的消息,惹起了一场不大不小的"事件"。类似的标题比比皆是:

《蒋子龙说,中国文学进入大师时代!》

《请问蒋子龙,文坛大师在哪里?》

《质询蒋子龙乱封大师的资格……》

媒体时代传闻的繁殖率惊人,几乎就在一夜之间,哄得就跟真有那回事一样了,我能见到的还有几家大报也报道了这件事……于是,"大师时代"这个词在近两年里算是跟我摽上了,无论我到哪里,记者采访时劈头盖脸的第一问往往是:"你说中国文学已经进入大师时代,根据是什么?"

"你说的大师都是指谁?他们也承认自己是大师吗?"

……

直到二〇〇四年,春天去安徽,夏天去青海,冬天去云南,当地记者还在向我提相同的问题。现代传媒的盲从和武断不能不令人震惊。他们听到别人说我讲了什么话,只要这些话能够做点文章,那就认定是你说的了,然后再尽力从你这里继续挤兑出一些新鲜作料。从没有一个记者对我提出"大师论"这件事情本身生出疑问,也没有人愿意耐心地问问我为什么要这样说?人们面对传言如火燎油,却毫不在意事情的真相。起初我也曾试着想说明原委,很快就发现没有人对我是否真的说过什么感兴趣,他们只对眼前哄起来的事件本身有兴趣,甚至觉得我想解释点什么的念头都是多余的,只会越描越黑。

看来,我是该主动反省一下,向文坛、向读者做个系统的回答,对"大师"们和自己也好有个交代。但是,想要弄清这个"大师事件"到底是怎么闹腾起来的,请允许我捺着性子从头说。

二〇〇二年的秋天,我们一行五人应邀赴渥太华参加国际作家节。于当地时间九月二十日深夜到达渥太华。加拿大国际作家节主席尼尔·维尔逊先生到机场迎接,甫一见面他就有些沉不住气地告诉我:"有一批人知道了你们今天要来的消息,想到机场来游行示威,以表抗议。"这有点"下马威"的意思,我颇感意外,心里不快语气便有些不快:"中国作家跟世界上许多国家的作家都有交往,无论到哪里去还从未听说过受到这般严重的关注,我能知道这是为什么吗?"他赶紧解释说:"加拿大是自由的国家,有人想要游行谁也没有办法,幸好警察局最后还是劝阻住了。"尼尔先生的口气中不无忧虑。

"那我们的自由呢?我们是你们请来的客人,有你们政府签发的所有合法入境手续,也应该有来参加作家节、以文会友并不受骚扰的权利和自由,那些想游行的人要向我们示一种什么样的威、想抗议我们什么呢?"我尽可能用和缓的口气问他。

主席先生以西方人习惯的表情撇撇嘴,耸耸肩,摊开两手做无奈状,算作回答。

第二天下午,我在加拿大国家图书馆报告厅作专题讲演,题目是《关于文明的对话》(此讲稿发表在同年的香港《大公报》第611期上)。按大会规定,我发言后要留出半个小时的时间回答听众提问。可我的讲演还没有结束,在大厅两条通道中间竖起的麦克风前就排起了队,那是等着向我发问的。在有八十多个国家的作家参加的作家节上能有这么多人关心中国文学,着实令我兴奋,甚至感动。可惜这兴奋和感动没有延续多长时间。后来当第一个发问的印度女作家讲出她的问题之后,我就知道她并不是冲着中国文学来的。她一张口就跑题了:"蒋先生作为中国知名作家,怎样看待练习气功?你们为什么要迫害练功者?"

我回答说:"尽管这不是今天要讨论的话题,而且我对气功也所知甚少,却还是愿意做简短的解释。前不久我还在中国的电视新闻里看到过气功表演,赤脚踩刀刃、走玻璃碴儿,用木棒和砖头击打头顶等等,却从未听说过有什么部门禁止甚或迫害练武习功者。因为中国有许多人喜欢武术,少林寺的功夫可以说名传天下,还收了一些洋弟子。另外还有武当剑、太极拳等,中国功夫源远流长,派别繁多。借用中国功夫拍成的武打电影行销全世界,创造了一个又一个的票房奇迹,连傲慢的好莱坞也不得不承认曾沾过中国功夫的光。修炼中国功夫,高手有高手的练法,老百姓为了强身健体另有老百姓的一套练法。每天早晨,在公园内,在大道边,都有许多人在演练各式各样的功夫,这已经构成了中国人生活中一道独特的风景……凡此种种,都说明你的问题是不成立的。"

此时又有一男一女站到了话筒前,自报家门是加拿大人,但外表像华人,直截了当地用汉语发问:"蒋先生,请您不要转移话题王顾左右而言他,您很清楚她问的不是关于练武功的事,您怎么把话扯到武术上去了? 您是作家,应该能够回答中国传统文化的内涵是什么,请问所有的气功练习都算不算是一种传统文化?"

男的火气很冲,这是要激我的火。在这样的场合我只讲理不吵架,何况他把问题拉到文化上,这正是作家的强项。不管我脸上的肌肉听不听使唤、自然不自然,我也强迫自己咧嘴一笑:"中国传统文化内容广泛,比如诸子百家,百家争鸣,是中国人对世界文化的巨大贡献。儒家的孔子、孟子,墨家的墨子,道家的老子、庄子,还有阴阳、法、名、纵横、杂、农等家,实际是一百八十九家,计四千三百多篇。到清代乾隆年间,耗时十年,编纂《四库全书》,收书三千五百余种。这还只是精神文化的一部分,不包含传统的物质文化,比如货币,那真是中国人对世界又一个大贡献,从战国时期到清代末,每有考古发掘总能挖出许多古钱币……"我若是就这个话题发挥下去,会越讲越轻松,可那位在话筒前站了好半天的年轻女子很不礼貌地高声插嘴道:"不对,蒋先生您知道我们所指的是什么,不要扯到别处去……"

国际作家节主席尼尔·维尔逊很会把握会场形势,急忙打断了那位女子的话:"对不起,这里是作家节,是讨论文学的会场,不是辩论气功或其他问题的地方,我们也不提供这样的时间。今天对话的时间已经延长了很多,感谢蒋先生精彩的讲演,我对他的讲演非常感兴趣。谢谢,散会。"会后维尔逊还向我解释说,另外还有一些人想在作家节期间,组织人在国家图书馆外面示威游行,被他拒绝了。但作家的讲座是公开售票的,人家买票进来听讲是不能被拒绝的。我说这就怪了,他们为什么要跟作家过不去? 抗议文学干什么? 但实事求是地说，这对我无所谓，我向来不是神经过敏的人，精神也没有那么脆弱，顶多就感到像有个癞蛤蟆趴在脚面上——不咬人恶心人！

我们从报告大厅出来又赶赴另一个聚会，等回到宾馆自己的房间，已经是晚上十一点钟了。我觉得很累，便将"请勿打扰"的牌子挂到门外把手上，然后开始洗澡。澡刚洗了一半，就听到电话铃响，由于洗手间里没有电话，我也就没有出去接。等洗完了澡，却又没有睡意了，这是时差反应，此时在中国是上午，通常正是我精神头最好的工作时间。想想明天还有一场重头戏，国际作家节将把明天的开会时间全部交给中国作家，先由我和另外三位中国作家分别从不同角度介绍中国当代文学，然后跟世界各国的作家进行对话式的交流。鉴于今天会场上发生的事情，我需再准备一下明天的发言，于是坐到写字台前，想把要讲的内容拉一个提纲出来。这时电话又响了，我拿起听筒，耳机里传来中国话，他自称下午听了我的报告，现在就在我的楼下，想到我房间里来坐一会儿。

我以时间太晚了予以拒绝。他又邀请我到他家去坐一坐，吃点夜宵。这我就更不能接受了，告诉他我还要工作。他却反而大惊小怪地问："这都什么时候了还要工作？"我说："这都什么时候了，您不是照样还来打搅我吗？何况作家的工作本来也没有什么时间规定，您如果没有什么特别的事情我要放电话了。"他赶忙说："别，别，咱们能不能在电话里聊几句？"我要求他简短一点。他说："从大陆来的人都对我们有许多误解，我们实际是为了拯救人类……"

我说："好啊，人类太需要拯救了，现代世界还有那么多丑恶、败类，比如污染、战争、恐怖、暴力、饥饿等等。如果你们能够阻止'9·11'事件的发生，那该有多好。你们为什么不用行动去证实，赶快拯救那些你们认为正处于水深火热之中的人们，让全世界的人看看。为什么要在这儿说空话，打扰我的工作和休息呢？"他说："您是受了蒙蔽，不了解真实情况。"

我说："我已经活了六十多岁，常年生活在国内，如果您认为我反而不如你生活在国外的人更了解中国国内的情况，而且只有你们说的才是真实的,那我们之间还有什么好说的?不是白白地浪费时间吗?"他又要求:"我能不能把材料送到您房间去,等您有空的时候看一看,了解一下我们的立场⋯⋯"

这样死缠滥打,真让我有点不耐烦了,便断然拒绝:"不行!你们在会场上抢占来自世界各地近百名作家讨论文学的时间,现在已是深夜,几次三番给我打电话,强加于人,置起码礼仪于不顾。我本来对你们这一套并无具体的感性认识,只是通过媒体知道了一些情况,不想这次加拿大之行倒长了见识。现在不管您是什么人,对不起,我要说再见了。"

我说完就把电话挂断了,但一时再也无法集中精神考虑明天的发言。就在这时候门铃响了,我心里的火气腾一下烧起来了,这太过分了。我气呼呼地打开房门,竟是宾馆服务员,怀里抱着一个黄色的材料袋子,想必是收了什么人的小费,来给我送宣传材料。我没有接他递过来的材料袋子,而是指指门把手上"请勿打扰"的牌子⋯⋯他弯腰鞠躬道歉,转身离去。

第二天我才知道,与我同行的几位作家也受到了大致相同的骚扰。然而这只是开始,此后在加拿大的十几天里,经常会被散发各种莫名其妙的材料的人纠缠上。当你走出饭店、走下汽车,或者刚进一个风景区,他们会突然冒出来把宣传材料塞到你面前⋯⋯当地人告诉我,这些人是拿了别人的钱,像打工一样替人家散发宣传品。这种情况锻炼了我们的神经,让习惯于一出国就端起来、"非礼勿视,非礼勿听"的中国人,如今出国后却享受到了只有西方国家领导人才能享受到的待遇:被围攻、堵截、质问,就差扔臭鸡蛋和拽西红柿了。

在尼尔先生标榜的这个自由的国家里,我感到很不自在,甚至明显地感受到一股来自我所不了解的从未打过交道的一些人的敌意。在这种状态下,肚子经常是鼓鼓的,该死的时差反应又没有消失,到加拿大的第三天晚上,在宾馆我的房间里接受了《世界日报》的记者采访。记得那是个台湾人,他的文章是怎么写的我没有见到,不知"大师论"是不是这次采访的产品?后来的几天到多伦多、蒙特利尔等城市时我又接受了其他一些中文报刊的采访,如《环球华报》、《中华导报》等。他们的采访文章发表后有的给我寄来了样报,有的则没有寄报给我,凡是给我寄报来的都没有"中国大陆文坛进入了大师时代"的字样。我极力回想,可能还是接受《世界日报》记者采访时谈文学创作谈得最多,涉及的作家也最多,或许再加上交流时不可避免的障碍,是在记者整理加工的过程中,还是在其他记者相互传抄的过程中,就将我的许多话概括为:"中国文学进入了大师时代"了。

因此,我现在就尽量仔细地回忆,当时自己是怎么谈的。

无风不起浪,我现在还清楚地记得当时自己的情绪比较激烈。这固然跟遭遇几次围攻有关,但我性格里也有一种农民式的狭隘。农民管这叫"护犊子"——自己家里的事自己怎么说都行,别人横插一杠子指指戳戳便不能忍受。在国内我似乎也属于"批判现实主义"一族,一走出国门,就无法容忍别人当着我的面对我熟知的一些事情肤浅地说三道四,甚至恶意地冷嘲热讽。我必定会利用自己说话的机会还以颜色。尤其厌恶华人当着外国人的面骂华人。为此我还着实地得罪了一些海外华人朋友。其实,文学也好,文坛也好,根本用不着我来给"拔创"。一个连自己都"护"不了的人又焉能"护"得了别人?当时我就该心平气静、实事求是地介绍情况或讲出自己的观点,那就不会闹出个"大师事件"来了。

采访是这样开始的:"听了您的讲演,知道您对中国当代文学是很乐观的,可事实上为什么又出不了文学大师呢?您能详细地谈谈自己的看法吗?"我就觉得心里腾一家伙,有团东西堵上来了,什么"三不"方针呀,什么"巧者言,拙者默"呀,全丢到脑后,开始旁征博引、夸夸其谈,而无节制了:

你说中国没有文学大师?巴金是不是大师?季羡林算不算大师?即便是一批更年轻的作家,如韩少功、贾平凹、莫言、刘恒、阿来等等,也具备了大家的气象和规模。他们以现实的魄力和勇气,精悍深切地表现了现实的品格,并呈现出一种开阔凝重的真实感。谁能否认他们是大作家？更重要的是他们都形成了自己独立的精神风格。文学就应该能给人类提供出类拔萃的精神和情感,任何时代能够流传下去的,也只能是精神和情感。在今天这个物欲极度膨胀的商品时代,人们最缺乏的恰恰还是精神和情感。因此,文学的命运不是将被取代,而是变得更加为人们所必需,无论有没有大师,或承认不承认大师的存在……

你如果对他们不是很熟悉,就看看跟我同来的这几位作家。周大新,实诚而深厚,文字中跳荡着道家的智慧和幽默,是个讲故事的高手。根据他的小说改编的电影《香魂女》,曾获得过柏林电影节的金熊奖。徐小斌,则找到了一种先锋和传统的契合点,四面出击,锐不可当,她创作的电影也获得过莫斯科电影节的一等奖。迟子建,自小生活在中国最北部的北极村,文字中便天生带有一种大自然的灵性,精灵精怪,极具魅力。许多年来,小品和二人转把东北渲染成了一块轻松滑稽的土地,倒是秀婉的迟子建,或清冽或浓重地呈现了东北的深厚、雄阔,以及苍劲的历史感。联想到上个世纪的黑龙江才女萧红,我真想写一篇文章叫《女人的东北》。因此,迟子建就理所当然地摘取了澳大利亚的"悬念句子文学奖"和包括鲁迅奖在内多种重要文学奖项。她的八十万字的长篇小说《伪满洲国》,和周大新三卷本的长篇巨制《第二十幕》,都具备了一种大作家的品质……

现在的社会真是怪了,算卦的有大师,看风水的有大师,做饭的有大师,画画的有大师,写字的有大师,说相声演小品的有大师,唯独搞文学的,谁都敢贬,作家们自己也没有人敢自称是大作家。这是为什么？素来作家给人的印象不是很张扬、很狂傲的吗？特别是当他们相轻、相骂或自吹的时候。为什么对"大师"的头衔这么讳莫如深呢？莫非"大师"真的成了当代作家的诅咒,抑或是当代文学仍保留着起码的自尊自重？

为什么文学圈子外的人对文坛上的大师视而不见,文坛内的人谈起大师也底气不足呢？因为许多年来文学就怀有两大情结:一是呼唤全景式的、史诗般的巨著;二是呼唤人品完美、文品超群的大师级的作家。呼唤声此起彼伏,渐渐地声调就由高变低,或干脆是对这种呼唤本身失去了兴趣。因为文学已经进入了非经典时代,或曰后经典时代。包括世界文坛,也大体如此。因此,如今诺贝尔文学奖发给谁都不足为怪了。举世公认的经典作品和经典作家已经找不到了,作家的成就和文学的规格不再对奖项构成震慑和威压,奖项在某种程度上说,无非是撞大运和一笔意外收入而已。"矬子里面拔将军"或"情人眼里出西施",就有了很大的偶然性,所以常会惹得议论纷纷。但,文学一直热衷于搂抱经典,经典又是怎么消失的呢?

观念逐渐演变,为人所惊讶的事实是一点点发生的。先说文学的经典概念:"文学就是人学"——人的概念已经悄悄地变了,"机器人"也叫人,但并不是人。克隆人是人,却让我们觉得比任何妖怪都更可怕,以至于许多国家都纷纷制定法律,禁止克隆人。但,意大利据传还是搞出了克隆人。电脑不是脑,却能代替人脑干许多事,现代世界上离开一些人的脑子没有问题,一旦离开电脑就可能乱套……人的概念的宽泛,带来了文学概念的无限延伸。比如,经典文学著作中都有经典人物形象。经典作家们像门捷列夫制定化学元素周期表一样,发现并创造了人物典型和人物性格的丰富画廊(谢·扎雷金语)——所有读过经典著作的人都能记住并说出几个或几十个经典的文学人物,这些深入人心的形象在很大程度上反映了实际存在的人类的多种性格。作家都不愿意写重复的东西,读者也不愿意读重复的东西,而当代文学中塑造人物常常险途重重。即使有谁勉为其难地还在人物上下功夫,也常常是费力不讨好。经典人物出自经典生活,漫长平稳的经典式生活已经被喧哗浮躁的快节奏生活所替代。再比如,经典文学著作中也都有一个经典故事。现代文学写不出好故事,便聪明地逃避故事……一句话,现代文学就是要逃避经典!

接受了这个现实,文学就学会了和时代相处。这主要体现在:重目标、轻意义,重销路、轻经典,心悦诚服地向市场低头,视畅销比经典更重要。或者认为,目标就是意义,畅销就是当代经典。困惑是真实的,无法躲避的。但,这只是事情的一个方面,还有更重要的另一方面,无论是热也好,冷也好,捧也好,贬也好,文学是不死的,一茬接一茬,不停地更新换代。纵使一些人甚或一些阶层不喜欢,或很喜欢,都不能阻止其存在和发展。当代中国文坛最突出的特征就是不断涌现新潮流,个性强烈,色彩纷呈,形成了不同特点的作家群落,具备了和历史、和现实、和世界上任何一个民族的文学对话的自信和智慧……像巴金、季羡林等老先生,正在成为文坛奇迹般的人物。在一个非经典时代,大师的存在本身就成了一种活的经典。中国文坛不仅有年逾百岁的老作家,还有几岁、十几岁的娃娃作家,堪称"四世同堂"、"五世同堂",队伍壮大,气象可观。这表明中国文坛大体维系着一种自然的生态平衡,年轻的作家都是自生自长出来的,各有自己的生长环境、生长优势和生长姿态,他们有资格也有条件保持自己的原生态势,也让当代文学园地花团锦簇,丰饶妖冶。因此也可以说中国文学是值得期待的,大师级的人物也是可以期待的。

——我现在能想起来的,酿成了"大师事件"的谈话,大致就是这些。

那么,我有哪些反省呢?

细想媒体在提出这些问题时的语气,"大师事件"本身确有可以玩味的东西。至少可以看出当今媒体,或曰社会舆论,对文学甚为不屑。谁若说现在文坛出了哪位大师,那就是发烧说胡话,或者是故作惊人之语炒作新闻。那么就算我胡吹、乱侃、蒙人,言之凿凿地在海外宣布了"中国文学已经进入大师时代",又算个什么事?这年头把牛皮吹破的、把人往死里蒙的不有的是吗?为什么其他行当吹牛就吹不出毛病,而文坛有点动静就叫人受不了呢?

这就是我反省出的当今文坛的一大怪现象:文坛可骂不可捧。无论在什么场合你千万别对文坛说好话,一说好话准惹事。相反,你对文坛骂得越狠,骂得越邪乎、越尖刻、越出新,就越令人解气,越能骂出个普天下传扬的轰动效应。

当我意识到这一点之后立即做了个实验:二〇〇四年春天在安徽

省图书馆讲课时批评现在某些作家太在惜自己的"家"了,像驮着个乌龟壳一样压得缩头弓背。作家在精神上应该是无家的,永远处在跋涉之中,总在探求和行走。冬天我在云南又大讲当今长篇小说聪明之作多,根据一个不错的"点子"写成一部书的多,大气之作少……这些话至少被四五种报纸发表出来,自然便引起一些人摇头,一些人叫好。

这些话比我在加拿大回答记者提问时说得更有意思吗?我看不见得,至少我在加拿大答问时更有激情,表情生动,面目真切。可是,人在真切的时候就容易受嘲讽,人在嘲讽别人的时候却容易受到称赞。再举个例子,全美中国作家联谊会会长冰凌,在美国成立了"中国作家之家",义务地接待了一批又一批访美的中国作家。前几年他连续两次大张旗鼓地以全美中国作家联谊会的名义推举王蒙做诺贝尔文学奖的候选人,不管怎么说这都是好心办好事,我也认为王蒙当之无愧。可是美国有个别人借此攻击冰凌和支持他的一些朋友,令人不解的是国内的某些媒体也不知好歹,不分香臭,跟着海外的闹腾一块起哄,甚至借机出风头,趁风而扬土。比如文化艺术出版社有一家刊物,就以海外有人骂冰凌为由,撤下了专门向我约写的关于冰凌的稿子。

这件事还牵涉了两个完全无辜的人:沈世光先生和他的太太凌文璧女士。冰凌在美国主持的"中国作家之家"实际是他们的一栋三层楼的别墅,当时由中国作协副主席王蒙和中国驻纽约总领事丘胜云,共同为"作家之家"挂牌、剪彩。凡有国内作家去了就免费提供舒适的食宿,并抽出一人放下买卖,专程开车拉着作家们到处参观。受冰凌的牵累,这一对夫妇也被泼了不少脏水,攻击他们是"沽名钓誉"。他们一不写作,二不想加入作协,端的是无求于作家协会,有何名可沽、何誉可钓?他们倒霉就倒在许多年前结识了冰凌。无论什么人跟作家打交道一打长了,特别是成为朋友后,早晚是要吃亏的。果不其然,沈世光夫妇就生生被冰凌鼓动得又出房子又出钱,到最后却落下一身毛病。问题是他们为赴美的中国作家做过那么多事,现在受牵累挨了骂。你文坛上可以拿着说三道四当家常便饭,可人家是生意人,非常重视名声和信誉,他们在美创业几十年还从未受过这样的羞辱,精神上很是有些压力。我们这边从无一位头头脑脑给人家打过一次电话、写过一个字表示一句问候。这事搁到谁身上能不寒心?文坛就是这副德行,众人说好话的时候跟着沾光,有人骂街了便装哑巴站得远远地瞧热闹。

——这就是文坛。平时是是非非很多,真碰上事情就不分是非了。没有人情味,你为它做什么事情都是应该的,那都是你愿意的,但你别指望它会知恩图报。它能对你不以怨报德、落井下石就不错了。倘若你为它做了九件好事,第十件事情没有办成,它也会记恨你一辈子。但,不要误会,文坛是文坛,文学是文学,文坛不管是什么德行,都不影响文学的繁荣,甚至有助于文学的发展。这就像农家肥发酵得越臭,越能给庄稼提供养分一样。从某种意义上说,文坛越是没有希望,文学或许越有希望,一个真正意义上的大师时代会在文坛极度弱化的时候出现也未可知。我手边的资料不足,不知中外文学史上是否有这样的例子:文坛越臭,文学越香、果实也越丰硕?

因此,可以完全不必把文坛当回事。文坛既有敏感脆弱的一面,又有死猪不怕开水烫的一面,有点狗屁大的事就闹成个"事件",你不搭理它、淡着它,它也就知趣罢休。这就是文坛经常遭人诟病的原因。谁都可以骂,不骂白不骂,骂了也白骂,骂比不骂强,强也强不了多少。何况现实生活的波涛翻滚着正欲淹没文坛,人们对生活的感受被一个又一个的事件所取代。世界充满事件,突如其来,层出不穷,霸占了人们的想象力。现实比任何小说都更令人不可思议,更使人有陌生感,自以为结构紧密实际松散而底气不足的文坛又能给文学提供什么?能为当代文学提供精神资源吗?而恰恰是文坛反倒容易误导人们,把精神资源的匮乏或根本没有精神资源当成是文学不需要这种资源,由是造成创作的思想苍白,虚构力贫弱。

没有一个作家在写作的时候会重视文坛的,作家都是在不写作的时候才想起文坛的。文坛是要往一块凑合的领域,而文学最根本的则是寻找差异。差异是最可宝贵的,有差异才有成功的可能。作家发现了与他人不一样的东西，就发现了自己创作的价值。异常活跃的文学景观，总能证实追寻差异的必要，也才能真实地反映出文学和现实的关系。作家的差异表现在对现实生活的孜孜不倦的探索和发现上，它折射出作家对现实的人文关怀和理性思考的深邃程度，以及表达人性要求与灵魂渴望的完美程度。有精神的作家才能信赖自我，不为外物所累，并有责任、有勇气面对一切。作家们若老是扎大堆，天天抱成一团你吹我捧还硬说"文学进入了大师时代"，那就不仅仅是胡吹，而是发烧说胡话了。为此受到什么样的嘲讽都活该！

2004年冬

镜子的灾难与灾难的镜子

这题目是从一位老作家在一九七九年写的一篇评论我小说创作的文章中抄来的,当时社会上十分流行这个观点:文学是镜子,政治是鞭子。

谈起一九七九年,仿佛已经非常遥远了,恍若隔世。所以,历史多是下一代写,下一代可以重写历史。而当代人说昨天,是翻晒自己的伤口,丝丝缕缕还带着血筋儿,动哪儿都疼。不疼就是假的,疼才是真实的,是好事,在人类的全部感觉中唯疼痛最深刻。

要谈我的一九七九年,又不能不从一九七五年说起。一九七五年给我留下印象最深的是什么呢?首先证实了民间盛传毛主席说邓小平是"钢铁公司"、"人才难得"的话,因邓小平历史性地又开始全面负责中央工作,并很快就主持召开了全国钢铁座谈会。这个会跟我们行业关系重大,我在工厂的大礼堂听了详细传达。当时给我的感觉是:国家的生产形势不妙,以前的口号是"抓革命、促生产",还把"革命"放在前面,现在则是强调"全面整顿",首先就是整顿工业,整顿领导班子的"软散懒",显然是要把抓经济生产排到最前面了。

到秋天,国家第一机械工业部系统学大庆会议在天津宾馆召开,其实就是落实全国钢铁座谈会对机械行业的要求。我们厂是一机部所属的大厂,我所在的车间里有六千吨和两千五百吨水压机,大会上将公布一批被一误再误的国家重点大锻件产品的清单,要由我所在的车间承担一部分。所以,我跟着工厂的领导一同参加了这个会。所谓三十年河东三十年河西,你不能不相信活着就是变化。时间是一种不可逆转、不可思议的历史力量,在需要的当口会突然迸发,生机勃勃,摧枯拉朽,让世间万物都要通过变化而存在。

由此,也把我牵进了文学的旋涡。

怪吧?后来经常有人问我,创作为什么会选择工业题材?哪是我选择工业题材,而是工业题材选择了我。人的一生中总会碰上那么几次鬼使神差、歪打正着的事情。"人"字是由两根棍子斜搭在一起构成,这就是说,一个人的命运要由别人横插上一杠子才能完成。当别人的命运介入了你的生活,并决定着你的命运时,是很无奈的。当时我在会上脑子里想的全是自己将要承担的生产任务,有一天下午工作人员把我从会场上叫出来,《人民文学》杂志的编辑许以和向前来找我,说毛主席批示《人民文学》杂志要复刊,约我写篇小说。

我听了有点发蒙,《人民文学》是"中国第一刊",我从没有敢把它跟自己联系起来。当时没有问许以、向前何以会来找我,又是怎么找到我的?可能是不敢问,编辑约稿一般都是撒大网,有鱼没鱼的先捞一网看看,光是在天津就不知约了多少人,我又何必问得太多泄了自己的劲?蒙着点气,可鼓着点劲,但心里是一点底都没有,只谨慎地答应试试看。宾馆的条件太好了,两人一个房间,有写字台,有台灯,那时候开会要不断地写材料,发言必先写好稿子,我就以写材料和写发言稿为名,没黑没白地干起来了,夜里干个通宵都没人管,白天到礼堂里找个清静的角落还可以继续写,困了在哪儿都能打个盹儿。

就这样鼓捣出了短篇小说《机电局长的一天》,发在一九七六年复刊的《人民文学》第一期上。这下可给我惹了大麻烦,先是体验了"在全国范围内批倒批臭"的滋味。当时国内的刊物不是很多,凡能见到的都参加进来对《一天》口诛笔伐,甚至连离我那么远的广西,一家社会学类的刊物和一个大学的校刊,都发表了批判《一天》的长文。新华社一九七六年六月二十五日的《国内动态清样》上转载了辽宁分社的电稿:"辽宁文艺界就批判《一天》的事请示省委,省委一领导说中央有布置,你们不要抢在中央的前边,蒋子龙是反革命分子,《一天》作为大毒草批判,编辑部敌我不分……"

文学得了政治传染病,政治患上了虐待狂。现实的政治又不能容忍文学的政治,便利用手中所掌握的巨大社会资源和占绝对优势的话语权,以一种偏执的政治激情取替了全社会全民的其他情感。就像叔本华说的,每个人内心里藏着的那头野兽,终于等到机会可以跑出来咆哮发怒,把痛苦加在别人身上。仿佛社会就只能在憎恨、愤怒和恐惧的对立势力中保持活力和维持存在。最令我想不到的还有人打上门来,他们穿着绿军装,胳膊上戴着红袖章,拿着内蒙建设兵团的介绍信,自称是一个排长带着两个战士,声言:"天津阶级斗争的盖子没有揭开,要彻底查清蒋子龙的背景以及跟邓小平的关系,不把他彻底揪出来我们不走!"

那个时候天津主管文艺的部门叫"创评室",如临大敌,年轻人赶紧找出当年的红袖章,也戴在胳膊上,以示对等。奇怪的是那三个反潮流的勇士只在市里闹腾,明知我在天津重型机器厂,却不到厂里来揪我。有人猜测,他们听说工厂在保我,一万多人的大厂没有把握就闯进去,那可不是闹着玩的。后来我在《文艺战线动态》第三十一期上见到了当时《人民文学》主编写的"交代材料",相信这才是"真本":一九七六年三月十八日,于会咏在西苑旅社召开创作会,"于说,蒋子龙的错误主要责任在邓小平,作品受邓的流毒影响,小说中有些话都是邓的。胡说什么在天津开工业学大庆会,刮风就是这个会……小说配合了右倾翻案风,把走资派当一号人物来写,影射美化邓小平,把主人公霍大道写成平头,个儿不高,老战友姓刘,老婆叫庄林,还有小万的名字也影射。霍大道就是豁出去不怕被打倒……"

我真佩服那个年代的政治想象力,而且让你有口难辩,越描越黑。我为什么让一号人物姓霍记不清了,八成是姓这个姓的人少一些,显得新鲜。大道是我当兵时副大队长的名字,他自小给地主放牛,有小名无大号,丢了牛为避祸就拦住部队当了兵。当了兵就得有个名字,接收他的营长当场说:你在大道上参军,就叫王大道吧。如果非要找一个霍大道的模特出来,应该是我们厂的第一任厂长冯文斌,偏巧他也是"平头,个儿不高",我给他当过秘书,冯头讲话极富鼓动性,每逢他作报告,大礼堂里比看电影的人还多。我有个非常尊敬的老大姐叫庄欣,就改个字搬来做了他的妻子。至于为什么要把"走资派当一号人物",非常好理解,那个时候的文艺作品几乎无一例外地都是用"小将"、"年轻的造反派"做主角,我只是想出点新。还有什么老刘就是影射刘少奇,小万就是万里等等,简直匪夷所思,现在说起来像闹着玩儿,那个时候却可以借此就能毁掉一个人。

一九七九年十月底,全国第四次文代会在北京召开,那是一个文学的庆典,象征着一种结束,也是一种开始,真正地更新和换代。邓小平在开幕式上致祝词,强调不应要求文学艺术从属于临时的具体的直接的政治任务,更不能对创作横加干涉……我在台下反复端详着他的容貌,也反复掂量着他的话,心里说,若不是受阁下牵累,今天说不定还坐不到这儿。"鞭子"的争论似已有了结论,所谓创作自由,其实就是想象和虚构的自由,允许我让自己的人物留个小平头。有空间才有想象,现实提供的空间毕竟是有限的,真正的自由是在想象的空间里,自由的心态才是美梦般的圆满。自由就是灵魂的呼吸,当灵魂无法呼吸时,环境一定出了问题。

回过头再说一九七六年,《人民文学》编辑部代我起草了一份关于创作《一天》的检查,在发表这个检查的同时再配发一篇我的小说,以示编辑部还想保我。这体现了文人的幼稚和无奈,新华社的《国内动态清样》里说他们"敌我不分",他们自身尚且难保,还能保了我?我也一样,当时妻子刚生下小女儿,市里派来让我在检查上签字的两个人,一个堵在医院门口等我,一个到产房劝解(恐吓)我妻子。她原本奶水充足,精神一紧张奶水竟突然消失,以后再怎么想办法也催不下来了,真苦了我的女儿。尽管如此,我仍然给她取名叫"一巍":《机电局长的一天》巍然不动。其实我怎么可能巍然不动?紧接着便是七千多人的现场批斗大会,还登上了梅兰芳、马连良多次演出过的中国大戏院的舞台,有些我所崇拜的名家居然寻根找据地批判我的作品,不知是灾难还是荣幸?我渐渐知道了什么是文坛,什么叫作家。

有一次我从车间的二十四米热处理炉上摔下来,暖风擦过我的脸,火光在身边一闪而过,跟着就失去了知觉。如果就那样死了,也很惬意,并没有什么可怕的。没想到"文革"结束后《一天》没问题了,当初配合检查发的那篇小说又成了大毒草。我好像是在一个错误的怪圈里写作,开始和结束是同一个点,只要动笔就是错的。但,生活的不稳定感和危机性刺激了我的精神,加深了对生活的理解:"没有学问的经验,胜过没有经验的学问。"心会随境而变,却务必要由心做主。

一九七九年春末,《人民文学》编辑部就《一天》事件派人到天津向我道歉并约稿,意思是一样的,如果我不记恨编辑部,就再给写稿,稿子一发,《一天》的事情就算了结啦。于是,《乔厂长上任记》又出笼了。这下更不得了,《一天》事件的压力是来自上面,全国批天津。这回是"窝里反",天津的机关报连续发表了十四块版的批判文章,伴随着各种各样的谣言铺天盖地地压过来。一位曾被打成过"右派"的老作家,在报纸上发表了声讨我的长文之后,又带着介绍信亲自到工厂查我的老底,看我历史上有没有什么问题,是不是造反派或打砸抢分子,倘若能抓住点什么把柄,那就省事多了,可动用组织手段解决我。工厂的领导对他的大名并不熟悉,只是公事公办地接待了他,说我除去出身不好还没有发现其他问题,"文革"前是厂长秘书,后来又调到"四清"工作队,因此"文革"一开始就被造反派打成保皇派,下到生产第一线监督劳动……有人说经历就是财富,是经历让人有差别,让作家有差别。我经历了那样一番从领导层到文学圈子,从组织手段到文学手段,特别是同行们知道往哪儿下手可以致我于死地,有文学上的公开批判,有政治上的上纲上线,有组织上的内查外调,"他们相信只要甩出足够多的污泥,总会有几块粘上!"如果我身上真有黵儿,那就真完了。这就叫"经受战火的洗礼",经过这样一番揉搓,就是块面团也熟了,心里稍微有点刚性也就成铁了。文学再不是东西也得跟它摽上了,即便我不摽它,它也得摽上我。

写作不是好职业,却是一种生命线,是精神的动力。既成了写作的人,不写作生命就会变得苍白无力。不是有人说,一个作家的价值可以用其挨批的程度以及树敌的数目来衡量吗?创作是一种欲望,要满足创作欲自然得付出代价。偏偏文学这种东西又只会热,不会冷,在生活中老想扮演一个讨厌的求婚者,自以为已经肝脑涂地,却常被怀疑不忠;本来想借写作实现自己,写作反而使自己变成另外一个不同的人。个人的灵魂走进小说的人物中去,笔下的人物渗透进自己的灵魂中来,个人生活和小说混为一团,分不开哪是自己写的小说,哪是自己真实的生活,你分得开别人也不想分开,硬要把你的小说套在你这个人的身上。

到底是享受文学,还是在文学中享受自己?生活的本质,就是不让所有人都能得到他们想要的所有东西。经历了这种种精神上和道德上的考验,包括自我冲突,仍有责任感,连我自己都觉得是一种生命的奇迹。老挨打老也被打不死,就证明有着特殊的生命潜力。

那么,我所在的城市把我闹腾到这般地步,为什么还能让我参加第四次文代会呢?本来不可能,就在开会前一周胡耀邦专为《乔厂长上任记》做了批示,市委宣传部的人向我传达并给了我一份批示的电话记录稿。后来在公开发表的《王任重同志在全国文艺期刊编辑工作座谈会上的讲话》中,也有大致相同的意思:"蒋子龙同志的小说《乔厂长上任记》和《后记》我认为写得好,天津市委的一位同志给我写了一封信,说《乔厂长上任记》有什么缺点错误,我回了他的信。我说,小说里有那么几段话说得不大恰当,修改一下也不难。整个小说是好的,怎么说也是香花,不能说是毒草;说有缺点,那也是有缺点的香花。"

热闹吧?就为一篇小说竟惊动了这么多人。其实这并不是单纯的小说事件,它触发了时代的潜在的历史情结,有着更为复杂的社会性。小说不过是碰巧将历史性潮流和历史性人物结合在一起,造成了一定的社会轰动效应,并非是作者对生活和艺术有什么了不得的发现。

其实,经常在严重的打击下,反而会带来清醒认识和深刻反省,何况磨砺也总是最具积极意义。走过那样一段漫长而坎坷的文学经历,回过头去看如同一次远游,一个远游的人归来,总会有故事可说,于是就又写下来了。仍然还有是非,还有风波。但,写得好坏越来越无所谓,它成了保持做人的尊严的手段。

人是什么? 无非是一种格。

有格,就有内在的定力。神定则气闲,文章得失便无足轻重,进而有可行之道,退而有内守之固。

2006年7月

1979年的虚构和现实

　　《乔厂长上任记》作为小说,自然是一种虚构。任何虚构都有背景,即当时的生活环境和虚构者的心理态势。当时我刚"落实政策"不久,在重型机械行业一个大厂里任锻压车间主任。车间有近三万平方米的厂房,一千多名职工,分水压机、热处理和锻造三大工段,差不多相当于一个中型工厂,但缺少一个独立工厂的诸多经营自主权。我憋闷了许多年,可以说攒足了力气,真想好好干点活。而且车间的生产订单积压很多,正可大展身手。

　　可是,待你塌下腰真想干点事了,却发现哪儿都不对劲儿:有图纸缺材料,好不容易把材料凑齐,拉开架势要大干了,机器设备又不给坐劲,因年久失修到处都是毛病。等把设备修好了,人又不给使唤,经历了"文化大革命"真像改朝换代一般,人还是那些人但心气不一样了,说话的味道变了,对待工作的态度变了,待你磨破了嘴皮子、连哄带吓唬地把人调度顺了,规章制度又处处掣肘,出了麻烦本该由上边撑着的却撑不起来……我感到自己天天都在"救火",常常要昼夜连轴转,有时连续干几天几夜都回不了家,身心俱疲。在某些方面甚至还不如蹲牛棚,蹲牛棚期间精神紧张,但身体清闲。

　　当时给我"落实政策"分两个方面,一方面就是重新担任工厂的中层干部,另一方面还要在我身上落实"文学政策"。在"文革"中我之所以被打成"牛鬼蛇神",是因为给厂里"一号走资派"写过报告和总结材料,被称为"修正主义黑笔杆子",以前在文学期刊上曾发表过小说,凡"文革"前的小说当时大都被认为是"毒草"。而且就在"文革"最激烈的时候我还炮制了"全国知名"并"毒害过全国"的大毒草,那就是一九七六年初在复刊的《人民文学》杂志第一期上发表的短篇小说《机电局长的一天》。这篇小说很快"在全国批倒批臭",被定性为"四上桃峰"、"宣扬唯生产力论"、"为右倾翻案风制造舆论"等等,外地的造反派打上市革命委员会的大门,"强烈要求"把我揪走。市里告诉他们我在工厂,而且当时我就住在工厂的牛棚里,造反派们却始终没有到工厂揪我。我猜他们不是不想,是不敢。所以我至今都感激工厂,当时工厂把我关进牛棚,明着是批我,却起到了保护我的效果。倘若当时被揪到外地,我还能不能活着回来都很难说。

一九七九年春末,《人民文学》杂志社派人来给我落实"文学政策",向我讲述了怎样将《一天》打成毒草的过程,当时编辑部的人谁不承认它是大毒草,谁就不能参加毛主席追悼会,将被打入另册。由于想让我作检查遭拒,编辑部不得不派一位副主编执笔,替我写出检查的草稿,先拿给市委领导过目,领导认可后再压我在上面签字……如果我能原谅编辑部就再给他们写篇小说,也就是说若不写这篇小说,就意味着我还不能原谅编辑部。"文革"又不是《人民文学》杂志发动的,我从来都没怪罪过他们,这篇小说自然是非写不可了。我用三天时间完成了《乔厂长上任记》,写得酣畅淋漓,自己的苦恼和理想一泄而出……

不是要将自己的虚构强加给现实,是现实像鞭子一样在抽打着我的想象力。所以我总觉得"乔厂长"是不请自来,是他自己找上了我的门。当时我完全没有接触过现代管理学,也不懂何谓管理,只有一点基层工作的体会,便根据这点体会设计了"乔厂长的管理模式",想不到竟引起社会上的兴趣,许多人根据自己的体会理解乔厂长,并参与创造和完善这个人物。首先参与进来的是企业界,兰州一大型石化公司,内部管理相当混乱,其中一个原因是上级主管部门一位主要领导的亲戚,在公司里横行霸道,群众意见很大。某一天清晨,公司经理走进自己的办公室,发现面前摊着当年第七期《人民文学》杂志,已经给他翻到了《乔厂长上任记》开篇的那一页,上面压着纸条提醒他读一读此文。他读后召开全公司大会,在会上宣布了整顿公司的决定,包括开除那位顶头上司的亲戚,并举着一九七九年第七期《人民文学》杂志说:"我这样做是有根据的,这本杂志是中央办的,上面的文章应该也代表中央精神!"我看到这些报道时几乎被吓出一身冷汗,以后这篇小说果然给我惹了大麻烦,挨批不止。连甚为高雅的《读书》杂志也发表鲁和光先生的文章,文中有这样的话,他接触过许多工厂的厂长都知道乔光朴,有些厂长甚至当企业管理的教科书在研究,但管理效果并不理想,最后简直无法工作下去,有的甚至被撤职。我真觉得对不起人家,以虚构误导现实,罪莫大焉。

也有喜剧。东北一位护士来信讲,她父亲是一个单位的领导,性格刚烈,办事雷厉风行,本来干得有声有色,却因小人告状,领导偏听偏信就把他给"挂"了起来。他一口恶气出不来便把自己锁在屋里,两天两夜不出门也不吃不喝。有人出主意从门底下塞进《乔厂长上任记》让他读,读后他果然开门走了出来,还说"豁然开朗"。我一直都没想明白,他遇到的是现实问题,读了我的小说又如何能"豁然开朗"呢?

除此之外,这篇小说还引发了其他一些热闹,现在看来有些不可思议,甚至显得无聊。在当时,人们却异常地严肃认真、慷慨激愤,有些还酿成了不大不小的事件。天津能容纳听众最大的报告厅是第一工人文化宫大剧场,经委系统请来一位上海成功的企业家作报告,入场券上赫然印着"上海的乔厂长来津传经送宝"。天津有位知名的企业家不干了,先是找到主办方交涉,理由是你们请谁来作报告都没关系,叫"传经送宝"也行,但不能打乔厂长的旗号,这个称号只属于他。他不是凭空乱说,掏出随身带着的一张北京大报为凭,报纸上以大半版的篇幅报道了他的先进事迹,通栏的大标题就是:欢迎"乔厂长"上任。主办方告诉他,报告者在上海也被称做乔厂长,而且所有的票都已经发下去了,无法更改。那位老兄竟然找到我,让我写文章为他正名,要承认只有他才是真正的乔厂长,其他打乔厂长旗号者都是冒牌货。记得我当时很感动,对他说你肯定是真的,因为你是个大活人,连我写的那个乔厂长都是虚构的,虚构的就是假的嘛,你至少是弄假成真了。至今想起那位厂长还觉得非常可爱。

天津一位老作家,对《乔厂长上任记》深恶痛绝,到淮南一家大煤矿采风,负责接待的人领他去招待所安排食宿,看介绍信知道他是天津来的,便向他打听我的情况以及"乔厂长"这篇小说。不想这触怒了老作家,立即展开对《乔厂长上任记》的批判,等到他批痛快了却发觉旁边没人管他了……有个服务员过来告诉他,我们这里不欢迎反对乔厂长的人,你还是另找别的地方去采风吧。这位老同志回来后可不依不饶了,又是写文章,又是告御状,说我利用乔厂长搞派系,慢待老同志……我所在城市里的一家大报,对《乔厂长上任记》连续发表了十四块版的批判文章,当时的市委文教书记在第一工人文化宫动员计划生育和植树造林时,竟因批判这篇小说忘了谈正事,以至于到最后没有时间布置植树和节育的事。因此厂工会主席回厂传达的时候说:咱厂的蒋子龙不光自己炮制毒草,还干扰和破坏全市的植树造林和计划生育……这真应了经典作家的话:"闹剧在本质上比喜剧更接近悲剧。"

市委领导如此大张旗鼓地介入对这篇小说的围剿,自然会形成一个事件,一直到许多年以后作家协会换届,市委领导在作动员报告时还要反复强调:"不能以乔厂长划线……"一个虚构的小说人物竟成了划分两种路线的标志,真是匪夷所思!虚构不仅在干扰社会现实,还严重地干扰了虚构者自己的生活……萨特说小说是镜子,当时的读者通过《乔厂长上任记》这面"镜子",到底看到了什么,值得如此大动肝火?后来我看到一份《文化简报》,上面摘录了一段胡耀邦对这篇小说的评价(见2007年5月17日《南方周末》),我想这可能是那场风波表面上平息下去的原因。

有这么多处于不同阶层的人结成联盟,反对或喜欢一篇小说,"乔厂长"果然成个人物了。那么,当时的现实到底是欢迎他呢,还是讨厌甚或惧怕这个家伙?但所有这一切,都是对这个人物的再创造。因此"乔厂长"应该说是集体创作的,是当时的社会现实成全他应运而生。我不过是扮演了产婆或助产士的作用。

是我的虚构拨动了现实中甚为敏感的一根神经。但不是触犯了什么禁区,而是讲述了一种真实。文学虚构的本质就是为了更真实。赫鲁晓夫有句名言:"作家是一种炮兵。"乔厂长这一"炮"或许打中了现实社会中的某个穴位,却也差点把自己给炸掉。

2006年8月

悲情与自豪

人一上了点年岁,就容易被人在姓氏前边或头衔前面加个"老"字。我现在常常集"三老"于一身:"老工人"、"老兵"、"老作家"。唯"老作家"担不起,我以为作家能称"老",不是光靠熬岁数,成就才是最主要的。"老兵"我可以认领,一九六〇年的兵,还不算老吗?至于"老工人"一衔,我领之泰然,且欣欣然。

当年"工人阶级领导一切"的时候,我头上戴着"保皇派"、"修正主义黑笔杆子"两顶帽子,我若说当过工人,那就是往自己脸上贴金,不怀好意地想混入革命队伍。今天我自称是"老工人",恐怕就没有人跟我争了,也不会再怀疑我别有用心。

那我就以一个老工人的身份,实实在在地回想一下作为工人的经历和命运。我珍惜那段岁月,万千感慨于命运被涂抹上的工人色彩。

一九五八年我成为一名实习热处理工,住工厂的单身宿舍,宿舍就是一张床,床下塞着一些极其简单的日常用品,那个时候所有人都活得简单,就是到睡觉的时候回宿舍,其他时间都长在车间里。车间就是家,家就是车间。后来有人把"以厂为家",当成说大话、喊口号,那是没有经历过五十年代那个特殊的时期。我周围的师傅们也都喜欢车间,喜欢自己的工作。经典哲学家有个观点,工作就是目的,有明确的工作目标,能享受工作的乐趣,人生就是天堂。我第一次赶上抢修二十四米热处理炉,那真叫长见识、学本事。天车在吊装一根大轴时把炉内壁撞坏了一大块,连同几个烧嘴都毁掉了,工长下令立刻关闭所有烧嘴,打开炉门,将所有处理件都吊出来。按常规检修程序,要等炉温降到能进去人的时候再修理,可那批正在保温等待处理的锻件就得报废了。当班的崔师傅指挥人准备好检修工具和器材,到库房领来几条厚麻袋,用刀子裁开,放到水龙头下浇透。等着掌管温度表的郁良报出炉内温度已降到二百七十度的时候,崔师傅将湿淋淋的麻袋片往自己脑袋上一披,就钻进了炉膛。

外面有人掐着表,到二十多分钟的时候第二个工人披着新的湿麻袋进去,把崔师傅换出来……每个人在炉膛里不得超过半小时。就这样一个一个地轮换着,我也想进去试试,被崔师傅一把拨拉开了,人家不信任我,到里边干不了活别再惹出点事故。我只知道一百度的开水浇到身上会烫坏皮肤,二百七十度的高温人怎么受得了?我仔细观察每个人的脸,因为他们在炉膛里只露着脸,除去有点红,还有点干了一件漂亮活之后的兴奋,谁也没有被烤伤。没用半天时间就把炉子修好了,装好锻件重新点火升温。许多年之后我当了工段长、车间主任,不止一次地用此法抢修过热处理炉或大型加热炉。

有句老话叫"一步赶不上,步步赶不上"。像天重这样高水准的国家大型骨干企业,在"文革"后缺了一课,就像部队打完一场恶仗之后,总要休整一个时期,进行战斗和思想总结,补充给养和弹药,扩充编制或按编制配备齐人员。工厂也一样,至少要恢复正常的工厂理念、生产理念、技术理念,乃至树立起工人对国家对企业的信仰和信心。"积重难返"尚未"返",就匆匆"转型"、"改制"。到底该怎样"转",怎样"改",没有调查,没有论证,更没有征求工人们的意见,企业不行了就频繁换头头,头头换了一茬又一茬,却是黄鼠狼下耗子,一拨不如一拨。腐败开始滋生,让工人们真正感到了危机,感到了看不到希望。最让他们犯愁的还不是没活干、领不到工资,而是精神上被冷落、被蔑视,没有人告诉他们这一切是怎么发生的,未来的出路在哪里?工厂已经变得很少正式开会了,工人在下面能听到的都是传言和小道消息,上边一会儿这个主意,一会儿那么个想法……让曾经是"国家的领导阶级"、"工厂的主人",真真切切地感受到工人已经成了工厂的负担,群众成了领导的包袱。

　　许多产业工人怎么也想不明白,国家的大形势是以经济建设为重心,农村甚至用大跃进的办法在大搞工业,原本不懂工业的农民搞起了次等的乃至不入流的工厂,重复生产一些粗制滥造的产品,却能挣大钱。而城里的正规工厂却被荒弃、亏损,一些高、精、尖的机器设备闲置着锈蚀损坏。有些头脑灵活又有点门路的工人,开始改换门庭下乡投奔农民兄弟,靠卖手艺混口饭吃。我的车间也有那么十几个"自寻出路"的人,这些人后来都没有真正在农村扎下根,他们在农村没有得到真正的尊重,一旦人家能够应付生产了,就会把他们打发走。反过来,许多年后农民工进城,倒能扎下根。这是个很有意思的社会现象,中国的农村那么广阔,其包容性却不如城市。

　　后来市里下令,以"主持常务工作"为由,强行将我调入作家协会。为什么说是"强行"?市委宣传部的领导征求我的意见时我拒绝了,但市委还是下了调令,当时主管天重的第一机械工业局的老领导张华国,立刻下令将我的人事关系全部由工厂转走。后来他对我说,我知道你留恋工厂,尤其对天重有份特殊的感情,但此时不走,将来你会后悔。

　　我确是留恋天重,这里有我的根,是我的生活基地,不知为什么待在工厂里我心里就踏实。还有就是在我最困难的时候,是天重保护了我。"文革"中武斗最厉害的时候,来自内蒙的三个穿军装的造反派,要"揭开天津市文艺界阶级斗争的盖子",想把我揪到内蒙去批斗。但他们在市里折腾了一个多星期,竟始终不敢进天重的大门,天重的造反派可以编成一个步兵师,还不等他们"砸烂"我的狗头,自己的人头可能先被拍扁了。我被"监督劳动",实际上是对我最好的保护。工人们在关键的时候还是很重义气的:"我们的黑笔杆子,要砸烂也由我们自己砸,用不着你们来多管闲事。"

　　我调走后又过了两三年,天重开始有大批工人下岗,好端端的一个大企业被大卸八块,变卖的变卖,破产的破产。为什么说它是"好端端的"?如果不好,就不会有那么多私人老板,有些还是农民企业家,像恶虎扑食一般将天重膘肥肉厚的地方全买走了,而且一到他们的手里就发了大财。他们虽然发了财,但生产水准、产品质量,却无法跟过去的老天重同日而语,甚至在生产和技术上也大大地倒退了。现在的私人老板们怎么还能出现王义礼式的人物呢?那个时候车间的同事来找我的最多,大都是让我想办法找点活干,有个进厂比我晚几年的锻工,还想出家。我劝他说,出家不是坏事,那是为了信仰,追求一种修为。你为了什么?正拉家带口,却想一走了之,心里能清净得了吗?社会上的事在社会上解决,工厂的事在工厂解决,别再去给佛添麻烦了。后来听同事说,他还真去当了和尚。我在心里祝福他,默念阿弥陀佛大慈大悲,中国的庙宇再多,也盛不下这么多的下岗工人啊!

人们都习惯性地认为,城市里的农民工处于社会的最底层,有些我的老同事却觉得自己还不如农民工。他们至少在城里有活干、有钱挣,堂堂正正地卖力气吃饭,现在的城市是有求于农民工,甚至是离不开他们的,因此他们心里踏实,晚上睡觉安稳。而我们这些过去所谓的正牌工人,如今变成了"下岗的",人家能可怜你、不拿斜眼夹你就不错了。但过去当工人的烙印一时很难去掉,不要以为只有当官的有架子,过去当工人也是有尊严的,现在变得还没有打工的有尊严,就总觉得这一辈子算白混了,很失败,心里老是酸不溜丢的不得劲。

对产业工人来说,生活中最为重要的就是自己正从事的工作,工作是心灵的营养。难以计数的国营企业的工人下岗后,心灵备受煎熬,他们丢失的不仅仅是一份职业,还有对国家的信赖和忠诚。以前他们总以为自己是在为国家劳动,忽然国家和工人之间冒出一个老板,一切都由老板说了算。于是有一种被抛弃、被欺骗的感觉。在工人的心里,国家的失信、国家形象的毁坏,所付出的代价是无法估量的,不知还要影响多少代人?

2009年10月30日

1954年的除夕夜

炕烧得很热,娘平躺在炕头上,身下铺着两层褥子,上面压着厚棉被,她却始终一动不动,似乎对分量已经失去感觉。

那张我极为熟悉又无比慈爱的脸,变得瘦削而陌生,双眼紧闭,呼吸时轻时重,只要娘的喘气一轻了,我就凑到她的耳根边"娘呀娘"的喊一通,直喊得娘有了反应,或哼出一声,或重重地吐出一口气,或从眼角流出泪水。

娘一流泪我也就陪着一块哭……屋子里忽然像打闪一样,有光影晃了几下,我吓得一激灵,赶忙直起身子,发现是煤油灯的火苗在跳。

年三十的晚上禁忌很多,不能在床上咳嗽,不能隔着门缝说话,说话时不能带出不吉利的字句……我不知道灯芯跳跃是吉是凶,又不能乱问,便自作主张地跳下炕,从抽屉里翻出用过的旧课本,撕下封皮用剪子在中间掏个洞,然后套进煤油灯的葫芦状灯罩上,整间屋子随即就暗下来,灯芯跳不跳都不再晃眼了。

我重新爬上炕坐在娘身边,此时觉得外面很静,偶尔从远处传来零星的鞭炮声,父亲和两个哥哥不知在忙些什么,或许正是为娘准备后事。今年过年对我们家不容易,既得准备好好地过,借着过大年冲喜,希望能把娘的病冲好;还得随时准备不过这个年,娘如果挺不过去,就得立即将过年改为治丧。每隔一阵子就有人轻手轻脚地进屋来,低声问问我娘怎么样了。两个嫂子在西屋里包饺子,大家都尽量不弄出一点声响。

当时我不足十四岁,家里的大事没有我掺和的份儿,正好可以静静地守护着娘。十几年来我无时无刻不受着娘的照料,无法想象也不敢想象,娘若真的走了我将怎么办? 我是娘的老儿子,可想而知娘对我有多么的疼爱,在这个三十晚上我把娘的恩情,以及我以前闯祸惹娘生气的事都记起来了……思前想后的结果是无论如何我都得把娘留住。

家里人从近到远,为娘请过好几位大夫,各种药汤子不知让娘喝了多少,却都不见起色。年前我从大人们的话语里和脸上已经觉察出来,娘的病恐怕难以治好了,用娘的话说他们都已成家立业,只丢下我是未成年人。在这个为娘守岁的除夕夜,我暗下决心要治好娘的病,独自创造奇迹。

我不知是从书里读到的,还是听见大人们讲的,每到大年三十的晚上,各方的神佛大仙都会下界,在人间行走,为人类解大难救大急。谁如果在除夕夜半,能爬过一百个菜畦,无论提什么要求,神们都会给予满足。那么爬一百个菜畦有什么难的吗? 在白天干这件事很容易,到除夕夜可就大不一样,这时候天地间所有的孤魂野鬼,冤死的、饿死的、吊死的都会出来找替身,菜畦就成了他们的聚会之地,一百个菜畦就如同十八层地狱,里面趴满断胳膊少腿的,缺脑袋短腔子的,开膛破肚的……还有各样的妖魔鬼怪掺杂其中,鬼哭狼嚎,狰狞可怖,爬畦的人能不被吓死就算命大,再能爬完一百个那真是福大命大,自会有求必应。我决心要为娘爬这一百个菜畦,白天在北洼已经看好了一片菜畦,数了数,一百个只多不少。

等到半夜,家家开始放鞭炮、煮饺子,我趁乱出了门,向着北洼一溜小跑,一出村子立刻像踏进了阴曹地府。想不到三十晚上的村里村外竟像阴阳两极,鞭炮声中的村子还有人气,一出村子就充满鬼气,阴森森的开洼野地如鬼府一般令人毛骨悚然,直觉得自己的头发梢突然都挓挲起来了,头皮一阵紧一阵麻,浑身像筛糠一样找到了白天选好的菜畦,闭上眼就拼命往前爬。

由于不敢睁眼,有什么样的妖魔鬼怪倒没看见,但听到了凄利刺耳的怪叫声,还感觉有东西在抓挠我的胳膊、拉扯我的腿脚……我昏

头涨脑、惊惊吓吓地一通叽里咕噜、屁滚尿流,爬到畦头大喊两声:
"我要俺娘! 我要俺娘!"然后撒腿就往家跑。

跑回家一头就扎到炕上了,贴着身子的衣服全湿透了,不知是汗,
还是尿。连除夕夜的饺子也没吃,整躺了两天才缓过神来,却并没有
治好娘的病,来年一开春娘就去了。

当年夏天我也离开村子,考到天津上中学。

2009 年岁末

结婚就是为了"过日子"

　　一位交往多年的编辑,再一再二地约我谈谈年轻时的"婚姻观念"和"择偶标准",我不忍拂她的诚意,却也不敢贸然答应。像我这个年龄的人,当初结婚时真有什么"观念"吗? 至少不像现在的年轻人那么明确:结婚是为了爱情,为了幸福……

　　那个时代的年轻人简单而有"理想",差不多都想"干一番事业"、"先立业后成家"。至于想干什么"事"、立什么"业"? 说白了就是干好本职工作,当好"螺丝钉"。是工人就要学好技术,一级级地往上升,成为八级工是连做梦都不敢想的。当时我所在的工厂一万多人,八级工不足十名,比副厂长还更被人高看。那个时候能升到四五级工就相当不错了,到哪里都能吃香的喝辣的。可见那个年代的"理想",绝没有现代人想升官发财、出人头地这么宏大。"文革"渐入高潮,因我当过厂长秘书而成了"走资派的黑笔杆子",被打到车间"监督劳动"。

　　当时我晃晃荡荡地已经二十七八岁了,带我到天津读书的三哥发话了:你已经无业可立,连正经事都没的可干了,还是成家过日子吧。对了,"过日子"——就是当时最流行也是最重要的"婚姻观念"。人只有结了婚,才叫有了自己的"日子";两口子打架,叫"日子没法过了";离婚或死了配偶,周围同情的人都会感叹:"往后他(她)的日子可怎么过呀?"三哥是想让我在人不人鬼不鬼的时候,成个家好躲进自己的"日子"。

　　"观念"有了,我的"家"该怎么"成"呢? 也就是说想找个什么样的人组成自己的家呢? 我认真想了几天,将自己认识的姑娘在脑子里过了一遍筛子,还真找不出自认为能跟我"过日子"的。既然提不出想找

个什么样的人的标准,就只好向哥嫂提出什么样的人是我不能找的,共有三条:

一、不找文艺演出队的。我在部队时就为战士文艺演出队编过节目,回到工厂还曾管过演出队,虽然有机会接触一些漂亮姑娘,却深知演出队的姑娘心高气盛,以我的条件绝对消受不起。想"过日子"就要找门当户对的,不能高攀。这一条是给自己敲警钟,找对象别光盯着漂亮的。同时也让哥嫂放心,你兄弟知道自己的斤两,不会好高骛远做美梦。

二、不找本厂的。我在厂里"黑"名昭著,没有不知道"黑笔杆子"、"黑秀才"的,到哪里都有人对我指指点点、交头接耳,做人已经没有了尊严。在那个年代犯了"路线错误",等于断送前途,即便有不嫌弃的愿意嫁给我,一不高兴了难免会抱怨、后悔,岂不等于开我的家庭批斗会? 两人搭伙过日子,最好找个肩膀头一般高的。

三、也不想找地道的城市人,最好是像我这样从农村来的,或者有外地背景。当初我以全班第一名的成绩考进天津的中学,被班主任指定为班主席,城里的学生很不服气,给我起外号,学我说话的口音,直到一九五七年他们利用政治运动告黑状,终于给我弄了一个处分并撤掉班主席职务。可能从那时起,我对大城市以及城里人便心存芥蒂,至今已在大城市里生活了半个多世纪,自觉仍不能真正地融入城市。两年前出版长篇小说《农民帝国》,在里面我说了一句话:"总觉得自己在骨子里还是个农民。"

嫂子听完这三条笑了:正好,我有个合适的人儿,就像专给你留的一样,完全符合你的条件。你是富农子弟,她出身资本家,父母都被遣送回原籍了,她的老家离咱村只有五里地。天津只剩她一个人了,原先是生产计划科副科长,现在也撤职回车间当工人了。人样子长得不错,比你小三岁,本分牢靠,我绝对知根知底,论起来是我的叔伯妹子。

听完嫂子的话我很后悔没有在"择偶标准"里再加上一条:"不找拐弯抹角、沾亲带故的。"我干的是锻工(打铁),属于"特重型体力劳动",又是三班倒,很快就把成家的事丢到脑后了。有一天嫂子交给我一个布包,让我给她的叔伯妹妹送去,并嘱咐道:你们俩怎么也得见个面,看看没有大问题就快点把事办了,她一个人过日子不容易,你也老大不小的了。

嫂子动真格的了,这是叫我去相亲呀!反正早晚也得去一趟,否则无法向嫂子交代,等回绝了那位叔伯妹子后,再向嫂子解释。选了个我下早班、她歇班的日子就"送货上门"了。在天津市最繁华的中心地段找到了她的家,一个老院里有一幢老楼,进院碰到一位大姐,拦住我像审贼一样把我审了个底儿掉,然后才领我敲开了她的屋门。屋子里空空荡荡,四壁光光,靠最里边的角上有张旧床,屋子中间有个凳子,凳子上放着一盆水,她显然刚洗完头,头发还是湿的,一时间愣在原地,有些手足无措,却越显得眉眼温顺。她是细高个,肤色白净,软弱无助地站在这样一间像刚洗劫过的老屋子里,身上竟散发出一种东西格外让我动心。

虽然我也浑身不自在,却在那一刻就拿定了主意:就是她了,这是个能跟我相依为命的女人!我赶紧把嫂子的布包递过去,说了句你有事找我,就慌忙退出来走了。很长时间以后两个人聊天,她提起我们第一次见面的尴尬,一直非常关心她的同院大姐,那天等我走了以后就逼问她:刚才这个大老黑是谁?是不是你叔伯二姐的小叔子?不行,一朵鲜花哪能插在牛粪上!我们准备结婚的时候我特意自制了一张请柬,让她交给同院的大姐,落款就是"鲜花、牛粪"。

结婚前工厂一位对我非常好的老师傅也给了我受益终生的忠告:马上要成家了,好歹我是过来人,给你立三条规矩。第一,不管生多大气,都不能打老婆,只要动了一次手,下次一不高兴了手就痒痒,巴掌拳头是打不出感情的,也打不出好日子;第二,永远不要骂老婆,有理说理,有事说事,只要骂顺了口后边就收不住;第三,能成两口子多少都有点天意,不到万不得已、两个人实在走到尽头了,不能从你嘴里吐出离婚两个字。离婚不是儿戏,不可成天挂在嘴边上。

这就是我的"老观念"和"老标准",惹读者见笑。

2010年夏

能骑车就不老

骑自行车和驾驶汽车的感觉,应该是天差地别的。只有傻子才会问:汽车快,还是自行车快? 可当年我从家里(位于天津市西头的黄河道西端)骑自行车到上班的工厂(位于天津市北郊的北仓),一个小时零一刻钟,轻轻松松。二○○九年我乘专派的汽车去老工厂,也是从跟黄河道交叉的红旗路出发,距离相差没几步,却走了一个半小时,你说哪个快?

在上个世纪的六十年代至七十年代中期,物质极端匮乏,上班的时候听到谁说哪儿在卸菠菜,或哪儿来了咸带鱼,下班后便骑车直奔那些地方,比如东北角副食店、大沽路菜市场、南开掩骨会副食店……把当时全市最大的几家副食店都逛一遍,然后再回家。那时候骑着自行车反而觉得天津市很小,在全市兜一圈儿跟闹着玩儿似的。现在坐着汽车反而觉得城市大得邪乎,再兜那么一圈连想想都发怵。

汽车的本质有魔性,在夜静更深、路旷人稀的时候,它的优势才会显现出来。而自行车的本质是快乐,健康自然,自由自在,自得其乐。但眼下还能享受这种自行车快乐的人,多在六十岁以上和六岁以下。六岁以下的孩子刚开始学骑车,兴趣正浓。六十岁以上的人心态容易平和,对自行车往往怀有很深的感情,大半生许多美好的记忆都跟自行车有关。

一九六一年秋天,我在部队的顶头上司张中尉,要到天津相亲,提出如果我能陪他来就给我几天探亲假。这种能成人之美的好事乐事,我怎会拒绝? 回到天津的当天,用我哥的车子练习了一晚上,第二天哥哥又给张中尉借了一辆车,我仗着身高腿长,晃晃悠悠地带着他顺利完成了相亲任务。其实在那个年代,我自己生活中的一些关键时刻,也都倚仗自行车。

两个孩子就都是我用自行车给颠下来的,也是用自行车驮回家的。为什么要这么说呢?老大出生前,妻子没有经验,当有感觉时似乎已经很紧急了,我用自行车驮着妻子由黄河道直奔市里的医院,已是晚上九点多钟,当时路灯昏暗,有些地段还没有路灯,我心急火燎将车蹬得飞快,好不容易赶到南开医院,医生照例刚要做产前检查,却连忙大呼小叫起来:"快进产房,孩子都快出来了!"

三天后妻子抱着儿子坐在后座架上,自行车优哉游哉地把已经变成三口的一家人载回家。生女儿时也是如法炮制。所以我一直钟情有大梁的二八型男车,一家四口赶上节假日集体出行,比如去公园、看电影等,自行车就是我们家的"专车"。儿子坐在前边的大梁上,妻子抱着女儿坐在后面,孩子们或一路高歌,或说说笑笑,也很开心。

以后写作成个事了,约稿的很多,把全部业余时间都搭上还不够,可每天却要在上下班的路上浪费两个多小时……不知不觉就养成一个习惯,一骑上自行车,两只脚一转,我的脑子就跟着转,想昨天晚上写的稿子,或构思新作品,且常有好点子和好句子冒出来。我创作呈"喷发"期的那个阶段,有许多作品都是在自行车上构思出来的。这个"骑车构思"的习惯,一直延续到现在。

一九七九年夏天,由于发在《人民文学》上的《乔厂长上任记》又引起轩然大波,天天处于批判之中,我身心俱疲,创作也处于停顿状态。有一天我骑着自行车瞎转悠,看到海河里有游泳的,便穿着裤子跳了下去。游了一个多小时上来,无比痛快,像从里到外都被清洗了一样,清清爽爽。从那天起我就天天骑着车去游泳,天冷以后随着泳友进了室内游泳馆,一游就是三十多年,直"痛快"到今天。应该说我有今天的精神和健康,也拜自行车和那一池子水所赐。

我的标杆是跟我一起"下水"的老泳友林开明,他今年已经八十六岁了,每天早晨还骑着自行车去游泳。他之所以一直坚持骑车和游泳,也相信是得益于骑车和游泳。二〇〇九年的冬天雪比较多,雪后的早晨我骑车去游泳馆被摔了两回,于是进馆后请教老林:"您摔跤了没有?"他说没有。我竖起大拇指:"还是您厉害!"

我告诉他我每次雪后骑车总要挨摔,主要是偷懒,看到危险的路段也不想下车。

他说:"雪后摔跤是年轻的表现,我前些年雪后骑车也摔跤,摔了没关系,爬起来再骑,不怕摔说明还禁得住摔,摔得起。现在可不敢摔了,一看到前面路不好,就乖乖地下来推着走。雪地推车也是一种本事,是很好的锻炼。"

真是妙论。我也对他说:"能骑车就不老,您雪后还能来游泳,还能在雪地推车,就更是老当益壮的表现!"

自行车,才是中国人人都能坐得起的"专车"。

2011年1月

记忆里的光

　　现在的人可能无法想象，我长到八岁才第一次见到火车。那是一种触目惊心、铭记终生的感受。一九四九年初冬，我由跟着父亲认字，正式走进学校，在班上算年龄小的，大同学有十三四岁的。一位见多识广的大同学，炫耀他见过火车的经历，说火车是世界上最神奇、最巨大的怪物，特别是在夜晚，头顶放射着万丈光芒，喘气像打雷，如天神下界，轰轰隆隆，地动山摇，令人胆战心惊。当时包括我在内的许多同学，都萌生了夜晚去看火车的念头。

　　一天晚上，真要付诸行动了，却只集合起我和三个大点的同学。离我们村最近的火车站叫姚官屯，十来里地现在看来简直不算路，在当时对我这个从未去过"大地方"的孩子来说，却像天边儿一样远。最恐怖的是要穿过村西一大片浓密的森林，那就是我童年的原始森林，里面长满奇形怪状的参天大树。森林中间还有一片凶恶的坟场，曾经听大人们讲过的所有鬼故事，几乎都发生在那里面，即便大白天我一个人也不敢从里面穿过。进了林子以后我们都不敢出声了，我怕被落下不得不一路小跑，我跑他们也跑，越跑就越瘆得慌，只觉得每根头发梢都竖了起来。当时天气已经很凉了，跑出林子后却浑身都湿透了。

　　好不容易奔到铁道边上，强烈的兴奋和好奇立刻赶跑了心里的恐惧，我们迫不及待地将耳朵贴在道轨上。大同学说有火车过来会先从道轨上听到。我屏住气听了好半天，却什么动静也听不到，甚至连虫子的叫声都没有，四野漆黑而安静。一只耳朵被铁轨冰得太疼了，就换另一只耳朵贴上去，生怕错过火车开过来的讯息。铁轨上终于有了动静,嘎噔嘎噔……由轻到重,由弱到强,响声越来越大,直到半个脸都感觉到了它的震动,领头的同学一声吆喝,我们都跑到路基下面去等着。

渐渐地看到从远处投射过来一股强大的光束,穿透了无边无际的黑暗,向我们扫过来。光束越来越刺眼,轰隆声也越来越震耳,从黑暗中冲出一个通亮的庞然大物,喷吐着白气,呼啸着逼过来。我赶紧捂紧耳朵睁大双眼,猛然间看到在火车头的上端,就像脑门的部位,挂着一个光芒闪烁的图标:一把镰刀和一个大锤头。

领头的同学却大声说是镰刀斧头。

我觉得那明明是镰刀锤头,斧头是带刃的。且不管它是锤是斧,那把镰刀让我感到亲近,特别地高兴。农村的孩子从会走路就得学着使用镰刀,一把磨得飞快、使着顺手的好镰,那可是宝贝。火车头上居然还顶着镰刀锤头的图标,让我感到很特别,仿佛这火车跟家乡、跟我有了点关联,或者预示着还会有别的我不懂的事情将要发生……那时候的火车不像现在这么多,要等好一阵才会再过一列。我们又将耳朵贴在铁轨上,盼着多感受火车的声势和光芒,再仔细看看火车头上的镰刀锤头。

十年后,我国向世界发布,沿海十二海里范围内为中国领海。转过年,经过比检查身体更为严格的文化考试,我以第一名的成绩入伍,进入海军制图学校,毕业后成为海军制图员。接受的第一批任务就是绘制中国领海图,并由此结识了负责海洋测量的贾队长。刚当兵的时候,在接受新军装的同时我还领到一个印有海军军徽的蓝色挎包,很漂亮,平时几乎用不着,实际也舍不得用。而贾队长却有个破旧的土灰色挎包,缝了又缝,补了又补,唯一醒目的是用红线绣着镰刀锤头的图案。

我猜测这个挎包一定有故事,有不同寻常的来历。既然已经站在了军旗下,我自然也希望有一天能站在镰刀锤头下,对这个图案有一种特殊的亲近和敬意。于是就想用自己的新挎包跟他换。不料贾队长断然拒绝,他说别的东西都可以给我,唯独这个挎包,对他有特殊的纪念意义,目前还有很重要的用途,绝不能送人。有一次他在测量一个荒岛时遇上了大风暴,在没有淡水没有干粮的情况下硬是坚持了十三天,另外的两个测绘兵却都牺牲了。他用绳子把自己连同图纸资料和测量仪器牢牢地捆在礁石上,接雨水喝,抓住一切被海浪打到身边的活物充饥……后来一位老首长把这个挎包奖给了他。

贾队长知道我老家是沧州,答应在我回老家探亲的时候可以将这个挎包借给我,但回队的时候必须带来一挎包沧州的土和当地的菜子、瓜子或粮食种子。原来他每次出海测量都要带一挎包土和各样的种子,有些岛礁最缺的就是泥土。黄海最外边有个黑熊礁,礁上只驻扎着三个战士,一个雷达兵,一个气象兵,一个潮汐兵,他们就是用贾队长带去的土和种子养活了一棵西瓜苗,像心肝宝贝般地呵护到秋后,果真还结了个小西瓜,三个人却说什么也舍不得吃……没有到过荒岛、没有日夜远离祖国的人,是无法想象他们的感受的。用祖国的土和种子,亲手培育出一棵绿色生命,那份欣喜、那份珍贵,无与伦比,怎舍得吃掉?我根据这个故事写了篇散文发在当年的《人民海军报》上。

又过了几年,我复员回到工厂。"文革"开始后由厂长秘书下放到车间劳动改造,分配我干锻工。锻工就是打铁,过去叫"铁匠"。虽然大锤换成了水压机和蒸汽锤,但往产品上打钢号、印序号,还都要靠人来抡大锤。凡锻工没有不会抡大锤的,我是下来被监督劳动的,这种体力活自然干得最多。不想我很快就喜欢上了打铁,越干越有味道,一干就是十年。在锻钢打铁的同时,也锻造了自己,改变了人生,甚至成全了我的文学创作。我成了民间所说的"全科人":少年时代拿镰刀,青年当兵,中年以后握大锤。对镰刀锤头有了一种说不出的特殊感情。

当年我为部队文艺宣传队编节目,写过两句话当时颇为得意,至今不忘:"生做镰刀锤头铁,死做旗上一点红。"现在想起这一切,心里还有股温暖。

2011年6月

中卷

交　谈

生活和理想

蒋子龙同志：

　　你好！读了你的新作《乔厂长上任记》，我非常兴奋。好一个乔厂长，有胆有识，栩栩如生，他像一座铜雕耸立在我的眼前，像一团火燃烧在我的心中。乔厂长是新长征的先锋，是无畏的闯将，是国家的希望。现实生活中多一些乔厂长，四个现代化将会大步跃进。我也在学习小说创作。为此，热烈盼望你能在百忙中抽出时间，谈谈乔厂长这个形象的诞生过程。我相信这对我们学习小说创作的年轻同志，将会很有益处。

　　此致

敬礼

王炳麟

1979 年 9 月

　　我在短篇小说《乔厂长上任记》中塑造了一位重型企业厂长的形象，我的本意是想写一个社会主义企业家的典型。尽管这篇小说还存在着不少漏洞和缺点，乔厂长这个形象也不是很成功的，却得到了读者热情的肯定和支持，特别是得到了机械行业的领导和群众的支持。小说发表以后，引起了一场"不大不小"的风波，其中对于乔厂长这个形象就有很大的争议。我在文艺界的老师和朋友们肯定了这个人物，有的也担心乔厂长的形象理想色彩重了一点，现实生活中这样的厂长太少了。天津的几位批评家更是想一棍子把乔厂长打死，忽而说他是

163

一个替"四人帮"翻案的、一无是处的、搞修正主义的人物;忽而又说他是作者造出来的一个"神"。可是掌握全国机械工业生产状况的领导同志却对我说:"我们的企业里不仅有乔厂长,还有比乔光朴更优秀的厂长。"从我接到的很多工厂读者的来信中,他们不仅不认为乔厂长是"假的",甚至把他当成了真的;不仅没把他当成小说中的人物,反而把他当作现实生活中活生生存在的人物,打听他,欢迎他,拿他和自己的厂长对照,用乔光朴的办法给自己的领导出主意。

为什么工业战线上的领导和群众对乔厂长的态度,同文艺界有些同志对这个形象的担心是这样的不同呢?特别是和天津那几个批评家对乔厂长咬牙切齿的态度更不一样呢?我究竟是应该听取工厂的干部和群众的意见呢,还是接受批评家的批判呢?

但是,我在文艺界的朋友和老师,说我写的乔厂长理想色彩重了一点,这话是对的。也许正是我对乔厂长这个形象加进了理想的成分,才得到了工人群众的认可。我的几个朋友担心乔厂长这个形象的现实性不足,这是不必要的。群众的生活中是不能没有真理的,同样也不能缺少理想。

我不是根据一个人写成的乔光朴,我综合、研究了几位厂长的性格、特长和作风,最后确定了乔光朴的个性特征。小说中乔光朴所遇到的一些问题,他处理问题的办法,有些是实有其人实有其事的,我是把别人的事借用来放在他的身上,有些情节则完全是虚构的。比如:请战出山,处理杜兵,请那个外国青年工人讲课及上任后遇到的一些矛盾和处理同都望北的关系等等,都是有根据的。小说中提到的一些数字也都是绝对准确的。

小说中也有一些情节是我根据乔光朴的性格发展加上去的,这可能就是那理想的部分。因此乔光朴的事迹里不仅有已经发生的事情,还有今后应当发生的事情,也是乔光朴这个人必然会干出的一些事情。文学要反映生活,不可能不加进作者的理想。就是到照相馆照相还要加以修饰,抹掉皱纹,配上光线和色彩,又何况是文学作品呢。我们现在的生活中不是理想太多,而是太少。如果没有理想支撑着,我们活得就更乏味了。本来就是理想,如果没有理想还要未来干什么?实现四个现代化不就是全国人民最美好的理想吗?

马克思说过,无产阶级"不能从过去,而只能从未来汲取自己的诗情"。理想和未来也是人们现实生活的一部分。所以,乔厂长这个形象有理想的成分,又是扎根在今天的生活之中的。如果说一九六五年以前,像乔厂长这样的干部并不少见,那么现在这样的干部为什么少了呢?要实现四个现代化,难道不应该首先培养一批懂得"四化"的领导干部吗?工厂的同志所以把乔光朴当成真实的厂长,正是反映了群众对"四化"的迫切要求,对冀申式的干部的不满和对乔光朴式的干部的渴望。

乔光朴这个形象得到了大多数读者的认可,还因为他不是神,而是人,他是一个实实在在的用行动同生活中的困难,同自己的弱点不断进行斗争的人物。

给人物加上自己的理想同拔高人物、神化人物是完全不同的两回事。使人们感到虚假的作品,不是因为写了理想,而恰恰是缺少理想,缺少有理想的生活的描写,或者是把幻想、把没有生活根据的编造当成了理想。当人们感到一个作品虚假了,那它就不是概括生活,而是编造生活。在这样的作品中看不到万般复杂而又充满矛盾的真实生活,生活的发展似乎是按照作者事先想好的写作提纲进行的。人物不是从生活中来,而是生活给人物让路,读者既看不到生活,也看不到活人,因而也就根本不关心人物的命运。反正大家心里都知道,到了什么时候,主人公就该说教了;到了什么时候,主人公就该获得全面胜利了。这种创作方法同大胆地概括生活,并根据生活的原型加上一些作者的理想是完全不同的。给人物涂上理想色彩,首先要以现实主义为基础,要懂得生活。

如果作者只是按照一个公式给人物分配行动,一篇小说成了中国人标准行为的目录,我认为是可悲的。那样塑造出来的人物很难成为有血有肉的文学形象。

写作应该是一种不断探索和出新的工作。如果不敢对生活进行独立的探索和概括,只想走一条大家公认的安全的路子,又怎么能够写出有新意的东西。当然,乔厂长在电机厂所遇到的问题,在文艺领域也不是没有。有时需要胆量比需要天才更迫切。一个毫无写作天才的人,只是因为有一点敢于正视生活的胆量,偶尔也能写出一点为人们所喜欢的作品。这实在是够可怜的,因为这十几年,"四人帮"那一套实在把搞文艺的人整苦了。又想写点东西,又不想挨批判,只好写一些保险的东西。文学的本性是战斗的,可是作家躲进了"安全岛",又怎么能写出有战斗性的文学作品?这能怪中国的作家吗?其实文艺领域中哪有真正的"安全岛",保险文学恐怕也算不得是真正的文学。

作家要证实的,应该是在人们今天的生活中往往还没有真正被理解到的事情,用笔拨开常见的事物,把表面的现象变成具有内在含义的东西。托尔斯泰说:"艺术家之所以为艺术家,只因为他并不是想照他所想要看的那样去看事物,而是按照事物的本来面目去看事物。"

批评家们有这样一句威力无边的格言:"在我们社会主义的土地上,难道会有你描写的这种事情吗?"一个作者碰到这样的审问,那他就离倒霉不远了。你说要批评或揭露生活中的假、丑、恶,他说只能批评或揭露过去的,不能批评或揭露今天的。有禁区就必然会有公式。

再回到乔厂长这个人物上来,我酝酿好了乔光朴这个形象之后,突然感到一种迫切的,很长时间活在我心里的一个主题,一下子和国家现实生活中的重大问题联系起来了。这就加重了我的责任感,似乎是生活逼得我不拿起笔来不行。这里引起我创作冲动的是生活现实,我写的也是生活中的活人。我用自己的心血充实了乔厂长的骨架。广大读者所以这样热情地肯定了这篇有缺点的小说,还不是因为我在小说中提出了一点问题,说了点真话和实话,写了几个真实的人。尽管问题提得不一定很准,话也说得不一定很圆满,人物写得也不一定很生动,读者心里很清楚,很恰当地掂出了一篇作品的优点和缺点所占的分量。我们的读者真是非常可爱的。

有人把一篇作品比喻成是作者的孩子,我赞成这个比喻。孩子无论长得多丑,父母总是爱自己的孩子,这就是当天津的某些批评家对《乔厂长上任记》挥棍子猛打的时候,我仍然有勇气写出这篇短文的原因。可是,《乔厂长上任记》如果真是一个孩子,早就被这顿棍棒打死了。在咱们国家,打死一个孩子是要受法律制裁的。可是打死一篇作者用生命换取来的作品,却受到了法律的支持,至少是默许。

有人劝我说,搞创作是最倒霉的差事,很少会有好下场。也许正因为我倒霉,才搞创作;至于下场好坏,我不想给自己算命。

我可能又说了一些能被人抓住把柄的话,欢迎编辑、作家和读者们批评帮助,也欢迎批评家的棍子。

1979 年 10 月 3 日

关于"日记"的断想

　　"遗传学"用令人信服的科学根据,说明了孩子为什么像父母,为什么有其父必有其子。创作也是一样,作家的气质、性格、禀赋直接影响他(她)的作品,即所谓"文如其人"。

　　根据我的情况,是不是只能写一些"乔厂长"之类的人?风格就是人,人不变风格也不会改了?我的老师曾为此高兴过,也担心过,也提醒过我。

　　种什么子,结什么果,土质不一样,只是收获的多少不同。是现实生活孕育了"乔厂长",他是社会的产儿。一母生十子,一子一个样儿。搞创作似乎也应该打一枪换一个地方,不断地在内容上有所发现,在形式上有所变化,做各种各样的尝试,失败也不怕。不钻别人的套子,也不钻自己的套子。其实,作家只要是根据生活写作,而不是坐在屋里编故事,在写作过程中有时就会不得不抛弃一些已经用熟了的手法,不得不抛弃一些吃透了的思想,而根据生活的面貌,构思一些新的东西。于是,我无法赶开老缠着我的那些"金厂长",我想试一试。

　　谁知由于我对生活里的金厂长非常熟悉,也许是生活中金厂长的确不少,这篇作品倒产生得异常顺利。这篇小说的成败得失我不管,有一点鼓了我的劲:我也可以生出和自己的性格、气质完全不同的"孩子",叫他们一个人一个样。

　　金凤池不是个理想人物,也不能简单地把他称为"大滑头"。他是时代的产物,时代按照自己的需要改变人的灵魂。金凤池在社会生活里不是个别的,也不是孤立的。我们不想培养这种人,甚至厌恶这种人,事实是出了不少这种人。如果说他是当今社会孕育出来的一个"怪胎",实在不应当由金凤池个人负责。

如果说文学典型就是通过鲜明的人物个性反映生活本质和生活的某种规律,金凤池不正是在这十几年里被扭曲了灵魂的一种典型吗?

不管写成小说以后典型不典型,不管别人怎样看待金厂长,我一旦发现了金凤池这个人物身上有某种典型的东西,创作冲动就上来了,要想不写他是不行了!

我写《一个工厂秘书的日记》决不只是想痛痛快快地鞭打一番像金厂长这样的人。他办的一些事情实在够"滑"的。但他为什么会变滑?他要不滑行不行得通?为什么"滑"成了人的一种自卫和处世的本能?他身为厂长,要讨好上级讨好同级,还要讨好下级。为工人办好事是讨好,那么不为工人办好事倒是正确的了?奇怪的是他八方讨好并不是为了个人"升官发财",以前是厂长,现在还是厂长,他想把工厂搞好,把生产搞好,让工人们都得点实惠。他的家庭并没有因他的神通广大而得到什么好处。我写他家庭一节,写他"酒后吐真言"一节,就是为了刻画这个人物性格的复杂性。

如果不敢当乔厂长,为什么不可以当金厂长?这总要比那种只会当官不会做事,不关心群众,只想为自己多捞一点的人要好吧?

我也是矛盾的。我对金凤池这样的人物是非常熟悉的,写作的时候他就像站在了我身边。小说里所有细节没有一个不是从真实的事件改头换面提炼出来的。我不满意金厂长的某些做法,可又同情他、理解他。

他是个人,是个复杂的大活人。我没有让他按照"典型人物"标准的行为守则去行动,我不想写根据某种思想概括出来的抽象的生活。现实生活不给作者让路,也不给金凤池让路,生活按照它自己的规律发展。我只好努力去反映这十分复杂而又充满矛盾的真实生活。我事先无法为人物安排行动大纲。金凤池一出场就左右我,而不是我左右他。

屠格涅夫说过:"准确地强有力地再现生活的真实和现实,对于文学家来说是莫大的幸福。甚至这个真实不符合他自己的同情也不要紧。"

这个"准确地"和"强有力地"是高标准,我需要在这方面下很大的功夫。文学作品只有符合生活真实才能存在。不要按自己想看的去看生活,要按生活的本来面目去看生活,感受生活,感受生活中的多种人的变化。要深入精细地写出人物的内心世界。

为什么要写生活,写真实,写这种很沉重的东西?写一些远离生活、不疼不痒而又轻松愉快的东西,不是更好吗?大家都可以皆大欢喜,何乐而不为?

作家是以他的人格,替自己的人物在社会上做担保的,这就更加重了创作的责任。如果作家笔下的人物曾丢过作家的人格,他对这种责任会看得更重大、更宝贵。

现在的读者要求文学深入到社会生活里去,"进攻生活的致命的要害"。这就要求作家必须首先读懂生活这本书,然后才可能选择符合生活真实的矛盾,反映真正能触动千百万人思想和情感的现实问题。

随着时代的进展,金厂长的个性和社会发生了矛盾。同时,他的个性又是社会的一个组成部分,许许多多的金厂长对社会演化发生了重大影响。作家应该是"刻画社会和人的心理变动的艺术家",我常常为达不到这种火候而焦躁!我做过热情的呼喊,也做过自以为是深沉的解剖,都是为了要达到这种目的。

我采用了日记的办法,就是想有话即长无话即短,尽量写得更像实际的生活。用对自己的心灵可以无话不谈的方式,从平凡的日常的事物中,表现一些典型的东西。让冲突符合现在社会上人与人之间相互关系的逻辑,符合人物性格发展的逻辑。当然,这种写法也有缺点,铺陈琐碎,刻而不深。

作家应当不断为自己寻找表现新内容的新形式。形式和技巧是为了更好地表现生活,而不是为了掩饰和打扮自己贫乏的生活、迟钝的思想。天生一个胖孩子,穿什么衣服也是活蹦乱跳;一生下来就是死的,穿戴再好也不会喘气。我在创作上最怕生这样的"死胎"。

什么样的时代,就产生什么样的生活形式和斗争形式。金厂长的办法不也是一种斗争形式?生活中人们的斗争方法千奇百怪,花样翻新。和生活相比,我深感自己的文学表现手法太不够用,花样太少。钻头的样式千百种,都是为了对付各种不同的岩层和土质,为了钻得深、钻得快。作家手里流墨水的钻头,也应该是为了透过生活的表面深入到它的最深处,而不是为了其他。因此,我要经常磨钻。

先有对生活不厌烦的探索,创作上才有可能长进。看到了生活矿层里的宝,才能下钻,才能取出宝。有了丰富的生活这摊活水,就不必求救于编故事、凑巧合。当然,不可忽视编故事的作用。找到了矿,还得会开采,不能乱开乱采。有经验的作家说我浪费材料,糟蹋矿石,常常大材小用。我想这话是有道理的。创作也要讲究剪裁下料,综合利用。我在这篇"日记"里试了一下。

回想写《一个工厂秘书的日记》前前后后,断断续续,想了一些问题,就记下了这些。驴唇不对马嘴。

1980年1月

回　顾

　　写完中篇小说《开拓者》的最后一段话时,我长长地出了一口气,觉得浑身没有劲,头靠在椅子背上闭住双眼,而且眼睛居然有些发潮。我的泪囊极深,眼里很少流咸水。以前也写过一些小说,从没有过这种感觉。这是为什么呢?

　　文学创作的路本来就是一条羊肠小道,我选择的这条"拥抱现实"的创作道路就更加崎岖和险峻。

　　我是个工人,我熟悉工人,我是以写工人走上了文学创作的道路的。但是以我师傅为代表的一批真正老工人的变化引起了我的深思,使我笔下人物的身份不自觉地升格了。我所以由写工人到写厂长,由厂长写到部长,不是赶时髦,更不是哗众取宠,有我难言的苦衷。

　　我的师傅是个八级锻工,中国第一代地地道道的产业工人,我有幸能跟这样的人扎扎实实地学了几年手艺。五十年代他的精神状态可以用十六个最恰当的字来形容:大公无私、任劳任怨、勤勤恳恳、以厂为家。我们上早班,下班的时候看到中班要干一种很复杂的活,我就不走,留下来继续干,想学点手艺。师傅也不走,陪着我,一边干一边讲解。他每天都是早来晚走,上班的观念很强烈,下班的观念极淡薄。可是到了七十年代,他对个人的事情斤斤计较,上班干私活,给家里打个菜刀,做个斧头,工作时间睡觉,甚至迟到早退。有时他回到家里什么事情都没有,也想早走个十分八分的。七十年代初我当了车间领导,检查劳动纪律的时候,偶尔也会在厂门口碰上想偷偷溜走的师傅,他害臊,我比他更害臊,把头一低装作没看见,大会上不点他的名,更不扣他的奖金。我心里非常难过,这是为什么呢?可悲的是有这种变化的不仅是我师傅一个人。我太了解自己的师傅了,有这种变化绝不能归罪于他。工人变了,怎样写工人?

不是不能写好人好事,而是写好人好事不真实,不能真正地把工人写活。写他们的变化,冷嘲热讽,甚至鞭打一番,我于心不忍。责任不在他们,况且我如果回班组当工人也不见得会比他们好。我决定寻找这种变化的根源,按照生活的脉络一点点地往深里挖。工人的身上系着干部的影子,"矛盾在下边,根子在上边",从一个车间看到全厂,从一个工厂看到全局、全部。因此,我笔下的人物也逐渐升级,从工人写到了部长。开始是无意识的,当我发现有人用自己的权力、地位和各种关系组成了一个庞大的网,这个网严重地阻碍着社会的改革和进步,我就比较自觉地想写出这个网,并想写出从上到下都敢于冲破这个网的一批人物。

我写这一组小说的时候,思考过国家的经济结构和管理体制,但思考最多的还是在这个大动荡、大变革的时代人的精神面貌。我力图以工业战线为背景,把人物放在整个社会生活的舞台上,写人物的精神生活、经济生活,也不回避政治生活。政治生活是这几十年我们生活里一项很重要的内容,政治简直可以说是生活的神经,有些喊叫离政治越远越好的同志,实际他离政治很近。完全躲避政治生活,就很难认识这个时代、认识这个社会。我们的同胞还不是以进剧院、参加舞会和进行社交为主要生活内容;还得工作、学习,为国家的繁荣昌盛焦心。政治路线还是像耍龙灯的龙头一样,上面一动下面都得动。怎样能在脱离时代、脱离社会的情况下,写人生的永恒之谜,写好人物的命运呢?

但政治不等于政策,不回避政治生活不等于跟在现行的政策后边跑,很难有几年、几十年一成不变的政策。政策总是要根据当前社会的政治形势和经济形势不断调整和变化的。文学作品如果简单地紧跟某一项政策,就像挂在龙尾巴上的灯笼,活受罪了。

文学作品的功能不是改变制度,倒可以影响制定制度的人。

我深感自己缺乏驾驭这个伟大时代的出色题材的才能。但是"作家的使命就是拣一条最艰难的路",我和这个时代是一同成长起来的,不管我喜欢不喜欢,没有它就没有我,也是它促使我拿起笔来,我不写它还写什么?

我写这样一些小说不是没有过犹豫。"四人帮"时期的政治风云造成某些作家的投机性和适应性,离政治远一点,离现实生活远一点,以为钻到为艺术而艺术的保险柜里就可以万事大吉,一篇作品里要有三分淡话、三分假话,用三分淡话、三分假话,带出四分真话。这不能不说是被逼无奈摸索出来的生存术。

但是,作家还总是通过自己的作品在读者中给自己塑造了一个真实的"文学形象",这个形象的塑造,光靠艺术手段、语言功力是不够的,还要有对群众的感情和责任。"四人帮"也教会了作家一条:宁丢文,不丢人。

我把假话和淡话全省去,只说真话,能说几句就说几句。宁可粗,也要真(当然细而真就更好)。宁可冲淡文学的雅趣,也要保留思想和生活那种浑然一体的深沉力量。我希望文学作品能靠思想的力量、生活的力量、感情的力量、艺术的力量感染人。

作家对时代和艺术一样负有责任。

我写这些小说是还债的,我从学习创作的那天起,总觉得肩上负了工人的债,负了同伴的债,负了厂长的债。我说不清自己为什么会有这种负债感,我似乎对他们应该承担某种责任。对我这样一个才单力薄的人来说,这责任太沉重,我拼全力还难以应付。我羡慕有些"无债一身轻"的作家,想写什么就写什么,从容自由,而且还可以为中国文学艺术的殿堂增添光彩。但是羡慕也没有用,"有多少作家就有多少创作道路",命中注定,我的创作道路还得像一个长跑运动员那样竭尽全力地跑下去。二十多年前,我还是个锻工学徒的时候,在技术上就表现出一种不安全,师傅常说我总是要想出一些"怪点子",有时候把很复杂的活很容易地干出来了,也有时候把很简单的活干坏了。现在学习创作还是这样不安分,可谓"江山易改,本性难移"。

正是这种对生活莫名其妙的责任感,使我在创作中有时忘记了自己摇笔杆的身份,钻到生活的牛角尖里,陷进生活的旋涡里,感情冲动。这不是唤起灵感、才思迸发的创作冲动,而是类似当事者的冲动。这种冲动往往使作品的字里行间带着一股情绪。它的好处是能感染读者,至少是工厂的读者吧;坏处是离生活太近,甚至会使一些活人跟小说中的人物对号,引起一些和创作毫无关系的麻烦。

比如"乔厂长",这个人物是真实的,程树榛的报告文学《励精图治》,写的就是生活中的真实的乔厂长。说明乔厂长在生活中,是有基础的,不是作者空想的。熟悉乔厂长的机械行业很少有人说他是假的。倒是那些完全不熟悉工业战线情况的同志却理直气壮地说乔厂长是理想人物,是不真实的。

我写《狼酒》中的副部长应丰和《开拓者》中省委书记车篷宽,主要情节全是真的,真到可以打官司、经得起法律检查的地步。结果,一些读者认为太真了,真到惹麻烦的程度,可见当作家之难,不仅暴露难,歌颂也难。歌颂了张三,李四就不高兴。这一点我也想到了。中国作家的地位不上不下,一般的干部、工人、农民跟小说中的人物对上号,对作家奈何不得。但是局长、部长、省委书记若是和小说中的人物对上号,就够作家喝一壶的了。过去我们的老祖宗在写《史记》、《东周列国志》、《三国演义》、《水浒传》的时候,一下笔就从帝王将相写到庶民百姓。国外的作家更是国王、王后,任意涂抹。我们的作家中似乎流传着两条不成文的规定:一叫离政治越远越保险,二叫越写小人物越保险,越能流传下去。这是经验之谈。无奈我肩上负着债,不写《狼酒》和《开拓者》,就像发疟疾一样难受。我决定写,但是为了防备万一,我借用了日本作家石川达三的经验。他写《风中芦苇》和《金环蚀》时,"小说所描写的内容绝不是虚构的架空事件,而是政界和财界内部尽人皆知的事实。小说中出现的内阁总理大臣、内阁官房长官、通产大臣……都是有据可查的人物"。我多么盼望这一切顾虑都是多余的,都是庸人自扰啊!

当然,即使如此,也仍然有人认为应丰和车篷宽是假的——生活中哪会有这么好的领导干部！我曾选出一百封读者来信做了一次统计。有九十四封是从应丰和车篷宽身上看到希望和得到力量的，有六封是说这两个人物不真实的。我就分别给这六位同志写了信，请他们谈谈自己的理由和根据，有四位回信表示：我们并没有什么根据，只是不相信会有这样好的干部。有个小伙子直率地说：写好的典型没人相信，写得越好人家越不信。写坏的典型有人信，不管多坏都有人信。

呜呼，我感到异常的悲哀。好的真也假，坏的假也真。可怕的颠倒！生活的真实被颠倒了，文学的典型也被颠倒了。究竟什么样的才是现时代的典型呢？这是摆在我们面前的课题。

1980年3月

"第一"何其难

"第一"是个意味深长的数字。还没有得到它时令人向往,已经得到了它又难以忘记。有了第一,才会有第二、第三……

记得上中学的时候,一位我所尊敬的老教师,一夜之间被打成了右派分子。罪状之一,据说是向我们这些学生灌输"一本书主义"。我作为被"毒害"者之一,居然对这个"主义"还一无所知。于是,凭着一颗幼稚而好奇的心,开始研究这个"一本书主义"。最后竟得出了几条结论:其一,中国的作家成千上万,倘每人写一本好书,也是一大幸事、乐事。其二,能写出好书的人大多不是名利之徒。其三,我上小学时作文就曾得过甲字下面还加上一长串红圈儿,也就是说比优秀还优秀。当然,一到中学作文就不行了,但还没有降到班里最劣等。可见,我不是最笨的。可是屡屡投稿,屡屡失败。写一个几百字、几千字的小文尚且不能成功,足见人家能写出几万字、几十万字的一本书是多么不容易,多么了不起!你不会写书,千万莫乱批书。其四,有的作家终其一生,用尽其全部才华,只留给后人一本书,却成为不朽的精品。有的人则才力不能贯穿始终,皇皇几卷,十几卷,一本不如一本,越到后来越泄气,后劲不足……

这本是同学们在课余时间聊天的闲话,我的一位好朋友到团委告密,他因此颇得领导看重,我则倒了一点小霉。结论是错误的,错误得近似胡说八道。所幸当时不在中学生里抓"右派",只撤掉我的班主席职务,给了个团内警告处分。

书——真是"坑害"我不浅,还没走上社会先背了个处分。档案里有这个黑鬒儿,说不定会影响我一生的命运。可又有什么办法呢?

谁能料到,二十多年之后,我这个被自己判定为"绝不是当作家的材料"的人,却要出版自己的第一本书了,尽管当时还不是作家。

"我也能出书?"最早提出这个问题是一九六五年。当时一位好心的编辑同志鼓励我:"等这几篇小说发出来,可以考虑编一本书。"我又惊又喜,就用上面那句话反问他。不久,各刊物纷纷停刊,我那些手稿好不容易变成了清样,最后还是都退回来了。我当时血气方刚,精力旺盛,憋了十几年的劲,刚写上兴头来,还真有点"一发而不想收"的架势。不收也得收,出书的幻想也跟着破灭了。

到了一九七五年,四届人大召开了,提出了要搞现代化,国家开始注意经济。不久,中央又召开了一个钢铁座谈会,生产要大上。想不到"钢铁"两个字帮了我那些写"钢铁"的小说的忙。出版社把我的小说集发稿了。已经到了二校,"反击右倾翻案风"开始,出书的事没说告吹,实际是告吹了。拖到七月份,唐山大地震发生,天津也是房倒屋塌,版砸了,原稿丢了,事隔三年之后只找出一份不全的校样。这倒干脆,一了百了。以后是抗震救灾,举国哀悼……不要说出版社,就在我个人的生活里,出书也是排不上号的,连想都不敢想它。

一九七九年,我又写出一些短篇小说,出版社重提为我出书的事。不久,某些人对我的一个短篇小说《乔厂长上任记》展开颇为壮观的批判,使书的出版计划再一次泡汤。

当年秋天,《文学评论》编辑部在北京专为《乔厂长上任记》召开座谈会。会上人民文学出版社的一位副总编辑对我说:"为了对你的支持,我们出版你的短篇小说集,把《乔厂长上任记》也收进去。"

我十分感动。那是头一次见到这位副总编(据说现在已是人民文学出版社的总编辑),以前他在我的眼里是大学问家、权威。他不仅是翻译家,还是文艺批评家,记得我还读过他的散文和诗。当时我对别人的作品从不敢妄加评论,只觉得他的文字极精美。这样的人物居然当众说要给我出版第一本书。何况当时我正处于不算很妙的挨打的境地,而且不知道因何挨打,弄不清拳头来自何方。可是,声势之猛,上纲之高,手段之不加选择,都令我莫名其妙。可想而知,在这种时候我听到国家级出版社领导人的那几句话,是终生不会忘记的。

但当时我不知说什么好,且又不能表态。因为另一个地方出版社还牵着这本书的头哪。虽然大家心照不宣,都知道不会出我的书了,可是人家没有公开说不出我的书,我不能主动说不叫人家出。尽管那样做也许正中人家下怀。我却要承担是我撕毁了协议的罪名。更不能让人家骂我是势利眼,一见国家级出版社的副总编辑表了态,就受宠若惊,急忙从地方出版社撤稿。"受宠若惊"也许有一点,我早已被批判得像惊弓之鸟,在别人听来很普通的话,我听了就会"若惊"。所幸的是,我当时头脑还清醒,知道那位副总编辑好心好意,对这些"背景"一无所知,更不清楚地方出版社曾两度想出版我的短篇小说集,我不能为了自己出书给好人添麻烦。那一阵,我也有自己的怪脾气:业余作者本不以创作为第一职业,你要说写咱就写,写不出好的,至少不在乎几个"批判家"。你要说不叫写了,拉倒。不出书照样活。

又是几个月过去了,我把出书的事扔到脑后,连想也不想了。有一天快下班的时候,接到从火车站打来的一个电话,是中国青年出版社的编辑老王同志。他是专为我来的,还要搭今天晚上的火车赶回北京。我换下工作服,从工厂所在的北郊区骑了自行车用一个小时赶到火车站。老王同志把一份《天津日报》,一撕两开,垫在售票处前的台阶上,拉我坐下。他时间很紧,来不及说客套话就进入正题:

"你的短篇小说集的书稿现在在哪儿?"

"地震的时候丢了。"

"去年和今年新发表的小说编书了吗?"

"还没有。"

他舒了一口气:"哈,我就知道是这样。闹了半天,并没有人要出你的小说集!"

"有个市的出版社曾经有过这个意思。"

"现在以《乔厂长上任记》做书名的多人合集已经出了两本啦,有的一次就印二十万册。别再拖了!我们决定出你的小说集,我已经把你这两年发表的小说剪贴好了。数量够了,你要愿意还可以再选一两篇过去的作品收进来,今年出书。"

我一点准备都没有,有点发怔:"我怎么向人民文学出版社交代?"

"由我们去做工作,他们是大出版社,稿子多,姿态高。对你来说给小社没给大社,别人不会说闲话……"

就这样,我的第一本书在火车站上敲定了。我愿意用一篇小说的题目做书名,老王同志坚持用《蒋子龙短篇小说集》做书名。当年出书(1980年),印了七万册,随后又再版了一次。

我却因此欠下了人民文学出版社的情,一般情况下不敢走进他们的大门。至今,无颜见那位总编辑。

1980年冬

思想就是力量

我借用法国诗人雨果提出的这个命题,想说明当今人们在精神上的渴求比对物质的追求更迫切。

为艺术而艺术固然很崇高、很超脱,但为国家民族的进步而艺术则更实际、更需要。

当一个作家看到自己的作品要搬上银幕,搬上电视屏幕,是高兴呢,还是恐惧? 我至少是恐惧多于高兴。小说中的人物是在自己胸中孕育了很长时间,凝结着自己的思想、情感和血肉。小说的程序也要简单些,作者——人物——读者,三者的灵魂碰出火花,就成功了。电视的程序就复杂多了,作者——人物——导演——演员——录像——观众,这么多角度,这么多人,都要在灵魂上见火花,就不容易了。而碰不出火花,就不能燃烧人们的感情,激动人们的思想,滋补人们的精神,就是失败了,人物走形了,变样了。这是一。

二、电视的观众不同于小说的读者,忙碌了一整天的人们,或者是在各种各样的矛盾中纠缠了一整天的人们,晚上回到家里还会关心乔厂长怎样在矛盾中挣扎吗? 轻松愉快的娱乐片,险象丛生的打斗片,不言而喻地占有一定优势。

然而,生活有多复杂,人们的思想就有多复杂。现实生活是一出奇异而雄壮的戏剧,在社会这个大舞台上交织着光明和黑暗、真诚和虚伪、美好和丑恶、高尚和卑俗、正面和反面、温暖和冷酷的搏斗,人们关心经济的繁荣、国家的命运、民族的前途。因此,乔光朴也没有遭到格外冷淡。

去年秋天，我住在湖南宾馆七楼的一个房间里，一天晚上突然闯进来一位年轻的妇女，她遭人迫害，险些家破人亡，听说我是"乔厂长"的作者，就以为我和乔厂长之类的人物一定有什么关系，闯进来告状。解放军里一位女战士，找到编辑，感谢乔厂长几乎救了她父亲的一条性命。这类的例子还有很多。天津请来一个上海的乔厂长做报告，在入场券上印着报告人的头衔，就是"上海的乔厂长来津传经送宝"。天津某单位也有一个被群众推为"乔厂长"的人，听完报告后说："他不是乔厂长，他是冀申。"

我对群众的这些反映是很珍视的。一个作者创造出来的人物走出小说，走出电视屏幕，走到群众的生活之中，群众又给了他新的生命。除此，作者还企求什么呢？

燃起人们灵魂中的理想，作家不但要对自己的艺术负责，还要对时代负责。作家的心灵应该和人民的心灵相沟通、相交流。我们刚刚经历了人类历史上最奇特的一页，每个人在这一页上都留下了自己的血泪。历史不仅给乔光朴留下了一副艰难而复杂的烂摊子，历史给我们每个人都留下了一道难题，而且必须用思想和行动做出回答。想回避它是办不到的；像铁健那样胡乱维持局面，想维持历史倒退也是不行的；悲观失望，灰心丧气，也大可不必。恩格斯说过："没有哪一次巨大的历史灾难不是以历史的进步为补偿的。"时代在除旧布新，社会在新旧交替，怀疑、思考、判断，不足为奇。有种种改革与保守、前进与停滞、民主与专制、希望与绝望的矛盾也是正常的，甚至是好事情。社会是由诸多的细胞组成的，细胞的裂变就是进步。乔光朴在痛苦和矛盾中，前进了而不是倒退了。"开拓沼泽地的人就得耐住性子听青蛙在周围聒噪。"冀申们可以得势于一时，终不能久远。

但光靠乔光朴并不能力挽乾坤，翘首以待英雄来解放的思想是悲哀的，何况乔光朴也是凡人。"奴性，便是瞎了眼睛的灵魂。"民主才是群众的瞳孔，是社会前进的视觉器官。

乔光朴的遭遇不是肤浅的、闹剧式的悲欢离合，他陷进去的矛盾具有一种深沉的悲剧因素。然而在痛苦中并不使他绝望，反使他感奋,变得聪明起来。这也许是许多人同情乔光朴的一个原因。

现在回到电视剧上来,时代要求艺术必须深入到生活中去,观众喜欢通过屏幕看到已经被艺术家读透了的生活这本书。电视剧在立体地表现生活的真实这一方面,比小说有很大的优越性。我期待着很快有这样的机会,当作家们看到自己的人物出现在电视屏幕上的时候,大吃一惊,发出惊呼:这难道是我所创造的那些人物吗?是,又不全是,他们更生动,更深刻,血肉更丰满了。

从文学作品改编是电视剧创作的一个途径,因而我对《乔厂长上任记》说了这一番话。似乎都是废话,离题太远,和电视剧无关。但我却觉得是真话、心里话,不仅和电视剧有关,而且是专为它说的。

1981年2月22日

跟上生活前进的脚步

——创作笔记

　　干什么工作大多是越干越顺手、越容易,唯独创作,越写越艰难。作家要用自己的作品经历漫长的人生考试,还要率领自己的人物们一次次坠入深渊,一次次登上绝顶,反复经受各种各样的磨难,去领略人生的真谛。然而,文学的真谛似乎比人生的真谛更难琢磨,忽而抓住了,忽而又放跑了。创作真是一门相当吃力的行业。如同有阳光就有影子,有思想就有各式各样的苦恼,作家想得多,因而苦恼也就更多些。有追求和探索,有成功和失败。我真想把自己搞创作的"底牌"和盘托出,求教于文学界的老前辈和专家们。但自己的理论修养很肤浅,编故事还勉强能应付,要叫我讲出故事为什么这样编,怎样编才效果更好,恐怕就语无伦次,漏洞百出。暴露出弱点,更便于别人帮助纠正。于是顾虑也就减少了,把搞创作时偶然记在本子上的一些零星想法,整理成为《创作笔记》。

　　不要为灵感所骗,创作应该有灵感,灵感一来作品就爆出火花,显露出才气。灵感往往是一部作品诞生的导火索。

　　但是创作是不是光靠灵感就可以呢?

　　灵感有各式各样,就像各式各样的火花一样。萤火是火花,划燃火柴也是火花;焊枪嘴喷出的是火花,洪炉燃烧也是火花;闪电是火花,火山爆发也是火花。人坐在屋子里苦思冥想,可能产生某种灵感;根据自己身边发生的种种琐事,也可能唤起一些创作的灵感。对于有相当文字能力的人,有这点灵感能敷衍成一篇作品,但长期这样写下去就会被自己的灵感所迷惑。认为有才气不要生活也可以写作,滥用才气，作品离生活越来越远，就像掺了水的稀粥，清汤寡水，没有味道。有人觉得不下去生活又能写出作品是很惬意的，而且据说作品离生活越远就越有艺术性，就越可以留传于后世。把灵感和生活割裂开来，把艺术手段和内容对立起来，作家就变成了写作机器。创作难道是这样轻松愉快的事情吗？不，作家的使命就是拣一条最艰难的路。

作家是用自己全部思想的血浆，经过浓缩的感情的铀给作品以生命，每篇作品都是由作家自己的血肉孕育成的孩子，不经过十月怀胎，就一个一个生出来的孩子，肯定要先天不足。

我不理解怎么能够把作家分成"写自我"的和"写客观"的。文学不是纯客观的记录和报道，不是人物标准的行为录，不是生活的大事记。文学要反映十分复杂而矛盾的现实生活，要写人，活生生有血有肉的人，这就必须要渗透作家自己的深厚感情。作家不仅观察生活，更要抓住生活的血脉，感受生活的千差万别，全身心地拥抱生活。冷眼旁观不能产生艺术，任何时候作家的心也不应该冷。仅仅从这个意义上来讲，每个作家都是写自我的。

但是"写自我"不应该是缺乏生活的遮羞布，不应该成为不深入生活的挡箭牌。作家的"自我感觉"不容忽视，但作家本人并不就是整个世界，而应该把全世界集中在自己身上，把自己的心灵当作世界的回音壁。"自我"也不能代替全部社会生活，而应该把自己融在社会中，融在群众中，"自我"才真是有的可写。如果把自己关在书斋里，光靠自身碰击出来的那点微弱的灵感的火花，就太可怜了。那样思想就会有枯竭的时候，灵感就有碰不出火花的时候。

去寻找巨大的灵感的火源吧！作家的力量来自人民。当他的心和人民的心碰在一起，他和人民保持着广泛的精神联系；当他的命运和人民的命运息息相关，他和人民保持着血肉联系，他的思想视野就会非常广阔，感情的铀就会爆炸。那灵感才会像焊枪喷火，像洪炉燃烧，像闪电撕破沉积的乌云……

有人把雨果比做盗走天上的闪电的巨人，"他带着那些简直是不可思议的箴言和隐喻，神不知鬼不觉地钻进了当时人们苦闷莫名的生活",揭示了人生的真谛。

　　写作似乎不可以没有才气,但是只靠吃才气,依仗小聪明,路子只会越走越窄。缺乏才气,但有深厚的生活根底,对文学又"纠缠如毒蛇,执着如怨鬼",也有可能成为作家;仅有才气的人不一定都能成为作家。像我这样的工人业余作者,无论如何我是不承认自己有才气的,这不是谦虚,是实事求是。最初爱上文学创作,与其说是出于灵感,还不如说是出于责任,一种对生活应该负有的责任。一股被生活所激励出来的力量,推动我走上了文学的道路。每写一篇作品总要拿出点新东西来吧,这种新东西有时光靠挖掘"自我"是得不到的。列·托尔斯泰在《齐尔凯维奇的日记》里说过一段很带肝火的话,我最初看到这段话觉得这个老爷子带着私人成见,感情偏激,对马尔柯夫等作家是不公正的。可是渐渐觉得托尔斯泰的话不是完全没有道理。他说:"'……形式'已臻于完美。可是他们这一切作品会给什么人带来什么好处呢?! ……他们通过技巧的修养,都练就了一手笔法,娴熟地摆弄着——比方说吧——笔杆子,他们写得轻松愉快。但是,那种新东西究竟在哪里呢? 那种新东西,应该推动社会前进,应该给社会指出它的缺陷,应该使社会在精神世界的新现象和道德完善的新道路面前睁开眼睛看一看。可他们却没有这种新东西。我们所有的现代作家津津乐道的、多半以恬不知耻的态度去描摹的,是爱情、妇女、生活中形形色色的奇事怪闻……但是,在他们的作品中,思想究竟在哪里? 我们一读他们的作品就会问:'一个人为什么要写这一切,浪费时间,这也能算工作?!'答案不用费心去找,有的是为了荣誉,有的是为了物质利益。……如果诗人们对你们说,他写作的目的纯是'为艺术而艺术',那么你们切不可相信。"跟上生活前进的脚步我们的作家似乎是分"拨儿"的,这个"拨儿"可不是指作家成群结派,而是指解放初期成长起来的、"大跃进"时期成长起来的、"文化大革命"中成长起来的、"四人帮"倒台后成长起来的等等,好像蒸包子一样,一屉顶一屉。后一拨儿起来,前一拨儿有许多就销声匿迹了。新陈代谢,新老交替,这是正常的现象。可是正常的现象中隐藏着不正常的因素。新中国成立才三十多年,作家(尤其是业余作者),换了好几拨儿。这寿命不是太短了吗?原因很复杂,有主观的,也有客观的,有自己垮台的,也有被政治淘汰的,各人的情况不同,多种多样。我却觉得最基本的一条是被生活所淘汰。一个生活的落伍者是很难再写出为群众所欢迎的作品的。

对一个作家来说,活着不等于有生活。作家应当时时刻刻地跟着生活一块前进,不断寻求新的描写现实生活的方法。不能对生活失去热情,失去责任感,失去探索生活的勇气。只要和生活不脱节,即便是在大动荡、大变革的时代,也能看清社会发展的趋势和正在顽强滋长的具有无限生命力的新芽,也就敢于描绘纷纭繁复、瞬息万变的社会生活,有勇气说出自己对生活的认识和判断,表现自己的爱和憎。这一切光靠活着,光靠手里夹着一杆笔就能解决吗?

嬉笑怒骂都可以,但创作更重要的是要有深度、有思想、有生活。而且作家对生活不可能是不偏不倚的,总会厚此薄彼,有所爱也有所憎,有所追求也有所遗弃。调动全部的文学触角把握住生活的变化,抓住社会性很强的主题,概括出社会的典型。脱离生活的激流,就不可能得到这一切。

有的老作家创作生命力长达六七十年。在一拨儿倒了一拨儿又起的近三十年,不是也有的作家被命运抛到了最基层,甚至是"十八层地狱",但他们和人民在一起,不仅没有沉沦,反而摸到了生活的底蕴。这样的作家是打不倒的,一旦他手里有了笔就会才气纵横,爆发出极其旺盛的创造力。事实也正是这样。

我有这样的感觉,离开工厂两个月,心里就想工厂想得难受,说不出来的一股滋味。想什么呢?想生产,想机器,想人?好像是,好像也不全是,反正就是想工厂。回家哪怕只有两天的时间,也得到工厂转一圈。各个部门都去打个晃,一说一笑,身上非常舒服。我两个月没有进工厂,转上这半天,就把这两个月的空白补上了。这两个月中厂里出了什么大事,头头中有什么新闻,工人中有什么新鲜事全都知道了。我不问,他们也会跟我说。他们不说,我一进厂门口,从工厂的气氛中也可以体察到厂里的变化。我在这个工厂里待了二十多年，工厂的历史和工厂的干部、工人，在我脑子里都是活的。别人说的只言片语到我的脑子里就和整个工厂的历史，和每一个活生生的人连在一块了，我一下子就掌握了工厂和人在这两个月中所发生的变化，而且都是形象的具体的。我用半天时间所了解到的东西，一个专程来采访的作家半个月也得不到。有些"只能意会不可言传"的东西，局外人甚至永远得不到。

请不要误会，我所以想工厂，出来的时间一长就像想家一样急不可耐地要回去看看，决不是为了回厂抓点创作材料。我从来不靠临时抓材料搞创作，我要写的题目都是在心里活了很长时间的。作家的生活是靠经常不断地观察和研究，不是偶然碰上的，不能靠下去采访一两次、和人谈一两回话就现炒现卖地写成一篇作品。猎奇可以得到故事，却不容易碰到典型。典型是作家的心长期埋在土壤里所得到的结果。

有人主张作家应该有一块牢固的生活根据地，通过个别了解一般，由深到广。也有人认为固定的生活根据地有局限性，只能培养业余作者，培养小作家。大作家应该以整个的社会作为自己的生活根据地，想到什么地方去，想了解什么，想写什么都有充分的自由。文学所反映的是整个的社会生活，人物的典型性应该达到全人类的高度，作品应该具有世界性的规模。怎能局限于某一个行业、某一个局部地区。

这两种主张都有道理，但不应该互相排斥、互相对立，而应该互相结合起来。后一种当然是大作家的气魄，古今中外许多大作家就是这么做的。前一种也不一定就出不了大作家，曹雪芹恐怕就是属于有一块熟悉的"生活根据地"，以写他自己根据地里的事情而达到"全人类的高度"和"世界性规模"的。各人的情况不一样，只能因人制宜，而不能强求一律。有人不下去体验生活，但朋友很多，三教九流的人都有，每天坐在家里聊天，各种社会新闻、奇人逸事，都能传到他的耳朵里，可谓"秀才不出门，便知天下事"。他并不感到生活枯竭，源源不断地写来,题材很广很杂,而且作品里不无情趣。只是在挖掘生活的深度上却有一定的局限性。因为他不是生活的参加者,他是生活的旁观者,只是为了写作才来了解生活。站在生活的边沿上,连鼻子尖也不伸到沸腾的生活里一下,怎么可能洞悉生活的真谛?他很难在作品中保持独具风格的才情和内容,在创作中缺乏自己的独立性。因为他拿不出只有他才会知道,只有他才能写出来的东西。

有的人就是不会根据听来的故事进行创作,只有把鼻子伸到生活里去才能捕捉到他所需要的东西。这样的作家就必须为自己建设一块长期的"生活根据地",这是他创作上的"领地",长时期,甚至终生为他的创作提供食粮,就像大家所说的"山药蛋派"、"荷花淀派"一样。长期生活在自己的"根据地"里,有助于对生活做出独特的、深刻的研究。在创作中可以表现自己确切知道的,而不是根据道听途说的猜想得来的,还便于寻找别人所没有看到、没有意识到、没有理解到的东西。

创作的根须在生活里扎得越深,越能细致地感受时代的动荡给人们带来的那些社会的、伦理的、道德的、心灵和外在的变化。文学是写人的,写人首先就得了解人,而"了解人的艺术是一种并没有十分把握的艺术,这里面没有任何确凿的法则",只有到生活里去接触、去观察、去研究各种各样的人。一个好的演员他胸中倘若不装着几十个,以至上百个性格和外表迥然不同的老年人形象、中年人形象和青年人形象,他塑造人物就不可能达到出神入化的程度。对一个作家来说,如果是写工厂生活的,随便一问:现在老工人有几种,他们都想些什么?青年工人分几类,每一类都有什么特点?干部的思想状况如何?班组长有什么苦恼,车间主任好当不好当,厂长、局长的精神面貌如何?以反映工业题材为主要创作任务的作家,应该张口就能回答这样的问题,立刻就有几十个,以至上百个的活人在眼前跳出来,能够说出他们的个人和家庭、生活和工作的一些基本情况。

特别是科学技术的不断发展,越来越强化了人在生产中的地位和作用,不久会有一个迫切的问题被提出来:怎样提高人的质量。当然不是指肉体结构的质量,而是说人的成熟程度。因生产规模越来越大,越来越机械化、自动化,对人的要求也会越来越高。中国也要繁荣,也要强大,我们将来可能也会遇到那种"发达国病"。把人当作单纯的"经济人",还是当成"社会人"?是信奉"人性本恶,其善者伪也"的X理论,还是赞成"人之初,性本善。性相近,习相远"的V理论?还是什么Z理论、超Y理论?研究人是复杂而艰深的一门学问,它难就难在人是经常变化的。

人的个性和思想的千奇百怪,决定了现实生活的复杂纷纭和丰富多彩,"现实"这个概念,不仅包括可见的和已经被艺术家预见的事物,还包括尚未可知的或处于萌芽状态的事物。怎样抓住这未知的和萌芽状态的事物,就要抓住人的变化。时代的变化首先体现在人的身上。人的变化是非常微妙的,而且不好琢磨。作家就是要研究这种变化,从人们的变化中发现具有典型性的东西,把常见的表面现象变成具有内在含义的情节。

所谓跟上生活的脚步,也就是跟上人民前进的脚步。

文艺界的气候稍有变化,有人就提出离现实生活越远越好,文学应该写人生,写人物命运,不要老提问题,哪有那么多问题好提,提不出问题岂不就没有什么可写了吗?这话有道理。还有,离开政治,离开现实生活,专写小人物,在艺术上下功夫,这样的作品很可能会流传百世,至少比描写现实生活的作品生命力要长。这话也不算错。

我不明白的是离开时代,离开社会,离开现实生活,离开亿万群众所关心的问题,怎样写出生长在地球上的活人的人生呢?怎样写出有典型意义的人物命运呢?倒退几百年,作家可以写人物的私生活,吃喝玩乐,游山逛水,儿女情长,除暴安良。现在我们生活内容的主要比重首先是为国家劳动,群众平时的全部社会生活就是经济生活、政治生活、精神生活。而且精神生活取决于经济生活和政治生活。作家为了自己的安全可以远远地离开前面这两大类生活,但是你的人物也可以超脱时代,不食人间烟火吗?有些天真而可爱的作家鼓吹"纯艺术"、"为艺术而艺术"几十年了,哪一年行得通了呢?

　　文学的使命是刻画人物。通过人生反映社会、表现时代；也只有通过表现特定的时代、特定的社会条件，才能更好地揭示人生命运的永恒之谜。

　　看来跟上生活的脚步不仅需要顽强的毅力，还需要勇气。没有勇气就没有文学。有勇气才能表现出自己对生活的态度，揭示出生活的真正意义；创作时所选择的矛盾，才能既符合生活的真实，又能反映那真正能触动千百万人思想和情感的现实问题。也唯有勇气才能表现宏伟的生活图景，使作品具有深刻的哲学含义，磅礴的思想力量，丰富动人的人物形象。

　　人物——应该是从生活的矿石里提取出来的生活的钢，那才是坚硬的、实在的。成功的人物形象，不仅仅是人的典型，还应该是时代的典型。

　　文学必须深入到生活里去，这是时代的要求，也是群众的要求。作家是自己时代的历史学家，我们敬佩像鲁迅那样驾驭时代、裁判时代、总结时代的大师。当自己的"手指刚刚可以触到时代的圆顶"的时候，不要像被火烧了一下似的立刻躲开。

　　时代、社会现实生活和"流传百世"的艺术性并不矛盾。才能卓著的文学家和时代的紧密联系，不仅不会妨碍文学的向前发展，而且构成文学发展的必要条件，推动文学向世界高峰挺进。我记不得是谁说过一段颇有意味的话，大意是：作家是刻画社会和人的心理变动的艺术家。他不仅把社会的变革和历史的动荡当作自己注意的中心，更要不断地力求把人和社会的发展作为自然的、历史的进程来加以描述。在这种发展中，人的个性往往跟社会发生矛盾，但同时，人的个性仍然是社会的一个组成部分，成为一种对社会的内部运动、对社会的演化发生重大影响的现实力量。只有这样才能把人的性格最大限度地、十分真实地表现出来。写人生也好，写命运也好，才有可能深刻。

　　如果作家失去了对生活的忠诚，失去了对社会的弊病、人民的灾祸的尖锐感受，失去了对文学使命的根本理解，那创作还有什么意义?! 以为靠才华，凭技巧，想写什么就写什么，什么保险、怎样旱涝保收就写什么,恐怕不大行得通。作家没有内心深处饱经痛苦而获得的那种极为珍贵,而又只属于自己的素材,创作才华就没有施展的余地,至多用来发发空论。表现丰富的生活需要丰富的技巧,"哪儿的技巧不为巨大的内容服务,哪儿的技巧就是一场骗局"。

长期扎根于自己的生活基地的人,切忌视野狭隘,只知道自己那条大街上的每一个胡同、每一户人家,却不了解整个城市的面貌和特点。站不高看不远,这一点就不如以整个社会作为"根据地"的作家那样"胸怀全国,放眼世界"。生活面过窄,思想视野狭隘,对于创作的发展是极为不利的。我就挣扎了好多年,舍不得离开工厂,又被工厂所累。这个"所累",不是指生产忙、工作累,没有时间写作;而是指创作跳不开工厂。后来与其说我改造了生活,不如说生活改造了我。

我所在的工厂是全国八大重型机器厂之一,是五十年代初建设的"一百五十六项"之一,由于它的规模和地位,经常和部、市、局的领导干部们打交道,有各种各样的联系。吃透了这个厂就等于对全国的机械行业都有了一个基本的了解。同国外的联系也挺多,特别是在技术情报的交流上。待在这个厂对国外的机械行业的发展不会是完全闭塞的。甚至出国的人员也很多,包括一般的技术工人(当然,搞创作的例外)。可见这是一个理想的生活基地,八面来风,四通八达,坐在厂里不动,就可以知道全国同行业的情况,全世界机械行业的情况。我在这个厂工作了二十三年,可是当我是个工人、是个生产班长的时候,厂子的规模不管多大也与我无关,我只知道自己的小组,只了解小组里那几个人,只能写点小诗和好人好事式的速写。天地打不开,憋得难受。当我一级一级地被提拔到了车间主任,眼界立刻开阔了,原来厂长就是这样组织生产的。开上几次会,吵上几回架,心里更清楚了,闹了半天,局长、市长、部长就是这样的。特别到厂长办公室又当了几年秘书,上至中央委员,下至十三级干部,都当过我们的厂长。我脑子里的这盘棋活起来了,几年来我总有个想法,要写出工业战线从上到下的"人物谱"。从《三个起重工》到《开拓者》这个"人物谱"算是完成了。写得成败是水平问题,但了结了自己的一桩心愿。责任尽到了,对得起培育自己的工厂和工厂里的同伴们。

我创作的风格和特点（假如说我算勉强称得上有风格的话），深深地受了现代化大企业雄浑气势的影响。高尔基说："必须更接近生活，直接利用生活的提示、形象、画面，利用生活的颤动，它的血和肉。"长期埋在生活里，生活不仅会改变创作风格，还可以改变作家本人。因为生活本身有一股不可遏制的巨大推动力，能够扭转作家的创作思想，影响作家的感情、艺术观和审美观。生活教会了我尽量捕捉和自己气质相近的题材。我很少写"方案之争"，不写那种试车成功就是正确路线、试车失败就是错误路线的"一锤子题材"。我写工业战线上的人物，但是只把工厂作为人物活动的舞台，以整个社会做背景，表现的是"社会人"。借用"文化大革命"时期一句响当当的话，就是"身在工厂，心怀天下"。

对于一个很平常的、没有多少才气的作家，他不担心"才气不足"的问题，因为他本来就没有才气，却唯恐生活不足。这也正是我长期赖在工厂、宁愿一年干十个月的活也不愿脱产的原因。开始写出一两篇作品，不足为奇，渐渐感到后劲不足，力不从心，这不单是才华枯竭，而是生活的储备用完了，新的生活仓库还没有充实起来。一年搞五个短篇，可能五个都稀松平常。像酿酒一样，发酵时间长一点，多存一存，放一放，一年搞一个短篇，这一个可能胜过那五个。这要看生活的库存怎么样，存得多当然可以多写，存得少也要想多写，才华再高也难免捉襟见肘。我欣赏郑板桥题画竹的诗："咬定青山不放松，立根原在破岩中。千磨万击还坚劲，任尔东南西北风。"对社会负责同对艺术负责是一致的。

创作在很大程度上是个体劳动，它的成果却是属于社会的，作家不应该把创作的权利当作私人的特权。什么时候也不应该忘记人民——这是作家的"衣食父母"。掌钳的是抡大锤的教的，脑子是手教的，生活教会了作家创作。作家对自己的艺术负责同对社会负责、对人民负责、对生活负责是一致的，没有矛盾，更不应该把它们对立起来。

我听到过朋友们这样议论：现在群众欢迎的作品，一哄而起，将来不一定流传得下去；眼下大家都不买账的作品，说不定将来能够流传下去。文学艺术是一个民族的文化和精神文明的结晶，真正的文学作品不同于群众文艺、通俗文学，还是写些离现实远一点的作品，争取在文学史上留下一笔，让后代流传下去。

谁能说这话不对呢？哪一个作家愿意人还未死作品早已被人忘记了呢！

但是，把文学同人民、同现实生活对立起来，把文学史同历史割裂开来，恐怕不尽妥当。对于这些问题理论家们已经说得很多了，我只说几句大实话吧。谁也不敢说《红楼梦》不是文学珍品吧，能说群众不喜欢它吗？中国的文学史恐怕也不能把《三国演义》、《水浒传》排斥在外，这两部书在中国几乎是家喻户晓。它们之所以流传下来不是因为当时群众不喜欢，恐怕恰恰相反。说群众喜欢就一定会流传下去，或者说群众不喜欢就一定流传不下去，都未免太绝对了。古代作家曾有不少写出作品不公之于世，而"藏之名山，传之后人"的佳话，那些作品当时公开也不见得就引不起"轰动"。有的作品发表时确实不被人注意，日后才逐渐显露出其真正的价值。

其实这是不必争论的，时间是严格而公正的评判家，它会把有价值的东西同没有价值或价值不大的东西区别开来，把真实的同虚假的区别开来，把正确的同错误的区别开来。现在用不着打赌，也用不着为几百年后的事情算卦。中国这么大，读者这么多，各式各样的胃口都有，作家们最好是各干各的，一人一个样，花样翻新。各自扬长避短，发挥自己的优势，写出最佳水平。谁认为怎样可以流传百世，谁就怎样去写。如果有人觉得不能为了还没有影子的重孙曾孙而不顾眼前的父老兄弟，那他也可以写让现在的人民群众喜欢的作品。如果有人为了使自己的作品永垂不朽，顾不得眼前，多考虑长远，也不应该反对。中国多出几部文学艺术的珍品，多出几个曹雪芹有什么不好。

但是，有一个问题却值得深思：当作家的趣味和群众的趣味发生了矛盾，群众喜欢的作家不感兴趣，作家们推崇的人民不买账，这要怪作家,还是怪群众? 是文学的繁荣,还是文学的堕落? 当从南到北,九百六十万平方公里的上空到处回响着播放《杨家将》、《岳飞传》、《隋唐演义》的声音,作为现代的作家,是感到骄傲,还是感到羞愧?

"四人帮"统治文艺时期的教训还记忆犹新,文学疏远人民,人民就疏远文学。读者是十分敏感的,他们从作品中能够看到作家的灵魂和人格,能够非常细微地感觉出作家的变化。他们很容易地看出,主张脱离社会、脱离生活、专在艺术技巧上下功夫的作家,不是对技巧特别有兴趣,而是没有内容,是想用技巧把思想的无力、认识的贫乏打扮起来。

作家担当着创造人民精神食粮的任务,没有权利消极、推诿。真正的文学作品也负有改变生活的责任,作家本人不应该轻看自己的成果,仅仅把它当成小摆设。获得高度的艺术技巧,是为了表现丰富的新内容,文学扎根于自己的时代,才能稳步地走向将来。

1981年4月12日

切忌假大空

　　我是带着问题来的,非常希望在这个很有意义的讨论会上听到理论界的专家和老前辈的发言,从中汲取营养得到教益。怎样表现社会主义时期的新人,这个题目出得很好,很有意思。但要回答得好,却相当困难。作家要用创作实践做出回答就更难。我虽然还没有成功地描写过新人形象,但是我愿意表现新人。新人代表着社会前进的方向。不断地探索、创新,从内容到形式都有所发现、有所前进是文学不可剥夺的特征。可是怎样才能写好新人呢?世界上什么事情都是维持旧的比创造新的要容易得多,旧的都是可知的,经过长时间的观察和研究,掌握了它的规律,比较容易写得惟妙惟肖,揭示得真实和深刻。新生的事物本身有一部分是尚未被认识的,或者是不被人理解的,新东西必然也有它的缺陷和错误的地方。作家要认识它把握它就更困难,不仅需要作家的灵感,还需要有对生活的满腔热情和责任感;不能只是旁观生活,还要参与生活,作家的立场、感情、世界观都要经受检验。写新人——是作家给自己出难题,然而这又是作家不容推辞的责任,因而需要批评家在理论上给予指点。

　　作家习惯于回头看生活,从容地加以消化和吸收。要写新人不仅需要"回头看",还需要"向前看",表现今天生活中存在着而还没有真正被理解的东西。新人之所以"新",就因为在他们的身上有一种还处于萌芽状态但却有蓬勃的生命力的东西,这不仅需要敏锐的眼光,还需要勇气。没有勇气就没有艺术,作家应该有进行探索的权利,也有因探索失败而总结经验的权利。文学表现新人并不等于全是正面歌颂,更不等于粉饰生活,像新闻报道那样简单地描写好人好事。要写好新人就应该使生活中的新人变为文学画廊中新的典型形象。写新人并不难,让新人的形象在文学阵地上站住脚就难了。写新人不是回避矛盾、脱离现实的借口,而恰恰相反。生活中新人的身上总是打上时代的印记,不感受时代的运动,不钻研生活,就无法刻画代表社会进步势力的新人形象,现实主义的文学艺术也就不存在了。

现实主义文学作品的力量就在于揭示我们周围世界的新事物。因此作者在创作中必须加进自己对新事物的感受和认识,善于透过生活的表面深入到它的最深处,揭示出带有规律性的东西。

新人的形象不是作家自封的,它必须得到群众的认可,因而必须真实。真实是文学的生命,也是当今这个时代最可宝贵的品质。群众对"四人帮"的假、大、空深恶痛绝,文学作品失去了真实也就失去了群众,千万不要用假、大、空毁坏新人的形象。新人也是普通人,是从旧的污泥里钻出来的,没有旧就没有新,不应该把他们写成尽善尽美的完人,选择的矛盾也要符合生活的真实。采用给无产阶级英雄人物编排标准行为目录的办法,按照职业、性别、年龄和经历简单地分配人物的行为,只会把活人写死,而不会写出真实感人的新人形象。新人是生活在特定时代、特定社会条件下的活人,他们有自己的矛盾和痛苦,不会完全按照作者的意志和某种固定的创作公式去行动。支配他们行动应该是具体的历史环境、生活的必然性和人物千差万别的具体性格。从平凡的、日常的事物中抓住新人身上那些典型的、动人的东西,严肃地、勇敢地阐明生活中的各种困难,把人物置于尖锐复杂的冲突之中,坚决地暴露出造成冲突的深刻根源,展示出冲突各方的不同的生活理想。一句话:写斗争中的新人,也只有在斗争中才能把新人的形象树起来。

作家不应该逃避生活中的矛盾,更不应该逃避对生活应该承担的责任。记不清是哪位老先生说过这样的话:"准确地、强有力地再现生活的真实和现实,对于作家来说是莫大的幸福。甚至这个真实不符合他自己的意愿也不要紧。"我们何尝不愿意自己的新人披荆斩棘,所向无敌,办什么事情都能马到成功,如入无人之境。可是事实并非如此,我们的社会还有弊病,生活还有巨大的困难。唯其如此,生活中才更需要那些新的闯将,文学表现新人才更显得迫切。

文学要表现的是合乎生活本质的真实。生活的真实和真实的生活并不完全是统一的理由。由于十年动乱,使这一辈人经受了任何一代人都没有经受过的精神创伤和精神折磨,他们对不是亲眼看到、不是亲身体会到的东西不再轻易相信了。这种可怕的怀疑,造成了人们感情上的不信任。这种不信任的情绪有时完全颠倒了生活的真实,把真的当成了假的,或者说:坏事假也真,好事真也假。在这种时代的气氛中,文学作品的真实性和典型性,都不能不受到一定的影响。读者十分敏感,作品中稍有一点虚假,都可能损害它整个的感染力,这就加重了表现新人的困难。必须获得高度的技巧,用新的形式表现新的人物,浑然一体,可亲可信。新人刻画得好,也会有助于医治人的精神上这股可怕的"怀疑症",净化社会风气。从这个意义上说,写新人这个倡议,对于社会、对于文学都有很现实的急迫性。

写新人不应粉饰生活,不只是写社会的光明面。但是不等于不刻画人物心灵上、性格上光明的东西。不管环境多么艰难,矛盾多么复杂,有时正面人物甚至遭到惨败,心灵经受极度的痛苦,但是最终兽性不能战胜人性,人身上晦暗的、消极的、丑恶的一面不能战胜光明的、向上的、美好的一面。有人提出文学应该表现人性,我想总不会是指专去表现人性的堕落吧?

我主张表现真实的民族精神的美,生活的真实的美,新人的灵魂的美。作为这一切的对立面当然也要揭示丑恶、卑下、无聊的灵魂和人身上那根顽强的兽性的尾巴。

写新人同主张脱离现实生活的"娱乐文艺"或者"为艺术而艺术的纯文学"是不相容的。文学有它的娱乐性,但文学的功能不只是为了娱乐,这是不必多说的。新人的身上也可以有那种深沉的悲剧因素,但不是肤浅的、闹剧式的悲欢离合,也不是那种做作的、故弄玄虚的"失望"。他在痛苦的裂变中产生新的力量,他在逆境中有常人的感情,却决不使人感到绝望,相反的,在痛苦中变得清醒了、聪明了。

这也许就是有人指责的"理想主义"。给理想加上"主义"也不见得就可怕,也否定不了理想对于人生的重要性。雨果说:"人类的心灵需要理想甚于需要物质","人有了物质才能生存;人有了理想才谈得上生活。你要了解生存与生活的不同吗?动物生存,而人则生活"。国外的行为科学把人的基本需要分为六种:最低一层是生理上的需要,即满足衣、食、住、行等的需要;次低层是安全上的需要,指劳动安全、职业上的安全、职业保障、生命财产的安全等等;中层是社会性需要;再上一层是尊重需要,即受人尊敬取得荣誉,能力品德的自我表现;最高一层才是自我成就需要,指实现自己的理想和抱负,满足自己发展与成长的意愿。可见理想是生活中的黄金,是少不得的。文学要写人,写人生,怎么可以排斥理想的成分呢?"文学是从理想中分泌出来的"。

去年夏天,一位解放军女战士找到编辑,感谢《人民文学》杂志发表了《乔厂长上任记》,这篇小说帮助她父亲免于精神失常。她的父亲是一个印染厂的厂长,很有点像乔光朴,一心想把自己的工厂搞好,想实现一项重要的生产改革,可使他的工厂成为同行业中的尖子。但是有一位副厂长对工厂管理一窍不通,搞权术却很有办法,上串下联把厂长排挤走了。这位雄心勃勃的厂长明升暗降,到公司当了个有职无权的第十一副经理。他那一套改造工厂的雄心大志全成泡影,而且有苦说不出,精神极度苦闷,血压增高,每天不吃不喝。全家人十分焦急,当无计可施的时候女儿找来了《乔厂长上任记》,想给他解闷,不得志的厂长抓住这篇小说就不松手了,每当苦闷难挨的时候就读上几段,有时还拿着小说在屋里走来走去,口中念念有词。但不再"绝食",开始搞自己的规划,准备有一天重回印染厂当厂长。连他的女儿也没有想到,小说还能治病。

我举出这个例子决不是想证明《乔厂长上任记》这篇小说写得如何成功,小说本身还有许多缺点。这件事却给我一个启示:文学负有改造人的灵魂的使命,不应该摧毁人们心中理想的火苗,倒应该点燃人们灵魂中的理想的火焰。

我想起了千百年来朝代更迭,表现清官的戏却盛演不衰。一次又一次的运动,一次又一次的反复,都没有把黑脸包公的形象搞臭。当航天飞机成功地往返于地球和宇宙之间的时候,人们坐在剧院里看《李慧娘》,仍然为鬼魂报仇大鼓其掌。现实中得不到的,人们希望在精神上得到。这更说明人类的精神上不能没有理想,生活也不可缺少理想。丧失了任何理想和追求的灵魂是可怕的,它肯定不属于新人。

理想不同于幻想,更不是假、大、空,它是新人形象的血肉。

愿现实生活中新人的精神滋补贫血的文学;文学中新人的形象抚慰人类受伤的灵魂。不要唱"魂兮归来"的感伤调,中华民族伟大的"民族魂"永远不会丢失。

1981年4月19日

失败——作家最忠实的保姆

　　人活一世该有多少个"第一次"？第一次学话，第一次学走路，第一次坐进课堂，第一次走进工厂，第一次扣动扳机，第一次听见孩子喊自己为"爸爸"……有了第一次，才有第一百次、第一万次。有了尝试，才有失败和成功。不论失败或成功，"第一次"都是值得珍惜的。

　　人生中的许多"第一次"，都是十分明确、记忆深刻的。然而作家的第一篇"作品"，往往被当成是作家第一次发表出来的作品，或者是使作家成名的作品，其实，这并不是一个概念。也许有的作家第一次写作就能成功，就能一举成名。但更多的情况是：从写"第一篇作品"到写出一篇能够公开发表的作品，这中间还有一段艰苦甚至是漫长的历程，是由无数次的失败铺成了一个个台阶，使其一步一步走上了文坛（这里所说的"第一篇作品"单指第一次"投稿"。按理说，每个人的第一篇语文作业、第一次写信、第一篇作文，也都可以列为是"第一篇作品"）。

　　人活一辈子难免会有许多失误，或者叫失败，一生下来就所向无敌，只要想干什么就必然成功的人是没有的。所谓"人无完人"嘛。社会有假相，生活有假相，知识也有真伪，眼睛可能欺骗自己，感觉也可能欺骗自己，唯有失败的教训是真实的、可靠的。作家是在一次次的失败之中学会了写作，不仅懂得了应该写哪些东西，而且知道哪些东西不应该写进自己的作品。在文学的技巧中，会"舍"的功夫比会"取"的功夫还要重要。

　　谁的青年时代都有一个又一个美妙绚丽的梦想相伴随，想出什么主意或做出什么事情都是不足奇的。每个人第一次冒出想写稿的动机也是不一样的。比如我,第一次投稿时想的绝不是当什么作家,对什么是文学知道的也不确切,直到过了二十五年之久,才考虑是否要把文学当作自己要干的事业。这个过程不能算短了!

当时我在暑假的勤工俭学中爱上了机床,心血来潮,认为自己最好的志愿就是将来当个"机器匠"。完全由于发生了一个偶然的事件,有人把文学当作"棍子"打我,我就想拾起这根"棍子"回击。因为自己不懂"棍法",不但没有打上对手,反而砸到了自己的头上。这就是投稿失败,第一次失败、第十次失败、第五十次失败⋯⋯讥讽和嘲笑像潮水一样从四面八方涌来,把我困在一个孤岛上,逗得我兴起,于是和文学结下了不解之缘。

想打开文学的门,靠天真的向往不行,靠赌气也不行,唯有一条路——刻苦用功,总结失败的教训。

第一次投稿的冲动是可贵而又可笑的。可贵者"胆",血气方刚,全无顾忌,信心十足;可笑者"稚",不知天高地厚,把创作看成是浪漫而又惬意的事情。创作固然离不开幻想,可是用幻想鼓起来的冲动进行创作,却非碰壁不可。创作——要求作家把从生活中获取的经验全部送还给创造生活的人们。当时作为中学生的我,还没有真正留意过生活,又如何能够很好地表现生活呢?不过,人在顺境中日子像流水一样流过去,很难感受到生活的主旋律。倒是在逆境中很容易摸到生活的底蕴。而且认识生活先从认识人开始,了解人又需在矛盾和纠纷之中才能深刻,疾风知劲草,困难之中才能考验人心。说来令人寒心,正是在全校青年团员批判我的大会上,我才开始了解当时的社会,真正认识了在一块学习了好几年的同学。有位当团干部的同学,面皮像奶油一样白嫩,要不是一双近视眼多少减了点彩,他可能是全校最漂亮的白面书生。那些日子我到哪儿去都会碰上他,他对我关心备至,千方百计哄我说话,然后把我的话全部记下来加以"演绎",拿到批判会上全变成了攻击我的炮弹,甚至还到图书馆查阅了我的借书目录,找到了我为什么背地里要替被打成右派分子的老师"说好话"的根源——原来是受了"一本书主义"的毒害。还有一位同学,年纪稍大,模样像个临时工,有一双大而突出的金鱼眼,晶晶闪光,当我决心进工厂当工人,并且已经上了班的时候,他蹬着三轮车把我骗到学校接受他们的"思想会诊治疗法"。名为"会诊",实为乱扣帽子。后来,我明白,他们其实是极左思潮的受害者。可是,这却使我从中看清了某些人的面目,看到了生活不光有微笑,还有阴险、严峻、忧郁,当然也有善良和友谊。这件事剧烈地改变了我的思想和性情,对以后的写作无疑是有影响的。但在当时却不懂得往深里挖,更不会和写作挂钩。以为写作和现实生活是两码事,写作和心灵是可以不搭界的。

认为作家的功夫全在"写"上,至于外部真实的世界是什么样子,自己的内心世界是什么样子都是无关紧要的。不了解创作是怎么回事,不知道到底应该写些什么,这是开始投稿时失败的第一个原因。

以后命运又对我给予了加倍的"照顾",一个坎坷接着一个坎坷,在生活的大山里艰难地跋涉,找路、攀登、迂回、摔跤,腿脚被荆棘划破了,头也几次被磕破,几番领略了人生的意义。当我对文学不再抱任何期望的时候,突然,我亲身经历的"生活"要干预我脑子里的"文学",富足的"生活"滋补了苍白无力的"文学"。虽然中外有不少生活的幸运儿成了才气纵横的作家,我还是认为"不幸"和文学之神更容易沟通感情。

创作不仅需要认识世界,掌握社会生活的情绪,更需要认识自己、发现自己、表现自己(请不要把这话误解为"写自我"),找到自己对生活、对社会现实的主观态度,"把这些态度体现在自己的形式中、自己的字句中"。作家就是要抓住那种属于他自己的特殊的东西。这并不是一件容易做到的事,很长时间,自己的心和生活的"心"碰不到一块,看见东写东,看见西写西,抓不到那种只有自己能发现的生活的"个性"。自己也似乎是做人有个性,提起笔来无个性。写出来的全是大路货,而且过时了,毫不新鲜,理所当然一次又一次地被编辑部退了回来。这是失败的原因之二。

我开始有意识地进行一种被自己称做是"文学招魂"的努力。我必须在文学上找到自己的"灵魂",在创作时要体现出这种只属于自己的灵魂深处的东西。生活中有些事件使我感而不动,当时动心,很快就忘记了。还有一些事件,不仅使我感动,一动到底,甚至灵魂发生战栗。碰上这样的事件,我就仔细品味,探出究竟。希望能从生活的镜子里照见自己的灵魂,找到自己的创作个性。读别人的作品时也自觉地进行这种锻炼。以前凡是读别人的作品,都觉很好,因为自己写不出达到发表水平的东西,见到印成铅字的作品自然是认为不错。现在则要认真玩味,是真好、假好、大好、小好;哪些地方打动我,哪些地方不那么打动我;如果我要写这样的事件应该从哪里着笔……大量的阅读哺育了我的智慧和心灵,丰富了我的知识,开阔了我的文学视野。没有知识,手里的笔就软弱无力。我几乎是阅读无选择,只要能抓到手,什么书都看,接受却有选择,有味道的、对自己胃口的,便在大脑文学知识的仓库里保存下来。反之,没有什么味道的书籍,看过就忘了。不倦地研究生活这本大书,不倦地从别人的书籍中汲取营养。拼命阅读这两本书的结果,使自己渐渐觉得心里那颗遭受过摧残的种子又开始有点活泛了。自中学时代投稿遭到惨败以后,沉默了六年。这六年实际上是在默默地进行文学准备,不过连自己也不敢承认这一点,甚至是没有意识到这一点。这期间我成了一个熟练的工人,并且当上了生产班长,有个不坏的前程,正稳步地向着"大工匠"的目标前进。到部队以后成了一个不赖的制图员,甚至还当上了"技术能手"、绘图组组长,在事业上有个光明的未来。就在这时候,心里埋藏得很深的那颗文学的种子发芽了,它和灾难一块出土,逼得我不得不离开那种舒适、平稳、安定的生活轨道。本来我的"文学活动"都是在绝对保密的情况下进行的,自己就认为它纯属非法的"地下活动",不动声色,不张扬,决不请一分钟的创作假。这省去了许多不必要的麻烦,包括讽刺和挖苦。但文学本身是不安分的,这颗种子除非不发芽,一旦发芽就很难保住"密"。文学是表现生活的,生活却似乎并不喜欢它。然而不管喜欢与不喜欢,文学离不开生活,生活也离不开文学。

　　文学伴随着每一个人走完他的一生,可有的人觉察不到这一点,而作家需要牢牢地抓住这一点。哪一个人的幼年没有听过各种各样神奇美妙的故事？在儿童的心里，文学中的世界比真实的世界更富于魅力，打开了他们童稚的心灵，启迪了他们的智慧。就像少年儿童没有不知道孙悟空的一样，中国人的精神上有谁没有受过《三国演义》、《水浒传》、《红楼梦》的滋补和熏陶？中国作家的文学神经应该是敏锐、雄健、粗壮的，我崇尚具有强烈的民族特色的风格。当这根神经又从大量的外国文学作品中汲取了养分之后，变得枝权繁茂、左右逢源，但不会失掉中国的风采、民族的传统。当时我把许多中国的优秀作品同外国的优秀作品对照着读，发现中国的优秀作品很快就能把读者带进书里，读者的感情能同书中人物的感情水乳交融，同悲同乐；而外国的优秀文艺作品可以使你拍案叫绝，却很难被感动得落泪。这就是民族的"差异"，传统不同、习惯不同、环境不同，感情不可能很快地完全相通。我根据自己这些不一定准确的判断，给自己的创作规定了一条"土政策"：可以借鉴外国作家的写作技法，确实大有可借鉴之处；但写中国人一定要有中国人的味儿，感情、气质、个性、语言、行动等等，必须是地道的中国式的，不能制造文学上的"混血儿"。

一九五七年和一九五八年两年写了五十多篇废稿，也算是失败了五十多次，对这些失败的教训咀嚼了六年，才开始发表一些通讯、杂文、散文。但是自己都不满意，我不过是想借写这些东西更多地了解人、熟悉人，为写作打开点局面。我一直憋着劲想写小说。

六十年代初，部队大搞练兵、大比武，热火朝天，士气昂扬。当时有件事格外引起人们的关注，美国和蒋介石集团不断派遣高空侦察机和舰艇，侵犯我们的领空和领海，我国政府一次又一次地向美国政府提出严重警告，有时一天提一次，甚至一天提两次。如果仅仅靠空口提警告，就没有力量，对方不予理睬，则陷我们于十分尴尬和耻辱的境地。作为军人，我们比别人更加焦急和愤怒，必须在军事上给予还击，方不失大国的泱泱之风。海军派出舰队巡逻，战士宣誓：拼死一战，也要保卫祖国的海疆。美国不承认我们提出的十二海里的领海，可是看到我们决一死战的舰队，却不敢越过我们画定的领海线，在领海线以外游弋了一阵子就撤走了。不久,陆军老大哥和空军就开始一架又一架地打下了美国的U2高空侦察机和无人驾驶高空侦察机。陆海空,海军身为"老二",却掉在了后面。

机会终于来了。夏天的一个午后,某基地接到了情报,敌人的无人驾驶高空侦察机要来骚扰。但是,天不做美,空气潮漉漉,天空乌沉沉,眼看一场暴雨就要来临。而下大雨又会影响我们战斗机的起飞和空战。司令员叫设立在某岛上的一个海军气象站提供准确的天气预报。这个气象站还是连续三年的"四好单位",平时预报气象很准确,这一天中尉站长却慌了神,他已经测出了准确的数字,两个小时内不会下雨,可他不敢相信自己,不敢向司令员报告。关系重大呀!如果说没有雨,飞机起飞后下起雨来,出了事故谁负得起责任?倘若说有雨,飞机不起飞,错过战机,那责任就更大。时间一分一秒地溜过去,一个半小时、一个小时、半小时,还剩下最后十来分钟,越到最后越紧张,敌机马上就要来,雨也许立刻就会泼下来,中尉站长吓得连说话的力气都没有了。司令员怒不可遏当即撤掉了这位站长的职务,果断地下令还击,从开炮到敌机坠毁还没用十秒钟。

这件事给我的震动很大,那个站长只讲花架子,平时千好万好,临到战时却耽误大事,练兵的目的应该为了实战。我心里涌起一股冲动,平时积累的一些人物也在脑子里活起来了,仿佛是叫喊着要出生,催着我快给他们登记。我心里也感到憋得难受,但是没有时间写。有时憋得实在受不了,就利用十五分钟的课间操时间在纸上写两行。好不容易盼到一个没有公差勤务的星期六的晚上,我躲到三楼的楼梯拐角处文艺宣传队放乐器的小暗室里,一口气干到深夜两点多钟,草稿写完了,心里非常兴奋。悄悄回到宿舍,躺到床上之后还迷迷糊糊似睡非睡,老是想着自己小说里的人物和对话,特别是有那么几句自己很得意的话,在心里翻来覆去念叨个没完。

下一个星期六的晚上,连抄清带修改,几乎又干了一个通宵,稿子完成了。偷偷拿给一个战友看,他让我寄给《甘肃文艺》,我照办了。没过多久,稿子发表了。这就是我的第一篇小说——《新站长》。

206

从此以后发表作品不算困难了,但在创作上仍然有不少失误。因此,觉得成功和荣誉是虚的,是靠不住的。而失败则是实实在在的,刻骨不忘的。教训和经验是宝贵的,在一个作家前进的道路上,有时失败比成功更有推动力。这就是我之所以要写这篇短文的目的。回头看过去那些歪歪斜斜的脚印,可以帮助自己清醒地认识到今后应该踏向哪里。

1981年4月21日

大地和天空

作家到哪里去寻找创作的诗情？每个人都有自己的创作道路。

"采菊东篱下,悠然见南山。"写田园牧歌最容易动情;"古道西风瘦马","小桥流水人家",把人物放在原始的、落后的自然风光中最容易激起人们的同情和共鸣。写山,写水,写花,写草,写才子,写佳人,写昏君,写谏臣等等,或惨烈,或悲壮,或侠义,或缠绵,悲欢离合,有头有尾,教人以仁义礼智信。我们有悠久而灿烂的文化传统,我们的同胞喜欢读具有浓厚中国味的文学作品。一有草地牛羊、青山绿水,感情就出来了;一有花园、月亮,各式各样爱情的悲喜剧都可以开场了。

人人都受大自然的哺育,因而人们都比较地热爱大自然,对大自然怀有深深的感情。写田园牧歌式的作品容易受到人们的喜爱,牵动许多人的情肠,这是理所当然的。

然而,不是人人都有福分去写田园牧歌。如果命运安排我去写,也不见得能写得好。

历史的进展是严酷的,社会的变革是不可阻挡的。解放以后,随着第一个五年计划的实施,诞生了现代化的大工业,一百多家现代化的骨干企业筹建上马了。现代化大生产不仅改变了城市的面貌,也影响着农村的经济结构。中国不再是一个闭关自守、封建落后的"后花园"了,不知钢铁为何物、机器为何物的人不多了。于是,生活向文学提出了新的课题:人人都在关心中国现代化大工业的建设,作家难道可以漠然视之吗?

文学如何反映工业建设呢? 一、写生产作坊,小打小闹,实际是小业主式的生产形式。二、写以厂为家，做好人好事。三、像写农村一样，把一家人放在一个工厂里，在家族中间展开矛盾（实际是不可能的，在一个几千人、上万人，甚至是几万人的企业里，亲人也是很难在工作时间碰面的，除非一家人在一个工厂，又在一个车间，又在同一个生产组，上的又是同一个班次）。四、以工厂为幌子，把人物拉到公园或农村里进行描写，矛盾的主线还和写农村青年的恋爱是一个方式。五、写方案之争，这样造机器是正确路线，那样造机器就是错误路线，生产过程写了很多，争来争去，也还是说不清楚为什么这样造是正确的，而那样造就是错误的。而且往往今年正确，明年就错了，文学作品也跟着烙大饼。六、写小改小革，蚂蚁啃骨头，围绕一台旧机器修个没完没了。要知道任何机器设备到一定的时间就要更新换代，我们五十年代是蚂蚁，六十年代是蚂蚁，到了七十年代、八十年代还是蚂蚁，岂不可悲！

工业题材的文学作品，似乎比工业本身更可怜；我国大工业的建设走了许多弯路，文学上走的弯路则还要大。

我思索过，学习过，也用这些方法中的某一两种试验过，自己总觉得不够味，表现不出现代化大生产的气派，没有这种大生产本身所具有的那种世界性规模。更重要的是反映不出现代工业给人带来的变化，给社会造成的巨大变化。人与人之间的关系，道德上、伦理上、美学观念上都发生了变化，而文学作品中所表现的从事现代化生产的人，其实还是小生产者，甚至根本就像个体经营的农民。不过是让农民穿上工作服，进了工厂。

难啊！冰冷的钢铁，自己没有感情、别人看着它也不会动情的机器，枯燥乏味而又无论如何也说不清楚的生产过程、技术问题、管理体制、经济结构等等，把人物置于这样的环境之中，如何能调动感情、激动人心？

创作这一行，命里注定就是要走一条艰难的路。文学的本性就是要不断变革、不断创新。我意识到，必须为自己寻找适合新内容的新形式，找不到这种新形式，干脆就别干这一行。

首先是发现新的内容，没有新的内容就不会有新的形式。没有这些新的发现，就走不出自己的创作道路。

生活不给作家让路，更不会给作家笔下的人物让路。作家要啃破生活这颗硬果子。现代化工业生产改变了人们的生活，因而也使人和社会发生了变化，它同样也能改变作家的创作思想。严肃的作家总是感觉到生活对自己的巨大影响。

按我们的习惯，题材可以分为工业题材和农村题材等等。但作家要表现的是"社会的人"，即使是写农村生活的作家，如果不感受现代化工业生产给农民带来的影响，也不会刻画出新的农民形象。对于写工业题材的人，不仅要了解现代化大生产，而且要把大工业当作舞台，把整个社会作为背景。作家的任务是刻画社会和人们心理的变动。文学是墨写的，但构成文学的却是生活的血肉和时代的脉搏。这就要求作家必须感受社会的运动，感受时代的变化，感受生活的千差万别。

作家的心灵就像雷达上的扫描器，要不断擦拭，保持灵敏度，及时捕捉到生活中任何一个意味深长的变化。如果部件老化了、生锈了，感受不到生活的脉搏了，就只好吃自己的头衔和老本了。坐在荧光屏前的战士，从来不感到枯燥，他通过荧光屏看到的是整个世界。

钢铁是冰冷的，技术是枯燥的，生活是五彩缤纷的，人的变化是千奇百怪的。

大工业牵扯着千百万人的神经，它关系着民族的兴衰，也关系着每个人的生活。作家如果拨动了这根"神经"，还怕读者不动情吗？

思想视野狭隘是创作的死敌。一个作家仅仅熟悉一个领域的生活是不够的，缺乏对生活的广泛研究，就影响作家有力地揭示生活中具有普遍意义和最本质的东西。

放纵思想的奔马，描绘一幅幅宏伟的生活图景，不回避那些触动千百万人思想和感情的现实问题，表现那些激动自己的心灵也能引起别人深思的事件，阐明生活中的各种困难。时代改变人，人物性格的发展又引起人物关系的变化。

保持生活本身那种浑然一体的深沉的感人力量。甚至议论和叙述如果也写得有个性,充满强有力的思想和情感,具有深刻的哲学含义,也可以使读者激动,引起读者的兴趣。

当社会的经济结构逐渐为现代化大生产所代替的时候,这巨大而复杂的生活内容,必然要迫使文学的形式有所改变。我的追求是:作品应该具备同生活一样繁复浩大的结构。作家不必担心读者会看不懂,用不着"且听我从头慢慢道来";花开千朵,不一定"单表一枝",可以同时表十枝、八枝,甚至是千朵一块开。选择富有表现力的情节,情节是"揭示某种社会矛盾的一把钥匙",用这把钥匙打开了大门就算。不要用那些花里胡哨的貌似钥匙实则毫无用处的小玩意儿。不要臃肿,不要掺水。要快,要干净,甚至可以直接从冲突开始。不要使人觉得你在耍技巧,你是在写作,在编故事,在介绍环境等等,要让读者不知不觉为作品所反映的生活所吸引,被严肃而深刻的冲突所吸引,保持生活原有的魅力。最高的技巧,是叫读者看不到技巧,只觉得是生活本身在演进。

天空无限广阔,宇宙浩瀚无穷。但是每一个国家的卫星都有自己的轨道,都负有自己特殊的使命。我们是在中国的土地上生长起来的。我们的作家有自己的大地和天空,对祖国的大地和天空也负有义不容辞的责任。风格对读者的"思想、情绪、思考是一种催化剂"。会说的不如会听的,要猴儿的瞒不了敲锣的。中国的作家应该从中国的大地上向世界文学事业的高空飞升。我羡慕这样一种风格:既有中国气魄,又具有现代生产的宏大规模。

1981年6月16日

要不断地超过自己

　　据说没有经验的小演员不怕正式演出,倒惧怕彩排。演出时台下坐的都是生脸的人,自己化好妆把脸一拉,尽可以放开手脚表演。彩排就不一样了,眼前坐着领导、导演、编剧、老前辈、同行们,都是行家,于是这位小演员就慌了神,手足无措。我现在就是陷入了这样的境地,因此只好讲讲自己在创作上的痛苦。

　　一个人能成为作家走上文坛,取得社会和读者的承认,那他就一定有自己独具的才情和创作个性。这个作家今后的任务就应该不断地丰富和发展这些属于他自己独有的才情和个性。每一个作家都需要不断向前辈和同辈的作家学习借鉴,汲取养料。如果没有这种学习和借鉴是不可想象的。但是把一个作家简单地同另一个作家相比是不妥当的。正像不能拿《红楼梦》和《三国演义》相比一样,它们都有属于自己的、别的作品所不能替补的特殊价值,缺了哪一部作品,在中国的文学史上都是个遗憾。文学的殿堂是异常博大的,容纳越多越辉煌,单调和贫乏对文坛来说就意味着衰败。文学的巨流不歧视每一条小溪,相反倒是汇集各条支流,变成奔腾的江河。小溪不必因有大江大河而惭愧,甚至没有勇气让自己的细水继续流下去,只好枯死。我若是一开始就以曹雪芹为标准,就永远拿不出第一篇作品。和同辈的作家之间也是如此,各人的思想、经历、天资不一样,生硬地相比是不恰当的。因此,只有自己比自己,才是具体的、实在的、有现实意义的。

　　文坛上竞争犹如爬山,山很高很大,谁也不挡谁的道。有人在不断攀登,向珠穆朗玛峰前进;有人则停在一个高度很难前进,在同一个

212

等高线上绕圈子,迂回不前;有人甚至要顺坡滑下去。下滑是很容易的,我甚至觉得背后有一股力量老是在推着自己走顺坡路。创作到了一定的程度,要躲过别人并不是很困难的,要躲过自己却不那么容易。我每写一篇作品仿佛都是给自己竖起了一个路障。从学习创作到现在,我每写一篇作品,在主观上都争取和前一篇作品有不同的面目,给人一点自认为是新的东西。现在回头去看,有些作品达到了自己的设想,有些没有达到,甚至失败了。但不论成功与失败,这些作品都是我自己的亲生"儿子",组成了一个我所了解的工业战线的人物系列,有各式各样的工人、技术人员和领导干部。在别人看来,这些人物形象也许是矮小的、干瘪的、奇丑无比或者不像人样。可是在我自己的文学的小屋里,一个个都占有一块位置。

一九七九年我写了《乔厂长上任记》,此后我用另外的格调写了《晚年》、《基础》,不大理想。一九八〇年改弦易辙,写了《一个工厂秘书的日记》和《开拓者》。我还有一种苦心:描写领导干部的形象是给青年人看的,写青年人是给干部看的。一九八一年又写了《赤橙黄绿青蓝紫》,每年都力争拿出一两篇自觉稍微有点味道的作品。现在却是一个人物一堵墙,堵住了自己的道路。要想继续提高,非得有很大的跨度——从自己设置的障碍上跨过去。要想实现这一点是十分艰巨的。

有大气魄才有大规模。人类发明了蒸汽机,带动了第一次工业革命,世界因之而变样了。五十年代初,由于半导体的出现,世界掀起了第二次工业革命。新中国成立后,第一个五年计划的工业建设规模是适应第二次工业革命潮流的,遗憾的是我们没有顺利地走过来。但是我们要写反映工业题材的作品,必须了解这个总的社会背景。古今中外不论哪一部名著,都有它自己的巨大而复杂的社会背景做"底色",没有这个"底色",作品的社会价值、时代价值就无从谈起了。一九七五年我写《机电局长的一天》的时候,就想尝试着按生活本来的面貌,展开人物之间的复杂关系,让文学适应生活,而不是让生活去适应文学的某种模式。工厂里有个好朋友,他热衷于写"乡土文学",我虽然不懂得什么叫"乡土文学",但是支持他进行各种各样的尝试,并提醒他注意自己那个"乡土文学"的"底色"。现在已不是陶渊明的田园诗式的时代,也不是五十年代、六十年代,而是八十年代,由于电子计算机、机器人的出现,世界正面临着第三次工业革命。我问那位朋友:你那块乡土上施不施化肥?你那块乡土上的庄稼长了虫子打不打农药?你那块乡土的上空有没有污染?如果回答是肯定的,对人物和细节的处理就完全不一样了。假如有这样一个情节,村子外面有条小河,一个知识青年考上了大学,喜气洋洋地走在河边上,看到河里的鲤鱼跳出水面,作家可以借此发挥,说这是象征着吉祥如意,鹏程万里。还有一种处理方法:知识青年没有考上大学,非常懊丧,跑到河边去生闷气,也看到鲤鱼跳出了水面,他十分惊奇,捧起河水一闻,臭烘烘的,原来鲤鱼在水里憋得喘不了气,只有跳出水面才能呼吸一口新鲜空气。这个知识青年受到启发——何必苦苦去跳龙门,眼前就有题目好做,去拯救这一河鱼类吧!这两种处理方法,哪一种更真实、更典型呢?当然是后者反映生活更深刻,表现时代气息更强烈。反映工业题材的作品也一样,仅仅写了些新术语、新名词,比如竞争呀,工业心理学呀,人机工程学呀,行为科学呀等等,这不叫突破,真正的突破,还得在人物上,在典型性上下功夫。作家的注意力要紧紧盯住不断发生变化的各种各样的人物身上。时代和生活环境发生了变化,人也必然跟着发生变化,文学应该表现的是这已经发生了变化的人。

　　五十年代,人们晚上回到家里就是看书,现在晚饭还没有吃完就打开了电视机。看书和看电视的精神状态绝不一样。文化修养、道德修养、心理都会发生各种微妙的变化,作家不可忽略这种变化。我再举个例子:车间里有一对双职工,过去上中班的丈夫上午在家里把饭菜都做好了,临走时用粉笔在水泥地上写下应该告诉妻子的话:"淑芬,米饭已焖好,没有菜,晚上你自己想办法。"妻子下了早班,回到家先看地,像工厂的交接班一样,水泥地上有丈夫的交班记录,她看完就用脚把粉笔字涂掉了。现在呢,妻子进了家,先按一下收录两用机的开关,房间里荡起一阵《风流寡妇》的音乐,然后传出她丈夫的声音:

"亲爱的淑芬:米饭已经焖好,我买了三斤排骨,炖得稀烂,全给你留着哪……"生活形式发生了这样巨大的变化,人们的心灵能不改变吗?作家要捕捉的正是在这新的时代、新的社会背景下,人与人之间关系的变化;心灵深处各种欲念的膨胀、消失、变换;各种舒展的和扭曲的灵魂。创作不同于任何职业,没有轻车熟路可走,不存在越干越熟练的问题。也不会有闯出一条路,就可以吃遍天下的事。我们工厂里的业余作者非常羡慕那些大作家,认为他们功成名就,连洗脚水也会有人要。我不相信有这种事,即使是名家,当他拿不出新的东西的时候,读者虽不会否定他的过去,但也不会买他现在的账。对作家来说,重要的当然不是争得公众的喝彩,而是老老实实地写自己的小说,不断地补充和积蓄自己的创作实力。

创作有点像爬山,要想登上峰顶,沿一条直路是爬不上去的,必经曲折迂回。有的朋友对我讲:"你就沿着创作'乔厂长'的路子走下去,没问题!"实际这是不可能的,我写完了"乔厂长",就想丢开这条路,另找一条途径。因此我好像老是处于产前的痛苦期。要想有一点长进,真是太难了! 诗人们说过这样的话:文学是海燕,顶风飞得高,如果老被顺风吹着跑,很难会写出有味道的作品。越是没有人理,没有人问,闷头苦干,越容易出成果。北京化工学院的一个同学随意说出的一句话令我非常震惊。他说:"×××就是那两下子,我已经看透他了……"对于我的作品,他说:"以前认为你只能写乔厂长之类的领导干部,大刀阔斧。今年看了你的《螺旋》,觉得手法挺特别。特别是看了《赤橙黄绿青蓝紫》,猜不透你以后还会写什么……"这当然是鼓励我,但我仍然感到一种无形的巨大压力,老是思考着他那"看透了"的理论。常言道会说的不如会听的,读者是十分精明的,作者靠形式上的哗众取宠,玩花活儿、故弄玄虚、抓住一点事情就演绎成一篇小说等等,都是支持不了多久的。你肚子里有没有真东西,他们一清二楚。我主张作家要懂得一点读者心理学,要想不被人看透,作家就应该像一架山,有岭,有洞,有草,有树,大山洞里还套小山洞,从东面看和从西面看形状不一样。这就要求不断有新的思想供给读者(这里的思想不是指政治思想,而是泛指文学作品的内容、主题、人物等等)。形式的变化是容易的,技巧也是可以学来的,而对生活新的发现,新的思想,新的人物却是从别人那里学不来的。而这些正是创作的源头活水,是一个作家能否被人看透的根本所在(希望我的话不要被人误解为作家只要不被人看透就是好事,如故意脱离群众,摆出一副莫测高深的样子,搞神秘主义,也会为读者所不取)。艺术的最高目的是帮助人们更深刻地理解生活,作家失去了对生活不断进行研究和探索的兴趣,他离枯竭就不远了。如果遇到这种情况,我倒是给自己想了一条出路:脱离文坛,沉到生活中去,一边看书一边研究生活,两年后保准比现在强。

在当前国家经济调整时期,人们的思想也在调整,起伏变动很大,人物、心灵、个性,五花八门。如果作家失去了对这一特殊时期人们思想变化的研究,真是莫大的遗憾。与此同时,读者的欣赏力也在调整,他们希望从作家这里得到营养,并且他们的要求越来越高,要满足他们是很不容易的。中国女排夺得冠军的那天晚上,医院里的死亡率提高了好几倍,许多冠心病患者手里拿着硝酸甘油观看比赛。公安局的统计数字说明,那一晚上犯罪率显著下降。是什么力量拨动了大家心里那根共同的弦呢? 如果有哪一部文学作品也拨动了每一个人的心弦,怎么会不轰动! 十年动乱期间,大家都被压着,人人憋着一肚子话,所以打倒“四人帮”后,开头几年揭露“四人帮”罪恶的作品容易引起人们的共鸣。现在不同了,读者要求作家挖得更深,站得更高,拿出真正的艺术品来。

对我来说,要克服把自己推向平庸的惰性是相当艰巨的。因为肚子里材料不少,写那种一般性的东西不费多大劲,很轻巧地就可以交账。有时就给自己找台阶:算了吧,干吗非要自找苦吃,每一篇都要求拿出点新东西? 你又不想当什么大作家,写出来能够发表就行啦。其实自己心里很清楚,在写这种东西的时候,并没有处于“最佳竞技状态”。写作要有冲动,有时小冲动,有时大冲动,当心里响起了一股旋律,人物自己已经打起架来,那就是要进入“最佳竞技状态”了。要紧的是抑制那些小冲动,等待"最佳竞技状态"的到来,像酒一样,藏的时间越长,味道越醇。但是要稳住自己,却需要有清醒的理智,极大的决心。要克服自己太难了!但是没有别的出路,不能欺骗自己,安慰自己。要征服自己,超过自己。超过了就是胜利,就从一米九的记录上到一米九五。

文学是严厉而苛刻的,但是对那些赤诚而坚强的人多多少少还是有一点偏向的。文学喜欢垂青于那些真正懂得怎样追求它的人。越是思想深刻的作家,越理解文学的深情,懂得文学的召唤,懂得为什么在创作的道路上,坎坷连着坎坷(坎坷不单指政治批判之类的灾难,而是泛指创作本身的失算),懂得在千辛万苦中,享受创作的欢乐。

让别人去做生活的骄子吧,要想当个作家,你的使命就永远是开拓!正因为如此,你可能要遭受各种各样的磨难,但也会受到人民的同情。要开拓,就要准备足够的勇气和毅力。

工业题材向哪里突破?

文学只姓"文",不姓工,不姓农,也不姓商或其他。一个工厂的产品如果总是"出口转内销",只能处理给本厂职工,那这个工厂就要倒闭了。文学,就应该打到社会上去,就应该取得人类的承认。"工业文学"的前途是去掉"工业",只剩下"文学"。社会高度发展了,工业和农业、城市和乡村没有任何差别,如果有哪位作家还打出旗号专门写工业题材,岂不可笑?

由此我想到表现工业题材的文学作品,常常使一些人不爱读。这不能怪读者,只能怪作品本身有"工业",无"文学",或者"工业"多于"文学"。

社会在每个人的心灵上都留下了不可磨灭的投影,就像地球把它的投影留在纸上变成地图一样,文学应该通过人物的心灵立体地反映社会,或者把它叫做"形象的心电图"。对乔厂长这个人物,有各种各样的议论,不管你说他民主也好,不民主也好,中国这块土地上的事,目前还就得有这样的人来办,因此现在生活中一出现了好干部,有些群众就习惯地称他为"乔厂长"。这是没有办法的事。你不管用传统的写法也好，用现代带点洋味的写法也好，你的人物形象必须有强烈的中国民族特点。用洋手法写出中国人的典型，仍然被人叫好，用传统手法写出的人物带有外国味，不像中国人，读者也不会欣赏。一部好的作品对后人应该有其文学价值。退一步说，即使文学价值不大，也应该有一点历史价值，也就是资料价值，为后人研究我们这个时代的时候提供一些关于社会的生动的资料。

现在的作家描写人物谁也离不开理想和现实的问题，有人喜欢把一切"好人"都称做"理想化的人物"。"理想"成了贬义词，仿佛一牵扯到理想，就是不真实的，虚假的。我认为恰恰是这些人颠倒了"理想"一词的概念。生活中每个人都有自己的理想，没有理想就活不下去，不论是灵魂高尚的人物，还是平庸无奇的凡人，他们既然活着，就有自己的生活目的，就有自己的理想。理想和现实像骨头和肉一样不可分开，没有脱离现实的理想，也没有不带理想的现实。问题是不要把幻想混同于理想。那些喜欢用"理想主义"来指责作家的人，他就没有理想吗？他能把一个人物拆开，指出这是理想的，那是现实的吗？一个成功的、真实可信的典型形象之所以取得了人们的承认，就在于这个人物身上集中了生活的现实和理想。

因此，理想不是作家故意加上去的，它作为生活的一部分进入作家的创作，成为人物的血肉。所谓给作品加点"亮色"、加上个"光明尾巴"的做法是不足取的。凭理智硬加上去的东西必然同作品原有的情绪格格不入，使人物好像披着两层皮，既不可信又不可爱。我写"乔厂长"时，知道生活中有许多乔厂长，深信他那一套办法能管用，关键是看你有没有胆量去做乔厂长。我调查了几十个单位，凡是有乔厂长式的干部的单位（不论工厂、机关、学校），工作都比较出色，那儿的群众对干部的感情就不一样。至于乔厂长这样的人结局会如何，那是另一回事，作家不能为生活占卜。现在我倒真是羡慕当初塑造乔厂长这个人物时的那股热劲和激情，这个形象不是"加亮色"加出来的，而是出于对生活的一种坚强的信念。眼下我缺少的，正是头脑里这种坚强的激素。

作家渴望到生活中去,不是故意去寻找什么"光明面"、"黑暗面",也不单纯是寻找创作素材,唤起创作冲动,我觉得更重要的是补充精神营养,为头脑里注射"坚强激素"。诚于中,才能形于外,作家对生活充满了信心,他笔下所反映的生活才能给读者以信心。庄子说:"不精不诚,不能感人,故强哭者虽悲不哀,强怒者虽严不威。"

据有经验的同志跟我讲,文艺界和变戏法的一样,有一条人人心里都很清楚的规矩:不能在同行面前兜自己的老底。我今天亮出自己的底牌,讲了目前我在创作上的苦恼,是希望得到老前辈和同行们的指点。

1981年7月2日

路，弯弯曲曲

在我青年时喜欢的歌曲里有一句歌词："一条小路弯弯曲曲细又长。"命运和文学结合在一起，路就会变得愈加崎岖和坎坷。这第一步是怎么开始的呢？是因为幸运，还是由于灾难？是出于必然，还是纯属偶然？是先天的，还是后天的？我有许多说不清的问题，其中一个就是为什么和文学结下了不解之缘。

也许这路从少年时代就开始了？当时我可实在没有意识到。

豆店村距离沧州城只不过二十五里路，在我幼年的心里那好像是二万五千里，只有具备孙悟空的本领才能进得城去。我的"星期天"和"节日"就是跟着大人到十里八里外去赶一次集，那就如同进一次沧州城。据说城里是天天赶集的。我看的最早和最多的"文艺节目"，就是听村里那些"能能人"讲神鬼妖怪的故事，讲得活灵活现，阴森可怖，仿佛鬼怪无时不在，无处不有。晚上听完故事，连撒尿都不敢出门。那些有一肚子故事的"能能人"，格外受到人们的尊敬，到哪家去串门都不会没有人敬烟敬茶。记得有一次为了看看火车是什么样子，我跑了十二里路来到铁道边，看着这比故事中能盘山绕岭的巨蟒更为神奇的铁蟒，在眼前隆隆驰过，真是大开眼界，在铁道边上流连忘返。以后又听说夜里看火车更为壮观，火车头前面的探照灯比妖精的眼睛还要亮。于是在一天晚上我又跑到了铁道边，当好奇心得到了满足，美美地饱了眼福之后想起要回家了，心里才觉得一阵阵发毛，身上的每一个汗毛孔都炸开来，身后似有魔鬼在追赶，且又不敢回头瞧一瞧。道路两旁的庄稼地里发出沙沙的响声，更不知是鬼是仙。当走到村西那一大片松树林子跟前，就更觉毛骨悚然，我的村上种种关于神狐鬼怪的传说都是在那个松树林子里进行的，树林中间有一片可怕的、大小不等的坟地。我的每根头发每根汗毛都立起来了，脑盖似乎都要掀开了，低下头，抱住脑袋，一路跌跌撞撞冲出松树林。回到家里浑身透湿，像刚洗完了澡。待恢复了胆气之后，却又觉得惊险而又新奇。第二天和小伙伴打赌，为了赢得一只"虎皮鸟"，半夜我把他们家的一根筷子插到松树林中最大的一个坟头上。长到十来岁，又迷上了戏——大戏（京剧）和家乡戏（河北梆子），每到过年和三月庙会就跟着剧团后边转，很多戏词儿都能背下来。今天《三气周瑜》里的周瑜吐血时，把早就含在嘴里的红纸团吐了五尺远，明天吐了一丈远，我都能看得出来，演员的一招一式都记得烂熟，百看不厌。

这也许就是我从小受到的文学熏陶。

上到小学四年级，我居然顶替"能能人"，成了"念故事的人"。每到晚上，二婶家三间大北房里，炕上炕下全挤满了热心的听众，一盏油灯放在窗台上，我不习惯坐着，就趴在炕上大声念起来。因为我能"识文断字"，是主角儿，姿势不管多么不雅，乡亲们也都可以原谅。《三国演义》、《水浒传》、《七侠五义》、《三侠剑》、《大八义》、《济公传》等等，无论谁找到一本什么书，都贡献到这个书场上来。有时读完了《三侠剑》第十七，找不到十八，却找来了一本二十三，那就读二十三，从十八到二十二就跳过去了。读着读着出现了不认识的生字，我刚一打愣神儿，听众们就着急了："意思懂了，隔过去，快往下念。"直到我的眼皮实在睁不开了，舌头打不过弯来了，二婶赏给的那一碗红枣茶也喝光了，才能散场。由于我这种特殊的身份，各家的"闲书"都往我手里送，我也可以先睹为快。书的确看了不少，而且看书成瘾，放羊让羊吃了庄稼，下洼割草一直挨到快吃饭的时候，万不得已胡乱割上几把，蓬松松支在筐底上回家向大人交差。

这算不算接触了文学呢？那些"闲书"中的故事和人物的确使我入迷，但是对我学习语文似乎并无帮助，我更喜欢做"鸡兔同笼"的算术题，考算术想拿一百分很容易，语文——尤其是作文的成绩总是平平。

上中学的时候我来到了天津市,这是一个陌生的,并不为我所喜欢的世界,尽管我的学习成绩在班里决不会低于前三名,仍然为天津市的一些学生瞧不起。他们嘲笑我的衣服,嘲笑我说话时的土腔土调,好像由我当班主席是他们的耻辱。我在前面喊口令,他们在下面起哄。我受过各样的侮辱,后来实在忍无可忍,拼死命打过架,胸中的恶气总算吐出来了,但是把班主席的职务也打飞了。我似乎朦朦胧胧地认识到人生的复杂,要想站得直,喘气顺畅,就得争,就得斗,除暴才能安良。一九五八年初学校开展"整团运动",两个和我无冤无仇的好学生又"咬"了我一口,使我成了全校团员重点帮助的对象。我的错误之一:几个月前有一个被我们这些学生认为很有学问的教导主任戴上了"右派"的帽子,她有一条"罪行"就是向学生灌输名利思想,宣扬一本书主义,我私下曾对那两个好学生说:"中国有成千上万的作家,要是每个作家能写出一本像《红楼梦》、《三国演义》、《水浒传》那样的好书,也很了不起了。"中毒极深,印证了那个倒霉的教导主任毒害青年学生的罪行之大。我的错误之二:不服从分配(保送我上师范学校不去),成天看小说,而且不加选择,什么《家》、《春》、《秋》、《红与黑》、《复活》全看。那两个好学生以前查过我的借书证,而且问过我有什么感想,我毫不警觉,大概还胡说八道一通。我说过就忘了,人家可都经过集中概括记在了小本子上。把这两条加以演绎,我的错误简单概括为:"受名利思想影响很深,想当作家。"根据"想当作家"这一条再加以演绎,在会上就出现了这样的批判词:"也不拿镜子照照自己的模样,还想当作家!我们班四十个同学如果将来都成为作家,他当然也就是作家了;如果只能出三十九个作家,也不会有他的份!"

批判可以忍受,侮辱和嘲笑使我受不了,我真实的志愿是想报考拖拉机制造学校,十四门功课我有十三门是五分,唯有作文是四分。我仍然没有改掉老毛病:喜欢看小说,却不喜欢作文。他们把"想当作家"这顶不属于我的帽子扣到我头上,然后对我加以讽刺和挖苦。已经毕业,大家即将四分五散,我已无法报复。而且一个人对一场运动又怎能施以报复呢？一口恶气出不来，吐血了，没有任何症候地吐血，大口吐过之后，就改为经常的痰里带血。害怕影响毕业分配，不敢去医院检查，不敢告诉家里，更不敢让同学们知道而弹冠相庆。一个人躲到铁道外边的林场深处，偷偷地写稿子，一天一篇，两天一篇，不断地投给报社和杂志，希望能登出一篇，为自己争口气，也好气一气他们：你们不是说我想当作家吗？我就是要当出个样子来叫你们看！但是所有的投稿都失败了。事实证明自己的确不是当作家的材料，而且还深深地悟出了一个"道理"：不管什么书都不要轻易批判，你说它写得不好，你恐怕连比它更差的书也写不出来。

对文学的第一次冲击惨败之后，我死心塌地地进了天津重型机器厂技工学校，这是国家的重点企业。厂长是大名鼎鼎的人物，在《新名人词典》伟人栏里有他的照片和一整页的说明。工厂的规模宏伟巨大，条件是现代化的，比我参观过的拖拉机制造学校强一百倍。真是歪打正着，我如鱼得水，一头扎进了技术里。想不到我这个农民的儿子对机器设备和操作技术有着特殊的兴趣和敏感，两年以后就当上了生产组长。师傅断言我心灵手巧将来一定能成为一个大工匠（就是八级工），但是必须克服爱看闲书、爱看戏的毛病。一个学徒工竟花两元钱买票去看梅兰芳，太不应该。我热爱自己的专业，并很高兴为它干一辈子，从此不再想写作的事，心里的伤口也在渐渐愈合，吐血的现象早就止住了，到工厂医院照相只得了四个字的结论：左肺钙化。但也留下一个毛病：生活中不能没有小说，每天回到宿舍不管多晚多累，也要看上一会儿书。

中学毕业后，我进了工厂，正当我意气风发，在工厂干得十分带劲的时候，应征入伍了。丢掉自己心爱的专长未免可惜，一想到进部队后能走南闯北，开阔眼界，便毅然穿上了水兵服。但当水兵没有下水，是旱鸭子，考上了海军制图训练学校，毕业后搞制图。眼界果然大开，我一下子看到了整个世界。世界的地理概况是什么样子，各个国家主要港口的情况我都了解，我甚至亲手描绘过这些港口。我从农村到城市，由城市进工厂，从工厂到部队，经过三级跳把工农兵全干过来了。

　　当时部队上正时兴成立文艺宣传队,月月有晚会。我是班长,为了自己班的荣誉,每到月底不得不编几个小节目以应付晚会。演过两回,领导可能是从矬子里选将军,居然认为我还能"写两下子",叫我为大队的宣传队编节目。小话剧、相声、快板、歌词等等,无所不写。有时打下了敌人的U2高空侦察机,为了给部队庆贺,在一两天的时间里就得要凑出一台节目。以后想起来,给宣传队写节目,对我来说等于是文学练兵。写节目必须要了解观众的情绪,节目要通俗易懂,明快上口,还要能感染人,而且十八般兵器哪一样都得会一点。这锻炼了我的语言表达能力,逼我必须去寻求新的打动人心的艺术效果,节目才能成功。

　　文艺宣传队的成功给了我巨大的启示。元帅、将军们的接见,部队领导的表扬,观众热烈的掌声,演员一次次返场、一次次谢幕,这一切都使我得意,使我陶醉,但并未使我震动,并未改变我对文艺的根本看法。我把编排文艺节目当成临时差使,本行还是干制图。就像进工厂以后爱上了机器行业就再也不想当作家一样,我把制图当成了自己的根本大业,搞宣传队不过是玩玩闹闹。而且调我去搞宣传队,部队领导的意见就不一致,负责政工的政委点名要调,负责业务的队长坚决反对。我所在部队是个业务单位,当时正值全军大练兵、大比武,技术好是相当吃香的。我在业务上当然是顶得起来的,而且已升任代组长(组相当于步兵的排一级单位),负责全组的业务工作。如果长期不务正业,得罪了握有实权的业务领导,就会影响自己的提升。业务单位的宣传队是一个毁人的单位,获虚名而得实祸,管你的不爱你,爱你的管不着你,入党提干全没有份。但是,有一次给农村演出,当进行到"诗表演"的时候,有的社员忽然哭了出来,紧跟着台上台下一片唏嘘之声。这个贫穷落后的小村子,几经苦难,每个人都有不同的遭遇,不同的感受,诗中人物的命运勾起他们的辛酸,借着演员的诗情把自己的委屈哭出来了。

　　社员的哭声使我心里发生了一阵阵战栗,使我想起了十多年前我趴在小油灯底下磕磕巴巴地读那些闲书,而乡亲们听得还是那样有滋有味。我对文学的看法突然间改变了。文学本是人民创造的，他们要怒、要笑、要唱、要记载，于是产生了诗、歌和文学，现在高度发展的文学不应该忽略了人民，而应该把文学再还给人民。文学是人民的心声，人民是文学的灵魂。作家胸中郁积的愤懑，一旦和人民的悲苦搅在一起，便会产生震撼人心的力量。人民的悲欢滋补了文学的血肉，人民的鲜血强壮了文学的筋骨。

文艺不是玩玩闹闹，文学也决不是名利思想的产物。把写作当成追名逐利，以为只有想当作家才去写作，都是可怕的无知和偏见。所以，过去我为了给自己争口气而投稿，以至于失败，也是理所当然的。因为我肩上没有责任，对人民没有责任，对文学也不负有责任，抱着试一试的态度，一试不行就拉倒。文学不喜欢浅尝辄止，不喜欢轻浮油滑，不喜欢哗众取宠。写作是和人的灵魂打交道，是件异常严肃而又负有特殊责任的工作。人的灵魂是不能憋死的，同样需要呼吸，文学就是灵魂的气管。

我心里涌出一种圣洁的感情，当夜无法入睡，写了一篇散文。第二天寄给《光明日报》，很快就发表了。紧接着又写了短篇小说《新站长》，听信一个甘肃的战友的话，寄给了《甘肃文艺》，很快也发表了。然后就写起来了，小说、散文、故事、通讯什么都干，这些东西陆陆续续在部队报纸和地方报纸上发表了。

我为此付出了代价，放弃了绘图的专长，断送了有可能"升官"的前程，但我并不后悔，我认识了文学，文学似乎也认识了我。带着一百九十元的复员费，利用回厂报到前的休息时间，单身跑到新疆、青海、甘肃游历了一番。我渴望亲眼看看祖国的河山，看看各种面目的同胞。直到在西宁车站把钱粮丢了个精光，才心满意足地狼狈而归，回到原来的工厂重操旧业。

一九六六年，各文学期刊的编辑部纷纷关门，我有五篇打出清样的小说和文章被退回来了。由于我对文艺宣传队怀有特殊的感情，便又去领导工厂的文艺宣传队，以寄托我对文学的怀念，过一过写作的"瘾"。一九七二年，《天津文艺》创刊，我东山再起，发表了短篇小说

《三个起重工》。

我的文学道路就是这样一篇说明不了什么问题的流水账。我相信文学的路有一千条,一人走一个样儿。

我舍不得丢掉文学,也舍不得丢掉自己的专业,至今还举棋不定。但是每经过一次磨难就把我逼得更靠近文学。文学对人的魅力,并不是作家的头衔,而是创造的本身,是执着的求索,是痛苦的研磨。

按着别人的脚印走不出自己的文学创作的路,自己的路要自己去闯、去踩。

1981 年 7 月 16 日

创作札记

　　学生时代养成的写日记的习惯,在"文革"期间丢掉了。前两年想恢复这一习惯,开始还能坚持,每日必记。后来便改成周记、旬记、月记。再后来索性变成了有感则记,无感则罢。这里发表的就是从断续的日记中选出的。因去掉日期,隐去名姓,加上了小标题,就愈发不像日记了,只好名之曰"杂记"。读者就在我的身后。

　　今天又收到编辑部转来的几封读者来信,颇有些内容。

　　×××在信里说:"九月十五日早八点我把《当代》第四期借到了手(图书馆刚开门,我带着抢的意识在众多的借阅者中获胜的),一个新颖别致的题目映入我的眼中——《赤橙黄绿青蓝紫》。我用了四个多小时读完了这部作品,我边读边品味,边享受,对书中的人物感到特别熟悉,我把他们和现实中的青年相对比,这些人物实在、贴切、可信,我脑子里总是闪动着他们的影子,也可以在身边找到他们。"北京某食品厂的×××干脆在信里说:"从前我也读过不少作品,从来没有这种感觉:您笔下所描写的解净有很多地方像我。"一位叫××的读者则说:"这篇小说打动我的地方就在于:我和刘思佳是具有同样心理和行为特征的人,小说里的句句话都像是在描绘我……"一个自称是"老图书馆员"的同志在信里有这样的话:"一口气读完了您的《赤橙黄绿青蓝紫》,眼看得更花了,烟也抽完了,又到夜里十一点钟。可是还想向您提出个请求:改编成剧本吧,每个人都应该认识认识自己(加重点线是原信里就有的——作者注)。但世上不知有多少人,也包括我,对自己是陌生的!这样的人更难以了解别人。您教会了这些人:认识你

227

自己吧!"

我感到和读者从来没有这样亲近过,这些信深深地打动了我,使我受到激励,受到教育。一篇小说真能够帮助读者更好地"认识自己"吗？倘能起到这样的作用,作者还要求什么呢？艺术的最高目的不就是帮助人们加深对生活的理解吗?《赤》稿的后半部分我写时就很不满意,解净的成长还应更真实、更艰难,她到车队后还会有新的反复。结尾更是匆匆忙忙,一点不俏皮,尤其是刘思佳这个人,最后他还应有新的"绝活"。我知道自己作品的毛病,当初也估计不出这篇小说究竟能引起读者的多大兴趣,现在看来作家只要能揭示周围世界的新的人物、新的性格、新的事物,作品就有力量,就或多或少能引起读者心灵上的共鸣。

怎样检验自己的作品？是凭自我感觉,还是听取客观世界的反应？我把众多的读者的议论视做最权威的评价。有人说文章是寂寞之道,如果真是看破了红尘,自甘寂寞,还写文章当作家干什么呢？作家最大的寂寞就是和读者失去了感情上的联系。你写你的,他看他的,你这里悲欢离合,呼天抢地,他那里无动于衷,顶多是嘴边有一丝同情的笑纹,对于一个"灵魂的工程师"来说,还有比不能启动读者灵魂的马达更悲哀的吗？我曾经体验过这种滋味,写过一些使人灵魂不转的作品,尽管牵动自己感情的大轴在飞速旋转,那不过是打空转,丝毫不影响别人的感情。读者的反应必定是冷漠的。作品应该是作家感情的铀,不爆炸则已,要爆炸就应该引起读者感情上的连锁反应。记不清是哪位老先生说过一段大意是这样的话:读者是艺术的一个组成部分,当作家铺开一张白纸写作的时候,读者的影子就俯身站在作家的背后。甚至作家不愿意识到影子存在的时候,影子还是站在他背后。这个读者的影子就在那张白纸上打上他那看不见磨灭不掉的印记。

摆出一副孤芳自赏、对读者不屑一顾的态度不是严肃负责的作家所应有的。到目前为止,读者关于《赤》稿的来信从数量上看不及《乔厂长上任记》和《开拓者》等作品多,但也有几个特点:一、来信者多是青年人；二、每封信都有一定的内容，那种空泛而简单的祝贺信较少，即使是对小说提出批评，也很具体；三、来信者多是和小说中的人物对上了号或者从解净、刘思佳身上照出了自己的影子。以前也有不少人跟我的小说中的人物对号，但多是找"反面"人物。这常常使我哭笑不得。而这次惹得许多青年人来对号的两个人物，却是深深地寄托着我的同情和信任的"正面"形象。这是为什么呢？

读者是极其敏感的，作家应该从读者细致的变化中发现新的东西，不断调整和读者的关系。我十分珍视这些读者来信，它是我创作上的一面镜子。从这面镜子里我照出了自己作为一个作者的"形象"，看到了自己作品的长处和缺点。而且读者还像桥梁一样，把作家和社会、作家和生活连接在一起。大多数读者是公正的，尤其当他们能够毫无拘束地发表自己意见的时候。我每一篇作品问世都提心吊胆地等待着读者的意见和建议，不担心他们会批判，不求他们的鼓励，只怕他们沉默和冷淡。最高的蔑视是无言，证明这作品刚一降生就死了。当然，几百年后死而复生的也有，太少了。

我说这样的话决不是鼓励自己去迎合读者、讨好读者，甚至不惜去哗众取宠。那样只会引起读者的厌恶，也许还是唾弃！因为你把读者当作了学生，或者你把自己当作了卖者，把读者当成了买者。这都没有把读者的位置摆正。读者其实是作者的老师。只有那些诚实坦白、刻苦努力的学生才会得到老师的重视；不争公众的喝彩，规规矩矩守着自己小说的人，也许更容易得到文学之神的偏爱。

我是否应该这样鞭策自己：把生活写真，把人物写活，让活人喜欢或咒骂，何来枯竭之感？

今天是星期日，××从早晨来一直坐到下午三时，他是我多年挚友，也同样喜欢舞文弄墨。围绕着创作我们谈得很多，很广泛，也很愉快，对两个人都有益处。隔上一段时间，几个知心好友聚在一起，海阔天空地畅叙一番，堪称人生快事，真是一种享受。

他近来没有写东西，觉得没的可写，创作似乎枯竭了。即便有些东西可以写，却又把握不好分寸，十分苦恼。因而羡慕起我来了，他说我肚子里好像有写不完的故事,对各种各样的材料都能驾驭,应付裕如。我夺过他的酒杯,为了惩罚他说出这样没有水平的话,灌了他三大杯。我不知道那些大手笔、那些才气纵横的作家,在写作的时候是不是就一点痛苦也没有,我体会创作的滋味可是——三分痛苦加上五分激动,再加上三分欢乐。有时候简直是走到了绝境,觉得自己是个蠢材,搞创作是个天大的错误,恨不得折断钢笔,撕碎稿纸。每当这种时候我就干脆扔掉钢笔,什么也不写,什么也不想,到车间里去拣最重的活计干上一通。一进工厂的门就觉得自己才气横溢,干什么工作也会比搞创作有成就。可有的时候,生活的手指又重重地拨动了头脑中那根管创作的神经,突然闪现出来的一个人物、一个情节,甚至是一句有味道的话和一个新鲜的意境,都可能重新唤起创作的冲动,柳暗花明又一村,觉得自己并不那么蠢,还能干上一番。

生活不断地向前演进,笼统地说,创作永远不会枯竭。但是每一个作家的具体情况不一样,有的人到七八十岁,还有旺盛的创作热情,创作生命一直延续到肉体生命的终结。有的人创作生命则早早地就终结了。我们才三四十岁,不要被枯竭感吓住,分析一下,是生活枯竭了,还是思想枯竭了?也许是表现手法上没有新路数了?拳头缩回来再打出去更有力量,为了跳得更高,可以先往后退几步。不争一时之高低上下、毁誉荣辱。三年写不出作品,到第四年能写出好作品就行;或者九年写不出东西,第十个年头写出了不同凡响的作品,要比十年不停地写,但写出的都是平庸之作强得多。写不出不强写,笔停心不停,积蓄、寻求、酝酿更大的爆发。谈何苦恼,苦尽是甜,痛后是乐。

他说我已经给自己闯出了一条路子,这话不能算错,可这条"路子"正是我痛苦的根源,若能甩开这条现成的路子,另辟蹊径,创作也许还能更上一层楼。因为创作没有一条坦荡的直路,没有一条永远不变的法则可循。然而要想丢掉自己费了九牛二虎的力气才开出来的道路,又谈何容易!创作没有轻车熟路,但是谁都有想走轻车熟路的惰性。我从学习写作到现在,几乎每走一步都要和各种各样的惰性进行顽强的抗争。沿着旧路子一直走下去,其结果不是上升,也不是前进,而是下坡,是倒退。人们之所以不满意已经发明的"写作"这个词,偏要再发明一个意思和它差不多的词——"创作",也许想特别强调一下:文学不创便不能作,每写一篇都要创、要闯。

不能正确地、有分析地甩掉一些旧的,就不能创造新的。牙膏不堵死后面,就不能从前面挤出来,挤出一点,后面就要折叠上一块。不断地、一次又一次地否定自己,还能不痛苦吗?然而作家舍此还有什么别的更轻巧的路呢?没有。只好鼓起勇气,有胆略地在原有的经验上不断开辟新路,变小路为大路,变大路为高速公路。甚至可以放弃原有的路,乘飞机在长天开辟新航线,乘轮船在大海上找出新水路。爬山运动员都不是沿着一条笔直的路登上绝顶,通向文坛的路也是盘绕迂回,曲曲折折。面对着新的生活的挑战,面对着读者对作家越来越高的要求,敢于否定自己已经吃熟的老套子,挑硬骨头啃,力争每篇作品都有个新面目。难呀,真难!创作就是个越写越难的工作。如果越写越容易,像机器生产零件一样,那岂不成了写匠?若是作家和工匠一样掌握一门技术就能吃一辈子,我们又何乐而不为?

××帮助我回顾了一下这些年是怎么走过来的。一九六六年以前发表的那几篇作品就不值一提了。但是当时感到比较自由,干劲十足,信心很大,初生牛犊不怕虎。如果有编辑来约稿,真是受宠若惊,人家要什么我就写什么,只要你给我发表。记得一九六六年春天,有个北京大刊物的编辑找我组稿,我下班后骑一个小时自行车赶到市里拜访那位编辑,谈完话已是晚上九点钟,再骑一个小时的自行车赶回工厂的单身宿舍,搬个小板凳趴在床上,不渴不饿,不困不累,干个通宵。然后把写成的稿子再送到市里,编辑还没有睡醒,将稿子悄悄放到桌子上,骑车赶回工厂还不误上班。到食堂买四两馒头二两炸糕一碗稀饭,哎呀,吃得真美!可是没过多久,刊物纷纷停办,好几篇已经打成小样的稿子又都退回来了。想搞创作的"雄心大志"破灭了,埋头技术,准备做个大工匠。一九七二年报纸上的文艺副刊恢复,编辑约我写稿,于是重新拾笔,写了《三个起重工》和《压力》等小说,多多少少也有一点反响。但感觉路子越走越窄,不是根据生活进行创作,而是用现成的套子去套生活。一九七五年,被生活本身那股不可遏制的强有力的巨流所推动,我想冲击一下旧有的模式,不写路线之争,不写事件小说,根据生活的真实面貌进行创作,写了《机电局长的一天》。一九七六年这篇小说遭到批判,一棍子把我打蒙了。根据当权者"将功补过"的指示又写了《铁锨传》。一九七七、一九七八两年又批判《铁锨传》,《机电局长的一天》似乎又是好作品了。这样翻来覆去脱掉了好几层皮,对我的文学思想的发展产生了深刻的影响。在这个痛苦的裂变过程中,我摆脱了简单地写好人好事、写技术革新、写路线斗争和阶级斗争、写一个中心事件和围绕着一个生产过程展开矛盾等等"车间文学"的模式。一九七九年发表了《乔厂长上任记》,初步找到了自己的创作个性,也许还算闯出了一条自己的路。我了解许多各式各样的干部和工人,沿着这条路走下去可以不费多大劲就能写出一批作品。但总想学会了使枪再学使棒,十八般兵器不一定都能精通,以一件为主,其他几样多少也能耍两下,像程咬金一样只有三板斧是不行的。于是便产生了《血往心里流》、《一个工厂秘书的日记》等作品。力求一篇作品一个样儿,从内容到形式尽量都有所改变。有的尝试取得了一些效果,有的则失败了。不论成功与失败,都比驾轻车走熟路多付出了几倍的心血。但心血没有白费,这不单是指像××这样的挚友都没有把我看透,更重要的是自己从苦中尝到了甜头:搞创作越写越难是正常的,如果越写越容易,倒应该打个问号,认真检查一下自己的创作。

送走了××之后,我心里突然冒出一个念头:何必等有了枯竭感再停笔呢? 倘若你的水井里只剩下半槽水,每提一次水,虽然也能装上多半桶,但水是浑的,还带有泥沙。与其如此,何不先把水井积蓄得满满的,每提一次都能够送给读者满满的一桶清水,岂不更好。是文学沾了工业的光,还是工业沾了文学的光?

今天接到秦兆阳同志的长信,为我的短篇小说《狼酒》提出了详细而又具体的修改意见,令我豁然开朗。这些意见一针见血,且又非常容易修改,我只用三个小时就把五条意见全部改完了,费劲不大,可是小说的格调却大大提高了。真是行家一伸手,便知有没有。我服气,我叫绝! 我在文学讲习所学习的时候,秦兆阳同志是我的老师。作为出版社的领导、老编辑,他要看很多稿子;作为老作家,他还有自己繁重的创作任务。想不到竟为我一个微不足道的短篇付出了这样多的心血,我被老师的深情厚谊所感动。然而我得到的教益,却绝不仅仅局限在对一篇小说的修改上。我苦思苦求,终也不能在表现工业题材上有所长进。今天我仔细体味秦老师信里的话,心有所动,今后朝哪个方向前进,仿佛有了一线具体的希望。

秦兆阳老师送给我六个字:"发掘、升华、扩展。"发现什么、挖掘什么、把笔触伸向哪里、怎样才算发掘得深? 尖锐不尖锐不取决于是否触及了政治上十分敏感的事件,提出了重大的社会问题,而要看作家的笔墨是不是冲到了人的灵魂中去。暴露和批判不是一回事。谁都知道文学应该写人物,问题是怎样写? 表现工业题材的文学作品怎样刻画人物?

可以写各种各样的事件,也可以用浓墨重彩渲染主要的事件。但作家的着眼点要始终盯紧人,写人的精神状态、品格、气质、风度的魅力,由此概括出社会精神状态的典型。一切事件都拿来作为衬托人物精神状态的环境和道具。表现怎样做人,人应该怎样生活。我写作时能够意识到这一点,但有时自觉,有时不自觉,并不是永远清醒地调动一切手段强化这一点。有时甚至照顾了题材,丢了人物,舍本求末。《狼酒》中对应丰的刻画正是有这样的毛病,对这位锐意改革的部长的精神状态,没有淋漓尽致地表现出来。何必要从党中央的决议里,从国家的政策和政治经济形势上去寻找他改革的动力呢? 如果把他这个在当前特殊环境下产生的特殊人物充分地表现为他就是这样一种人,不这样干他就活不下去,即使他的事业失败了,但他做人成功了,这就写出了人的力量,精神状态的力量。小说最后的落脚点不是说明改革是否成功,而是告诉人们如何做人,应该怎样生活。这才叫文学上的升华。作品得出的结论不是政治哲理,而是做人的哲理,生活的哲理。

李清照的词经过了几百年,到现在我们读起来觉得还很有味,就因为她写出了某种特定环境下人的特定情绪。抓住这种情绪就是抓住了人。写工业题材也不能丢了这种"人的情绪",或者是让工业生产的气氛淹没了"人的情绪"。

秦老师劝我要打破只表现一个工厂,只描写上下级之间的简单的如同垂直线一样的人物关系。人是"社会动物",必然要有社会生活,要拉得开,纵横扩展,从生活的大动脉着手,工业文学的这盘棋就可以活起来。而且可以避免所谓"暴露黑暗面"和"会引起消极的副作用"等问题。生活的画面十分广阔,这儿不亮那儿亮,只要深刻地揭示了人物的精神状态,而人物又是向上的,那么,即使他的事业失败也不能算是黑暗。

我看也只有朝这个方向努力才能把枯燥的工业写活,才能把复杂的生产过程转化成刻画人物的情节。社会把它巨大而复杂的投影投射到每个人的心灵上,影响着每个人性格的发展。作家的责任就是把人物心灵上的社会投影展示到稿纸上,也只有广阔地展开社会画卷才能充分地揭示人物心灵。不懂工业写不好工业题材,只懂工业也写不好工业题材。要研究时代,了解社会,观察一切人,有了对现实生活广泛而积极的兴趣,严肃而认真的态度,就能把作家自己的思想感情和生动的艺术形象融合为一体。心中有了活灵活现的人物形象,不管作家叫他在什么地方活动,都会吸引读者。

社会的发展终将消灭城乡差别,当经济高度发达以后,工业和农业就会融为一体。到那时候再提"工业文学"就没有什么意义了。因此"工业文学"的前景就是渐渐地去掉"工业",只剩下"文学",不会再因题材区分作家和作品。当前反映工业题材的作品不是很强,而是很弱,命中注定我今后也还得继续表现工人的生活。但是,"物以稀为贵"的原则不是一概适用于文学领域,写工业题材的作品不应该抱着侥幸沾光的心理,倒应该让工业沾文学的光,由文学带着工业战线上新的人物、新的精神世界,进入广大读者的心中。

工业改变了生活,养育了文学。愿文学和科学一起成为生活的两个翅膀。

1981年7月24日

"雷达站"及其他

　　东北的土地长大豆,天津城东的水土长小站稻,洛阳的牡丹花移到别处就变种,南方的竹子栽到北方就长不高大。每个作家都有自己赖以生存的土地,都有不同的植根于生活的根须,都有不同的从生活中汲取营养和水分的办法。创作和生活的关系,因作家而异。

　　灵感的偶然爆发同深沉而持久的创作冲动一样,依靠作家生活的积累。天才是不能否认的。但是枪膛里有子弹,不管是谁扣动了一下扳机,子弹都会射出去;枪膛无子弹,任你怎样激动,怎样渴望击发,也只能放空枪。天才的作家正是对生活做出了天才的认识和表现。作家的才能并不是不依赖生活经验、生活知识而可以独立存在的东西,它还和生活经历造成的特殊气质以及内心的各种品质有机地结合在一起。肚子里布满机关,引起创作冲动的"契机"就格外多,一个偶然事件触动了枢纽,也会流出一大篇故事来。胸中有火,碰上导火索就会燃烧。

　　有人一碰就燃烧,有人"深入生活",却所得甚少,这并不说明生活的不重要,恰恰证明善于观察比善于表现更可贵,会思索比会编故事更重要。生活是文学的乳汁,为文学提供一切素材。任何作家的任何题材都是借来的,向生活借来的。可见综合概括生活的本领,对于一个作家是何等重要啊!

　　像创作的血液一样宝贵的"生活",是怎样获得的呢?靠偶然的猎取奇闻逸事来碰运气是靠不住的,也不是正路。各人的才力不同,聪敏程度不一样,好的立意和人物很少叫我偶然碰上,也许碰上过,由于自己的愚钝而错过了好运气。我总觉得个别情节是可以偶然获得的，但是主题和典型形象却必须是在胸中孕育而出。这当然是笨办法，可是它很牢靠，不会轻巧地取得成功，也不会欺骗你。生活是有生命、有血肉、有个性的。作家能不能形成自己的创作个性，就在于能否从生活中抓住和自己性格相近的东西。大家都说"文如其人"，要真正达到文如其人的境界并不是很容易的事。感受不到生活的个性，创作就不会有特色。

　　"生活"也不能单靠几次偶然的下去就能获得。好像平时可以脱离生活，游离于社会之外，一旦需要，下去捞一把就可以了。作家的整个生活应该是经常不断地观察和研究。但是，就像开卷有益一样，下去总还是有效果的，临阵磨刀不快也光嘛。我自己也有这样的毛病，由于写得不多，还没有感到过无东西可写的苦恼。但是有被生活"堵"住的时候。脑子里明明有好几个题目要做，胸中也有几个急于要出生的人物，可就是懒洋洋地上不来情绪，只想看书，不想提笔。我有个土办法能医治这种创作上的惰性，就是到车间里去，不需要搜集素材，用不着打听任何趣闻逸事，拿起钳子出一身臭汗，和同伴们一打一闹，一说一笑。快了一天，慢了三四天，精神上的疲劳就可以消失，没有得到有助于创作的一丝一毫的材料，可是创作的欲望萌动了，又可以写上一阵。作家不是英雄，但也需要像安泰一样有块土地做自己的母亲，当你力气使尽，精神衰竭的时候，躺到母亲怀里打个滚儿，立刻精力旺盛，可以重新投入战斗。这块土地最好是在生活的基层，有真心实意关心你的群众。如果下去只为收集创作材料和人物模特，说不定很快就会失去这块土地和母亲。

　　把头伸到生活的肺腑里去，和生活同呼吸。动用全部感官感受生活的神经的颤动，感受生活的血肉的热度。把生活集中到自己身上，使自己感情的荧光屏上准确无误地反映出生活中千差万别的各种微小的变化。

　　我主张建立一个"雷达站"，这恐怕又是一个笨办法。我的工厂就是我观察社会的"雷达站"，经营了几十年，我对它太熟悉了，熟悉它的每根神经。它本身就是一个小社会,通过它还可以了解中国和世界(主要是机械行业)这个大社会。我在自己的"雷达站"上掌握生活的深度,人物的血肉大部分是从这个"站"上获得的。到处走走看看或"深入"一下,是为了开阔视野,增加了解生活的广度和深度,给人物增加点外部特征和换一下环境,也可以省去一些不必要的是非。我非常舍不得割断几十年来和工厂血肉相关的联系。我理想中的条件,是每年在工厂干八个月,给我四个月的创作时间。可惜现实不允许。人家都以为我是专写工厂生活的,其实我是把社会搬进了工厂,有时也把工厂的同事们搬到社会上去写。不管写什么题材,作家注意的中心始终应该是人——社会人。了解生活也正是为了了解人,生活中的一切"宝贝",全集中在人的身上。

人的个性往往跟社会发生矛盾。乔厂长的"悲剧"是这种矛盾的结果,金厂长和车篷宽的"悲剧"也是这种矛盾的结果。正是许多这样的矛盾,促进社会的前进。抓住了这样的矛盾,似乎就抓住了生活的脉络。把社会变革、历史变化带来的人的变化,当作观察的中心,通过强烈表现人的性格的真实和人身上固有的各种特点,来反映时代。

感受不到时代的变化和社会的运动,就不大可能把现实生活中人的身上所特有的东西表现出来。

生活可以给作品带来新意和深度。对生活的认识和研究,决定了作品的深刻或肤浅。创作就应该把作家对生活的独特的、深刻的、具有普遍意义的研究成果奉献出来。

因此,又引出一个作家对生活的态度的问题。这个态度是隐瞒不住的,每篇作品里都贯穿着作家的生活态度。有的作品,字里行间都使读者感到生活的脉搏的跳动,表现了真实的世界。作家用生活的新鲜而热烈的血液充实了作品的骨架,使作品实在、真切、感人。有人尽管在作品中冷嘲笑骂,诙谐戏谑,仍然可以使人感到作家对生活的巨大热情,即所谓"热得发冷,寓热于冷"。自己对生活没有热烈的感情,怎么可能热情地描写生活?有些对生活缺乏热情的作品,读者同样也很容易地感觉出来。尽管这类作品有时写得很干净,很有风趣,仍然不能掩盖作家生活的不足。里面什么都有，就是看不到生活，活生生有血有肉的生活。使读者看到的仿佛是鲜艳的塑料花，是漂亮的蜡人。

作家只有在表现自己的生活态度的时候，才能揭示自己的心灵。作家不能像小鸟一样只会单调地歌唱自己的心灵，要把生活中各种强烈的音响碰在自己心灵上所产生的共鸣，也一起歌唱出来。唱出真实的生活的声音，弹奏雄浑的社会交响曲。

也有这种情况，从生活中感受不到的东西，不是由于缺乏热情，而是缺乏技巧。有的车间主任，接班时到下面转一圈，交班时再迈着四方步走一趟，全车间当天的生产情况便一目了然。他根据地上堆放的活件，就可以断定谁干得多，谁干得少，哪个出力大，哪个偷奸耍滑了。有的车间主任成天在下面蹲着，脑子里还是一盆糊涂糨子。有时还会闹笑话，表扬了那些不该表扬的，专会在领导面前玩花活、耍马前三刀的人。除去熟练的专业知识，还要有经验、敏锐的眼光，这也同个人的思想气质有关。

业余作者在起步时差不多都有过这样的苦恼：成年累月在工厂里待着，却什么也抓不着，对"生活"视而不见。可人家来转一圈儿就发现了许多新鲜东西。有人在工厂待了一二十年，一描写工厂的景物就出问题，要了他的命也写不出工厂的那股"味儿"，抓不住生活的"魂儿"。往往还会丢了西瓜捡起芝麻，抓到的东西不典型、不真实、不新鲜。有时诚心诚意想真实地表现生活，恰恰歪曲了生活的真实。真实的生活不一定都反映生活的真实。这就给"生活"增加了难度，不下去得不到，下去也不见得就保准能得到。"生活"的唯一目的，正是要获取这"生活的真实"，用艺术加以再现。艺术追求的是假中见真，真中见假实不可取。

生活是真的、活的，但表现到作品里，真实就不那么容易了。什么是"生活的真实"呢？

我以为这是生活的内核，也就是生活中确实可靠的带有规律性的东西。这种东西是生活的铀，作家从生活中提炼出这种铀，就能爆炸，发出比生活本身还要强大得多的力量。任何作品的轰动也都是一定"生活"的轰动,没有冤假错案就不会使包公轰动,厉鬼"李慧娘"也不会在八十年代重新引起轰动。

文学是写在纸面上的,它的作用却不应该仅仅局限在纸面上。成功的人物应该是从生活走到作家笔下,又从作家笔下走向生活。林黛玉、诸葛亮、武大郎不就是活在人们中间,成为生活中的真实的人吗?有多少人把他们当成是作家编造出来的人物呢?如果作家的人物不能从小说里走到生活中间去,这人物不管刻画得如何光彩鲜艳,作家也只好孤芳自赏。

文学的力量来自生活。作家埋头于生活之中,笔就有力量。生活像个巨大的活塞,推动文学不断地前进,使文学丰富多彩,变化多端。作家要创新,要发现别人没有发现的东西,只有到生活里去寻找,去寻找自己作品的生命和独特的味道。也只有在拥有大量现实材料的生活经验之后,才能比较自如地一面表现现实生活,一面还要预见一些新的事物。不深刻地了解现在,就不可能大胆地预见将来;不掌握大量生活,也不可能对生活做出正确表述。对生活的看法有了把握之后,作家不但会形成自己独特的创作个性,也不会随风倒。

欠债人的日子是不好过的。对生活欠债就是负责,还是负一点责好。如果自己觉得对生活欠了债,就会激起一股动力,非写不可,不写不行。我常遇到这样的情况:教数学的老师,却来借阅反映现实生活的文学期刊;酷爱古文的老先生,竟然申明喜欢当前面对生活的短篇小说;无辜受罚的人寄来了申诉书;告状无门的人闯进我的房间,给饭就吃,给东西就接;认识自己的人自不待说,许多素不相识的人找上门来,希望我写点什么什么内容的小说……这都是债!群众寄希望于文学,把作家当成自己的人。在这种情况下,作家又怎能会"无债一身轻"呢?

我早就掌握了一些比较成熟的其他行业的材料,有关于演员的,关于市民悲欢离合的,关于中国第一代工业资本家的。但是这些题目一拖再拖,老是给别的题目让路。这些年急急渴渴写了各种各样的工人、班组长、技术员、工程师、车间主任等等,直到写完《开拓者》,自以为欠账还得差不多了,以后可以缓口气,可谓"无债一身轻"了。工厂调整,我也"调整",看点书,搞点轻松愉快的东西。谁知这一"猫"起来,根本就不想干了,写那些隔靴搔痒的东西有什么用? 越待越懒,由"调整"要变为"下马"了。幸好我没有躲在家里"调整",车间的现实生活像鞭子一样老是抽打我的负责创作的那根神经,几个月的工夫给我出了好几个题目,我还上了老账,又欠下了新账。欠生活的账,欠群众的账,是到死也还不完的。

怎么办?

在"调整"中前进,而不要在"调整"中倒退。肩负起沉重的生活,唯愿自己的笔力更深沉、更犀利,才对得起这生活。

生活养育了作家,也会锻炼作家。

1981年7月27日

时代召唤文学

——在 1981 年湖南笔会上的发言

　　时代选择作家,作家不能选择时代。借用我们的习惯说法,出身是不能选择的。我们不可能选择曹雪芹的时代,或者选择多少年以后再出生。我认为,一个大作家的产生,取决于时代。产生一个中小作家,像蒋子龙式的作家,很可能取决于生活的培养和个人的努力。爱护天才,就是爱护民族。作家越是伟大,越是属于民族的,属于时代的。一谈起鲁迅来,是中国人的骄傲;一谈起普希金、托尔斯泰、屠格涅夫来,就是俄罗斯的骄傲。

　　政治是生活的神经。一个人、一个家庭,都不可能离开政治。从解放后这些年,一个一个运动,哪一个你脱离了?所以,文学作品要想完全摆脱政治是不可能的。但是,文艺的概念要比政治的概念广阔得多。如果政治垄断了文艺,那么文艺的生命就要被扼杀。文学艺术反映时代,反映生活,反映历史,反映政治的痕迹。你不了解时代,做点空想的梦,是行不通的。从打胡适时就鼓吹少谈些主义,多研究些问题,一些报纸的文章要我们搞纯艺术的艺术,搞了几十年,留下来的作品哪一个是纯艺术的艺术品?这不现实,也不可能。而且,就我所知,历史上流传下来的那些珍品,还没有一个是脱离当时的政治和经济,脱离时代的纯艺术的珍品。《红楼梦》没有政治吗?托尔斯泰的《战争与和平》,那不就是政治小说吗?雨果的《九三年》,写那种贵族式的复辟和反复辟的斗争,这不就是政治小说吗?他们为什么仍然成为大师,他们的作品为什么仍然成为珍品流传下来?"写政治流传不下来",我不赞成这样的观点。托尔斯泰和雨果当初写他们作品的时候,是凭他的良心,凭他的责任感,凭他的感情,站在时代之上,反映他们所处的时代,包括政治、经济、文化等等。用作家的良心、作家的感受,拿出他们的结论。我们写政治的政治小说,为什么不能流传下去,这个时期完了,赶到下个时期就不行了。不是因为没有离开政治,而是因为你在政治下面,在政治的禁锢之下。或者说,在时代的下面想反映这个时代是不行的。不是反映了政治,你的作品就不能流传下去,就没有生命力,我认为恰恰相反,艺术深刻地反映了这个时代,它的生命力就远远超出了这个时代。世界上所有流传下来的文学作品,无一不是与时代紧紧相连,作品如果能够深刻地反映那个时代,那么它的生命力就能超越那个时代;反之,作品是没有生命力的。挖掘时代,认识时代,是产生杰出作品的最主要的条件。

我们关于时代的概念十分混乱。"反右派"时代,"大跃进"时代,三年困难时期,"文化大革命"时代,"四人帮"横行时代,三五年一个时代,甚至几个月就是一个时代。这是把运动当作时代,把口号当作政治,所以作家就诚惶诚恐,把握不住。并且,这些运动多是一百八十度的大转弯,人的神经都受不了,何况文艺呢?这样的大跌宕,是不可能不干扰文艺的。这个时代如果称得起是伟大的时代,将来一定能够产生伟大的作品。我想把时代的概念搞得稍微清楚一点,然后到写作的时候,就好对付了,就有些办法了。不然你就受到禁锢。

政治本身是一门科学,而现在却有人把政治当作一种不学无术、最好的铁饭碗,最容易做的工作,这是对政治的一种错误理解,是时代的一个悲剧。

作家还有一个禁锢,就是读者。读者又是什么水平呢?这次我到湖南去,有几个工人作者,甚至一个矿区的工会主席提出个问题,说你那个《一个工厂秘书的日记》里的金厂长是好人呢还是坏人,怎么也看不明白。有一位评论家在一本杂志上发表文章,好像是表扬我,说作者通过一个秘书的嘴,鞭挞了金厂长这个大滑头。我感到很惊奇。都是四五十岁的人了,难道非要我告诉你,这个是红脸,那个是白脸;这个是好人,那个是坏人……你打算让我们的作品搞得那么简单?前天,我下车到一位作家的家里,他那七岁的孩子对我说:"蒋子龙叔叔,你写的那两个厂长全是坏蛋。"这个七岁孩子的欣赏水平代表了我们一批成年读者的水平。实在可悲!这是我们的时代啊,时代打下的印记。这东西对作家也是个框框。

有一个工厂去了个女厂长,厂里有个开汽车的是她顶头上司的外甥,非常霸道,投机倒把,胡搞乱摸。女厂长上任没两天,赶上这个小子开着汽车拉着私活从厂正门要走,有人向女厂长告状,女厂长把他拦住,批评他。这个司机不但不接受批评,当场还说了很难听的话,和厂长顶着干,厂长下不了台。女厂长很生气,说不出话来。这时旁边就有人说了,这就看看咱们新厂长是不是乔厂长。这个女厂长就问办公室主任:"是不是咱们厂前几任有个乔厂长?"办公室主任说是一本书里提到一个乔厂长。这个女厂长回到办公室以后,办公桌上放着一本《人民文学》杂志,就翻到乔厂长那一页,不知道是哪位工人送来叫她看的,还用红笔在《乔厂长上任记》的题目下面画了一个大红杠杠。这个女厂长看了,第二天开群众大会,宣布几条决定,处理那个司机,不让他开汽车了。而且还举着书说:"我有根据,乔厂长就是这样干的!"不要以为我听了这件事以后很高兴,你看乔厂长那么轰动!我心里很不自在,文学作品不应该这样起作用。这说明我们读者的欣赏水平,把小说当成文件,当成依据。那是小说,是作者创造的,你拿乔厂长打官司,怎么打得赢?你说乔厂长这样干,我也这样干,谁支持你?这使作家哭笑不得。

我认为文艺不能改变制度,但是应当影响制定制度的人。应该把文艺的作用说准确。可我们有些同志不这样。在打棍子、扣帽子的时候,把文艺说得厉害极了,比如讲社会效果,哪个流氓,是谁的一篇小说影响的。轮到分房子、涨工资,搞文艺的就是狗屁不值了。这是对文艺的不公平。应该对文艺有正确的估计,它确实有潜移默化的作用,能影响人的精神,给人一种警觉,也给人一种享受。

我是想把人和社会的关系表现得复杂一些。我不满意那些简单化的做法。从《乔厂长上任记》开始,想把人物关系铺得复杂一点。譬如,乔光朴和童贞之间,乔是从事业出发才和童贞结合的。童贞则是爱他这个人。当她发现乔光朴和她结合是为了事业,便非常伤心。人和人之间的关系是很微妙的。没有一个人彻底了解另外一个人,包括丈夫对妻子,妻子对丈夫,母亲对儿子,儿子对母亲。灵魂是很难完全摸透的。可能这一点你摸透了,可是不见得你全部摸透了。人本来是很复杂的,世界上哪有两个长相完全相同、性格完全一致的?冀申这个人物,也并不那么简单,在中国的大地上,就有这种会当官不会办事的人。所以我想有意识地反映这些复杂性。《一个工厂秘书的日记》也是这样,我在《中国青年报》发表了一篇《狼酒》也是这样。那个部长和他的下级,也不是那么简单,也不是靠命令就能办事的。部长和他的女儿之间也不那么简单,部长和他的老伴之间也是这样,他们都有各自的利害关系,各有各的经历,有各自的社会关系,有各自的社会环境。文学应该反映出这个深度,反映这些复杂性。

我们现在已经进入地球卫星时代了,还要向更高级的时代发展。文学作品应该有反映人类灵魂的卫星出现。艺术、文学不能完全局限在一个地区、一个国家。否则,艺术品就太狭隘,也不可能打得出去。真正的艺术珍品,都具有那个时代的高度。它能够让任何人都得到美的享受,受到教育,受到感染。

文艺作品可以反映自己那个地区的特点。你譬如身居河南,我写出了河南的特色,我就可以叫响。外地区正是要看你的河南。《红楼梦》是中国的,可是轰动了世界,全世界都来研究它。它并不是故意写点洋玩意儿,搞一些什么洋形式。不要以为追在洋人的后面,就会有世界影响。以为艺术可以像戴一个太阳镜那样,一下就可以洋化,这是不行的。我们昨天在龙门看到一个小伙子,戴着太阳镜,太阳镜上有一个外国的商标,虽然商标是影响视力的,但是一定要保留,因为这是一个标志,标志着眼镜是从外国进口的。另外,提着录音机,放着邓丽君的歌曲。然后走在这龙门石窟之中,仰望着古老的佛像。这多么不协调! 如果不发扬民族的特点,只是追求外来的形式,搞形式主义,就像那个"业余华侨"看奉先寺的卢舍那一样,令人倒胃口,令人感到说不出来的一股不自在。你搞的再洋也洋不过人家,人家看你的洋就感到非常别扭。咱们越土,他们觉得越洋,这是一个辩证法。

作家要和时代并驾齐驱。任何一个作家,尤其是无产阶级作家,从事无产阶级文学创作,更应该和时代一齐前进。不同时代的作家有不同的创作道路。一个作家,总是经过了一番磨难,深刻或比较深刻地认识了生活。所以,在很大程度上取决于个人的努力。但一个伟大的作家,也一定离不开时代的造就。

文学依附于时代,时代对文学有一种限制作用。文学对时代同样也有抗争的那一面。文学在石头缝下也要发芽、长叶。文学是扼杀不了的。为什么呢?文艺是人的精神所不可缺少的,这是你这个时代没办法的。比如五十年代把一个作家投到监狱里,把他的创作权利剥夺走了,他就像酿酒一样,慢慢地把生活装在他的胸腔里开始发酵、酝酿,然后再加上养分。那个酒闷得时间越长,酒味就越好、越醇。所以他受了二十年磨难,现在重新获得了创作权利,一下子就爆发了,一发而不可收。

群众关心的问题,必然会成为作家要写的题材,这倒不是追求什么票房价值,一个作家要是抓不住这个时代的灵魂,就不配做一个"灵魂工程师"。抓住时代的灵魂,就是抓住人的心灵,作家要通过人来反映这个时代。昨天晚上,一位同志问我的一个问题,引起了我的深思。他问我怎么不写工人,最近怎么总是写领导干部,越写职务越高?这倒使我认真想了一下。我是写工人起家的,当然最熟悉工人了。我是不忍写工人,我写领导干部是有意识的。我们的问题在干部,不能怪群众,我觉得很多问题来自他们,揭出他们的病根子比揭工人更重要……一篇作品构思成熟,人物成形以后,是应该放在时代的天平上称一称,它有没有典型的分量,有没有文学的力量,有没有美学的力量,有没有道德的力量,有没有对生活、对时代促进的力量。如果放在时代的天平上一称,什么也没有,这种作品你就可以不写。如果一个作家可以写作也可以不写作,我认为你就不要写作了。

我说作品要看对时代、对生活有没有促进力量,不是不要风格。

恰恰相反,我是主张百花齐放的。各种风格,互相不要贬低,不要用贬低《三国演义》和《水浒传》来抬高《红楼梦》,也不要用贬低《红楼梦》来抬高《三国演义》和《水浒传》。你粗犷就有你粗犷的美,你细腻就有你细腻的特点,各自发展自己的长处,扬长避短,然后才能各自对社会有独特的见解,拿出独特的作品。我们这么大的国家,这么多的作家,这么多的刊物,你的作品为什么能引起震动?就因为你某一方面是新鲜的。发现、创造是文学艺术不可剥夺的权利。我是不同意用这一个作家与那一个作家相比的,这样的比法是不合适的。每一个作家都有自己的特点,作家是不能类比的,就像人一样,世界上没有任何两个人完全相同,从灵魂到外貌,如果这一个作家和那一个作家相比完全一样,那么就有一个可以不必存在。

现在有一种倾向,就是我要搞这个,你那个就不好。贬低你是下里巴人,抬举我是阳春白雪。要么用洋的完全否定土的,要么用土的完全否定洋的,我觉得这种做法是各有偏见的。有的主张表现自我,不要表现客观;有的主张表现客观,不要表现自我。由于咱们国家历来政治运动反复,所以要能够求大同存小异。最近有的同志写了一些表现自我的作品,我觉得也不是不可以的。但是,你不要用这些同志的作品来否定其他写客观的作品,因为每个作家都是通过生活的表达在写自己的。我没有写我,但是人物身上有我的影子……表现自我也可以,表现客观也可以,但是,一个作家如果只是表现自我,恐怕路子要走窄了。

最近我看了一部日本片子,这个导演声明,写这部电影就是教育日本青年人不要忘记过去的日本青年是怎么生活的,用中国的一句话说,就是“忆苦思甜”。可是这部电影丝毫没有贴标签呀、喊口号呀,丝毫没有这种感觉。据说龙门石窟最雄伟的奉先寺中的卢舍那的形象,有武则天自己的影子。武则天在奉先寺对面的山上搞了个擂鼓台,为工程呐喊助威。这说明那个佛窟的营造是为武则天服务的。它也是遵命艺术,为政治服务,为圣上服务。可是,为什么它也流传下来了,能给人以不衰的艺术享受呢?为什么我们现在搞的为政治服务不行呢？是因为我们贴了标签，喊政治口号，喊政治术语，他们是首先搞了艺术。

不管作家意识到还是没有意识到，我觉得我们现在的文学作品里不是典型很多，而是典型很不够。就是在文学上立得住的典型，能够代表一个时代，代表一个民族的。这些年的文学形象，哪一个是有世界意义的，或者是具有民族意义的典型呢？有一个人问我，文学的新人在哪里？这文学的新人就是指文学上新的形象、新的典型。我答不上来。有人说乔厂长是一个典型，但他是我们现在这一个时期的典型。这一些都是小典型。现在中国的广播事业靠谁来支撑呢？靠《杨家将》，靠《岳飞传》。中央台是《杨家将》，天津台是《岳飞传》，到湖南开会听到的也是古典。赶到要听《岳飞传》的时候，从工厂里下班，你骑着自行车，走一路，可以听一路。大街小巷，男男女女，老的少的，都在听《岳飞传》。你瞧不起，你那具有世界性的作品为什么群众不买账？我并不是说《杨家将》、《岳飞传》就好得不得了，只是说我们民族的风格、民族的传统不要轻易地丢掉，不要随意地否定。我认为，《三国演义》中的赤壁大战一段，从曹操统帅八十万大军进兵江南，蒋干盗书，杀了蔡瑁、张允，一直到定计火攻，周瑜得病，诸葛亮给他治病，草船借箭，然后借东风，黄盖诈降，火烧战船，一波未平，一波又起，完全在行动中写人物。这是大手笔。只有一两万字，要弄到现在，至少要四十万字，上下卷。所以，民族的传统不要轻易地丢掉。

作家的责任是揭示生活的真实。现在的作家有三种情况：一是说十分真话；二是说七分真话，不能说的先不说；三是说三分真话，三分说废话，四分说假话。我属第二种，真话能说多少说多少，决不说假话，反对说废话。艺术揭示的是生活的真谛，是生活的内核，是那个典型。我们国家的理论界主张细节必须真实，我也赞成这个观点。

一个作家要想保持艺术上的不衰，创作珍贵的艺术品，对时代、对生活要有一种义不容辞的责任感，要有热情。时代是根据自己的面貌改变人的,时代是根据自己的需要选择作家的。我主张写激动人心、能引起人深思的东西。尽量把冲突的根源揭露得深刻一点。一个作家要有对时代、对社会、对一代人负责的态度。不要用一种轻松、旁观的态度。我不喜欢写事件。乔厂长,还有金厂长,有些人对他们记得很清楚,可他们干什么事却不见得记得了。为什么呢?我没有写一件事。我想把人物性格放在真正的中国现实的土地上,我只想写出人物的性格。刚才有的同志讲我那篇《一个工厂秘书的日记》是写这个时代的悲剧。我当时写的时候,没有意识到这个问题,他说到这一点,我很高兴。我是想写这个时代把一个人的灵魂给扭曲了。随着时代的前进,随着生活的变化,人和人之间的关系是要发生变化的。作家的责任就是要抓住这种变化,也就是说,要抓住时代的灵魂。时代在前进,社会在变化,人的灵魂在变化,而你还不变化,就很难写出富有时代气息和跳动着时代脉搏的作品。

作家要根据自己的良心,根据自己的眼睛,根据自己的责任感,你看到什么就写什么。我搞了一个《三十年后》,在讲习所写的。写完以后,讲习所的几个好朋友都说不要搞,这个东西拿到外头要惹祸的。我为什么要写这样的事?因为我看到一些作品,表现了一种赤裸裸的奴性,令人愤怒的奴性,并且是我们作家强加给群众的奴性。有许多高级宾馆,你中国人花钱也不让住,这是什么道理?所以我就写了《三十年后》。好些人都不让发,《洞庭湖》的主编是一个朋友,他说无所谓,我们愿意发这个稿。写作不是押宝,不是这宝押上就行,押不上就倒霉。我看到生活中就是这样,我对生活就有这种感受,所以我就写了。一个作家,他对自己看到的生活有发言权。

还有一个艺术的功力问题。我有机会接触了一些老一辈的作家,我有这种感慨,觉得自己的艺术修养非常之差,和老一辈作家根本不能相比。我们到屈子祠参观,看屈原墓,然后就有人摆出宣纸、笔墨,要求我们题诗。我们在座的全都大眼瞪小眼,傻眼了。老诗人戈壁舟把袖子一挽,当场作诗,当场在宣纸上笔走龙蛇。他还通医术,能给人看病开药方。这些说明了什么?说明一个作家的知识要广泛。你本人的知识很浅薄,就很难写出好的作品。

时代召唤文学,任何一个时代都召唤与它相适应的文学艺术,文学艺术也有一种呼唤,如果这个时代不适应文学艺术的发展,文学艺术也要抗争,也要独立,也要呼唤能够促使文学艺术发展的那个时代的到来!

1981年10月

小说杂谈

在这篇文章里,我想谈一谈自己创作上的得失与体会。有时要举一些自己作品的例子,作家解剖自己比较容易,目的在于互相学习、交流。

写作同别的工作有一点不同,很多工作都是越干越熟练,包括某些艺术工作,比如演戏、刻制工艺等,唯独创作越干越难。这种特殊规律,说明了这样一个道理:写作越是感到困难,好像越有出息。如果你越写越感到轻松,我觉得不一定就是好事。作品要经受漫长时间的考验。作家要率领自己塑造的各种人物,男男女女,老老少少,去一次又一次地在小说中跌宕起伏,磕磕碰碰。在生活的长河里领略各种风光,搏击狂涛大浪。作家是通过写作来解释和探索人生的真谛,帮助人们解释生活,要说这是件很容易的事情,那倒是反常的。

我认为创作的规律就是没有规律;创作的窍门就是没有窍门。

当然,艺术是有自己的特点和规律,这个规律概括起来说,就是它没有任何具体的条条框框,你打你的,我打我的;你有你的长处,我有我的长处,各干各的,不重复别人的,也不重复自己的。难就难在这里。有些工作熟悉了一套以后,可以按这个路子走下去。创作的路子却不是一成不变的,它总在变,自己的路子也不断在变。如果作家什么时候发现自己前面的路很直,我说这个作家就可以撒手别干了。在直路上飞跑的作家,走在哪里都能写,写出来都能发表,把写作变成一种机械的劳动,实际上已变成写作匠。

作家和写作匠应该是两个不同的概念。我干过写作匠,六十年代初给厂长当秘书,写过不少材料,那种材料厂长拿去在会上念,念完后再无用处。有一次遇到一个厂长(乔厂长身上有点他的影子),他解脱了我。我给他当了一年多秘书,他不叫我写稿子,光叫我提供一些数字,对这个厂长我非常崇敬。写讲话材料那种工作是可以越干越熟的,有个固定的模式可循。作家是不能这么干的。很多人包括我自己在内,都愿意驾着轻车沿着自己已经跑出来的熟路往下走,这样最省劲。一些有经验的作家和编辑部的同志都劝告我,不要走那种轻车熟路。比如当所谓"伤痕文学"正盛行时,我写了《乔厂长上任记》,揭露了矛盾,人物也着力歌颂了一下,但我并不认为这是唯一的路子。

事实上,在我写完《乔厂长上任记》以后,就在创作上另辟途径,写了《一个工厂秘书的日记》。这跟《乔厂长上任记》不同,人物不同,处理材料的角度和手法也不同。不久,又给《新港》杂志写了一个《晚年》,写一个退休老工人的苦闷,完全回到另外一种人物的心灵中去了。在这以后,我想再闯一条路子,于是写了《今年第七号台风》,一个最"高级"的人物——留过洋的研究所所长,一个最"低级"的人物——烧锅炉的老工人,一起出去打鸟,喝酒,我试图把这两个人物的灵魂扭在一起碰撞……这是我在创作道路上的又一种试探,不能说完全失败,但自己并不满意。

我想着力探索的,怎样使人物的心灵和时代、生活、现实扭结在一起。我自己总觉得还不够"味儿",似乎还应更"高"一点,更"艺术"一些。也就是用文学的解剖刀打开人物的心灵,以此来解剖和研究整个现实社会。用揭示现实的办法来反映现实,我认为是一条值得探索的路。通过人物的心灵、性格看出时代,看出现实,看出社会的风云变幻,这是比较难的。因为人物的心灵同时代有时吻合,有时发生矛盾,写的时候会碰撞;人物的心灵同心灵碰撞,人物同时代碰撞,抓这种碰撞中的最有意义的火光是比较难的。先写的那个《晚年》、《血往心里流》都不大成熟。《一个工厂秘书的日记》稍好一点,稍微抓到一点人物。我可以不写时代,甚至不表现人物的生活背景,只要把人物的心灵解剖开来,就可以从心灵的"年轮"上看到时代的印记,看到社会的风云变化,看到世间的冷暖。但是,仍然有某种不大舒展的地方,所以我又搞了一个中篇《螺旋》。我写《螺旋》,想让一个人在人生道路上的感情波涛像螺旋一样地起伏不定。

大家知道历史是螺旋形地发展的。螺旋有死的,也有活的,死螺旋的螺纹不能去掉,否则就不起作用了。有的螺旋像沙发底下的弹簧,是活的,可以把上面的一圈一压压到最下面。我发现历史有时候像活螺旋,是从经济角度看的。从一九五八年到"文化大革命"这一段历史的经济,就是活螺旋,它不是从零开始,而是多少进展了一点,又整个被压下来,倒退了,倒退十年、二十年甚至三十年。我的小说结构是螺旋形的,写人生也是螺旋形的,颠三倒四,好像很乱,实际上我试图通过一个人物命运的坎坷不平,通过他心灵上东磕西碰的创伤,来反映这个人物和时代的关系。对这种写法,开始自己很得意,冷静下来后发现也不很理想,再说作品发表以后,得听听人家的评论,才能检验自己的试探是否成功。

中篇小说《赤橙黄绿青蓝紫》(以下简称《赤》),同《螺旋》的手法又不一样。我有个想法,写作技巧和手法有各种各样的,可以不断地变化,可是有个根本的东西不能动,就是必须真实。手法过于花里胡哨,往往形式掩盖内容,叫人感到你是在玩弄技巧,会一下子失去很多读者。尤其是青年读者,当他们发现你是在写小说,你是在编故事,你是为赚稿费而写作,就非常厌恶,不看你写的东西了。这是我仔细研究读者来信后得出的一条教训。我写《开拓者》和《乔厂长上任记》时,我国机械工业面临调整和改革,阻力很大,我不想对改革出谋划策,我写的是人。有的评论家说这个作品紧扣时代的脉搏,紧跟了现实生活。其实不然,讲真心话,我从来不想紧跟某个运动。如果说我的作品叫人感到有时代气息,恐怕主要还是因为我写了现实生活中的人物。写经济建设,着眼点还得在人物。

我不认为现在乔厂长已经过时,再不需要乔厂长那样的人了。我写他改革的气魄和失败,那都是表面现象。我写的是具有中国民族色彩的、符合中国民族习惯和国情的、肩负着历史重任和现实生活赋予他重担的、生活在七八十年代的一个人物。他是中国人,不是别的国家的人。我们中国的现状要改变,要奋斗,要生存,需要一种什么样性格的人物? 即使乔厂长的改革失败了,但是只要他活着,他就得这样干,被打倒以后再起来,还是按他的个性生活。这就是写人,写人物的精神。你着眼点在人,作品的生命力才会长一点。我在湖南遇到一个矿山工会主席,他对我说,你还真有点预见性,你那个乔厂长搞服务队,当初看了不理解,现在我们这里各个工厂都在搞服务队,不搞没有办法。其实这也不算什么预见性,写作不是猜谜、打赌,猜到一九八五年将有个什么运动,于是在一九八二年先编造一个故事出来,不是这样的。随着社会的发展,工厂的矛盾处在这样的情况下,不管你搞不搞服务队,叫不叫这个名字,问题总得要想办法解决。

我写《开拓者》是有感而发的。有一位能力很强的老干部,当时处境很难,逼得他不得不打退休报告。这位老同志在西安交大毕业后到了重庆,给周总理当过技术顾问,以后长期在国家机械工业部门做领导工作,精通英、德、日几种外语。一次我上他家,在他家简陋的会客室待了三个多小时,这中间大概有好几个局长、处长上他家去,向他请教各种问题,诸如有关跟外国搞合作,引进项目的账怎样算,说明书怎么看……都得他亲自教,亲自讲解。在他的宿舍里,一张大双人床,一张大办公桌,上面摆满了各种外文杂志、技术资料,为了阅读方便,一本本都摊开放着,我问睡觉怎么办,他说把外面的往里推一推……情景同小说中写的完全一样。现在我们已打开了门户,历史不可能再倒退了,但阻力非常大。这个老干部的遭遇,深深触动了我的感情,我们缺少这样的干部,我们需要这样的干部! 因为有感触,写了《乔厂长上任记》后又写了《开拓者》。

乔厂长这个人物是虚构的,可是,在基层,在工厂工作的同志,很少认为乔厂长是虚构的人物,都当成是真人真事。"四人帮"时期,由于生活的颠倒,新闻报道的颠倒,文学的颠倒,把人的思想搞乱了。有个青年读者给我来信说,你把领导写成多吃多占,甚至强奸妇女,他相信;你把干部写得勤勤恳恳,廉洁奉公,他不信。他不认为现在有这样的干部。因为"四人帮"的时候愚弄了他们。现在,你说真的他也不信,你说假的他倒相信。这种生活的颠倒给作家带来了很多困难。我明明写的是真的,他反而不信。这启示了我,不管作者怎样设想,主观动机如何好,前提先要使读者特别是青年读者相信,取信于读者,不然一切努力都是徒劳的。

艺术的真实和生活的真实不是一码事,真实的生活和作品所反映的生活的真实,也不是一码事。为了解决这个问题,同时也想在艺术上不断地有点探求,我创作了《赤》。我先让你相信是真的,然后再往下展开故事。解净在没有转变以前是很真实的。这是一个非常纯洁的女孩子,在上一个时代当过政治尖子,现在一下子变成了"政治垃圾",她很痛苦。我了解这样的"政治大姑娘",比如有个工厂的组织科副科长,技校毕业后到车间实习,很快入党提干,长得也很漂亮,各方面条件都好。正因为她"各方面条件都好"才叫人望而生畏,谁也不敢高攀她,所以到三十三岁,才勉强找到一个对象,结婚后生活上出现了不少坎坷。还有一个车间的政工组长,最初是学开气锤的,有头脑,好学,干部们喜欢她,认为有培养前途,把她调上来当干事,接着入党,当政工组长。当初比她"次"的人现在都成了三级工,因为他们都有一技之长,该调级的都调级了,她作为政工组长,当年是最得意的,但是由于当时的政治是假的、空的,政治是愚弄人、整人的。"四人帮"倒台后,她这个政工组长当不下去了,再去重新当学徒,已经二十七八了,所以非常恨当初提拔她的人。这是极左捉弄了人,把人的灵魂搞得歪歪扭扭,正常人和正常人之间,都搞得很不融洽,组成了当前这一代青年人的矛盾,因此设计了那么几个青年人的形象。我对《赤》的后半部分也不满意,因为这些人物本来都比较惨。但是作家要通过人物的心灵和性格来表现时代,还必须掌握分寸和火候,不能信笔写去。

文学艺术的画廊里有大典型,有小典型。大典型如鲁迅笔下的阿Q,大到可以把一个民族的特性概括到那么一个人物身上。阿Q的"精神胜利法"是多大的概括,是多大的气魄!它非常概括,同时又非常具体,人人都可以从这个人物身上看到自己的影子,照出自己的灵魂。

大典型还可以举出曹操、诸葛亮等等。有的是小典型,在此时此地起到一点典型的作用,但没有时代规模的概括性和代表性。作品要经得起时代的筛选,这是很重要的。这牵涉到如何认识时代的问题。说作家要跟上时代,我的理解就是要跟上生活,而不是赶时髦,跟运动,跟政策。社会主义国家也好,资本主义国家也好,没有固定不变的政策,作品跟在政策后面,就好像跟在舞龙灯的尾巴后面一样,东来西去,你就得跟它受罪。

作家没有能力选择时代,而是时代选择作家,问题在于作家怎么认识时代。我们有种种局限,有时往往不能从作家的责任感出发,站在应有的高度去裁判这个时代,裁判这一段历史。但我们可以通过自己生活的园地,摸到时代的温度。而作家越是伟大,越属于时代和社会。不了解自己时代的作家,一定伟大不起来。超脱时代和脱离现实的作家,决写不出流传百世的作品。有一种作品,若干年以后才被人们发现它的价值,但更大部分是当时就生效、就传开。我不相信现在写的东西现在没人看,过一千年后才有人看。作家不要有意识地拒绝时代。作家不要打赌,不要说我这个作品一定流传百世,最好的裁判官是历史、是时间。作家管不了身后事,只能管你活着的这一段。我主张作家能创作就创作,到不能创造精神财富时,就去干你力所能及的工作。任何一个作家都是时代的产物,不可能永远统治时代,成为历史的不倒翁。作家的作用就是在时代上闪出光华,被历史记载下来。作家之所以经得起时代的筛选,是由于他的作品。他的作品深刻地反映了他所处的时代的生活,才有可能超越出他那个时代。因为后辈人感兴趣的是这一时代的生活风貌。只有你对这一时代做出了贡献,你的作品才会被后辈人保藏和研究,才会被认为是有价值的。

作家总是一拨一拨地成长出来,举个不恰当的比喻,仿佛蒸包子的笼屉一样,一屉顶一屉。解放初期一批,五十年代中期又一批,"四人帮"倒台后又一批。有的像时髦的服装一样,一阵子时髦,很快被淘汰了。但也有的确能经得起时代筛选的,这需要有很成熟的思想和技巧。如已经逝世的伟大作家鲁迅,他的作品是不朽的。现在,我们的作协主席巴金,三十年代开始创作,现在仍然在创作,思想不枯竭,创作精力旺盛,应该说是经得起时代的筛选。外国的如巴尔扎克、雨果、托尔斯泰等也是如此。有的作家创作的生命力结束了,还可以写点序言、评论,当导师。中年人中,一九五七年被搞错的一批作家,有的不能再写了,有的还可以继续写。像我们这一代人,要好好总结前面一拨又一拨作家的得失成败,经得起时代的筛选。一九五七年那批作家,有的至今写得很好。

有些作家曾经写过不少东西,现在写不出来了,感到很苦闷。我发现有个重要原因,他生活在这个时代,却落后于时代,或者说落后于生活。我对一位工人作者说,你给我说出两个到五个老工人的典型,两个到五个厂长的典型,两个到五个青年工人(其中有男有女)的典型,他们现在都在想些什么? 他们最操心的是什么事情? 他想了半天讲了几个老工人,还是忆苦思甜的味儿。我认为,对作家,不管什么概念——社会也好,现实也好,政治也好,到了他那里都得变成生活。只有紧紧跟上生活的脚步,你的笔才不会落伍。传说电影演员蓝马有一段逸事,最初蓝马在天津的一个话剧团当龙套演员,导演瞧不起他,他一气之下跑到南洋当苦力,赚钱够吃饭的就不干了,专门坐在马路边上观察人,几年以后回国,脑子里装着一百个老年人、一百个中年人、一百个青年人的形象,他可以不用任何化装,表演一个濒临死亡的老头儿的神态,转眼又可以表演另一个春风得意的老头儿……后来参加演电影,很快轰动了影坛。他这段逸事不管真假,给我的启示就是要有生活。作家心中要有形象,要有若干典型形象,不管写社会上哪种类型的人,要能说出个一二三四五来。作家之所以掉队,写不出东西来,除了技巧外,主要是因为落后于生活。一写正面人物,就是好人好事,单线条的,这种好人好事在前些年还可以,现在简单的好人好事,恐怕很难叫人读下去。

现在的社会比过去复杂得多了。比如写一家人都在一个工厂工作,夫妇之间、父子之间如何展开矛盾。这在过去资本家开的工厂还可以,现在,即使小工厂,也很难祖孙三代都在一起。苏联的《叶尔绍夫兄弟》,朝鲜的《劳动家庭》,中国胡万春的《工人家庭》等等,可以用这种手法,现在这样写就不真实,即使夫妇在一个车间,平常也见不上面,因为班次不一样。再如围绕工厂的事件展开矛盾,成功了就是正面的,失败了就是错误的,这也够呛。一次试车成功不见得正确,一百次试车失败也不见得就错误。用这些东西,都说明不了人的真实思想面貌,说明不了生活的真实。我写乔厂长改革的成败与否,不影响乔厂长的感情,因为他的感情纠葛在他周围的人,包括上级、战友、对立面以及同他有过一段关系现在结成夫妻的人;而不在于他上任以后是否改变厂子的面貌。作品中有关这方面的情景,完全是虚晃一枪,厂子改变不改变,我也不知道,也许今年改变了,明年又坏了,作家管不了那些,更不打那个保票。

有些作品,对"自力更生"的简单、生硬的写法,我是很反感的。比如有一个中篇小说写一台破锅炉,资本家扔掉不要的,"文化大革命"中工人焕发了干劲,又把它抬回来修复,最后因思想保守的人作梗,差点没有爆炸,多亏正面人物如何如何,才没有造成伤亡……我说这个锅炉应该爆炸,正面人物不懂科学,是对中国人的丑化。资本家淘汰了的东西,我们八十年代还用它,把中国人看得太低了。别说是破锅炉,就是很精密的机床,到一定时候即使不坏也要更新换代,这是起码的常识。我们五十年代搞"蚂蚁啃骨头",到了八十年代还是"蚂蚁",还在"啃",自力更生不是这样的,立脚点就不对。

文学作品的典型性要具有时代的高度,跟作品所反映的社会背景有很大关系。因此,不管能否达到,我追求的都是那种磅礴的气势、深刻的哲理意味、丰富的形象,使人感到宏伟的生活在演进,而不是在那里玩弄技巧。最高的技巧是叫人看不见技巧。有个业余作者跟我说,你写的某篇作品技巧真不错,我听了很伤心。当青年读者来信说,解净写的就是她,刘思佳写的就是他,我反而觉得高兴。因为技巧是掩隐在生活中的。我们看《红楼梦》,谁也不会感到曹雪芹在那里玩弄技巧。要用生活本身的力量去打动读者,这就要求作家全身心地拥抱生活。只有对自己感到亲切喜爱的东西才会去拥抱。对作家来说,生活中没有黑暗和光明之说,不管光明还是黑暗,只要是生活中事关人民痛痒的东西,作家都应该去看,不应该扭过脸去。作家对任何东西都应该注意,不能说我不看这个,专看那个。作家的良心应该是生活的天平。通过你的责任感,观察生活,从生活中提炼出来的东西养育了你的人物,萌发了你的情节,这种作品就是跟上了时代的。

有人说,我的作品是干预生活的,我一直不置可否。"干预生活"这个词是评论家提出来的,我理论水平低,不敢轻易否定这个口号。我不主张干预生活,我主张咀嚼生活。我觉得文学跟生活的关系,不是在生活中间由你去插上一杠子,把生活挡住,文学没有这种力量。作者应该有一个庞大的胃口,把生活一下子包容进来,然后像牛一样慢慢地咀嚼消化,品出味道,变成你的作品。不应该今天看到这个就写这个,我曾经那样干过。我在写《机电局长的一天》之前,已经意识到那样干不行了,老跟,老是跟不上。中国土生土长的作家,一开始很难不跟。从学习写作起,就跟新华社报道,跟中心运动,跟领导上布置的任务。当你写了很多,经过磕碰,回过头来吸取了教训,才知道越是紧跟政策的越跟不上,越是咀嚼出味儿,经过自己胃液消化,写出来的东西说不定恰与时代跟得很紧。这种作品是用生活的逻辑加上时代的脉搏养育成的,叫人感到有一种强烈的生活的血脉在你作品里流动,叫人感到时代气息很浓。中国人喜欢民族的魄力。岳飞、杨家将等故事,为什么至今盛传不衰?包公,明明是假的,李慧娘明明是假的,为什么大家还愿意看?这就是艺术的力量。如果人民在生活中感到非常压抑,而在文学作品里也找不到理想的话,他的生活未免太悲观了。有人说乔厂长理想化,不真实。我不能同意这样的评论。理想和现实是紧紧地扭在一起的。没有脱离现实的理想,也没有不包含理想的现实。任何一个人,如果没有理想,他一天也活不下去。理想不是幻想,不是想入非非。不能把生活一刀切开,理想和现实不可能截然分开。关键在于作家的心不能冷。冷,就要被生活淘汰,而被生活淘汰的人,也一定会被文学所淘汰。

我不相信闭门造车能造出有价值的文学作品。对待生活的态度,老实人比哗众取宠的人得到的好处要多,肯下笨功夫的比搞小聪明的得到的好处要多。作家有各种各样的类型,那种蜻蜓点水式的或者猎奇性的东西,可以搞成小说;有的人凭"灵感"一篇接一篇地写,也可以发;有的人下去转一下,收集一些故事,照样编出小说来。对这样的作家我是羡慕的,但学不了。我觉得生活中还得下点功夫。靠猎奇可以抓到情节,但抓不到典型。真正的典型很少靠偶然碰到,即使偶然碰到的也是必然的结果,是好长时间积累的时隐时现的东西。比如《赤》,我早就想写那么几种人,写个性。我对写人物性格有过几种试探。一种试探是情节性的小说,我追求那种大刀阔斧、气势磅礴的气魄。我认为中国尽管有过经济上的倒退,尽管还落后,但已具备了现代大工业的规模,不管写工业还是写农业,都不要忘记这个时代背景,这跟你作品的气势有关系。比如乔厂长的性格,完全搞成"洋"厂长,没有人买账,就这种土生土长的有中国气魄又学点儿外国管理的办法的,才能够为中国人所接受。

我深深感到自己的知识太贫乏,懂得的太少。作家如果光看文学书,有时会搞得连文学也不懂。在作家队伍里,如果不甘心混,就得了解得开阔一些。比如,作家应该请经济研究所的专家讲讲中国现在的经济已经进入到什么程度。时代在前进,整个大工业已经在中国铺开了,这种生产情况的变化,经济的变化,社会的变化,给各个家庭,给人与人之间的关系带来了很大的变化,同时影响了人的心灵的变化。不了解这种物质变化给人们的感情、关系带来的变化,要写出叫人看了感到真实的作品是不可能的。

作家首先要对生活持忠诚的态度。作家对人民、对历史、对民族的忠诚,都应该体现在对生活的忠诚上。曹雪芹是什么世界观?鲁迅当年也不经常开创作会议,也没有人告诉他应该怎么写,为什么能写出不朽的作品?就因为他们忠诚于自己的生活、时代和信念。只有对生活有一种非常忠诚的态度,才能对社会的弊病、人民的灾祸以及人们普遍关心的问题,有一种敏锐的感受力。如果作家的感受力是迟钝的,那就不好办,至少写不大好。要保持敏锐的感受力,很大程度取决于作家对生活的态度,也就是作家的责任感。

下面,谈一点作品的形式和时代的关系。

大家都看过俄罗斯名著《奥勃洛摩夫》,写一个懒汉早晨躺在床上就用了十万字的篇幅,他还没有起床。这种细腻的手法我们中国也有。有朋友说这才是真正能够进入艺术殿堂的手法。我认为,文学是离不开民族的。作家的国际性恰恰是你的作品深刻地强烈地反映了自己民族的特点和色彩。艺术是没有国界的,又是有国界的,国界最强的艺术,恰恰是没有国界的。比如我们的京剧,是中国的特产,最有国界,可是到了国外就没有了国界,一演出,不管听懂听不懂,观众无不如醉如痴。有一次外国朋友让我背诵李白的诗,我随口背了四句,心想你们听得懂吗?当背到最后一句"轻舟已过万重山",他们就鼓起掌来。他们并不知道到此已经结束,是从节奏、韵味中听出来的。这就是中国语言的美。一位加拿大作家说,他最喜欢看反映中国现实生活的作品,他们是通过这样的作品,来了解中国当前的社会情况的。他对我说,看了你的《乔厂长上任记》,调子很像美国正统派作家辛克莱的作品;看了你写的另外一个厂长,那是一个非常油滑的家伙,使他感到中国的生活很丰富多彩。他的这个观点给了我很大的启发。我们越是土的,在他们看来越是"洋"。世界上最"洋"的东西,就是把各个国家最土的东西集中起来,这个"洋"是不带引号的,是真正的洋。世界文学宝库中集中了的,都是各个国家里面最富有民族特征和色彩的伟大作品。

形式问题应该注意民族的特点。前面提到的那种非常细腻的手法,是可以用的,许多世界名著写得都很细腻。我们的《红楼梦》也是非常细腻的。但是,决不能说只要细腻就都可以进入艺术殿堂。现在的生活节奏很快,我深刻地感受到这一点。跟图书馆的朋友谈天,他们告诉我,现在借读长篇小说的人,比五十年代明显下降了,盛行的是中、短篇小说。看大部头的人少,没有那么多时间。尤其是有的长篇小说掺了不少水分,有的读者看着看着翻过几页再看。我认为作家不应该让他翻过去,要叫他翻过一页就接不上茬儿,回过头来还得再看。

这就是说,作品的结构和形式要跟上时代。在国际作家集会上,有几个作家发出呼吁,说文学处于危机状态,将被电影、电视等所淘汰,因为不大有人看小说了,一部几十万字的长篇小说,改成电影最多分上下集,两三小时就看完了。我们还没有这样的危机感,可是时间紧是共同的,没有时间看你那个寡淡而无味的小说。因此,在《乔厂长上任记》、《开拓者》等作品中,我把节奏安排得很快,我自己估计读者不爱看的,一律砍掉,尽量挤干水分,用东北话说"拿出干货来",不要卖一两酒,掺一两水。小说要写得细,也要写灵魂,写场景,但尽量不离开人物和性格,那种空洞的无味的议论一句不要。就是叙述部分,也要有人物的个性,用人物的强烈的个性冲突代替强烈的戏剧冲突。我写《赤》就不像写《乔厂长上任记》那样,乔厂长到厂里去,人家正开会要整他,造他的谣言,结果他突然宣布结婚,突然要立军令状,那是一环扣一环,起伏不定。《赤》里面没有这种情节。它依靠什么写人?一个是真实,一个就是性格的力量。人与人打架,两个人得碰,而且敢往死里碰,碰出火花,碰出新的东西,用性格的碰撞来代替某些情节,有时甚至能取得比情节还要妙的效果。要把那些没有味道的清汤寡水一律省掉,要有鲜明的个性色彩。实在没有个性色彩,要追求一点哲理味道。没有哲理味道,追求一点深沉的思索也行。反正一定要抓住人。作家的技巧得像撒网一样,一网下去,不管什么样的鱼,全部把它网上来,然后再分类,再研究。因为社会上的人,什么样的心理状况都有:有高兴的,有悲哀的,有愤怒的,有经济条件好的,有经济条件差的,有刚打离婚的,有刚结婚的,有刚生孩子的,有刚死人的……他们看小说时,也怀着各种各样的情绪,你的作品的悬念、作品的艺术的感染力,让各种心情的人都从你的作品中看到他所关心的和对他有所补益的东西,这样他才能看得下去。这就是制造悬念的技巧——如果说这是技巧的话。为了不使叙述流于空洞,我省略了大段读者能够想象得出来的描写。另外,也不一定拘泥于传统的手法,用不着"花开千朵,各表一枝,听我慢慢道来"。可以东一榔头,西一棒子。不要担心读者看不懂,只要组织得好,你怎么写读者都懂。正因为如此,我写得很慢。我今年搞了两个短篇和两个中篇,感到很艰难。有很多东西找不到表达的形式,找不到角度,迟迟没有动笔,我认为作家写东西,就得这一篇这样写,下一篇那样写。文学这座山,从一条道儿爬不上去,非得从这儿爬上一段,然后迂回一下再爬,一段一段地上,像高明的医生做手术一样,从哪里下刀是很有讲究的。文学家从哪里下笔,要把整个时代因素、生活因素、现实因素等等都考虑在内。角度找到了,符合生活真实,符合时代,再同你的思想修养、政治素质、文字能力等等优点碰到一起,这个作品就会冒出火花来。有些作家不是没有才气,搞了一辈子,没有搞出自己满意的东西,就因为几个因素没有碰到一起。碰不到一起怎么办?我说不要轻易放过碰的机会。要翻来覆去地碰,就像打克郎棋那样,慢慢儿地碰,碰来碰去几个子儿都碰上了。在没有碰上之前,不要轻易动笔,一年可能写五个短篇,也可能只写一个短篇。有的下了很大功夫,也不见得比没有下很大功夫的好。我写的有些短篇,甚至比写中篇还费劲。

文学创作一个人一条路子。沿着别人的路是永远当不好作家的。所以,还是扎扎实实地艰苦地搞自己的,可能越搞越难,甚至难到搞不下去。我现在感到很难,但还有一点信心,这信心就是不要忘记两种"热":一是对生活的热,一是对政治的热。前几年我曾经有过不看报纸,不听广播,同政治沾边的事根本不管不问,就闭门写我的小说的倾向,事实证明这是不行的。作家必须以无产阶级世界观为指导,什么都要了解,都要知道,然后放到自己责任的天平上去称,把有价值的留下来。作家笔下的人物是从生活的矿石里冶炼出来的,积蓄越久,爆炸越烈。

1981年12月5日

谁的心里不鸣奏生活的交响

任何人在生活面前都是一个小学生，作家想要有所长进，就不能逃避这个严师。其实如果想躲避现实生活，就如同想躲避自己的影子一样困难。

生活把一个又一个问号提到了所有人的面前——经济上出现了市场调节，自由竞争，各种各样的责任制，五花八门的大包干、小包干。现在还出现了许多令人眼花缭乱的个人发家致富的典型，一个农民一年竟可以收入上万元乃至几万、十几万元。许多过去不可想象，认为绝对不可能出现的事物，现在出现了。大家也自然而合理地接受了"一部分人先富起来"、"发财光荣"这个事实和道理。有好人致富，有正当的发财之道，也有坏人捞大钱，走邪门歪道发财。捞不了外快的人中有没本事、偷奸耍滑的懒汉，也有老实巴交的百姓。金钱是上帝和魔鬼的使者，能使人上天堂，也能使人下地狱，它能影响社会的精神面貌和人们的心理状态。国家政治生活的动向发生了变化，许多概念都不一样了。有些口号依旧，其内涵也有了根本性的改变。宪法改变了，婚姻法也改变了……

这一切牵扯到每一个人，影响着每个人的生活。作家不可能逃避这一切，用双手捂住脸装作什么也没有看见是不行的。然而，要叫作家直接去表现这些东西也是相当困难的，闹不好就会图解政策，变成一时的宣传工具，条文一变，作品就完蛋。如今谁能打保票对生活的变化就吃得那么透呢？政治家和经济学家尚且不能大包大揽地拍胸脯，作家又怎能信心十足地表现眼前还正在发生着的事情呢？心里拿不准，手就提不起笔。

于是，靠雕虫小技，玩花活，借以躲开现实，还可以不中断创作。但会说的不如会听的，会演的不如会看的，读者和精明的批评家一针见血地指出了这种不能令人满意的创作倾向：文学显得空了、虚了、发飘了。作品中"生活的浓度淡了"，像酒里对水，淡而无味；作家表现得有点"捉襟见肘"，靠花架子以支撑门面。这意见尖锐而又中肯，作家无路可躲。因此，每个人都在想自己的"辙儿"。

我怎样走自己的路呢？投石问路，今年夏天写了《锅碗瓢盆交响曲》。关于这部小说的成败得失暂且不论，那是读者和批评家的事情，在创作上允许探索，也允许失败。重要的是我自己要有个清醒的认识：路子这样迈可不可以？

盯紧人，而不是紧跟某些事件；拥抱现实生活，并不等于描写现时的政治和经济政策；探索现代人的心灵世界，反映人们之间的各种关系。

社会政治生活的现状改变了，群众的舆论改变了，人们的兴趣和追求也起了变化，新的憧憬与旧的习俗发生了冲突，新的观念与传统的道德发生了抗争，新生活要破坏旧生活的轨道，有人积极去适应新的现实，有人则更喜欢旧的秩序。爱情、婚姻、家庭、伦理、道德、法律、风俗等等观念都在有所改变，生活处在一个十字路口，人们的精神世界也处在一个十字路口。这不仅不会使作家感到为难，反而给文学提供了可任纵横驰骋的广阔天地。

我决定走一条描写现实、拥抱生活、揭示人的内心秘密的创作之路。

我把着眼点盯在了青年人身上，他们经过了一段痛苦和思考，受住了精神上的空虚和思想上裂变的折磨，逐渐地都在走向现实。这个现实——不再是与世界隔绝的死水一潭，现代人的生活视野和思想视野要比从前开阔得多了。于是，我在生活中发现了《锅碗瓢盆交响曲》里的主人公——牛宏。

他天生是个不吭不哈的"牛琢磨"，但是生活使他的个性发展渐渐由内向转为外向。这也是我为这个人物设计的灵魂的内核。敢于战胜自己,才能战胜命运、战胜生活。

我在生活中还发现了这样一种有趣的现象:那些能够打开局面的单位,其领导有一个共同的特点——具有新的思想,新的方法,新的风度,新的魅力。而那些在工作上打不开局面的人,在生活上则喜欢采取守势。但是在个人的问题上倒常常是春风得意的。而那些勇于开拓新局面的人,在个人的生活上往往不是胜利者,却是失败者,但在做人的方面,在做个真正的人上,他们是成功的。人——应该是过这样一种有内容的生活。牛宏正是这样的人,当我发现这一点之后,高兴极了!

可见,有了对现实生活的生动而又充满激情的感受,才能引爆创作欲望的火花,才能产生文学构思。作家的全部创作劳动无时无刻不在接受生活的检验,也只有生活才能纠正作家思想上的错误和偏见,改变作家探索的方式和内容。我如果不发现"康乐冷饮店"的负责人,就不会开始《锅碗瓢盆交响曲》的艺术构思。这一发现打乱了自己原来的写作计划,我丝毫不觉得可惜。

我不否认,生气勃勃的创作思想也是至关紧要的,它能使生活发出光芒,这光芒反过来又能照亮作家在文学上进行探索的方向。我在生活中找到了牛宏,似乎也明白了自己所追求的是什么:让文学成为当代人精神生活的透视镜。这就要求小说必须出人——写出人物来,深入精到地写出人物的内心精神世界。每个人的心里都有自己的歌,作家的责任就是让自己笔下的每个人物都能唱出他们的歌,合在一起,再配上和弦,就是当代人的命运交响曲。

作家要解释自己的作品总感到有些困难,但是可以讲出一串与这些作品有关的故事。

我和《锅碗瓢盆交响曲》中的主人公——牛宏的相识,就颇有点戏剧性。每个人都不可能不跟饮食行业打交道,我也一样,而且家住市郊,饮食公司虽然设了点,但它们的职工不愿意到离市中心那么远的地方去工作,因此这些饮食店的服务质量就可想而知了。时间一长,我肚子里积存了不少感慨。不论你多高兴,走进饭馆吃饭,常常会怄一肚子气;不论你脾气多大,买早点排上一个小时的队,也把你的性格磨没了。更不要说服务员叼着卷烟给你盛菜,擤完鼻涕为你拿馍了。饭馆里外不讲卫生,服务员个人里外也不讲卫生,谈吐粗俗,神情冷漠,官商官办,大爷买卖,是店就欺客! 我的观察如果到此为止,就写这些现象,那就是写事不写人。作家的职业也是喜欢"琢磨"人。久而久之,我发现有些服务员根本不拿自己当人,自轻自贱,看不起自己的职业,进而瞧不起自己。作为这种心理的变态反应,则是把火气撒到顾客身上,用傲慢掩盖自卑,看不起所有来找他吃饭和买东西的人(因此才有《锅碗瓢盆交响曲》中牛宏要求他的职工都要让生命开花,牛宏姐姐不卑不亢地在汽车上卖票等情节)。

尽管如此,起先我并没有想用小说反映饮食行业的打算。我有两个已经想好的中篇,一个是表现一女电子科学家的,另一个是反映一位生命快要结束的领导干部的,都等待机会动笔。牛宏所以诞生在他们前面,因为有两件事情刺激了我。

第一件,某食品店,经理大偷,职工小偷,大家心照不宣,你经理还往家里拿呢,别人岂不是不拿白不拿。每到快下班的时候,经理站柜台,他的同伙必来买东西,花一块多钱买一斤糕点,却找回来二三十块钱。店里有个穿衣打扮不甚叫人喜欢的小伙子,对这件事实在看不下去了,又知道经理势力很大,按一般的规矩去告状或揭发检举是不顶事的。于是他按照自己的智力采取了行动,邀集了店外的三个哥们儿,埋伏在小胡同中,当场抓住经理监守自盗的同伙,人赃俱全,痛打一顿,然后拉到公司。公司领导二话不说,光批评小伙子态度错了,方式不对,打人是侵犯人权。小伙子大骂三声,扬长而去。从此他就开始"耍"了!

令我震惊的是,经理是一店之主,尚且不把办好食品店当成自己的职责,更不要说其他的人。于是乎大家只有一种心气:不偷白不偷,不拿白不拿。扩而大之,"社会主义所有制"岂不是变成了没有主儿的所有制。国家的商业怎么能搞好? 然而,再往深里问一句,这能完全怪罪那个经理吗？是制度上有漏洞，还是官商官办的土壤就适合长这种坏苗？

第二件，我的六岁的小女儿，到夏天喜欢吃冰棒，在家门口买的冰棒常会赶上苦的或咸的，不吃不知道是苦是咸，咬了一口人家又不愿退换。所以每逢我要到市里去，女儿便叫我从市里带几根冰棒回来。我有一个大保温杯，装上四根还有富余。有一次到"康乐冷饮店"去买冰棒，服务员居然替我装进了八根，下面四根把儿朝上，上面四根把儿朝下，严丝合缝，充分利用保温杯的空间。这是小事，可是反映了服务员很聪明，会做买卖。他态度也相当友善，言语柔和。我买东西常常看人家的白眼，这次简直有点受宠若惊。他多赚了我四根冰棒的钱，我还很高兴。随后我走进了冷饮店，店里顾客很多，秩序很好，店内装饰清雅整洁，墙上挂着字画，醒目的地方有盆景，二楼和三楼是雅座。"鸳鸯冰激凌"一份六角钱，"四喜丸子"（也是一种冰激凌）一元两角一份，花样很多，名字起得也很新鲜。一楼是大路货，二、三楼是高档产品。这个店懂得顾客心理学，现在大家兜里都有点钱，心里也想得开，愿意吃点新鲜的，用点新鲜的。特别是现代青年人，不论是陪着女朋友，还是小哥儿几个下馆子，敢吃，敢花钱，有好不吃次，吃了是赚的。因此，现在各种市场上，有独特风格的高档产品都供不应求。我兴之所至，采访了这个冷饮店的职工和负责人，负责人竟是个二十七岁的小伙子，以前是个老实巴交、不爱说不爱道的人，越是这样的人，偶尔蹦出一句话便更有分量。现在则是个嘴茬子相当厉害、头脑精明、作风泼辣的领导干部了。地震时，"康乐"和它旁边一个食品店的房子全被震坏了，那个食品店修了两年，"康乐"在这个年轻人的带领下只用了九个月就盖起了新楼，开张营业，而且很快就使上缴的利润超过了同等规模的基层店。但是，这位年轻人却经常受到上级的批评，向公司写过三次书面检查。有一次把小伙子实在惹火了，他说："我知道怎么样干能叫你们高兴，可那样会使国家少赚很多钱！我可以作检查，但这是为国家两肋插刀，给你们当官的一个台阶！我一分钱的便宜没占过。我犯的是正大光明的错误，斯大林还三七开呢，我是草民，五五开就行！"

"五五开就行！"这句话把我的心烧起来了，一下子点亮了我库存的关于饮食行业的全部材料。社会把它巨大而复杂的投影投射到每个人的心灵上。作家的责任就是把人物心灵上的社会投影展示到稿纸上。我决定放下其他的东西，着手写《锅碗瓢盆交响曲》。

至于"政治哑巴"、"阶级斗争脸"之类的人物，写出他们几乎用不着费什么力气，在我周围这样的人物很多，你不去找他，他会找你。我努力的是应该控制自己的感情，不要给他们乱起外号。记得一九八〇年我写过一部中篇小说叫《开拓者》，里面把一个青年人叫做"业余华侨"。以后这顶帽子就满天飞。有个青年来信挖苦我，说"发明'业余华侨'的专利权"应该属于我。这不是我发明的，是生活发明的。我感到惭愧，因为我不愿意伤害青年人。

不管作家对生活所做的研究多么独特、多么深刻，多么具有认识作用，仍然不能因此就对生活中的冲突不再进行艺术构思，不再着意刻画人物。生活不能代替艺术。作家的全部努力应该使对生活的探索达到艺术上的发现。艺术上的发现——这是作家表达对世界的认识的唯一手段。掌握了这种手段，才能对生活进行具有道德意义和美学意义的表现；才能在理解现实、反映现实上不平铺直叙，而充满想象力；才能使作品蕴含丰厚，使生活的画面具有一种史诗般的味道。

然而，艺术上的发现何其艰难。作家可以为此付出最高的代价——"最大的想象力和最大的勇气！"

1982年12月24日

希望少一点遗憾

最近有人打问我今年的创作计划。一年之始谁能没有个计划？在工厂的时候每到年底年初，我愿意和计划员、统计员、调度员在一起：去年干得怎么样，亏了还是超了，得意之处在什么地方，哪儿失算了；今年怎么干，干多少等等。数字是实实在在的，计划是把握十足的，一切都心明眼亮。

然而，我若以一个作家的身份来想这些事情，那就麻烦了，会陷于一种自我抱怨的痛苦之中：写得太少了，创作计划没完成，有许多题目应该作而未作，旧账没还清又背新债，已经发表的作品当自己从电视上看到它、从广播中听到它或者听到读者议论它的时候，突然发现了它的毛病，后悔不迭，不应该这样写，而应该那样写……总之，遗憾远远大于欢乐。创作老得吃后悔药，作家总是事后诸葛亮。

今年（也许是今后三年）我主要是到工厂去。二十多年来，一直生活在一个工厂，这回要多去几个工厂，横的纵的都要摸一摸、看一看。朋友们对我有两种建议：一、正当盛年，多写。二、趁身体强壮，多到基层里捞点东西（指创作素材，不要误会成物质利益）。两种意见都对，我都听，决定多看，多想，多写……

我是慢手，所谓多写，一年也不过就是那么几篇。时间的划分决定三三六开；写作时间三个月，读书三个月，下生活六个月。我想这足够了，因为去年四月我离开工厂，当了八个月专业作家，年终掐指一算，用在写作上的还不到三个月，其余都是"打游击"。其中包括访美，来去用了两个月。

　　访美的中国作家代表团一行八人，有人开玩笑，说我们是"八仙过海"。我写了一组散文，总题目就叫《过海日记》，不久将发表。还有一部中篇小说《在四面八方发生的事情》。我有时觉得，真实的生活比写在纸面上的文学丰富一百倍，众多的活人比作家呕心沥血塑造出来的艺术形象还要典型，还要生动，我何必再去杜撰故事呢？

　　这也是促使我再回到工厂去的一个主要原因。当我对生活感到眼花缭乱的时候，那就是说我跟生活有了某种距离；当我能够沉得住气，心里非常清楚的时候，那就是说我在和生活并驾齐驱。当前我正是有点眼花缭乱，不能有把握地说清生活的某一领域或某一类人，今天正在发生什么变化，明天还将会发生什么事情。需要沉下去研究、思考。

　　当然，今年我还有不少东西要写。但总也学不会这样一种本事，在有人问起时能够张口就出——准备写几部长篇，叫什么名字；几部中篇，各叫什么名字；十几个短篇，都叫什么名字，等等。我一有了题目就有了一半啦。现在连影子还没有，只好叫你失望。心里没有把握，不能开空头支票唬你。我只希望到明年的这时候，遗憾能少一点。

1983年1月

致《读书》杂志编辑部

——兼答鲁和光同志

《读书》杂志的编辑同志：

谢谢你们寄来的杂志和打印的信。我在未见到贵刊前，已经从《人民日报》社编的《文摘报》和上海的《报刊文摘》上，看到了鲁和光同志文章的摘要，许多同志也向我谈起这件事，并接到一些不同意鲁文观点的读者来信和来稿。现选了两篇寄上，我想贵刊应该有勇气发表不同观点的文章。

鲁和光同志说：他接触过许多工厂的厂长，他们几乎都知道乔光朴，有些厂长甚至把这类文艺作品当做企业管理的教科书在研究，但"管理工作效果并不理想，最后简直无法工作下去"。

把小说"当作企业管理的教科书"，把"乔厂长的管理方法当作样板"，这合适吗？看了《陈奂生上城》就去做小买卖，看了《阿Q正传》就去学"精神胜利法"，看了《水浒传》就学李逵抡起板斧将头砍去……那不乱套了吗！如此效法当然会在生活中碰壁，碰壁后便大骂文学，以此否定小说，这是很痛快的。因为对文学发怒，比去改变生活容易多了。

那么，鲁和光同志也许会问：你塑造的正面人物不是叫人家学习的吗？我说：你要学习，咱欢迎。但要学精神，学做人的风格，做人的力量。如果你只是喜欢看一点小说，并不向其中的某一个人物学习，作家决不怪你。生活中，说某人是诸葛亮，指他足智多谋，并不是说他也会装神弄鬼借东风；说某个小伙子像武松，也不是指他真去景阳冈打过虎。

鲁文给人这样一个感觉:在他的周围似乎掀起了一个"学习乔光朴运动"。这使我甚感惶恐。作家力争写出活人,而活人不等于完人。活人身上有好也有坏,有长也有短,倘你只学他的缺点,叫作家怎么办? 乔光朴不是雷锋。乔光朴的父母是生活,他的血肉是笔和墨。鲁和光同志所"接触过"的"许多工厂的厂长",开展学乔运动的结果"并不理想",最后甚至"无法工作下去"了,这不能责怪乔光朴。如果追究法律责任的话,鲁和光同志倒应该对小说的作者起诉。

我也"由于工作的关系",不仅"接触过许多工厂的厂长",还接触了一些更高一点的工业领导干部和普通群众。他们已记不得乔厂长具体干了些什么事情,但喜欢把能打开局面、敢作敢为的干部统称之为乔厂长式的人物。其实,这些人物比"乔厂长"还要乔厂长! 报纸上报道他们的事迹时,用的标题是:《生活中的乔厂长》、《欢迎乔厂长来上任》等。但他们要比我笔下的乔厂长高明多了,他们并不照搬乔光朴的那一套。如果说他们当中有些人到后来"无法工作下去"了,岂止是"效果并不理想",甚至被调走,被免职或明升暗降,那是另外的问题,责任并不全在他们本身。更不能把这种责任全加到乔厂长头上。即使鲁和光同志从西方借来了"Y理论"和"Z理论"的先进武器,就保证能奏效吗?

近年来,国内介绍行为科学的文章很多,这是一件好事。鲁文用主要篇幅重复这些内容,也无可厚非,借鉴一种新东西,反复宣传也有必要。为什么非要拿文学作品开刀? 文学好像成了一个破鼓乱人捶! 乔光朴从一出世就十分倒霉,屡遭磨难,人家要介绍行为科学,一开头也先把他骂几句,岂不冤枉! 这到哪儿去说理? 鲁和光同志薅来的理论当然比乔厂长那一套先进多了,也许能包治百病,并且"行于长久"。可是怎么能要求作家也按他的理论写作? 用国外管理理论审判纯属文学形象的乔光朴,这"行为"符合"科学"吗?

鲁文把乔厂长的办法概括为"靠的是规章制度,办法是惩罚",然后加以批判。自己立靶,自己射击,是最便当的了,保证百发百中。鲁和光同志还不喜欢乔光朴的性格,说他"表情严肃,很少对工人露出笑容"。读者有权根据自己的喜恶取舍小说中的人物,但不能把自己的喜恶强加给小说中的人物及其作者,何况还是断章取义,攻其一点。《乔厂长上任记》不是成熟之作,正像乔光朴这个人物一样,小说本身也有不少缺点和失误。但不抱偏见的读者,是不会得出鲁和光同志的那种印象。纵然乔光朴"表情严肃,很少对工人露出笑容",又犯了哪家的王法? 难道非要老乔温柔可爱,见人三分笑,就符合"行为科学"吗?

鲁文还为文学创作指出了方向:"吸取行为科学的科学原理","正确表现企业管理现代化题材",文学才能"迈出新的步子"。

要想"迈出"这种新"步子",说难也真难,在作家对行为科学的理论还没有达到像鲁和光同志那样精通的地步之前,是很难动笔的。说容易也很容易,今天外国人宣扬"Z理论",作家就叫人物口口声声不离"Z理论"。到明天外国人又想出了"K理论",作家又叫人物按"K理论"行事,把文学变成洋杂碎。外国人发明一种新玩意儿,我们就拿过来搬到作品里去,图解一番,赶一番新浪潮,时髦倒也时髦。这样的作品也未必就能"行于长久",只怕连"行于一时"也办不到。

怎样看待文学作品,这本是一般读者都知道的常识。可是,鲁文在一个指导人们怎样"读书"、学术性很浓的《读书》杂志上发表之后,就我所知道的全国两家"文摘报"都很快发表了鲁文的摘要。记得去年《上海文学》也发表了一篇文章,把三篇小说中的厂长的管理办法拿来做比较,评定优劣。可见这不单是如何看待一个乔厂长的问题,而是如何看待文学创作的问题。以前有人同小说中的人物对号,已经使作家哭笑不得,如今又有人"按图索骥",到小说中寻找改革方案,把小说中的人物当作企业管理的样板加以效法,岂不悲哉!

文学不能倒退,不能退到"方案文学"、"事件文学"、"跟中心文学"的旧路上去。文学要表现当前的社会生活,就不可能回避方兴未艾的经济改革。但作家不可自作聪明,给经济学家出主意、提方案,而且认为自己的方案是"最佳方案"。这样容易使一些热心改革而一时又没有找到好办法的人产生误解,把文艺作品中的方案当作"样板"和"教科书",拿去实行,一旦碰壁,回过头来抱怨作家。作家徒有热心,却给人帮倒忙。文学要表现现实生活,并不等于就紧跟某种事件或描写具体的政治和经济政策。作家的着眼点是探索现代人的心灵的奥秘。表现人物不能没有细节,细节来自现实生活。也请读者诸公不要把作家用来表现人物的细节,当作改革的方案加以模仿。

当然,作家也不必在小说里玩花活,将经济学、哲学、心理学和种种现代科学技术的新名词像开药方一样成串地塞进自己的作品,赶国际浪潮,追洋时髦。变态、怪异,不等于跟上了"时代潮流"。创作是一种货真价实的劳动。

读了你们的信,信笔写下这许多,请批评。

此致

敬礼

蒋子龙

1983年1月30日

《选集》缀语

一家出版社要出版我的《选集》，我从柜子里把过去发表的东西全部翻出来，堆在眼前，心里涌出各种各样的滋味。最主要的却是惶惑——从一九六二年发表第一篇作品至今二十一年了，总共写了多少？从这一堆中矬子拔将军能够选出几篇？我又是怎样一步一步地在文学的小路上走过了这段是非纷纭的年月？

小说无疑是作者更深刻、更丰富、更高水平的自传。把自己的作品从头至尾过一遍筛子，来一番自我裁判，这需要理智和耐性。把自己的裁判结果托给读者，接受客观的鉴定，这要有一定的勇气。我决定不退下来，迈出这一步，迎接这种文学形式的挑战。于是写出下面的一番话，作为我的小说的"自我鉴定表"。

1

我生在农村，喜欢农村，至今家乡的景物还常常进入我的梦境。可是生活却偏偏在我少年时代还没有结束时就强行把我带进了城市。不是由于我羡慕城市生活，当时我还不谙世事，纯属因为母亲去世而造成的一场家庭变故所致。从农村到城市，最初在我小小的头脑里留下的最深印象是：大难临头了，从此变成个没娘的孩儿了！

在中学里我喜欢数学、历史和音乐。总之，除去作文，其他的十几门功课都能轻而易举就拿到满分。也是由于一次意外的事变，我被撤掉班主席职务，作为一个"思想上的病人"，接受全校青年团员的"会诊治疗"。不平则鸣,口吐鲜血,萌动了写作的念头。

以后上技校,进工厂,到一个海军训练学校里学制图,都表现出对工业生产和技术工作有一种特殊的敏感和兴趣。我和我周围的人都不怀疑,我似乎天生是一个能工巧匠,理应从事一种创造物质财富的劳动,不用费太大的力气,就能安居乐业。同样也是由于生活中发生了一连串突然的事件,我像江心的一块木头,身不由己,被巨浪推打着走入了创作的航道,顺文学之流而下。

命运之神待我本来就十分苛刻,我吞食的苦果要比同辈人多几倍。当我爱上文学之后,命运几乎要把我抛弃了!破鼓乱人捶,墙倒众人推。一个坎坷接着一个坎坷,一个打击连着一个打击,都想把我和文学拆开。如果我抛开了创作,一定会平安无事。奇怪的是每经受一场灾难,就逼得我向文学更靠近了一步。我本不爱文,生活作媒,逼我爱上文,再要"棒打鸳鸯",显然是不可能了。

打击加深了我对人生的理解,灾难成全了我的性格。生活给我的身上注入了"坚强激素",我自觉或不自觉地也把这种"激素"灌输到自己的作品里。

我难忘一个女大学生把她的座右铭抄寄给我:"对于一个坚强的人,痛苦和不幸像铁犁一样开垦着他内心的大地。虽然疼,却可以播种。"

落在我身上的文学的种子,正是在这样一块苦难的土壤上发芽了。在文学的入口处,又何尝不是"像在地狱的入口处一样"?!我在思想上蜕了几次皮才走到今天,也许今后还要经受多次"蜕皮"的痛苦。

2

一九六六年之前,我的笔唱的是一支生命之歌,或者叫由着年轻的生命自然哼唱。当时二十岁刚出头,精力过剩,身上有技术,业务上什么活儿也难不住我,谁还能把我怎么样?仿佛任何浓度的生活的苦酒都不能把我醉倒、把我毒死。打击来了,憋闷个一天两天,难关一过,怒气把劲头催得更大。生命并不总是欢乐的,我唱出的歌却是欢乐的。写小说,写散文,写话剧,编相声,填歌词,全是新人新事、好人好事。虽然发表了一些作品,却还不懂得"文学"这两个字真正所包含的内容,不懂得研究生活,不知道应该努力认识世界、认识它的谜和秘密,不知道把自己和社会同文学联系起来。写出的作品很肤浅,但是可爱又单纯。写小说能发表出来,写节目能够演出,让观众"哈哈大笑"或"热烈鼓掌","气气那些人","好玩儿",而且"不指着这个吃,老子干活也比你们强"! 自己心里有根:写作仅仅是"余",决不可当"业"。从来没想到要当作家,从来没想到将来会以创作为职业。

一九六六年,文艺刊物纷纷停办,我接到好几个编辑部退回的校样。心里觉得没什么,顶多就是少得几张购书券,再说也没有什么书可买,买了好书在运动中也是累赘。开始成立"红卫兵",因我出身不是红五类,不让参加。整个"四清"工作队里大概就甩下我一个人。人家一开会,我就自动躲出去,骑车到工厂外面的树林里,躺在地上,望着树枝,听着鸟叫。

以后工厂里又竖起了几十面造反派的大旗,因我是搞过"四清"的"老保",属于"党团员骨干"之列,不准站到造反的大旗下,造反派见了我躲之唯恐不及。我一怒之下"打回老家闹革命",回到一吨汽锤跟前耍钳子。"老子有手艺,有力气!"这无疑又成全了我。

一九七一年,报纸恢复文艺副刊,向我约稿,于是"东山再起",重操旧业。这次同六十年代不一样,唱的是"政治之歌"。跟领袖,跟中心,跟形势。不是假跟,而是真跟,诚心诚意地跟。文学不是真实地全面地表现生活,而是按照一个现成的模式去套生活,削足适履,把活的事物写死了。我写过几个短篇之后,感到在创作上走投无路了,再用"套子"去套生活,写出的东西会千篇一律。

一九七五年底,我试着用文学恢复生活的本来面目,根据真实的生活写作,而不是让内容迁就形式,创作了小说《机电局长的一天》。

这篇小说的命运同它的作者的命运一样,颠来倒去,颇值得寻味。小说刚一发表，许多读者来信和编辑部编印的"简报"都公认它是一篇"优秀小说"，很快它就成了"有严重错误的小说"。三个月后"反击右倾翻案风"开始，它成了"大毒草"。人家的文艺作品里主人公都是"小将"、"新生力量"，《一天》的主角是个"老干部"；人家文艺作品里的正面人物都是"魁梧英俊"，《一天》里的正面人物却是个"瘦小枯干的病老头儿"，等等。只从这些小地方，就理所当然地给这篇小说扣上了"宣扬唯生产力论"、"宣扬阶级斗争熄灭论"等七顶帽子。

当时文化部的领导人责令《人民文学》杂志编辑部，对《一天》展开批判，叫我公开做检查。因为我的检查老也做不深刻，人家没急我倒烦了，提出不写检查，从此也不再写小说。文化部的头头也火了，干脆在北京找人代我拟出检查的草稿，通过组织手段找到天津市委，让当时的市委书记压我认头。我认头了。这次再靠"老子有手艺，有力气"不顶事了，人家说了："想回班组当工人？没那么便宜，先从班组把他批倒批臭，然后全国公开批判！"

遵照领导叫我"以实际行动改正错误"的指示，我参加了话剧《红松堡》的创作组，并且写了我唯一的一篇以农村生活为题材的小说《铁锨传》，和"检查"一块发表。然而这一切都无济于事，对《一天》的认识逐步升级，文化部压编辑部对这篇小说进行公开批判，编辑们在抗震棚里被逼得一个一个地表态，臂上还戴着黑纱。就在这时候历史又掀过了一章。

不久，天津市对有我参加创作的话剧《红松堡》和小说《铁锨传》展开了轰轰烈烈的批评，《机电局长的一天》似乎又不是大毒草了。

政治必然会影响文学。有人说以前的作家不写政治，外国的作家不写政治，为什么我们的作品就不能离开政治？抱怨半天还是离不开。文学不找政治，政治要找文学。我们刚刚走过来的这一段"非常时期"，政治运动给生活打上了很深的烙印，要反映这段生活，又想回避这些印记，就会显得不真实。某些反映"文化大革命"的文艺作品，之所以使人觉得像闹剧，肤浅而又不真实，我以为是对当时的政治风云、政治事件、政治人物缺乏深入精细地解剖。政治运动使社会发生了剧变,使生活发生了剧变,人的面貌也发生了剧变,不追本溯源,怎么能写好这种变化呢?

我进入了第二个沉默期,认真地思索什么才是文学。当初写作是为了"气气那些人",如今气了自己,方知搞创作一点也不"好玩儿",而是好可恶!文学被一股邪恶的势力亵渎了。社会使它变丑,灾难使它变丑,但是新的生活会把文学的面目洗净。我沉默了三年,一步一步地回顾我所走过的路程,一字一句解剖我发表过的全部作品,思想上一层一层地蜕皮,我终于认识了"文学"!

这是我的创作道路上最值得怀念的转折期。没有这次默默的然而是十分痛苦的"精神裂变",我就不会从简单的"描写好人好事的文学"中跳出来,也不会从"方案之争、路线之争"的小说结构中跳出来,更不会从描写事件和生产过程的"车间文学"中跳出来。旧的枝叶被打掉了,文学的种子又长出了新芽。

三年后,我发表了《乔厂长上任记》,又招来一场兜头盖脸的批判。但是,当批判的武器和群众的愿望背道而驰时,它失去了应有的威力。获得了人民承认的文学作品是有力量的,不会轻易被否定。这场批判坚定了我的信心,也使我更加清醒,决定进行新的探索。

3

作家不仅要知道应该写什么,更要懂得不应该写什么。创作,其实可以称做是选择自己的优势并充分发挥这种优势。

我写《乔厂长上任记》、《维持会长》、《开拓者》,正是选择了自己的优势。我熟悉社会的这个领域,我精通这一块生活。我敢用"精通"这两个字,不是指对小说中所反映的人和事十分了解,而是自觉抓住了这一块生活的内涵。

生活有表面的,也有内里的。社会就是地球,是立体的,不是单面的;是圆的,不是瘪的;有地壳,也有地心。刮风下雨、江河湖海是看得见的,地下同样也有一个水网。你在什么地方下钻,钻多深?你想要得到清泉,还是温泉?是原油,还是天然气?生活是千层万馅的,眼光既盯住"社会事实",又不放松钻探它的"心理意义"。

在什么地方下钻,才能获取具有心理价值的东西呢?人在什么时候最容易撕去伪装,赤裸裸地暴露其本质呢?

中外文学先人们提供了许多经验:写社交,写私生活,在黑暗中,在情人面前,人是容易现原形和口吐真话的。儿女情长,英雄气短,缠绵悱恻,引人动心。写黑社会,写罪恶,写金钱对人类的耍弄,入木三分,惊心动魄,且悬念丛生,跌宕有致。

经验再好也不能照搬。更何况时代不同,民族不一样,社会现实差异悬殊,连人的"内涵"都发生了重大的变化。因而,我研究了自己想要表现的这一生活领域的人,什么东西最能牵动他们的心,他们在什么事情上最容易表现出做人的本质?

权力——对权力的看法,权力的使用和竞争。

我们的社会关系、人与人的关系,是最复杂、最精密、最"现代化"的。一个人到新单位去工作,不取得周围人的欢心,是很难站住脚的。要取得这样的欢心,又有一套复杂的"工艺过程"。作家不研究这种微妙的人际关系,就很难刻画出当代人活灵活现的灵魂。造成这种局面的原因是相当复杂的,有历史的原因,经济的原因,政治的原因……权力,在这中间起了润滑剂的作用。最早是树立权力的"绝对权威",有权就有真理,就有智慧,就有水平。当事实并不全是这样的时候,大家对权力又产生了一种过激的厌恶和抵制的情绪。因此现在没有权力不行,光靠权力也不行;没有钱不行,光有钱也不行;没有人缘儿不行,光有一个好人缘儿也不行。研究这一切不是没有意义的,小说家应该是富于想象力的社会学家。

有人把我这一组作品里的人物统称之谓"开拓者家族"。一个人的绰号都不是他自己起的,这没有关系。我喜欢"开拓"这两个字的含义,开拓人物的灵魂,开拓新的手法、新的角度,开拓让当代文学立足的新基地。

文学家不应该只会认识过去,而不善于预测未来。当人们在精神上感到困窘和绝望的时候,往往是从未来吸取一些力量。倘若连未来也失去了,那就只有死路一条。这就是"开拓者家族"里的人物基调。

4

文坛不应该成为死水一潭。它到处都有活泼的生命,严峻的真理。喜欢探索、酷爱争论的作家,对于生活的进步、社会的发展是有益的。

而一味地留恋过去,死死地抱住自己的历史,不是用语言去打扮自己的作品,而是过分打扮自己,孤芳自赏,老王卖瓜,岂不变成了世间俗物? 如同一枝顾影自怜的老水仙! 不尊重现实,势必失去现实。没有现实,何谈将来。丧失了未来的人就只剩下回想过去,用回忆打发生活中的空寂。

人生之谜,恰如螺旋,盘绕曲折,甚而头脚颠倒,似进实退。是哪位老先生说过这样的话:历史的真本是悲剧,它的抄本才是闹剧。有些人的一生恰恰是用闹剧形式表现出来的悲剧。悲剧比没有剧好,真正的悲剧有无穷的意味,而且愈久愈增加许多真趣味。基于这一立意,我写了一组另一种类型的小说:《螺旋》、《九大行星的悲剧》、《宝塔底下的人》等。

生活像长河,文学应该帮助人们解释生活。这就要浓缩生活,对生活加以概括和集中,甚至不惜使用强化手段。如同打钻,总要有一定的动力。

在写这一组作品时,我不愿用松散的形式记录松散的生活,用太多的废话冒充才气,用杂乱无章的堆砌意象冒充生活流、意念流。不可否认,我从民族的文化珍品中吸收了更多的营养,我的小说注重情节,这不只是为了便利别人阅读。好读、耐读应该是小说所具备的最基本的条件。不能一概而论,认为凡是群众喜欢的作品都是通俗的、肤浅的,不能传之久远的。如果小说写得越难读,看不懂的人越多,就证明其艺术性越高深,那么会画鬼符的人岂不应该获得最高文学奖赏!

对于作家来说,情节——不是逗引读者兴趣的手段,也不单是用来交代事件的过程,而是分析生活的方法。用情节拨开常见的事物,把表面的生活现象变成具有内在含义的东西,揭示出人们相互间的真正关系。更干脆地说,情节表达了作家对世界的认识。

我主张小说应该严格地选择情节,坚决丢掉那些多余的、使小说结构变得臃肿的东西。没有情节,如同树没有干,花没有茎,怎样完成对人物性格的刻画? 完全靠叙述和议论吗? 那又怎能选择生活现象并使之典型化呢?

"必须找到个情节。一个适宜的情节能把所有杂乱无章的思想、观察和知识组织起来,顷刻之间就完成了,像一服苛刻反应剂。情节是揭示某种社会矛盾的一把钥匙,它是各种矛盾冲突中最精炼的故事,作家应该猎取它……"——记不清这是谁的话了,大意如此。大概是出自已经作古的人,不会是当代时髦的人物。我却认为这话说得很有几分道理。

生活流也好,意识流也好,都不会流没了情节。每个人都可以回想自己的一生,难道是混沌一片吗? 留在记忆里的总是那么几件难忘的"事"! 把这几件"事"再现,也就把这个人写活了。这种"事",就是情节。

我注重情节却是为"生活流"服务,为"意识流"服务,为刻画人物服务。为情节而情节,刻意编造,故弄玄虚,脱离真实,哗众取宠,是不足取的。

5

创作最忌老念一本经。可是作家有一种不太好克服的惰性——喜欢不断地重复自己。特别是当作家发现了自己的"优势",找到了自己比较擅长的处理题材的角度和方法,要他放弃这一套是相当困难的。不管效果如何,我老在拼命"挣扎",不断地变换阵地,变换方位,从内容到形式争取每一篇一个样儿,尽量不重复自己。力气费了不少,是不是达到目的了,没有把握。也许到老也挣不脱自己的老框框,但不能不争,不能不闯。《一个工厂秘书的日记》、《晚年》、《一件离婚案》等一批小说,就是在这种思想指导下的产物。

作家不管有多大本事,纵然会七十二变,也跳不出如来佛的掌心。生活就是如来佛。是改变生活的音调,按文学的谱子哼哼呢,还是调节文学的节拍,按照生活的旋律歌唱?我取后者。所以这一组小说里所反映的生活是全色的,人物是全色的,灵魂是复杂的。也许可以说是真实地记录了生活的自然流动。

我爱钢铁的沉默,也爱用钢铁制成的刀剑的锋利;我爱社会的万端复杂,也爱赤子的心地纯洁。入世渐深,良知不灭,作家不能失去耿介的正义感。却又要在小说中藏起这种"正义感",使小说中的人们好坏难辨,真假不分。这就是生活的真实。

谁也无法对生活下命令。生活不会倒退,因此文学也不会再退到田园诗的时代。不管人们喜欢不喜欢,小说将越来越变得难以预测,它的形式也将同实际生活一样变化多端、各色各样。

不要说是生活,便是最粗糙的石头,又何止一面!小说怎么能够单色彩、单线条呢?作家不可能用稿纸挡住自己的脸。

谁也不能否认,文学有巨大的认识力量和社会力量。它要寻找生活的真理,更精确、更深刻地反映现实,并帮助人们改变现实。真理不是抽象的意念,更不是一种停留在纸面上的东西。真理是生活,是人,是活生生的人!纵然是一个写作天才,如果足不出户,与生活格格不入,也不会说出新鲜话。那些由理念产生的思想,再由笔尖写到稿纸上,不过是"水桶里钓鱼",只可以对付寂寞,借以自娱。

创作是无止境的,技法也有多种多样。但是,当生活开始讲话了,作家就应当沉默。写作艺术的本质,就是不用"写作"来掩盖或破坏事物的本质。因此,在写作这一组小说的时候,我竭力不让技巧破坏生活的和谐和统一,让读者感到的是生活自身的节奏。把技巧运用到好像没有技巧的地步,"清水出芙蓉,天然去雕饰",这境界太高了,我是达不到,心到力不足,空留许多遗憾。

我还做过其他一些试验。《赤橙黄绿青蓝紫》、《弧光》等是探索当代青年人心灵的。《拜年》、《招风耳,招风耳!》等,则是把"疯狂的热情"和"深沉的向往"变做对人物的冷静解剖,热闹中着一冷眼,冷落处存一热心。批判社会并不忘记自己的责任,"这责任就是一个孩子留在母亲乳房上的带血的牙印"。还写了一些如《找帽子》之类篇幅极短的小说,没有鲜明的人物和完整的故事,只有一点新鲜思想,或者一个小小的生活侧面。

我"四面出击",就是想描写现代"全景社会",也可以叫做画一部"社会全景图"。但面面俱到是不可能的,人是"社会动物",是各种关系的总和,抓住了人物就是看清了生活的筋脉,掌握了打开社会全景图的钥匙。这一"战役"究竟取得了多少进展?请读者批评。值得庆幸的是当代文学已经得到了生活的承认,谁为文学流了血汗,就一定会被群众记录下来。

1983年3月3日

《拜年》小序

在一片"拜年"声中编好了这本书,遂叫做《拜年》。

然而,我却厌恶拜年。记得在很小的时候,对过年有一喜一忧:喜的是可以尽情放鞭炮;忧的是在大年三十的子夜吃饺子前,要给所有比我大的人磕头拜年。此后三五天,还要一股劲地磕下去。磕得膝盖痛肿还不算,更令人发窘的是必须口中念念有词,论资排辈,准确地叫出各种称呼,往往臊得我满面通红。而且由于自己跪着,很容易把别人看得过分高大,甚而丧失自信。

现在,拜年的形式和内容都发生了很大的变化,很少磕头,一般都用嘴对付。可以用来表达关怀、慰劳、团结、尊老爱幼,也可以靠它套近乎、拉感情、维系各种各样的关系。真是手段简单,奥妙无穷。通过这种很普通的、极常见的生活现象,不能解剖当代复杂的社会关系吗?不能看到各式各样当代人的灵魂吗?

能不能说,文学的最高目的就是让人们更深刻地了解生活呢?倘如此,作家就首先应该不知疲倦地向生活的深度和广度探索,随着这种探索的逐步深入,其文学形式也必然要随着发生改变。打泥土层同打岩石层的钻头是不一样的,从一百米打到五百米,总要换钻头的。

收集在《拜年》里的中短篇小说,基本上都是一九八二年写的。这是我进行试验的一年。试验的成败得失暂且不论;探索是否碰上了"鬼打墙",使我仍在原地兜圈子,也先不提。我觉得像我这样一个在创作中似乎找到了自己的位置,却又不够成熟,缺乏经验的作家,应该每一年都要进行新的试验和新的探索。创作无"老本"可吃,更何况本身不老。

但一年下来，关心我创作的朋友们众说纷纭。有人说《宝塔底下的人》、《拜年》、《招风耳，招风耳！》太"冷"了，并为我担心，以为我在进行一种"危险的创作试验"。有人说《今天星期二》、《值班》、《种瓜得瓜》太"损"了，似乎有那么点"缺德"。其实，对社会的批判不能简单说成是"缺德"，敢于嘲笑自己的人，是自信的表现；没有幽默感，缺少的往往是智慧。也有人说《锅碗瓢盆交响曲》太"热"了，《九大行星的悲剧》太"玄"了……

你有千条妙计，我有一定之规。别人的议论要听，自己心中也要有主见。纵使试验全部失败，也比不试验强，至少知道了哪条路是行不通的。心中有了失败的教训，总比茫茫一片空白要充实，更何况试验未见得是"全部失败"。"冷"也好，"损"也好，在作家心中的土壤里，责任和痛苦却能播种和催发文学的种子。

我对自己去年的试验结果也有许多遗憾的地方，构思时是一个样子，写出来是又一个样子。比如《拜年》里的故事，原想在家属大杂院里展开，通过两个命运不同的女人反映两个不同命运的男人，武戏文唱，在厂外写厂内。然而一开手写，就破坏了原来的构思。通过《锅碗瓢盆交响曲》，我想告诉读者的绝不仅仅是个"改革"的故事。现在确实使某些读者产生了这样的误解。优秀的小说应该指示出现代人的精神世界，通过人和社会的联系，让读者意识到主人翁的价值，看到生活的失败者性格中的悲剧因素。我想从一个新的角度揭示当代青年人摆脱旧轨道、创造新生活的勇气，以及他们思想上发生的深刻变化和个性的复杂多变。但想得好，做得差，心有余而力不足。

总之，我力图从现实的社会关系中表现人的心理奥秘，企望刻画出一个立体的全景社会。因而只能再继续试验下去，摸索下去。停顿便无出路。

于是以这个"试验小结"权做序。

1983年3月于天津芥园里

创作的内功和外功

在这篇文章中,我想谈谈创作的内功和外功。内功和外功这种说法,原是武术上的,我把它们借用在这里,不过是为了把创作上的一些问题说得更透彻、更准确。绝不是要介绍一种"创作气功"或"创作武术",学会了这套功夫就可以称雄文坛,包打天下。这一点,想来是不会引起什么歧义的。那就让我言归正传吧。

内功的锻炼

创作确有个练内功的问题。因为创作本身包含着创作者心灵里的许多奥秘。奥秘不等于神秘。每个作家的心灵里一定有其特殊的奥秘,不然很难把生活变成艺术品。如果他没有自己独特的奥秘,又是怎样完成从生活发现到艺术体现的整个创作过程呢?

创作并不神秘。但对创作艺术品的过程,各有不同的解释。不妨随便举个例子,弗洛伊德认为:艺术家无一例外地是自我陶醉的,即艺术家都是具有童稚和自恋特性的发育不全者。而瑞士一个心理学家卡尔·古斯塔夫·荣格则认为艺术家是客观而非个人的,甚至是非人的。因为作为艺术家,他就是他的作品,而不是一个人。他的意思是说作家不是享有自由意志、追求个人目标的人,而是让艺术通过他实现其目的的人。作家的个人生活对于他的艺术创造来说是非本质的,顶多是帮助或阻碍他完成自己的艺术使命。作家的个人生涯不足以说明作为作家的他。我们应该有勇气听听各种各样的论调,我们习惯说"文如其人"。荣格的观点似乎正相反,人和他的作品是两码事。

在文学创作上,也有这样一个问题。文法、修辞、主题、结构,从小学讲到大学,人人都会使用中国语言,但不是人人都能用中国语言进行创作。奥妙何在?英国有个诗人彭斯,他写过一首诗:"要是你天生是个笨佬,语法能帮你啥忙?大学课程把脑筋弄坏了,进去牛一条,出来驴一条。"契诃夫似乎也有过类似的话:大学培养各种才能,包括愚蠢在内。请不要误解,以为他们反对上大学,反对高等教育。我的理解是不能靠文法修辞来攀登文学的顶峰。但大学毕竟还是能够培养各种各样的才能。特别是在我们当前的现实生活中,有一张大学毕业文凭,还意味着可以提干、提级、交朋友、分房子……

对创作的基本知识不了解是不行的,但是光靠那点现成的知识也不行。就像我们到医院去,如果绝对忠诚地听信和履行医生的教导,那就无法活了。他说你手上有多少细菌,水果和蔬菜上有多少细菌,吃饭又怎样,喝水又如何,什么病能置你于死地,什么病会造成多么严重的后果,等等。如果你只听信那些玄而又玄的理论,越看觉得创作越玄,谁说得都有道理,轮到自己拿起笔来却一筹莫展,还得回过头来重新认识自己。但是,医生讲的那些东西,并不是唬人的,不是卖狗皮膏药。医学是科学,手上确实有细菌,钱票子上确实有细菌,空气中确实有细菌,各种各样的病菌确实能让人生病,甚至置人于死地。我们不宣扬"不干不净吃了没病",也不可能生活在绝对干净的真空里。但我们活着,干自己的事业,也可能有病,但大多数人还是能够走完自己的一生。

生产物质产品可以讲究统一化、标准化,什么零件都有个统一的规格。而创作精神产品就没有一个统一的规格,也不可能有一家小说工厂专门生产各种小说标准件,我们买来组装一下就行。文学创作甚至也不同于戏剧和杂技等表演艺术。表演可以祖传,一家子都当演员的不少,一家子都当作家的不多。过去一位武生演员训练他的徒弟时说:"你把腿踢到腰部只能吃窝头,踢到脸部就可以吃富强面馒头,踢过头顶,大对虾就自动往你嘴里掉。"很形象,很具体,把艺术直接兑换成物质。谁能告诉作家,怎样拿笔,怎样写就能得奖,就能受欢迎?

在创作上恐怕没有这样的诀窍。因为创作不能靠"一招鲜吃遍天"。创作要有"一招鲜",但只能用一次,不能"吃遍天"。每一部作品都得从头开始,另寻"绝招",这一点是很要命的。有些作家身体不好,未老先衰,可能与此有关,脑力和精力损耗太多。

我所说的创作需要练内功,可不是武术界所说的气功——内练一口气,外练筋骨皮,油锤贯顶,铁锤贯裆,等等。我们常说"眼高手低",或者说"想得挺好,写出来不行"。"眼高"比"眼低"强,"想得好"比连想也想不好要强。"眼高"和"想得好"就是内功。"手低"和"写不好"就是外功的问题。

现在连体育运动都特别强调靠"心理训练"。有些在奥运会上拿金牌的运动员,比赛之前躺在房间里进行意识训练。设想我一定要创造什么纪录,连比赛中每一个细节都要想过。击剑运动员栾菊杰似乎就经受过心理训练,她在比赛时不断跳跃,显得很轻松,很活跃,很有把握,搞得对方很紧张,在精神上和意志上就占了上风。运动员也是血肉之躯,肌体的负荷总有个极限。但头脑就不一样,头脑的潜力极大。据说每个人有一百四十亿至一百五十亿脑细胞,而一般人只利用了百分之五至十,大科学家爱因斯坦不过才利用了百分之三十。没有进行过心理训练的运动员就像个"实心球",虽然也能弹起来,但弹得不高。如果有心理优势,他就是个空心球,可以弹得很高。

写作是心灵的运动,是作家用自己的心灵跟读者的心灵交流。因此,作家心灵里的功夫,对写作来说是至关紧要的。每个人的心灵都是各种矛盾的综合体,作家的心灵尤其如此。没有一个作家敢大言不惭地讲他心里是没有矛盾的,是纯而又纯的,是单一的,或一"右"到头,或一"左"到底。纯有什么好?动物、植物的纯就意味着退化。作家认识自己的心灵,把握自身的矛盾,进行心灵的训练,是十分必要的。

作家练内功首先就要掌握自己心灵的频率。每个人心里都有一个或几个波段,接收、分析、发送生活信息。每个人都有其特殊的频率,张三十分感兴趣的东西,李四就不一定感兴趣。作家对题材、人物的选择,与他心灵的频率关系很大。只能接收和处理令他感动的东西,就像九十九兆赫可以收听立体声音乐节目一样,旋钮对不准九十九兆赫就收不到。在美学上这叫"审美观照"或说"心灵的外射"。果戈理的名作《钦差大臣》是普希金提供的素材,普希金是感情型的,觉得这个好材料对自己不合适,而到了果戈理笔下就活了。每一部作品的产生,都与作家自己的"审美观照"有关,认识自己的心灵,掌握自己的频率是很重要的。因为频率也有个强弱、高低、优劣之分,只有了解它才可以掌握它、调整它。

比如,有人看见一对中年男女相互对看了一眼,他就可以生出许多联想,写出一篇小说:一个有夫之妇和一个有妇之夫,在一个容易爆发感情的环境下,火车上、轮船上、旅游途中,感情发生某种交流,爱的萌发如何含蓄,如何优美,如何细腻,如何缠绵,小说如何能永恒,等等。有人可能看见一对陌生的男女对望了好几眼,甚至还说了好多话,也产生不了这样的联想,更谈不上会写出一篇小说。但是,人的感情是多种多样的,除去爱之外还有壮、烈、义、奸、勇等等,不能认为文学只有写爱情才是美的,才是细腻的,而写其他感情的波澜就是粗线条的,没有价值的。人类的感情不是简单划一的,文学也不应该简单划一。

因此,练内功就要善于选择自己创作个性的优势。每个人都有自己的个性,那么你的个性中优点是什么,缺点是什么,自己要很清楚,以便在坚持自己创作个性的同时扬长避短。世界万物在到作家的笔下之前,先要经过作家的个性过滤。有风格的作家,总是有强烈的创作个性。北京有个刚毕业的大学生给我写信说,不幸的人选择文学,而文学又造就了好多不幸,现在两个青年中就有一个做文学的梦,并且所有想当作家的人又都想成为托尔斯泰。

据我所知,作家当中想成为曹雪芹或托尔斯泰的太少了,有这样的想法是再愚蠢不过的。可见这个大学生还不了解作家,作家的悲哀不是没有成为曹雪芹、托尔斯泰、鲁迅等等。古今中外有了一个鲁迅,不可能再有第二个。鲁迅之所以能成为鲁迅,就因为他是他自己,没有亦步亦趋地照搬照学曹雪芹。否则,中国就只能多一个曹雪芹的徒弟,而不会产生鲁迅。作家最大的悲哀——是没有成为他自己。你的遗传基因、染色体、命运、修养、生活经验等等,使你应该成为一个什么样的人,应该对人类做出哪些贡献。贡献不论大小,更不一定非去当英雄不可。世界毕竟是英雄少凡人多,只要找到自己的位置就行。历史和社会如同一个大厅,你的位置可能在正中间,也可能在角上,重要的是找到自己的位子,不要强行坐到曹雪芹或鲁迅的身上去。作家是生活的卫星,应该发射到自己的轨道上去。

别林斯基说:"找出自己的道路,了解自己的地位——对一个人来说,这就是一切,这就说明他掌握了自己的未来。"不是没有这样的作家,写了半辈子小说,却找不到自己的位置,没有自己的风格。也不是所有的人都很清楚自己创作个性的优势,尤其是初学写作者。所以我才主张作家练内功,不仅要认识生活,还要认识自己。创作个性不是神秘莫测的,更不是孤立的完全依靠先天遗传的。它的形成同一个人的后天训练,即生活经历、思想教养、道德品质,有着更密切的关系。

作家应该有意识地、自觉地根据世界的复杂变化,不断调整自己心灵的频率,不应老是被动的。明明是你的优势,用过一次之后很可能就变成你的累赘,优点转化成缺点。长此以往,就会闷死在自己的阴影里,挣不开自己的套子。如果内功深厚就可以使想象力纵横驰骋,八方出击,变化很多又得心应手。小说是作家灵魂的自白,多高明的作家也不可能用笔墨把自己的灵魂和人格包藏起来。

认识自己是为了更好地认识世界。文学——只能是文学地掌握世界,就像政治家靠政治掌握世界,军事家靠武力和战术掌握世界一样。这种"掌握"不等同于统治,文学要认识世界、表现世界,用特殊的魅力征服世界。世界恐怕并不反对莎士比亚、曹雪芹和托尔斯泰这些文学家的"统治"。世界那么大,作家怎样认识它、掌握它?

我说应该先从人下手。任何一个人都是一个世界,认识人就是认识世界。文学就是要沟通人和世界的统一,解释世界,解释人生。哪一部优秀的小说中不包含着最丰富的人生?不研究人、不观察人的作家,大概是没有的。比如,每个当代作家恐怕都要分析和关心当代社会的心理结构,你周围的人在干什么、想什么?各个阶层的人都有什么特点?你最熟悉哪个阶层?大家都在谈开拓者,当代开拓型的人物到底有哪些性格特征?有人总结了五条,有人总结了十条,无非就是:锐意进取,敢担风险;善于独创,自主、自信、自尊、自强;善于了解社会,既反对世俗,又利用社会;善于应变和自我更新;富有主动性和责任感;生活上有时感到孤独,因为事业上的强者往往在个人自卫上是弱者,等等。但是,发现共性的东西还不能进入创作。激发创作冲动的常常是带有强烈个性特征的人和事。有人说,五十年代的青年热衷于革命,六十年代的青年热衷于造反,七十年代的青年热衷于防修,八十年代的青年热衷于蔫干……且不说这种观察是否准确,只有这种笼统的概括是不能进行创作构思的。然而当我遇到一个年轻能干的经理时,他声称从上任那一天起就不打算当个完人,当个毫无作为却让领导放心的人,他想对得起国家,对得起群众,也对得起自己,不必像伟人的一生那样一九开或三七开,他只要对半开就行。这使我受到启发,构思了《锅碗瓢盆交响曲》。

不从具体人物出发,只从一个笼统的概念出发,就会落入现成的套子。比如,上年岁的开拓者,金戈铁马,气吞万里,而个人生活上不是没结婚就是死了老婆,要不有个第三者。我在制造这种套子上也有一定的责任。一九七九年夏天,我写过一篇《乔厂长上任记》,老乔的性格和他所遇到的困难,在当时来说也许不无一点典型性。但他的套子我不能再钻,于是在创作上拼命想躲开老乔那一套。写了《一个工厂秘书的日记》和《赤橙黄绿青蓝紫》等。可是年轻的开拓者,有知识,有主见,强烈的自尊心,顽强的自信心,谈吐锐利甚至有点玩世不恭,会不会又是个套子?

有人对"谣言"提出异议,认为不该让谣言成为开拓型人物的障碍。这要具体分析。我认为谣言在当前社会上对开拓型的人物造成的危害仍然是很大的,往前闯得快,步子迈得大,招来各种各样的攻击就多。谣言的破坏性是很大的,来无影,去无踪,信谣者多,辟谣者少。沸沸扬扬,像武术上的无缝剑,剑舞动起来不留缝隙,完全把对手罩住。社会上谣言对人的制约和摧毁就是如此厉害。有些领导甚至根据谣言决策,一个谣言就可以完全毁掉一个人的真实形象。大家不一定都来写谣言的危害性,如果让人物刀枪不入,根本不拿谣言当回事,任何谣言对他都根毛无损,似乎也不符合国情。"西方人的忌妒导致竞争,东方人的忌妒导致平均主义,甚至倒退。"我看这话不无道理。因此也不要轻易指责作家写了人物的"孤独感"。社会开放,生活多样化,人们不一定就没有孤独感。开拓型的人物如过于冒尖,不被人理解,甚至不被家庭和亲朋好友理解,怎么会不在特定的时间和背景下产生孤独感? 第一名——有第一的热闹,也有第一的孤独。

这就引出一个新的问题:怎样认识现代人?

我认为可以从三个方面了解和分析现代人。第一,把人看做是"社会人";第二,把人看做是"经济人";第三,把人看做是"知识人"。从这三个角度来看人,那又会怎样呢?

先说人是"社会人"。社会复杂,人才复杂,社会前进,人才发展。要了解人,必须了解社会,这个人就是这个社会的"动物",这个"社会关系的总和"。想想动乱年代,许多人不是像小孩子一样简单,孩子般的情绪,孩子般的轻信,几亿人的大脑几乎失去功能,按"最高指示"说话,按"最新指示"行动。可怕的简单,近似退化的简单。如今人的内容和质量都变得丰富多彩起来,为什么? 生活变得丰富多彩了。时代的急剧变化,社会和家庭的关系,人们彼此间相处的方式都在发生变化。作家对人的认识和理解,应该随着社会的变化而不断加深,我以为文学的每一次发展,都是作家对人的认识的深化。

在半个多世纪以前,美国的科学家在芝加哥的霍桑工厂进行了有名的"霍桑试验",开创了"行为科学"。用科学方法验证了人是"社会人",除了物质条件外,社会因素和心理因素也极大地影响着人的积极性。"行为科学"和"人机工程"能引起经济学家的注意,促进管理科学,就不能激发作家的想象吗? 需知"人"的社会历史内容是在不断丰富和发展的。

但也要看到,社会有时也会给作家观察人造成一些障碍。就像美国人珀迪的一部小说《凯柏特·赖特开始了》所表现的,生活像花色不同的贴墙纸,一层又一层形成了一个很厚的保护层,把真实深深地掩藏起来。我们也可以回想十年动乱的生活,当时的社会上有多少假相!世界并不尽善尽美,社会也不都是合情合理,不然还要法律、监狱、军队干什么?"恶有恶报,善有善报"——作为一种善良的愿望,道德法庭上的律条是可以的,作为文学创作上的公式就会成为一个很大的套子。

因为生活太复杂了,很难看到终结。有时看到了终结仍然弄不清它的真实面目。比如,第二次世界大战的末期,美国把两颗原子弹扔在日本的土地上,当时对美国想抵消苏联在战胜德国法西斯中的重大影响,也许会有一点好处。杜鲁门也许以为此举能在跟斯大林谈判的桌子上,为自己增加一个筹码。他岂能料到这两颗原子弹的爆炸,给美国人民、日本人民,乃至全世界的人民心理上造成的影响!由于日本人曾偷袭过珍珠港,当时美国人对日本人并无好感,可是原子弹爆炸之后渐渐开始同情日本人。长崎几乎每年都要举行世界性的纪念大会,同情无辜受害的群众,声讨核武器。美国本土上又产生了多少反战、反核的文艺作品?甚至美国作家在跟中国作家交流文学创作的会议上,也一再强调文学应该为禁止核武器服务。杜鲁门当初下令施放原子弹时,会想到原子弹还能产生这样的影响吗?我们的社会也一样,"文化大革命"给人们心理上造成的创伤,给中国社会留下的后遗症,有多么深刻,会经历多长时间才能消除,目前恐怕还难以估计。什么是合理?什么是不合理?什么是"在情理之中,又在意料之外"?我的一位朋友对此大不以为然,他也以第二次世界大战中的一个战例来印证自己的观点——德军攻占法国以后,英国匆忙向德宣战。但德军依仗强大的军事优势,节节胜利,势如破竹,把英国三十几万军队追赶到法国边境一个叫敦刻尔克的方圆不足十几公里的半岛上。当时只要随便扔下一颗炸弹,就可杀死几十个人。如果德军乘胜进攻,一举歼灭英军是轻而易举的。倘如此,那段历史就要另写。令人不解的是,无论希特勒,还是德国空军司令柯林,都没有下达这样的命令。竟听任对手用十几天时间,昼夜不停地把战士撤回英国本土。后来正是靠这些战士进行反击,取得战争的最后胜利。这是多么的不合情理,至今仍是个谜。历史留下许多老"谜",现实又出了一些新"谜"。作家却不能老是把谜捧给读者,文学应该解释生活,也能够解释生活。政治说不清楚的事情,文学能够说清楚。古今中外许多大师的名著,正是这样做的。不能以强调情节和故事的合乎情理,而进行尽善尽美的编造;更不该把如实地反映了生活中的客观存在,斥之为不合情理的编造。

有位业余作者曾向我抱怨:不论是解剖社会还是研究人,越钻下去就越复杂,绝对十全十美的好人很少,毫无道理的坏人也不多。我劝他就按自己的观察去写,表现生活的本来面目,既不粉饰,也不故意使之减色。社会给人提供的天地是多么广阔而又狭窄,事业、权力、妒忌、家庭、爱情等五花八门的矛盾纠缠在一起,有时各行其是,有时狭路相逢,世界很大,又很拥挤。我们缺少的正是这种真实而深刻的巨制,接近生活形态本身的复杂性和朦胧度。

像这个立体的社会一般,人物性格也有宏伟的规模,有惊心动魄的精神和道德魅力,情节和结构极端复杂,主题多层次,情节上多线索。

再说把人看做"经济人"。

这些年来,由于经济上软弱贫穷,我们国家和人民吃亏吃得还少吗?当今社会所以如此活跃,生活逐渐变得丰富多彩起来,无不跟我们的经济复苏有关。有句老话叫"财大气粗",有的人"财大"也不一定就"气粗"。但是,在当今世界上想完全否定物质对人的影响,也是不可能的。如果我们还是只要"社会主义的草",谈何精神文明?责任制繁荣了农村经济,打破大锅饭,各显其能。农民的智慧得到充分发挥,农民显得有力量而且充满自信,甚至改变了农民的形象。物质上丰富以后,农民的心理、眼界、道德、伦理、家庭都发生了很大的变化。这一变化就像大城市办起了农贸市场一样冲击了城市,冲击了社会的各个阶层,使人们的许多旧观念改变了。我正是基于这种感受才写出《燕赵悲歌》这部中篇小说。我们基本上还是个农业国家,有八亿农民。

农民掌握了自己的命运,恢复了自己本来的面目,这不单是个经济问题,而且改变了人的历史内容。与其说武耕新是个富起来的农民,不如说他是个地道的中国农民,是个挣脱了枷锁露出自己真面目的农民,一个男子汉。

当然,我们也不应该忽视,经济还可以腐蚀人的精神。尤其是在一个大念生意经的社会,人也容易变成没有精神的消费机器。金钱对人的鼓励和制约,金钱对社会、政治、权力的制约,也为我们观察人和世界提供了一个角度……

花花世界,无奇不有。经济发达,奇事更多。为了募捐可以绕地球跑一圈儿,屡遭抢劫,奇闻迭出。抱着油桶过大洋,也能创造一条世界新闻。我们不能把"奇人奇事"看成"坏人坏事",更不可视为"傻人傻事",谁这样看谁反而会显得傻。例如,谁的迪斯科舞跳得最久?世界纪录保持者是加拿大的莱利,跳了三百二十九小时。谁的胡子最特别?美国人柯克把一只蜂王搞到下巴上,引来一万七千五百只蜜蜂组成了他的世界独一份的大胡子。谁能把多米诺骨牌搭得最长?英国二十三岁的凯尔奈,用十六万九千七百多张骨牌,搭了四点三英里长,用两小时一刻钟使之全部倒下……类似这样的新闻人物多得很。他们不疯,不傻,挖空心思,以其聪明才智创造"愚蠢行为的世界纪录",为了什么?为了能够出名。但更主要的是为了钱。饭店、舞厅、电视台的老板用这些纪录吸引顾客,追求最大的利润。

作家不可能回避"经济人"的灵魂,也无法改变经济能影响人的灵魂这一现实。要描写人间,就得食人间烟火,了解人间。

最后说把人看做"知识人"。

人和动物有什么区别?有人说,人有思想。动物也有思想,狗的忠诚,鸭子的集体主义,鸡的个人主义。有人说,人会制造工具,燕子造窝也很讲究,比人还巧。也有人说,最根本的区别是人能积累知识。人的大脑能够接收、处理、传递和贮存信息。根据英国詹姆斯·马丁的统计,人类对科学知识的掌握,在十九世纪每五十年增加一倍,二十世纪中叶每十年增加一倍,到了七十年代每五年增加一倍,进入八十年代以来,每三年增加一倍。真可谓"知识爆炸"、"信息爆炸",再加上科学技术的发展,文化娱乐工具的发展,世界无疑是变了。人们的性格特征和心理特征又发生了哪些微妙的变化呢?人类掌握知识,创造文明,知识也在改变人类。就像野蛮人和文明人有巨大的区别一样,在今后的世界中,掌握知识的多少必然会造成人与人之间的差异。

当今的作家,倘若忽视了人将成为"知识人"的这一特征,他就是不完全的。但人们对知识,对现代科学技术有两种截然相反的看法。一种意见认为,科学技术的突飞猛进,产生了两个后果,生活条件不可否认的改变以及同样不可否认的社会混乱——更多的贫困、污染、战争等等。人类发明了核武器,核武器反过来控制和威胁人类。机器越来越趋向于取代人的活动,人的自主权利和个性都受到技术的限制,变成被动的、受机器制约的动物。不妨设想一下,住在高层建筑里突然断了电、断了水,会是怎样一番情景。印度博帕尔的毒气泄漏事故,使两千五百人在梦中丧生,五万人双目失明,有十几万人将终身致残,使世界为之震惊。技术把自己的法则强加给世界,对人类进行脱胎换骨的改造,入侵到生活的各个领域之中,形成了一个不可抗拒的技术世界。它漠视文化和意识的差异,正如所有的现代城市彼此雷同一样——这副景象似乎有点可怕。

然而也有另外一种意见,技术能产生有益的文化后果,组成一个新的文化秩序。工具就是人体的延伸,车是脚的延伸,望远镜是眼的延伸。而电视几乎是把包括大脑在内的中枢神经系统向外延伸了,明确地变换知觉的图案,变换着人和世界的关系。我个人的看法也是比较乐观的,知识不会把文明推向终结。技术是人类文化的产物,表现了人的一种内涵。

作家面对大千世界目不暇接的多元化知识网和信息网,怎样更新知识,更新自己的生活呢?自己知识的增长速度是否也是成倍的呢?老实说,社会对作家的要求越来越高了,要求作家在知识上和生活上成为一专多能的"多面手"。

据闻王梓坤教授总结了索取知识的四种方式。一是鲁迅式,从文献资料中收集,为了写《中国小说史略》一书,翻阅了上千卷书。二是蒲松龄式,向群众索取,喜人谈鬼,闻则命笔。三是达尔文式,直接向自然索取,游历海内外的名山大川,亲耳闻,亲眼见,亲身考察。四是李贺式,随得随记,整理成篇。

要练好内功,还必须能够感受和掌握生活的节奏。

耳聪目明的作家,总是能感觉到生活的节拍。世界万物都有个韵律,都有个节奏。社会的脚步,历史的运动,生活的旋律,感受到了这种节奏,就开始理解生活了。作家笔下不应该有静止不动的生命。没有节奏的东西,就不会有生命力。

对作家来说,最大的恐惧就是失掉对日常生活的感觉——这是索尔·贝娄讲过的话。

音乐的节奏用耳听,文学的节奏用眼看,社会的节奏用心灵感应。封闭的社会,容易倒退,容易出乱子,正像一个密封的罐子,可以倒转,也可以瞎转,节奏混乱。我们的十年动乱正是如此。一个开放的社会,一个同世界节拍和谐的社会,要想倒退就不那么容易。

何谓"政通人和"?我们也许正是面临着这样一个历史最活跃、思想最复杂的时期。此时社会各个阶层的动向,便是当代作家要捕捉的生活的音符。地球分地表、地层、地心,社会也是立体的、多层的,你熟悉哪一层?想开采哪一层?还是全都开采,搞全景规模的巨制?

曹雪芹有曹雪芹的节奏,鲁迅有鲁迅的节奏。每个作家都只能按他自己感受到的那样去表现事物,而不可能按别人看到的那样去写。不论哪个时代,整个生活中最主要的问题都会聚集到文学作品中。这就看作家对生活中最主要问题的认识是否深刻,对社会节奏的感受是否强烈。

什么是才华?我的理解就是感觉新颖,视野广阔,比一般人发现得早,而且看得更深更广、能够概括并做出深刻的结论,使自己的作品保持独特的气质和力量。

有的人凭资料和卡片写作,有的人靠采访写作,有的人靠感受写作。我基本上是第三类,有时也借助采访。这里就有个感觉是否深刻、是否准确的问题。如果既是你自己对生活的独特感受,又表达了同时代人的经验和感受,就是上乘之作。这样的作品才有可能具备那种丰厚的社会历史内涵。如果感受不准确,那就会很尴尬,你在那儿慷慨激昂,人家说你浅薄可笑;你想让读者掉泪,读者却嘻嘻哈哈。

怎样才能使感受深刻而又准确呢? 各有自己的感觉器官,有人视力是一点五,有人是顺风耳,有人是茶壶煮饺子——心里有数。但最基本的还得要有丰富的生活经验和敏锐的洞察力。敏锐的洞察力有助于发现,经验丰富易于辨别。

例如,人们眼下最爱谈论现代化。你是作家就要再问一句:现代化使人与世界,人与金钱的关系有什么变化? 人家告诉你,现代化的根本是先实现人的现代化,观念的现代化。你又可以想象得很多——"吃大苦耐大劳"、"铁杵磨针",观念中只会老老实实苦干的人,是难以创造的。现代化的、有知识的人应该经常动脑筋、想办法去偷"懒"。清心寡欲,无所需求,也是被人们崇尚的一种美德。然而在当今竞争激烈的世界上,无所需求的民族,必定是落后的民族。人家用消费刺激生产,生产上极大的节约,我们以前是生产上极大的浪费,生活上极大的节约。三十多年来,投资六千亿,白扔了三千五百亿,目前只有两千五百亿起作用。一个"大跃进"就浪费两千亿,这是多么惊人的浪费。

历史重复了多次,真是复杂的中国之谜。没有先进的社会生产力就难以打破历史的循环。作家不能是没有思想的人,想得越深邃,艺术的思维也就跟着不断深化,作品的哲理性自然会得到加强。作家不应该也不可能给自己的作品硬添上点哲理性。哲理性来自作家对生活中永恒的和带规律性问题的感受与思考。

外功的锻炼

有了扎实的内部功夫,即创作前思想上的准备、积累、深化、反思,对世界万物的沉吟视听,然后就可以进行下一个程序——写作。

外部功夫就是写作技法。

创作的技巧分为两部分,一部分是共同的,所有搞写作的人都得知道,如怎样选材、立意,如何布局,如何塑造人物和锤炼语言等等。但要取得成功,光靠这些人云亦云的技巧还不行,要懂得一些基本的东西,更要有自己特殊的技巧。这就是技巧的第二部分,用北京话说就是自己的绝活儿。

练武术也是一样,武林各门派都是用两只胳膊和两只脚,但八卦掌有八卦掌赢人的绝招,少林拳有少林拳赢人的绝招。各有自己的长处,当然也各有不同的弱点。哪一招练到家了,达到炉火纯青的地步,都能赢人。

每个作家也都有自己擅长的一手,有人擅长使巧劲,也有人擅长用"笨功"。

不巧不妙,不成其为艺术。连饺子带汤整锅往上端不行,巧劲就是捞出饺子,再加点葱、麻酱、醋、蒜等调味的作料。但小聪明达不到深刻,大智若愚,大巧若拙,技巧的最高境界是达到没有技巧的地步。"清水出芙蓉,天然去雕饰",返璞归真,师法自然,达到艺术的极致。

娟秀、纤巧、细腻——这是巧。

但笨功并不等于痴呆。德、才、学、识,如果说"才"是巧劲,那"识"就是笨功。史诗般的宏伟、气势磅礴,上下几千年,纵横数万里,光靠使点巧劲是不行的,还要有扎扎实实的功底。而扎实的硬功是认真磨炼出来的,什么都使巧,技巧就不会过硬。巧劲有时是虚晃一枪,真正赢人还是靠后面的真功夫。一篇作品中有用巧劲的地方,也有使笨功的地方。笨功是积累,巧劲是灵感,是爆发。一个作家应该会使巧劲,也要有笨功。

还有的人是快功和慢功相结合。

要飞快地抓住突然闪现的念头,这些念头常常可以成为很妙的构思。脑子要快,不能懒。艺术的发现有时是很快的,似乎是偶然的。但开掘、提炼、深化主题和人物,不能操之过急,囫囵吞枣。要一步一步地逐渐地展开,想深想透。

动笔要快，把司空见惯的、每天每时从我们眼前倏忽而过的有意义的事物，及时化成一幅幅对创作有用的图画，或者直接写成速写、特写、札记等等。写的时候要快，作家不论写什么都是紧张的，激情压迫钢笔。但修改要慢，开头要慢，构思要慢，甚至要设想几种方案，从中选择一个自己比较满意的。慢——不是不想，不是不写，不是要思想旋转的速度慢下来，而是指"慢功出巧匠"，即深思熟虑。

快功是知道要写什么，能写什么，许多人物、许多情节涌上笔端。慢功则是分析哪些东西不该要，对小说进行修改有点像慢刀子割肉，还要经历痛苦和失望情绪的折磨。决不能图痛快，潦草从事。

写小说不是布置结婚的洞房，为了凑热闹，装潢门面，花里胡哨的不管有用没用都往屋里摆。写小说应该像制造宇宙飞船，多余的、没有用的东西一点也不要。连宇航员吃的食物都是经过严格计算的。生活的变化逼得作家原来的那些技巧已经不够用了，技法的变化要与你所表现的事物的变化相适应。

历史总是处在瞬息万变的毁灭和创造的过程之中，怎么能要求文学的观念和技巧老是一成不变呢？恐难于找到一种一劳永逸的创作技巧，永恒有效，常用常灵，那是不可能的。文学也会变，其速度一定会跟上历史的演变。文学也只有在一定的社会历史背景上才能显出它实在的含义。写作技巧也是如此，它决不会脱离内容孤立存在。

不过，话又得说回来，写作时有紧有松，不能让人喘不过气来。紧就是快，松就是慢，文武之道，一张一弛。近距离，特写镜头，蒙太奇就是快。有时也需要长镜头、慢镜头和全景式的场面。

有的人是软功和硬功结合。

从事文学创作都要知道含蓄，太直太露不大好。思想通过美来表达，主题的多义符合生活的朦胧度，朦朦胧胧的美，语尽意不尽，意尽情不尽。对这种技巧我找不出一个合适的词来比喻它，只好叫它软功。

但一软到底也不行，还要软中有硬。既能舒袖曼舞，浅唱低吟；也要能拔剑起舞，慷慨悲歌。也就是说婉约与豪放要互相结合，交相为用。正像龚自珍所说的："一剑一箫平生意,高吟肺腑走风雷。"

渲染一种气氛、一种情调、一种感受,狂热而不过火,冲动而不过分,是高超的软功。

好作品还需有力透纸背的硬功,不仅能写出人物,而且让人物走出小说,走到生活中去,深入人心,成为群众的朋友,成为人间的一分子。古今中外伟大的作家总是在身后留下一串人物。这就是靠扎扎实实的硬功了。吴敬梓说,人家写到人的皮毛,你写到骨头;人家写到骨头,你写到骨髓。作家的笔下硬功,如同读者的导游一样,引导他们游深洞、隧道,进一级又一级,转一弯又一弯,穷而后工,不尽不止。

在这里,我想谈谈自己对办文学讲座的看法。这类活动最近很多,有的初学者把听讲座当成了一种"外功",好像真的"功夫在诗外"——可以听来。我有时也不得不去讲一讲,心情是很矛盾的。按理说作家应该在纸上思索,拿起笔来见功夫。据说托尔斯泰不善辞令,高尔基一口气说不出十个单词,肖洛霍夫说话嗡嗡的听不清楚,一旦他们拿起笔来面对白纸的时候,就成了大师。我不是说善于辞令、口若悬河的就不是大作家,我是说真正的创作的技巧,是很难通过听讲座取得的。

不知道那些大作家面对话筒和一大溜录音机,面对一千多双同行的眼睛,是怎样进行文学思索的。反正我的感觉是不大美妙,心里负担颇重,总觉得对听讲者未必那么有用。因为,文学创作有一个绝对的框子,很难说哪一个作家的套路是绝对正的,而某一个作家的路子又绝对是歪的。更何况文学上还常有歪打正着的现象。因此,我认为任何文学讲座,只能传授文学知识、写作技法,至于创作本身很难传授,很难讲授。也就是说不可能有这样的讲座——进去是个文学爱好者,出来是个作家。进入创作阶段一个人有一个人的奥秘,一个人有一个人的办法。

任何听来的知识,都不能代替自己的写作实践。

当然,懂得一些写作的基本功还是必要的。初学写作的年轻人,应当清醒地认识到这一点才好。

信手写来,不觉已逾万言——但愿不是离题万里。不敢说字字珠玑,更遑论句句真理。我只敢斗胆说一句,我说的还是自己愿意说的话,从心底里涌出来的话。至于合不合时宜,对初学写作者有多大帮助,那就不是我该知道的了。

1983年5月

人物塑造

　　小说还要不要刻画人物,还要不要塑造典型形象？这是有争论的。文无定法,在创作上倒真是可以"条条大道通北京的"。不走大道走小路也不一定就到不了北京,无非是少费一点气力或多费一点气力罢了。

　　不管怎么说,文学是不能离开人的。没有人——文学就不存在了。即使是不刻画典型形象,只写看不见的内心世界,只写意念的流动,也是人的"内心世界",人的"意念"在"流动",不可能是其他。这就是说,文学要研究的是人,要反映的也还是人,深入钻探人的灵魂,全面表现人的思想感情。音乐、绘画、政治,也是人们生活的反映,但比较起来都不及文学能够更深刻、更全面地表现人的生活。一部《红楼梦》不就是一个世界吗?！

　　历史上不乏有这样的证明:每当人们对"人"的本质、"人"的概念有了新的认识、新的理解,"人"的社会历史内容在生活中有了新的变化和发展,文学就会有一次新的发展。最明显的例证就是盛唐时期文学的繁荣,以及之后出现的长篇小说。《三国演义》、《水浒传》、《西游记》、《聊斋志异》、《红楼梦》里众多的人物形象和神狐妖魔,不是集中表现了各种各样的人,体现了一千多年来对人的认识的飞跃吗？随着历史的发展,"人"的内容也不断发展,"人"的观念也不断变化,因此文学的内容才得以发展和更新。

　　当代小说之所以越来越变得不可猜度了,主要原因就在于随着科学技术的高度发达,人类文明程度的变化,社会更复杂了,人的灵魂更复杂了,似乎对人的认识和理解也将有新的变化。这种变化必然会带来文学的变化。

比如:人们常说我们中国人的生活内容有三大项,政治生活、物质生活、精神生活。现在和十年前相比,这三项内容的比例是否有了变化呢?能否把经济生活(即物质生活)排在第一位,而政治生活排在第三位呢?这种生活内容的比例的变化,难道不会使人们的精神世界发生变化吗?

每个人都是社会动物,体现了社会关系的总和。因此,文学要反映人的"全部生活",包括个人生活和社会生活,表现哪一方面才是真正的现实?这两者是什么关系,怎样结合?这仍然牵涉到怎样理解人的本质。我之所以把工厂当作一个社会,不太追求工人身上的机油味,而着重刻画他们个人的命运和内心生活,就是从上面谈到的这个观点出发的。把人物的灵魂放在一个能够充分表演的环境里,在它赤裸裸的时候,至少是掩盖不太多的时候刻画它。在个人生活和社会公众生活的结合中表现社会现实和个人的命运。

人们都在生活之中,生活在同一个时代、同一个世界上,为什么还要看表现当代生活的小说呢?在社会上一个人很难完全了解另一个人的灵魂,读文学作品就可以得到这种享受。还可以更深刻地理解生活,跟作者一起站在一定的高度看社会、看人生。再加上对国家和民族前途的关心,想得到美的享受、艺术的享受、想消遣解闷等等,所以当代人还愿意看反映当代生活的文学作品。

这就提出了另一个问题,要表现当代人的生活,需理解当代生活,再用旧瓶已经无法装新酒了。尤其是反映工业题材的作品,以前习惯使用的手法有五:反映以厂为家,埋头苦干,好人好事,这是一。二、表现方案之争,围绕一个中心技术事件构成故事,展开矛盾。三、写技术改革,技术革新,颂扬自力更生,蚂蚁啃骨头精神。四、像写农村的亲朋同族间的矛盾一样把一家人拉进一个工厂,还要在同一个车间、同一个班组,上同一个班次,好布置矛盾,调动人物的感情。五、以工厂为幌子,把人物拉到公园里或者农村。

手法的新与旧还不是主要的,重要的是怎样表现现代化大生产的气派,怎样表现大生产本身所具有的世界性规模,怎样表现现代化工业给社会带来的巨大变化、给人带来的变化,人与人之间的关系、道德、伦理、美学观念都发生了变化。不能设想,作家对自己所处的时代没有深刻的认识和理解,对国家和民族的命运毫不关心,对社会所面临的一些重大问题一无所知,他怎么会深入精到地刻画好一个当代人的精神面貌,写出具有深切意义的人的命运呢?

作家如果觉得与时代格格不入了,摆出一副百无聊赖的样子,对社会上的一切都不屑一顾,只写些养猫喂狗、煤炉水管,以此想流传百世,岂不可叹!作家应该对自己时代中正在消亡和必将产生的东西有个比较准确的了解,历史发展会向文学不断提出许多新的问题。感受不到时代的动荡、时代的运动的人,不可能反映出当代人身上所特有的东西。

小说写得深刻还是肤浅,就在于对人物的内心世界揭示得深浅。那些成功的作品里仿佛有一种深刻的思想力量,简直能够吞没读者。按人的本来面目描写人,把人物处理简单了就缺乏深刻的社会意义。

初学写作者容易失败,往往有这样两个原因:一、没有自己的新鲜思想;二、有了自己的思想却不善于把它表达出来。从生活里提取自己的新鲜感受,找到自己看生活的视角。

作家对世界的全部认识,都要体现在作品中的人物身上。因此,人物是应该有血有肉,能够代表着生活情绪、社会历史。作家应该要求自己的作品成为当代完整的历史。

写人物只有意念的流动是不够的,还要让人物动作起来。关于这一点各有各的看法,有人主张要情节,有人主张打乱情节,不要故事,一切安排好的故事都是假的。有人主张把素材进行加工,有人主张不要任何艺术加工,素材本身就是艺术……

我不主张刻意去编造完全与人物脱节的故事,即为故事而故事,为惊险而编故事,为引人而编故事。也不赞成按正反人物的标准行为大纲去分配人物的行动,假、大、空的情节必然会使人物的面目可憎。

我认为人物的血肉来自细节。对于这一点我们的古典名著里有取之不尽的营养,都是在故事里写人,让人物充分行动起来。"草船借箭"、"逼上梁山"、"韩琪杀庙"等等,都是脍炙人口的故事。而且故事没有淹没人物,相反倒使人物的性格更加鲜明生动。好的细节应该具备这样几个作用:能充分展示人物性格;能推动故事向前发展、激化矛盾;能体现时代气息和社会背景。

人物一出场就带出一串故事,在故事中塑造人物。世界广阔得很,作家不要小家子气,小打小闹,给自己的人物设置种种禁区。要撒得开,让人物充分行动起来,给人物以各种各样的机会让他们表现自己。有时还要把人物推向绝境,有勇气表现人物性格的全部真实。但任何时候都要让情节服务于人物,不可让人物迁就情节。最好的情节是能给人物施展才能的天地,让灵魂相撞,性格相搏。哪里有性格的冲突,哪里才有真实感人的故事,才能给人以强烈的感染和深刻的印象。

小说的力量就在于此,它反映的是最高的真实。也只有这样的文学作品才能起到帮助人们解释生活的作用。

最后再讲一点人物的"衣服"——语言。

练好语言是作家的基本功,如人们要穿衣服,盖楼要用砖一样,这是不能缺少的。语言不是孤立的,它的生命力来自生活,要深切地体验,不要轻易借用别人的话。更不能在语言上做游戏,哗众取宠。作家永远要用新鲜的心情理解生活,从生活中不断发现新的思想、新的事物,语言自然就有新鲜的生命力。

在生活面前,作家就像一个小姑娘在情人面前一样,说自己的话,说心里话,说动听的,有情的,非说不可的,让情人听了心里颤动的话。我记不清这是哪位先生打的比喻了,我很欣赏这个比喻。

语言还应具有感性的魔力,给人以立体感,燃烧人的感情,具有一种强壮的形象的力量。三言两语就能刻画出一个人物。用惊人的丰富想象,精确的比喻,不仅能启发读者的想象力,还能借助读者的想象力使作品的意境更加深邃。有人把这种形容词比喻为朴素得迷人,优美得惊人。

语言还要讲究准确、响亮,有音乐性。写作时毫不可惜地舍去那些生锈的、声音不响的词汇。而这些废话,没有味道的话好像都放在口袋里,使用时容易得很,不招自来。而那些生动的有生命力的词汇却仿佛藏在生活的地窖里,穿在作家的肋条上,不下气力,不下狠心是找不到的,找到也摘不下来的。语言是人物从灵魂里唱出的歌,像小鸟的歌唱一样纯洁。

一篇小说还不应该缺乏警句和哲理性的语言,不应该没有幽默感。生活中处处有幽默,没有幽默的生活对任何人都是单调乏味的。相对无言或话不投机半句多——这该有多痛苦。语言缺少幽默感,实际就是缺少激情和才气,缺乏驾驭生活的智慧。

由于缺乏准备,信口讲来,有点不知所云。请大家批评指正。

(根据在西安市总工会主办的文学报告会上的讲话整理而成)

1983年5月15日

找到人物

我的笔一直是入世的。

入世的笔对生活有自己的认识和选择,随时随地都在进行观察,挑选让自己迷恋的人物和故事。

一旦找到这样的人物和故事,我就变得被动了。

我基本上生活在被人物追赶的窘境里。他们排着队在等待,我却追不上时间,把他们及时地都写出来。

李冬绮是半路挤进来的。她挤掉了我一组短文,挤占了我进行了一半的长篇小说的写作时间。

追赶我的人物的队形是松散的,谁有本事挤到前面来,谁就有可能先被写出来。

我一直对人物没有失去兴趣和信心。

不局限于从社会的角度理解她,更多的是从人性的角度理解她和表现她。

她是个普通的女人,甚至是敏感而脆弱的,在生活中常处于被支配的地位。她追求的正是这种最普通的女人的幸福,极力献身于自己选择的人,献身于爱情——这正是她的力量所在,为了捍卫自己的幸福可以不顾一切。

最软的有时是最硬的,最弱的有时是最强的。

她能够捍卫自己,成就自己在生活中的地位。

这种人也很容易自我毁灭——倘若命运一味地跟她过不去。

在李冬绮的身上,既有现实的严峻,也有生活的热情。这正是我所欣赏的。

文学也一样,不可以完全泯灭了生命的光芒和热力。正像作家不可以失去情操和正气一样。

文学的病态是既不敢或无力揭示现实的严峻,又失去了对生活的热情,温温吞吞,不死不活。

"奇"在现实中,真实的就是新奇的。

越深下去,对人物越熟悉,就感到现实越复杂,对文学的简单和粗浅越不满意。

这时候由被人物追赶,变得同时也被思想追赶。文学的苍白无力是由于作家的思想贫弱。

没有思想,语言也变得毫无价值。

一个好的人物必然有独特的思想。文学选择了他(或她),有时却搞不清楚是喜欢这个人物,还是迷恋这个人物的思想。

思想使人物更有魅力。人物使思想充满血肉。找到了人物,就有新的故事、新的思想。

写人物是文学创作的一个最大的套子,被人们说滥了,因而惹人厌烦。许多新的文学潮流,也想否定人物在文学中的作用,但至今尚未把人物从文学中赶走。

皆因"文章乃情之所流,情生则文之附焉"。而情、思都系于人物。有人才会生情,"触景生性",也是人"触"景,人生情。

有关人的故事,最能感动人。

所以我的小说多从寻找人物开始……

1983年6月16日

全色总比单色强

——写在影片《赤橙黄绿青蓝紫》放映之际

亲爱的青年朋友们：

你们看完电影《赤橙黄绿青蓝紫》心里做何感想？你们怎样看待影片中的那一群青年人？可曾想过，自己要做个"全色"的青年呢，还是做个"单色"的青年？

我不想和朋友们讨论这部电影的成败得失，请允许我模拟影片中的几个人物，对青年观众说几句话。

刘思佳："据塑造出我这个形象的作者讲，他接到不少青年人的来信，他们都自称是刘思佳。我真的有那么多好弟兄吗？对呀，我们这一辈人精神受到过欺骗，心灵经受过饥饿，是灾难一下子使我们长大了十岁，成熟了，敏感了，变得深沉和锋锐。但也变得不好'惹'了，凡事都有自己的主意，用自我克制掩藏自己的痛苦。心里以冷冰冰的灰调子为主。最终还是生活暖热了我的心，心灵的色彩变得丰富起来。在深切的痛苦之后变得绝望，那是怯懦者；在深切的痛苦之后聪明起来，才是智者。朋友们，面对人生，在意志上、思想上、心灵上做个坚强的人。"

解净："也有不少青年朋友来信，说他们的命运很像我。可是也有人忌妒我，说我在《赤橙黄绿青蓝紫》的前半部里的遭遇和他们一样，后半截的情况比他们好。我自己也觉得到后来脚下的道路广阔了，生活把我这个单颜色的大姑娘改造成全颜色的人。消极地看生活，步步往后退；积极地改造生活，步步往前进。我的作者说，驾驶命运的舵是不相信命运的。用理想来解释生活，就显得灰溜溜，令人泄气；用生活来解释理想,就生气勃勃,五彩缤纷了。任何时候都不应该对人生失去信心,对生活失去责任感。背叛生活,就是背叛自己。还有比背叛自己更悲哀的事吗?"

何顺:"没有一个人来信说他像我。朋友,难道我就那么叫人讨厌吗?还是思佳了解我,他说我是外表坏,心里不那么坏。这话才对我的心思,我身上有点流气,可不是流氓。你们不敢承认跟我是一模一样,可咱哥们儿心里明白,像我这样的人也不算少。咱天不怕,地不怕,可怕解净、思佳他们那种真诚的人格的力量。他们是大写的人,咱也不能当个倒写的人!"

叶芳:"我可不是从前那个'时装模特'了,模特不管多漂亮,也是死的,没有心肝的。我是个活人,现在外表打扮得照样很干净,但我的心里更干净。解净说得对,青年人的觉醒具有一种巨大的摧枯拉朽的力量,能把生活从落后引向进步。我没有多少话要说,让我们唱支歌吧——赤橙黄绿青蓝紫,生活好比万花筒,为人应该怎么办?主意就在我心中。"

1983年6月25日

312

作品的形式和生活的节奏

　　文学作品的形式和生活的节奏有什么联系？舞步要踏上音乐的节拍,我似乎觉得作品的形式也有个要跟上生活的脚步的问题。

　　在生产高速发展的国家,社会的口令就是:赶快! 赶快! 生活脉搏异常紧张,处处都感到速度的压力。速度就是生命,人们总是处在一种紧张的状态中,没有速度就混不下去。比较起来,我们中国当然还只能算是"马车"的速度,但是生活的节奏也已经大大地加快了。经济界随着竞争,必然要强调速度;学校要凭分数录取,必然要有竞争。这就紧张了。生活像万花筒,各式各样,说变就变。生活的这种节奏对文学作品的形式就没有冲击?

　　人们不满足于"且听我慢慢地讲来"了。所谓意识流小说和"朦胧诗"的出现,不是偶然的,不是以某几个人的意愿所能转移的。由于社会的开放和生活的多变,也锻炼了人们的欣赏力,不管你怎样大跳大跃,大跌大落,线头如何复杂,情节如何错综离奇,不愁人们看不懂。但人们却没有工夫听你说废话,更不用说是假话和空话了。

　　作品用怎样的结构更适于表现这纷纭繁复、瞬息万变的社会生活呢? 我因为自己的水平所限,苦于找不到更好的表现形式,只好用这种写法试着写两篇,又用那种方法试着写两篇,但用得比较多的还是"挤干水分"的方法。所谓"挤干水分"就是不拖泥带水,把真正的"干货",把实实在在的东西捧给读者。

　　作品里一般性的东西越少,它的格调就越高。东拉西扯,凑数的东西,平淡的描写,空洞的叙述,统统砍去。自己觉得没有味道的,估计读者不喜欢看的,坚决不要。任何时候都不能让读者通过无聊认识世界。"思索所引起的喜悦"才叫真正的动心。这样一来,作品的跳跃性就大了,容量就大了。要求作者拿生活来吧,拿材料来吧。没有足够的生活积累,光凭听来的几个故事就想坐在屋子里编小说是不行的。

于是指责也来了,有两种。一种是惋惜:哎呀,你那些短篇都可以写成中篇,中篇都可以写成长篇,简直是浪费材料,太可惜了。一种是睥睨:这短篇是压缩的中篇,这中篇是长篇的压缩,犯了文学上的禁忌,瞧瞧人家契诃夫,几百字就可以写成一部小说,成为世界名著。

呜呼,以字数定输赢,以结构形式分优劣。似乎把短篇拉成中篇,把中篇拉成长篇,倒是符合文学创作的规律。好像凭一两个细节,玩弄技巧敷衍成一篇小说,倒可以成为细腻的、能够传世的文学珍品。

文学是有它自己的规律的。但是最基本的一条却是无一定之规。这一行的特点就是要"八仙过海,各显其能",就是要多样化,而不能千篇一律。工业生产要严格地遵守操作规范、《钳工工艺学》等等。文学创作难道能遵循"小说工艺学"、"诗歌写作规范"吗?倒应该是你这样写了,我就得那样写。最紧要的是屠格涅夫说的"喊出自己的声音",有独特的艺术风格和表现形式。鲁迅先生的深沉的解剖代替热情的呼喊,寓热于冷,冷中含热。曹雪芹写林黛玉一生爱哭,而临死时偏偏写她微笑。《三国演义》写诸葛亮一生谨慎,偏偏在紧要的时候用"空城计"冒险成功。"绝招"只能用一回,人家用过了你再用,就不称其为"绝"了。

《三国演义》描写曹操是"治世之能臣,乱世之奸雄";刻画他的心理也是两句话:"我宁负天下人,不叫天下人负我。"要是用现代掺水的办法,得搞成上千字的心理描写。也许又有人会指责,这太不细腻了,太粗糙了。粗和细难道同错和对、优和劣是一个概念吗?工笔画自有它细的好处,然而速写、油画、雕塑也有它粗的妙处,难道能因前者的细就可以排斥后者的粗吗?

《三国演义》、《水浒传》里几乎一个章回,甚至一个段落就可以编成一出戏,它给后人提供了多么丰富的精神食粮,大凡中国人,有几个会不知道一点《三国演义》、《水浒传》里的故事和人物。现在有些写得很细致的作品,洋洋几万言,几十万言(当然也包括我那些既不会细,也不会粗的作品),读过以后人家在脑子里留下了什么呢?我喜欢这样来检验自己的作品,有的同志和我见了面爱说我的某一篇小说写得不错或者写得不好。

我就问他:"你看过了?"

他说:"看过了。"

我又问:"那里面写的是什么意思?"

他说:"金厂长是个大滑头,可是最后在选人民代表的时候,竟不投自己一票,真想不到,有意思。"

行,至少这个情节是可取的,被人家记住了。有的时候,我的发问却使人家蒙头涨脸,吭吭哧哧说不出个所以然来。我急忙给人家打圆场,应该感到不好意思的不是他,而是我。你的作品叫人看过以后很难叙述出来,这就是最好的批评。像"草船借箭"、"借东风"、"逼上梁山"、"武松打虎"……张口就来,而且说起来很顺嘴。读者甚至根据作家塑造的人物的性格编出了顺口溜:"张飞吃豆芽——小菜一碟","武大郎服毒——吃也死不吃也得死"。不管有人把这个斥为"通俗文学"也好,"下里巴人"也好,我是敬佩那些能让自己的故事和人物深入人心的作家。

有时我想好一篇小说,为了决定取舍,使结构更紧凑,动笔之前先给工人讲故事,特别是挑上夜班的工人休息的时间讲。上夜班大家身体最乏、最困,很容易睡着,这对我的故事是个严峻的考验。如果把大家讲得都睡着了,这篇小说就不必写了。如果讲到某个地方,有人打哈欠,伸懒腰,喝水,上厕所,这一段肯定应该砍掉!东砍西砍,剩下的就是"干货"了。

作家在写作的时候既是作者,又是读者,不可傲慢地抛开读者不顾,只图自己痛快,随心所欲地任意涂抹。读者看到你写了一句假话,或是一句废话,立刻兴趣大减,不想再看下去了,这就是所谓"败笔"。

如果假话、废话不是一句，而是几句、几十句，作品就像长了一个大瘤子，没人会喜欢的。肿不是胖，出虚汗不是结实，啰嗦不是细腻，文学不是说废话的艺术。

工厂里现在时兴一个口号："用户即上帝。"对于作家来说，可不可以说"读者是裁判"呢？因此，我宁肯让一些搞评论的朋友指责我，也不肯得罪读者。我不在自己的作品里表现对我来说是外行的东西，也就是不写自己不懂的事情。有些作品涉及的生活面很广阔，某些场面必然是我所没有经历过的，我就绕开或跳过去，决不要不知强装知，用以敷衍读者。这就使我的某些作品节奏很快，有时甚至大段大段地跳跃。有的评论家就说："看你的作品太紧张，喘不过气来。你就不能让你的人物也轻松一点，到公园、河边去散散心。"他不满意这种结构形式，我也不认为这种形式就是好的，但我还不想就放弃试验，而是继续摸索前进。老祖宗的遗训就有："有话则长，无话则短"，"糖多了不甜，盐多了不咸，话多了讨人嫌"，"花开千朵，各表一枝"等等。

社会在发展，生活在前进，文学作为社会生活的反映，从内容到形式也必然会不断地发生变化。我向往文学作品能够达到这样的境界：有宏伟的生活图景，深刻的哲学含义，动人的思想力量，丰富的人物形象。什么样的形式适于表达这样的内容呢？已经出现的形式比起还没有创造出来的形式要少得多，我们应该找出各种各样适合自己的形式。

1983年7月

文学的脉搏

　　我不会采访，不善于积累材料，也就没有养成做笔记的好习惯。这倒节省了本子，还是上初中时用的一个小本子，一直用到现在，上面只抄些名人语录和格言之类的东西。在第二页上抄了一段这样的话："一个作者越是文化低和缺少才能，他在思想眼界上越是落后，那么他的各式各样的'法宝'也就越多。"

　　这是什么意思？当初它触动了我的哪一根神经才使我把这段话抄下来，现在都说不清了。有一层意思却是很明显的：一个学过工而未学过文的人，半路出家对文学发生了兴趣，抄下这段话用来安慰自己，鼓励自己。

　　生活的充实能补偿才华的不足。世界上常有许多"歪打正着"的事，搞创作的人碰到的这种"歪打正着"的事就更多。比如，自己下了功夫的作品，发表后却遭到了冷遇甚至批判；自己不满意的东西，反而得到了称赞。上学时就露出作家苗头的人却干了别的职业；有的决不是搞写作的材料，却出人意料地走上了创作的道路。正因为我知道自己在写作上才气不足，所以才非常满足于当个"业余作者"，而且牢牢抱住主业不放。对我来说，有"业"才有"余"，"业"搞好了，才有可能"余"出点小说来。文学要反映现实生活，业余作者在生活实践上恰恰是"专业"的。即使是对专业作家来说，在生活和写作的关系上，恐怕也得把生活摆在第一位。

　　一个作者要是除了文学什么都不懂，那他很可能连文学也不会懂的。

生活底子厚，并不等于就敢于正视生活和能够大胆地表现生活。说实话，敢于正视生活和能够大胆地表现生活是一条艰难而充满风险的路。且不说老作家们，就连我这个业余作者，从一九六二年发表第一篇作品到现在，总共十几年时间，才写了不到二十个短篇，却已经经受了三次公开批判。情况是很复杂的，这里当然有许多值得我深思的教训，但有时却批得我莫名其妙。有人说是我冒了尖，"枪打出头鸟"。我冒了什么"尖"呢？顶多算是触动一些生活中的隐痛，碰了一些敏感而尖锐的问题。

社会把人推向庸庸碌碌的历史的惰性力太强大了。如果我只写些不疼不痒、四平八稳的擦粉一类的东西，就不会受到责难，一家老小也会平安无事，也一样能保持"业余作者"的称号。可是这样的作家不是作家，是"写匠"。作家和"写匠"是两个完全不同的职业。

作家的职责应该是加速文学脉搏的跳动，激发生活中的动力。应该是以对自己一代人的生活和命运负责的态度，严肃认真地阐明生活中的各种困难，透过生活的表面深入到它的最深处，揭示人们行为的根据，指出这些行为的规律，勇敢而坚决地暴露出冲突的深刻根源。同时还要把握住现实生活发展的历史趋向。不把握住这个发展趋向，就不会真实地反映现实生活中的矛盾和斗争，甚至会歪曲我们这个时代的面貌。真正现实主义作品的力量就在于揭示我们周围世界的新事物，并预见这种新的东西就是胜利的东西，给人以生活的信心、勇气和力量。

表现生活可以有两种态度，一种是用花里胡哨的东西打扮生活，遮遮盖盖。还有一种是实实在在地进行化学反应，从生活的矿石里提炼生活的真金。作品中反映矛盾既要符合生活的真实，又要反映那真正能触动千百万人思想和情感的现实问题。

我没有因被批判就不敢对生活进行大胆概括，相反倒是批判更加激励了我创作的勇气。如果文坛上有两种人：一种是自己不写东西，反而忌恨别人写东西，专门打人；另一种是老写东西老挨打，那么，我命中注定要做第二种人。"苦肉计"是一个愿打，一个愿挨。但现实中往往是一个要打,一个不得不挨。既然要搞创作就得头皮硬,他打他的,我写我的。

　　工厂有个特点,肚里有气,产品上较量。你搞一级品,我搞特级品。中国的作家们为什么不能携手共进,百花齐放呢?即使相互不服气,也应该拿出产品来较量。让我们鸣起来!放起来!干起来!何必"图穷匕首见"或抄起棍子打起来?

1983年8月12日

悲剧的强大

也许我应该把《悲剧比没有剧要好》,说成是我创作生活中"过渡时期"的作品。前个阶段的创作已经画了句号,下一步怎么迈,尚未下决心。正处于不停地寻觅、试探、犹豫、努力之中。生活中不存在固定的轨道,作家又怎能循规蹈矩,老走一条路呢?就在这最不想动笔的时候,天津要办《小说家》,编辑约稿,盛情难却。我又在天津生活,为天津刊物写稿似乎是义不容辞的责任。于是就产生了这部小说。原想写五个表面毫不连贯、内里却血脉相通的故事,定名为《在四面八方发生的事情》。由于发稿时间已到和其他原因,写完了"中篇"无法再按原计划写下去,只好把"下篇"再拉回到宫开宇身上,就算收场了。题目也改成了现在这样一句绕口令。

当初,虽然有某些生活事实、事件、人物吸引了我的注意,激起了我的创作想象,并且逐渐形成了关于这部中篇小说的构思。形成一部小说的艺术构思,往往要在头脑里经过痛苦的探索和深思过程才能获得。但是到真正动笔的时候,已经想好的构思常常会发生变化,甚至是重大的、根本性的变化。这是不足为怪的,原因也是多方面的和复杂的。因此,我总是不大满意自己的作品,似乎每个作品都有可遗憾的地方。如真要想改掉这些缺陷,却又不是一件容易的事情。所以说,写作真是一种苦恼人的工作,老是不能完美。写,有苦恼;不写,苦恼就更大。"悲剧比没有剧要好"——对作家本人来说又何尝不是如此!探索,试验,失败,总比原地踏步或回头走老路要好!

悲剧是崇高的东西。

经典作家是不是说过类似这种意思的话:历史的真本是悲剧,它的抄本才是闹剧或其他。社会的进步,有很大一部分动力是来自带悲剧色彩的人物。不管作家的艺术概括多么高妙,多么具有"历史的重要性",但不能代替或超过历史的创造、生活的创造。生活中的主人,总比他们投在小说中的影子"要丰富、优美、复杂得多了"(爱伦堡语)。因而,生活中的某些事实,可能是集中了许多人、甚至是千百万人的智慧,经过长久的酝酿,处心积虑,明争暗斗,或者突然爆发,明枪明刀。这种人世间集体的创造,有时比作家呕心沥血的概括更集中、更典型、更富有强烈的戏剧性。

一般的成年人,都希望自己年轻几岁,恨不得变六十三岁为三十六岁。我结识了一个人,他曾发出这样的感叹:"我为什么是四十五岁,而不是六十岁?倘若再增大十五岁,也许我也学圆滑了,不会为该着急的事情动肝火了,不会再担心什么事业呀、前途呀!……"这是发牢骚,其实他活到九十岁,也学不会通过平庸达到高升的那一套"当官秘诀"。他是某造船厂厂长,把工厂起死回生,打开局面后,利润每年增一大块。本应给他记功,却突然被撤职了(不要误会,不是由于政治问题或经济犯罪行为,纯粹是做了复杂的、现代化的人事关系的牺牲品)。他下台不久,这个船厂的生产也开始走下坡路。因为我们还没有创造出一套严密的先进的管理体制,一个单位能否打开局面,在很大程度上取决于那个单位的头头。往往会出现"人一走,茶就凉"的事情。

这是明降明撤,还有明升暗降,调离要害部门,削掉手中实权等等。这一门学问也复杂得很。我又不想写"问题小说",所以对这门"权力使用学"未做过多的研究。只想探索一下在权力下各种各样的灵魂的变异。在描写人物命运千变万化中捕捉心灵的阴晴风雨,快乐和悲苦。

作家不应该光看到人间在办喜事,还应该看到人间有时也会办丧事。尤其在社会发展的转折时期,作家对社会的观察力更为重要。作家无法回避人和"命运"的斗争。这"命运"的含义远远不是古人所理解的只是个人的悲欢福祸,不应该用宿命论来解释它。生活中确实存在着一种很强大的惰性,一种腐朽的势力,它自己腐烂还要影响周围的东西发炎,对一个人的毁灭有时比帮助一个人成功来得更多、更快!

准确而强有力地反映现实,是一种责任,也是一种幸福。这样的反映不是消极的,无可奈何的。作者的社会立场不会忽略像宫开宇、呼从简这些人物心灵里的阳光,不论是作为人的质量,还是他们过的那种生活的质量,都是优等的。正因为如此,他们身上所具有的、在工作中所表现出来的那种超群的能力,似乎是同代人最不能饶恕的罪孽,不可避免地受到了排斥和挤压。生活中这样的较量是很多的,就看谁的力量更强大,谁表现得更坚硬。有时被排斥者是块大石头,照样能把包围他的铁丝网扎个大窟窿。即使这些人在自己的命运里演了悲剧,他们的事业也将被群众记录下来,他们的功绩不灭。人民对那些为历史的进步做出牺牲的人,是怀着深沉的敬佩和爱的。

我也力图用这些人物身上那种崇高而壮美的悲剧精神,鞭打阴暗,冲涤污浊。

急剧变化的社会环境和现实生活,推动着作家在艺术形式方面也进行方法的探索。但我写不漂亮,只能争取写得有生气。在有些地方完全可以放开手脚,舞文弄墨一番,我却尽量表现得简洁。写作就是摆脱文学俗套,其目的不在于出作品,而在作品的价值及其作用。作家应着眼于创作的目的,而不是创作本身,这大概才能使作品具有真正的深度。

想得蛮好,是一回事,毕竟还不是十分困难。写出来如何,那是另一回事。要在创作实践中,完全实现自己的想法,完美地体现自己的艺术追求,那就不是很容易的了。如果一个作家在创作过程中,心能应手,手能应心,那岂不是进入"化境"了,即"出神入化"了!

遗憾,我还老是留在人间。

1983年8月20日

《不惑文谈》后记

我极佩服只埋头创作不发议论的作家,而且很想效法。遗憾的是,在当今文坛上我还没有碰到这种"沉默"且成功的作家,因而自己的效法也很不成功。

作家若因为自己的作品陷于毁誉交于前、荣辱战于心的境地,那是"罪有应得",不该有丝毫抱怨。但是,在"轰轰烈烈"的年代,我常看到有些作家是因其讲话、发议论、写理论文章而倒其大霉。这似乎有点"划不来"。作家应以创作发言,不应画蛇添足地解释自己的创作。所以当我走上文坛之后,决心当个"哑巴作家"。可是社会的意志往往比"社会动物"的意志更坚强,随着社会的活跃、文坛的活跃,加上编辑的盛情、朋友的催促、师长的启示,原来"横"下的一条心,渐渐"竖"了起来,原来是"宁可得罪朋友也不写什么体会文章",渐渐不愿得罪人了。写了一,就不能拒绝二,自己破了戒,只好自作自受。

现在竟然要把这些七零八散的"豆腐块儿"编成一本书,心里难免忐忑。康达同志在二十年前就给我看稿子,帮我改文章。那时他常被报社请去做"特邀编辑",帮助编辑看稿子、辅导业余作者。我就是被辅导的一个,我们虽是同龄,他却曾为我师,对我创作上的"这两下子"了解得很清楚。现在他看出了我心中的惶惑,却偏偏为这本小书起名为《不惑文谈》。我感激他良苦的好心。

然而,要想"不惑",谈何容易!文学是活的,生活不断向作家提出新的问题,生活要求文学跟着历史一同前进。

历史又从来不是个脚步蹒跚的老人,它在自己迂回曲折的历程中，不断轻装，不断更新。它的行进速度不是越来越慢，也不是"等速度"，而是有点像巨石从高空落下，是"加速度"。

人类的祖先在农村生活了几千年，乃至几万年。到一七一二年纽康曼发明了可以使用的蒸汽机，只用了二百年左右的时间，人类就完成了具有世界规模的第一次工业革命。第二次工业革命却只用了几十年，当前西方发达世界已面临第三次工业革命。用美国人阿尔温·托夫勒的话说，世界正在从危机中"迅速出现新的价值观念和社会准则，出现新的技术、新的地理政治关系、新的生活方式和新的传播交往式的冲突，需要崭新的思想和推理、新的分类方法和新的观念"。

因此，我虽然在年龄上进入了"不惑"之年，但能否真正做到"不惑"，实在没有多大把握。就像不能把握这个世界、把握生活一样。今天，我们还没有全部碰上发达国家遇到的那些烦恼，不等于今后就永远碰不上。宁可在前进中遇到数不清的烦恼，也不应该在落后守旧中求得安稳。文学创作又何尝不是如此？

人类从来不会满足生活中某些成就而停滞不前，总是勇往直前地积极创造新的生活。

历史的进程是不可抗御的，历史充满了创造的渴望。人类如果不创造，就没有火，没有文明和历史，至今还在茹毛饮血！

历史是由一代又一代生活的创造者写成的，作家总是面对着新的各式各样的创造者。人类的历史远未结束，创造者的故事不过刚刚开始。文学必须尝试着改变自己的节奏，去适应新的生活节奏，尤其是明天生活的节奏——创造的节奏。

生活在前进中不断扬弃一些旧观念，构造一些新观念。文学要前进，作家在写作过程中，也需经常抛弃一些旧观念，建立某些新的观念。编辑《不惑文谈》，实际就是想对自己的一些创作观念来一番筛选，搞一次"回头看"。回头一看，有愧有惊，原来是这样走过来的？！回头，是为了让头脑更清醒，便于今后抬头看得更远。总结过去的创作，裁判过去的创作，是为了更坚定地走向未来。也就是说今天如果还做不到"不惑"，希望今后能渐渐达到"不惑"的境界。

　　明天的生活不是今天生活的扩大,正如发明飞机是从鸟得到启发,但飞机不是放大了的鸟。文学也应该有一个使命:预见一些新的事物。在平凡或不平凡的生活中发现新的种子,而且指示出这新的种子就是未来果实的萌芽。用艺术的全部触觉感受它、发现它、表现它、发展它。这新的东西——是否可以说就是生活的创造者的足迹。

　　这"足迹"是我们的希望,是我们通向理想境界的阶梯。为了发现这宝贵的"足迹",作家恐怕要拿出探险者的勇气、力量和智慧。"有奇事方有奇文",不必搜尽枯肠去编造新的天方夜谭。也不必故作多情,对生活发出一声又一声微弱的叹息。更不必哗众取宠,以雕虫小技赚人。今天,生活的海洋掀起了巨大的波涛,无疑会淹没掉许多东西,也会升起新的文学征帆。

　　文学无法对生活下命令,却可以烧灼生活的灵魂。作家袒露自己的心灵与人民的心灵对话,用自己燃烧的心去感染读者。因而,那些与作家内心无缘的东西,只会导致麻木和沉沦。

　　千百年来,人类为创造的欲望付出了巨大的代价,这太值得了。生活——不是一个笼统的概念,不是一句空洞的口号,不是千篇一律的一种美好称呼。它代表着千百种各不相同的生动的灵魂,千千万万各具特征的活人。把生活和群众纳入"标准化"、"同步化"、"直线化",是不足取的。创作不能把活的搞死,把复杂的搞简单。如果老是作假,文学还有什么希望?!

　　不写典型似乎难以写出人物,然而人比任何艺术家笔下的典型都更高。读者往往也希望作家拿出比典型更高的东西。表现当代富于创造性的有丰富内涵的人物,表现作家独到的深刻的认识,就要有丰富的形式和多方面的技巧。文学理应异军突起,用全新的内容和全新的艺术形式,与历史相适应。

　　我们的生活越来越和工业密不可分了。如果说以前凡是作家无不从农村大地吸取过乳汁。那么今后,作家们都不可能不从工业化和技术领域中获得营养。这就是说,不管你愿意不愿意,那些推动着我们的生活向现代化迈进的劳动者们,一定要干预你的生活,从精神生活到物质生活。谁能逃脱历史赋予他的命运呢？以前还有一句具有嘲讽意味的现成话:"提着自己的头发离开地球。"现在离开地球是可以的,但要借助于现代化的宇航工具。

我之所以要写下这《不惑文谈》里的最后一谈,就是想告诉读过这本小书的读者,赶快忘记它,扔掉它,应该着眼于未来。以一个"文学宇航员"的眼光,寻找一下自己的发射场,设想一下中国文学的未来吧。

文学不应该被历史甩下,也不可能被生活甩下。

1984年1月17日

写出活生生的人物来

——寄语文学青年

现在,有不少青年拿起笔来搞创作,写小说,写诗歌,写剧本,写自己身边熟悉的人,歌颂他们献身祖国的业绩,开掘他们闪光的灵魂,这不能不说是一件可喜可贺、令人鼓舞的好事!

青年朋友们知道,文学作品要反映社会,反映生活,反映时代。通过什么来反映?要通过人物,要塑造活生生的人物。每一个人物的心灵都有一面镜子,作家应该通过人物心灵的这面镜子照出你所处的时代,照出你所生活的广阔的社会背景。人物的心灵又是一个巨大的、无限广阔的回音壁,世界上、社会上、生活里的种种事情,没有一个不在人物的心灵里留下痕迹,打上印记,做出反映。只要作家抓住人物的灵魂,你不必故意追求时代气息,它自然就会有时代气息;反之,如果你的人物搞不出来,你在那里拼命地说,"我在为'四化'服务"、"我在歌颂先进人物"……你说得再好,也不能感染读者。人物立住了,才能在群众中、读者中造成影响。所以说,文学的潜移默化的影响,全靠作品中塑造的人物形象去完成。

怎样刻画人物形象呢?我想谈五点:

第一点,给人物以灵魂。

每一个生活中的活人都有一个灵魂,但是有些小说里的人物是没有灵魂的,活不起来。河北省河北梆子剧院正在演出一出很好的戏——《哪吒闹海》,其中有一个细节给我以很大的感染和启迪:太乙真人站在莲花台上,高呼:"魂兮归来。"然后已经死了的哪吒的灵魂就像一颗流星一样,飞到了太乙真人的手里。作家在创作一篇小说的时候,千万要找到你人物的灵魂。你如果对你的人物喊不出"魂兮归来",或者你喊出"魂兮归来",魂来不了,你这个人物就不行。要想把人物写得活灵活现,真实可信,必须给他成熟的灵魂。比如《阿Q正传》,"精神胜利法"就是阿Q的灵魂,而且是活的灵魂。鲁迅先生是大手笔,他几乎是把民族精神上的小辫子给揪出来,变成阿Q的"精神胜利法"。人物有的是大典型,有的是小典型,比如我写过一个《一个工厂秘书的日记》,里面有个金厂长,他是一个被时代扭曲了灵魂的人物,他厌恶"拉关系"、"走门子"这一套,但自己又不得不去搞关系。正是因为这个,在选人民代表的时候,他自己都不投自己一票。这种人物有人说有典型性,我认为这是小典型。但即使是这样的小典型,也有他自己的灵魂,人物没有自己的灵魂就活不起来了。

在我们的古典文学作品里,有许多活的人物,他们都有自己的灵魂。像《三国演义》中的诸葛亮、张飞、曹操、刘备等,写得都非常深刻。这些人物形象历世不泯,他们的灵魂一直到现在还活着。再如曹雪芹的《红楼梦》,他写了那么多女性,各有特点,都有自己的灵魂,令人叫绝!再比如西方,即使是现在的"抽象派"、"印象派"、"超现实主义派"等等,别管什么派吧,实际也在注意写人物。卡夫卡的《变形记》是比较典型的。他就写一个小职员,一夜之间突然变成一只大甲虫,他恰恰用人变成虫,来体现他写的小职员的灵魂,反映那个社会对人的压抑、压迫,人的人性在逐渐扭曲,在逐渐变化,或者说变异,最后发展到变成了虫子。这就是按照他们这一派的手法赋予了他这个人物一个灵魂。

人物的灵魂从哪里来呢? 你坐在办公室里召唤是召唤不来的,要到生活中才能找到。你走到生活中、走到群众中去吧,那些活生生的真人身上有你作品中需要的灵魂。而且那些灵魂每一个人都是不同的,等他变成你的人物灵魂的时候,这个灵魂就有可能变得非常真实而有典型意义了。它就可以活下来,甚至比真实的人物活得时间还要长。

第二点,给人物以血肉。

光有灵魂没有血肉,是不成其为人的。《哪吒闹海》中,哪吒在空中悲鸣,太乙真人给他七片莲花恢复了肉体,哪吒才活起来。要是光有灵魂没有肉体,你的灵魂是没有寄托的。

要想让人物丰满,生气勃勃,就得给人物以丰满的血肉和生动的肌体。

所谓给人物以血肉,就是在人物有了灵魂之后,你要赋予这个灵魂什么命运、什么性格,他在他的一系列事件中怎么行动。这就要求作者熟悉生活,深刻地反映生活的本质,也就是通过种种生活的表面现象把生活的内核挖掘出来。

在谈到给人物以血肉的问题时,很自然要联系到理想与现实的问题。我发表《乔厂长上任记》以后,有种种议论,有的人认为这个人是理想化的、不真实的。我认为,理想和现实,是像肉和骨头一样分不开的。因为"四人帮"一段时间把理想与现实搞颠倒了,把真实和虚假搞颠倒了,好像一提理想就是幻想、就是虚幻。不是的,没有一种离开现实的理想,也没有一种没有理想的现实。反映到文学中,你的人物要完全没有理想色彩,他就不真实,就像完全不符合现实一样不真实。塑造理想的人物,作家本人必须在生活中体验到很多的痛苦,广泛地吸收了生活的营养,才能养育他的人物。

一个作家笔下的人物,应该有这个作家自己的特点,或者说这个人物带着自己"家族的特点"。比如天津市有好多家卖酱牛肉,唯独劝业场的最好。为什么呢?就是因为劝业场的酱牛肉有一锅老汤,非常宝贵。这锅汤加什么作料,加温到什么火候,学问非常大。同样的牛肉,从他这锅汤里出来,味儿就不一样。我想,每一个作者,是不是也应该有这么一锅汤,你的感情、气质、思想、生活经验……所有你内在的东西,都是这样的汤,用这"锅汤"去煮生活,把你生活中所得到的材料、感受,你捕捉的人物形象等等,加上你的"作料"去煮,然后那个"肉"出来的味儿就与别人的不一样。这就是有你自己特点的东西,就能在这样的作品中找到你自己的气质,你自己的灵魂,就能准确地听到你自己心里的声音。初学创作的同志最好在一开始就有意识地注意这个问题,千万不要忘掉自己而去猎奇,去追求新鲜的事情,离奇的情节。要留意使你笔下的人物形象带上你自己的特点而逐渐丰满起来。

第三点,用细节刻画人物。

写人物有一个通病:开始,在某年某月出来一个人,这个人是什么浓眉大眼,什么五大三粗,如何精壮;然后说他是什么性格,平铺直叙地把人物性格就铺出来了,然后按照这个性格,下边就写故事……这种写法不是不可以,但是太简单了。

青年朋友在初学创作时一定要注意捕捉人物活动的细节,特别是注意捕捉人物变化的细节。这种很细致、很微妙的变化,你如果准确地捕捉到,就能把人物活灵活现地反映出来。我们在平时深入生活、观察生活、体验生活时,一定要注意那些体现时代气息、体现生活本质、体现人物灵魂的细节。

第四点,让人物行动起来。

所谓让人物行动起来,就是要给人物以故事。编写故事的要素很多,但重要的是不要让故事淹没人物。编故事的目的是为写人物服务的。这一点,我们的古典文学中有取之不尽的营养。有些青年作者以为写工业题材的小说,总是不易取得成功。究其不成功的原因,是作者陷到生产过程中去了。读者看小说,看的是人物形象,而不是生产过程。尽管你把生产过程写得很细,人物还是行动不起来,作品的艺术感染力也就谈不上了。所以,如果搞工业题材文学,一开始就要把立脚点放在文学上,而不要放在工业上;要懂工业,但又要跳出来。高尔基说过,哪里有个性的冲突,哪里就有强烈的戏剧效果,就能给人留下最深刻的印象。我自己体会,所有小说中给人留下强烈印象的,都是那种个性闪现异彩的地方;没有个性冲突,在那儿搞事件过程,好像很难成功。

第五点,凝炼语言。

语言如果没有个性,就很难把你的人物树立起来。每个作家对语言都是刻意追求,各有特色。这大概很难规定一个什么统一标准。就我自己的体会、我自己正在追求的,有这么几点:第一,生活化。生活化,就是有地方色彩。我追求的是北方的工业城市的语言,有天津味儿,北京味儿,也有石家庄味儿,甚至也有东北味儿,总之是长江以北的工业城市。第二,我追求语言有一种深沉的思想力量。第三,语言的幽默感。第四,语言的机智性。当然,这是我所追求的,要达到,还需要爬高。

　　青年朋友们,我随便谈了上述几点,不一定准确,望批评指正。

　　　　　　　　　　　　　　　　　　　　　　　1984年4月

"悲歌"之余

——关于《燕赵悲歌》

你叫我说什么呢？

我真心地羡慕你。你远远地躲开了那些所谓的"重大题材"、"尖端题材"，致力于琐小题材，多写那些能引起所有人兴趣和同情心的所谓"普通人"、"小人物"。你写的典雅优美，娓娓动听，远离政治和一切是非，却有引人入胜的消遣性和娱乐性。它充分显示了你纵横驰骋的才气，它是真正的艺术品，想必能传之久远。

群众需要典型，而作家需要人物，尤其是中间或偏后、偏小的人物。这是很时髦的，所以不论理论家、作家还是读者，都很喜欢你、敬佩你，原因也在于此。

以前曾经很时髦的"重大题材"、"英雄人物"，现在却大大地背时了。甚至一提起这些就很容易引起人们的反感，有人就说看文学杂志不看头条小说。这话是否有点偏激，且不去管它，它暴露了群众的一种情绪：对假文学的厌恶和报复！这种文学现象也是对假文学的一种反对。

如果生活中老是作假，这种生活就没有希望了。对文学来说也是如此。

但是，因题材而对文学分类，给作家排队分等级，却是不足取的。创作从来不取决于题材，有人能把"大题材"写小，有人也可以把"小题材"写大。作家的个人因素极大地影响着对题材的选择和运用，"应该按自己看到的那样来表现生活，而不必按别人看到的那样去写作"。任何事物都会随着不同作家的不同眼光而变化的。

　　我从来不特意追求"重大题材",也不成心去追求"琐小题材"。什么事物燃起了心里的创作之火,就抑制不住想去探索和表现这一事物。我何尝不佩服那些凭可靠的资料、丰富的专业知识写作的"学者型作家",而我往往只能依靠自己对生活的感受和思考。我何尝不佩服那些客观的、冷静得趋于淡漠地、无动于衷地、不露声色地表现生活的幽默型作家,我甚至也用类似的笔墨写过一些作品。但是,当潮水般向前涌进的生活把我卷进去以后,我便不能再保持冷峻和漠然的态度。因而也就暴露了我的弱点:离生活太近、太实。所有麻烦都来自这种"近"和"实"。

　　即使前面有个是非坑,身已至此也非往下跳不可。仿佛有一股强大的力量在身后推着自己,这力量像浪涛拍岸,石破天惊。它是什么呢?

　　生活像史诗般宏伟壮观,气势磅礴。它像大浪淘沙,又像显影液,分明能检验出各种人物的本质、价值和能力。也许我们正处在一个行动上最为活跃,思想上最为复杂的时期。我深深感到手里的笔是这样软弱无力,写出的文字缺斤少两。我当如何?逃避吗?退缩吗?自知写不好,不如趁早绕开,也许不失为聪明之举。然而我始终没学会驾驭生活,却常常被生活所驾驭,可谓鬼使神差……

　　再看这些人物,他们坚强有力,异常复杂,极端敏捷,充满自信,身上又交织着各种矛盾。特别是中国的农民,他们的命运就是中国的历史。经过多少年的大起大落,终于勃发了新的生命力,农民的智慧、农民的力量,让世人感到惊讶!千变万化的生活,带来人的千变万化,变换着人和世界的关系,真令人瞠目结舌。在一个个这样强烈而真实的人物面前,我有时真感到无能为力,仿佛是由他们牵着我的笔,我只好信马由缰,不能控制。

　　生活如此,我们为什么不能把小说写得新颖而丰富呢?

　　文学只有在特定的社会历史背景下,才能显出它真正的含义。作家应当捕捉住生活的跃动,那才是人物生命的旋律。只有感觉到了这种节奏,才算是开始理解生活了。把情节融于真实生命的旋律之中,让激情和素材熔于一炉。没有激情,思想就会打蔫儿;情绪激动起来,就会把思想推向前进。

真实的生活是检验作家思想的燧石,作家敢碰这块燧石吗?表现自己对生活的思考,表达生活中某种先进思想——是作家的一种责任吗?

请你不要误会,别把这番话拉扯到"改革"上面去。不要用"改革"的概念去套生活,更不要用"改革"的概念去套文学。何谓"改革"?何谓"写改革"?一个生气勃勃的社会,怎么可能设想会有一年甚或一月的停顿呢?生活必须有不断地前进。把正常的发展,应有的进步都称做"改革",大事小事都冠以"改革",喊得响则响矣,其含义是不是有点用滥了?热热闹闹,说得多做得少,岂不有"君子动口不动手"之嫌?日后有个一差二错,又把罪过全部推到"改革"上!每逢听到别人说我某一篇作品"是写改革的",我就手足无措,诚惶诚恐……

笼统地说,我实在不知道应该怎样"写改革"。最初引起我创作冲动的往往不是所谓"改革"的事件。就以你提到的《燕赵悲歌》为例:物质文明使农村的伦理道德观念发生了很大变化,家庭现代化了,家庭关系也发生了变化,夫妻间、父子间、同村的乡亲父老间也起了微妙的变化。钱多了,不可能不带来各种精神上和文化上的后果。我所熟悉的农村变得陌生了,许多年来最少变化的农民的形象正在发生巨大变化……这才是激我深思的地方。

对作家来说,只能到人民的心灵里去寻找生活的答案,或者说是"改革"的答案。

新颖丰富、复杂多变的生活给我们提供了哪些方便?人物是生活中尖锐冲突的中心,包括他们的自我冲突在内。他们复杂的经历和种种精神上、道德上的磨难,便于我们写出人物丰富的、真实的、深刻的思想性格。挖掘新的感情纠葛,从新的角度展现人的思想性格,这种具有宏伟规模,富于魅力的人物性格,对我们难道没有吸引力吗?还可以把个人生活与社会生活联系在一起来表现,尽量让作品蕴藏着哲学的严肃性和新鲜丰富的想象力。

　　这太难了！现实已经够让人目不暇接的了,文学还能唤起人们新的激情吗？人们知道的道理太多了。所谓能"看透"的人也太多了,文学还能说出新鲜的有味道的话吗？写鲜为人知的生活就自在多了。表现大家都熟知的现实,难于藏拙和避短,只好硬碰硬。我自知缺乏奇想、幻觉、双关语和哲言,又怎能让读者感到在智力上是一种享受,在心里引起深思呢？

　　你可能会说,我的话前后充满了矛盾。的确,我有时觉得自己的头脑就是一个矛盾的综合体。如果什么事情都看得太清楚,也许就没有情绪写作了。

　　你问我关于《燕赵悲歌》的写作情况,我却东一榔头西一棒子说了这许多不沾边的话,你不会怪我所答非所问吧？最后实实在在地回答你关于这部小说的表现手法问题。我有意采用相声的结构,忽而跳进,忽而跳出,让人感到是真的,无非是想增强作品的感染力。其实小说多是虚构的,包括作者自己跳进去说的那些话,目的是吸引读者把这个故事当成真的,这也叫虚晃一枪吧。

　　有位大学老师把它叫做"报告小说"。我不懂什么叫"报告小说",我们的口号已经够多了,小发明新的也够用一气的了。我写的是小说。但他的意思使我很高兴,他把我虚构的人物当成真人真事了,我要的正是这种效果。读者相信它,才能接受它。如果头一眼就叫人看出是假的、瞎编的,那就完蛋了！"只有真实才是美好的,在粗糙的真实中比在细腻巧妙的谎话中,有更多的美。"我自知在写作上才拙力薄,这且叫做用一"真"遮百丑吧。

　　"自古燕赵之地多慷慨悲歌之士",悲者,壮也！不知你以为如何？

1984年8月28日

等待自己

我放下已写了一半的长篇小说来写这篇所谓的"自画像"。不写不行,朋友已经来过两次了。而且他是第一次向我约稿……

为什么不写不行?长篇不也是朋友要的吗?而且答应人家在八月份交出书稿。

有一句话早就被智者们说滥了:要学会在生活中说"不",一旦能够说"不",你的日子就好过多了。我就是学不会说这个字,于是经常债台高筑,有时不得不拆东墙补西墙。稿子写好了,谁赶上就是谁的。自以为对得住朋友,其实对得住这个朋友,就对不住另一个朋友,都对得住了,说不定就对不住自己——

我还不能做到完全写自己喜欢的东西。要拿相当多的时间写别人希望我写的东西。

不是我在追赶文学,倒像是文学在追赶我,赶得屁滚尿流。不从容,不闲适。有还不完的债,有写不完的东西,还有许多好书没有时间看……这就是我目前的现状。

有时不得不用扔钢镚儿或抓阄儿来决定自己写什么。有部长篇小说已构思成熟,有强烈的创作冲动,却不能动笔。有一部长篇传记小说刚完成了三分之一,年初难却朋友盛情又糊里糊涂地在报刊上开了四个专栏……这日子可怎么办?心里有写作计划,却很难按自己的计划行事。

这正是我的缺陷,性格上的缺陷。

表面上看是重义气、讲友情,其实文坛不是江湖,文学的选择是

"六亲不认"的。使我不能静下心来，集中全部精力写自己喜欢的东西，受损失的还是我自己。近过半百尚不能守住自己，不能从容应对，明知是缺点，却又难于改正，可谓"本性难移"。

同时也感到自己写作速度太慢，不够刻苦。前不久香港作家梁凤仪来津，每天除去开会、签名售书、会客，还必须完成五篇专栏文章，深夜用电传发回香港，以供第二天发表。难怪她用两年多的时间写了五十一本书。日本华裔作家陈舜臣，那年我见他的时候他是六十四岁，其著作有两大摞，一摞从地板码到了房顶，第二摞也码起了多半人高。我记得当时受到的震动是难以言喻的。

面对梁凤仪你无法用闲事多、欠债多为自己开脱；面对陈舜臣我无法以年龄或写作庞杂，为自己开脱。才有长短且不说，我倘有他们一半刻苦，我欠的这点债还叫债吗？

慢工但不是巧匠。我想还是紧迫感不够，压力不够。

现在似乎到了这样一种阶段：写作成了一种需要，一种乐趣。什么奖呀、赛呀、新潮旧浪呀、别人怎样看怎样说呀，都不太在意，甚至不关心，不参与。每天最快乐的时光是坐在自己的桌子前，没人打搅。

几十年风风雨雨已经厌烦了，正在一点点地把积存在内心的晦气排掉。

同中国许多作家一样，我的文学经历也可以写成被批判的经历。

在中学的时候我崇拜的是机器，志愿是毕业后报考河北工学院机械制造专业。一九五七年一场批判会改变了我的命运——不是批判我，而是批判教导主任孟昭惠，一个非常受学生尊敬的老太太，讲大课讲得最好。我最喜欢听她讲《红楼梦》、《三国演义》、《儒林外史》等古典名著。她有一条罪名是向学生灌输"一本书主义"和"成名成家的思想"。所以学校让学生中的班干部列席批判会。我率领着学习、文体、卫生、宣传四个委员去开会。散会后我向自以为是自己朋友的人说了一句"会后感"：孟主任够倒霉的，我怎么不记得她跟咱们讲过"一本书主义"？

学习委员是天津人，白脸，小眼，平时跟我不错。但这次他立刻到校团委书记那儿告了我一状：受右派分子毒害太深，在学生中为右派分子鸣冤叫屈。于是团委组织全校的共青团员"会诊"，为我"治病"。批来批去，口无遮拦的同学们说我想当作家，想成名。我越说冤枉，他们批得就越邪乎。最后激怒了我，你们说我想当作家，好吧，我就想，作家也是人干的。

在团内受了处分，撤掉班主席职务，调了班。我心灰意冷，大量读小说。钻进小说营造的世界里，可以忘记自己的现实世界。同时也是生平第一次感受到人的险恶，那个"白脸委员"表面上仍跟我很好，经常跟踪我，到图书馆查我都借什么书看，然后到团委去报告。再加上家里经济状况窘困，我初中毕业后便考入管吃管住的技工学校。

一跟技术打交道我觉得如鱼得水，毕业后在一个刚建成的大型企业里受到重用。但文学仍在捣乱，喜欢看闲书、看戏、看电影和一切文艺演出，喜欢舞文弄墨，心不安分。不久又考取海军制图学校，毕业后当了海军制图员。很快便成了"技术能手"、"技术标兵"。但我出身富农，入不了党，也不可能被提拔重用。同时文学给我的耻辱从来没有忘记，经常给报纸写稿，为文艺宣传队编写节目。这些都被部队的主要领导人视为"不务正业"。

一九六二年开始发表作品。到一九六五年正一发而不可收时，复员回到工厂，紧跟着"文化大革命"开始。像我这样的"黑笔杆子"、"修正主义苗子"，因为参加过"四清"工作队，又是"资产阶级反动路线的打手"，不可能有好果子吃。先被"抄家封门"——当时我尚未成家，家就是办公室，办公室就是家，符合当时"以厂为家"的精神。

没有一个单位敢要我，我便在大街上和工厂北面的林场里游荡了半年多。这不是长久之计，便厚着脸皮找到原来工作过的车间。这车间里有我几个真正的朋友，他们保护了我。但我自知与文学无缘，而且也不去想今后还会不会有文学。一心投入技术操作之中，由干部变为工人，从这种体力劳动中获得一种解脱、一种忘却，还有快乐和安慰。一干八年多，我喜欢技术，技术也从不亏待我，从工人变为生产组长、工长、车间主任。一九七五年中央要抓生产，召开了钢铁座谈会。

我参加了第一机械工业部的"工业学大庆会议",心有所动,手也痒了,又写了短篇小说《机电局长的一天》。在一九七六年复刊后的第一期《人民文学》杂志上发表。很快中国掀起了一场"反击右倾翻案风"的运动,这篇小说成了大毒草,在全国范围内公开批判。

又停笔三年。

一九七九年发表《乔厂长上任记》,又是一场大风波,仅《天津日报》就发表了十四块版的批评文章。有些领导同志开会必批"乔厂长",甚至在全市性的布置计划生育、植树造林的会议上也不放过老乔……一九八〇年的《开拓者》,里面有个完全虚构的D副总理,激怒了一些非同寻常的人物。有个人冒充我的名义写了部续篇,幸好编辑害怕把稿子退给了我,否则不知会惹出什么乱子。一九八四年的《燕赵悲歌》,受到了当时的市委第一书记和中央政治局一位常委的批评。一九八五年的《阴错阳差》,一九八〇年的《蛇神》,甚至一篇散文,一篇随笔,都引起过或大或小的风波。

讲出这些,既不值得骄傲,也用不着沮丧。它不是"过五关",也不是"走麦城",它只是一种事实。离开这些事实便无法为自己"画像"。

可见不是我在追求文学,而是文学在牵累我。其实限于胆识和技巧,我那些作品远远未能揭示出时代本身的悲剧性实质。

我的文学形象是入世的,而我又信赖自己的文学直觉。用心镜映射世界,心灵经常逸出世俗的禁锢,所以反映现实,反而为现实所不容。

人格与素质对纸面的渗透,便形成了作家的风格。而作家对自己的风格又是没有办法的,没有它不行,有了它又会把自己框住。

"艺道艰辛同于世道艰辛"——现实太复杂了,比"风格",比"典型"要复杂得多。任何一件简单的事情,都有可能演绎成一篇"罗生门"式的故事。张三看到的是白,言之凿凿。李四眼见的是黑,活灵活现。都有道理,都可能说谎,都可能没说谎。再加上人性中的痼疾、隐患、丑恶,使现实更加扑朔迷离,同时也使文坛飞短流长,是是非非不断。

相比之下,文学倒显得简单了。

为人为文的成败,取决于内心的矛盾冲突。而作家的生活是不可能不充满矛盾冲突的。按荣格的说法,作家只是文学的一种工具。

我被文学选为工具,不感到是一种幸运,也不认为有多么不幸。自觉精神已经成熟,在等待着这样一种境界的来临:轻松、愉快,只写自己喜欢的东西,有大量的时间看书。

1984年9月

自由的生命是真诚

前两年有人说理论落后于创作,我看现在理论领先于创作,比创作更活跃,更开放。比如,运用系统论、信息论和控制论来研究文学和美学,列出各式各样的图表,像八卦图一样无所不包,无所不知,无往不胜。把复杂的文学现象、神秘的创作过程、作家情感中的诸多因素分析得头头是道,大卸八块,令人叫绝!作家就像一个病人碰上了掌握着现代医疗设备的高明医生,原来自己的遗传基因、大脑、肌肉、细胞是这样的,原来自己在写作的时候还想了这么多问题,以前总以为自己写的那个人物是"情之所流",是情感的结晶,谁料还布满了这么多横的和纵的逻辑"纤维"……大吃一惊,毛骨悚然,然后眼界大开。我读这样的文章非常有兴趣,越看越爱看,甚至不想写作,只想把各种"八卦图"吃透。

天津的文学理论刊物定名为《自由谈》,算不算是有勇气地创造了一个新概念呢?公开挑明自由的旗号,我以为确实需要点勇气。当大家对"自由"这两个字非常感兴趣,热衷于谈论自由的时候,一定是自由出了点毛病。如果自由不成问题,大家都很自由,打出"自由谈"的牌子就不会有太大的号召力,谁会有兴趣谈一个不成问题的问题呢?

还有可能出现这种情况:一部分人认为你谈得不够自由,而有的人认为你"自由"得太过分了。每个人都有自己的标准和不同的理解。作家的自由更多的、更重要的,不是靠别人给的,也不是能跟别人要来的。作家写到一定的程度,就需要向自己索取自由。比如:我目前就感到很不自由,枷锁不是别人加到我身上的,而是自己跟自己过不去。

作家无需跟别人找平衡,各有各的路。但搞创作的人不能失掉自我平衡。有精神和思想上的平衡、创作心理上的平衡、同社会生活之间的平衡,作家也是"社会人",不可能不受政治、经济、文化等许多外界因素的制约。眼高手低——是最常见的表现形式。心里想的满好,眼睛看得也算透彻,自己的毛病、别人的局限性知道得很清楚,明白应该怎样去写。阻碍这种自由前进的有两点:一、进行文法试验容易,从内容到形式搞一点花样翻新的中短篇小说似不太困难。但在宏观上看不到那种石破天惊的构思,找不到那种具有中国规模的整体构想。二、我也搞了一些文法试验,为了练笔,为了理解别人,也是出于好奇。但不能把这些东西拿出来。如果有人说上一句:"蒋子龙也在赶时髦了。"那就要了我的老命了。比较起来,我宁愿戴着那顶被人称为已经过时了的、保守的、正统的帽子。这顶帽子似乎更人道一点。因为我没有上过大学,理所当然不是"学者型的作家",还是老老实实承认自己的弱点,不要冒充学者,闹邯郸学步的笑话。

但是,没有权利走回头路,不能逃避文学的挑战。尽管很有可能会输掉自己的挑战,那是经过奋斗以后的输掉,不是让掉。也许能赢的本来就不多,在文坛上也和在社会上一样,"成功和失败同样都是灾难"。

另一种"不自由"的表现形式是"六神无主",没有心灵的自由和想象的自由。情绪不能烧成烈火,意念不能形成云团。或者情绪烧成烈火、意念形成云团,也不能找到一个完美的抒发形式。

作家醒了是中国文学的幸运,作家本人倒不一定能享受到多少快乐。老路不想走,新路显然也不是一条大道,大道尚未找到。这才是醒着的痛苦的灵魂。"夜晚千条路,醒来挡不了卖豆腐。"文学是个什么东西?你抓不着她的时候,她是美丽的高尚的;一旦你抓住了她,她就变成魔鬼,要把你吃掉,把你的精血耗尽。这也许不是真正的文学,真正的文学是自己来的,不是被抓来的。

有人说,安谧、宁静、厚道、朴素的时代已逐渐消失,而代之以烦琐、喧嚣、怪乱、紧张、多变。作家以什么形式表现现代生活这种复杂的情感呢？包罗万象和零乱破碎未必就是最好的出路。现在真正需要看看自己,看看自己的心灵,人适应艺术,还是艺术适应人？重要的是超越自己的精神局限,有了这种超越,才算是有了心灵的创作自由。

只呼唤伟大的时代、伟大的文学是不够的。应该先呼唤伟大的灵魂,没有伟大的灵魂怎么会产生伟大的作品呢!"不能把自己只禁锢在个人的现实之中,还要把历史的社会的和各种外部知识,都融汇进自己的思维。"当然是先有内心体验的变化多端,才有笔端的变化莫测。

现代人提倡"宇宙意识",中国古代哲学家主张"上下与天地同流","浑然与万物同体","宇宙即吾心,吾心即宇宙"。为什么我们不能破除一切信条,表现一切复杂的现象呢？久远的时间,广阔的空间,历史的真实,人生的真实,荒诞地结构真实细节,真实地安排荒诞情节……正如李笠翁讲的:"幻境之妙,十倍于真。"

还有一个创作上的束缚,门派不多,门户之见不少。中国当代文学的流派不是很多,而是很少,形成像五岳或其他大山那样的大派别,更是少见。在这一点上文不如武。更不应该过早地下定语,你是他非,你优他劣。好像偌大一个中国只有一个最好的派别才是正常的。你搞现代派吗？那好,就应该搞出花来,不仅让中国人认为是现代派,叫外国人也挑大拇哥称你是真正的现代派,这是具有世界规模的现代派。你喜欢传统手法吗？也好,你运用传统手法,发扬国粹,把小说也写绝了,让读者和历史去评判嘛! 幽默的,幻想的,高原的,海滨的,发宣言固然重要,更重要的是拿出作品。你有你的自由,也要让别人有自由,还要给读者以自由。其实你不给,读者也是自由的。历史都是下一代人写的,包括文学史。现在许多观念都在发生变化,难道人们对永恒和历史的理解就永远不会发生变化？永恒的就是最好的或最坏的？世界上最伟大的文学作品也不如佛教、印度教、犹太教的历史更久远。这些宗教已存在两千多年,今后还会存在下去。不仅研究人的生还研究人的死,超现实,超民族,超国界。

我们这些无神论者怎么解释这个现象呢? 话说远了,赶紧拉回来。

自由的生命是真诚,有了真诚,才有自由的文学。

1984年9月

范旭东和《资本论》

——记一篇作品的诞生之前

今年的第一声春雷给大地送来了一场十分珍贵的春雨,也给我送来了一个朋友,他是个有志于文学的工人作者。我十分惊诧:

"你绕这么远的路来避雨?"

"不,我想写一篇报告文学,请你出个主意。"他从湿衣服底下,贴着肉体的地方取出两大册用铁夹夹得整整齐齐的材料,又急不可耐地说:"你先别看,我给你讲一讲……"

他激动地讲述了范旭东和侯德榜的事迹。我知道这两个人,也了解一些关于他们的材料。范旭东创建了中国的制碱工业,他的产品在纽约万国博览会上曾获金质奖章。他把侯德榜等爱国的知识分子召回国内,团结在自己周围,干了一番大事业,建立了具有当时世界先进水平的中国化学工业。但之后工厂遭日寇轰炸,他想贷款修复未成,竟被国民党政府活活气死。死后毛主席赠匾:"工业先导,功在国家。"侯德榜是畅销世界的中国"红三角"牌纯碱的发明人,他的著作《制碱工法》和《侯氏制碱法》使他闻名世界,和李四光一起成为英国皇家学会仅有的七十二名外国会员之一。要把他们的事迹写成报告文学,该怎样处理这一些材料呢?

发面用酵母,卤水点豆腐。作家用什么观点认识和使用生活中的材料,是一篇作品成败的关键。论创作我和他水平差不多,又极缺乏为别人的创作出主意的经验,生怕给他出错了主意。如果一言不进,又对不起朋友冒雨前来的一番情意。最后只好以实相告:"假如让我写这篇作品,我决不把范旭东在生产上打败洋人归结为是私人资本的成功,这篇小说如果歌颂了私人资本的优越性就失败了。范旭东的悲剧结局正好说明,在中国发展大工业单靠私人资本已经走到了绝路的尽头。只有国家资本才能够建设现代化大工业,关键是谁来代表国家掌握资本,要懂行……"

我不觉也激动起来,谈了很多。他居然听进去了,而且还说我那些观点起到了"点石成金"的作用。我笑了:"那不是我的观点,是马克思的《资本论》里的观点。"

"你还学《资本论》?"

"以前学的,当初学的时候也并不是为了创作。刚才一听你说要写范旭东,我立刻意识到怎样处理范旭东这个悲剧人物,造成这个悲剧的根源是什么,是这篇作品成败的关键。我说的那一大套,都是我自己的话,没有照搬《资本论》,但确实是马克思教的,我接受了这种理论。"

我们的话题很快转到学习马克思主义理论的问题上。

"目前,在我们国家,有些单位一提到学习似乎不大重视了。可是在西方资本主义国家中倒出现了'马克思热'。"

"意识形态领域的变化,只能用经济基础的变化来解释。六十年代以来,西方以电子技术为标志的工业革命,使社会结构和社会生活方式发生了变化。市场左右经济,使企业变为市场的奴隶,很多人被无情的市场牵着鼻子,这也使工人变为自己欲望的奴隶,一部分工人升为'白领',一部分工人失业。精神病和心理失常症成为高度工业文明的副产品。不少人由于绝望、不满,走向研究马克思主义。资本家为了对付《资本论》,不让马克思预言的情况出现,也来研究马克思主义。"

"社会的发展真是千奇百怪,现在学西方是很时髦的,可是并不很注意西方对马克思主义的研究。有些马克思主义的信仰者对它的钻研反而不如它的敌人。马克思主义面临着新的挑战。"

"新的挑战必然会引起新的发展。不要管别人,作家不学习一点马克思主义的理论,看生活就只有一只眼。"

雨还在下。关于理论的讨论使我们两个都很有收获,从《资本论》讨论到他的报告文学,从范旭东又讨论到《资本论》。他临走时拿起了自己的材料,对我说:"现在我心里有底了,回去就可以动笔。"

他脸上挂着自信的笑容。我忽然也有了冲动,想写一部小说,题目叫《九大行星的悲剧》。

1985年

著书不为丹铅误

　　世界上难得有纯粹的艺术,各种艺术都难以胜过或取代生活这一最伟大的艺术。但是,提倡文学艺术致力于伟大的生活艺术是不是有些过时了呢?

　　至少是不那么时髦了。这种观点容易让人感到正统观念和保守思想的没落气息。

　　于是,各种各样的文法试验,超脱于外部世界的自我探索……当文人们自鸣得意、热热闹闹的时候,忽然被一片奇怪的文学潮水包围了:五花八门的报刊,铺天盖地的纸张和油墨的污染。你可以说它不是文学,比下里巴人还下里巴人,但它用的是文学的形式。否则它怎么会抢走文学的纸张和读者,推波助澜地使中国当代文学又一次陷于困境——严肃的文学期刊的销售量大跌,读者减少。以至于使那些一向瞧不起正统文学的人,也标榜自己是正统的作家,为了好跟那些"野文学"划清界限。严肃的文学作品是不会被那些"假文学"或"野文学"冲垮的。不是已经有人开始又到中华民族雄厚的文化和历史沉积中去获取灵感……

　　这难道不是一次"阴错阳差"码?这种奇怪的文学现象,不能归罪于严肃的作家,更不能归罪于严肃的文学作品。但不能不引起我们的一点深思:我们的文学是不是多少出了点毛病?是不是有让人民失望的地方?

　　端出"人民"来,这也许又是一个不太叫人喜欢的正统的名词。可你总不能把所有群众都斥为下里巴人?如果我们的文学真的不考虑

348

人民,那肯定是出了毛病,让那些庸俗不堪的东西把读者抢走就不足为怪了。用行政命令的办法把那些东西封闭,严肃的文学也不一定就会繁荣。群众如果从当代文学中看不到"当代",只为了消遣、娱乐和寻求刺激,自然不如去看那些神聊的东西。

笔端进入神秘的主观,是美妙的,深刻的,令人叹服的。人最不了解的就是自己,人类对自己大脑的开发和认识,远远落后于对外部世界的开发和认识。老实说,中国这样的文学作品不是多,而是少;不是深,而是浅。但是这不能成为理由,让当代文学的主流离开现实。

近两年我也发生了兴趣转移,写东西很少。《阴错阳差》是三年前的题目。去年被朋友相逼忍痛写了篇报告文学《伉俪偕行》。甚觉不过瘾,于是又写成这部中篇。运用的手法也不是更"出世",而是更"入世"。但愿不要造成错觉,以为我主张什么"阳盛阴衰"或女人就该弱,男人就当强等等。

生活中阴错阳差的事是很多的,我甚至认为生活本身就是一连串的阴错阳差。这其中藏着可怕的难以把握的人生精髓。

今天的现实转瞬就变成历史,历史就是昨天的现实,所有历史都是后人写的,所有后人都有权重写历史……当今时代的社会意识,犹如汪洋大海,时有风云突起,变化莫测。作家如何驾驭这艘原始的以笔做桨的感情的小船呢?

只能用美学和道德这两只眼来审视社会心理,尽可能沉入到历史意识和现实意识的深层结构中去。这里最难的是超过自己的精神局限和感情局限,超脱到"写意"的地步。却又不能全部丢掉"写实",没有"实",写意就失去了依托和目标。现象就是本质,本质就是现象。无现象的本质或无本质的现象都是极少的。

应该用现代语言记录现代事物,但不想丢掉具有自己个性的表达方式。顶多是尽力躲开往常的方式罢了。我重视艺术的凝聚力,却不想否认艺术的社会调节作用。每当我拿起笔来,总感到稿纸上有两条路:一条通向人生的舞台,一条进入自己的主观世界。

前者要透视生活的真蕴,把握人生的哲理,处理各种纷繁的事物,安排人物在社会结构中的位置。浅了不行，邪了不行，假了不行。还容易陷入传统手法的老套。

后者则可以让想象自由驰骋，把自身当作工具，通向人物的心灵。这个过程也是艰难而又痛苦的，深入自己的意识深层，自己容易从中得到文学的享受，却难以被读者完全理解。如果文学以不被理解为荣，何必还要写出来？

所以我想借助于自己对生活的实践经验和内心体验，尽量在小说中体现人生境界和精神境界的结合。我不相信文字真的能复制生活。但相信小说表现社会生活的巨大潜力还远远没有都开发出来。

我真怀疑自己，这些年来是不是在原地画圆圈，毫无长进，起点就是终点。那么，终点不同样也可以是起点吗？

1985年8月21日

以男人形象闻名于世的女人

　　前辈成功的作家不乏这样的事例：把一种生活、某个事件，先写成短篇小说，以后再将这同一个故事写成中篇或长篇小说。《长发男儿》的产生正好相反。

　　我在一部长篇小说里用相当多的笔墨表现了戏曲演员的生活，我认识许多演员，女主人公身上自然也吸收了裴艳玲生活中的某些素材。长篇小说的创作主要依靠虚构，稿子完成之后大出我的意料，它不是我原来想象的样子。女主人公成了另外一个人，没有一点裴艳玲的影子。我不满足，裴艳玲身上最早吸引我的地方没有表现出来。于是不顾有可能受到"重复自己"甚或"自己抄自己"的指责，又写了《长发男儿》。

　　裴艳玲吸引我的是什么呢？

　　她在舞台上是真正的男子汉大丈夫，没有一丝脂粉气。卸了装，立刻就淹没在其他女人中间，即使旁边有三个女人，别人也不会猜出她是大名鼎鼎的裴艳玲。深沉，贞静，娟秀，说话轻声细语。经常是默默地听着别人讲，你不问到她，她是决不会主动插嘴的。上台很自信，下台很自卑；在戏曲舞台上是大家公认的名角儿，在生活舞台上却不会演戏。她今年还不到四十岁，自中国解放三十七年来的每一场政治运动中，她几乎都挨了批判或是陪斗。她所遭遇到的事情比同样年龄的人要多得多，所以她的性格就像个谜。

　　戏曲界还有一种说法：傻子延年，谁在艺术上开窍早，谁倒台的就早。

　　裴艳玲五岁登台,十来岁挑班,不能说开窍不早,现在不仅没有倒台,反而在艺术上已臻炉火纯青,戛戛独造,自成大家。经过十年浩劫,正值戏曲舞台上青黄不接,像裴艳玲这样一批刚进中年的名角儿挑起了大梁,不能不说是一件幸事! 我酷爱中国戏曲,从感情上怎么也接受不了"戏曲必然消亡"的论断。也许这是"没落的哀鸣"。

　　艺术变形——越来越受到人们的重视,甚至是一种很时髦的东西。变形就是写意,就是升华生活使之具有审美价值和认识价值。戏曲的许多唱腔就是一种变形的艺术,一句腔儿拖得老长,如同抻面条。抻面条、包饺子不就是变形吗? 戏曲的变形为什么就应该是必然淘汰的呢? 能征服人的艺术就会有生命力,裴艳玲身上恰恰有这种征服人的强大力量。对她来说,形式本身只是路,而不是墙。

　　为什么在小说中端出了裴艳玲的真名真姓呢?

　　我的回答是:"只能如此。"否则就写不出这种味儿!

　　如果我虚构一个女武生,没有人会相信,"瞎编"这顶帽子是脱不掉的。

　　生活的真实性和离奇性要比作者所能够创造的有意思十倍。天才人物的本身就是历史和社会的天才创造,任何杜撰在这样的创造面前都会显得虚假和拙劣。

　　因此,许多表现名人生活的艺术作品都采用传记的形式。我也只能实实在在地端出裴艳玲的大名,首先让人们相信中国有这样一个人物,然后才能对她发生兴趣。

　　但是,《长发男儿》不是报告文学。我加进了许多自己的想象。裴艳玲本身就是一个完全称得上是主人公的人,她有某种独特的吸引力,我的想象无非是促使她成为读者的注意力和兴趣的中心。

　　我也不想否认,使用裴艳玲的真实名姓也给创作带来一定的局限性。比如小说的后半部分,应该比前边更有劲儿。因为现在的裴艳玲已经成熟,正处于艺术生涯的巅峰状态。生活丰富多彩,人事关系和斗争也更加错综复杂,我完全能够把小说推向高潮,事实是我把这些好东西都舍掉了。理由很简单,不能为了一部小说的艺术质量而给一个不可多得的戏曲表演艺术家增加不必要的麻烦。就从这点看，我也不配当作家。在小说写到一半的时候才意识到这一点，想改弦易辙已经来不及了。

现在这样写是不是就没有麻烦呢？我不得而知。

1986年3月2日

编集子的恐惧

把零散的作品结集出版,无疑是对创作的一种鼓励和支持,我相信对作者本人也会有相当大的诱惑力。我也曾出版过几本小说集。近两年一提起编集子却有点怕。四川、河北等省的文艺出版社就提出要出版我的作品集,我拒绝了。

第一怕是编出来有人买吗?印数太少,让出版社赔一笔钱,于心何安!倘真有什么文学价值、美学价值、认识价值、历史价值等等说不清楚的价值,也还说得过去。可哪个作家敢给自己的作品拍这样的胸脯呢?

第二怕是有人看吗?作家们凑在一起吹得天花乱坠,叫评论家一评更是邪乎。可他们家里的书架上摆着几本当代作家的书?他们最想看的最喜欢看的是自己朋友的书吗?

将心比心,我从不看自己的书。在我的读书计划上朋友的书所占比重也不大。

毫无用处或用处不大的印刷品铺天盖地。油墨的污染,铅字的污染,精神废品养活了不合格的精神。然而,海峡文艺出版社最近要出版一批当代中年作家的中篇小说精选集。这牵涉到一大批作家,该随大流还得随,不能显得太个别。但丑话要说在前面,提醒编辑这套书很可能要赔钱。

编辑回答,赔钱也要出。

做了赔钱的准备就好办了,天塌了有高个子顶着。

我答应编这本书还因为对中篇小说有感情。似乎还真有几句话要说。中篇小说的繁荣在现代文学史上也许是空前的。中国的生活节奏不算太快,我们好像有的是时间,但写作又很不从容。当然还有经济的、社会的、政治的诸多因素。

从数量上看我的创作像个枣核儿,中间大两头小——即中篇小说写的多,长篇小说和短篇小说数量较少。我也不知道该怎样解释这一现象?

翻阅自己的旧作,没有一部是特别满意的,也没有一部是格外不喜欢的。因为我知道今后也写不出让自己更为满意的作品,没有理由为以前的作品脸红。其实我很少翻看自己的作品,只有在编集子的时候才有心思羞怯或惶愧。

小说的形式其实是本人感知和思想的结构。

无论是进行新的写作技巧的试验还是拓展小说的内容,我以为中篇的形式是最合适的。它比长篇来得快,又比短篇包容得多些,可供作家更自由地施展手脚。

作家也和普通的当代人一样,精神和生活不可能不充满矛盾和冲突。要了解我的这些矛盾和冲突,就看我的小说好了。我生活里最主要的东西都凝聚在小说中了。

读者可以在这本集子里一览无余地看到我的真相、我的灵魂。因此我珍视它,端出它也需要一定的勇气。我在想,现实主义的生命力取决于它的锋芒指向哪里。

人性怎样改造? 灵魂怎样洗涤?

我感到时而惶惑,时而清醒。责任大于自由,没有时间在稿纸上逍遥。但没有责任的自由又不足取。

我虚无得真想一把火烧掉自己的全部作品。现实像一根鞭子抽打着文学。只有丰富的、深刻的、真实的作品才经得住这样的考验。搞小说要有藏手。在这根鞭子下我的技巧不知该往哪里躲藏?

世界并不完美。

小说的形式也不可能有绝对完美的时候。任何一种相对的完美立刻就变成自己和别人的套子。

每一部小说都得重新干起，真要命！

也许沉默是最聪明的。但我还是表达了。并不后悔，至少灵魂还算明朗。

我向往精神的浩瀚，想象的活跃，创造力的强盛，上下几千年、纵横数万里的气势和规模。

像黄果树和尼亚加拉大瀑布。而不是杜勃罗留波夫所挖苦的那种赏心悦目但却受机关操纵的人工喷泉。

近距离的观察也许限制了我的视野。我被生活抱住了，难以拔出腿对它进行长距离的观察。不管这是我的不幸还是我的福气，我都只能顺乎自然。

面对如此丰富的社会生活和当代人复杂万端的内心活动，在创作技法上不可能有万能灵药。传统的艺术手法显然是不够用的。

小说的技巧也极端复杂化了。

不管怎么说"能逮住耗子就是好猫"！

人——仍然是生活中尖锐冲突的中心。不论民族化也好，现代化也好，或者民族化加现代化也好，小说离开这个中心是不行的。

创作就是作家本人。文学就是"我"。

在包括爱情、权力、生活、工作、妒忌、痛苦、忧患等多方面矛盾斗争的小说中，人格就是艺术。

我总想找到属于我的色调。

在呼啸前进的中篇小说的激流里，我不论怎样写都是紧张的。

心灵承受着莫名的压力。激昂跌宕，难得从容，不及细想。

在激流中旋涡是不可避免的。但旋涡不会前进，只产生在一时一地。

在激流中淘汰也是在所难免的，重要的是认识自己和自己的心灵。

创作丰富了我的人生。我的灵魂能在小说中的人物身上附体，小说中的人物的灵魂也会钻进我的躯壳。

在大规模的社会背景上研究现代人的性格是很有意思的，至少跟钻进小说内部去研究、挖掘并找出它的规律同等重要。

没有这两种研究，就不可能说出自己对世界独有的体验。

任何作家的体验都具有强烈的个人色彩。作家的体验越独特，越能唤起读者对生活的感受。

世界日益变得多样化了。现在是一个多样选择的社会。读者对文学的选择也如此。

亲爱的读者期望在这部中篇小说集中找到什么呢？

我感到恐惧。我感到震惊。我居然还有勇气说了以上这些不着边际的话。

当代社会生活中滋蔓着盲目的自我意识，看来我也受了传染。

趁我还没有后悔，赶紧刹住。

1986年8月19日晚

《收审记》补缀

有位年轻的警察坦诚地说:"真的,犯人要逃跑的话我是不会管的。你信吗?"

我信。

但是,他的话仍然震动了我。

我不是对"大墙里面"发生了什么兴趣,《收审记》也不是什么"大墙文学",什么"法大呀还是权大呀"地一概闹不清楚。只不过做了一个梦,梦见自己被关进一座类似监狱的建筑里。这是一个用现实手法写出的荒唐故事。

世上真有这样的收审站吗? 这不是丑化"公检法"吗?

我如果回答说:"没有。"只能是"越描越黑"。我希望读者不要用"丑化现实"或"美化现实"这种简单的概念来对待《收审记》。

"人能变成甲虫吗?"——谁也不会用这种问题去责难卡夫卡。

外国人无论怎样怪诞都是没有问题的,都是可信的。因为他们人本身就怪,生活怪,社会怪。艺术理应也怪,不怪才怪呢。怪得和谐而统一。

我们就不一样了,人是规规矩矩的人,生活是规规矩矩的生活,不能为了唬人故意作怪状。我选择了一般读者习惯接受的形式,把怪事写得不怪,像真的一样。

我与生活很容易处在一种"无隔阂"状态,此乃天性使然。因此笔触很容易进入到真实生活的框架之中,使读者忽略了小说本旨的荒诞性。以前已经造成许多误会,让我吃尽了苦头。但"本性难移"。生活中的丑和美我都爱,有点"嫁鸡随鸡,嫁狗随狗"的味道。倘若我也能搞点"解放",便不会让自己的小说这么逼近现实。

中国人见了面喜欢问一句:"吃饭了吗?"

可见吃饭是头等大事。从前被饿怕了,才养成见面先问吃的习惯。

现在温饱已不成问题。但不等于说现代文明人类就没有饥饿现象。许多在国内很有身份的人,一走出国界就不能维护起码的自尊自信。甚至为了尝点洋荤,捞点洋货不惜大丢其人。对某一个人来说做到人穷志不短也许并不是很困难的,要求一个民族、十亿人口都做到这一点就难乎其难了。于是我看到了各种各样的饥饿的人流……

精神饥饿、人性饥饿、感情饥饿、皮肤饥饿、消费饥饿、土饿、洋饿、不饥不饱或半饥半饱的饿、什么都不想吃的饿……饥饿有多少种? 实在难说。种种私欲、色欲、贪婪、仇恨、妒忌、误解、恐惧,构成现代人的饥饿综合症。

我解释不了这种"饥饿综合症"现象,也提不出治饿的办法,只能表达一点自己的感受。

以精神道德反映社会问题,用现实手法写出现实的荒谬。没有荒谬就不称其为现实了,水晶般纯洁透明的现实是不存在的。

不论作者还是读者,用愤怒和偏见代替思考总是无益的。

我取"收审站"这样一个环境是觉得它更能体现现代生活的压力,容易反映人和环境的尖锐对立。

人在绝境中完全去掉了伪装,变得赤裸裸了,袒露出自己的痛苦和弱点。"收审站"里考验着人性。文明的规则不大适用了,每个人都彻底表现出本来面目,人性中丑恶的那一面变得更可怕了。

牢房像织机一样把许多本不相识的人的命运之线交织在一起,每一条线又有自己的秘密和麻烦。生活充满了变化,什么都会发生,同样也都会消失。人一进了"收审站",一下子对虚无莫测的命运就看得清楚了。我希望一段《收审记》能包含人生的复杂性、神秘性和丰富性。

任何怪诞都是人类精神的产物。什么耗子呀,野猫呀,蚂蚁呀,种种"精灵"都是从人的自身世界中幻化出来的,是人的世界在绝望孤独中的变形。

现代人各种饥饿症状全是人的心性的表现。仅仅成为犯人还不算太可怕,可怕的是文明人倒退成野蛮人,相互吞吃同类的灵魂,吃掉自己的人性。一个人的内心生活的避难所——神圣不可侵犯的东西——被彻底摧毁了。即便是一群野兽被困在干燥的沙漠之中也会发疯的。

我不想复制真实的世界。

《收审记》充其量不过是个体现了某种感情与感觉、意念与想象、人格与自我的艺术世界。

我想写一个具有譬喻性的故事。有意把一些细节构筑成象征性图像,凡象征性图像才更有多义性。因此只能叫"综合症"——它不单是一种饥饿现象。

从"综合症"中,我感到更重要的是应该反省人类自身的"内宇宙"。

人物不断相互折磨,也折磨自己;控诉环境,也控诉自己。真正的牢房是人体自身,对人类威胁最大的是人类自己……

小说写完了,我自己的意识深层仍旧是朦朦胧胧的,为自己的想法感到震惊,自己对自己产生了一种神秘感。这种奇特的感觉不是常有的,我说不清楚,也不想说清楚。甚或是越说越糊涂。作家不可避免地要成为自己幻想的牺牲品。

写到这儿突然发觉这篇短文真正成了废话。或许应该把题目改成《补赘》。

1986年9月5日

领导眼里的作家形象

本市某工厂的厂长,听说我把他写进了短篇小说《一个工厂秘书的日记》。偷着买了本杂志,在办公室不敢看,在家里不敢看。最后躲到厕所里去看,还是被工人撞见传为全厂的新闻。

这位厂长非常恼怒,却又百思不得其解。我没见过他,也没到他的工厂去过,他的亲戚朋友中也没有认识我的,我何以把他写进了小说呢?

后来他查出,办公室主任在部队时原是我的战友。便认定是这位主任把有关他的情报出卖给我了。这种事又不便公开查问。在涨工资的时候厂长找到了报复的机会,硬是把办公室主任该增加的那一级工资给抹掉了。

事实是我有十几年没有见到这位战友了。

类似这样的"幽默"不胜枚举。也有不很幽默的。一九八四年我写了一部中篇小说《燕赵悲歌》,仿佛一下子掉进了布满暗道机关的黑洞。

《悲歌》在本市电台不得广播,不得改编成电视剧和话剧,《小说月报》决定转载,发稿后又撤了下来(六个月后在市长的督促干预下才得以转载)。这些都无所谓,说不定还给我帮了忙。严重的是B县县委(无奈,我也只好求助于英文字母),打印控告《燕赵悲歌》的文件,呈送到中央及中央各大报刊编辑部。一时间各种吓人的传说将我包围了——

中央某位领导同志批评了我。

　　本市一位领导同志在郊县的干部会议上公开点了《燕赵悲歌》的名,甚至还说出这样的话:"这有什么奇怪的,毛主席早就说了,利用小说反党是一大发明……"

　　我请求负责作协工作的一位同志告诉我,《悲歌》有什么错误? 禁播、禁演、禁止转载是谁做出的决定? 根据是什么?

　　他郑重地回答我:"没有哪个人或哪级组织做过这样的决定,市委主要领导同志声称没有看过这部小说,也未公开对《燕赵悲歌》表过态。我还当面嘱咐过《小说月报》的负责人,不要说是上边不让转载的。"

　　他是代表组织谈话,我不认为是"此地无银三百两"。既然领导没有表态,组织未做决定,为什么有舆论也有行动呢? 真是复杂而微妙的"只可意会不可言传"!

　　也许领导人的眼色和组织决定具有同等效力,或者更胜一筹。那么,为什么不在报刊上公开对小说进行批评呢? 这才叫蔫坏损! 我不怕吃哑巴亏,但害怕在这部小说上存的火气不放出来,以后在别处找机会跟我算总账。

　　事隔两年我重提这些旧事绝不是想再一次引火烧身。其实我早就被烧得焦头烂额了。只想借题发挥谈一点表现现实生活的作家的苦恼。

　　所谓"拥抱现实",抱住的常常是刀丛剑树,真可谓"两肋插刀"! 作家力求较深刻地理解处于当今社会种种联系之中的人的生存意义,没想到会危及到自己的生存。将现实放在历史的、社会的、人民的联系中进行表现,怎么会不触及现代人际关系呢? 有时真是祸从天降!

　　作家怎样才能向亲爱的读者表明:他无意得罪任何人,更不想因创作跟任何人结仇。文学只有真实才能存在。作家只能按事物的本来面目写作,不可能光根据自己的"安全系数"命笔。如果作家不是尽可能"准确地、强有力地再现生活的真实和现实",如果作家不刻画社会和人们的心理变态,不把社会的变革和历史的运动放在自己的注意中心,那还要作家干什么用呢? 又何必把文学列入党的事业的一部分呢？当然，文学不一定都反映现实生活。"但是看看中外文学史，没有一个时代的文学，就其总体来说，是以反映别一时代为其主流的。"我们这个时代总不能取消当代文学吧？不许作家反映现实生活吧？要反映现实生活，就不可能光是长镜头、远距离地观望，必然也要有大特写和近距离观察。还要对生活进行尽可能深刻的思考，阐发一点自己的见解，不可能在小说里光说公认为"正确"的话，而不说新鲜话。怎么办好呢？写得虚假了，读者会骂我们"瞎编"；写得太真了，又有人来跟小说中的人物对号，在小说之外打官司、做陷阱。广大读者需要典型，作家需要人物，还有一些同志专爱找茬儿、"拾骂"（北方有句俗语，叫做"有拾银子拾钱的，没有拾骂的！"专爱跟小说中反面形象对号的人岂不等于"拾骂"），还有作家的活路吗？我何尝不羡慕"富贵型的作家"，四方和气，恭喜发财，霍元甲有人写了，我还可以去写窦尔敦嘛！几千年的历史，悠久的传统，古老的文明，多灾多难的历程，为文学创作提供了取之不尽用之不竭的源泉，还怕找不出可写的东西吗？但是，如果有人愿意表现现实生活，命中注定他就要成为一个"倒霉型的作家"，这岂不是有欠公道？

告状者往往指责小说中的某个人物像生活中的某 R、某 H 等等。为什么不说哪儿像？不想想为什么会有这样的相像？因为像生活中的真人，就能构成作家的一条罪状吗？如果作家笔下的形象一点不像真实的活人，那岂不是在人物塑造上彻底失败了吗？

我不否认最初是生活中的某些事实、事件和人物吸引了作家的注意，激起了作家的创作想象。但形成艺术构思那是后来的事，最后写成小说更是与最初的生活事实是两码事了。《燕赵悲歌》被人抓住的把柄是小说中使用了一个真实的地名——"团泊洼"。中国作家连使用中国地名的权利都没有了？如果所有小说中的人物一律叫赵 A、钱 B、孙 C、李 D，所有地名都是海市、蜃楼、天堂、地府，读者又将做何猜想？

跟文学中的艺术形象对号是"老问题"、"老官司"了。个别同志喜欢从文艺中给自己找点不痛快，或者给作家来点不痛快，倒也不十分可怕。重要的是，做党的领导工作的同志，怎样对待这种"对号官司"：

是从党的事业的全局出发,还是听凭个人感情和喜恶从事;是秉公而断,还是有亲有疏;是把文学当作党的事业,还是把文学看做给党惹麻烦的事情⋯⋯

我过去的一位老领导,现在当了局长,他直言不讳地回答了我的问题:"再高的领导及文艺界的领导怎么看待你们,我说不上来。像我这样做具体工作的人,对你们作家一是尊敬。作家都有自己的一群读者,有才气,或者叫做有点小聪明。跟你们谈谈天,保持一种松散的联系,也是很愉快的。二是讨厌你们。最好对你们敬而远之,井水不犯河水。这样不会沾惹上什么麻烦,也不会让你们给帮了什么倒忙。三是从心里看不起你们。你们这些人爱动感情,喜欢发表自己的见解,偏激,狂妄自大,老爱挑鼻子挑眼。没有事不搭理你们,捅了娄子再说。只有你们自己把写作看得挺重要,一身呆气,其实谁拿你们那玩意儿当回事!四是还有点怵你们,真把你们逼急了也不好办⋯⋯"

我感激这真话。

我想起鲁迅先生说过:"文艺家的话其实还是社会的话,他不过感觉灵敏,早感到早说出来(有时,他说得太早,连社会也反对他,也排挤他)。"落实政策,什么时候能够落实到作家笔下的人物形象头上?现在提倡领导者应该具备相应的知识,是否在学习科学技术、经济管理等专业知识之余,稍微也掌握一点文学知识呢?即使从获取社会信息的角度来说,也不应该对反映现实生活的文学作品抱有偏见。"古往今来,不少胸怀博大而又有远见的政治家曾把眼光投向那时的当代文学,从中觅取新的社会信息,作为自己进步、社会活动的重要参考。"(沈敏特语)

其实不管你敢不敢"拥抱现实",反正现实要拥抱你。一个人可以离作家远远的,却不可能逃离现实生活远远的。当现实生活发言时,我们都应当闭嘴。

1986年中秋节夜

小集小引

　　这本书里的主角儿：一个"犯人"、一个商人、一个演员、一个科学家和一个农民。他们都肩负着生活的重担（也许是历史的重负）在走过自己的时代。而且，他们都处于人生最有力气的阶段——中年，这是人生的辉煌时期，生命的制高点。我是这样认为的，也是这样表达的。因此他们的命运中那种"悲剧性的真实"或曰"真实性的悲剧意义"就不那么简单了。

　　他们的经历有许多喜剧因素。但更多的是一种悲剧，一种浪潮，一种倾诉，一种呼唤。对我有着无法抗拒的魅力。尽管他们不是英雄，不是完人，各自都有着不好克服的局限性。对一个完全坦率的人来说，任何缺点都是可以原谅的。我也是这样原谅自己的作品的。否则就没有勇气把它们拿出去发表。

　　生活中让我迷恋的故事太多了。

　　这里不是巧合构成的世界。这里无规律可言。它绝不仅是我"想象的狂舞"。相反倒有点像周围的现实一样平淡无奇。像紧张而又懒散、充实而又无聊的生活一样紧张、懒散、充实和无聊。

　　我不需呕心沥血地去挑选语言和寻觅精彩情节，也用不着费神伤情地结构故事，信笔写来即可。生活是现成的，故事自然也是现成的。到后来连语言、细节、人物都无足轻重了，流到笔端的是我的感觉、我的印象。现实赋予我每个思想以一种象征。事实本身反而显得不那么重要了。多么奇怪，最初激动我的明明是现实……

　　我和我的思想变成了生活的一种工具。收在这本书里的五部中篇小说中除去《收审记》,其余四部里都有我。

生活的历史面貌和精神面貌是这样难以捉摸。我们民族的钢铁般的世代相传的良知受到了考验,我和书中的人物们一样都难以保持心灵的平衡。

我寻求能够净化自己和人物的灵魂的烈火。

现实越来越具有讽刺力量。不是作家非要使生活充满哲学意味不可,而是生活使作家不敢简单,不得不采取凝炼的多变的叙事手法。我以前所习惯的那一套方法顷刻间便被这严峻多变的现实吞没了。

在这样的生活面前,靠运气不行。甚至连聪明也成了作家的障碍,才气成了自己的敌人——容易使小说沙龙化、神秘化、洋化、诗化(连诗都淡化了,小说何必非要诗化呢)。用集中、概括、典型的办法使小说高于生活,也就不是真实的生活了,自然也失去了生活原有的巨大的生命力。硬造的小说越膨胀,吹得越玄虚,在真实的生活面前显得越单薄、越虚假。

有局限的是作家,没有局限的是生活。

任何一种旗帜,一种宣言,一种浪潮,都要受到周围现实的影响,都要受到时代面貌的影响。我丢失了现成的"口号",甚至放弃了曾沾沾自喜的"自我"。反而自由了,丰富了,胆气足了。所爱所憎所喜所忧所不以为然者都可以入笔。表达自己想表达的一切,勇敢地面对复杂的现实,破除一切信条。

让文学的小舟沿着真实生活的航道航行,反倒进入了一个自由驰骋的境界。

谁也无法否认当代现实承担着史诗性的重负。可是目前还没有人对现实进行史诗性的综合。我但求自己的小说能够紧凑、集约、饱满、多一点含义。我厌烦透了臃肿和拖沓。

清谈艺术是很容易的,聚成一个圈子相互说说好话也很愉快。但是诚实呢?

诚实对文学来说是绝对的要求。要盯住自己的眼睛,看看自己的心灵,不要回避自己曾用来观察别人的眼光。游戏人生是一种罪过。我同样也厌恶主观性和观念性。思想意识越多,行动就越会受到妨碍。

我相信"最好的小说是生活自己写出来的"。我的小说之所以不是最好的,就因为它是我的。

这几部小说还有一个很容易发觉的弱点:我感受当代人的痛苦和困难比较多,因此表现他们艰难的不公平的经历就较多。非是现实没有光明,而是我的"心理世界"不够强健和明朗。

这"序言"是我对自己的认识、理解、同情和希望,负不起引导读者的责任。

1986年10月24日

文坛漫话

我认为现在文坛开始走向正常。当今的群众对文坛不太关心,而文人们真正甘于寂寞的却很少。所以当社会对文坛不怎么关心的时候,文坛自身就变得很热闹了。有些人嘴上说甘于寂寞,说从文是寂寞之道,这是说给别人听的。我觉得真正甘于寂寞的应是中国作协的主席团委员、原《当代》杂志主编秦兆阳老先生了。我非常崇拜他。他什么会都不参加,连出国都不去。他这样做的原因并不是因为有气,而是因为他这个人比较宽和,比较厚道。他对任何业余作者的稿子都看,自己也不断地写文章,去年《大地》这部长篇问世了。我就想写一篇关于这位老先生的散文——《慈祥的火》。

总之,文坛现状概括起来是生机勃勃、矛盾重重,具体表现是:

(一)以宣布别人的死亡来证明自己的新生。以批评家的面目出现成名最快。就是首先否定别人,打倒了名人自己就出了名,宣布别人的死亡,横扫千军如卷席,然后,他就活了,并且唯有他是活的。这是当今文坛出现的一种新现象,但不一定是坏现象。他们不迷信,我看这也行,也很好。在这种情况下,文坛的各个大小城池不断地变换旗帜,正如鲁迅先生的诗句:"城头变换大王旗。"文坛正如某些大学有些研究生,在夜间一二点钟宣布自己发明了一个思想体系,或者一个哲学体系。第二天早晨,再问他发明了什么体系,他已经记不得了。我觉得这很好,因为他的体系很快地发明,很快地淘汰,这才是一潭活水,不要一个体系长时期地统治很多人。

(二)为文学而创作,为永恒而创作背的包袱太重了。现在有的年轻人老追求永恒,言行充满矛盾。一方面宣布文学的最高境界是死亡、是虚无,可另一方面又顽强地追求自己的不死,希望自己永生。本来永生、永恒、不死是传统的观念,现代观念应是追求不断竞争,不断淘汰。一些年轻人宣布老同志死了,而他自己却希望永远站在那个位置上不死。这样一来,你不又成了其他更年轻的人的负担了吗?所以对别人讲新观念,对自己却使用传统观念,这是矛盾心理的表现,与自己的宣言不谐调。

(三)一些人打着老庄的旗号,带着儒道的霸气。现在有一种风气就是言必老庄,其实真正懂老庄的也没有几个。比如天津有位业余作者,来到我家里,谈得激动的时候就谈佛,谈《金刚经》《百喻经》《心经》。我对这些并不感兴趣,但也看了一点这方面的杂书,我随便背了六句箴言,他连听都未听过,也就是说他嘴上讲佛经,却根本没有看过佛经,打着佛教来唬百姓。老庄有个思想是听其自然,但一到他们身上就带上唬人的色彩了。

文坛还有一种现象就是排辈分、论座次,笼罩着儒家的霸道之气。现在的文坛就好像水泊梁山,只能容纳一百单八将,多一个也不行,而且还排辈儿。但现在排辈儿,跟以前的排辈儿不一样,以前是正排,爷爷辈儿是爷爷;现在是反排,爷爷辈儿是孙子,孙子辈儿是爷爷。辈儿最小的第五代,比前几代要横得多。因为他宣布前四代死亡了,第五代是新生的,是代表潮流的,是代表艺术的。这种现象是非常有趣的。

(四)在目前,作家的自我修养,作家的自尊、自信就显得非常重要了。有一些很大的作家,也提出了文学要走向世界这样的口号。他们还考虑怎么让外国人喜欢我们的小说,怎么了解外国的读者对中国文学的愿望,甚至在国际学术讨论会上,向外国朋友发出了这样的疑问:你们究竟想看什么?愿意看什么?我们写什么你们满意?我感到很悲哀,文人都到了如此地步,你还怎么要求我们普通老百姓不崇洋媚外呢?

一些作家为文学走向世界而走向世界,是非常可悲的。所以作家人格的力量、人格的魅力,作家的自尊、自信,在当前活跃的文学气氛当中,就显得非常重要了。

(五)一些知名的人物正在热衷于自我表现,一些更年轻的、更扎实的、更有实力的文学青年冒了出来。他们创作的根基扎实、有厚度。在他们身上,我看到了一些有希望的东西,一些令人振奋的东西。

(六)文坛被人为地搞拥挤了。文人易散不易聚。现在的文坛搞得有点像上公共汽车:汽车里的人满了,你再想上去,就必须把他拉下来。这样干是不行的,搞不出东西来,搞创作也不从容,而且关系紧张。当然这是文坛拥挤造成的。

我曾嘲笑中国作协主席团,你们汇报工作就汇报开会,每年开了多少次会,而且每次开会都是一样拥挤。我建议中国作协发个通知,在全国分出两批作家,一批是专门开会的作家(因为有些作家认为去开会是一种荣誉、是一种待遇,不让去不满意),一批是不去开会的作家,搞创作的作家。把文坛搞得松散一些,不要太拥挤了。

总之,当今文坛是非常活跃的,是充满生机的,是正常的,文坛正在开始走向正轨。现在创作时机很好,作家可以轻松地写文章、搞创作;批评家可以自由地批评。在这样的条件下,会逐渐出现一批有实力的作家,出现大规模、大气象的作品。我正拭目以待。尽管一些新的名人背着领导文学新潮流的包袱,很苦很累,并且还没有创作出大规模、大气象的现代主义作品,但它毕竟是一种自然现象,是历史发展的必然趋势。

现在,小说有众多流派,其中一派就是新潮作品。新潮作品的发展趋势,一是走向死亡,一是走向现代主义。走向死亡的新潮作品就是现在的小打小闹、玩弄技巧、玩弄"花活"、脱离群众的作品。比如一堆萝卜或者萝卜一堆,这是传统的语言,老的格式;萝卜的集团,这就有现代味了;按美学原则组织起来的萝卜,按控制论原则组织起来的萝卜,按系统论原则组织起来的萝卜,这就是现代主义。这是不行的。这个例子是从《讽刺与幽默》上看来的。

还有一种新潮作品是走向大规模,走向大气象。比如《第五号屠宰场》，它把人性丑的东西认识得很深，有一股震撼人心的力量。产生这类作品的原因要取决于社会，取决于历史。也就是说这类作品的出现是社会的自然现象，是历史的必然。比如《第五号屠宰场》的作者本身就很怪，他的生活、行为、观念都很怪，他写的那些东西是他真正的生活观念、世界观的流露。他写出的作品也是货真价实的现代主义。怪论不是人的世界的变形，是现代人心性的变形，怪论正是现代人的精神产物。而我们的一些现代主义作品，是作者硬憋出来的，想象出来的。作者的生活、观念跟普通人一样，没有变化。当他拿起笔来的时候就故作怪诞状，这是不行的。因为故作怪诞状就不怪诞，故作深奥状就不深奥。

还有一派就是现实主义小说。我认为现实主义不应该仅仅指已经发生的或已经发现的事物，还应该包括对未知和未被发现事物的发现过程，还应包括这种世界不断的变化过程，还应包括世界当代未来的这种稳定的关系和联系，这都应算现实主义的内容。

现实主义小说也有两个前途。一个前途是继续发展。当今的世界是飞速发展的世界，五十年代的现实主义跟现在的现实主义已有很大差别。海明威的现实主义和福克纳的现实主义也大不一样，所以现实主义只要不断地吸收，不断地丰富自己，就可以发展下去。现实主义的另一个前途也是死亡。我认为凡是死亡的东西，都是应该死的东西，不要拉它，也不要挽救它。那么当今的现实主义小说有什么特点呢？主要体现在以下几个方面：

第一，政治倾向明显淡化。就是现在反映现实生活的作品政治倾向也淡化了。

第二，反映真人真事的传记文学和记事文学发达。出现这种现象的原因是新潮作品太多，使大家都烦了，使记事文学很兴旺、很发达。

第三，表现强烈的人性现实和感情现实的作品增多。比如我写《蛇神》，其中对人性的现实和感情现实就比较重视。

第四，描绘现代人对现代社会、对现代人自身的思考。就是反映现实的作品，对现代人和现代社会的思考增多了。

第五，表现人与自然的关系的作品较少。现在文明人类面临着两大威胁，一是战争，特别是核战争的威胁；二是生态平衡的破坏。面对这两大威胁，当代文学反映得很少。

第六，用现实观照历史，用现代意识揭示历史。也就是小说的哲理性加强。

此外，我们当代还有纯理性的小说、潜意识的小说和畅销的通俗小说等。

文学学会是搞理论的，理论就是说理。我曾对哈佛大学的学者们讲，我们搞创作的是把死的写活，你们搞理论的是把活的写死。当然这是对搞创作、搞理论的一种幽默的解释，是不准确的。准确地讲应是什么呢？比如进行一场篮球赛，理论家应是教练员或者是解说员，而作家应是球员。教练员和解说员，已不能上场参加球赛了，但可以坐在一边对谁输谁赢，双方的打法，队员的表现做一番解说。球员可以不管什么打法、动作，只凭自己的感觉去打球、进球就行了。也就是说作家讲究的是"进球主义"，而理论家是解释球是怎么进的。

那么作家创作成功起重要作用的因素是什么呢？我认为是感觉。我觉得作家创作的全部才气都取决于感觉。感觉就是灵感，灵感来自于感觉。如果一个作家没有灵感，那这个作家就不行了。按现象学派的干将胡塞尔的理论，世界分为物理世界和心理世界。借用他的观点，我觉得对于作家来讲最重要的是心理世界。作家的心理世界是否丰满、丰富，取决于作家是否有独特的灵敏的感觉。对于作家来讲，重要的不是物理世界。也就是，不是对这个物理世界如何，而是对物理世界的感觉如何？对物理世界（比如地球、太阳、银河系）的感觉每个人都不一样。所以作家要表达的、要描写的，恐怕就取决于个人的感觉。我认为你要表达的，跟你的感受一样，也就是你把生活、把人生写得同你自己的感受一样，那么你的这篇作品就不错。如果是小说，这部小说就不错；如果是一首诗，那么这首诗就不错。作为一个作家首先要找到的是现实和自己心灵上的某种联系，也就是那座联系物理世界和心理世界的桥梁。作家抓住了这种联系，作品就是独特的、有味儿的。所以,每个作家都不一样,就是因为每个作家对现实和心灵之间的感觉联系都不一样。

搞文学创作是跟神对话,神就是自己,自己的感觉和体验。搞创作必须抓住自己的感觉和体验。每个人的感觉差别很大,有的感觉迟钝,有的感觉肤浅,有的感觉一般,有的感觉公式化、概念化,有的感觉比较独特,搞创作就是抓住自己那些新颖、独特、视野开阔的感觉,那些比一般人看得更深、更广的感觉。这就是一个作家的才华所在。

我是如何捕捉感觉的呢?捕捉感觉的关键是抓感觉的触发点。有时因为一句话、一种思想、一个人物而触动你的灵感,引起你的某些想法,然后你把它记录下来,你就捕捉到了感觉。比如我写《锅碗瓢盆交响曲》。在一九八一年,天津有个"康乐食品店",旁边的一个单位,盖房用了两年零七个月,受到了表扬;而这个食品店的经理用九个月盖起了楼房,却挨了批评。因为他太冒尖了,太出头了。他于是火了,他说:我是为国家两肋插刀,我没有占国家的便宜。斯大林"三七开",我是平民"五五开"就行了。他的这句话,忽然地使我对这个人物发生了兴趣,创作了这篇小说。

还比如,我创作《赤橙黄绿青蓝紫》这部中篇小说时,我正是一个车间的主任。我们车间招了一批学徒工,都是七〇届毕业生。其中有个女孩子,她工作很好,并且生活朴素,不烫发,不穿奇装异服,不谈恋爱,总穿一身绿军装,在工厂里表现很好。于是我们提拔她到政工组工作,然后是入党、提干。"四人帮"被粉碎后,那些提前谈恋爱、烫发、穿奇装异服的青年人,都涨了工资,又是结婚,又是生小孩,家庭生活很正常;而这个尖子却涨不了工资,搞不上对象。于是我觉得害了她,于是我们把人马放出去,为她找对象,但都未成功。

一年的春节,我上街,忽然碰见了她,她穿着一身挺漂亮的衣服,身边也跟着一个小伙子。这时我就有一个感觉:现在的她不是我那个政工组组长了,我感觉到她非常漂亮。同时我又觉得人本来是很美的,或本来应是丰富多彩的,生活本身也应是丰富多彩的,何必搞得像以前那样单调呢?也就是人性是赤、橙、黄、绿、青、蓝、紫的,人的外表也应是赤、橙、黄、绿、青、蓝、紫的。于是当我和她分手后便有了这部小说的题目。

关于《蛇神》的素材是很早就有的。我是沧州人，是林冲发配的地方，家乡很穷，很迷信。我从小就爱看戏，经常四处跑，追着看戏。我们家乡出来的演员很多，我的叔伯嫂子就是唱戏的，因此我对唱戏很熟悉。

到了初中的时候想考戏校，而我们的班主任、语文老师、教导主任极力反对，因为我功课学得不错，他们一次次地找我谈话，拼命打击我报考戏校的情绪。他们说，你虽然嗓子可以，而长大以后嗓子会变音的，况且你的个子长得那么高（一米八），谁跟你配戏呀，人家唱坤角的姑娘哪有那么高呀，即使有人跟你配戏，就像一个暖瓶和一个茶杯似的，多难看呀！况且你长得也不好看，又是三角眼……拼命打击我报考戏校的积极性。最终我没有考，但我对京剧怀有深深的感情。参加工作后，拿到第一个月的工资就去排队买梅兰芳、马连良主演的戏票，由于这种原因使我对戏剧演员的生活比较熟悉。我还考虑到展示演员的生活，对表现文化生活、表现当今人生舞台有好处。以前人们不是爱说人生没有观众席吗？大家就要在人生的舞台上扮演自己的角色。有些人台上会演戏，台下不会演戏；有些人台下会演戏，台上不会演戏。而且每个人在社会中都要扮演一个角色。有的角色演得好，有的演不好。于是我趋于这种动机就把小说的背景放在剧团了。

我创作《蛇神》的目的，主要是想表现一个真实的知识分子形象。我国当代知识分子的形象虚假得太多。表现在一些知识分子被打成"右派"，被批判，受关押，后来落实了政策，一点不记仇。我接触过一些受冤枉的科学家、研究员、教授，他们谈起往事耿耿于怀，他们说，我对党不记仇，我对时间还记仇呢，二十年宝贵的年华失去了；我对自己的灵魂还记仇呢，我的灵魂跟先前不一样了。所以，我有责任把我看到的知识分子的形象真实地再现出来，于是便写了《蛇神》。

我在《蛇神》中塑造的典型人物是有原型的。共有两个，一个是在河北梆子剧团工作的我的老乡——裴艳玲，关于学戏的问题是她的。

另一个是福建武夷山蛇园的园主张震，他是我的朋友。关于毒蛇的知识，吃蛇肉的知识都是跟他学的。

张震曾是闽剧团的一个编剧，"文化大革命"中被打成牛鬼蛇神，有人让他写检查，他就背医书。这点是真实的。而其他的男女关系问题就不是他的了。

我在一些地方讲课时，一些人拼命攻击《蛇神》主人公的男女关系问题，甚至有些女同志说，以前我们非常崇拜你，你怎么能写这些肮脏的东西呢？我们觉得你开始堕落了。可是我事后一了解，她们都看了。我觉得不能只让人了解美的东西，也要了解一下丑的东西。而我只不过是用传统的意识，传统的形式包含一点现代意识罢了。

（根据1986年11月30日在唐山市文学学会的讲话录音整理）

1986年12月

找到"流泻"的形式

心里似有苦苦的创作欲望在涌动。脑袋却又是木木的,仿佛被文学的盐水腌得久了,反而更僵。浑身懒懒的,关节像疼又像酸。也许既不疼又不酸,只是生命的惰性超过了思维的活力。有几个现成的题目等待去做出,有一些想好的东西只要抖擞精神往稿纸上写下就行了,不知为什么,我突然极端厌恶写作这鬼行当!

窗外小贩的叫卖声不绝于耳。高音喇叭把平时和气而又认真的街道主任的声音扩大得格外威严,让我想起"文化大革命",徒增一股惊惧的烦躁。我住的这叫什么地方?过的这是什么日子?或许我自己也得了"饥饿综合症"!

在床上翻过来滚过去,恨不得跟自己打一架。

世界是不可知的,一部分是现象,一部分是本体。理性低于意志,在创作过程中没有什么实际的意义。——这是谁的意思?康德的,还是康德研究者的?我何必烦恼,为什么不把自己此时的感觉记录下来?尽管我还算不上是康德的迷恋者,我的小说也和康德学说风马牛不相及。

《情知不是伴》就这样开头了。

朋友们找上门来讲述他们在生活中遇到的困难,老同学向我哭诉自己的遭遇……这一切我本不打算写进小说。此时我突然意识到这琐细的、近乎荒谬的、七零八碎的东西,才是真实的日常生活。东一扫帚,西一耙子,飘忽不定,郁闷烦乱,这情绪也像真实的生活一样松散和自然。

376

我感受到强烈跳动的现实生活的神经,一起流入生活的动感。何必苦思,何必巧想,何必在形式的探求上气喘吁吁、紧张而又窘迫。就来它一次"感觉高于思想"、"直觉高于逻辑"和"行动高于沉思"又有何妨!

我不知是预感,还是恐惧,总觉得读者(包括我自己)对虚构越来越不大信赖了。人世间的事件层出不穷,繁复多变。而费尽心思想出的各种各样的"主义"往往受到自身的局限,显得单薄。也许中国是事件的大国,想象的小国。

艺术的手段和目的在于自己说明自己。我试用让事实本身说明自己,通过事实认识世界,认识时代,认识人生。我不期望完美,也不可能完美。我的优点几乎都藏在缺点里。

这样"流泻"下来,虽然显得平淡琐碎,但更真实,更像人们日常生活中的对话。用不着矫揉造作。小说的结构、时空的运用反倒轻松自如了。

最大的缺憾是,小说一完成,人物就相对地固定住了。而生活是不会停止前进的。我交出稿子就会发觉生活中的颜芳、侯玉屏的新的性格侧面。为自己的肤浅而汗颜。也许是小说的现实品格限制了我,对熟悉的朋友下不了辣笔,透视才不深刻。

1987年5月31日

"灵魂"和"稿酬"

　　费点笔墨从头说起。去年冬,在上海金山参加中国当代文学国际讨论会,碰到河南黄河文艺出版社的一位编辑,他送我一本书:《蒋子龙代表作》。我甚感惊讶,这是我的书吗? 我从未跟该社打过交道,也根本不知道要出版这样一本书,更不曾见过眼前这位王编辑。我难得写重样的东西,哪篇是我的"代表作",哪篇又不代表我呢? 真有点搞不清楚。落一个"重复印刷"、"炒剩饭",有什么意思! 我喜欢出一本算一本,送人好送,摆上书架好看。编集子老是"你中有我,我中有你",都不好统计到底出过几本书。打开扉页,上有题辞:"蒋子龙同志存。"下面签着王责任编辑的大名。我松了一口气,这不是我的书,大概是王编辑批评我的论著。我转为感动,感谢他赠书。再翻下去,书中除了一篇别人写的介绍我的文章外,其余三十多万字全是从我近几年所写的小说中选出来的。还是我的书! 凭第一印象王编辑亲切随和,我对他颇有好感,只是不知道该感激他,还是该埋怨他。这样一位爱说话的编辑,编辑出版这样一本书为什么不跟作者打招呼呢? 不管怎样我们总算有缘,倘若不是在会上碰面。他不赠书给我,我不知世上还有这样一本书,岂不心净。

　　数月后一位搞评论的朋友索要此书。王编辑送我的那一本已被一位日本朋友要走了,只好再去信王编辑,请求寄几本样书来,由我花钱购买也可。王编辑又寄来一本,扉页上又题了辞,让我"存"。信上说他把自己的存书寄给我,"够意思的吧!""我们只管出版发行,其余问题找南开大学。"又跑出一个南开大学。因为书前那篇介绍我的文章是南开大学一个教师写的。那教师回电话说:"没有的事!"但可以把自己的存书给我两本。我心想，这真"够意思的"。我成了讨书的了，而且是讨自己的书。

此时反对资产阶级自由化的斗争已深入展开。大约是今年四月，忽然接到一张黄河文艺出版社寄来的汇款单，二百元（还有一个零头，记不清了）。没有一句附言可说明这是一笔什么钱。我猜想这可能是"代表作"的稿酬。但不能根据猜想就糊里糊涂地收下人家的钱。何况他们又摆出这样一副施舍的派头，出你的书可以不理睬你，以为这是对你的照顾。给你稿酬更不必吭一声，甩一张汇票，拿去吧。我在乎钱，既然国家目前还保留稿酬制度，我就有权要求自己应该得到的报酬。但我又不太计较钱，在此之前，我就没向黄河文艺出版社提过这本书的稿酬问题。以前也曾遇到过重复出版、重复发表的问题，我在事前就提出不要稿酬。有的还不止一个二百元。那是对出版社的尊重。而黄河文艺出版社对作者没有丝毫的尊重。我可丢钱，不想丢人，不接受他们的施舍。他们也许认为"文人已经贬值"，稿酬给不给都没有关系。能给我一点就不错了。我把二百元钱退了回去，也学他们那种打哑谜的办法，在汇款单上贴了张纸："不知这是什么款项？没有名目本人不敢受领。"

外地一著名作家来津，谈到他一本四十万字的小说集，在黄河文艺出版社得到了跟我差不多的命运。还有一位已经故去的极受人敬重的老作家，也被搞了一本"代表作"，受到了跟我差不多的待遇。家属虽有不满却不敢多说。一沾上钱的问题谁也不愿说话，说也说不清楚，闹不好还会被抛进臭水沟洗不干净。君子近义远利嘛！就在这时候我接到中国作协"作家权益保护委员会"寄来的小册子，讲到一些作家权益受到保护的事情。我十分高兴，这不是还有讲理的地方嘛！至少这个"作家权益保护委员会"还在工作，便给他们写了一封信，请他们过问一下。想不到很快就得到了回音，不过不是来自"作家权益保护委员会"，而是王编辑。他上来先称呼我是"名震中外的大作家"——不知怎样挖苦我才解他心头之气。这样一个"大作家"，"现在恐怕不止是一个万元户了"，居然还要"告状"，"还嫌稿费少"。不是与"灵魂工程师"的名称太不符了吗？果不出所料，一提到稿费问题有理也没理。"告状"不成反挨了一顿骂。晦气，我正走背运。活了四十多岁，大部分时间从事物质生产，对"灵魂的工程师"这一称号的来历不太清楚。自从跟文艺界打上了交道，凡听到有人使用这个称号，多用来批判、嘲讽、调侃，极少有真正出于对作家的尊重而这样称呼的。工程师是负责设计的。如果说作家设计"灵魂"，那么黄河文艺出版社就是生产和销售"灵魂"的了，他们出卖"灵魂"得到的是什么呢？是以"灵魂"换"灵魂"，还是以"灵魂"换钱呢？

我也曾读过黄河文艺出版社的一本"畅销书"，据说关于和这本书的作者私签合同的官司至今尚未了结。这书所以卖得多，跟书中的某些情节不无关系，诸如人狗交媾的描写等等。请问那些大谈"灵魂"的先生们的"灵魂"何在？究竟谁的"灵魂"更喜欢卖给金钱？能赚钱的书就签合同，甚至知道合同上的公章是偷盖的也在所不惜，出版人家的"代表作"则不理不睬。他们究竟更喜欢"灵魂"还是更爱金钱，这不是一清二楚吗？何必又装作圣贤，仗着财势和政治气候欺人，满口仁义道德呢？我不在乎是否能评得上"灵魂的工程师"这一职称。至于是不是"名震中外的大作家"，更无所谓。不"震"无妨，能"震"也好。我还真想"震"它一下。不能大"震"，还可小"震"。反正当今世界上天天有"震"。是王编辑把名声看得太重，以为用此嘲笑可以最解恨。岂知我常处"震中"，还在乎这点小"震"吗？

但我要求公正、公平地对待"灵魂"和文学，还有稿酬。该我得的少一分不行，不该得的多一分不要。也不想在霸道面前吃哑巴亏。可以不写，但不想被迫拍卖。王编辑在信末气势汹汹地威胁说："没有大作家的支持，我们出版社也不打算散伙！！！"

结尾三个惊叹号。这是扯到哪去了？我是工人，可被打死，不会被吓死。何必动这么大肝火。从"名震中外"谈到"万元户"，从"稿酬"谈到"灵魂"，又谈到出版社散伙问题。不着边际且缺乏应有的气魄，是你们偷出了人家的书，不是蒋子龙求了你们。

1987年11月18日

走出碉堡

我心里有个碉堡,躲进去感到安全,它同时又禁锢我。我想构筑自己的碉堡,又想摧毁它。

碉堡是有形的,矗立在十里之外的炮楼,在我稚嫩的记忆屏幕上投下不灭的阴森恐怖的黑影。当我住进大城市以后,在我楼房的对面,一条无名无号的公路边(人称"0号路"),又看到两个极不协调的有些歪斜但又甚为坚固的碉堡,里面住着自由自在的能引起别人好奇心的一户人家。没人管他们,他们也不管别人,免缴房、电、水费,旁若无人地生活着,我不知该同情他们还是羡慕他们? 印象是那样深刻,也许写写他们才是我唯一能够做的。

碉堡又是无形的,每一个敏感的心灵都需要自己的碉堡。因为敏感的东西往往脆弱。碉堡是现在的我,我对自己构筑的属于自己的这个文学碉堡老是不满意,《饥饿综合症》系列就是想冲出这个碉堡——说不定这意味着又进入一个新的碉堡也未可知。

我喜欢有关碉堡的遐想以及能构成这部小说的材料。它构思于一九八五年,老想等一个好机会,有从容的时间从容地完成它,把自己偏爱的东西写得能让自己满意。痛心的是我的时运不佳,也影响了自己小说的命运。老是匆匆忙忙,很累很烦。过一段时间回头一看,许多值得干的事情没干,无数不值得干的事情倒是非干不可。无谓的消耗,稀里糊涂拖到一九八七年,在某个睡不着觉的子夜,我忽然心急起来,作家不作,我为谁忙乎为谁愁? 还是先为自己愁一愁吧! 热的已经放温,再拖下去就全凉了。以前有多少好东西被我放凉了,丢掉了。

《碉堡》是我一九八七年创作责任田里的独苗,我自然珍视它。让土地恢复地力,休整一年,可望来年会有好收成。收获越少,希望就大,收获希望也是一种收成。希望生于自信。

1988年1月18日匆匆写于深圳创作之家

"重返工业题材"杂议

——答陈国凯

国凯兄:近安!

刚分手,你突然又来这么一封"公开信"(见《人民日报》3月17日)将我一军。关于"重返工业题材",其中的酸甜苦辣非一两句话能说得清楚,让我认真地想了一晚上。

一九八二年底写完短篇小说《拜年》,六年来便没有再写以工厂生活为背景的小说。我是在自己的工业小说的创作高峰突然消失的。登上了文坛,一定还要懂得什么时候离开文坛。当时我感到自己成了自己无法逾越的疆界,我的工业题材走投无路。它不应该是这个样子,它束缚了我,我也糟蹋了自己心爱的题材。工业题材最容易吞食自我,我受到我所表现的生活,我所创造的人物的压迫。可爱的读者像"学雷锋"一样在现实生活中推广和寻找我虚构出来的人物,闹出许多可哭可笑和哭笑不得的悲喜剧,使我有负疚感。我感到作家的责任太大,文学的自由太少。

一九八三年,城市改革逐渐起步,大工业的改革不同于农村的分田到户。我所熟悉的工厂生活会变成什么样子?无法预测。没有把握,没有自信。与其勉强地拙劣地表达,不如知趣地沉默。更何况改革之势迅速异常,"改革文艺"风起云涌,文坛已经热闹起来,少几个凑热闹的没有关系。尽管我在创作的时候最信赖的还是虚构,在观察和剖析生活时关心的却是现实,企图能把握现实的命运,在现实中找到自己的深度。让现实的深刻养育自己的思想,让现实的荒诞激发自己的想象力。工业题材是险象环生的。在企业里,生产活动中的关键人物,往往也处在各种矛盾的中心,他们多是领导干部。政策性强,时代感强,难以驾驭,有强烈的政治色彩,随生活的变化而变化。很难把中国这种特殊的政治变为美,至少比把其他生活变成美要难。把他们创造成有长久生命力的文学形象更难。自瓦特发明蒸汽机掀起第一次工业革命,至今快二百年了,剧烈地改变了世界的面貌,飞速地推进人类文明的进程。可是反映工业题材的巨著有多少?

艺术家们心安理得地享受大工业的成果。对大工业又缺少应有的兴趣,甚至不屑一顾,摆出贵族对工人的傲慢(当前因经济原因主动跟企业家联姻是另一回事)。

工业当然也是人类文化的产物,它包容着人的内涵。但人的形式肯定要被技术改变。六年前,雅克·艾吕尔的书给我造成的刺激至今还有印象——由现代科学技术武装并推动的工业,是一股强大的集权主义力量,它对人类生活进行脱胎换骨的改造,巧妙地侵入到生活的各个领域之中,形成一个不可抗拒的陌生的宇宙。它把自己的法则强加给世界并消灭一切反抗。自我长存,成指数增长,方向无法扭转,人的干预算不了什么,倒是人的选择必须要受到它的限制。它漠视文化和意识的差异,控制了经济的发展和社会的进步。人仍然是统治者,同时也受到技术的统治。贫穷、污染、战争、社会混乱,构成对人类的真正的打击力量,会使人逐渐地丧失原有特性。怎样找到工业带来的现代物质文明,到底是工业的胜利,还是人的胜利? 这些问题困扰着我不知该创作怎样的"工业人物"。

扯远了。但这些都是我当时的真实想法。我需要暂时与工业题材拉开点"历史的距离",对工业生活及自身进行一番感悟、自省和玩味。

既然这是个"解构和重构"的时代,每个作家就不可能不思考,不怀疑,不探索,不否定,不重构。几年不写工业题材的小说,不等于跟工业题材"一刀两断"。我是来去自由的,笔跟工业拉开了距离,人并未拉开距离。命中注定要承担体验、观察和剖析工厂生活的角色。何况还有人不让我"逃离"工业题材呢! 他们说我是工业题材的什么,是

"改革文学"的什么。我受宠若惊,受之有愧。我写工业题材小说时还不知"改革"为何物,至今也搞不清"改革文学"的概念。中国的许多概念就是这样起哄式的想当然的产生的:工业题材等于改革,写工业题材就是写"改革";写"改革"就是"改革文学"。"改革"本身还没有章法,"改革文学"的口号倒喊得震天价响,一哄而起,一窝蜂,中国又向来不缺赶大潮的和反潮流的勇士。于是既弄臭了"改革",又弄臭了文学。人们一见到表现"改革"题材的文艺作品,先在心里打个问号。倘若不是实在没有别的东西好看是不愿问津的。

我没有什么"主义"好谈,创作中主要是信任自己的直觉。我也找不到一种现成的理论能解释今天的社会时尚,能解释当代文学现状。理论再好也只能充当催生婆,现代理论雄心勃勃大有取代有情男女自己做产妇的架势。然而,工业题材仍然处于半禁区的状态。时髦人物、优雅潇洒之士、追求永恒的人物是不会光顾的。工业题材成了短命题材,吃力不讨好的题材。题材决定论者不喜欢它,说它决定失败。反对题材决定论的人也不喜欢它。真是"好汉子不干,赖汉子干不了"。尽管每个当代人的生活里都离不开现代工业产品,文学似乎离开工业社会仍能卓然独立。

现代社会时尚是圆巧,是瘰熟、烂熟,不是饱满的成熟。文学想变成这种时尚的附庸,或者把自己变成一种新的时尚。会豁达,会玩世不恭,会深沉,会说话,会造句,会做人,会慵懒,会幽默,会尖刻,会漂亮,会享受……什么都会。可见贫困的不单是工业题材,是人的品格,是文学的品格,是社会的品格。当代作家愧对当代。享受当代可以,表现当代则显得捉襟见肘,力不从心。现实生活折磨当代文学就像上帝嘲笑萨烈瑞:"随处可见的聪明的庸才们,我只好赦免你们,阿门!"

对不起,再回到工业题材的话题上来。你不要把离开工业题材和返回工业题材看得像过节日一样隆重。作家写哪一篇不是重新开始?这是最要命的。不管写什么都要调动自己的全部生活。写工业题材也不是只懂工厂生活就足够了。

自然界存在盈虚起伏的法则。比如:呼吸吐纳,日夜更迭,冷暖交替,潮涨潮落,等等。写作的生活也要张弛有致,不断调节频率。这几年我发表了两部长篇小说、六部中篇小说和一批短文,轻松自由,心境平和。从南到北调查了许多企业,访问了许多企业家。我本人非常重视这几年的感觉和收获,不是"带劲"或"不带劲"所能概括的。为什么又要"重返工业题材"? 理由很简单,近两年对工厂生活恢复了感觉的自由。没有新鲜的感觉就离开,有了感觉再回去。我重视自己的感觉,而不是题材。我不认为题材对自己有决定意义。我不是大作家,我的作品也不可能永恒。因此我便没有包袱。套用娜娜·莫斯科莉的一句话:"工业题材是我的毒品。"

在工业题材这片过去严肃的文学"领地"里,总有一种我不属于自己的感觉。首先想到的又是为同行们所不爱听的责任。目前是有作为有责任感的企业家和踏踏实实耕种的农民在支撑着中国艰难但还有希望的经济,国家找他们要税利,职工找他们要奖金,社会找他们要高质量的工业品和消费品,他们还要受到官倒、私倒以及各色经济造反派的胁迫——这经济造反派的破坏力不亚于"文化大革命"中的政治造反派。考虑到社会和经济的现状,企业的现状,职工的情绪,作家有哪些权利,没有哪些权利呢? 无法回避对工业现实的困惑,也无法回避对社会道路危机的批判。

我还要找回以前那种坚定昂扬的热情。但不想当"镜子",也不想当"鞭子"。依据自己的心理格局重新找到审视和感知工业题材的文学视角。尤其应该勇于正视和改造精神现实,而不仅仅是真实地复制工厂生活。即使有酒精壮胆,我也没有说出对工业题材充满信心的豪言。因为还要清醒地估计到"工业题材对你是否也充满信心"? 以全新的内容和全新的艺术形式,开辟一条工业题材的新路——谈何容易。

还有一位批评家这样评价一部小说的优劣:人物形象深入人心的程度如何? 是否能成为读者长期的精神伴侣? 是否真正掌握了人们的思想? 我猜新潮作家很可能对此标准嗤之以鼻。这标准对过去的大作家不算什么,对包括我在内的许多当代作家来说确乎是高不可攀。与其达不到,不如把标准本身给否了,骂它个狗血喷头。不要任何标准,重建自己的价值观念,或干脆不要价值观念。批判和扫荡是很省事的,但文学的扫荡永远都不会出现扫荡者希望出现的局面——身前身后一片白茫茫,唯他屹立。工业题材的标准是什么?文学的标准就是它的标准,不该再有新的标准。

因为,小说的震撼力不是靠题材,而是表现题材的方式。我如果只在写大企业的时候才"雄浑",才"带劲",那"雄浑"和"带劲"的是大企业,而不是我。工业题材也未必就只能豪放,不能婉约。我倒以为,表现工业生活更需要细腻的感情,更需要痛快淋漓地发挥创造性想象,更需要体现当今社会的一种整体的灵魂。

工业题材也无法回避这样一个事实:在当今这个多灾多难的地球上,经济落后的国家即便不会轻易沦为发达国家的政治殖民地,也必然会成为发达经济和现代科学技术的殖民地。人们舒舒服服地接受这个现实,享用现代人类的文化成果。社会形态变了,人们的心态变了,大企业就是大文化。从文学意义上说,题材的界限越来越模糊。文学不会再有"世袭领地"。

我不向别人也不向自己许诺什么。正像通俗歌曲里唱的"跟着感觉走,牵着梦的手"。梦是没有用的,创作却不可无梦。如今尚在梦中,待梦醒了再来评说其吉凶祸福吧。

话一扯开就收不住了。今天可没有酒精的成分。你烦了?困了?就此打住。愿你我都睡个好觉。

握手!

子龙

1989年3月28日

漫谈写小说

现在谈谈工业题材问题。因为我们都是搞工业题材的,所以我就工业题材多谈一点。

公司宣传部吴部长写了一篇文章,叫《现实的选择》。我很欣赏这个题目,所以我联想,当代题目的特点应适合自己的文化。中国当代的经济,必然选择适合它的文化。我们当代的中国文学,还没有成熟到不被选择,还没有成熟到有勇气拒绝选择,我们必须接受经济的选择。我举个例子:在天津的座谈会上,一个作家发言说,我总结自己这十年的创作,浮泛,浮躁,写得太躁。他说,为了养育儿子,每月必须赚三百块钱才够开销。所以,大文章、小文章都写;《海南日报》给的稿费高,就给《海南日报》写。这是什么? 经济对文化的选择。他知道自己写得很躁,但他同时不得不为了生活去多写、去赚钱。大家想想,他每天要写多少字,这样的文章能不躁吗? 这是一方面。

另外一方面,为了赚钱写文章也不一定都躁。巴尔扎克写了那么多,不也是为了赚钱吗? 国外许多大作家产量很多,他不也是为了赚钱吗,有些东西也很好。

所以,经济对文化的选择,我们无法抗拒。还有一种无法抗拒的——工业题材上不去。我在中国作协大会上讲这种话,没有一个当代作家反驳,也没有人说我说得不对。我的观点就是工业给整个社会、整个人类带来了巨大的冲击。它改变了人性,改变了人的思维方式,改变了人们的生存方式。机械工业,甚至形成了铁板一块强加于人类。人类发现了工业,反过来受工业统治。比如刚才,扩音器突然发出噪音,那就是对蒋子龙的抗议,或者是对我的讲话不精彩的抗议,或者对人类的一种蔑视。它如果老那样响,我就没法讲了,我怎么讲也响不过它。你还可以想,假如今天没有扩音器,没有灯光,没有暖气,你看我们是一种怎样的状态,大家也绝不是现在这种心境。如果没有火车,没有信息,我就根本到不了本溪。由此看出我们人类跟工业的关系。你身上穿的、用的,乃至吃的,都跟当代工业有着极其密切的联系。那么,我们逃避工业,逃避这块生活,文学还有什么前途?

为什么写农业题材容易出感情?因为社会是从地野天荒发展过来的,大自然有山有水可以抒情,大家也习惯那种生活,感情纠葛可以在那里展开。但是你想想,当代有多少矛盾是在农村?政治问题、物价问题、科学发展等等,都在城里。我们有些人一见工业、一见城市就捉襟见肘,才力不够。你看看国外的一些大作家,从来就没有工业跟农业的界限。比如舒尔贝洛的《孔堡的礼物》。我很喜欢舒尔贝洛这个人,包括那个辛格,他们现在的东西根本没有工业跟农业的界限。许多发达国家根本分不清农村城市,在他们那里,城市像农村,农村像城市。前不久,北京作协书记处的一位同志把我拉到他家,他用打字机写作。我说你们享受工业跟科技的成果,但是又想逃避工业跟经济和现代科技。为什么呢?他用打字机写作,又想写那个什么远离城市、远离经济,什么原始的——其实也不是真正原始的题材。那原始的大兴安岭,许多人又不敢进。所以当代文学一个很大的弱点,就是不敢涉及工业题材。

写工业题材到底怎么写?我今年只写了两个短篇是工业题材的。离开工厂四年,这四年没反映工业题材,但是这四年对全国的企业——典型的大企业、现代化的电子行业等我都看了。基于积累,原计划今年写一部工业题材的长篇。为什么停了三四年的工业题材?我觉得我自己把自己推到了一个临界点,面临着一个新的选择。当我想不出很好的办法的时候。我不想再动笔。不是说我的作品如何,我是在讲写作的过程、构思过程。一九七五年秋天,第一机械工业部在天津开了一个工业学大庆会议,我参加了那个会,结识了许多当时靠边站的老同志,我就写了《机电局长的一天》。因为在我写《机电局长的一天》的时候,正面人物、一号人物是年轻的小青年,文学已进入了死胡同了。《机电局长的一天》就是写老的。当然,以后有人说这是个大毒草,如何如何。"四人帮"倒台,《乔厂长上任记》是接着《机电局长的一天》的。它的核心就是个人的魅力。不要说社会主义,就是资本主义,一个单位领导人的个性、风格、智慧、气魄,跟工作单位有很大的关系。这跟家长作风、跟不民主是两码事。

《拜年》是写一个表面上很厚道,给大家打水、扫地,早来晚走,实际上是个权力欲很狂的人。然后又写了一个《一个工厂秘书的日记》,之后又写了《赤橙黄绿青蓝紫》,这是写工人的,写一个玩世不恭的工人。

触动我的,是北京的一个理论家。一次座谈会上,那正是我的作品鼎盛时期,他在会上对我做了长篇批判,他批评我是当代制造套子的人。那是一个很高规格的关于我的作品讨论会,而且大家都知道他是支持我的。他批评我的题目就是《当代文坛制造套子的人——蒋子龙》。他说我有功绩,也有罪过。他说《乔厂长上任记》留给文坛一个路子——作品里主人公四五十岁还没搞对象,突然出来个女人。这就是蒋子龙的套子。另外就是大刀阔斧,有一定个人魅力,叫人一看这男人就可爱。这也是我的套子。制造所有改革模式都是这种办法:就是把当代中国文坛弄得很单调。他说《赤橙黄绿青蓝紫》刘思佳那个人物出现之后,许多青年也都是那个模样,歪戴帽子,叼个烟卷儿,满嘴怪话,会跳舞,会唱歌,有一技之长。他说这全都是我编的,甚至贩毒到部队,写部队的战士也搞这一套,年轻的兵,抽烟喝酒搞女人,玩世不恭。有的无非加一点小花样,总的路子都是这个路子。这说明中国文坛还不成熟,一窝蜂。到现在为止,什么工业题材、改革题材,都逃不出这模式。他的发言,给我震动很大。我埋头读了两年书。

我读书的第一个收获,就是觉得人比典型更复杂、更宝贵。读者需要的是人不是典型。艺术不是不要典型。没有典型就没有冲击力。没有典型就无法对这个社会打开一个突破口。但是,你太追求典型,就容易失去真实,失去人性那个最深刻的东西,所以就开始变。变的结果,就是《收审记》,写一个犯人。再以后就是《蛇神》、《子午流注》、《望乡台》等等。虽然变,我是很谨慎的,不能学时髦,搞一个这个,搞一个那个,花里胡哨。咱是从工厂出来的,也就是说工人作家。工业题材对人的改变那么大,怎么从这个题材里抓住一些东西。昨天,《本钢文艺》的编辑向我提出这个问题,怎么样有一定的思想,怎么样让人物的形象有一定的深刻性。《赤橙黄绿青蓝紫》这是工业题材小说,当时怎么会想起写这样的小说?

我那个车间一九七〇年进来一批学徒工,其中有一个女孩子。锻压车间,重体力劳动,女工只能开机床、开汽锤、开天车,真正的锻工、钳工都是男人干。这个女孩子进厂以后,表现得很好,不穿奇装异服,不烫发,不提前谈恋爱。因此,车间书记把她提到车间帮忙。帮忙以后,留在政工组当干事,以后入了党,当了团支部书记、政工组长。"四人帮"倒台以后,要涨工资,百分之七十、百分之四十有几次,跟她一块儿入厂的,有的开机床,有的开汽锤,有技术,穿红戴绿,提前找了对象,有的生了小孩。一涨工资,人家有技术,就涨一级。这个姑娘虽然不烫头,不穿奇装异服,由于没有技术,加之"四人帮"刚倒台后有一段时间政工干部吃不开,工资就没涨上,搞得这个小姑娘非常伤心。最要命的是二十七八了还没谈恋爱,没法儿谈。那阵儿我当车间主任,过年过节的时候,我们车间的几个干部到工人家里去看望,她的父母很感谢。"四人帮"倒台后我感到有一种"负罪感",她完全是叫我们几个头头害了。虽然不是我提拔的,可我若让她回车间也可以呀!我在车间里说话还占点分量,所以老觉得对不住她。我们这几个干部下决心帮助她找朋友。找朋友还不能找太次的。找来找去就找到铸钢车间一个小伙子,不错,是计划员。通过铸钢车间主任找他谈。几天以后回信了,不同意。不同意有几条:第一条,她是"文化大革命"入党的——一个姑娘在那阵儿入党,说不清楚是怎么回事;第二条,她是党员,在家里谁领导谁呀?贵贱不要。就这"贵贱不要"四个字把我气坏了,我打电话找他的主任。他的主任论起来,比我晚一辈儿。我让他带着小伙子一块儿来。我说,你可以不谈、不同意,这样的事父母还不能包办，谁包办你？但是你不该说两种意见，一种意见骂共产党，一种意见骂她。我说要没有共产党，你爸爸还不知在哪转筋哩！像你这种人，没共产党有你吗？你说她"文化大革命"入党，说不清楚是怎么回事，这什么意思？我说了好多难听的话，这事就算结束了。

又过了一个春节，我有一个亲戚在劝业场那儿，拜完亲戚我带着小孩回来，逛了一阵大街，突然我看到这个姑娘，就是我车间的政工组长，好远我就看见她了。她头发是新烫的，发型做得很漂亮；穿一身"迎宾服"，就是现在的西服，是湖绿（或者豆绿）色的；旁边跟着一个小伙子，显然是恋爱中年节串门或者逛大街。开始没看见我，后来看见了就要躲。天津姑娘谈对象第一次上街怕碰见熟人，特别怕碰见顶头上司，当时她特别尴尬，但是我这时候就有一种电光石火，绝不会放走她。我领着孩子径直冲她去了，眼睛盯着她，逃避也无法逃避，她没办法就回避我的目光。旁边那个小伙子不知怎么回事。我当时完全不是主任身份，是作家那种创作灵感。我跟她说："小韩，（她姓韩）初六上班的时候，一定要穿这一身儿，发型不要变。多少年来，咱们车间一直认为你是很呆板的一种人，没想到你这么漂亮、这么秀气。"我说这种话可能有失体统，旁边站着那个小伙子，可能怀疑她怎么回事，所以我赶紧跟小伙子解释，我说我是她的主任，这姑娘如何如何好，如何有头脑，还是那番话——这姑娘许多年都碰不上，这一次让你碰上了，这是你的福气呀！告别之后，就产生了《赤橙黄绿青蓝紫》这个题目。本来一开始不想叫这个名字，后来一想，毛主席诗词里有那么一句话："赤橙黄绿青蓝紫，谁持彩练当空舞。"这是一句现成的话，意思是人性应该是多颜色的，生活的色彩是非常丰富的，绝不可以把人搞得太单调。假如我只写刘思佳玩世不恭，很有头脑，很有棱角，处处给领导出难题，就没有多大意思了，还得伸展到人性上、精神上。《赤橙黄绿青蓝紫》显示生活的丰富多彩，人性的复杂。人性就是这样，它老是穿一套旧军装，老是那样的直头发，它就给人一种呆板的情调。

因此，这里谈一下工业题材的魂。什么是工业题材的灵魂？为什么抓工业题材难？完全不懂工业题材、不懂工业，就写不好工业题材。必须很懂。很懂又必须能懂到跳出来的程度。假如跳不出来,陷到工业细节里去,陷到工业技术里去,你将一无出路。国外的长篇、中篇写工业题材的,完全把工业题材作为背景,把工厂的生活作为一种特殊的社会。外国作家写美国大资本家、大企业家、大工业家,他写了技术、写了生产过程,但绝不是让你陷入技术圈子里去。现代技术那么复杂高精,你不写技术,怎么可能把人说得清楚呢?所以要从技术里边挑选。细节不是都不要,要挑选哪一种东西非常宝贵。这个就看你写什么题材、什么人物。我举个大家都知道的例子,有个《电视杀手》电影,拿电视杀人。它必须写技术,不写技术,电视怎么能杀人。因此,他写了一个精神变态者制造了一种特殊电视机,还有一个像导弹发射筒一样的玩意儿。这个发射筒对准了电视机,电视机的屏幕上出现了人,他想杀谁,一扣扳机就杀死了那个人。他有一套复杂的技术过程,能在自己的家里把播音员杀死,这不写到技术了吗!但是又不能陷到里边去把技术写明白,让观众知道他是通过什么手段把人杀死的就可以了。他主要写这个人为什么会有这种变态,写他的精神,他受的挫折、打击。在现代化社会里,他的神经错乱,使你看完这个电视之后,感兴趣的不是怎样杀人,而是为什么要杀人。这里就涉及到一个文学的灵魂问题,也就是工业题材的灵魂是什么的问题。

是什么呢?是一种强烈的生命感。我明天去看我国最大的露天铁矿——本钢南芬露天铁矿。我一直认为,采矿可以出好东西,不知为什么,我们就一直出不来关于采矿的好作品。采矿应该非常有味道,我看过一个山西的露天煤矿,它有矿,有露天,有机械,有工业,有大自然,而且技术又不很复杂,很可以写。要知道当代背景对社会的重大意义,当代任何人都不能逃脱工业社会这个背景。通过工业背景,通过人物来表现人,让你的文字承担人性的使命和精神的使命。千万不要让你的文字承担技术使命。

文学有三个尺度,不管是谁,都一视同仁,这就是昨天、今天、明天。也就是说,你写昨天、写过去,要经得起今天和明天的考验,你若把尺度定在某一天,这不行,要经得住历史的考验。

　　还有一个问题,就是对工业的操纵跟被操纵的问题。我一定要讲这个。我们成年累月指挥机器,同时又被机器所指挥,自己变成了机器的手、机器的一部分,对工人作者这是最大的灵魂障碍。机器把你的灵气消磨掉了。所以操纵机器的时候你应该有意识地不被它把你的人性的东西、灵感的东西消磨掉。

　　我沾光就沾光在工厂。我如果没有工厂,不会有现在。我生在农村,以后到城市上中学,然后进中专,分配到工厂。一分配就是大工厂,那气魄非同小可,那是第一个五年计划兴建的一百五十六项工程之一。我中专毕业后当热处理组的组长,那阵儿不愿意当干部。我那个热处理组十几个人,有六级工、四级工、五级工,都听我指挥。六千吨水压机,六十五立方米的大炉子,这种气势对我的熏陶不一般。我如果不在那个厂子里,感受不到。本钢我想也非同小可。不管你在哪一个工厂矿山,不管在哪个具体岗位上,你对工业题材要把握得大,至少把握到本钢,别把握到你眼皮下那一块地方。如果不把背景放到本钢,放到大工业、现代工业上,你没法写。

　　我念中专的学校是海军测绘学校,出校后当制图员。为什么我写的干部多一点呢?我们那批制图员,是周总理下的令绘制领海十二里海图。原来的海图都是英国的、日本的,老出事故,所以我们自己测量,自己绘图。测绘学院的本科生不够,临时集训我们两年就干上了。当时赶上北部湾战争爆发,我们连续十几天拼在绘图室,赶制出越南海图。周总理还跟我们握手呢。假如我当一个基建兵,成年累月在山沟里修铁道,修国防工事,一修就是三年,复员回来了,什么叫部队生活,根本不知道,因为兵种受了限制。

　　因此,你的经历是什么,应利用你的优势。所以业余作者都普遍有一个规律,都是从本岗位开端,第一篇作品都写本岗位。专业作家、大作家,都从写自己开头。不管是巴金、鲁迅、海明威、托尔斯泰、曹雪芹,第一篇甚至成名作,都从写自己开头。写自己开头就从人开头,写本岗位开头就从工作开头、从环境开头。从人开头,越走越深;从本岗位开头,越老越走不到人上去。

一位工人作家，一九五八年"大跃进"的时候写点诗。我不是给业余作者泄气，我说心里话，讲真诚。他以后也写了些小说，成了名。"文化大革命"不能写了。"文化大革命"以后条件好，再写，结果说什么也写不出来。有人说他主要是生气，生别人的气。我觉得，他的悲剧就是从来不知道文学为何物。

文学是什么？文学不是癌。你别跟文学没完没了地玩命了！你对它充满了信心，一定要反问一下它对你是否也充满了信心。如果你对它充满信心，它对你信心不足，那么，就应该清醒一下。

文学应该双方都建立信心，你对它有信心，它对你也要有信心；如果它对你信心不足，那么，你就想办法增加自己的魅力，要补充什么，把握什么，心中有数。

工业题材是非常有前途的。我最担心的就是不要被工业困住。工业给作家提供了背景，千万把它当作背景，把它当作改变人类思维方式的一个重要手段。

怎么才能不被机器困住？就是要多看。看工厂、看书。你看的工厂多，你就不会被机器困住，就不会呆板地成为机器的附属物。多看书也是一样，每本书都是作家的人生。你了解别人的人生对你也有帮助。

关于书，我还要讲一个观点。我主张各种各样的书都可以读。但不要把自己当成理论家去读书，因为你不是搞理论的，是搞文学写作的。

我吃过亏。这两年我写的东西少，其中跟读书多少有关系。其实那是一种虚荣心，我苦读了两年书，在一次当代国际文学讨论会上，我论了四个小时中国现代派和世界现代派，一下子把那些权威们论傻了，他们怎么也没想到蒋子龙会谈出那么多现代派的文艺理论来。我当时很得意，事后也后悔莫及，为了出一次风头，两年没写作。

书不可不读，也不可像我那样读法。作家读书读到这个地步就愚蠢了，就是读死书了。一次诺贝尔文学奖得主、西班牙作家荷塞——大家叫他"赛先生"对记者说："有些作家说他读了好多书，那是骗人的。我说实话,我不读书。我以前读书很多,写得很少;最近几年我不读书了,写得很多。"

大家想想,当你写作的时候,你连报纸都不看,肯定那几天你什么都不看。假如你看别人的小说,你写不了你的小说,那怎么写呀?所以,我们读书要读有用的书。对于作家来讲,不能移植别人的思想,别人的思想拿过来,保证写不好你的作品。

有一种东西可以进入你的创作,就是你听到的东西很感动,过了两天,过了半个月,过了一年、两年还感动,这是宝贝,无论如何你得把它写出来。你不写对不起你自己。那种东西是你应该写的东西。对于作家来讲,什么是思想? 感觉就是思想。

中央一位领导在天津有个讲话,他讲,北京有个戏叫《邻居》,只演一场就给枪毙了。有一个河南梆子不许进京演出;还有一个京剧叫《曹操与杨修》也不准演。还有一篇短文,题目是《穿和服的日本人》,也受了批评。人家说的是曹操、是杨修,文章说的是外国,何必往自己身上挂号,你怎么那么多疑? 你不怕得病吗? 我们不能疑神疑鬼,如果这样的话,我们好多词都不能用了。比如现在有个词叫"负增长"。经济负增长,还不是赔本、亏损。可他偏不叫亏损叫负增长。这涉及到语言文学问题。

我提醒诸位,千万千万注意语言。语言的承载力是相当丰富的,有些语言也是非常精妙的。所以我们不可以不注重语言。工厂的作家本来最应该有语言的优势,而这几年却丢掉了这个优势。这个现象我百思不得其解。我为什么说工人作者的语言有优势呢? 第一,他生活在最生动的语言环境里。生活里的语言是最生动的,不管是粗的,还是文的。不知为什么我们工人作者忘记捕捉和提炼。而不在工厂生活的作家们却生搬硬套一些很粗俗的话,乃至脏话,那跟我们工人的语言没法儿比呀! 如果我们能在生活的语言上加以提炼,那就会逐渐形成自己的语言风格。不注重语言,写文章,写小说,相当困难。

还有一个,工人作者怎样在作品里表现具有全国规模、世界规模的企业? 就是说,我们写的是本钢,但它达到的高度、具备的文学规模,至少应该是辽宁的规模、中国的规模。我们目前还不敢吹世界规模，顶大被某些国家翻译。有一点注意，写工业题材不应该缺少发现和创造。任何文学，没有新的发现创造，这文学算完了。发现和创造不是技术，是人，人性的东西，精神的东西，血肉的东西。为什么工厂的作家缺少发现和创造呢？大概跟他的工作环境有关。工厂生产，一切都是规范的，有规律的操作，这就受到了限制。这里我有一条经验，你既然生活在工厂你又想写作，无论如何，思想不能懒惰，思想一懒惰，一发而不可收，会一懒再懒。为什么？因为工厂生产很累，很紧张，下了班会很疲乏，愿意看看电视，听听音乐，喝点酒，然后睡觉。你可以喝点酒，你也可以看电视，可以睡觉，但是思想不能闲着。思想闲着的人，生命素质就会逐渐退化。同在一个地方，有的人能写，有的人不能写；有的人感觉深刻，有的人感觉肤浅。取决于什么？不取决于他读了多少书，不取决于他的思想觉悟高低，取决于文学的素质。大家都知道王安忆吧？她的头一篇作品是我给发的。老三届没毕业，初中文化，上山下乡，现在一年写多少万字。为什么，生命的素质跟生命的体验。所有有成就的人的思想绝对不会闲着。有一次我发烧很重，四十多度，好多童年的事情都说了，好了以后，我的女儿就说：你发烧的时候胡说八道。我问都说什么了？她说讲了很多可笑的事情，词不达意，语句不通，东一榔头，西一棒子。我突然灵机一动，觉得人发烧的时候可以胡说八道，如果要经济发烧，要是领导发烧，要是权力发烧呢？后果多么可怕。因病发烧，儿女在旁边付之一笑就完了，我们的政策就没有发烧的时候？

还有一个问题就是对待电视的问题。现在电视文化对整个中国文化的冲击最强烈。电视实在是好节目不多。这儿不知有没有电视台的。我对天津电视台台长讲，现在电视文化简直没法办，教授学者们一方面抱怨电视没有好节目，一方面又是忠实的电视观众。你坐在那儿，干还干不下去，看又没多大意思，一晚上经常被耗掉。大家想想，五十年代大家感到时间很多，可以上夜校，可以看好书，一本书很快就看完了。现在就不行了。对于业余作者，甚至我们这样的专业作家,怎样正确地跟电视打交道,是你怎样爱护生命的一个关键。什么东西都没有,一耗一个晚上。

如果你想写作,必须树立一个观念,绝对不看电视。我不是一概反对看电视。有好节目还可以看。不能正确对待电视文化,你将来就变成没有文化。作家要想写东西,就得赢得时间呀!

还有一点,对工业题材必不可少的想象。要锻炼我们的想象力。我举个例子:《米老鼠和唐老鸭》,它的想象力让我们编也编不出来。孩子们爱看,跳跃非常快。反过来说,我们有些儿童作品,孩子们不爱看。为什么呢?第一,缺乏想象力;第二,假作天真,都是成年人假装孩子气,孩子的天真同天才的天真;孩子们的许多问题是成年人回答不上来的。所以我们没有好的儿童作品跟这有关系。由于我们缺乏想象力,因此纪实文学、报告文学突然成了中国文学的主体。他们利用中国事件多这样一个优势,充分利用这个优势,所以报告文学就气势非凡。因为我们的事件本身又非常典型、非常深刻,你编都编不出来,所以写纪实文学要比虚构有时候强大得多。

但是,写实总是缺乏后劲儿,就是激发不了想象力。还是要培养自己的创造力和想象力,这才叫才气。什么叫才华呀?对于作家来说,才华就是新鲜而深刻的感觉。你有新鲜、深刻的感觉,你就有才华。这个新鲜而深刻的感觉有时候取决于活的灵魂。我为什么在灵魂前边加一个"活的"呢?因为有时候我们的灵魂发呆。有时候你走在街上,走到百货店里你仔细观察我们的同胞们,你不知他在想什么,他脸上发呆、发木。我们只要求自己的灵魂不要发呆。你如果灵魂发呆,感觉就会迟钝。什么最珍贵?活的灵魂对作家来讲最珍贵。世界分两块,一块是物理世界——当然这是现象学派的,一块是心理世界。物理世界,话筒、桌子、礼堂、灯、机械、本钢;心理世界,自己、灵魂。物理世界是灯就是灯;但心理世界,每个人都不同。作家就是用你的心理世界感应物理世界,然后把这种感应表达出来。这种感应的标准就是追求深度、深刻。

还有三分钟就到时间,大家还不递条子,这说明本钢的同行不是一般的老实，是非常的老实，非常善良，非常宽厚，非常理解我的难处，唯恐我答不上来。我曾在有的单位接到一书包条子，那些条子是向我提问，我也非常愿意回答这些问题，那非常精彩，效果很好。不是我讲得好，是那些问题提得好，提一个好问题就是天才的一半。这是一个方面。还有一个方面，说明本钢的同行非常深沉，非常老练，非常圆熟。

第二，你要不断地调整自己的频率，就像电视台一样，几频道收什么，几频道收什么。社会、人生不断变化，你总得调整自己，你不调整就收不到。

第三，你要相信自己有责任了解一切、面对一切。你可不要以为我们是本钢的，我们就写自己。你要有信心，敢于面对一切、了解一切。不为天下所驾驭，要驾驭天下。这句话是政治家的话，我们拿过来为作家所用。

总之，对一个作家来讲，唯一有价值的，能给你带来好处的，就是新鲜的感觉，或者是生气勃勃的创作朝气、创作灵感。

今天是认真做了准备，但是谈得非常沉重。为什么这么沉重呢？我不知为什么陷到一个理论圈子里去了。我以往的感觉，如果陷在理论圈子里边，效果就不好。但是今天我非常感动。本钢的作家是相当有基础的，是相当有教养的。因为今天讲的完全是干货——什么叫干货呢？就是把"饺子"捞了出来没带汤。这全是我前一段时间对文学的思考，是我总结出来的。当然有的地方说的是"绕口令"，非常绕口，但都是我自己提炼出来的。今天很好，说明大家很理解我，不管我讲错讲对，大家听进去了，表现得非常有礼貌。时间这么紧张，特别是在这个时候谈文学，这么认真听，一直坐到底，我非常感动。谢谢诸位。

（根据录音整理，未经本人审阅。）

1989年12月

阴 阳 枕

时间宣布任何永恒都是虚无。只有死可以对时间发出最有力的挑战——死是一种永恒的强大。

最终的胜利者是死神。中国叫阎王爷。别看它在封神榜上没有名号。

人死如虎。

死者为大。

都说明活人怕死人。人死如灯灭,不会再对任何人构成危险,人还是害怕死了的同类。如同怕魑魅魍魉,怕因果报应,怕阴气晦气,总之还是怕死亡突然降临到自己头上。

人类恐惧死亡,就衍生出许多关于死亡的神话。于是死就有了魅力,成了墨客骚人永恒的创作题材之一。永恒的还是死。

吃死人。各种各样的吃法。

——拿死者做文章。作者里有死人的亲属、朋友、同事,善良富有同情心的人、险恶奸诈的宵小之辈。人一死,围绕着他(或她)的人或站在远处旁观的人都可以据此做文章。各有巧妙不同,诡异谲秘,一波三折,唱念做打俱全。一把鼻涕一把泪。

一死百了,了不了。

许多问题活着无法解决,等人死了最后盖棺论定,最后摊牌,最后总爆发、总解决。死后算账。

不是死人跟活人算账。还是活人折腾活人。

没有一个单位、一个人,对一个死人长期在殡仪馆里躺着会无动于衷。

"入土为安"——不"入土"死的不安,活着的也甭想安生。

于是我要发明一个词:"死道主义。"

阴阳交接过程中的故事太多了。这也是优越社会制度下的优越性,对每个人都负责到底——到底就是到死及死后的"入土为安"。

死,就很有学问,很有讲究了。

幸运的人不仅会生,还要会死,死得其时,死得其所,讲究死道。这也是我对阴阳交接的故事感兴趣的原因。

它不在"永恒"的范畴。以往表现生死题材的作品,多在生和死的价值上做文章。忽略了阴与阳的对接过程。把阴间搬到阳世。阴阳混沌,以死人整活人,阴盛阳衰。这是近年间才激烈起来。其间的人面与鬼面、公心和贪心、生道与死道、官场与葬场、肃穆与滑稽、文明与愚陋、热闹与凄凉,极尽阴间百态和人世百态。惊死活人,笑活死人,不记录下来既对不起死者,也对不住生者。

又一个吃死人的。

战争减少,物质发达,人口暴长且寿命越来越长,地位级别越来越高,阴阳交接的事情会越来越复杂,越来越多。君不见火葬场的灵车每天来往穿梭,各种级别的治丧委员会、治丧小组如雨后春笋……

死道大有可为。

创作《阴阳交接》的时候,我仿佛得到了一个包拯的阴阳枕,躺上去就能自如地来往于阴间和阳世。自觉笔端有了鬼气,写起来容易得很。

谁若不信,不妨一试。

治丧委员会(或组)就是这样的阴阳枕。

1990年6月22日

死的幽默

——再谈《阴阳交接》

我相信这部小说会使熟悉我的人有一种陌生感，不熟悉我的人当然更会感到陌生了。

尽管我们仍然被现实牢牢地抓住。

现实本身是不稳定的，飘浮的，难以捉摸和把握的。创作同样也是不患变，而患不变。

但，万变不离其宗。宗就是自己的文学世界。不能把文学变没了，把自己变丢了。

现实的沉博、深刻和芜杂，构成了我的表现世界。逃避这些就失去了我——这不是在谈什么"主义"，我实在是无"主义"可谈。

以前可能注意现实的沉重和责任较多。现在也不想无视这沉重和责任。但作家对现实的感觉，并非真实的世界本身。现实世界培养各种情感。作家感知生活的方法不同，情感结构不同，精神走向不同，所以在同一个天底下生出许多绝不相同的作家。

不仅批判现实，还要理解现实，欣赏现实。看到现实对思想的校正、戏弄和宽容，以一种超越的力量投身于现实，便生出变化，生出幽默。即便不能构成大气象、大规模的幽默效应，有一种冷峻的机智、一种坦诚的荒诞、一种宽容的轻松也是好的。

幽默——是作家从现实中熔炼出来的金子，熠熠生光。

只有感觉被幽默激活，才能发现现实生活中的幽默，智慧才能从沉重的束缚中溢出。

幽默——是现实生活给创作提供的一个契机。发现它,还能摆脱现实给艺术把握带来的困难。

比如,还有比死更沉重的吗?然而死又是人类进步所不可缺少的。设想如果只生不死,这个世界受得了吗?死是一种美,是生的另一部分。

1990 年 8 月 8 日

"流"向何方

　　春节前夕,朋友送我一株盆栽小橘树。树身不高,但枝桠繁茂,造型坚挺,叶子墨绿而浓密,金黄色的果实累累缀满枝头,灿然耀眼,散出阵阵清香,使整个房间熠熠生辉,生机盎然。有客来访总是先看见它,欣赏它,议论它。令我惊讶的是许多人说的第一句话竟是:

　　"嘿,真棒! 是假的吧?"

　　北方的严冬没有绿色,更不会有鲜活的果实。猛见这青枝绿叶,托着金灿灿挂着水珠的橘子,太美,太鲜,太真,就生出怀疑。以为真的不会这么好,好得像假的一样。

　　真的太好变成了假。

　　假的太好可以乱真。

　　到了真假难辨的境界,真假也就无所谓了。重要的是一种氛围,一种生命力,一种丰富的动感,一种光辉。美得强大而具征服性,连同枝叶和果实,当它们完成了这氛围的营造任务之后也消失在这强烈的美的艺术氛围里。同样,也有很多人问我《寻父大流水》的故事是真的还是假的?

　　我只能反问:你信不信? 真的就怀疑,假的就相信? 还是我说真的你就相信,我说假的你就怀疑?

　　它是真的又有假的。它是假的又有真的。

　　出国是什么?

　　是中彩? 是中举? 是押宝? 是投资? 是各种幸运的综合体现?

　　也许比这些还重要。也许只是历史的或命运的一种捉弄。

于是我找到了鲁杨·麦德的故事。他是美国人,彻里彻外更像中国人。

人最大的悲哀是不知道自己是谁。他寻父实际是寻找自己。

其实,坐不改姓,行不更名,对自己的祖宗八代知道得非常清楚的人,就一准知道自己是谁吗?

鲁杨·麦德超越了他的故事本身。

"人类是不会相容的。"

第二次世界大战已经结束四十多年了——人们轻而易举地就能做出这样的结论。其实未必,从人的意义上来说,第二次世界大战并未结束。

广岛刚出生的畸形儿可以证明这一条。

去年还又抓获了一名希特勒的重要的刽子手,也可以证明这一点。

鲁杨·麦德至今仍然独自承受着第二次世界大战的灾难。战争阴影仍然笼罩着他,几乎涵盖了他的一生。

战争之所以可怕,它不仅让许多人死于炮火之中,还让许多人毁于精神崩溃。鲁杨·麦德的妻子是疯耶?痴耶?抑或不疯也不痴,很正常。

本来嘛,何为正常?她的生活里贯穿着对现实的困惑和对历史的困惑。人类不相容能说正常吗?社会疯狂能有正常的人吗?也许在她眼里别人才是疯子,她的疯恰是正常。

费希尔说:"世上没有绝对常态的人。"

梦是正常的神经病。做梦就是让每个人每天夜晚都能安静地安全地发疯。何况她做的是一连串的噩梦。

文学不应该舍弃人性的使命和精神的使命。

当代文学也无法回避现代社会和现代人的新内容。"大流水"的故事不过是一抹历史的投光,显出现代人的某种迷惘、孤独,甚至扭曲和绝望。

历史之光并不照亮过去,而是照亮现在。抓住历史就能学到许多东西。

历史就是人生。

在战争中获胜的集团,得到了赔偿,拿到了想要的东西。在战争中受难的鲁杨·麦德却得不到赔偿,这就是崇尚人权的时代所谓对人的尊重——在发达的现代商品社会人成了最不值钱的商品。

通过战争灾难——其实是战争遗留下来的灾难,体现人物的精神痛苦。

文学喜欢在苦难中升华,深刻崇拜苦难。

采用"大流水"的方式又有可能冲淡"苦难意识"。

我正是不想要这样那样的"意识"。叙述,交代,像流水账一样枯燥,也许还有点账目不清。忠实得有点呆板,不讨人喜欢却牢靠。

历史丰富鲜活的灵魂会告诉你人的一切。

人性的美善和痼疾无不藏在人物的命运里。

"大流水"正是这样流动……

1990年11月

现代生活需要随笔

——《随笔选》自序

去年初,《文汇报》要办扩大版,副刊的主编邀我在随笔版上开个专栏。盛情难却,倒也不妨一试。于是当起了"专栏作家"。

我给自己的栏目取名为"净火集"——

有感于社会精神需要净化,人需要一炉冶炼灵魂的净火。

有意无意间道出了我对随笔的理解和追求:它应该是入世的,而不是出世的。很有可能要把自己卷进当代生活的万物之链,而无法悠闲地单纯地鉴赏生活。

紧接着,天津《城市人》杂志也要我开了个专栏,名为"城市人语"。山东《知识与生活》的主编同样特为我开了个栏目叫"生活纵览"……

这下不得了了,专栏是有固定时间的,时候一到必须交卷,宁可把别的工作放下也得先写随笔。原本是想调换一下情致,随心即兴地写点随笔。现在却不能不认真对待。去年成了自己的"随笔年"。

写了几篇之后,意想不到地收到很多读者来信,有的篇目还被人复印散发,甚至压在办公桌的玻璃板下——不知是给自己看还是用来对付别人?还有的人向我提出了一些问题,诸如爱情欺负什么人、现代多恋症等等。

"随笔效应"使我跟读者、跟生活的关系,一下子拉近了。它有别于小说和生活间的那种"纯文学关系"。

原本是"大众文学"的小说,似乎成了"小众文学"。原本多在知识界流行的随笔,倒成了"大众文学"。

近几年来各报纸纷纷办扩大版、周末版。仿佛唯此才能显示出自己的办报水平和编辑才华,并以此赢得读者,扩大发行。而凡有扩大版和周末版,就离不开随笔。有些以发表小说为主的纯文学刊物,也开辟"随笔专栏",甚至办"随笔专号"。

随笔为什么会"热"起来呢?

人们在随笔中得到了在其他文学形式中所得不到的东西。"冷"和"热"都是有原因、有规律可循的。

人们厌烦了现代生活中无孔不入、无处不在的虚假和仿造,甚至包括对文学中那种低劣的大同小异的虚构。随笔恰恰是真的。情是真的,感是实的,思是新的。来不得虚伪和套子。即便是谈天说地,话人述情,讲神论怪,最后还得拉回到真实中来。有那么一点现实启示性,给生活提一点建议。

所以,现代生活需要随笔。

它破墨而出,并不掩藏自己的锋芒,比喻鲜巧,文字简约,观察独特,遐搜博采,目骛八极,说出一种强烈而真实的东西,触动生活的某根神经。哪怕是一孔之见、一瞬之想、一滴之得,也有别于一般人对生活的理解,对一种生活、一种命运、一种感情进行概括。聂绀弩有名句:"文章信口雌黄易,思想交心坦白难。"

随笔正是给当代社会提供了真诚和坦白。

流行就是生活。

文学不可能长久地大面积地拒绝时代意识,时代也不可能不需要文学意识。文学和时代不是相互拒绝,而是相互选择。随笔敢于面对这种选择,不逃避,不扭捏作态,也不牢骚满腹、孤芳自赏。

随笔鲜活的经验正可医治思想的贫乏。

人是"太阳系中最为复杂丰富的生命体"。所以人对人最感兴趣,对自己的生命最重视。人生是个古老的、重复的、永恒的话题。人类对自己的命运谈论了几千年,出现了不少大智大圣。有关人生智慧的文学车载不下船装不了,说出了许多极精辟极珍贵的人生道理。人生之谜忽而被说透彻了,忽而又被重新迷住,也许永远说不透。正因为不能完全地说透,所以才常说常新,各种格言警句才有市场,人们才喜欢对人生的大道理永远谈论个没完没了。有时候让人厌烦,有时候又给人一点启示。可谓"境由心造,一念之间可以一沙一世界,一花一天堂"。

人是需要不断重新创造自己的。

文学也应及时地深刻地反映这种创造,闻到生命本身那种清新、健康的芳香。

随笔能更快更直接地表现一种对生存的憬悟,充满感情和智慧,亲切可感,有强烈的生命感。不需要浮丽的夸饰,信笔漫延,心契神会,也许会豁然有所感悟,开通人生境遇。

作家何必凝固了自己的视野,拒绝生活中各种各样丰富鲜活的灵魂呢?

触类旁通,"从心所欲不逾矩"。

我在写了几十篇随笔之后,突然又渴望虚构,渴望写小说。重回以小说创作为主的生活。感到又是一种新的享受,又有许多新的体验。

写随笔的时候没有想得太多就动手了。现在要结集出版,编辑又统一要求每位作者在书的前面自拉自唱一番,我便不得不努力去想什么是随笔。于是有了上面这一番话。可见这番话不是事后的体会,不是总结。只能算是今后随笔创作的设想,或者叫规划。

它有助于自己多体味一番,多想一些。让读者多了解一些。

1993年7月

面对收割

在我为出版《蒋子龙文集》整理自己的作品时,突然感到我正面对着的是一次人生的收割。

付出了多少心血,收成到底怎样,哪个品种歉收,哪个品种有意想不到的收获,一目了然地全堆在场院里。当初庄稼长在地里的时候,曾是那么花花绿绿的一大片。只有收割后才能一览无余地看见土地的面目,看出自己的真相。

收割是喜悦的,也是严酷的。需要有勇气面对收割后的土地和收获。

回想我和文学的缘分,开始写作纯粹是出于对文学的即兴式的,后来能成为作家,在很大程度上要归于外力的推促——那个年代的青年人,其他的生活理想破灭后往往喜欢投奔文学,靠想象获得一种替代性的满足。一旦被文学收容下来,麻烦就会更多,于是人生变得丰富了。身不由己,欲罢不能,最后被彻底地放逐到文学这个活火山岛上来了。

因此,我的作品关注现实是很自然的。而现实常常并不喜欢太过关心它的文学。于是当代文学和社会现实之间形成了一种奇妙的关系,文学的想象力得益于现实,又不能兼容于现实。

我尝过由上边下令,"在全国范围内批倒批臭"的滋味,也知道被报纸一版接一版地批判是怎么回事,因小说引起了一场又一场的风波。不要说有些读者会不理解,连我本人也觉得不可思议,翻开不久前出版的《蒋子龙文集》,每一卷中都有相当分量的作品在发表时引起过"争议"。"争议"这两个字在当时的真正含义是被批评乃至被批判。这些批评和批判极少是艺术上的,大都从政治上找茬子,因此具有政治的威慑力,破坏作家的安全感和创作应有的气氛。

值得吗?从这个角度说我是个不走运的作家。是现实拖累了文学,还是文学拖累了我?

这就是我以及文学无法脱离的时代。

说来也怪,正是这一次又一次的批判,像狗一样在追赶着我,我稍有懈怠,后面又响起了狂吠声,只好站起来又跑。没完没了地"争议",竟增强了我对自己小说的自信心,知道了笔墨的分量,对文学有了敬意。自己再也没有什么可丢失的了,在创作上反而获得了更大的自由。当一个人经常被激怒、被批评所刺激,他的风格自然就偏于沉重和强硬,色彩过浓。经历过被批判的孤独,更觉得活出了味道,写出了味道。我的文学结构并非子虚乌有的东西,它向现实提供了另一种形式。

当然,我也获得过许多奖励。其实批评和奖励都是一种非常表面的东西,它最大的功能是督促我去追求一种更强有力的叙事方法。

无论读者怎样评价我的作品,它都是我的别传,是这段历史时期的一个投影。我唯一能说的是对得住自己的责任和真诚。经历了争争斗斗,七批八判,如同庄稼经历了自然界的干旱、雨涝、风沙、霜冻、冰雹,仍然有所收获,仍然保留了一份坦诚,一份自然,人格文格仍然健全,我忽然又生出了几分欣慰。

艺术说到底,还不就是求真、存真嘛。

面对自己,发现这十几年来对创作的想法有了很大的变化,大致可分为三个阶段:

从一九七九年到一九八三年算一个阶段,这个阶段我写得积极严肃,快而多,我的大部分短篇和中篇小说都是在这个阶段写的。写了以《开拓者》、《拜年》为代表的一批工业社会领导层里的人物和以《赤橙黄绿青蓝紫》为代表的年轻人。往往这一篇还没有被"批深批透",我的新作又出来了,使某些人批不胜批。这个时期我的情感以忧、思、愤为主,文学的责任承载着现实的严峻,视真诚为创作的生命。尽管这真诚有点沉重,有时锋芒直露,对前途倒并未丧失信心,甚至对有些人物还投以理想的光焰。就这样,形成了这一阶段我的创作基调,或者说我已经意识到自己的风格了,并有意强化这一风格,追求沉凝、厚重。跟文学较劲,努力想驾驭文学。

自一九八四年至一九八九年,想摆脱自己的模式,扩大视野。文学不应该以题材划分,作家不应该被题材局限。这个时期写了两部长篇小说和以《收审记》为代表的《饥饿综合症》系列小说。这个时期的情感和创作基调是沉静,沉静中有反思有热望。冷静地观察和思索,并未使我脱离现实,相反倒更重视文学的现实品格了。冲出工业题材的束缚,对工业社会的熟悉更有助于我探索和表现工业人生。我的文学天地开阔了,能够限制我的东西在减少,创作的自由度在增长。

——这个阶段对我是至关紧要的。走出了自己的阴影,也走出了别人的阴影。这很难,但很值得。没有这个阶段的变化,就不会有今天的"收割"。我想人的所谓的"昙花一现"(像昙花那样轰轰烈烈、辉煌灿烂地一现也很了不起,不应该受到嘲讽,也没有必要自惭形秽)就是不能突破最初使自己成名的风格和题材的局限,从始至终都是"一段作家"。

自一九九○年以后,我不再跟文学较劲,不想驾驭文学,而是心甘情愿,舒展自如地被文学所驾驭。超脱批判,悟透悲苦,悟出了欢乐,笑对责难和褒奖,写自己想写的东西。自觉正在接近文学的成熟期,进入创作的最佳阶段,各方面的准备都做得差不多了。

这次"收割"实际是在我的播种期进行的,它只占了我很少的一点精力,并不影响正常的耕作。况且,收割后的土地会渴望着新的播种。

春种秋收,乐此不疲。

1994年2月18日

《散文自选集》序

编自选集,我把重点放在了散文、随笔上。皆因它代表了我近年来的写作兴趣、写作状态和主要收获。这是我以前所没有想到的,走上文坛之初,我曾想当然地以为自己会将小说创作进行到底。不可想象一个作家会不以写小说为主。

一九九二年早春,《文汇报》副刊的主编肖关鸿约我开个专栏,每周一篇,篇幅可长可短,以两千字为宜。我答应了,一是盛情难却,二是觉得这很容易,多年经营小说剩下了不少无法用于小说的边角余料,正好顺笔成文,开辟一个专栏。不想这一写就收不住了,《文汇报》的专栏结束了,又新开了别的专栏……

十几年下来,除去出版了两部长篇小说《人气》和《空洞》外,其余的都是散文和随笔。要编自选集,不选散文、随笔还能选什么?出版社约我编这样一本自选集,自然也是冲着我的散文、随笔来的。

我解释这种"中短篇小说断档"现象,无外三个方面的原因:

第一,是我个人的原因。写了很长时间的小说,想换一种文体,也许一个小说家到了某个阶段或达到一定的年龄,小说便很自然要少写,甚或干脆不写,将主要精力集中在散文和随笔的写作上。但,话也不可说得太绝对,说不定哪一天还会回来,又萌发写小说的强烈欲望。

第二,可能跟散文的文体有关。散文是一种非常自由又非常讲究的文体,自由就体现在一个"散"字上,可记事,可抒情,可写人。我的这本自选集就按这个顺序分成上、中、下三篇。然而,散文的"讲究"也在这个"散"字上,既要"散"得汪洋恣肆,又要谨严精美;既要"散"得自由舒张、辞赡韵美,又要意境深邃、夭矫奇崛。所以过去的散文宁失之矫饰,也绝不平淡浅易,散文必须是美文。

第三,或许与今天的社会现实有关。现代人心散,神散,情散,事散。而散文虽散,却要提供真情,提供一点思想、一点智慧,甚至是一点事实。篇幅可长可短,立意可庄可谐,题材无所不包,天地君亲师,神仙老虎狗……这正适应了现代人的生活节奏,也最为灵活便捷地反映了现代人掩藏在散漫外表下的紧张、浮躁和不信任情绪。

随笔就更是如此,笔随心,心随笔,信笔写来,顺笔流淌,感觉应笔而生。完全自然,完全诚实,表现出一种与现实生活相契合的丰富感、变化感和幽默感。

但是,这本书既然是自选集,就应该多面地体现我的创作风貌。故接受了编辑的建议,选出三篇小说放进"下篇"。在一百多篇发表过的中短篇小说中,我为什么独选出这三篇?并没有特别的深意,只是觉得这三篇和整部书的格调比较贴近。《长发男儿》使用真名姓写了国宝级的河北梆子演员裴艳玲的故事;《阴阳交接》和《树精》也都有较强的"纪实性",写法上接近散文。

我在编选的过程中还有个考虑,以往的选家经常会忽略这三篇小说,他们可能认为这不是我的重要作品,不能代表我,所以很少把它们编进各种各样的小说选本。正由于此,我选择它们或许能给读者以新鲜感。当然,我本人也是喜欢这三篇作品的。

这就引出一问:都是自己写的东西,难道还有不喜欢的吗?不喜欢为什么要拿出来?父母都是有偏心的,生了很多孩子却对有的特别疼爱,对有的则不太喜欢。问题是父母最喜欢的不一定是最优秀的。这就是我的顾虑所在,以往曾出版过几十种小说集和散文集,大多是编辑编选或根据编辑的要求编选。而编自选集,则全部按自己的心意挑选,读者会怎么看待这个选本呢?

这至少有助于细心的读者能更多地了解作者,不仅知道他写了些什么,还知道他对自己作品的取舍。作者往往会对自己的有些作品很重视,对有些作品就不够重视。有些自己重视的作品同时也受到社会的重视,不免沾沾自喜。有些自己看重的作品,出版后却遭到冷遇,又会耿耿于怀。当然也偶有意外之喜,自己不看重的东西却获了个什么奖……总之,作者并不能预见和掌控自己每一部作品的命运,就像父母不能把握孩子的命运一样。

这就变得有点意思了,每一部作品从构思到写作的过程中,肯定都是作者最爱的,否则他就创作不出来。一旦作品发表出来,就有了社会性,随之也有了它自己的个性和价值,这时候作者对它的态度也发生了变化。这正是编自选集的意义所在,作者公开这种"变化",交给读者评断。

于是,写此为序。

1994年4月13日

从一段往事谈起

——《改革小说选》序

　　小说家就应该去写小说,把小说的解释权留给他人和未来。

　　为什么这次要轮上我十分尴尬地在这本书的前面说几句开场白呢?理由有二。其一,提出这要求的人使我无法拒绝,不论这件工作对我来说多么不合适、多么困难,我硬着头皮也得干。这个人就是阎纲。

　　说来话长。距今整整二十年前,我是个刚练习写作的业余作者,不知天高地厚,四面出击,八方投稿。有一天下午接到一个电话,是《文艺报》的编辑打来的。在电话中说对我寄给他们的那篇评论"新人新作"的文章很感兴趣,专程从北京来天津商量这件事,请我做些修改,《文艺报》准备采用。我真是受宠若惊。平时从各报刊得到的退稿信,往往是一个"发货票"(即铅印好的退稿单)。如果编辑肯在发货票左上端空白处填上我的名字,甚或写上两句话,那就感激不尽了。如今一家国家级报社的大编辑,竟亲自出马帮我修改一篇小稿子,怎不令人动容动情。我打问他的姓名,才知对方还不是一般的编辑,是经常发表文章的评论家阎纲。下班后我在工厂的食堂里吃了点饭,骑了一个多小时的自行车,从工厂所在的北郊区来到市内《河北文学》招待所,阎纲正在等我。这是我生平见到的第一个编辑,第一次和文学界的人物交谈。出乎意料,他没有一点架子,跟我谈了两个多小时,问了我的经历,问我读过哪些书?还建议我多读些中外当代文学作品。他说我文章中的语言风格像是搞过创作的,适合写小说,还说了其他一些使我感到新鲜又精辟的道理。

我回到工厂的单身宿舍,同室的三个人已经睡了。我悄悄躺下,却怎么也睡不着,回味着阎纲的每一句话。当时还没有买手表,不知到了什么时间,又不好为了看钟点儿去把别人弄醒。最后实在躺不下去了,就干脆起床,从床下掏出小板凳,开亮自己专用的电灯泡,修改那篇文章。也不知干了多长时间,反正改好抄清之后,天刚蒙蒙亮。心里高兴,一路飞车赶到市里。招待所的大门已开,阎纲还没有醒,他的房门却不上锁。当时世风高尚,夜不闭户。我轻轻地登堂入室,没碰到一个人,把稿子放在他的床头柜上,再悄悄退出。照旧蹬飞车赶回工厂,直奔食堂,买了两个馒头,夹上两个炸糕,就着一碗稀饭,狼吞虎咽极其香甜。上班后接到阎纲的电话。他很抱歉,不知我什么时候把稿子送去的;也很满意,想不到我会这么快就把稿子改出来了。我更满意,稿子用不用在其次,重要的是我认识了一位有见地又能真诚待人的编辑和评论家。

十四年后,我们再次见面,阎纲仍像以前那样热情地帮助我,对我的作品中的不足,提出切中要害的批评,常令我非常感动。这样一位同志向我约稿,我怎能说得出口一个"不"字呢?

其二,他选择的这个时机,让我无法躲也无处藏。我们正参加一个马拉松式的会议,闲工夫很多。我如果宁愿去聊大天、扯闲篇,跟着大家一同滔滔不绝地说废话,而唯独不愿意应阎纲之约说几句哪怕也是废话的话,也未免太不近人情了。

他现在就坐在我身边,我十分惭愧自己缺乏"倚马可待"的才气。只好信马由缰,不加控制,自我放松,自发议论,写多少算多少。好在旁边有个"顾问",随时都可商量,都可请教——

"您这是强打鸭子上架,叫我写这样的文字实在不合适。往下还说些什么?"

"这就怪了,莫非写什么文章,由什么人来写,还有一定的规矩不成?你越是这样说,这篇序言就越得让你写不可。更何况编在这本书里的小说,都是被大家认为写改革的作品,你熟悉这块生活,熟悉这些作品……"

"写改革的?"什么样的作品是写改革的? 什么样的作品又不是写改革的? 改革是怎么一回事? 作家怎样来表现它? 实话实说,这一大串问号令我瞠目结舌,我一个也回答不上来。

我只相信创作不会取决于素材和主题,只能取决于作家本人,世界万物是随他的眼睛而变化的。地球只有一个,而作家却成千上万,作品浩如烟海,且各不相同,就是这个道理。生活经过作家的个性过滤之后,才能变做墨水流到纸面上。读者如果有耐性能够读完这本书,就会发觉同是反映当代生活,不同作家的作品竟有如此大的差异,并从中获得兴趣。所以什么是"改革",不同的人有不同的理解和观点。作家是不可能按照"改革"的定义去进行创作的。"改革"这两个字的盛行,是这一两年来的事情。然而所谓"表现改革"的作品,却在好几年前就大量涌现了。这又怎么解释呢?文艺的历史比政治的历史更长,在没有阶级之前就有文艺。表现当代生活的作家,也并不是只依靠当代的政治概念。他们要感受人民的情绪、生活的信息。只有当"改革"实际上成了群众精神生活和物质生活中最主要的问题,正在剧烈地摇荡和改变人们的生活方式(不论政治家是否提出了"改革"的口号),才能让作家把激情和材料融合成创作之火,把虚构的人物和故事融于真实的生活旋律之中。

不管人类是否打出改革的旗号,反正历史是个永不衰老的巨人,它无时无刻不充满创作的欲望。历史本身总是处在瞬息万变、毁灭与创造的过程之中。文明不会终止,生活不会老是一个模式。因此,文学也不能老是一成不变。作家们更不会发明一种百验百灵、屡试不爽的永恒规律。世界的不断更新,就是在淘汰掉一些永恒的东西。当初人类曾借助木乃伊、雕塑、绘画来表达对死亡的厌恶、恐惧和反抗,追求长生不死,精神永存。随着现代科学文化的发展,人们对"永恒"的理解也正在发生变化。我相信"文学只有在一定的社会历史背景下才能显出它实在的含义"。

活在今天,又对今天格格不入,那真是太难受了。反过来说,即便是感到难受,仍然可以进行创作。有人专写自己所爱的东西,有人则擅长写所憎恨的东西。不论爱和恨,都可以产生艺术。我看这本书里就有作家们的爱和恨。

作家们没有、也不可能在这本书里提出一个什么"改革"的模式或样板。因此,我十分惶恐地拒绝接受"写改革"的头衔。但读者可以从中看到中国的生活方式正发生急剧的改变,社会和家庭的关系,人们之间的关系,伦理道德的概念和方式,都在发生迅速变化。中国需要改变读者感情的小说,也需要帮助读者扬弃一些旧观念、构造一些新观念的小说,这样的小说正在出现。

读者可以看到一群具有明朗的灵魂、强健而又真实的当代人物,也可以看到一群心理和精神都发生了危机,在当代社会环境中不知所措的"社会动物"。

作家总是试图把人表现得更接近真实的生活,既不完美无缺的好,也不彻头彻尾的坏,而且常常没有一个明确的结局。

——有的人喜欢把现代的思维和技巧,装进传统的文学模式里。有的人则习惯用传统的技巧表现现代思想。

——有的人给现实主义的敏锐观察力再加上机智的幽默、不无嘲讽的态度,甚或一点荒诞的情趣。

——有的人更喜欢经营结构复杂、层次众多、主题多义及涉及许多问题的小说。有的人却并不"精确地表现生活中的全部东西,只描绘出一种气氛、一种情调、一种感觉……"

——有的人善于通过感情表达思想,他要表现的不只是外部世界、感情世界,还有亟待开发的思想世界。表现当代题材,只有具备一定的思想高度,才会反映出时代风貌。

总之,我愿读者把这些小说称做"思考小说"。作家在创作时思考的已不是一乡一地、一时一会儿的问题,而往往是带有全局性的永久性的问题。作家不得不进行人与世界、人与宇宙之间关系的思考。现代科学技术明摆着要把自己的法则强加给世界和人类,人类就得学会适应这个不可抗拒的"陌生的宇宙"。作家们正在打破题材的传统界限,以适应这个多元化结构的现实生活。小说的哲理性的加强,正标志着作家艺术思维的不断深化……一切试验、探索都需要勇气,完全失败了也不可怕,出现这样那样的毛病又有什么关系?我们已没有别的选择,光靠原来掌握的艺术手法,远远不能表达今天如此丰富的社会生活以及当代人万端复杂的心理活动。我们不应掩盖作品中的缺点,尤其是我们小说中那些明显的缺点,想盖也是盖不住的。

我们唯一能够告慰读者的,大概就是"真实"。真实的世界,真实的困难,真实的人物,真实的感情……尽管真实并不总是讨人喜欢的,我们也无法逃避它,只能正视它,聆听它的指引。有的奔放,有的细腻,有的近于粗野,但决不是人工喷泉,"虽然赏心悦目,它的喷射却受到一个机关的操纵"。但愿有一天,我们的当代文学形成像自然界的黄果树瀑布和尼亚加拉大瀑布那样的气势。我相信任何读者的心,都能够向真实洞开……

1996年夏

《我说你看》自序

上个世纪末的某一天,和朋友聊天时我提到,世纪之交世界变得越发地怪异了:公鸡下蛋、母鸡打鸣,普通的鱼塘旁边蹦跳着三条腿的蛤蟆,粮仓里的老鼠赛过小猪……不仅动物畸变,人也不甘落后。东北一男子的鼻子里长牙,南方一女人的舌头像巴掌一般长,更有人耳朵长得可以塞进自己的嘴里……朋友忽然心血来潮,要我在报纸上开个专栏,专栏的名目就叫"我说你看"。

开个专栏倒不是不可以,我刚交出去一部长篇小说书稿,正需要休息一段时间。但觉得"我说你看"这个题目有点强加于人,你想说什么那是你的事,为什么还要叫别人看?人家若不想看呢?朋友说,不想看就拉倒啊!说不说、怎样说在你,看不看、怎样看在人家。但你要想办法说得让人家想看、爱看,不看白不看,看了不白看,看得有趣儿,看得有味儿。

——这个标准可是不低。

我抱着试试看的心态就让"我说你看"的专栏在《今晚报》上开张了。并跟朋友订下君子协议,什么时候他或者别人对我的专栏烦了,不愿意看了,立刻就停。

不料这一"说"就"说"了一年多,朋友始终不说一个停字,我也就一直"说"了下去。到今年秋天,我有一部已经准备好的长篇小说等着动笔,只好自动闭口停了专栏。停了专栏却收获了这本书。收在此书里的大部分文章都取自这个专栏,因此还保留"我说你看"作为书名。

人有说的需求,不然还要嘴干什么?人也有看的欲望,不然还要眼睛干什么？一个"说"字，就有了谈天说地的自由和轻松，一个"看"字就有了冷静客观的选择和思考。说的自说，看的自看，说的要说自己想说的，看的要看自己想看的，会说的不如会看的。因此，我尽量说一些别人尚未看到，或看到了还没有太留意的东西，落笔于方寸之间，呈现的却是世情百态。不停留于表面的社会现象，切忌浅层心理，尽可能给看它的人提供一点思索。

而生活的变化总是令人震惊，常常会打破人们的预测和规划，每个人的周围都有许多现象值得关注和研究，每天都有一些是第一次发生的事情，让人有全新的感受，就看你留心没有，感受到没有？

生活变得怪异了，我们该怎样把持现实和自己的心境？

世界看似有太多的不协调，但诸多不协调又统统存在于大的协调之中——所以至今世界还没到末日，宇宙也并未大爆炸。

其实，生命本身就是一个矛盾着的运动过程，将个人的生命体验经过文字的过滤，给自己的生活提供一点智慧的烛照，是一种愉悦。但愿将这些短文结成集子后，也能给读到它的人带来程度不同的愉悦。

2002年春节

《一见集》自序

近三十年来,我的创作主要可分为两部分:一是小说,虚构了许多人物和故事;二是散文、随笔,记述了一些真实的人物和事件。

而真实的人物与事件别有魅力,常常能给人以更强烈的冲击。

编在这本书里的,就是现代各色人物"集锦"。有的难得一见,一见难忘;有的百闻不如一见,获益良多;有的虽无缘谋面,却似曾相识,企盼一见……世间最能打动人的,还是人的故事。

所以才有许多的"一见如故"、"一见钟情"……

故称《一见集》。

2006年5月9日

《一瞬集》序

为什么古人要说"人之百年,犹如一瞬"?

就以最常见的"人生公式"来看:青年希望,中年竞争,老年悔悟……百年何其漫长、何其辛苦,怎能"一瞬"?

我以为,"一瞬"之说,有两层含义。其一,与人类生存的地球,以及茫茫无际的时间和空间相比,人的一生确乎是"一瞬"。奄忽若飙尘,去若朝露晞。

其二,说百年如一瞬,指出了人生最大的特点:难以把握。看似迅捷简单,实则复杂多变;看似自然而然,实则神秘莫测。快如一瞬而逝,绝不重复,无法更改,没有规律可循。

于是,人生有了悬念。

千百年来,人类无时无刻不企图破解人生之谜,却始终没有人能解得透,至今人之百年仍如"一瞬"。也许正因为解不透,人们才越要解,人生的魅力也尽在这里边。

成长和死亡,愉悦和痛楚,成功和失败……苦辣酸甜,百感交集,每个人的"一瞬"都是"难以把握,绝不重复",就更有了无穷意味。

生活中常有这样的情况,本来对身边发生的事情并未特别在意,一经别人写出来,从文字上再读到那件事情,觉得味道就大不一样了。人生的意蕴,就在于体味,在于感悟,在于"事后诸葛亮"或"旁观者清"。

鉴于此,我从近两三年写的散文、随笔中选出了二十万字,编为四辑:"读史、识人、省世、解情"。想从这四个方面寻找"一瞬"现象的种种意趣,故名:《一瞬集》。

　　倘能在一瞬间给阅读它的人带来些许趣味,我愿足矣。

　　若清汤寡水或味道异常,令人厌弃,也不过是一瞬间的事。

　　让它消亡于"一瞬",也是《一瞬集》题中应有之义。

　　　　　　　　　　　　　　　　　　2007年12月

关于"帝国"的构想

《农民帝国》是迄今最让我耗神的一部小说。

岂止是富裕起来的农民容易怀有"帝国"的梦想,写作长篇,也可以视为是作家在建构自己的"小说帝国"。无论这个"帝国"的规模如何,成败如何,都包含着构成一个"帝国"的全部因素和梦想。

而现实世界充满事件,突如其来,层出不穷,几乎是霸占了人们的想象力。现实比任何小说都更令人不可思议,更使人有陌生感,这就越发增加了作家构建"小说帝国"的难度。是现实生活中的戏剧性,又帮了小说家的忙。喜事和丧事同在,盛世和末路并存,现实变得无法预测、无法把握……然而在小说的虚构中,却可以做到这一切。

因此,《农民帝国》就这样成了一部我命中注定、非写不可的作品。

我在城市里生活了半个多世纪,也确实写了不少工业及城市题材的小说,长期以来约定俗成,便把我划在"写工业题材"的行列内。我始终认为一个成熟的作家不该受题材的局限,何况我对农村历来怀有一份很深的感情。我的童年是在农村度过的,那是一种天堂般美好的生活,在生命中永久地留下了一片生机勃发的翠绿,富有神奇的诱惑力和征服性,为我的一生打上底色,培育了命运的根基。是童年养育了一个人的性情和性格,童年生活对人的一生有着重大影响。至今我对农村的情感依然很深,平时关心着有关农村的消息,甚至每天看天气预报,首先想到的是气候变化对农作物的影响……因此我一直觉得自己骨子里是个农民。而眼下要反映中国现实,似乎没有比选择农民题材更合适的了。

这还因为，怀有"农民情结"的不光是我，还有我们这个国家。历史上的每一次大的变革都与土地有关，如商鞅、王安石的"变法"，张居正的"新政"等，而每一次农村的变革，又都推动了历史的发展。同样还应该承认，是农民革命造就了共和国，至今农民仍是社会的主体，像以往一样是推动社会历史前进的原动力。被邓小平称做是"第二次革命"的改革是从农村开始，有人说，孙中山的民生主义让中国农民醒了，毛泽东让农民站起来了，邓小平让农民富了。

农民是怎么富的？富到了什么程度？富了以后又怎么样？

这些问题想想都很有意思。我的文学触角一直关注着现实，不可能不为其所动。如果能写一部关于农村的小说，描写蕴含着农业文明形态下的乡村和农民，在面对几十年纷繁变幻的现代化进程时，他们都做出了哪些反应……对我来说这是一种情结，对我的小说园地来说也是一种责任。

毛泽东说过，中国什么问题最大？农民问题最大。不懂农民就不懂中国。农民的问题贯穿于中国数千年历史发展的全部过程之中，其社会结构、政治制度、观念形态以及运作方式，无不是农民意志动向的直接或间接反映。这就是《农民帝国》的意蕴。我甚至觉得从意识形态上讲，或者从文学意义上讲，目前中国还没有真正意义上的城市，倒有类似城市的大农村。现代农村在害城市病，模仿着城市，大量建造跟城市相同的房屋；城市又在害农村病，大兴土木，到处是农民工在支撑着城市的建设和运转。

这部小说断断续续地磨蹭了很长时间，但这不是"十年磨一剑"的"磨"，是"磨洋工"的"磨"。准确地说是放下、拾起，再放下、再拾起。我虽然很看重这个构想，但开篇后常常感到驾驭不了这个主题，对现代农民的命运把握不准，不能完全参透他们灵魂的脉络，以及现代农村变革的得失……便几次知难而退。

当放弃写作后，心又有所不甘，过一段时间手又发痒，便再把书稿拾起来。就这么拖拖拉拉地磨蹭着，后来我想明白一个道理，对农民的命运和近三十年农村生活的变革，参不透就不参，把握不了就不去把握，我只写小说，能让自己小说里的人物顺其自然地发展就行。

世界为空，人乃一切。世界不过是人的灵魂的影像，人的自身就潜藏着支配万事万物的规律。作家要信赖自我，不为外物所累。只有自己才是主体，并有责任了解一切，也敢于面对一切。作家的全部才华就是感觉的新颖，感觉就是思想，艺术的核心秘密是活的灵魂，而不是变化万端的现实故事。

——这就要把握住小说的人物。社会的转型和进步格外需要有勇气、有胆识和有创见的人物。几十年来这样的人物我接触得太多了，有成功的，有失败的……我之所以在生活中特别关注这样一个群体，或许跟我对文学的理解有关。在《农民帝国》里的主人公郭存先身上，中国农民的优点和缺点都异常明显。现代农民的"脱贫致富"，不是从前的"痞子运动"，都是一些很优秀的农民。

当环境宽松，给了他们能够施展才智的空间，发财致富似乎还不是最难的，更难的是有了钱以后。这个"帝国"更像是一个自我膨胀的梦幻，看似庞然大物，称王称霸，有君王般的权势和奢华，骨子里却虚弱得很，被钱烧得五脊六兽。商品社会没有钱不行，光有钱也不行，钱太多了如果压不住，钱也会闹事。商品社会没有钱不行，光有钱也不行，农民活不下去会出事，钱太多如果压不住钱，也会被钱烧得难受。当今世界不是钱很多、大富翁也很多吗？于是钱就在闹事，金融居然也形成大的"风暴"，而且比自然界的大风暴对现代人类的摧毁力更大。

"农民帝国"确实不只在郭家店，身份不是农民，骨子里比农民更农民，而且还瞧不起农民的人，更容易闹出"帝国"的悲剧。在小说的后部我借一个重要人物封厚的嘴说了一番话，郭存先的悲剧反而救了郭家店，以后的郭家店不会再称王称霸，却会发展得更健康。生活总是有希望的。现实也确是如此，有些曾辉煌一时的单位，当第一代创业的霸主下台后，有的垮了，有的获得了再生，郭家店应属于后一种。

于是，"帝国"从构建到覆亡的悲剧，在一片兴旺的繁华中显得十分奇特。正是这种奇特构成了它的差异性和典型性。在一个大变革时期,要破除旧有的束缚,建立新的秩序,人的因素极端重要。

而人的概念在悄悄地发生着改变。人的概念的宽泛,带来了文学概念的无限宽泛。这时候,对文学来说最重要的就是寻找差异。差异是最珍贵的,因为有差异才有存在的必要。作家发现了与他人不一样的东西,就发现了自己创作的价值。

这部书之所以耗费精力最多,说明它值得我下这么大的力气,它凝铸了我的一种情结和责任,我自然就很看重这部小说。写这样一部书,我必须具有最起码的自信:觉得自己的故事和人物不同于别人,自己对农村的感觉也是别人所没有的,将这个"农民帝国"的故事写出来是一件有意思,也是有意义的事。

一个好的故事可以涵盖一切,它可以成全一部好小说。如果故事不能成立,立意蹩脚而陈旧,情节漏洞百出,人物就成了累赘,小说也必将成为灾难。所以,我以为一个好故事,就是一部好小说,甚至就是一个好作家。对于作家来说,文学的才能大家都具备,只有讲述故事的才能才是罕见的,它考验着作家的成熟度、观察力和叙事技巧。

而支撑故事需要两样东西:一是属于自己的称得上是思想的东西,二是一些实实在在的文学意义上的细节。思想通过人物和故事表达,细节就是小说的血肉。好的细节对一部小说的成败至关紧要。而细节是"虚"不出来的,光靠花里胡哨不行,必须是些实实在在的东西。写这部小说之所以耗费了这么长时间,很多功夫都下在"实"处了。我对这部小说的期待也是这样,无论写得好坏,能让人觉得是个实实在在的东西就行。

中国文坛近三十年来异常活跃的文学景观,足以证实这种追寻差异的必要。

当代文学最突出的特征就是不断涌现新潮流。随着社会的逐渐成熟,当代文学也成熟起来,个性强烈,色彩纷呈,形成了庞大的各具特点的作家群落。也只有这样,当代文学才有可能具备一定的自信,和现实对话,乃至和历史对话。

中国的文学史极其辉煌,巨人如林。但概括为一句话:就是记录了文学和现实的关系。我的全部创作都在力图实践这个原则。《农民帝国》所体现的也是这样一种社会意识形态：中国目前正处于社会急剧变化的现代性转换期，有张力也有矛盾，有机会也有困难。这种变革本身就有着巨大的社会批判功能，必然也会影响到文学进程的推进。

现实对人一直都在进行着雕刻乃至扭曲，因此现实主义文学也不是简单地复制现实。作家对现实生活的探索和发现，应该符合现实生活本身的规律，又折射出作家对现实的人文关怀和深邃的理性思考，表达人性的要求与灵魂的渴望。我心目中的文学主体，就该以这种现实主义的魄力和勇气，敏锐地忠实地多方位地表现当代社会的生活真实，呈现出一种开阔、凝重的品格。

然而，现实的本性是变化。世界在变，生活在变，人在变，文学在变，其实文学就从来没有停止过变：魏晋辞赋有别于先秦诸子，韩愈能"文起八代之衰"，就是一次大变。欧阳修的丰赡，三袁张岱的自然，龚定庵的峭拔，直至鲁迅的犀利，林语堂的泼俏……文学也从未因内容与形式的变化而停滞……过去的文学给人类提供的是出类拔萃的精神和情感。

任何时代能够流传下去的，也只能是精神和情感。在今天这个物欲极度膨胀的商品时代，人们最缺乏的恰恰就是精神和情感。因此，文学的命运不是将被取代，而是变得更加为人们所必需。

《农民帝国》出版后不到半年，在全国各地获得了多个图书奖，有的奖完全是由读者直接投票选出的，还有的奖是由专家评选出来的，虽然都是些民间小奖，在文坛上无足轻重，却也鼓励我并给我一个机会说出了构思这部书的过程。为此我借此文感谢所有阅读了这部书的人，并特别感谢中国的农村。

2009年8月4日

"专栏"的成全

当今无报无专栏,甚至一报多专栏。正是这遍布各地、五花八门的专栏,推动了近二十年来的"散文和随笔热"。

上个世纪九十年代之初,各大报纷纷恢复早在"文革"时就停掉的副刊。《文汇报》副刊主编肖关鸿先生约我开个专栏,每周一篇,篇幅可长可短,以两千字为宜。我没有立刻答应,当时满脑子都是小说,觉得自己的任务就是写小说,无暇他顾。但肖关鸿不放弃,偏他又口才极佳,最会说服人,有一条理由让我动心。他说你多年经营小说,一定剩下不少无法用于小说的边角余料,顺笔成文就可以开辟一个专栏。再说你写了那么多年的小说,就不想换换口味?目前其他报纸还没有开专栏的,我们设专栏不是没有压力、没有风险,需要朋友们的支持。话说到这个份上我再不答应就不够朋友了,他以前主编《文汇月刊》时就编发过我一些稿子,有的曾引起过争议,既是盛情难却,又是"患难与共"。

交出第一篇专栏稿《小人效应》后,觉得离交下一篇稿还有七天的时间,便又回到小说中。一进入小说就不大容易出来,常会忘记开专栏的事,那个时候没有网络,也不用电脑写作,每到快发稿的时候,肖关鸿下班后就给我发个催稿的加急电报。加急电报要连夜送达,从上海到天津需要六个小时,送达给我的时候正好是半夜一两点钟。当时我住在大理道一个大杂院里,送电报的摩托车嘟嘟一响,在深更半夜格外刺耳,随后邮递员就高叫一声:"蒋子龙电报,拿戳儿!"一下子就把全院的人都喊醒了,极大地调动了邻居们的想象力,误以为单位失火或哪儿闹地震了。这样被教训了几次,我再不敢耽误专栏的稿子了。

更没想到的是专栏的效果令人鼓舞,《小人效应》被多处转载,《光明日报》一著名记者将此文复印二十六份,每个办公室放一份,推荐给同事们都要读一读。国家第一机械工程部的老领导孙友余,读了《寻找悍妇》后写来长信……于是我的专栏一写顺手就收不住了。《文汇报》的专栏结束后,又在多家报刊上开专栏,给《经营与管理》的专栏竟写了十一年,在《晶报》的专栏也开了两年多,后来还发给我一个"最佳专栏作家奖"。获奖总是一件令人高兴的事,我甚至很看重这个奖,因眼下正是一个"专栏时代",数不清的博客就是一个个的私人专栏,每个人的手机、电脑也是专栏,此奖可谓"生逢其时"。

专栏体现了现代媒体的一种文化形态,协调着媒体与生活、与人生、与艺术的关系。专栏关乎着一个报刊的品质,甚至会成为那个报刊的面孔。比如"五四"时期,鲁迅等文学大师的专栏文章不仅是"投枪和匕首",同时也促进和繁荣了新文化运动。许多报刊因某些专栏办得好,而声名大噪。专栏文章甚至成了一个报刊的标志。眼下之所以说是"专栏时代",是根据专栏这种形式特别适宜当下紧张、浮躁的社会现实。所以,一个作家倘若写不好专栏文章,便很难跟这个社会交流,也很难说他是关注现实的。我以为能写好专栏文章是一个作家成熟或正在走向成熟的标志。专栏不仅需要"专",还要"杂",所以邓拓以"杂家"自称。"杂"其实就是"博",写得好的专栏还要"精"和"深",只要看看那些专栏大家的文章,就知道写好专栏是多么的不容易了。邓拓就以一个专栏《燕山夜话》立世,乃至不朽。鲁迅终其一生也主要是在经营杂文……

这些年来为写好专栏文章不能不大量读书,查阅无计其数的资料,绝不敢以想象代替事实和论据。作为收获,专栏写作甚至代表了我近年来的主要写作兴趣和写作状态。十几年下来,除去出版了三部长篇小说《人气》、《空洞》和《农民帝国》之外,其余的数十本书,都是收集专栏文章编汇而成的散文、随笔集子。由此,就不能不感谢专栏。

2009年12月

领 奖 词

1

《当代》问世的时候,我曾赞赏这个刊名起得好。"最重要的是今天"。没有当代,就没有未来;当代是一切希望的根基。我喜爱当代,看重当代。以"当代"命名的文学奖分量太重了!它使我不能不躬身反问:你真实地描绘了当代吗?你的创作有没有愧对当代。

一切奖励都只能说明过去,而不能证明将来。但是它像一项新的纪录一样,把文学创作的水准又标在一个新的高度上。想到今后的创作将不得不以这个高度为起点向新的高峰前进,不能不感到压力沉重、责任繁难。

然而又别无他路可寻,逃避这压力就只有滑坡,文学的全部滋味都在这不断的开拓之中。一个人的智慧总是有限度的,但生活的力量无穷,当攀登文学的峰峦感到筋疲力尽时,可以借助生活的力量。要面对当代,不要蔑视现实,也不要看到一点不如意的事情就装模作样地把脸扭过去。

中国人的传统精神——现实越严峻,越是勇敢地进行挑战。我们活在当代,食当代人间的烟火,要建设当代。想象是真实的姐妹,没有足够的幻想就不能建设今天,幻想改变着世界的面貌。

我接过"《当代》文学奖"的奖章,仿佛接过了一份新的考卷,上面分明写着:应该怎样表达当代的精神、当代人的希望,怎样反映当代

433

整个社会的风貌。

1982年5月11日

2

人应该懂得什么时候开口,更应该懂得什么时候闭口。获奖后就应该闭口,而不是开口。记者真是把我逼到了墙角,在不该说话的时候让我开口。

获奖是好事,可对获奖者来说,今后的日子会更难过,而不是更好过。特别是今年,我的《赤橙黄绿青蓝紫》及《拜年》,同时获得了全国中、短篇小说的双奖,比别人更添几分紧张。

荣誉是空的,压力却是实实在在的。

一纸奖状可以成为路障,也可以成为继续攀登的阶梯。创作劳动总有曲折迂回,有时"疑无路",有时"又一村"。智者应该不断寻求这"又一村"的境界。

作品不中奖,人们多看到它的长处;作品获奖,人们理所当然会议论它的短处。获奖的妙处就在于"热闹中着一冷眼",增添许多真意味,冷静地思考今后的路。

这便是我在并不想说话的时候心里所想到的,可称做是获奖时的"意识流"。

1983年3月24日

3

获奖总是好的。

特别是这个年度好书奖,对我来说简直就像从天上掉下来的一样。在此之前,我完全不知情,没想到。秋天出书,冬天获奖,太出乎意料了。

如今还有这么省心的奖,令我感动多于高兴。可见还是有真正热心于文学的人,他们给了文学以鼓励和希望。

关于《农民帝国》这部小说,我不想再多说什么,它上市还不足三个月,年度好书奖的评委们就注意到它,并选择了它,这给了我很大的温暖和鞭策。因为这是一部我无法不写的书,中途曾萌生过想放弃它的念头,越想放弃才发觉自己必须要写完它。

它不是简单地反映现实,再现真实的生活,还熔铸了我的理想和痛苦。我赋予这部书的责任是创造生活,浇铸人生。

这个奖让我有一种遇到知音的感觉,心血没白费。

谢谢此奖的主办者,谢谢评委!

2009年2月5日

4

二〇〇九年五月,辽宁省作家协会在中国老牌工业重地沈阳,召开"工业题材座谈会"。这是我等待了许多年的一个座谈会,也总觉得只有辽宁作协最适合在沈阳组织这样一个会。在我的记忆里,"东北"的概念和共和国的重工业是连在一起的。但任何会议都是有时间限制的,越谈得深了,与会者就越感到不能尽兴。同样也是中国老牌子的文学刊物《鸭绿江》编辑部,似乎看出了这种不尽兴,在散会后的当天晚上,又找到我做了一次长谈。

或许是受座谈会的感染,或许是《鸭绿江》编辑部的问题提得很到位,激发我一吐为快,将近一二十年来的困惑和思考,以及写作中的得失和盘托出。更感谢《鸭绿江》竟如实刊出。这篇"访谈录"的面世,一半功劳归编辑部,没有他们的"访",就不会有我的"谈",他们不问到我心里,我也不会交心。这篇文字没有多少理论色彩,有的是散文般的感情分量,和坦实的求问:中国真的完成工业化了吗?还是正进入工业的高峰期？为什么工业题材的文学并未迎来一个高峰期？等等。

现在的国人喜欢用美国作为参照系，那就说说美国，他们用了近二百年的时间才实现工业化，当年不惜一切追求工业化的美国总统艾森豪威尔有许多关于工业化的名言，诸如"美国的事业，就是工业！""对通用公司有利的，就是对美国有利。"当年辛克莱的工业题材小说《屠场》，被认为是一部"改变了美国"的书。小说第一次公开揭露了商人给食品染色，工人掉进高温煮肉桶，立刻只剩下几根白骨，其余的东西都变成肉罐头，死耗子掉进去也做成了香肠……当时的美国总统罗斯福边吃早饭边看《屠场》，突然大叫一声："我中毒了！"随即将香肠扔出窗外，从此吃素……我们即便在全民高喊工业化口号的时期，也没有这般重视工业和工业题材。

但我们却不能否认已经进入网络时代，网络时代就是书写时代。传统文学已经很难离得开电脑和网络，更不要说网络文学、手机文学（或者叫短信文学）。最新的统计中国有网民二点五亿，也就是说有二点五亿写手，单是手机高手就每天平均发一百七十五条短信……因此，有对建树这个网络时代功不可没的中国移动，参与这次《鸭绿江》散文评奖，既在情理之中，又可喜可贺。最后我特别想感谢评委和读者，能在我的关于创作的谈话中看出了散文的情致和元素。

2009 年 12 月 25 日

436

下卷

对　话

答包兰英问

包兰英：蒋老师你好，首先祝贺您的新书出版。这是您第一部有关农民题材的长篇小说，小说一出版就在社会上引起了强烈的反响，既被书的内容所吸引，又被您酣畅沉郁的文笔打动。谢谢您又给读者写了一部好书。下面有几个问题向您请教。

在小说的最后一页我们看到，这本书您早在一九九七年就开始动笔写，直到二○○八年七月才完成，前后经历了大约十一年的时间，可谓是"十年磨一剑"，那么，能否说这本书是您文学创作生涯中，花费时间最长、投放精力最多的一部长篇小说？为什么？

蒋子龙：确实如此。这部书写写停停，几次想放弃，却又不甘心。主要是卡在自己对这段生活的认识上，当感到把握不准时就不得不停下来。有时憋得难受，便又写起来……这中间曾经完成了另外两部长篇：《人气》和《空洞》。对我来说，《农民帝国》的创作过程是一种很特别的经历，其中的感悟也很特殊。

包兰英：早在改革开放之初，您就创作了许多脍炙人口、深受读者喜爱的优秀作品，且一直笔耕不辍。比如《乔厂长上任记》、《一个厂长秘书的日记》、《开拓者》、《赤橙黄绿青蓝紫》等等，但那些作品都是城市改革题材或说工业改革题材的。但这部小说您却从城市转向农村，从车间转向村庄，从工人转向农民，可以说这是您文学创作在题材上的一大跨越，那么，能否谈谈是什么原因促使您决定要写这样一本书？

蒋子龙：我的童年是在农村度过的，而童年会影响乃至决定人的一生。因此，我一直觉得自己骨子里是个农民。尽管已经在城市里生活了半个多世纪,每天看天气预报时,脑子里总是先想到对农村的影响,很自然地和庄稼的生长联系起来,眼下是什么季节,地里缺不缺雨? 因此心里很清楚,自己早晚会写一部关于农民的小说。而眼下要反映中国现实,我以为没有比选择农民更合适的了。被邓小平称做是"第二次革命"的改革是从农村开始,农民像以往一样又成了推动社会历史前进的原动力。我的文学触角一直关注着现实,不可能不为其所动。

包兰英:这部小说是以主人公郭存先的成长经历、人性蜕变及至最后毁灭为主线,那么,在创作中,您是基于什么考虑来设定郭存先这个人物的?

蒋子龙:近三十年来,像郭存先这样的人农村有,城市里也有,尽管穿着各式各样的衣服,有着各种各样的身份。他们的故事和人生轨迹,凝聚了我对这段历史时期的思考和认识。

包兰英:从作品中我们看到,郭存先本是一个朴实的农民,为了带领村民脱贫致富,过上好日子,不惜把命搭上,而且拿自己的钱去为村里办副业,不计名利。这样一个优秀的帮助乡亲们脱贫致富的带头人,后来却变了,变成了完全另外的一种人。您看到并写了这样的转变是想告诉读者什么?

蒋子龙:毛泽东说,中国什么问题最大? 农民问题最大。不懂农民就不懂中国。农民的问题贯穿于中国数千年历史发展的全部过程之中,其社会结构、政治制度、观念形态以及运作方式,无不是农民意志动向的直接或间接反映。因此,人们习惯性地称财大气粗的农民为"土皇上"。本小说的主人公郭存先说:去掉"土"字就是皇上! 他要创造一个"帝国"——这就是他的全部人生情结。而瞧不起农民的也正是他自己,就连整他的也是农民。在当今现实里,怀有郭存先式"农民情结"的又何止他一个人?

包兰英:郭存先的这种蜕变在现实生活中有许多影子甚至是原型,在您看来,这究竟是传统中国农民的一种宿命,还是更多的原因综合使然? 是个体的偶然还是一种集体的必然?

蒋子龙：郭存先的悲剧不是偶然，是必然。在某种程度上甚至可以说是中国农民的宿命。不过在当今复杂的历史条件下，表现形式及其结果更诡异罢了。

包兰英：小说上部写农民苦难，见出沧桑与沉郁；下部则多少显出某些问题。您是否同意这种判断？如果这种判断没错，是否可以说您在表现中国农民在当下的命运时还存有某些疑惑和障碍？

蒋子龙：前半部写"因"，后半部写"果"。农民何以能称"帝国"？我想从历史和现实生活中找到一些启示，让生活本身给我一个解释。表面上是郭存先导致了自己"帝国"的衰落，实际上是他的毁灭促使了"帝国"的变化和新生……

包兰英：这是您第一部有关农村题材的长篇小说，能否透露一些您下一步的写作计划？是继续就此在农村题材上继续开掘，还是回归都市、回归工业？

蒋子龙：《农民帝国》写到原以为该结束的时候，却发现还没有写完，关于这个"帝国"的故事似乎才刚刚展开。我希望能把脑子里有关这个题材的构思都写出来。我以前曾说过，一部长篇小说的诞生是一种缘。光是自己有一个意愿不行，还要取决于许多别的因素。其他题材的小说创作我也一直没有放弃。

包兰英：看完小说以后，有一点伤感，特别是对郭存先这个人，有恨，但更多的是惋惜和遗憾。一代枭雄，从农民到农民帝国之巅到阶下囚，在这个人性的蜕变过程中，我们应该汲取些什么教训？

蒋子龙：别，千万别自找沉重地到小说里去汲取什么教训。读小说能感受多少是多少，读后若能有点伤感，对小说中的人物有点惋惜和遗憾，就说明读进去了，甚至还多多少少地被感动了。这就够了，对作者来说已经感到满足，道声谢谢！

2008 年 9 月 15 日

答腾讯网

腾讯读书讯　二〇〇八年十月二十三日，中国作协副主席、著名作家蒋子龙与《青年文摘》杂志主编崔友利，应邀做客腾讯网大型文化访谈节目"盛事龙门阵"，畅谈改革开放三十周年、农民和土地等话题。

蒋子龙：真正的帝国应该是有君主的，是向外扩张的。但是我这个《农民帝国》有一点调侃，称王称霸，自以为了不起，是这样的"农民帝国"。

主持人：其实我们今天演播室的场子也算是一个小小的帝国。还有一位嘉宾他是《青年文摘》电子杂志的主编。这个王国在此时此刻是自由的，那您的《农民帝国》对他来说是自由的吗？

蒋子龙：不是自由的。当今有许多这样的人物他有一个情结，要做大、做强。做大、做强的标准是把自己搞成一个独立王国，搞成一个小小的帝国。在这个帝国当中他要当土皇上，这种情结有的是农民，有的不是农民，有的留洋回来，有的西服革履，所以当我构思这本书的时候我就想到了这个书名，好长时间以来，我几次想变，变来变去最后还是变回去了。最后我的责编认为这个书名不错，就这样定了。

主持人：我记得过去您写《赤橙黄绿青蓝紫》包括《蛇神》这些作品的时候，大家都认为您是带着深深的感情和一种思辨去写的，您开始关注人性和历史时代之间的一些变化和交错，您觉得写《农民帝国》这部书和之前您写过的作品初衷一样吗？

蒋子龙：每一部书都应该是有不同的出发点，有一点激动他才想起来写这部书。我的观点一直以为一个作家写多少部作品，写哪一部长篇这对他是一种缘分,命中注定你有这部长篇,命中注定你能写这部长篇。强求是对于另外一些作家,有一种作家是有那种灵气,强逼着写也可以写出来。我是需要在创作上下笨功夫,我是比较笨的。我的长篇都是出于自己对它的一种缘分。

主持人:您是先让这个作品的某种情感击中了您自己,然后再去击中别人。

蒋子龙:我很有触动,有一个很聪明的人问我,他说长篇的源头是什么?我说长篇的源头就是命运,就是这个人命运的经历或者是运途、命途。经历过的东西,生活里有,这是不能强来的。一个短篇可以,一个有广泛的生活积累后可以。假如你愿意,你明天可以看到以火柴为题材的一个短篇小说。写长篇可以立意,但是要真正完成要看他的生活经历当中、命运当中有没有这种经历。

主持人:那《农民帝国》里老郭的命运击中您哪儿了?

蒋子龙:这个问题问得太深了、太强了,牵扯到作家一个敏感的问题。因为我在写《农民帝国》的过程中,为了摆脱让我的家乡人看到我是写谁谁谁的,曾经到河南蹲过一段时间,到山东的农村里待过一段时间,就是为了不让别人说我写谁谁谁,有人对号我真的受不了这个麻烦。但是这个触动我应该是在一九九六年底,我接触了一个信息,它是《科技日报》的改革版,它把改革开放以来的农民企业家的命运,第一届优秀的农民企业家,第二届、第三届做了一个追溯,这一追溯所剩无几,硕果仅存的就是那么几位。

我大吃一惊,因为我认识很多这种企业家,我跟他们都有交往,我是近三十年来关注这个人群的,这给我很大触动。那一阵有一个时髦的词是"中箭落马",我就思索这个现象,为什么会是这个现象?我开始留心,留心之后走了好多地方,见了好多人。

我把十八世纪以前中国农民的命运排一下队,简单地说他们有两大命运,一个是过不下去造反。饿死不会造反,当有一种政治压力逼他活不下去,他会造反。造反成功者当皇上,这是过去的命运。十八世纪以后不是。十八世纪以后中国的农民发大财以后,往城里发展做

443

买卖,然后叫地主兼资本家,地主兼资本家以后送孩子留洋,留洋回来成大器,咱们好多农民的孩子都是这样。

到了改革开放,有一种观点了,孙中山让农民醒了,毛泽东让农民站起来了,邓小平让农民富起来了,所以我就感兴趣了。怎么富的?富到什么程度?富了以后快乐不快乐?

主持人:富起来了以后能不能担当起来这个富?

蒋子龙:他幸福不幸福,他快乐不快乐,这一查我就发现有些哥们儿就像做了一个梦一样,原来很穷,突然富了,突然梦醒了,又回到原地了,又成穷光蛋了。这个穷光蛋和过去不一样,肚子大了,血压高了,有的回到监狱了,有的回到坟墓了,给我触动非常大。我那时候四五十块钱养三口人,厂长、局长、市长跟我吃一样的伙食。这个时代非常有钱,钱很多,钱把人烧得五脊六兽。现在是钱闹事,除去恐怖主义,剩下的一个恐怖元素就是金钱。钱把人烧得撑不住了,这个世界被钱烧得撑不住了。金融风暴比自然风暴还厉害,美国是最富的国家,一场金融风暴美国梦破灭了。钱捣乱,"9·11"都没有把美国炸成这样,拉登没有把美国搞垮,钱把美国搞垮了。

主持人:这是说到《农民帝国》这本书的根基上了,到底是什么让这个"帝国"树立起来,也是什么让这个"帝国"破灭,其实就是财富的欲望、金钱的欲望、权力的欲望。

蒋子龙:一成"帝国"就离崩溃差不多了。我研究几千个中国农民的发展路线确实有一个大的弧线。当然这个基础是一批普通的老百姓,所以我老想找到这个弧线的规律,找不到,那么这个时间拖得就很长,写一稿不满意就放在那儿。到了去年,大年初一跟我一个八十岁的老哥哥坐在炕上谈老家的事,谈死去的爹娘爷爷奶奶当时的情况、哥哥嫂子还有老家的那些侄女们,谈着谈着我突然悟到一个道理,我写的是小说,我不必参透农村的改革,参透几十年的命运。读了好多哲学书一点儿用都没有,就是写小说,写故事,写我的人物,把我的人物确定之后,自然会按照自己的命运行事。一想明白这个问题,下笔就很顺了。

我是城乡来回交替的,所以我感谢两块生活,一个是工厂,一个是我的故乡。一九八四年我写过一个《燕赵悲歌》,一九八一年写《赤橙黄绿青蓝紫》,典型的工厂,但是别人一看就知道我写沧州,因为我写捣蛋的一个小伙子他自己攒了一个冰箱、攒了一个电视机,他自己命名为沧州牌,一看就是沧州人。只要自己能够驾驭得了,不应该让题材把自己限制了。因为这个书我给了几个人,特别是沧州的几个老先生看了以后很兴奋、很亲切,他们就认为别的不用管。比如说进屋一头侧歪到炕上了,比如"真是能耐梗",妈妈在外要了点饭,先给孩子吃;还有五脊六兽,头发扎扎起来了……他们看到这个情节,一下子有一种亲切感。我下了很大的功夫营造农村,我写作的时候有意识地把自己关在农村里,关了一段时间,自己写出来的话全是老乡话。我回到老家几天,说话都是沧州味儿,等回到天津又是四不像。把那个氛围一造足就有味道了,所以故事人物都是按照农村演绎的。

主持人:在您心目当中,您希望《农民帝国》的读者从里面得到最多的东西是什么?

蒋子龙:作家是不敢对读者有太多的希望的,比如说读到这本书,他读,我首先觉得很高兴、很感激他。如果他读出一点对郭存先的同情或者是读出一种伤感或者是一种怀疑:蒋子龙这个老家伙管农民叫"帝国",农民怎么能称"帝国"呢?这都是我很高兴的。不仅仅是《农民帝国》,各种各样的人都想称为"帝国"。昨天我看到一个单位,九十人住在一个二十层的大楼里,一层楼里平均四五个人。

主持人:那么奢侈?!

蒋子龙:你说他如果不想当土皇上,没有帝国的梦想,他怎么会这样做?他不做噩梦吗?住在空楼里边?

主持人:那叫帝国大厦。这本书的起源您说是源于您童年的记忆,很多人觉是您是在工业的王国里创造您的作品的。比如说第三次土地改革,十一届三中全会,农民怎么样分享土地流转的收益等等,这些事可都是热点。

蒋子龙:这些热点是刚热点,我怎么能预测到二〇〇八年十月份会出这个热点呢。我一直认为,一个成熟的作家或者即便是一个不太成熟的作家,也不该受题材的局限,如果老被题材局限住,这个作家至少是不成熟的表现。我关注现实不管是城市还是农村,它触动着我,我有这个感觉,我就可以写。只要给我提供营养,给我的文学感觉提供营养。它不限制我是写农村题材还是写工业题材。我是十四岁考到天津上中学,在一个大城市里生活了半个多世纪,除去当了几年兵,我到现在做梦记得住的好梦全是在老家。其实我经常回老家,我现在回的老家也不能进梦,它不美,无法跟我农村那个老家比。我童年时候的那个乡村,那个水坑,那个树,那个庄稼地,那个果园,那个菜园子周围的小河,我在里面捉蛤蟆,我上树摘枣,弄菜,跟我父亲、母亲下地都非常美好。现在那个地里,水坑里没有水,土地干涸,人还没进村,就看见一片片白塑料的垃圾。所以人的感觉是很奇怪的,但是这对写作没有必然的限制,因为写作还是要有一点思想。生活触动了我之后,我无非是调动生活。如果我不是农村的,如果这些年我不是经常回农村,就无法写《农民帝国》。就像我盖房子没有砖瓦一样,砖瓦要是有了,我可以盖工厂,也可以盖农村。就是说,我是城乡来回交替的,我有工厂生活,所以我感谢两块,一个是工厂,一个是我的故乡。

主持人:比如说我们希望通过这种文字,让他们了解到更多的人的生活和命运、这个时代的脉搏和变化,这可能也是每一个写作者一开始想不到的。但是写完了之后,看过之后,对这个时代应该有一些感触。

蒋子龙:那当然,求之不得。如果青年人也关心类似这样的书,至少是走过的这段历史,那就是作家的一大欣慰。因为有一个记者跟我谈,就谈乔厂长,就是好几天以前了,聊天的时候谈得很透,谈的过程中,上海东方卫视的一个人突然意识到今年过春节时如果儿女都聚在一起,他也许应该找一个机会讲讲自己的这些经历,不管他们感不感兴趣。要不然他们老爹经历的一些事情他们都不知道,当年多不容易,他们很小的时候,甚至他们受到的牵累,一场风波接着一场风波。这个脚步,我都恍若隔世,我一直不愿意谈过去的事情,被记者逼着提问,老提起那段,提着提着勾起我的话题来。我突然觉得,我谈着都像恍若隔世,更别说年轻人教育后代了。

我看过一篇文章,说美国人的爷爷跟孙子可以同时讨论一个篮球队或一个棒球队,这个运动员如何,他的失败在哪儿,中国爹跟儿子就不能讨论一个球队,因为兴趣不一样,他们没有共同话题。美国的文化有连贯性,爷爷跟孙子有共同语言,可以议论和讨论。中国是爹跟儿子没有共同话题,爹的经历,儿子都不知道,这个太可怕了。

2008 年 10 月 23 日

答《辽宁日报》王妍问

关于《农民帝国》

王妍：《农民帝国》是您的第一本农民题材的长篇小说。为什么您把视角转向了农村？是什么促使您想要创作这样一部小说，而且花费了这么长的时间来创作？

蒋子龙：一九八四年我曾写过一部农村题材的中篇小说《燕赵悲歌》，并始终认为一个成熟的作家不该受题材的局限。何况我对农村历来怀有一份很深的感情。我的童年是在农村度过的，那是一种深刻而美好的记忆，在生命中永久地留下了一片生机勃发的翠绿，富有神奇的诱惑力和征服性，为我的一生打上了底色，培育了命运的根基。童年还会养育一个人的性情和性格，童年生活对人的一生都有着重大的影响。我离开农村半个多世纪了，对农村的情感却依然很深，平时喜欢关注农村的消息，经常要回农村看看，隔三差五地必须吃家乡饭，睡觉凡做美梦定是家乡的场景……有着这样的农村情结，便一直觉得自己的骨子里还是个农民，心里很清楚早晚会写一部关于农民的长篇小说。描写蕴含着农业文明形态的乡村和农民，是面对几十年纷繁变幻的转型期所做出的必然反应。这是一种情结，也是一种责任。而眼下要反映中国现实，我以为没有比选择农民更合适的了。被邓小平称做是"第二次革命"的改革是从农村开始，农民像以往一样又成了推动社会历史前进的原动力。有人说，孙中山的民生主义让中国农民醒了,毛泽东让农民站起来了,邓小平让农民富了。而农民是怎么富的? 富到什么程度? 富了后又是怎样的? 这些问题想想都很有意思。我的文学触角也一直关注着现实,怎么可能不为其所动。

王妍:请简单介绍一下《农民帝国》的创作过程。在创作期间,您是否在创作上曾经遇到困境,又如何解决呢? 如果请您定义一下"郭存先"这个人物,您会给出怎样的答案? 对现实中的"郭存先"们,您又会怎么看待这些农民企业家的人格特征和命运走向?

蒋子龙:多年前刚立意时就想写一部《农民帝国》,后来觉得这个书名太大、太重,遂改为《欢喜树》。过了一段时间,又觉得此名太过清雅、轻飘,最后还是决定再改回去。由于受一种可望而不即的境界的诱惑,在写作过程中常常出现写不下去的时候。我总想把这三十年农民的命运、农村变革的得失,能够理顺了、参透了,然后写一部有思想分量的作品。标准定得有些虚悬,就容易写不下去,越写越感到很难驾驭这个题材。比如该如何把握现代农民的命运? 他们的灵魂有着怎样的色彩? 以及该如何看待现代农村变革的得失? 这些东西在我头脑中还没有形成清晰的脉络。为了写这本书,我阅读了大量的哲学著作,包括西方的各种哲学流派,期望能找到一个工具,帮助我看透生活。我对农村的感觉以及农村给我的启示,逼着我不能图省事。我之所以在哲学上下这么多功夫,是基于自己的一种感觉,觉得当今文学难免思想苍白、精神贫弱,光是靠个人的聪明、靠一个好的点子支撑一部长篇会显得分量不足。于是《农民帝国》就写得很慢,总是处于一种舍不掉又写不好的状态,不死不活地吊着。我甚至想到过放弃,有时觉得目前还不是写这部小说的时候,不应该在不该写的时候写它,弄不好会糟蹋了这个题目。可当真要放弃,心又不甘,还仔细研究过《怎么治理盐碱地》《中国人还会饿肚子吗》等科学和社会学著作……读这些书是想知道从古到今人类都对农村说了些什么,做了些什么,让自己的小说躲开别人,不要写重复的东西。等我有了点自信,觉得有了一些自己的思想,再继续写下去……就这样写写停停,磨磨蹭蹭,一直拖了十一年之久。去年过春节,我跟八十岁的老哥哥坐在一起谈老家,谈过去的事,谈逝去的爹娘、爷爷奶奶以及所有不能忘怀的人……谈着谈着我忽然悟出一个早就知道的再普通不过的常识,写小说最重要的是写人物、说故事,何必非要参透农民的命运,参透数十年来农村变革的玄机? 我又不是做农村调查报告,不是在政治思想上给出答案。创作只要把人物确定之后,他们自然会按照自己的性格逻辑行事,他们每个人都有自己的命运,无需我太费心机。一想明白这个问题,创作就变得顺利了,全部完稿后又放了两个月,想想也不可能再把《农民帝国》写成别的样子,就将书稿交给编辑。今天谈这个过程连自己都觉得奇怪,中途像碰上了"鬼打墙",竟然耗费了那么长时间,真是耽误自己。可能我吃亏就吃在思想上太过执拗,或许我得益也是因了这种执拗。

再说郭存先们的命运走向。大概是一九九六年底,媒体公布了一项调查,全国已经连续评选出三届优秀农民企业家,几十个曾大出风头的人,没有几年的工夫,抓的抓,跑的跑,倒的倒,还能够说说道道的所剩无几了。我不免吃了一惊,开始关注这一现象,并对一些熟悉的农民企业家进行采访。有个人说得格外生动:这些年就像做了一场梦,原来很穷,暴富之后开始贪恋以前所向往的东西,没吃过的要吃,没干过的要干,没见识过的要见识,过以前皇上过的日子……突然某一天梦醒了,发现自己又回到了原地,或者又成穷光蛋了,或者被关进了监狱,甚至过早地进了坟墓……当时有一句流行语:"改革派纷纷中箭落马。"在郭存先身上,中国农民的优点和缺点都异常明显。现代农民的"脱贫致富",已经不再是从前的"痞子运动",先富起来的农民大多是一些很优秀的农民。当环境宽松,给了他们能够施展才智的空间,发财致富似乎还不是最难的,难的是有了钱以后会怎样。商品社会没有钱不行,光有钱也不行,钱太多了如果压不住钱,也会被钱烧得五脊六兽,这时候就是该出问题的时候了。郭存先的悲剧不是偶然,是必然,在某种程度上甚至可以说是中国农民的宿命。不过是在当今复杂的历史条件下,表现形式及其结果更诡异罢了。你如果从小说中读出了一点对郭存先的同情,或者是一种伤感,一种疑虑,都会让我感到欣慰。我对郭存先这个人首先是同情,他的这个"帝国"更像是一个自我膨胀的梦幻,看似庞然大物,称王称霸,有"土皇上"般的权势和奢华,其实骨子里却虚弱得很。而农民式的"帝国",也不只是在郭家店才有,更不是只有农村才有"土皇上",城里有些很"洋"的人,骨子里或许比农民更农民。比如媒体曾公开报道,某大城市里一个只有九十人的单位,却占据着一座二十层高的豪华大楼,平均四五个人享用一层,头头脑脑们则一人独享一层,他们占那么大房子竟不怕闹鬼。这样的"烧包",是很"洋气"呢,还是很"农民"?越是瞧不起农民的人,也越容易闹出"农民帝国"式的悲剧。

王妍:有评论认为,从《农民帝国》中看出您的笔端流露出一种炽烈的、心疼的、悲欣交集的情绪,您认为这些形容词的表达是否准确?您在这部小说中,以及透过小说中的人物,想要传达您怎样的思考?您又希望读者通过这部书获得怎样的思考?

蒋子龙:毛泽东曾说过,中国什么问题最大?农民问题最大。不懂农民就不懂中国。农民的问题贯穿于中国数千年历史发展的全部过程之中,其社会结构、政治制度、观念形态以及运作方式,无不是农民意志动向的直接或间接反映。这就是《农民帝国》的意蕴。我甚至觉得从意识形态上讲,或者从文学意义上讲,目前中国还没有真正意义上的城市,倒有类似于城市的大农村。农村在害城市病,城市在害农村病。而在一个大变革时期,要破除旧有的束缚,建立新的秩序,人的因素极端重要。社会的转型和进步格外需要有勇气、有胆识和有创见的人物。在小说的后部我借一个重要人物封厚的嘴说了一番话:郭存先的悲剧反而救了郭家店,以后的郭家店不会再称王称霸,却会发展得更健康。生活总是有希望的。现实也确是如此,有些曾辉煌一时的单位,当第一代创业的霸主下台后,有的垮了,有的获得了再生。郭家店应属于后一种。

王妍:《农民帝国》很容易让读者有现实联想,尽管您用了许多方法使内容远离这种联想,但是,这样的问题始终有人提出。您觉得这样的联想会影响读者、评论家对您的小说的理解以及评价吗?

蒋子龙:文学就该能激发读者的联想。一部小说能够丰富人们的想象力,是好事,不是坏事。但联想不是对号入座,对号入座是缺乏想象力的表现,不能算是成熟的阅读。把一部主要靠虚构和想象力完成的小说,硬扣在一个现实的村庄或某个人头上,那就破坏了小说的想象力,把复杂的创作思维简单化了,会影响对这部小说的阅读和理解。不错,文学的感觉是来自生活,但生活之所以也需要文学,是因为文学的虚构和想象对生活有所补益,就像阴和阳、精神和物质一样互相补充。不可否认,在群众阅读中有个显著的"中国特色":喜欢对号入座。当一个单位或一个人太出名了,就具备了典型性,人们对他们的"合理想象"也特别多,是他们干的不是他们干的都扣到他们身上,不管写的是不是他们,也都把小说跟他们挂上钩。对中国的小说家来说,这是很无奈的。所以连金庸的武侠小说,都要在书的前面印上一行字:"纯属虚构,如有雷同请勿对号入座!"

王妍:您如何评价《农民帝国》在您个人创作生涯中的位置?《农民帝国》与其他农村题材小说又存在哪些不同? 它提供了哪些新的经验?

蒋子龙:此书耗费我的精力最多,说明它值得我下这么大的力气。它凝铸了我的一种情结和责任,我自然就很看重这部小说。写这样一部书,我必须具有最起码的自信:觉得自己的故事和人物不同于别人,自己对农村的感觉也是别人所没有的,将这个"农民帝国"的故事写出来是一件有意思,也有意义的事。我很想借此书提供两样东西:一点属于自己的称得上是思想的东西,一些实实在在的文学意义上的细节。思想通过人物和故事表达,细节就是小说的血肉,好的细节对一部小说的成败至关紧要。而细节是"虚"不出来的,光靠花里胡哨吹嘘不行,都是些实实在在的东西。写这部小说之所以耗费了这么长时间,很多功夫都下在"实"处了。我对这部小说的期待也是这样,无论写得好坏,能让人觉得是个实实在在的东西就行。

王妍:《农民帝国》没有对农民宿命的根源给出明确的答案,据说,您还将创作《农民帝国》的后部,那么,后部会是答案吗? 后部中的农民与"郭存先"相比,会有怎样的转变和延续呢?

蒋子龙: 我原本并没有要再写《农民帝国》后部的想法,小说发表后收到了相当数量的读者反馈,他们觉得"农民帝国"的故事还没有完,建议我再写下去。我当初的构思也确实还剩下很多东西没有用上,郭存先入狱后"农民帝国"改朝换代,矛盾和冲突向四方扩展、上下蔓延,在分崩离析中愈加触目惊心,令人深思……在读者的鼓励下我一时冲动,就说出了要写下部的话。但至今尚未动笔,还需要再沉一段时间,将已经讲出来的"帝国"故事放一放,如果"后部"的故事老也冷不了,什么时候想起来都有一种冲动,那就得上马。

王妍: 从《乔厂长上任记》到《农民帝国》,出版相隔了三十年,也是中国社会发生巨大转变的三十年,您是如何看待作家与国家、民族命运以及个体生命之间的关系?从您的作品中可以感受到作为一位作家,您有着强烈的使命感。您如何理解"作家的使命感"?

蒋子龙: 赶上这样一个社会的大变革期,没有人能置身事外。何况文学是生活的反映,作家自然就是社会生活的记录者,现实催赶着你不多看不行,不多想不行,灵魂得一次又一次地蜕皮。就像蛇一样,不蜕皮长不大。不管你愿意不愿意,当代文学乃至每个人的生活都跟这场改革绑在了一起,波澜起伏,丰富而充实。写作自然也是有感而发,我的文学观以关注现实作为一种责任。有责任,才会观察,才会有自己的感受,创作至少会有真诚,不至于流于空泛和浮躁。关注急剧变化的社会现实,也必然会有许多想法,老有想法就会有创作的冲动。同时还会逼迫作家去读很多东西,研究许多现象,文字也会充实。不管是否真的能写出有价值的东西,作家存在的意义,至少是应该追求有意义的写作。这就是我的文学观。尽管眼下可能会让人觉得迂腐,到了我这般年纪已经定型,也不想改了。

关于工业题材

王妍: 您是一位"工业标签"很重的作家,提到工业题材作家,第一个就会想到您。您自己怎样看待这种标签或者说印象？什么原因使您比较集中于创作城市改革题材和工业改革题材？您是怎么看待工业题材写作的？

蒋子龙：每个人的一生都离不开两样东西：符号和标签。符号就是名字，标签就是职业。人们提到一个人，先说他是谁，然后是干什么的，电焊工、会计、工程师，当官的是这个长那个长，经商的是这个总那个总。我的标签富有戏剧性，在工人阶级吃香的年月，我是"牛鬼蛇神"、"资产阶级反动路线的黑笔杆子"。待到国营企业的工人纷纷下岗的时候，我成了"工人作家"、"写工业题材的专业户"。这就是我的命运，是文学给我安排的命运，我喜欢文学就要接受这种命运。至于当年我比较专注于工业题材，也是一种自然而然的事情。当时我是"业余作者"，写作完全凭借兴趣，放任自己的直觉，那个时候我平时最关心的以及给我感触最深的都是跟工厂有关的事情。工厂不仅为我提供了足够多的创作原料，也影响和拓展了我后来的小说世界。我只要从事创作，就一定会先从工业题材入手，如果不是这样便难以想象，解释不通。我真正称得上有些影响的工业题材作品是《机电局长的一天》，这篇小说发表于一九七六年初，当时还不知"改革"为何物？工业题材并不等同于改革题材，"改革"的概念是一九七八年底在党的十一届三中全会上提出来的，这一概念被叫响是上个世纪八十年代后期的事。那么我是怎么看待工业题材的呢？工业进步是人类文化进步的产物，工业的品质中有人的内涵。但随着工业的高度发展，人的形式正在被工业技术所改变，所谓"现代人"，其实就是"工业人"。由现代科学技术武装并推进的工业化，是一股强大的集权主义力量，它对人类的传统生活方式进行脱胎换骨的改造，侵入到人类生活的各个领域，使人的生活习惯和思维都不知不觉地发生了剧烈变化，人也逐渐地丧失了许多原有的特性。高度工业化给人类提供了极大的便利，又限制了人的选择，控制了经济的发展和社会的进步，它甚至漠视不同人类族群的文化和意识上的差异。于是我一直在关注着这样一种现实：工业带来的现代物质文明，到底是人类的胜利，还是工业的胜利？

工业能建设生活，同时也能建设人性吗？这些问题既困扰又激励我塑造了一个又一个的"工业人物"。

王妍：有评价说，在您之后，中国当代文坛没有一位真正意义上的工业题材作家。在过去的三十年，中国的工业环境和工人群体都发生了很大变化，工业题材小说的创作也呈现出许多新的特点。您如何对比《乔厂长上任记》时期的工业题材小说和最近十年的工业题材小说？您认为现在的工业题材小说的创作存在哪些需要重视的问题？

蒋子龙：我的工业题材小说大多诞生于计划经济时代，经过市场经济的冲击，最近几年中国的工业又开始回归，"中国制造"已经成为一种世界性的引人瞩目的经济现象。工业就是工业，无论是计划经济，还是市场经济，工业都是基础、是支柱。在发达国家，或是在发展中国家，莫不如此。有强大的工业，经济才有可能起飞。可惜，我感觉中国工业题材的文学作品还没有回归，或者说目前当代文学进入了"泛工业题材"时代，什么作品里都会有点工业题材的元素，比如农村题材、商战题材，《农民帝国》里就用相当的篇幅写工业。但在当前的文学作品中，却难以看到有醒目标签的"工业题材"。这并不等于说，面对中国大工业的复苏和强势，当代文学就不该为自己的缺席感到惭愧。当代文学似乎陷入了这样一种尴尬：面对无所不在的现代工业文明，津津乐道于现代物质享受，要表现这个现代工业社会，想描述现代"工业人"、"技术人"或"经济人"，却显得力不从心。机灵的作家便知难而退，退到"人类蛮荒时代的蒙昧的原始野性中"去寻找灵感、激情和深度。工业题材似乎仍然是"好汉子不愿意干，赖汉子干不了"的活。当代文学似乎没有能力理解现代工业题材。现代工业文明是现代人精神文化的物质载体，不敢直面工业生活的文学，不能说是健全的、自信的，更谈不上强大。文学有意无意地躲避工业题材，是不成熟和脆弱的表现。

王妍：最近几年，工业题材影视作品开始逐渐受到关注，这反映出大众对工业题材和工人群体依然十分关注。工人群体在时代的冲击下，面临身份转变的尴尬处境，同时也面临着新的人生定位和机遇。

在您看来,中国的工人群体在改革开放后面临了哪几个阶段的命运转折？他们的生存困境是什么？文学应该给予他们怎样的关注？在现在的工业题材小说创作中,是否还有忽略到的角落？

蒋子龙:我也注意到了你说的那两三部工业题材的影视作品,不过是怀旧,再加上一点眼下的流行元素,事隔几十年了,旧事让人也看着新鲜了。其实在文学艺术上没有多少突破,对工业题材也谈不上有什么建树。现在的工人群体已经大换血了,相当多的企业是靠先进的机器设备和熟练工在支撑,当前这个产业大军的敬业精神和技术素质不比从前了。当年我担任车间主任的时候,手底下有几个"宝贝",他们的技术已经到了出神入化的境界,没有他们干不了的活儿。所以我这个主任就当得非常硬气,什么活儿都敢接。在那个年代,最聪明最优秀的年轻人都争着进工厂,现在是考不上大学的、万般无奈才进工厂,工厂里大量劳动还要靠临时工、合同工。我并不是说这是工业的退步,实际上中国的工业在规模和总量上大大地提高了。这恐怕是社会发展不可省略的过程。但我还是很痛心产业工人大军中的"断层"现象,一大批身怀绝技的工人,在下岗大潮中流散了,他们的敬业精神和技术未能传承下来,而现在有些重要的技术岗位,花重金竟然聘不到合适的工人。近一二十年,中国"工业人"的命运翻天覆地,可以说是历尽沧桑,文学岂止是"还有没有忽略的角落",根本就没有给予应有的关注。在上个世纪九十年代初期,还有《大厂》、《分享艰难》,之后就仿佛连同工业题材也被"下岗"了。

王妍:作为一位以工业题材小说创作著称的作家,您是否依然在关注当下工业的状况和工人的处境？您关注的重点有哪些地方？是否已经有创作工业题材的计划？如果乔厂长生活在当下,您觉得《乔厂长上任记》会出现怎样的变化。

蒋子龙:历史没有如果,生活中也没有如果,乔厂长只能是那个年代的产物,揣测他生活在今天会是什么样子,没有意义。我倒可以说说自己,有人说乔厂长这个人物是"呼唤改革"的,当改革把我熟悉的工业生活冲击得面目全非时,我的笔也变得沉重和无所适从,甚至在内心生出一种恐惧，我觉得自己再也表现不了工业题材，相反工业题材仿佛要吞噬我！为了不糟蹋自己心爱的工业题材，便暂时先拉开一段距离，准备观察和思考一阵再说，便把写作的重心转到以前积压的素材上。通过这么多年的观察和思考，我觉得自己关于工业题材的"魂儿"已经定住了，也确实构思了一部工业题材的小说，只是不知自己还有没有锐气驾驭这样的题材。

2008年11月

文学三十年

《农民帝国》展现三十年社会变迁

记者：三十年前的改革从农村开始，改革了三十年，至今仍然是农村问题。毛泽东曾说，中国什么问题最大，农民的问题最大，不懂农民就不懂中国。我们知道，乡土既是人类最古老最牢固的根系所在，也是整个中国社会和文化的缩影，它总是不断被作家所解读、所诠释，成为作家的精神资源。您的这部《农民帝国》是否也动用了您那块精神的乡土，用它来诠释您眼中的乡土中国呢？

蒋子龙：在我看来，眼下要反映中国现实，没有比选择农民题材更合适的了。被邓小平称做"第二次革命"的改革从农村开始，农民像以往一样又成了推动社会历史前进的原动力。我觉得这个话题很有意思，就想把农村这三十年社会文化变迁再现出来。我是河北沧州人，十四岁之前都在农村度过。虽然在天津生活了半个多世纪，但是我很少做城市里的梦，做了也记不住。进入梦境的几乎全是老家的景象。像这样深重的情结，我心里很清楚，自己早晚会写一部关于农民的小说，描写蕴含着农业文明形态的乡村和农民，在面对几十年纷繁变幻的现代化历史时所做出的必然反应。这是一种情结，也是一种责任。

记者：我们知道，您最擅长的还是写工业题材，如今改写农村题材的长篇小说，对您来说，处理这个题材会不会有技术上的障碍和困难，这次写作算得上是一次挑战吗？

蒋子龙：我一直认为，一个作家不应该受题材的局限，如果总被题材局限住，说明这个作家是不成熟的。我关注的是现实，不管它是城市还是农村，它触动了我，我有了感觉就可以动笔写作。对我这个年纪的作家来说，题材不是问题，技术也不是问题。一九八四年，我就曾经写过一个农村题材的中篇《燕赵悲歌》。

但《农民帝国》的写作，对我又确实是一次挑战，不是因为题材，是对所要表现的内容和思想的把握上。由于受一种可望而不即的境界的诱惑，在写作过程中常常出现写不下去的时候。最初我总想把这三十年农民的命运、农村变革的得失，理顺了、参透了，然后写一部有思想有分量的作品。标准定得不现实，就容易写不下去，感到很难驾驭这个题材。比如该如何把握现代农民的命运？他们的灵魂有着怎样的色彩？以及该如何看待现代农村变革的得失？这些东西在我头脑中还没有形成清晰的脉络。我甚至想到过放弃，觉得目前还不是写这部小说的时候，不应该在不能写的时候写它，弄不好会糟蹋了这个题目。但当真要放下来，心又不甘，便拾起来继续写下去……就这样写写停停，磨磨蹭蹭，一直拖了十一年之久。

记者：那您后来是怎么把《农民帝国》写下来的呢？您把那些当年曾困惑着您的问题都解决了吗？

蒋子龙：没有，很多问题到现在仍然没有完全搞清楚。为了写这本书，我曾看了一些哲学的书，包括西方的各种哲学流派，期望能找到一个工具，看透生活。我对农村的感觉，农村给我的启示，逼着我不能图省事。当今文学有个特点，思想苍白，精神贫弱，大部分靠聪明、靠一个好的点子支撑着，因此写得也很快。哪像我写《农民帝国》，舍不掉，又写不好，就这么不死不活地老吊着。幸好我始终关注着现实，关注着农民，关注着跟农民有关的所有我能知道的事情，包括这三十年来许多国内外的理论观点，像新加坡学者的《地缘政治学》，就给了我很大的触动。我还反复读历史，我想搞清帝国的含义，中国历史上一些农民事件，我都重新阅读，想找出郭存先性格走向的依据。我还读了《怎么治理盐碱地》、《中国人还会饿肚子吗》等纯科学著作……读这些书是想知道从古到今人们都对农村说了些什么，做了些什么，让自己的小说躲开别人，不要写重复的东西。因此，我能有点自信的，是觉得有一些自己的思想。

去年过春节，我跟八十岁的老哥哥坐在炕上谈老家的事，谈过去的事，谈死去的爹娘爷爷奶奶以及所有不能忘怀的人……谈着谈着我忽然悟出一个道理，写小说是写人物、说故事，我不必参透农民的命运，参透数十年来农村变革的玄机，我又不是做调查，不是在哲学上给出答案，何必非要看透生活？只要把我的人物确定之后，他们自然会按照自己的性格逻辑行事，他们每个人都有自己的命运，无需我太费心机。一想明白这个问题，创作就变得顺利了，全部完稿后又放了两个月，想想也不可能再把《农民帝国》写成别的样子，就将书稿交给编辑。今天谈这个过程连自己都觉得奇怪，中途像碰上了"鬼打墙"，竟然耗费了那么长时间，真是耽误自己。可能我吃亏就是在思想上太过执拗，或许我得益也是因了这种执拗。

记者：是的，很多作家都有和您同样的感受，比如贾平凹和莫言，他们围绕各自的家乡写了很多农村题材的文学作品，但是在采访他们的时候，能明显地感觉到有一种东西在困惑着他们。你能感觉到他们的迷惘，那就是曾经备感亲切的家乡已经发生了巨变，随着农耕文明的裂变，他们脑海中的农村只能成为一种记忆，他们的家乡回不去了，而现代文明的进程又让他们不能清晰地看清未来农村的发展方向，他们能够做的就是忠实地、原生态地记录下农村正在发生的变化，至于它为什么变化，如何变化则不去管它。生活是琐碎的，作品也就是琐碎的，而这也造成他们的作品（比如《秦腔》）为人诟病的最主要原因。

蒋子龙：农村正在发生变化，不能简单地用好坏来评定这种变化。有很多人在这个变化中迷失了自己也是事实。我回老家就常常会感到陌生，童年时候的那个乡村，哪儿有个大水坑，哪儿有棵大树，全对不上号了。庄稼地，菜园子，围着菜园子有条小河，我在里面捉过蛤蟆，打过蛇，河边有几棵老枣树……一切的一切都非常美好。而这一切都成了记忆。只有在写作的时候，这些记忆才又活了起来……

记者："农民帝国"这个名字有点奇怪,为什么给这部书起这样一个名字呢?

蒋子龙:不要奇怪,中国人有点钱就想做"帝国梦"的人可不少。而小说里的这个农民的"帝国",就是一个自我膨胀的梦幻,看似是个想当君王的庞然大物,喜欢称王称霸,骨子里却虚弱得很,包括他的"帝国",同样也很脆弱。当今确有这样一些人物,他们得点势就怀上一个情结,要做大、做强。做大、做强的标准是把自己搞成一个称王称霸的"帝国"。在这个"帝国"当中他要当土皇上。这种情结有的是农民,有的不是农民,甚至是留洋回来,学历齐全,西服革履。我当初刚构思这本书的时候,就想到了这个书名,好长时间以来,几次想变,变来变去最后还是维持原名。我的责编也认为这个书名不错,最后就这样定了。

记者:像《乔厂长上任记》中的乔光朴一样,《农民帝国》里郭存先也极有可能成为中国当代文学史上一个典型的人物形象,在这个人物身上,您倾注了大量的心血和笔墨。郭存先这个人物最打动您的地方在哪?他的现实意义表现在什么地方?您对他投入的感情是同情,是伤感,是怀疑,还是三者兼而有之呢?

蒋子龙:这个触动应该是在一九九六年底,我接触了一个信息,《科技日报》的改革版把改革开放以来的农民企业家的命运,从第一届优秀的农民企业家,到第二届、第三届做了一个追溯,这一追溯发现功成名就的所剩无几,硕果仅存的就是那么几位。我也认识一些这样的企业家,开始把他们排队,结果真的发现有些哥们儿就像做了一个梦一样,原来很穷,暴富之后开始贪恋自己以前所向往的东西,某一天突然梦醒了,发现自己又回到了原地,又变成穷光蛋了。这时候他这个穷光蛋和过去不一样了,肚子大了,血压高了,有的还进到监狱里,有的回到坟墓里……给我触动非常大。那一阵有一个时髦的流行语叫"跑在前边的人纷纷中箭落马"。我思索这个现象,为什么会是这样?以后便开始留心,还走了许多地方,广泛接触和了解在开放大潮中"跑在前边"的人。某些中国著名的村庄,我差不多都去过了。因此,我在写《农民帝国》时,在环境描写上尽量躲开我去过的村庄,在人物设计上也是这儿抓一把,那儿抓一把,提炼一种典型的带规律性的东西,防备有人对号入座。比如在郭存先身上,中国农民的优点和缺点都异常明显。现代农民的"脱贫致富",不是从前的"痞子运动",都是一些很优秀的农民。当环境宽松,给了他们能够施展才智的空间,发财致富似乎还不是最难的,更难的是有了钱以后会怎么样?商品社会没有钱不行,光有钱也不行。钱太多如果压不住钱,也会被钱烧得难受,这时候就是该出问题的时候了。郭存先的悲剧不是偶然,是必然。在某种程度上甚至可以说是中国农民的宿命。不过是在当今复杂的历史条件下,表现形式及其结果更诡异罢了。你如果从小说中读出了一点儿对郭存先的同情,或者是一种伤感,一种疑虑,都是让我感到非常高兴的。我对郭存先这个人首先是同情,对他后来的命运充满疑虑和伤感。

记者:如何理解中国文化和中国人的民族性格?

蒋子龙:我看过一篇文章,说美国人的爷爷跟他的孙子可以同时讨论一个棒球队,讲这个运动员如何如何,哪一场比赛如何如何……而中国的爹跟儿子就无法讨论一个队。因为他们兴趣不一样,不可能共同喜欢一个球队,没有共同的话题。美国的文化有连贯性,爷爷跟孙子有共同语言,可以议论和讨论他们共同感兴趣的所有问题。中国的爹跟儿子能相互容忍,不闹别扭就不错了。中国的文化出现过断层,爹的经历儿子不知道,也不感兴趣。还谈什么继承传统,传承文化?中国人的民族性格,当然是由五千年的中华文化养育而成。问题是一系列的政治运动和"十年动乱",严重破坏了我们的文化根脉。现在要重新续接这条根脉,加上改革开放后大量西方文化涌入,中华传统文化在各种外力的冲击下,还要逐渐恢复自己的元气,这需要一个过程。而且也不可能不发生变异,现在社会上还有什么怪事能让人感到奇怪呢?中国人的民族性格自然发生了一些变化。比如林语堂概括的一些特点:"遇事忍耐"——现代人的耐性恐怕差多了,杀警察的以及被警察杀的事件不是屡有发生吗?"消极避世"——现代人既不那么消极，遁世的也少多了。"知足常乐"——现代人还有知足的吗？"因循守旧"——显然也有所变化了……

《乔厂长上任记》开启中国"改革文学"先河

记者：对很多人来说，一提起蒋子龙首先想到的便是《乔厂长上任记》。您在一九七九年发表于《人民文学》杂志的这篇短篇小说，不仅开启了中国"改革文学"的先河，而且它还成为您的标志性作品。听说当年很多人叫您"乔厂长"，极大地影响了您之后的人生、家庭和命运。请谈一下这部作品的创作背景。

蒋子龙：当时我在一个工厂里当车间主任，那是一个一千多人的大车间。"落实政策"后我很想好好干点活，可待我塌下腰真想干事了，发现哪儿都不对劲儿，有图纸没材料，机器设备也年久失修。经历了"文化大革命"，人们对待工作的态度变了。待你磨破了嘴皮子把人调度顺了，规章制度又不给你坐劲，上边不给你坐劲……我感到自己像是天天在"救火"，身心俱疲，甚至还不如蹲牛棚。就在这时候，《人民文学》杂志社派人来组稿。于是我便用三天时间完成了三万多字的《乔厂长上任记》，就写我的苦恼和理想，如果让我当厂长会怎么干……当时的社会环境、政治经济形势还处在"积重难返"的状态，人们企盼着生活会发生某种变革，这篇小说或许正拨动了现实中某根甚为敏感的神经，可以说"乔厂长"是不请自来，是他自己找上了我的门。

记者：是不是可以说乔光朴这个人物形象是当时社会变革的产物，如果没有改革开放，就不会有乔光朴，也不会有《乔厂长上任记》这篇已经写入中国文学史的作品呢？

蒋子龙：当时的社会还没有开始剧烈的变革，如果变革已经开始了，谁还会对这篇小说那么感兴趣？当时人们的精神敏感而紧张，思想上还有许多"文化大革命"的禁锢，最明显的是"两个凡是"。就因为乔光朴身上传导了某种渴望变革的信息，才让人感到惊奇。小说发表十几年之后，到一九九二姓"资"姓"社"的问题还闹得社会上人心惶惶……没有经历过那种精神恐惧的人,不可以现在开放自由的心境去揣度那个年代,或者用现成的套话去套那个年代。"乔厂长"是那个特殊年代的产物。但他也是一个作家血液里的东西,是我命运里的东西。他不是可以游戏的东西。"乔厂长"构成了我的命运,也影响了我的命运,甚至影响其他人的命运,有按照"乔厂长"那一套去做被撤职的,也有看了乔厂长的故事改变了跳楼自杀念头的,等等。当时,兰州的一个石化公司员工来信感谢我,说他父亲由于各种各样的原因被撤职,就要得精神病的时候突然看到这篇小说,看完之后他父亲的心病一下子就好了。

记者:这篇作品发表后,轰动了整个中国文坛,引起了极大的争议,批评者认为是毒草,在媒体上用十几个版的篇幅展开连篇累牍的批判;而赞扬者又给予它极高的评价,并荣获当年的全国优秀短篇小说奖。对同一部作品的评价,为什么会有如此大的分歧,并得出两种截然相反的结论呢?

蒋子龙:小说描写某电机厂内部改革中所遇到的种种矛盾与阻力,作品中那位大刀阔斧、锐意改革的电机厂厂长乔光朴激起了全国上下的改革热情,以致许多工厂挂出了"请乔厂长到我们这里来!"的长幅标语。但是,在那样一个特殊的时代背景下,改革总会触痛一些人的神经。一位领导同志在全市最大的剧场里动员计划生育和植树造林,却把大部分时间用来批判这篇小说。这自然又闹成了一个事件,工会主席回厂传达的时候说:"蒋子龙不光自己炮制大毒草,还干扰破坏全市的植树造林和计划生育……"

三十年的文学与生活

记者:文学是生活的反映。三十年来,中国的社会和生活发生了巨大的变化,这些变化在文学上也有很好的体现。作为社会生活的记录者,您的创作向世人展示了社会生活这种变化,您笔下的艺术形象,被评论家誉为"开拓者的家族"。我们从您的作品表现的生活画面中,聆听到了历史的回声,强烈地感到新的生活的节奏。这些作品艺术地再现了当代人的命运,为什么您的作品中会有这么强烈的时代感和现实色彩呢?

蒋子龙:赶上这样一个社会的大变革期,现实催赶着你不多看不行,不多想不行,灵魂得一次又一次地蜕皮。就像蛇一样,不蜕皮长不大。不管你愿意不愿意,当代文学乃至每个人的生活都跟这场改革绑在了一起,波澜起伏,丰富而充实。写作自然也是有感而发,我的文学观以关注现实作为一种责任。有责任,才会观察,才会有自己的感受,创作至少会有真诚,不至流于空泛和浮躁。注视着急剧变化的社会现实,还会逼迫作家去读好多东西,研究许多现象,文字也会充实。不管是否真的能写出有价值的东西,作家存在的意义,至少是应该追求有意义的写作。比如我在《赤橙黄绿青蓝紫》中,是要向读者展示一种历史变革要求和发展趋势的不可逆转性;而在《锅碗瓢盆交响曲》中,则从广阔得多的社会背景上,反映了新时期改革潮流所带给生活各个领域的深刻影响……

记者:一九八四年,您曾经以华北平原上的一个小村庄为背景写过一部中篇小说,题目很有河北特色,就叫《燕赵悲歌》,这是怎样的一部作品?

蒋子龙:《燕赵悲歌》通过一个农村有胆有识、具有现代意识的农民形象,展示了北方农村在变化中的灵魂激荡,想揭示物质文明的发展给农村社会带来的急剧变化,以及农民们的种种不适应。作品以"悲歌"为题,从一开始就预示着农村改革将是一场沉重万分、阻碍重重的、对大自然更是对顽固势力的斗争。有图变的,也必然会有怕变的。前者如武耕新、熊丙岚,后者如李峰、孙成志。我着重刻画了武耕新这位具有燕赵文化背景的农民,并对他寄予了深厚的同情。

记者:上世纪八十年代,您的创作风格还没有最后定型的时候,您的作品都充满张扬的个性;但是当您的风格固定下来以后,从《蛇神》到《人气》到《空洞》,我能感觉到您的一种矛盾,我发现您一直在转换自己的写作方式,为什么会这样?

蒋子龙：是的，这确实是一个问题。从《乔厂长上任记》、《赤橙黄绿青蓝紫》到《人气》，没有风格的时候我努力追求风格，但是有了风格以后会发觉风格会把你框住。于是我一直在转换路数，想突破自己。当我发现一个创作路子成套数了，就赶紧转业，东一榔头西一棒子，好像总是在创业，这也是我的苦恼。比如我当时就创造过两种"文学模式"，一种是"乔厂长模式"，一段时间各种乔厂长式的人物出了不少，我自己却尽量不再写这类的人物。另一种是"刘思佳——玩世不恭型的人物模式"，曾有一段时间这样的年轻人很多，甚至有些部队题材的小说，年轻军官也弄成这样的性格。长篇小说《蛇神》已经将作品重点由对事件的描画转向对个人性格的刻画，这以后创作的《寻父大流水》、《子午流注》、《饥饿综合症》系列等作品，我的创作风格开始发生转变，作品中塑造的形象由"主动进攻型"的强者转向"被动承受型"的小人物。随着人生阅历的增加，我作品中的人物少了那种意气风发，却多了对命运的无奈感。此时，我对社会问题思索较从前变得更为深刻，我只想自由地在小说中表达自己对人与事的思考，不再去考虑什么风格。如《人气》写天津棚户区拆迁，人搬走后，窗户卸了，门拆了，房子就不像房子了。我想表达的就是房子是用来保护人的，可房子本身又是需要人住进去来保护的。再如《空洞》，根据一桩活烧肺结核病人的真实报道写的，其中表达的就是对普通人命运的关注。我希望自己的作品能为读者展示出故事之外的思想。

记者：最近这些年，您小说写得少了，散文随笔写得多了，为什么会有这种转变？

蒋子龙：因为我老了，没锐气了，不能像年轻人凭一股冲劲，一气呵成那样写长篇了。老家伙了，对生活更多的是感悟、是思考，很容易从一件事情、一个现象联想很多，左顾右盼的，不太容易集中，所以更适合写散文。我常常想到中国作家的生命力。和当年相比，我觉得自己少了很多锐气，一个长篇写了多年，还写不好。外国作家不这样，像托尔斯泰，六七十岁写《复活》，雨果七八十岁写《九三年》。为什么？

我想是文化的底蕴,传统文化的影响。中国作家,一到五六十岁,就在心里对自己说:都到这份上了,不要勉强自己,写不出来也没关系。这等于自己给自己找台阶下。我在《文汇报》写过一篇《寻找悍妇》,不是真的找一个凶老婆,是要让自己更有动力。

我骨子里淌着农民的血

记者:请谈谈您对自己的家乡沧州的印象。

蒋子龙:在我的心目中,沧州是个神奇的世界,大得了不得,有许多我闻所未闻、见所未见的新鲜玩意儿。它是我见过的第一个城市,印象深刻,感受强烈。不论什么时候,在什么场合,一听人谈起沧州,就不能无动于衷!几十年来,我去过不少著名的大城市,也见过东欧和北美的一些美丽城市,但让我感到亲近,并常常进入我梦境的还是沧州和我的家乡——窦店。真是奇怪,我在家乡只长到十四岁就到天津去读书,然而一做梦就回到家乡:那高高的土房,村外的水坑,可摸鱼可洗澡,那比两边的土地低大半截的大车道。但是却极少梦见我已经习惯了的城市和城市生活。我在一篇散文中写过这样一句话:"沧州,像梦一样永远跟着我。"

记者:天津离河北这么近,这些年您经常回河北吗?现在沧州老家还有您的老房子和亲人吗?

蒋子龙:我经常回农村老家,那里有我童年的伙伴,还有一些同辈和侄孙辈的人。我的童年是在沧州农村度过的。人的情感是很奇怪的。我一九五五年考到天津读中学,后来当兵,大部分是在大城市。实话实说,在城市生活了半个多世纪,我一直觉得自己骨子里是个农民。每天看天气预报时,脑子里首先想到的总是天气对农村的影响,很自然地和庄稼的生长联系起来,眼下是什么季节,地里缺不缺雨?我到现在做梦,做城市的梦很少,做了也记不住。如果出现很好的梦境,一定是我的老家,可也不是我原来的老家,这个老家非常甜美。我对农村的情感很深,我认为,是农村在我的童年养育了我的性情,甚至决定了我的一生。一九八一年写《赤橙黄绿青蓝紫》里的工厂,别人一看就知道我写的是沧州。因为我写一个机灵的小伙子自己造了一台电视机,命名为沧州牌。作者有如此的家乡情结,一看就知道是沧州人。

记者:您回农村老家,是因为有割舍不掉的亲人、友情、童年记忆,还是为了体验生活,接接地气,寻找写作的感觉呢?您和自己的家乡是一种什么样的关系呢?

蒋子龙:我小说里有一节,写大涝之后在水里抢庄稼,完全是我自己的经历。雨水齐腰深,大人在地里掰棒子,我负责往家里运。所以我对农村的感情很深,是农村形成了我的性格、性情,甚至决定了我的一生。我一回到老家,说话就是沧州味。有时我有意把自己关在农村,就是让自己从里到外都变成一个农村人,在一种农村的氛围中写作。我同意这样的说法,作家脱离生活,闭门造车,写出的作品就容易缺筋骨、缺思想、缺行动。我把这种现象叫做精神的软死亡。真正的作家应该没有"家",他的灵魂、他的精神应该在路上,在行动中。如果一个作家安于有家了,他的精神就死亡了。作家不参与,不到现场观察和体验,老是坐在家里开发自己,肯定不行。为了写《农民帝国》我去农村很长时间,广东的、河南的、山东的,还有天津周边的农村都去过。我到农村去,都是走单帮式的,最长的是几个月。村里人都不知道我是谁,就知道来了个老头儿,像个疯子,或者来个亲戚,他要在这儿生活一段时间。我从来没拿过公家的介绍信,那样不行,当你变成了采访的,听到的套话就多了。

我下农村是尽量将自己变成一个农村人,这就跟我童年的经历连接起来了。生活在城市里,我的语言结构、氛围、形态都还是城市的。可我一回到村子,几天之后,我说话的腔调,和人打交道的方式,一切都入乡随俗了。

记者:与这些全国著名的村子相比,河北的农村和农民有哪些优势,又有哪些不足?我们应该借鉴这些村子的哪些经验呢?

蒋子龙:说实话我更喜欢河北的农村和农民,他们中有更多的人是耿直朴茂的,更好相处,也好领导。

记者:最后,请您谈谈对当下河北文坛的印象。

蒋子龙:河北文坛整齐雄壮,传统深厚,有响当当的前辈,又有阵容强大的新军。现任中国作家协会的主席,就从我们河北出去的,这就足以说明问题了。

2008年11月

人大访谈

王彧：蒋先生您好，很高兴您能接受我们的访谈。我们还是从您的创作谈起吧。您在百花文艺出版社出版的选集的自序中对您的创作有一个阶段性的概括，就是将一九六六年之前的创作称为用笔唱出的"生命之歌"。与之相较，则将一九七一年"重操旧业"后的创作称为"政治之歌"。我们应该如何来理解"生命之歌"与"政治之歌"之间的差异呢？

蒋子龙：我的第一次投稿，是一九五七年秋天，缘于一场灾难。在一位老师被打成"右派"的现场会后，我完全无心地说了一句这个老师真倒霉的话，被同学出卖，便经受了长达近一年的批判和处分。他们整我的一个理由是，说我受资产阶级思想的毒害想当作家。其实我从来没有想过要当作家，当时我喜欢的是机器，是工科。为了赌一口气，偏要写个稿子试试。稿子被退回后丢在学校传达室的窗台上，有多事的同学先发现，拿走将它钉在教室的黑板上，成了我想当作家的铁证，挨整也随之加剧。我再一再二地被城里学生坑害，他们的卑劣真把我快气疯了，也许是我这个沧州人的气性过大，开始大口吐血。心里恐慌还要瞒着家里，也不能让同学们看到幸灾乐祸，当时真动过想跟整我的人同归于尽的念头，是在天津二中读高三的表哥，宽慰和劝阻了我。好不容易熬到毕业，像我这样一个全校唯一甚至是全市中学里唯一的"坏典型"，继续升学是不可能了，便报考了铸锻中心技术学校，同时也开始大量阅读中外文学名著。不知是文学具有某种治疗作用，还是我自身的生命力强盛，脱离了挨整的环境后吐血就越来越少，一年

470

多以后不治而愈。一九六〇年八月,我从技校毕业后进工厂刚拿了头一个月的工资,生命发生了另一种转折。海军来天津招兵,凡年龄合格的人都得报名,但我从心里是不抱任何希望的,首先体检这一关就过不去。再加上出身富农,政审也不会合格。

可我怎么也没想到,生命中不仅有意想不到的祸害,还有从天而降的惊喜,绝大多数的报名者都在第一次体检时被刷下来了,偏我这个吐过血的人却意外过关了。随后又进行文化考试,我在全市适龄者中竟考了个第一名,那位来招兵的海军上尉不知是没有看我的档案,还是他另有别的想法,不仅让我穿上了海军军服,还指派我当上了新兵排的副排长,他自任排长。我的生命一下子又充满了新奇和欢乐,入伍三个月后在《人民海军报》上发表了处女作,一篇不足千字的小散文,题目好像是跟紧急集合有关,借一次夜间紧急集合简单而真实地表达了我入伍后的积极和快乐。从第一次投稿到将自己的文字印成铅字,整整过去三年了,我的命运大起大落,有一种绝处逢生的欣喜。此后偶尔还会在军报或地方报刊上发表一点小东西,五年后发表了第一篇小说《新站长》,讲一个海军气象站站长的故事。那个阶段的所有文字,虽肤浅,但真淳,最朴实地记录了自己的生命体验。所以我称之谓"生命之歌"。

招我入伍的上尉季参谋,并不能一直保佑我,到我服役期满真正需要提干的时候,被"出身不好"的问题实实在在地卡住了。还好没有让我无限期地超期服役下去,转过年就退役又回到原工厂。因为能写点文章,被分配到厂长办公室当了秘书,厂长还是当初为我入伍送行的冯文斌。此公不仅是政治上的大人物,也是个难得的文学人物,与他结缘是对我小说创作的一种成全。一年后"文革"爆发,厂长理所当然地成了"走资派",我则被打成"保皇派"、"黑笔杆子",下放车间监督劳动。自此,从我的主观意识上开始跟政治、跟中心,经历了生命的第二个灰暗期,劳动改造时被看守用砖头打破了脑袋,造反派专为我组织了七千多人批判大会……到七十年代初,工厂开始"抓革命、促生产",过去的生产骨干、党团员等又开始被重视,我在车间的日子也渐渐好过起来,劳动多,被监督少了。因为是三班倒,有的是时间,市里也开始恢复一些文艺刊物,我便试着写点东西,想靠文章给自己落实政策,只要我的文章能发表,就说明我这个人也没有多大问题,工厂的人看到我能公开发表文章了,说不定就会给我一个说法。我像许多年前初学写作一样,努力按照阶级斗争的套路图解政治,但很快就发现很难编出新鲜玩意儿。当时有几条规矩,写作时是必须遵守的,你不遵守到编辑那儿也会被退回来。比如正面人物应该是"小将"、"造反的闯将",对立面自然就以"老家伙"为主,任何故事里都得要有阶级敌人的破坏……当时最火的文学刊物,也可以说是文坛的标杆,是上海的《朝霞》。

李云:对,《朝霞》在"文革"后期基本就是主流文学的样板。就像您刚才说到的,按照"两结合"、"三突出"那套已经"很难编出新鲜玩意儿",所以在这个时候,您决定"试着用文学恢复生活的本来面目,根据真实的生活写作,而不是让内容迁就形势",发表了小说《机电局长的一天》。因此,《机电局长的一天》无论是相对您过去的创作还是当时流行的创作,都有了一些截然不同的东西。不过,我们这代人与"文革"那段历史还是有隔膜,我们都知道《机电局长的一天》的写作时间是在一九七五年底,当时"四人帮"尚未倒台,政治形势尚不明朗,这种"不是让内容迁就形势"的文章能够顺利发表吗? 是哪些因素促成了您创作上这样一个转型?

蒋子龙:到一九七五年,根据我所在车间和整个工厂的生产状况推断,国家的工业形势大概快跌到崩溃的边缘了,中央请邓小平出山,协同叶剑英、李先念召开了全国钢铁座谈会。为了贯彻这个座谈会的精神,国家第一机械工业部于十月底在天津宾馆召开工业学大庆动员大会。我所在的锻压车间担负着一批国家重点工程的生产任务,"文革"开始被打成"保皇派"的一批人又开始被重用,我也被起用在车间里协助抓生产。厂部指示车间要派一个人去列席一机部的学大庆会议,当上边问到车间的生产情况时这个人要能说得清楚,还能把大会的精神和要求带回来,车间和厂部合计的结果是让我去。我在锻锤上

472

干了十年重体力活,第一次出来参加这样的大会,眼界大开,受到极大的震动,许多知名的大厂,如湖北二汽、富拉尔基重机厂、南京汽车厂等,老干部和老厂长已经真杀实砍地冲在领导第一线,实实在在地在领导着抓生产,他们的事迹让我有一种久违了的发自内心的感动和敬佩。

到第三天下午,有人把我从会场上喊出来,说外边有人找,是两位很亲切的老大姐,她便是《人民文学》杂志的编辑部主任许以和编辑向前。她说毛主席已经批示,《人民文学》杂志要复刊,约我写稿。我当时正被大会上的一些人物所感染,经历了近十年"文革"的压抑和单调,这种从骨子里被感染的体验是很新鲜的,身上产生了一股热力。我对许以说写稿不难,怕写出来你们不能用。许以问我为什么要这样说?我说要写就写我自己最真实的感受,可又怕写出来跟眼下的小说形式拧着。她说先写出来看,我倒是对你这个想法有兴趣,写小说就需要有真情实感。当时我就稀里糊涂地答应试试。对我来说当时宾馆的条件太好了,台灯很亮,桌子舒服,白天开会,晚上开始写小说,可惜会议很快就结束了。会后工作又特别忙,大概拖了半个多月,才抓一个星期天的空,再搭上一个通宵,将小说完稿寄给许以。自那篇小说开始,我自觉才算摸到了一点文学的大门。

王尧:完稿应该是十一月初了吧?据说"小说的定稿时间最晚不会迟于十二月初"。那么,这一个月左右的时间发生了些什么呢?

蒋子龙:我的小说寄出不久,《人民文学》杂志编辑部派崔道怡来津找我,告诉我小说已经通过,发明年复刊的第一期,题目要加上个"一天",改为《机电局长的一天》(我寄给许以的稿子的标题可能是《机电局长》),苏联有个修正主义的"一天",大家都觉得我们应该搞个社会主义的"一天",小说很好,都通过了,只是按照新的标题重新写个开头。我觉得这个很容易,当天晚上就写了开头又给他送回去。他住在市中心劝业场附近的一家老饭店里,我住在城市西头,那个时候马路清静,骑车跑一趟也得四五十分钟,他看了新的开头觉得不满意,让我重写。第二天我白天还要上班,晚上回到家又写了开头再给他送去,他看了还是觉得不大满意,说我还有能力,应该再挤一挤。小说很有气势,不配个精彩的开场太可惜了。我从他住的饭店里出来就很晚了,到了我住的南开区赶上停电,半个天津市一片漆黑,大街上几乎没有人了,我将自行车蹬得飞快。不想下个大坡时斜刺里钻出一辆三轮车,被我撞个正着,他没有事,我的车前轱辘撞坏不能骑了,只好推着回家。夜深人静,我推着破车走了一个多小时,却并不觉得时间很长,反而觉得很兴奋,因为我在路上想好了一个新的开头。回到家点上蜡烛,一口气写出了这个新的开头。第二天一大早,我刚要去上班,崔道怡来敲门,其实他昨天晚上看了我第二个开头基本就认可了,只是想试试我还能不能挤出更好的来。早晨他退了房,来看看我昨天晚上有没有收获,如若没有新的收获他就回京采用昨天的那个开头。他进门后我们来不及说别的,先给他看了我昨夜在蜡烛底下写的开头,他看后连说了几个好字,拿着稿子就去赶火车了。

王彧:稿子接着就出现在了《人民文学》复刊后的第一期,听说很快就引起了一场风波?

蒋子龙:几个月后这篇小说被打成大毒草,罪名大概有这么几条:"宣扬唯生产力论"、"为走资派翻案"、是"四上桃峰"等等,要在全国批倒批臭。《人民文学》先派副主编刘剑峰来津找我,让我写个检查,在刊物上公开发表。我当场拒绝,说一不写检查,二从此不再写小说,我已经被劳动改造过十年了,顶不济再抡十年大锤。说到激愤处还带出一句粗话:真是哑巴叫狗操了!不知怎么这句粗话立即在天津文艺圈里传开了,让想保护我的《人民文学》编辑部为难了,他们一厢情愿地认为我公开写个检查就能过关。于是让另一位副主编李希凡替我写好了检查稿,来天津先让市委管文教的副书记看,市委领导同意了,再让当时市委文教组组长孙福田找我谈话,叫我必须在李希凡代写的检查上签字。孙福田向我转达了李希凡跟市委领导的谈话,说编辑部也为这篇小说开过多次批判会和检讨会,拿出蒋子龙的原稿一页页地对照,责任编辑和负责终审的主编,只在上面改正了个别的笔误和标点,蒋子龙的文字很有个性,别人很难在上面加东西。也就是说这篇小说的错误完全由蒋子龙个人负责,铁证如山。编辑部的错误是觉悟不高,把关不严。听了这些情况我才知道,自己的小说也给编辑部惹了很大的麻烦,找我组稿的许以大概会更倒霉。于是我同意在李希凡写的检查上签字。孙福田一见说通了我,就从另一间屋里请出李希凡,他郑重其事地向我宣读了以我的口吻写的检查书,我一言未发就在上面签上我的名字。

李云:但《一天》的故事还没有完。这篇小说后来在《天津文艺》再次发表了,不过,已经是一个中篇,而最初发表在《人民文学》上的却是一个短篇。这中间又发生了些什么呢?为什么会做这样的修改?

蒋子龙:"文革"结束后《天津文艺》改版,主编万力以前在我所在的工厂深入生活,有两三年的时间,对我的情况非常熟悉,对我的遭遇也很同情,他想为《机电局长的一天》平反,更重要的是逼我重新拿起笔来。于是就想出这么个主意,往《一天》里加内容,将短篇改为中篇,恢复原标题《机电局长》,在《天津文艺》上连载。他说这在过去是有先例的,将中篇改长篇的都有。对我来说这不是难事,但我当时的兴趣已经不在文学上,由于负责车间的生产,全部身心投入到车间的生产管理上,对文学甚至有些厌恶。万力用话激我,要想扔笔也得把《一天》的脸正过来,这对你来说不费多大事,你一肚子生活,小说的骨架都是现成的,无非是往里边加肉……我一直很尊敬万力,他始终是支持我的,碍着面子就写了一节。但一上了马就由不得我了,连载不能断,编辑期期催稿,逼着我不得不写下去,渐渐地又找到了写作的感觉。这部中篇不过是起了一个过渡作用,帮助我重回小说界。

……

王彧:可以说《机电局长的一天》和《乔厂长上任记》都与《人民文学》杂志密切相关。您是怎么看待《人民文学》杂志前后的两次约稿?在"伤痕文学"与"反思文学"成为潮流的当时,什么因素促使您做出"面对'文革'的'伤痕'和'废墟',呼唤、表现在城市和乡村的改革"的选择?

蒋子龙:《人民文学》杂志有个很好的传统,爱护作家,有长远劲,不是单纯地光盯着稿子,只为了稿子。我跟"文革"后的主编李季接触过几次,那真是大家,平实宽和,牢靠可信。打上几次交道后,说句高攀的话,让你感到写不写稿子,他都是你的朋友。《人民文学》第一次向我组稿时,编辑们信心十足,刊物停了好多年,大家心里都憋着一股劲,想办个像样的文学刊物。我曾问过许以,为什么找到我?在我心目中高高在上的"国刊",怎么会知道一个地方工厂的业余作者?她说看过我的作品,特别是短篇小说《三个起重工》,很有发展,觉得我有生活,创作有特点。这就是《人民文学》的传统,着眼于发现作家、培养作家。后来小说出事了,局面并非许以所能控制的了,以后编辑部三番两次地派人找我,她却再不出面,连我想见到她说几句问候的话,都找不到机会。我又没有得罪她,只有一种解释,她或许觉得对不住我,原本一片好心却把我害了。其实我心里一直在怀念这位很有水平的老大姐。

三年后渡过劫难,《人民文学》第二次找我组稿,同样是出于一种想激励我重新回到文坛的善意。至于赔礼道歉等等不过是个借口,别说本来就不怪他们,即使真的怪他们,他们是国家级的大刊物,我是已经销声匿迹的工厂业余作者,他们不搭理我,我又能怎么着?我忘记当时谁是主编了,反正这个人心很细,知道我脾气不好,如果还记着仇,说骂就骂,场面不好收拾。所以派个刚调来的新编辑,我重情面,绝对不会谈崩。我当时远离文学界,工作压力很大,天天忙得屁滚尿流,对什么"伤痕文学"、"反思文学"等潮流几乎一无所知。《人民文学》来要稿子,我想自己也该换换脑子了,正好那几天有闲空,掂量掂量自己手里有什么,就往外拿什么。要说心里有个情结,那就是要在新的小说里为《机电局长的一天》正名,让人感到像姊妹篇。当时绝对没有"呼唤改革"的意识和雄心,一九七九年"改革"这两个字的使用频率还很低。如果使用了"呼唤改革"这样的词句,肯定是后来的事,为了拔高创作心态。

李云:另外,我们还注意到一个现象:《人民文学》是中国当代最为权威的文学刊物,您是一个在上面发表作品的天津作家,所以,对您作品的评判和裁定总是脱离不了两股政治力量的纠结缠绕,一个是北京方面、一个是天津方面,不仅《机电局长的一天》是这样,《乔厂长上任记》也是这样。但有意思的是,北京和天津方面的态度这次似乎相互发生了一个逆转,您能回顾一下这方面的情况吗?

蒋子龙:实际上两个城市在两次小说事件中的态度,并没有什么"逆转"。在《机电局长的一天》事件中,天津并没有"保"我,完全顺着北京的指示逼我必须做检查。孙福田曾向我传达市文教书记的话,你告诉蒋子龙,他不是说一不写检查,二不再写小说,大不了还回汽锤上干活吗? 他想得倒好,不写检查还能让他在工厂待着吗! 这显然是警告我,不做检查就得进监狱。李希凡到天津的那天晚上,我妻子刚生下女儿,我回家好不容易熬了一暖壶小米粥,那个时候这就是产妇最好的补品了。我将六岁的儿子反锁在家里,骑车刚到医院门口就被两个人拦住了,要带我立刻去见市委领导和北京来的人。最缺德的是他们还派一个女人到产房做我妻子的工作,让妻子劝我。女人刚生完孩子怎么经得住这样恐吓,我一怒之下将暖壶向他们的脚面砸去,叫他们带警察来抓我,否则我是不会跟他们走的。幸好我当时还没有完全失去理智将暖壶砸到他们的脸上,那就真的被抓走了。等那三个男女走了以后我不得不回家重新给妻子熬小米粥。受了那次惊吓,妻子的奶就没有下来。那个年代买不到牛奶,奶粉要票,生完孩子没有奶大人孩子得受多大罪啊!

后来全市的文艺界在中国大戏院召开批判会,有人记着数,一个下午喊了七十多次"打倒蒋子龙"的口号。口号喊得最响的人恰恰是我的熟人,或跟我合作过的专业人士。可以说当时真保过我的,是我的工厂。《机电局长的一天》在全国展开批判以后,从内蒙来了三个兵团战士,找到市里要把我揪到内蒙去,市里告诉他们我不是市里管的人,随他们到工厂去协商。那三个造反派在市委磨叽了好多天就是不敢去工厂揪我,我想他们怕的是送上门去,揪不走我说不定自己被一万多名工人给收拾了。到"乔厂长"风波时,北京的态度可能反映了一些当时的社会心态,而天津对我的批判,不过是延续了"文革"的遗风,或者叫派性。

李云：不管怎么说，《乔厂长上任记》最终成为当年全国优秀短篇小说评选获奖作品，并被公认为"改革文学"的开山之作，因为在这之后大量反映中国改革开放现实进程的作品开始不断涌现并在不同程度上呼应了民众对现代化的无限憧憬和热切期待。不过，一九八五年后，随着城市改革的大幅度推进，"文化热"、"方法论热"、外国文学翻译的出现，人们看待世界和认识文学的方式也发生了变化。尤其是随着"寻根"和"先锋"的兴起，"伤痕"、"反思"和"改革"文学等传统的现实主义文学逐渐淡出文坛。这种文学转型虽是历史大趋势的产物，有其必然性，但也存在一些问题，例如是否会影响到现实主义文学的深化？过去人们对它的反思不够。

王彧：包括八十年代后期，在"先锋小说"同时或稍后，出现了"在最初的批评文章中"被有的批评家称为现实主义回归的"新写实小说"，如刘震云的《塔铺》、《一地鸡毛》，池莉的《烦恼人生》、《冷也好热也好活着就好》，方方的《风景》，刘恒的《狗日的粮食》、《伏羲伏羲》等。"仍以写实为主要特征，但特别注重现实生活原生形态的还原，真诚直面现实，直面人生"，对于这样一种仍旧划归现实主义范畴的新的写作倾向，您是怎么看的？

蒋子龙：经过数十年的闭关锁国，改革开放让国人看到了外面有个花花世界，脑子活了，心里痒了，再加上市场经济、商品社会，一时间让刚从"文革"过来的人眼花缭乱、六神无主，还能定住魂的不多了。文学也一样，开放的前二十年主要是补课，一招一式地从头演练西方现代小说技法。近十年开始定下心来，回归现实主义传统。通观三十年的当代中国现实主义文学，不可能"深化"到大家期望的程度，也"深化"不了，当代作家不具备能将现实"深化"到经典的功力。这里有两方面的原因，首先是现实，反反复复，急剧变化，无法预测，无法规划，五花八门的事件层出不穷，让作家们的想象力相形见绌，光是能钻透现实的表皮就已经不容易了。就如同地质人员找矿打油，在过去那个漫长的历史时期，数百年乃至数千年现实都很少有变化，打开表皮就是油层、就是矿层。现在往下钻了几千米,还是泥沙乱石,有的油井要钻到地下七千米深。这就牵涉到第二个方面,现在的作家被媒体、被市场诱惑得还有那样的耐性、那样的韧劲往下钻吗? 现实主义文学成了"好汉不愿意干,赖汉干不了"的事情。所以,当刘恒横空出世的时候,我看到了中国当代文学的希望,曾经认为他会成为一面现实主义文学的旗帜。

李云:九十年代中后期又陆续出现了一批小说,有一些被改编为电视连续剧或电影在社会上广泛传播,引起了不小的轰动,被媒体称之为"现实主义冲击波"。如何申的《年前年后》,刘醒龙的《分享艰难》,谈歌的《大厂》和《大厂续篇》,关仁山的《大雪无乡》,张宏森的《车间主任》,周梅森的《人间正道》、《天下财富》、《中国制造》,张平的《抉择》,陆天明的《苍天在上》、《大雪无痕》等。在某种意义上,对改革进程中出现的诸多问题以及底层民众所遭遇的生存困境有限度地触及和揭示是这批作品受到欢迎的一个重要原因。其中一部分被命名为"大厂文学"、"新改革小说",这很容易让我们联想到八十年代的"改革文学"。同时,民众对于高长河、段启明、吴明雄等的热切呼唤和企盼也很容易让我们联想到乔光朴、霍大道、李向南等深入人心的形象。您是怎样看待在文学已经很难产生"轰动效应"的九十年代中后期出现的这批小说以及相应的文化现象? 是否可以这样认为:"改革文学"或者与之相应的"现实主义叙事"事实上并没有如有些人所判断的那样已经终结或丧失了现实有效性,反而一直存在并始终维系着底层民众某种切实的政治想象与欲望?

蒋子龙:我们这个民族的文化根脉中有一股叫做"国家兴亡,匹夫有责"。你不见北京的出租车司机个个都是政治家,天津的环卫工人谈起城市管理来,似乎比市长还有道道。文学的"现实主义叙事"永远都有广泛的社会基础。眼下的问题是这种"叙事"流于表面化、肤浅化,说不出更新、更深的东西。再加上影视作品帮倒忙,将这种"现实主义叙事"庸俗化、模式化,败坏了大众的胃口。当代文学的"现实主义叙事",正等待着一次突破,我对此比较乐观。

李云：这三十年中国社会最重要的历史特征就是"改革开放"。而现在文学对"改革开放"过程中各种矛盾和冲突的描写不够，一直没有产生能与这一宏阔历史相匹配的史诗性的能够解释人们历史困惑的大作品。尽管前面提及的"三驾马车"虽然希望有所贡献，但实际上也偏离了这一路向，有一种简单地回到过去现实主义写作规范上的倾向。为此，希望您谈谈自己的看法。

蒋子龙：没有办法，深不下去只好回头，或者拐弯。我对此深有体会。我就是沿着这条路摸爬滚打了这么多年，却始终难有大的突破。我归结为自己功力不够，首先是对"改革开放过程中的各种矛盾和冲突"把握不准，政治上自不必说，就是经济现象也抓不到实际的核心，社会变得五花三层、光怪陆离，人心、人性难以捉摸……对这一切如何有个哲学上的提炼？只能怪罪自己没有足够的大智慧，给现实以精神的烛照，拿出有重要的思想分量的东西。所以才罗列事件，想靠细节、靠人物取胜。这就给人以现实主义写作倒退了的印象。但客观上也不能不承认，目前要想对"改革开放过程中各种矛盾和冲突"有大气和准确的描写，恐怕不现实，距离太近，还需等些时日。

（李云：中国人民大学 2007 级博士生；王彧：中国人民大学 2008 级硕士生）

2009 年 3 月

答《人民日报·海外版》杨鸥问

　　杨鸥：您的《乔厂长上任记》是开改革文学的先河之作。是什么样的机缘让您萌发写这部小说的念头？请谈谈《乔厂长上任记》的创作经过。当时正处于改革开放之初，当时的社会现实、思潮对您有怎样的影响？

　　蒋子龙：《乔》作为小说，自然是一种虚构。任何虚构都有背景，即当时的生活环境和虚构者的心理态势。当时我刚"落实政策"不久，在重型机械行业一个工厂里任锻压车间主任，车间有近三万平方米的厂房，一千多名员工，分水压机、热处理和锻造三大工段，差不多相当于一个中型工厂，却没有一个工厂的诸多独立性。我憋闷了许多年，可以说攒足了力气，想好好干点活。而且车间的生产订单积压很多，正可大展手脚。可待我塌下腰真想干事了，发现哪儿都不对劲儿，有图纸没材料，好不容易把材料找齐，拉开架势要大干了，机器设备因年久失修，又到处是毛病。等把设备修好了，人又不听使唤，经历了"文化大革命"真像改朝换代一般，人还是那些人，但心气不一样了，说话的味道变了，对待工作的态度变了。待你磨破了嘴皮子、连哄带吓唬地把人调度顺了，规章制度又不给你坐劲，上边不给你坐劲……

　　我感到自己像是在天天"救火"，常常要昼夜连轴转，回不了家，最长的时候是七天七夜，身心俱疲。甚至觉得还不如蹲牛棚，蹲牛棚期间精神紧张，但身体清闲，不是坐着写检查，就是站着（顶多撅着）挨批判，一般不会挨打。我记得同棚的人除去一个有花案的外，其余的都没挨过打。这就牵扯到所谓给我"落实政策"，包括两个方面：一是工厂给我恢复中层干部的待遇;另一方面还要在我身上落实"文学政策"。在"文革"中我之所以被打成"牛鬼蛇神",是因为给厂里"一号走资派"写过报告和总结材料,被称为"黑笔杆子"。在文学期刊上发表过小说,凡"文革"前的小说在"文革"中大多都被认为是"大毒草"。而且就在"文革"最激烈的时候我还炮制了"全国知名的"、后被称做"毒害过全国人民的大毒草",那就是一九七六年初在复刊的《人民文学》杂志第一期上发表的短篇小说《机电局长的一天》。这篇小说很快"在全国批倒批臭",被定性为"四上桃峰"、"宣扬唯生产力论"、"为右倾翻案风制造舆论"……外地的造反派打到市革命委员会的大门,"强烈要求"把我揪走,市里告诉他们我在工厂,而且当时我就住在工厂的牛棚里,造反派们却始终没有到工厂揪我。我猜他们不是不想,是不敢。所以我至今都感激工厂。当时工厂把我关进牛棚,明着是批我,却起到了保护我的效果。

一九七九年五月,《人民文学》杂志社派人来给我落实"文学政策",向我讲述了怎样将《机电局长的一天》打成毒草的过程:编辑部的人谁若不承认它是大毒草,谁就不准参加毛主席追悼会,将被打入另册。由于让我做检查被我拒绝,编辑部派一位副主编执笔替我写出检查,给市委领导看过之后强压我在上面签字画押等等,为这一切向我检讨,如果我能原谅编辑部就再给他们写篇小说。这意思显然是在说,我若不写这篇小说就意味着不原谅编辑部。"文革"又不是《人民文学》编辑部发动的,我从来就没怪罪过他们。看来这篇小说是非写不可了。此后用了三天时间,完成《乔厂长上任记》。写得很顺畅,就写我的苦恼和理想,如果让我当厂长会怎么干……

所以我说,"乔厂长"是不请自来,是他自己找上了我的门。当时我完全没有接触过现代管理学,也不懂何谓管理,只有一点基层工作的体会,根据这点体会设计了"乔厂长管理模式"。想不到这篇作品引起了社会上的关注,许多人根据自己的体会来理解乔厂长,并参与创造和完善这个人物。首先参与进来的是企业界,兰州一大型石化公司,内部管理相当混乱,其中一个原因是上级主管部门一位主要领导的亲戚,在公司里横行霸道,群众意见很大。某一天清晨公司经理走进自己的办公室,发现面前摊着当年第七期《人民文学》杂志,已经给他翻到了《乔厂长上任记》开篇的那一页,上面压着一张纸条,提醒他应该读一读此文。

他读后召开全公司大会,在会上宣布了整顿公司的决定,包括开除那位顶头上司的亲戚,并举着一九七九年第七期《人民文学》杂志说:"我这样做是有根据的,这本杂志是中央办的,这本杂志上的文章应该也代表中央的精神!"当我看到这些报道时,几乎被吓出一身冷汗。以后这篇小说果然给我惹了大麻烦,挨批不止。连甚为高雅的《读书》杂志也发表鲁和光先生的文章,我记得文中有这样的话,他接触过许多工厂的厂长都知道乔光朴,有些厂长甚至当企业管理的教科书在研究,但管理效果并不理想,最后简直无法工作下去,有的甚至被撤职。我真觉得对不起人家,罪莫大焉。

但也有喜剧。东北一位护士来信讲,她父亲是一个单位的领导,性格刚强,办事雷厉风行,本来干得有声有色,却因小人告状,领导偏听偏信就把他给"挂"了起来。他一口恶气出不来便把自己锁在屋里,两天两夜不出门,也不吃不喝。有人出主意,从门底下塞进《乔厂长上任记》让他读,读后果然开门出来了,还说"豁然开朗"。我也一直没想明白,他遇到的都是现实问题,读了我的小说又如何"豁然开朗"呢?

当时天津容纳听众最大的报告厅是第一工人文化宫大剧场,经委请来一位上海成功的企业家作报告,但入场券上赫然印着"上海的乔厂长来津传经送宝"。天津有位知名的企业家恼了,先是找到主办方交涉,理由是你们请谁来作报告都没关系,叫"传经送宝"也行,但不能打乔厂长的旗号,这个称号只属于他。他不是凭空乱说,还随身带着一张北京的大报,以大半版的篇幅报道了他的先进事迹,通栏的大标题就是《欢迎"乔厂长"上任》。主办方告诉他,人家报告者在上海也被称做乔厂长,而且所有的票都已经发下去了,无法更改。这位老兄竟然找到我,让我写文章为他正名,并只承认他才是真正的乔厂长,其他打乔厂长旗号者都是冒牌货。记得我当时很感动,对他说你肯定是真的,因为你是大活人嘛!连我写的那个乔厂长都是虚构的,虚构的就是假的,你至少是弄假成真了。至今想起那位厂长还觉得很可爱。

还有闹剧。天津一位老同志,对《乔厂长上任记》深恶痛绝,到淮南一家大煤矿采风,负责接待的人领他去招待所安排食宿,看介绍信知道他是天津来的,就向他打听我,打听"乔厂长"这篇小说,于是老作家展开了一通批判,等到他批痛快了旁边却没人管他了。后来有个服务员接到电话通知他说,我们这里不欢迎反对乔厂长的人,你还是另找别的地方去采风吧。这位老同志回来后可不依不饶了,又是写文章,又是告状,说我利用乔厂长搞派性,慢待老同志。我生活的城市的一家大报,对《乔厂长上任记》连续发表了十四块版的批判文章,当时的一位领导同志在全市最大的第一工人文化宫大剧场动员计划生育和植树造林时,竟因批判这篇小说忘了谈正事,以至于到最后没有时间布置植树和节育的事。因此我们厂的工会主席回厂传达的时候说:"咱厂的蒋子龙,不光自己炮制毒草,还干扰和破坏全市的植树造林和计划生育……"领导如此大张旗鼓地介入对这篇小说的围剿,自然会形成一个事件,一直到许多年以后作家协会换届,领导在做动员报告时还要反复强调,"不能以乔厂长划线……"一个虚构的小说人物,竟然成了划分两种路线的标志!后来我看到一份《文化简报》,上面摘录了一段胡耀邦对这篇小说的评价(见 2007 年 5 月 17 日《南方周末》),我想这可能是那场风波表面上平息下去的原因。

有这么多处于不同阶层的人结成联盟,反对或喜欢一篇小说,"乔厂长"果然成个人物了。无论当时的现实是欢迎他、讨厌他,甚或是惧怕这个家伙,却都是对这个人物的再创造。因此"乔厂长"也可以说是集体创作,是当时的社会现实成全他应运而生。我不过是扮演了产婆或助产士的作用。我的虚构可能拨动了现实中某根甚为敏感的神经,但我并不想触犯什么禁区,只想讲述一种真实。文学虚构的本质就是为了更真实。赫鲁晓夫有句名言:"作家是一种炮兵。"乔厂长这一"炮"或许打中了生活的某个穴位,却也差点把自己给炸掉。

杨鸥:《乔厂长上任记》之后,您又写了《开拓者》、《赤橙黄绿青蓝紫》、

《锅瓦瓢盆交响曲》等小说,表现改革者的个性心理、精神风貌及他们为现代化建设进行的奋斗,是"改革文学"的延续。您作为"改革文学"的领军人物,是否您的个人素质与"改革文学"的特性比较吻合?

蒋子龙:这个问题我回答不了,首先对"改革文学的特性"就弄不明白。而且在创作"乔厂长"时脑子里并没有多少改革的意识。当时的社会意识形态也还没有从"文革"的禁锢中解脱出来,人们若惊弓之鸟,疑虑重重,社会保守而僵硬。否则《乔》也不会惹起那么大的争议。去年读了不少纪念"改革开放三十周年"的文章,才知道一九七八年底的党的"十一届三中全会",主要是解决落实政策的问题,平反冤假错案。改革真正形成社会风气,是几年以后的事情。再说我对自己的"个人素质"也不很清楚,从未在这方面进行过理性的剖析。写作是自然而然的,写出来的肯定是心里有的和急于想表达的。倒可以说,我的小说面貌和风格,可能跟我的命运和生活轨迹有关,甚至可以说是工厂的一种成全。

每个人的一生,肯定都经历过几桩痛快事。我人生中的一大快事,是刚参加工作便一步跨进当时的头等大厂"天重",即"天津重型机器厂"。作为全国"五大重机厂"之一,曾是工业时代的一个标志。不只在天津,在全国也赫赫有名。我亲身经历了它波澜壮阔的辉煌,正是这个过程影响了我的文学创作。改变我人生轨迹的《机电局长的一天》、《乔厂长上任记》等早期的一批作品,都取材于这个厂。我文字中的气脉、视野和个性,也得益于这个厂。我至今还记得刚进厂时的震惊,展现在眼前的是一个巨大的工业迷宫,如果单用两条腿,跑三天也转不过来。厂区里布满铁道,一个工厂竟然拥有自己的三列火车,无论是往厂里进原料,还是向外运产品,没有火车就拉不动。当天车钳着通红的百吨钢锭,在水压机的重锤下像揉面团一样翻过来掉过去地锻造时,车间里一片通红,尽管身上穿着帆布工作服,还是会被烤得生疼……我相信无论是什么人,在这种大机器的气势面前也会被震慑。我小说中的"局长"、"厂长",就是在这样的气势中诞生的。

在我的前期作品里,完成了两种"人物模式"的创造。一种是

"乔厂长模式",在一段时间里,各种各样的乔厂长式人物出现了不少。另一种就是"刘思佳模式",他便是《赤橙黄绿青蓝紫》里的人物。在一个封闭的时代,一切都因循旧习,谁冒一点尖或出一点头就被视为大逆不道。而他,却个性突出,玩世不恭、桀骜不驯、喜欢抗上。在一段时间里,这样的年轻人形象忽然多了起来,甚至在有些部队题材的小说和影视作品中,也把年轻的军人弄成这样的性格。

杨鸥:您的作品一直关注现实,八十年代以来有很多文学流派,如先锋派、新写实主义等等,对您的创作有没有影响? 您是否对现实主义文学情有独钟?

蒋子龙:上个世纪八十年代至九十年代,中国文坛打开了眼界,将近几十年来西方文学的流行技法,逐样演练了一遍。我自然也受到了很大的冲击和影响,读了大量各种流派的现实主义作品,思路大开,放逐想象,觉得写作自由多了。之所以没有发表"赶时髦"的作品,一是胆怯,怕画虎不成反类犬。二是我的情感跟现实搅缠得太紧,现实生活中有太多的东西刺激着我、催逼着我,好像没有精力在技法上多玩花样。也得承认,我本来就不是时尚人物,写作更多的是靠下笨力气,即便我想玩花活,也未必就玩得好,所以才怕闹出邯郸学步的笑话。再有就是我的文学观所决定的。写作是有感而发,不是靠聪明、写点子,或坐在屋子里硬憋。文学关注现实是一种责任,有责任,才会观察,才会有自己的感受。创作至少会有真诚,不至流于空泛和浮躁。注视着急剧变化的社会现实,还会逼迫作家去看好多东西,研究许多现象,文字也会充实。不管是否真的能写出有价值的东西,作家存在的意义,至少是应该追求有意义的写作。允许游戏文字,但一个时代的文学不可能都是文字游戏。

杨鸥:您的近作《农民帝国》写农村题材,是否也是"改革文学"的延续?"改革文学"发展到现在与当初兴起的时候相比有什么不同?

蒋子龙:我对"改革文学"的提法并不是很喜欢,它不严密,不规范。我就从来没有看到过有谁给"改革文学"下过定义,好像是起哄式地人云亦云,大家都为了省事,随大流就这么叫开了。但约定俗成的力量很厉害,套在你头上你没有办法,每个人的一生似乎都离不开符号和标签。我没有办法让人们不提这个口号,但我写作时从来都没有"改革文学"的概念,更不会按着这个套路去创作。凡作家都有个大致相同的苦恼,没有风格的时候努力想追求风格,一旦形成了自己的风格,就会发觉又被风格框住了。于是就得转换路数,千方百计要突破自己。创作总是需要创新。《农民帝国》可以叫农村题材,也可以称工业题材,它写的是"工业农民"的悲剧。农民渴望工业能让他们致富,没想到应了一句老话:"人没有吃不了的苦,却有享不了的福。"我写作这部小说的初衷是想揭示农民的命运,并不是要表现社会改革的大进程。当然,改革的进程影响了现代农民的命运,把它跟改革题材联系起来也可以理解。从广义上说,凡反映现实生活的作品,都可以划归为改革题材,由此可以说当前的"改革文学"广泛而深入了。但从最早提出这个口号的概念出发,现在"改革文学"是弱势,作品少,社会影响也小。正如现实生活中的改革遇到了从未有过的挑战,狭义上的"改革文学"也陷入一种瓶颈阶段。

杨鸥:您当过兵,也在工厂工作过,很少见您写过当兵的题材,写工业题材较多,这是否因为工业题材与改革开放联系比较密切?您是否对与改革开放有关的题材比较感兴趣?

蒋子龙:我的第一篇小说就是写部队生活的,以后也写过一些反映部队生活的散文,但部队留给我最宝贵的一块东西还没有动,以后没准会把它写成一个小长篇。就像《农民帝国》的题材在我心里装了几十年,最终还不是写了出来。只要怀了孕,孩子是一定要生下来的。至于为什么写工业题材比较多,可能跟工业对我的关系更紧密,翻来覆去地折腾着我的命运,在工人阶级吃香的年月,我是"牛鬼蛇神"、"黑笔杆子",待到国营企业的工人纷纷下岗的时候,我成了"工人作家"、"写工业题材的专业户"。这就是我的命运,是文学给我安排的命运,我喜欢文学就要接受这种命运。当年我专注于工业题材,也是一种非常自然的事情。当时我是"业余作者",写作完全凭借兴趣,放任自己的直觉,那个时候我平时最关心的以及给我感触最深的都是跟工厂有关的事情,工厂不仅为我提供了足够多的创作原料,也影响和拓展了我后来的小说世界。我只要从事创作,就一定不会忽视工业题材,如果不是这样便难以想象,解释不通。但工业题材并不等同于改革题材,工业进步是人类文化进步的产物,工业的品质中有人的内涵。但随着工业的高度发展,人的形式正在被工业技术所改变,所谓"现代人",其实就是"工业人"。由现代科学技术武装并推进的工业化,是一股强大的集权主义力量,它对人类的传统生活方式进行脱胎换骨地改造,侵入到人类生活的各个领域,使人的生活习惯和思维都不知不觉地发生了剧烈变化,人也逐渐地丧失了许多原有的特性。高度工业化给人类提供了极大的便利,又限制了人的选择,控制了经济的发展和社会的进步,它甚至漠视不同人类族群的文化和意识上的差异。于是我一直在关注着这样一种现实:工业带来的现代物质文明,到底是人性的胜利,还是工业对人性的胜利?工业能建设生活,同时也能建设人性吗?这些问题既困扰又激励我塑造了一个又一个的"工业人物"。被套上"改革文学"的标签,不过是一种巧合。我写《机电局长的一天》的时候,还不知改革为何物。中国之所以要改革开放,是因为工业落后。在改革开放的进程中,社会的工业性、现代人的工业性,又给了我诸多的创作冲动。

杨鸥:您写了不少杂文,杂文需要有思想,思想对一个作家来说是否重要?

蒋子龙:思想对一个作家来说是第一位的。有人抱怨当代文学被边缘化了,其中一个很重要的原因,是由于思想贫弱。贡献不出有价值的思想,文学就失去分量。凡经典,都是靠思想留了下来,人类唯一能够传下去的东西就是思想。鲁迅将杂文称做"杂感","感"是什么?靠什么去"感"?为什么鲁迅能"感",而别人没有这种"感"?还不是取决于思想。思想是一个作家敏锐的感应神经,有了思想才能对时弊和史弊有新颖独到的感知、感觉、感悟和感慨,方能成文。现代世界如此之杂,社会杂,政治杂,官场杂,生活杂,男女杂,人杂,事杂,心杂,情杂……任谁都会有满肚子的杂感,作家若没有独到而深刻的思想,何以写出有意义有趣味的文字？

杨鸥:您最近在写什么？每天的写作时间如何安排？

蒋子龙:最近写了一组纪实性的散文,《长江北上》、《石都石趣》、《车轮上的共和国》等等,从正面直接接触官场(政治)、市场(经济)和情场(文化),常能感知生活的温暖、社会的光亮、经济的增长点……也是拥抱现实的一种方式。对我的精神是一种调剂,对写小说和写杂文也是一种营养。至于你问我怎样安排写作时间？我基本不安排,写作一直处于一种"游击状态",自由散漫得很。谁逼得急就先给谁写,每天只干一样,写短文章时,两个小时干完了,其余时间就看闲书或玩儿了。写长篇到较劲的时候会拉晚,什么时候在情节上告一段落了,什么时候才会停手。开夜车最出活儿,但不敢老开夜车,以前干几个通宵睡上一大觉就缓过来了,现在懂得悠着点了。每天有一样是不用安排也少不了的,就是在网上待两个小时。

2009年4月

答《杂文选刊》问

《杂文选刊》：蒋先生您好，首先对您的长篇小说《农民帝国》历经十一年后终于二〇〇八年十月问世表示祝贺！这部凝聚了您巨大心血的著作，将笔触伸向农村、农民，我想这或许不单单是您对于艺术创作的追求，也是出于一份情感上的诉求吧？

蒋子龙：不错，写长篇要有丰沛的感情支撑，感情空了，文字就会干巴巴。我的童年是在农村度过的，那是我人生最美好最快乐的时期，为我的人生打上了底色，储存了能量。至今做美梦的时候，梦中的景物多是农村。我的农村情结更像我心里的一块病，这部长篇不写出来，我舒服不了。

《杂文选刊》：人们往往这样形容您的性格：外冷内热。不熟悉的人常会误以为您冷漠孤傲，而实际上只要能"冲破那道严肃的防线"，便会发现您是一个古道热肠，并不乏幽默和可亲的人。您这道"严肃的防线"是与生俱来，还是您丰富而又曲折的人生经历、工作经历使然？

蒋子龙：自母亲去世后，我的命运就伴随着打击，每当干出点苗头，准会招来重重的一击……没完没了，几乎折腾了我大半生。如今这副样子，有自己的性格因素，也有命运的成全。在朋友圈子中我被认为是豪爽的，敢说敢做的。但我内心很清楚，自己怵头交际，不像别人那样能轻松自如地就融入一个新的群体。有时狂傲，有时自卑，有时冷漠，有时火热，生命就是这样一个矛盾体，作家的性格就更是复杂多变。

《杂文选刊》：一九七六年《一个机电局长的一天》的发表，引起了巨大反响；一九七九年《乔厂长上任记》再次引起轰动。然而我们知道，这两部作品都给您带来了很大的麻烦。能否与我们分享，在那样的情境之下您的内心世界，是怎样的信念促使您一路上笔耕不辍？

蒋子龙：文学对我来说不过是一种逃避。读书的时候我功课不错，非常想上大学，由于身上背着个政治处分，彻底毁了大学梦。当兵时干得也挺好，按理应该提干，却由于出身不好不得不复员。回到工厂也完全有可能成为一个大工匠或生产管理者，却又一次次地挨整挨斗……凡是我想干的没有一件能如意。后来发觉，躲到文学里还能保留自己的梦，在自己创作的小说世界中，生活和命运得到更新，精神得到释放。当我的小说也遭到批判时，我已经无路可逃、无处可退了，正如俗话说的，置之死地而后生。到"乔厂长"挨批时，就如同给我打兴奋剂，报纸上每见到一篇批判文章，下班后我会在路上买一瓶啤酒、五毛钱的火腿肠，当晚必创作一个短篇。

《杂文选刊》：提到您，人们首先便会想到《乔厂长上任记》、《一个工厂秘书的日记》、《赤橙黄绿青蓝紫》、《燕赵悲歌》等优秀的小说。《"公偷"》等杂文亦是流传甚广，为广大读者所称道。是基于怎样的一种情愫，使您在小说创作的同时，创作出一篇篇精妙的杂文呢？

蒋子龙：文学不能没有虚构，但光有虚构也是不行。"物以稀为贵"，当今文坛，杂文比小说更珍贵。能写杂文是一个作家在文字上过关的标志。在这个全民书写的时代，不是小说，而是杂文把许多写作的人挡在作家的门槛之外。"嬉笑怒骂皆成文章"并不容易，要求作家必须有起码的公共意识和社会良知，至少自己做人有底线，心地比较清净。否则你即便有生花妙笔，也写不了杂文。我之所以在近二十年里写了不少杂文，是现实一次次非把我从虚构中拉出来不可，我不先把这些话说出来，就无法安心，也对不住文学给我的这点话语权。同时我也感谢杂文凝炼了我的思想和文字，成全了我写作风格上的另一面。

《杂文选刊》：从创作的角度看，长篇小说是一种"宏大叙事"，需要很强的掌控能力。而杂文则相反,篇幅短,但杀伤力亦足。您是怎样驾驭这两种不同的文体创作的呢?

蒋子龙:长篇小说和杂文的情理相同,文理相通,我认为好的长篇里会藏着许多杂文的"核"。长篇可以藏拙,甚至允许有闲笔。杂文别看顶着个"杂"字,却不允许对水、掺假,有一点假情假意假深刻,立刻变味,就不再称其为杂文。

《杂文选刊》:有人说您这一代人经过了一个妄信、盲信到觉醒的过程。您怎样看待这些?

蒋子龙:小孩子刚一出生的时候,从里到外都极为单纯而洁净,看到什么东西都要往嘴里放,无论是泥土还是玩具。这种不干不净的天性,反而帮助小孩子更能健康地成长,只有接触脏东西,才能在体内产生对付脏东西的抗体。就在这种不干不净中,渐渐地让小孩子学会了怎样分辨脏和净。但环境的脏和净,生活的逆和顺,常常并不以个人的意志为转移,于是就出现了千差万别的命运曲线。现代年轻人痴迷网络,焉知不是"妄信、盲信"? 过许多年后这一代人同样会有自己不同的"觉醒"。

《杂文选刊》:您的杂文如《美国的烧烤俱乐部》、《面皮和球皮》、《癌性格》等,总是能够从细微的小事中挖掘出宏大深沉的题旨,行文举重若轻,绵里藏针,使读者在轻松畅快的阅读中触摸到作家思想的质地。这样一种风格应是来源于对生活独到的体会和在创作中完善的思想体系吧?

蒋子龙:我崇尚杂家,关注社会现实,认为杂文的第一要素是"观点"。所以我写杂文多是"大题小做"。"观点"一定要有些现实性、针对性、思想性,"大"点没关系。写起来要小心,"巧迂回,多穿插",让人看上去像是在说一个小故事、小点子,姿态越小越好。

《杂文选刊》:当代很多作家在西方的影响下,都有一种"影响的焦虑"。您是怎么看待这个状况的?传统流传下来的文化,其实有两种,一种是文人文化,另外一种是民间文化。您的作品似乎更多地体现民间文化民间意识,更写实。您对此有什么想法?

蒋子龙：我已过"耳顺"之年，什么话都能听进去，感兴趣的事物很多。但不缺少自知之明，没有"胸怀未来"、张口闭口都是文化的锐气了。用不着自己操心的事便不瞎掺和，轮不上自己着急的事也不去添乱。写自己想写和能写的，不管它是不是文化，是"文人文化"还是"民间文化"。

《杂文选刊》：在二○○七年年末，您创作了《2007年的智慧》、《2007年的爱情》等杂文，而去年，我们又看到了《2008年的尴尬》、《浪漫的2008》、《2008年的创意》等作品。这样以杂文视角进行的年终盘点，构思独特，题旨深刻，涉及范围广，难度亦大。是怎样的感慨促成了这一系列作品的问世？在今年年末，我们是否能看到"2009年"的盘点作品呢？

蒋子龙：每到年末年初，都会有报纸索要过年的文章，哪有那么多的"拜年话"好说？而一年过去了是必须要说点话的，国家有国家的总结，各单位也都要盘点一番。于是我想搞个"民间盘点"，到网上去搜罗全年的流行语。每年都有不同的流行语，而流行语最能反映民意、民情、民事。我选择最能表达当年特点的流行语，分门别类，编辑成文。近乎文字游戏，即兴而为。没有计划，没有目标，去年写了今年不一定还写，就看到年底有没有兴致，有没有合适的题目。

2009年4月

秦岭访谈

　　秦岭：我注意到，最近，您的长篇力作《农民帝国》因为涉及农村社会特别是农民的现实命运再次成为文学界关注的焦点，这种关注像当年以《乔厂长上任记》为主的"开拓者家族"那样，似有波及并燎原到社会学界的态势。事实再次证明，您是一位有着鲜明唯物史观、时代意识和现实关注的作家。我想说的是，无论是工业题材还是农村题材，您的作品中总是充盈着一种现实忧患感和对现实改革的迫切渴望。作为文人，这种强烈的悲悯情怀和深重忧思是个性使然呢，还是源于心灵与现实社会的激烈碰撞之故？

　　蒋子龙：每个作家跟文学结缘的过程都不同，是个人的生活经历及命运，决定了文学观。我读书时喜欢历史、数学，是学校历史组的成员。但走上写作的路，是被现实所捆绑，甚至可以说是被胁迫。那缘自一九五七年，因同情一位教古典文学的老师，在全校被批判了几个月，最后竟背着处分毕业。就这样文学作为一场灾难进入我的人生轨迹。而现实的灾难又促使我跟文学结缘。这样的文学之路，以后想摆脱现实都难了。再加上我务过农，当过兵，做过工，在社会的"五花三层"里沉浮穿行，多少知道人间是怎么回事，大半生走过来，全部感觉都用在关注现实上，而现实的重击也更容易触动我文学的兴奋点。局限是在所难免，但也成全了我的写作。我自觉正是这样的思想和文风，才使文字没有钝化和圆滑。

　　秦岭：在我看来，您上个世纪七十年代末到八十年代初创作的《乔厂长上任记》、《开拓者》、《拜年》、《赤橙黄绿青蓝紫》、《阴差阳错》

等系列作品,有的为新时期工业改革题材提供了全新的改革者形象,有的提出了当时经济体制下干部制度改革的问题,有的关注工厂青年的思想和生活,有的笔锋陡转,直指改革中的困境,由此可见,您始终在对当时的中国工业改革进行解剖式的、跟踪式的、梳理式的纵深思考,并凭借诸多"领先"元素构筑了后来同类作家作品难以超越的模式。二十年来,中国工业改革今非昔比,工业现代化和经济全球化进程给社会生活带来了巨大的变化,同时也派生出了二十年前从来没有过的各种复杂的社会矛盾和现实问题。作为工业题材的领军人物和改革文学中最有影响的艺术家,您是否仍然在进行纵深的解剖、跟踪和梳理,是否仍然对这一领域充满创作的激情和思想准备?

蒋子龙:当今世界简直无法预测无法规划,人们老爱说"多元",其实多元就是无元。在这个时候,作为一个作家总要有点坚持、有点操守和立场,才能够定得住魂儿、守得住心。守住了自己的心也才能观察,有观察才会有自己的感受,创作至少会有真诚,不至流于空泛和浮躁。注视着急剧变化的社会现实,还会逼迫作家去读好多东西,研究许多现象,文字也会充实。不管是否真的能写出有价值的东西,作家存在的价值,至少应该是追求有意义的写作。特别是赶上这样一个社会的大变革期,现实催赶着你不多看不行,不多想不行,灵魂得一次又一次地蜕皮。就像蛇一样,不蜕皮长不大。不管你愿意不愿意,当代文学乃至每个人的生活都跟这场改革绑在了一起,波澜起伏,丰富而充实。但,像你所说的,"进行纵深的解剖、跟踪和梳理",太难了,几乎是不可能的。至少我是做不到的。比如《农民帝国》这部书,断断续续、写写停停地磨蹭了很长时间,但不是"十年磨一剑",是"磨洋工"。准确地说是放下、拾起,再放下、再拾起。虽然很看重这个构思,也知道自己命中注定该写这部小说,可开篇后常常感到驾驭不了它。主要是对现代农民的命运把握不准,不能完全参透他们灵魂的脉络,以及现代农村变革的得失……于是便几次知难而退。可丢掉以后心又有所不甘,过一段时间手又痒痒了,便再拾起来。有一天我忽然想明白一个道理,对农民的命运和近三十年农村生活的变革,参不透就不参,把握不了就根本不去把握。我只写小说，能让自己小说里的人物和故事顺其自然地发展下去就行。于是一鼓作气终于把小说完成了。

秦岭：我在甘肃天水老家上中学的时候，就拜读过您的第一部长篇《蛇神》，那是我拜读了您大部分工业题材小说以后的一次十分惊讶的阅读，这部小说使我进行了一种全新的与改革无关的精神遨游。重情崇美的主人公邵南孙对花露婵的至爱至情在经历了"文革"后，成为融善恶美丑于一身的人物，其人性的裂变和性格的多元使所有的情节都变得扑朔迷离，异彩纷呈，催发了我们对您此类创作的更多期待，可惜在后来的跟踪阅读中，您似乎在这片由自己开发的自留地上消失了，期待您解开这个谜。也许您认为根本算不上什么谜，但事实上，我们再也没有在您的其他作品中读到类似于《蛇神》的另类表达。

蒋子龙：这是个有意思的话题。人的兴趣多种多样，文学的感觉也多种多样，写作的动因也各有不同。有的是思想被触动而萌发写作欲望；有的是被人物或故事所感染；有的是出于一种责任或公共意识……《蛇神》则完全是出于一种兴趣。我小的时候痴迷于戏曲，堂嫂是沧州京剧团的头牌须生，一有机会我就跟着剧团到处跑。久而久之便装了一肚子戏内戏外以及演员的故事。加上我在农村长大，喜欢乡野，性格中有一种天生的野趣，继《蛇神》之后又写了一部中篇小说《长发男儿》。当时若不是工业题材强拉硬拽，我很有可能就沿着《蛇神》的兴趣写下去了……那现在我的小说家族，又将是别一番景象。你把《蛇神》比喻成我的文学"自留地"，让我觉得有趣。今后我有条件可以更多地顺从自己的兴趣，或许会更加勤奋地耕种自己的这块自得其乐的"自留地"。

秦岭：我在德国的洪堡大学学习考察时，有位汉学家告诉我，中国的新时期作家由于思想的局限和人文意识的淡薄，最容易受到题材的局限。但是喜欢您作品的读者会发现，"改革文学"的花环没有笼罩住你，笼罩的恰恰是读者的判断，因为您涉猎的题材十分宽泛，《蛇神》、《子午流注》、《人气》、《空洞》、《农民帝国》等小说的表达直抵城市、农村、知识分子、商界、官场生活的精神纵深地带。您的十多部随笔集，如果不是在人世间的开阔处览胜,就是在隐秘处探幽,甚至多见对天文地理、神灵鬼蜮的感悟,文笔恣意处,乱花必迷眼,几乎看不出有什么题材的限制。除了阅读、阅历和悟性,还与什么有关呢?

蒋子龙:现实生活会按题材划分吗?普通人的命运会被题材框住吗?我从来就对"改革文学"之类的命题不以为然,在字面上就不大通顺。是"改革文学"?文学又如何"改革"?还是反映"改革"的文学?我当年写"乔厂长"时,脑子里还没有多少关于"改革"的意识。以题材划分文学,甚或区分作家,恐怕是中国文坛独有的特色。我一向都不认为,一个成熟的作家会被题材所局限。但也大可不必刻意地为"突破"而突破,有一条恐怕是所有作家都不能违背的,就是发挥自己的长处,写自己熟悉的,包括通过资料间接熟悉的。学者有学者的特长,杂家有杂家的优势。我很看重"识"。古人讲知识分子的智慧和修为体现在三个方面:"才、学、识。"而"识"才是灵魂。没有"识见",即便才高八斗,学富五车,也难以发挥,不知该怎样发挥。诸葛亮未出隆中,便断定将来必定是三分天下。于是他为刘备制定的奋斗目标就是"三分天下"。这就是"识"。

秦岭:一九九六年我刚从甘肃调到天津的时候,厚重的行囊中就有您的随笔集《我是蒋子龙》,不仅因为少年以来的文学情结绵伸到了津沽大地,更重要的是其中有一段话不得不使我负重赴津,此话曰:"小说无疑是作者更深刻、更丰富、更高水平的自白。"自白很容易让人想到思想、灵魂的呈现和再现,想到作者本身和作品中人物形象的某种勾连和关系。后来在我们作家签约仪式、颁奖大会上频频与您接触,似也发现您卓然、生猛的性格与您笔下的某些人物有着某种交叉点。您觉得,至少现在,您的那部作品是否更好地体现了您的"自白"?

蒋子龙:我以为每一部作品,都可以说是作家的一份自白,他的全部作品就是他完整的自白。比如我的诸多随笔杂感,所袒露的思想,就跟填写调查表一样直白。而性格、情感,则在小说里表现得更为丰富曲折。但生命不断发展,人在每个阶段的感悟也不一样,他的"自白"也必不完全相同。一九七六年我最真实的"自白"是《机电局长的一天》，而眼下最能代表我的自然是《农民帝国》。

秦岭：作为从西部农村庄稼地里走出的山里娃，我无时不在密切关注着中国农村社会变革对农民精神层面带来的变化，并野心勃勃地试图把这块蛋糕做成秦岭式的模样。您的《农民帝国》给了我新的启示和反思，它与您八十年代另一农村题材名篇《燕赵悲歌》有着本质上的区别。原本善良、勤劳的郭存先暴富以后，却无法抑制自身欲望在权力和财富中的无限膨胀，终成"农民帝国"中的"帝王"，直至彻底毁灭。这似乎是农民的宿命，似乎又不完全是，那么到底是什么？我发现我遭遇了思想的局限。我想，您要表达的肯定不光是金钱、欲望、权力对人性的冲击，其深刻性至少可以追溯到对国民性、民族文化、民族社会心理的追问和思考上来。您十四岁就离开故乡沧州，在浮华的津门待了五十多年，而《农民帝国》所表现的时代，恰恰是您在城市生活的阶段。您是否怀疑过小说与当代农村现实本相、本色切合的程度和精度？

蒋子龙：你真的认为现代城市与农村现实在"本色、本相"上有根本的或者是天大的差异吗？我不这么看。我认为从文学意义上说，目前中国没有城市，只有农村。所谓城市不过是个大村子。前两天媒体公开报道，某大城市里一个只有九十个人的单位，却在一座二十层高的豪华大楼里办公，平均四五个人享用一层，吃饭的睡觉的打牌的玩球的喝酒聊天的地方一应俱全……当下有些钱多的人和单位的这种"烧包"，是不是"很农民"？所以眼下要反映中国现实，没有比选择农民更合适的了。被邓小平称做是"第二次革命"的改革是从农村开始，三十年之后又回到了农村，农民像以往一样又成了推动社会历史前进的原动力……人们该怎样估价这种情势？农村在害城市病，城市在害农村病。没有比金钱更能体现商品社会的"本色和本相"了。现代人没有钱不行，光有钱也不行。农民活不下去会出事，钱太多如果压不住钱，也会被钱烧得难受。当今世界不是钱很多、大富翁也很多吗？于是钱就在闹事，金融居然也形成大的"风暴"，而且比自然界的大风暴对现代人类的摧毁力更大。"农民帝国"确实不只在郭家店，并不是只有农村才有"土皇上",城里有些很"洋"的人,甚至是留洋回来的人,也有这种情结。不信看看那些被曝光的贪官,他们中一些人的言行活脱脱就是"土皇上"。身份不是农民,骨子里比农民更农民,而且瞧不起农民的人,更容易闹出"帝国"的悲剧。

秦岭:您在随笔中多次谈到您的故乡河北沧县,并有诸如"我常常身不由己地躲进去,如果能不出来我愿以牺牲现有的一切为代价"等等令人扼腕的故乡情结。显然,古老厚重的燕赵大地给了您乡村叙事乃至洞悉世事的更多理由。就燕赵和津沽两种地域,您觉得哪种文化对您文学观的影响大一些?

蒋子龙:我的文学气脉中的理性、态势,可能得益于我所在的工厂。而性格和情感,或许更多地接受了家乡的营养。总之,"燕赵和津沽"缺了哪一块,我都不会是现在的我。至于哪个影响大一些,哪个影响小一些,很难说清,也没有必要说清。燕赵文化给了我根脉,津沽的工厂生活浇灌了我的文学小树开花结果。

秦岭:您不光是作家,还是体制内的中国作协副主席,担当、责任和义务必然驱使您对当代中国文学,特别是小说的前途进行思考。巨大的社会变革、变奏不仅能够成全崭新而广博的思想,更为经典文学作品的萌发乃至成长酿就了丰厚肥沃的土壤。当前中国社会的变革进入一个纷繁复杂、充满挑战的发展与阵痛相互交替的时代,但是,时代并没有呼唤出多少不负于这个时代的作品,您如何看待这个问题?

蒋子龙:我不知道这两者间是否有必然的联系?"一个纷繁复杂、充满挑战的发展与阵痛相互交替的时代",就一定要出现"不负于这个时代的作品"吗?我倒觉得现在的文学已经够"纷繁复杂"和"充满挑战和阵痛"了。这样一个很不规范的商品社会,跟这样一个人人都可以指责的文坛现状,不是很相称吗?如你所说,文学还有"体制"内外之分,能干到这个份上就不错了。我相信一个事实,一个作家能够在社会上立足,就一定有他存在的道理。现在还有这么多人有兴趣谈论文学,而且也确有可谈论的东西,就说明当代文学还是有生气、有希望的。如果真像有人说的那样文学已经死了,谁愿意搭理它?事实似乎正相反,当今文坛活跃得很、热闹得很,有国内对骂,有"粗口事件",还有国际间的对骂,诸如"垃圾论"等。于是乎当今文坛出现了一个怪现状:并没有因骂声多、骂声高而冷清。相反,被骂走的人微乎其微,不断进来的人很多,包括"体制外"的也申请进到"体制内"来。文坛越骂越热闹,越骂越拥挤。文学成了一碗肉,五花三层,肥瘦全有。以前有俗语说"端起碗吃肉,放下碗骂娘"。现在是端着碗边吃肉边骂娘。这也看出,当今文学有一种散漫的强大。松拉呱唧,老说"被边缘化了",可谁要真想"消化掉"它,却并不那么容易。

2009 年 7 月

答《鸭绿江》问

《鸭绿江》：蒋子龙老师，您好。我们是《鸭绿江》杂志社的编辑，见到您非常高兴。首先感谢您作为评委，对我们去年"红动中国"征文大奖赛的支持。也谢谢您在百忙之中能够接受我们的采访。

作为工业题材小说创作的代表人物，我们知道您一直致力于工业题材的创作。听说现在还在构思一部工业题材的作品，您的创作一定与当年您在工厂的工作经历有很密切的关系吧？能谈谈您在工厂的工作经历给您带来的除了素材之外的东西吗？比如说赋予您的作品的某种精神内涵？

蒋子龙：可以这么说，当年我中等技校毕业后若不是进了天津重型机械厂，或许不会成为作家，即便成了作家，创作风格和小说面貌，也决不会是现在这个样子。每个人的一生，肯定都经历过几桩痛快事。我人生中的一大快事，是刚参加工作便一步跨进当时的头等大厂——"天重"（天津重型机械厂）。它作为全国"五大重机厂"之一，曾是工业时代的一个标志。不只在天津，在全国也赫赫有名。我亲身经历了它波澜壮阔的辉煌，也见证了它在新时期的转型。正是这个过程，成全了我的文学创作。改变我人生轨迹的《机电局长的一天》、《乔厂长上任记》等早期的一批作品，都取材于这个厂。我文字中的气脉、视野和个性，也得益于这个厂。我至今还记得刚进厂时的震惊，展现在眼前的是一个巨大的工业迷宫，如果单用两条腿，跑三天也转不过来。厂区里布满铁道，一个工厂竟然趁三列火车，无论是往厂里进原料，还是向外运产品，没有火车就拉不动。当天车钳着通红的百吨钢锭，在水压机的重锤下像揉面团一样翻过来掉过去地锻造时,车间里一片通红。尽管身上穿着帆布工作服,还是会被烤得生疼……我相信无论是什么人,在这种大机器的气势面前也会被震慑。我小说中的"局长"、"厂长",就是在这样的气势中诞生的。"乔厂长"身上有着"天重"第一任厂长冯文斌的影子。冯厂长的故事多,"天重"的故事自然也少不了。农村的改革开放是从土地开始的,城市里则是从国营大企业开始的。当时全社会都重视工业,大工厂成了各地最重要的景观,不只是国家领导人会不断地来视察,外国的首脑来也常来参观。我当时担任锻压车间主任,车间里包括四大块:六千吨水压机、两千五百吨水压机、锻工、热处理和粗加工,总共有一千多名员工,以后渐渐地改为三个分厂。在我的记忆里有两次最为惊险,事后我的厚帆布工作服竟让被吓出的一身冷汗给浸湿了。一次是国家主席李先念和夫人,陪同柬埔寨的西哈努克亲王来车间参观,那天碰巧刮大风。幸好六千吨水压机正在干一个一百五十吨的大活儿,一千三百度的高温将钢锭烧得发白了,贵宾们被烤得都退到了车间门口。而门口风又大,只站了一会儿就由市领导引导着出去了。领导人刚走出车间,三十多米高的房顶窗户就被大风吹开,碎玻璃碴子稀里哗啦地砸下来……我的第一部中篇小说《开拓者》,获一九八〇年全国优秀中篇小说奖,领奖时有记者问我:你是个工厂的业余作者,却在小说里写了个 D 副总理,这虚构得有点离谱吧?你见过副总理一级的人物吗?对这种身份的人物的言行,你怎么把握?他的提问带着一种蔑视,认为工厂的业余作者就没见过世面。我当即回答说:巧了,我不止见过一个副总理,还跟其中的一位副总理有过一段交往。那位副总理原来的单位,跟"天重"同属于天津第一机械工业局,当上劳模后我帮他整理过材料。后来被周总理看中并提名,在第四届全国人民代表大会上被选为国务院副总理,主管工业。一九七八年解职后又回到一机系统的天津机械厂,从头再来还是由工人干起。我曾抓了个中午休息的空去看他,只见他在屁股底下垫了个稻草袋子,后背靠着工具箱,脸上盖着半张报纸,正呼呼大睡。我提前准备了一肚子的安慰话都没用上,改为开玩笑说:"您可真是吃得饱睡得着啊!"他跟我说,从一当上副总理就严重失眠,每天能睡三个小时就很不错了。说也怪,自打一回到天机,嘎噔一下失眠就彻底好了。由于他肯吃苦,干得好,再加上改革开放到处都需要能人,他一步步地又升了起来,组长、班长、技术改造办公室主任,最后调到华北物资公司担任总经理。我曾在当时的《海南纪实》上发表过一篇报告文学:《从副总理到总经理》。

《鸭绿江》:关于文学创作的题材,单纯地分出"工业题材"、"农业题材"、"城市题材"似乎不符合创作规律,因为不论是"工业"、"农业"还是城市等,相互之间都是密切联系的,最终都会归结到人类文明这个大的范畴。那么,你对工业题材文学创作这一命题有什么看法?

蒋子龙:划分题材是一个约定俗成的概念,或许是理论界为了叙述的方便,才分出了这个题材那个题材。我们历来喜欢贴标签、发明一个又一个的"主义"。实际上成熟的作家不可能被题材局限,在进行创作的时候更不会老想着题材。每一个作家在刚起步的时候当然要写最熟悉和最让他动情的人或事。我发表第一篇小说时还在部队上,写的是一个驻扎在海岛上的海军气象站长的故事。后来复员回到原来的工厂,当时的兴奋点和关注点又集中到工业上,创作时心思都用在立意、结构、故事以及人物上,没有特别去想题材的问题。小说发表后不知是谁挑的头,把我划到"工业题材"的圈儿里,我并未觉得有什么不好,但也不觉得特别荣幸,况且在理论上戴什么帽子,本来就由不得你自己。每个人的一生都离不开两样东西:符号和标签。符号就是名字,标签就是职业。我的"工业题材"的标签不过更富有戏剧性罢了,在工人阶级吃香的年月,我是"牛鬼蛇神"、"反革命修正主义路线的黑笔杆子";待到国营企业的工人纷纷下岗的时候,我成了"工人作家"……这就是我的命运,是文学给我安排的命运,我喜欢文学就要接受这种命运。

《鸭绿江》:改革开放三十年,中国工业蓬勃发展,特别是辽宁作为老工业基地,经历了改革的阵痛,又在艰难地寻求出路。可以说,工业改革饱含着几代人的酸甜苦辣,其中的故事肯定非常多。然而我们所看到的工业题材的小说作品却很少，能够留下深刻印象的就更少了。我们一直认为，作家的责任之一是关注现实、真实地反映现实生活，这也是我们刊物的一贯倾向。而现在工业题材作品短缺的现象是不是作家逃避现实的一种表现呢？

蒋子龙：这倒未必是作家有意地"逃避"，恐怕说成是市场的选择、是社会文化趋向所致更合适。你想想吧，这许多年来每到"五一"劳动节的时候，在主流媒体上才会看到"工人"和"劳动"的字眼，还会听到几首半个多世纪前的老歌——《咱们工人有力量》、《石油工人之歌》。媒体在组织"五一"晚会和组织"春节晚会"，下的功夫是一样的吗？这两台晚会的收视率恐怕也不可同日而语。再看看现在的年轻人，挤破脑袋都往高考一条路上拥，无非是想出人头地，发财致富。还有多少年轻人愿意当工人，做个普通劳动者？社会如此，而文学是一种社会现象，出现你所说的逃避工业现实的现象就不足为奇了。尽管如此，也不能说作家逃避工业现实就是自然、应该的，一部文学史所记录的是文学跟现实的关系和矛盾。以前我曾说过一句话："当代文学愧对当代。"当代作家享受着现代工业文明的成果，却不能有声有色、恰如其分地表现当代工业社会的现实生活，显得思想贫弱，缺乏强有力的故事和人物形象，致使文学读者锐减，呈现出被"边缘化的倾向"。文学有意无意地绕开工业社会的现实生活，恐怕也是当代文坛缺少大家的一个原因。

《鸭绿江》：我们知道，工业题材的小说创作是需要深入工厂、熟悉生活的，在这方面要比其他题材创作付出得多。因为对于这个题材的创作来说，靠冥思苦想是完全不可能完成的。可不可以说选择了工业题材的创作，也就意味着选择了一种难度。这是不是也是现在很多作者，特别是年轻一代的作者不愿意触及或者是不能够选择这个题材的重要原因之一？

蒋子龙：中国文学的遗传基因来自农业文明，辉煌在封建时代。而工业化不过近几十年的事情，人们还来不及熟悉工业生活，却被工业技术剧烈地改变了。工业技术使现代社会变得无比复杂，甚至让人类觉得靠自身力量难以控制。比如工业污染对自然生态环境的巨大破坏,发生了各种莫名其妙的足以让人类恐惧的疾病:艾滋病、禽流感、疯牛病、猪流感……随着工业的高度发展,人的形式也在发生变化,由现代科学技术武装并推进的工业化,是一股强大的集权主义力量,它对人类的传统生活方式进行脱胎换骨的改造,侵入到人类生活的各个领域,使人的生活习惯和思维都不知不觉地走样了,人也逐渐地丧失了许多原有的特性。这就给文学出了个大难题,如何才能表现工业物质文明以及工业人物的工业性格? 在强大的工业进程中如何发现人物? 工业的人性在哪里? 许多作家面对工业还像刘姥姥进了大观园,于是聪明的便都绕开工业去寻找灵感和激情,"工业题材"便成了一桩"赖汉干不了,好汉不愿意干"的事。

《鸭绿江》:现在活跃在文坛上的作家,老一辈的大部分与工业文明有着一定的距离,而新一代也很少有人能对工业文明有深刻的理解和体会,这样自然无法写出较好的工业题材的作品,怎样解决这一问题?

蒋子龙:我一时也想不出解决这个问题的高招,还不如信奉"无招胜有招"的江湖术语,也叫顺其自然。在社会的转型期,人也有个转型的过程。当"农业人"成功转化为"工业人"、"经济人"、"文化人"时,所谓"工业题材"的尴尬,自然也就不成问题了。

《鸭绿江》:现代工业文明是现代人类文明的基础,现代人类文明是现代文学创作的基础。那么,现代文学为什么很少去反映现代工业文明? 是现代工业文明不适合用文学的方式表达吗?

蒋子龙:并不是只有描写工厂的劳动生活,才是"反映现代工业文明"。现代社会已经被工业文明彻底改变,剧烈地影响了现代人类的生存环境、生活方式、伦理观念、生理状态、表达形式……当代文学只要是表现当代现实生活,无论所反映的是哪个社会层面、哪种生活领域,都无法脱离"现代工业文明"。正像鲁迅说的,人是无法"提着自己的头发离开地球的",现实中的人也不可能让时光倒流,再退回到蒙昧的蛮荒时代。因此,我不大相信文学不适宜表达"现代工业文明"的说法。不然,西方就不会出现"现代主义"和"后现代主义"的诸多经典作品,而他们早在上个世纪的七十年代就完成了工业化。我们还在工业化的过程中,要有点耐心,现在下什么断语都还为时过早。

《鸭绿江》:现代工业是以高科技作为依托,机器发挥了更多作用,这是不是会削弱人在生产中的主体作用,从而影响文学创作中人性的表现?

蒋子龙:高科技是谁发明的?机器是谁创造的?万变不离其宗:人还是现代高科技的灵魂。科技在进步,文学为什么就不能变化呢?网络文学、手机文学、电子书以及五分钟就能印出一本书的机器,现代高科技的发展或许增加了文学表现人物的难度,但不必怀疑文学的能量,一定会找到新的方式,承担起自己的责任。

《鸭绿江》:进入信息化数字化时代,"工厂"、"工人"这两个概念已经和以前完全不一样,你怎样理解这种不一样?

蒋子龙:何止是工厂、工人的概念和以前不一样了,连最基本的"人"的概念也极大地宽泛了。比如"机器人"不是人,可许多人干不了的事它能干,因此在"机器"后面还得给它加上个"人"字。"电脑"不是脑,却能代替人的脑,常常比人脑更好用,所以现代人的脑子已经离不开它了。"克隆人"尚未出世,就在世界上引起了道德和伦理的恐慌……由此可以想到文学的概念也会随着改变,以前有个经典说法:"文学就是人学。"那么现在岂不是也可以说,"文学也是机器人学"、"文学也是电脑学"……这就叫水涨船高。道高一尺,魔高一丈……总之不必为文学担心,只要人类不被机器吃掉,电脑还没有彻底消灭了人脑,文学也就不会消亡。

《鸭绿江》:近年来,工业题材的艺术作品被重新提起,涌现出一些这方面的影视作品,比如《大工匠》、《漂亮的事》,不知道您看过没有?对这样的作品满意吗?如果您现在再写工业题材的作品,会在哪些方面有所突破?

蒋子龙:《漂亮的事》没看,《大工匠》看了一大部分,对其整体面貌有了最基本的了解。借助强大的传媒优势,聘请好演员,用时下的流行元素,包装"工业题材",至少将"工业题材"演绎得很有趣,能吸引观众,这就是好事。但不认为在思想上、情节设计和人物塑造上有多少新东西,有点像拉洋片,更谈不上突破。至于我本人,并不像你所说的"再写工业题材"如何如何……如今是"泛工业题材时代",从这个角度说,我从来就没有离开过"工业题材",一直关注着工业现实,并写了不少这方面的散文随笔。二〇〇〇年出版的长篇小说《人气》,写城市变迁及建筑业。二〇〇八年秋天出版的长篇小说《农民帝国》,按传统观念看似"农民题材",实际属于"泛工业题材作品",小说中的农民已经不是传统意义上的农民,他们渴望工业化,并指靠工业改变命运、发财致富。"农民帝国"的悲剧,究其实是工业时代的悲剧。

2009 年 9 月

中国作家北大行

—— 蒋子龙演讲会

时间:2010年4月15日
地点:北京大学英杰交流中心阳光大厅

陈晓明(主持人):各位下午好！今天我们请来蒋子龙先生,他是中国久负盛名的作家,也是新时期文学的开创者之一,掀开了中国新时期文学早期的篇章。蒋子龙先生多年坚持不懈地写作,不断有新作问世。今天我们请他到北大,大家热烈欢迎！

蒋子龙先生现在是中国作家协会副主席,天津市作家协会主席,为中国文学事业做了很多贡献、做了很多工作。今天蒋子龙先生跟我们谈文学,可能会从自身的创作经验出发。文学应该敢于面对现实,敢于对现实问题作出前瞻性、挑战性的回应。下面我们听蒋子龙先生谈谈文学在这个时代应该承担的责任,所应面对的更加广阔的社会天地。

今天这个活动得到《中国作家》杂志社的支持。一起参与我们本次演讲的嘉宾有《中国作家》杂志社副主编萧立军先生,还有中文系的党委书记、副主任蒋朗朗先生。我本身是中文系的老师。

有请蒋子龙先生演讲！

蒋子龙:谢谢陈教授的介绍,或者说谢谢陈教授的广告。现在任何产品都要推销。今天人没有那么多,我发言倒可以敞开一点。有一次我去美国,在哥伦比亚大学进行一个小型演讲,组织方通知有误,等我们赶到演讲地点,就来了几个人,大部分人去了另外一个地方。他们问我开场不开场？我说开啊，紧跟着给他们先讲了小故事。一九三八年夏天，天津发大水，那是一次在华北历史上著名的大洪灾，街道变成河，大水淹到二楼。天津有个中国大戏院，是最好的戏院，凡大角，如梅兰芳、金少山等来津，都是在中国大戏院演出。当时四大须生之首马连良，正在中国大戏院演出。下大雨的当晚，中国大戏院里的积水已经没膝了，快到开戏的时间了，马先生从幕后扒开一条缝看台下，整个剧场就中间坐着一个人。他立刻回身对下手们说，今天晚上大家要使出所有力气，好好演一场！有人却劝他不如退票算了，台下就一个人，值得我们这么多人为他一个人演一场吗？马连良说，外面下着大雨，这位先生顶着雨来，下身还泡在水里等我开戏，这才是真知音！一生能碰上这么一个知音，就是我们的福气。所以要拿出全部本事，好好地演一场！我一讲马连良先生的故事，哥大对中国当代文学感兴趣的也陆续来了……

我不敢跟马连良比，大艺术家的智慧却对我有启发。平时大家以瘦为美，但也有一种人以肥胖为资本、为荣耀，这就是日本的相扑运动员。但相扑节目中的电视解说员，看上去跟一般人差不多，然而他们都是专业相扑运动员退役下来的。有意思的是，他们一退役，很快就瘦回正常人了。我今天扮演的就是这样一个退休者的角色，因为已经坐在了观众席上，写作心态跟以前不一样，站在一个普通退休者的角度，对当今文坛和一些文学现象，也有了一些想法与感慨，今天就将这些想法讲出来求教于北大的高人。

再从相扑说起，相扑现象非常有意思，和我们的人生一样，都是瘦——胖——胖——瘦，中间有虚胖、真胖、升虚火、发冷的时候。文学也是这样。我见证了六十年来文学的胖瘦冷热，起起伏伏。我小时候视文学为圣事，家境贫穷就读不起书，不读书如何写书？而文字是圣人造的，读圣贤书是一件很神圣的事情，文坛就是一个圣殿，只有天才、非同一般的人物才能到这个圣殿去……物极则反，忽然文坛又成了粪坑，写作是一种祸水。"文革"结束后，文学又有了地位，又有了文坛，但是这个文坛门很窄，连着一条小路，当时文学青年蜂拥到这条小路上,几乎挤破了文坛的门,都想登上文坛看看文学的风景。

慢慢的,文坛越来越大。原来的文坛像报告厅,鲁迅、巴金、郭沫若、冰心坐在前排,谁若进来哪怕在最后面找到一个属于自己的位子,就很不错了。实在找不到位子,能坐在地上也行。那么现在的文坛是个什么状况呢?

如今,文坛已经不需要门和路。文学进入无门时代。

文坛无门,却处处是门,甚至处处设坛,大家随时可以进进出出。比如,你本来坐在前面,美女作家进来,突然坐到你腿上,你就会赶紧起来把座位让给她。现在的文坛,没有限制,从四面八方对全社会开放,反而有人说文学被边缘化了,有人甚至发狠话说文学死亡了。其实,现在的文学倒变成了当下全民书写的状态,是一种谋生手段,文学进入了最实用的时期。每年暑期,我至少要帮助亲朋的孩子们,改写二十几篇升学作文,有初中升高中的,也有高中升大学的。最近几年学生作文有点向文学靠拢,不再那么刻板和格式化,有些学校的老师甚至公开让学生家长去找作家改作文。

前几年,联合国到中国招六名同声翻译。中国会考试的年轻人特别多,甚至还有不少留洋归来的硕士、博士参考,一关关地考下来,还剩下一百多人都是满分,无法淘汰,分不出高下,联合国的考官很有办法,关键的时候求教文学,让考生用中文英文默写一首莎士比亚的十四行诗,立见分晓。

这是一个全民书写的时代。曾有统计,二〇一〇年,发手机短信的冠军是一位三十多岁的女士,每天平均发一百七十五条短信,按一条短信二十个字计算,这位女士每天都要写三千多字。我认识一位叫小崔的业余作者,在一家外资企业打工,去年部门经理不愿意动脑子写总结,年终述职的时候让小崔代笔。这件事让公司的主管知道了,转过年竟让小崔代替那个害怕动笔的人做了主管,其理由是:既然你对自己的工作说不清楚,谁能说清楚就让谁干。

当代文学可分为三块,或者说作家分成了三支队伍:

第一,网络文学。它已经构成了一种无法忽视的存在。网络文学对传统文学的概念、责任提出了新的挑战。网络文学讲究文字狂欢，出现了新的表现方式和文学语式，体现了文学新的力度。前不久，我在报纸上看到人大教授张鸣说，全中国的教授加起来不抵一个韩寒的公共影响力。这话虽有点极端，但确实说明了一个事实。网络文学鱼龙混杂，能产生一个韩寒，就足以说明网络文学的力量和影响力。十年网络文学的数量，相当于六十年来中国所有出版物的总和。但网络文学目前的状态是在疯狂地发胖，像相扑训练催肉的阶段。因此，当下的网络文学属于山洪暴发、泥沙俱下，其中一部分将升华为文学，相当一部分成了文学的泡沫。如今经济有泡沫、情感有泡沫，文学也会有泡沫。

最进又有一位网络作家走红，大名是"唐家三少"。我读过关于他的介绍，他读了一些网络经典之后，像《盗墓笔记》、《鬼吹灯》、《明朝那些事儿》等等，觉得自己也可以写得很好，于是就写了起来，每天一万多字，年收入过百万。现在网络文学里有一种"掺水写作法"，就是往文字里掺水，用传统文学二十个字就可以表达的内容，在网络上却可以写上五千字，却并不全是废话，有隽语、妙言、脑筋急转弯……有些网络作家每天必须维持一定的写作数量，甚至不能少于一万字，要保持一种狂欢的文字态势。这很不简单，即使抄字典，一天抄一万字都会很累。

第二，影视文学。当代影视作品，有百分之九十五改编于文学。比如最近一年多，一打开电视就是日本鬼子、国民党特务和共产党的特务斗智斗勇，这是由龙一的《潜伏》带出来的一股风。我曾对龙一开玩笑说，你要小心了，闹得到处都是特务，没准哪一天也会把你干掉。现在的影视作品中，很少没有败笔的，都是为了抻长，为了煽情，或为了广告和卖钱。过去作家见面看眼神，现在大家一见面，先考量对方的钱包，谁的小说被改编了，谁又发了笔洋财……这对文学的影响是显而易见的。还有一种现象：糟蹋经典。影视以买家自居自傲，可名利双收，既借用文学，又藐视文学，乃至糟蹋文学。比如《赤壁》，竟让小乔随意出入曹操的大营，如入无人之地，是曹操为了喝她的茶而贻误战机……这是哪儿对哪儿？

第三，传统文学。最代表当今文学水准，或者说最能体现中国当代文学的品质、代表中国文学未来的，还是纯文学，即传统文学。经过三十年的市场冲击，这块领域已经定住了魂，有了足够的自信，有了比较准确的定位，不再六神无主。尼采曾有高论，他认为写作分两种，一种是世俗写作，一种是灵魂写作。世俗是灵魂的载体，没有载体，灵魂何以安放？一九八二年我第一次去美国，看到每个小镇都有教堂，教堂周围是墓地，人们利用礼拜天去教堂参加各种活动，忏悔就是清洗灵魂，教堂也就是安顿灵魂的地方。在河北我的老家一带，凡大一点的村子都有土地庙，谁家死了人必须先报庙，将亡者的灵魂先存放在庙里，等到入土的时候度他超生。土地庙也是掌管灵魂的地方，保佑生者，也救赎死者。解放后把农村的庙都拆了，家里也不摆佛龛了，人口却越来越多，十几亿灵魂往哪儿放呢？商场里、旅游景点、世博会上……人头涌动，滚滚滔滔，拥拥挤挤，总让人觉得灵魂无所依附。

这样一来，社会问题、道德问题、伦理问题就都出来了。世俗社会，充斥着欲望，人生就是一个接一个的欲望，欲望得不到满足就痛苦，痛苦就是文学。就这么简单。文学有时候是一种病态般的宝贝，如同狗宝、牛黄、麝香一样。现在的问题是世俗文学过于强大，传统文学面临很大的挑战。

首先是世俗文化强盛，精英文化孱弱，甚至精英文化向世俗文化献媚。世俗文化吸引着一批优秀作家讨好世俗，企望名利双收，多争取票房或版税。

最代表当代世俗文化的就是春晚，"全国人民看春晚，春晚就看赵本山，看完本山吃年饭，欢欢乐乐又一年"。连郎咸平也想上春晚，他说我要上春晚，就没有赵本山什么事了。一个经济学家的坐标系竟然也定在春晚和赵本山身上，这不是精英文化的悲哀吗？精英文化决定一个民族的核心价值观，精英文化缺失，这个民族的理想和目标还怎么确定？

北大是中国精英文化的摇篮，是精英荟萃的地方。而现在中国渴望真正的精英品质、精英文化,所以社会上格外敬重北大,年轻人以能考进北大为读书的最高目标。

有个说法叫做"文化搭台,经济唱戏",文化怎么可以搭台呢?这样说就是把文化当成了竹竿子、木板子、水泥和沙子。现在每年有四百七十多个节日,山楂文化节、土豆文化节、萝卜文化节、红枣文化节、鸭梨文化节、小枣文化节……泛文化就是没有文化,甚至是作践文化。面对精英文化向世俗文化倾斜,我们该怎么办?灵魂写作就显得尤为重要。

还有相当一批作家,定得住魂,守得住自己,守得住文学。我刚从陕北回来,陕西作家是获茅盾文学奖最多的,有路遥、陈忠实、贾平凹等,他们那块土地确是与众不同,有一种对文学的眷恋和支持。

其次是同质化时代带来的创作障碍。经济全球化,大家吃住差不多,得到的信息差不多,坐的汽车差不多,甚至连生活方式和情感生活都差不多了,作家还能呈现出什么样的新鲜感受呢?作家从头到脚无时无刻不在观察,但你生活在大同小异的环境里,怎么样才能惊人耳目呢?因此,经历就是财富,个性就是优势。日本管专业作家叫行走作家,他们有的来过中国二十次、三十次,最多的五十七次。有一个陈舜臣,有中国血统,不到七十岁已经出版了一百四十本书,他每年都要来中国一趟。读万卷书,行万里路,看来是很有道理的。

我参加中国作协的"走进红色岁月"采访采风活动,一走出去就有收获。我出发时考虑着这些问题——现在什么是红色?还有多少人真正尊敬红色?是我们走近红色,还是让红色走近我们?行进之后,我感慨万端。延安机场像个农家小院,那是近几十年我见过的最简陋的机场。延安的老百姓,非常热情,一坐下来,一谈起来,却都有一种委屈。当年共产党的军队、革命的部队,一路被追杀,陕北的文化具有包容性,共产党留在了延安。青壮年参军,妇女和老人孩子支援前线。据说过去延安四周的山上都是原始森林,后来一点点地都砍光了,没有办法,要自救,要活命啊。是延安把革命养大、养成熟的,然后解放全中国,进军北京,建立了共和国。但此后领袖再也没有回过延安,延安依旧贫穷。

有人将延安饿死人的事告诉了周总理,周总理去了延安,荞麦饸饹还没吃上几口眼泪就下来了,说党对不起延安人民。现在怎么样?开发商占领了延安,开发商是没有历史观、文化观,也没有革命观的,他们有的人心里只想赚钱。我站在宝塔山往下看,一堆堆拥挤的楼群,挡住了延安四周的天际线,真是可惜呀。由此可想到为什么陕西作家得茅奖的多?面对同质化时代,陕西作家坚持自己的个性,你有特殊的个性就是优势,就能够打破同质化时代的铜墙铁壁。

文连平吸毒,后来戒毒了;毒戒掉了,反而不想活了。碰到一个老先生,说你写出来吧,于是他创作了《地狱天堂》。北京人艺的艺术家朱琳将它改成话剧《回家的路》搬上舞台。文连平本身独特的经历给他提供了难得的创作素材。

外国也有这样的情况,阿莱汉姆的《后娘的词汇》妙极了。一个人,老婆死了以后,娶了一个年轻的老婆,前妻留下一个十二三岁的儿子,后妻特别不喜欢这个儿子,天天骂他。但是这个后娘是个天才的后娘,骂的词汇每天不重样。这个孩子被骂得上课没有精神,心情抑郁。老师问他怎么回事?他说后娘骂我。老师说至于骂成这样啊?他说骂得我不听也得听。老师问骂什么?他学了几句。老师说以后把你后娘骂的话记下来,但别让后娘看见。这个孩子一记下来精神就缓解了,脸色越来越好。后来老师便跟出版商联系,出版了《后娘的词汇》。因此,找到自己的定位,发扬自己的个性特点,非常重要。

文学要应付谩骂,同样也要善于边缘化自己。现在是个咒骂的时代。过去培根讲,知识就是力量。现在是辱骂就是力量,雷人就是厉害。有一个德国汉学家顾彬,研究汉学好多年,知道他的没有几个人。他一骂中国当代文学是垃圾,便一骂成名。后来他又解释说,不认为当代文学都是垃圾,而是单指其中一部分,比如美女作家和美女文学。我很奇怪,美女作家们的女权意识很强烈,为什么会允许一个德国人这样辱骂自己?为什么是垃圾?你要说出个道理来。现在谁敢说对中国当代文学作品都看过来了?你什么都没看就敢骂呀?有很多批评家也跟着一块骂,其实顾彬骂中国文学是垃圾不也包括他吗?德国文学也有很多垃圾,跟歌德相比,顾彬就是不折不扣的垃圾。时代是不可比的,唐诗也好,宋词也罢,能唤回来吗?《红楼梦》是顶峰,《红楼梦》之后能不再要小说、作家了?一个时代有一个时代的文学,人总要有的吃,好比度荒的时候一把黄豆比慈禧太后的满汉全席还有用。面对辱骂要有自信。我很欣赏当今中国文坛的一批传统文学作家,不为名利所动,小说也写得非常好。

现在是媒体时代,媒体太霸道了。新闻报道就三段,第一段领导人作秀,第二段闹灾,第三段外国人倒霉。媒体有种嗜血的性格,看到灾情,表面同情,实际冷漠,问人家家属什么感觉?还逼得一个运动员,非得先感谢国家,再感谢父母。这回我到延安,听到信天游《兰花花》,那个歌我从上小学就听,很熟悉,但这次让我老泪滂沱,好多年没有听到这么好的音乐了。电视里天天放歌,你记不住旋律,一到山沟里去,听他们张嘴一唱,惊天动地。那是从肺腑里发出的声音,完全天然,没有做作,非常打动人。山沟里的歌手很轻松,该上就上,该下就下,而且他们还保留着自然与纯朴。民间蕴藏着这么多精品,却被压制着。这个时候我想到了权力,眼前原生态文化需要贵人相助。然而我们看到的往往是被权力毒化了的灵魂。

最后我再讲一个故事。

贵阳一个中学的体育老师到山区扶贫,发现一个老山民跑得很快,因为他是体育老师,知道老年马拉松要在纽约举行,便赶紧回到学校跟校长说了,找单位要了一点钱,回去找那个老头,准备带这个老头去纽约参加老年马拉松。老头不愿意离开,怕影响家里活计,体育老师又给了他一些生活补贴,就带着他走了。

一路上由于吃不习惯,也睡不踏实,到了纽约拉肚子,没有时间倒时差,立刻就上场了。老师说你必须参加比赛,好歹跑几步,我照个相,回去好有个交代。老头说没问题,你叫跑多远咱就跑多远。

比赛开始了,老头在最后,跑着跑着,身子热乎了,胃舒服了,腰直起来了,发现其他人在往后跑,他就问体育老师说他们为什么往后跑？老师说你尽管跑自己的。这个老头越跑越快,身子越来越轻,成了头一名,他的教练,那个体育老师上了汽车跟着跑。老年马拉松路程没有正式的马拉松长,两旁有车跟随着,有人群鼓掌、欢叫着,老头头一个跑到体育场,把其他人落很远。因为搞不清这个人是什么来历,他跑到终点后没人告诉他,他又继续跑了一圈,直到有记者向他提问才停下来。

记者先问他是不是地球人？他说是中国人,贵州的。问他为什么不穿鞋？他说有鞋,老师给我买了双鞋,我舍不得穿,留给孩子上学穿。问他不硌脚吗？他说不硌,这路平,比我家的炕还平。问他练过吗？他说不练,从小就跑,因为家里穷,打猎时为了省子弹,看到兔子就追,一直把兔子追死。

贫穷是最好的教练,兔子就是目标,什么教练能教出这样的运动员？

在这个时代,为文者如果把能对文学的责任,变成像贫穷那样的历练,然后去找到兔子,必然会写出有点味道的东西。

我的开场白到此为止。大家有什么问题,欢迎交流。

陈晓明（主持人）:感谢蒋先生！蒋先生的评述非常尖锐,非常鲜明,道出了中国文坛的真实状况以及我们时代的变化。他提到对当代作家构成重要影响的几个方面,包括影视剧的改编等,这些都是我们非常关注的东西,特别是这些意见来自一位驰骋当今中国文坛几十年的作家,他对现状的描述、理解和批评,我觉得都非常具有参考价值,可以作为同学们评判当今时代的一种依据。

蒋先生提到世俗和精英的关系,对我们很有启发意义。蒋先生提出的作家的责任意识、克服同质化时代的问题,尤其发人深省,从中能够感受到一个作家对于历史与现实的深刻洞察。并不是生活在同质化的时代,作家在文学的表现上就没有作为,而恰恰应有一个作家独特的敏感。

这是一场非常精彩的报告,我个人也收益良多。我们再次以热烈的掌声感谢蒋子龙先生！

蒋子龙先生当年作为"改革文学"的旗手,多年来经历了中国文学发生的各种变化。在文学的创新道路上,他也不断寻求变化,寻求革新。下面我们进入提问互动的时间,同学们有什么问题可以向蒋先生提出来。

杨鸥（《人民日报·海外版》记者）:我感觉您是精力充沛的人。写《乔厂长上任记》的时候,您还在工厂做车间主任,您是怎样保持充沛精力的? 希望您能谈谈创作《乔厂长上任记》时的情况。您二〇〇八年写了《农民帝国》,到现在已有一年半的时间了,您现在状况如何? 有什么下一步的计划?

蒋子龙:当年我走上文坛完全因为兴趣,出于一种偶然。我出生在一个大家庭里,后来划定成分时被定为富农,兄弟四个,我最小,上边还有两个姐姐。父亲识文断字,以前在村里是说说道道很受尊重的人,常常被邻里请去调理一些农村所谓的大事,如兄弟分家、红白喜事以及买卖房屋或土地等等。在他老人家的心里为四个儿子做了分工:老大务农,继承祖业;老二已经送到天津议价银行学买卖;老三最棒,天性聪明,生存空间很大,在父亲还没有想好该让他干什么的时候,他已经学会了吹拉弹唱,成了村里戏班子和高跷队不能或缺的角儿,在那个年代就有粉丝,他一到农闲时节就经常到各村演出,相中他的人家多,后来娶的媳妇最漂亮,一辈子练武,功夫也不错,到八十岁时还打跑过一个拦路抢劫者。

因老家沧州是武术之乡,我也喜欢武术。但上学后读书不错,参加区里会考,拿了第一,这下坏了,老师对父亲说子龙是块读书的材料,好好把济把济(方言,培养的意思)他。我们村一到冬天,村南村北都有练武术的地方,父亲盯我盯得特别紧,不许我靠近把式场子,没活干的时候就得读书。后来考到天津上中学,初中毕业后考进中等技术学校,然后进了工厂。由于一种特殊的国防需要,我在招兵考试中拿了个第一名,放宽对我的家庭出身的要求,又当了五年海军制图员,在部队上开始发表小说。再回到工厂后,又给厂长当秘书。厂长是位大人物,由中央下来的,我从中获得的感触很深。

因为他的关系,也由于写小说,"文革"期间我成了"牛鬼蛇神",被"打回车间监督劳动",我所在的工厂很大,一万多人,批斗我的大会最多的时候七八千人。在中国大戏院开我的批判会,有人给记着数,一下午举起手喊"打倒蒋子龙"八十七次。

我在最基层整整又当了十年锻工,"文革"结束后我被提为车间主任。车间有一千多名职工,分成三个工段,压力很大,订单积压了很多,机器设备却经常出故障,工厂的管理也跟不上……一九七九年《人民文学》杂志让我写一篇小说。编辑有句话触动了我,说:好多人关心你,从你被批倒以后,不知道你现在的状况,你写篇小说亮个相,也等于发个声明。我写了三天,跟现在的网络写手一样,一天一万字。《乔厂长上任记》三万三千字,而且是手写,稿面很清楚,如果错的字多,我会撕掉重来。当时还没有开始改革开放,积重难返,完全还处在"文革"的阴影中,我在车间体会最深,无论是生产还是设备出了问题,找谁谁也不管,心想如果让我当厂长就要另起炉灶……《乔厂长上任记》就是我的一厢情愿,或者叫发牢骚,在那个年代这可捅了马蜂窝,天津市委机关报连续批了十四版,连孩子上幼儿园都受影响,压力非常大。

从《乔厂长上任记》之后,我就不停地挨批,一篇作品一场风波。我还写过一篇《受审记》,政法委书记打报告,要抓我。到了二〇〇〇年的《人气》,转载到一半被腰斩……真是一波未平,一波又起。

一九七九年后那一段时期,我一边当着车间主任,一边晚上熬夜写小说,导致身体基本上垮掉了,晚上睡不着觉,白天没有精神,吃饭也无味。有一次转悠到海河,看到海河里有几个老头在游泳,我穿着长裤子就跳了下去,这一游感到很舒服,就此一直游到冬天,一直游到现在。今天来,我早晨也先去游泳,不是坚持,而是快乐,如同吸毒一样,戒不掉了。游一游,浑身轻松。我有两大习惯,另一个习惯是一骑上自行车就构思。当年我骑车到工厂,一小时四十五分钟,又不敢迟到,脚一动,脑就动,好多小说在道上就想得差不多了,只是等到坐下再写出来。

《农民帝国》以后我写了大量的随笔。我很愿意写这类文章,作为长篇写作的调节,写得也很快,已经有了几十本散文随笔集。我的文学观是主张要有社会责任感,要以自己的文字对当代负责。过去写一篇小说,读者来信一纸箱一纸箱的,现在没有了。但写作这类短文章倒能很及时地收到读者反应,也给了我许多支持和鼓励。我给自己定位,写长篇是表达我深层的思考和感悟,写随笔不过是扮演一个清道夫的角色,作家也只能尽到这么一点绵薄之力了。

陈晓明(主持人):谢谢蒋子龙先生的回答。他的阅历非常丰富,当过工人、车间主任、海军战士,尝过很多生活的苦难,但他始终充满了激情和责任,虽然已六十九岁了,但他仍保持着革命的斗志和年轻人的锐气。

丛治辰(北大中文系博士生):蒋老师提到文学遇到的困境,其中包括对文学同质化的讨论。作为在中文系学习当代文学的博士生,我一直读文学期刊,但是越来越感觉到问题的严峻,觉得标榜纯文学的文学期刊所发表的作品,越来越重复,相互复制。我们一些朋友私底下开玩笑说,就好像是纯文学自己下的蛋,自己再吃,然后再下出蛋来。当初您的《乔厂长上任记》引起那么大的反响,比如《天津日报》那时候整版整版的批判文章,也表明了一种文学的社会影响力。一九九○年以后,文学失去了当初的社会效应。即使在北大中文系,有时候也能感到文学这种效应的减弱。我有时候在想,是不是我们的文学就应该慢慢进入到一个与大众有距离的精英圈子当中,发展成为一种精致的文学?还是像您刚才说的那样,不管文学的效应如何,都应该坚持一种参与社会、对社会现实发言的责任感?不算是问题,一点困惑。

蒋子龙:这是一个非常好的问题,也是我一直在思考的问题。我认为文坛或者文学,应该是五花三层。首先不应该排斥精英,必须有精英文学,我们必须有《红楼梦》这样的书,没有《红楼梦》,中国文化缺一大角,《红楼梦》永远读不透,永远给人启发,文学首先要有精英,但又不可能只有一本《红楼梦》。我给自己这样的作家定位,是属于社会型的作家。当今社会并不排斥也排斥不了世俗性,一个健康的文坛,应该五花三层,最好的猪肉是切一刀之后,能清楚地看到五花三层。

不管是精英型、社会型、世俗型,作家都应该找到自己的定位。倘若一味地复制自己、重复自己,便是没出息的表现。

　　所谓文学边缘化,读者大量流失,一部分是社会原因,是世俗化的原因,商品化的原因,还有就是文学自身的原因。思想苍白,缺少情趣,缺少智慧。大家现在很忙碌,诱惑很多,凭什么非要读你的小说,读你的文学? 你给他提供不了新鲜的智慧他就不看。当今的文学就是这种状态,但这种状态并不说明不需要文学。

　　一个民族不死,就一定有文学。

　　陈晓明(主持人):同学们和中国著名作家互动,这是非常难得的经验。今天因为时间关系只能到此为止。蒋老师晚上回去还要写作,今天上午来之前他也在写作。他对文学的激情、坚持和奉献,是我们学习的榜样,也是中文系办下去的充足的理由。

　　我们再次感谢蒋子龙先生精彩的演讲!

答李进超问

李进超：蒋先生,您好! 和您的几次通信,感觉出了您直爽的个性,也可以说是有些率性的,真是难得您能保有这样的个性啊,真好!嘿嘿! 不过,应该向您强调指出的是,不要叫我"李先生",这样很让我汗颜的啊! 您只需称呼我的名字就可以了,特此强调啊!

写《天津文学史》,当然不用很多的个人评价,只要陈述事实就可以的。而我与您说的这些想法,是希望能写一些研究和评论性的论文。不会作为《天津文学史》的内容的。

就我目前的想法,是希望从您的作品中,窥视中国改革开放以来,女性地位的嬗变,并联系时代变迁。当然,这里面也必然会涉及到您个人的一些观念,或许是不自觉的父权主义的观念。而我的观点是,时代的变迁,您的观念的变化,女性地位的改变,都反映在了您小说中的女性形象身上。我希望,我所做的这一研究,可以对您的作品的研究做些新的开掘!

蒋子龙：你的视角很特别。我坦白地说,也一直在嘀咕自己有父权思想,大男子主义肯定是有一点的,几十年来从妻子和儿女对我的看法和态度上可以得到证实。但我也在有意识地克服,在大多数情况下能约束自己。最近几年,自觉脾气好多了。至于我的作品中女性形象是否有所变化,我说不清楚,即便有些变化也不是我有意为之。我在创作上有块心病,总觉得自己写不好女人,写不好爱情。

李进超：您的散文随笔的创作,也是非常丰富的,但是一直以来似乎有些被忽略。这一点我也会写在文学史中。只是现在我有些困惑。因为您的散文随笔数量很多,希望能有所分类地陈述介绍。目前我只能比较俗套地按照通常的分类,有游记散文、讽世散文、生活哲理、温情家庭类、创作理论或曰随笔等等。但是客观来讲,这些分类是有些多重标准的,我个人感觉,还不是很理想。因此,想向您请教,您对您的散文随笔创作,有什么样的理解呢?

蒋子龙:写好随笔是一个作家在文字上过关的标志。在这个全民书写的时代,不是小说,而是随笔把许多写作的人,挡在了作家的门槛之外。"嬉笑怒骂皆成文章"并不容易,要求作家必须有见地,最好是"真知灼见",也就是自己的思想。把这些思想还要表达得有趣、耐读,这就要求作者首先在文字上有特色,还得有足够的智慧,或者叫幽默感。小说可以藏拙,随笔难以藏拙。我很庆幸自己近十几年来,鬼使神差般地写了不少随笔散文,它锻炼了我的思想和文字,成全了我写作风格上的另一面。你过完年回来,我选两本随笔集子送过去,一看便知。

李进超:您的作品一直存在一种尖锐,这部《农民帝国》则有更多的悲悯、厚重、沉重的感觉,这是不是伟大作品的必然要素?在今天这个文化消费时代、快餐时代,您的这种追求也有一种悲壮的意味,会不会有曲高和寡的感觉?

蒋子龙:别人看堂·吉诃德是可悲的,他自己却是快乐的。每个作家都有自己的位置和责任,这是由他的"人"和"文"决定的。写小说是写别人的命运,作家自己的命运也会被文学框定。

李进超:一个真正的作家,是命运决定他的小说还是小说决定他的命运?

蒋子龙:两者相辅相成。作家的命运一定会影响他的文学创作。如果小说写得好,能反过来影响了作家的命运,无论这种影响是好是坏,都是这个作家的幸运。倘若写了很多小说,对作者的生活没有什么影响,就说明他的小说毫无影响。

李进超:您怎么看待今天这样一个消费时代的文学写作?纯文学有强大的生命力吗?

蒋子龙：我不大认同"纯文学"这个概念，当今世界几乎难有纯而又纯的东西，现代优势是"杂交"。"消费时代"的消费意识是填不满的，更需要多样性，光有"快餐文学"很快就会腻烦。我对严肃文学的前景和生命力，从来没有怀疑过。

李进超：我们从文学中很少能看到对底层人真正、真切的尊重、理解、爱和同情，这个问题在近年的长篇创作中尤为突出。您怎么看待这个问题？

蒋子龙：我不知道你提出这个问题的根据是什么？一部长篇得有许多底层人物支撑，即便后来当上了什么"头头"，也都是从底层干出来的。如果没有对这些"底层人物"的基本理解、尊重、爱和同情，作家就很难写下去。若硬是写出来，读者也看不下去。

李进超：您觉得在写作过程中有哪些东西是不变的，是支撑写作的必需品？

蒋子龙：作家的思想、情感和品格，这是藏不住的，决定其文字的品位和价值。

李进超：改革开放三十年了，您身在文坛耳濡目染，这期间您的最大感受和改变是什么？

蒋子龙：清醒，平和。多少知道点世界是怎么回事了，文坛是怎么回事了，自己是怎么回事了。

李进超：有人曾指出现在专业作家体制的弊端，您身为作协副主席，怎么看这个问题？

蒋子龙：世界上有没有弊端的体制吗？问题是谁都可以看出体制的弊端，却始终看不到有高人站出来，指一条金光大道。由美国刮起的金融风暴拖累了全球，现在哪里都需要有能力挽狂澜的建设者，或者是有价值的建议。

李进超：目前的文坛，作品与作家的同类成风，人物的批量生产，您怎么看这种现状？

蒋子龙：我没有"批量"地读批量生产的"人物"，不知那是塑料娃娃，还是智能机器人？

　　李进超：目前成长起来的新生代作家没有了过去那种土地和乡村的成长经历，那以后这种厚重的农村题材作品是不是要越来越少了？在文学的创作上会不会出现断层？

　　蒋子龙：断层是自然形成的，不以人的意志为转移。历史有许多断层，秦始皇不可能统治到现在。大地也有断层，地球不是一"土"到底。有断层才有差异，有差异才有价值，这一层里藏着金矿，那一层里有石油。

2010年5月9日

著作的"权"与"利"

——在伊斯坦布尔国际作家大会上的发言

　　大会主席希望我以中国作家的体验,做一个关于著作权利的讲演。我接受他的建议,愿意向关注中国作家权益的各国同道,介绍一点中国传统文化中是怎样看待著作的"权"和"利"的。我从一九六〇年开始发表作品,至今恰好过去了半个世纪,确实经历过没有稿酬和低稿酬的时代。我的小说被改编成电影、电视剧,也可以不通知我。还经历过以"购书卷"代替稿酬的年代。一九七六年以后,中国恢复稿酬制度。直至一九九〇年,全国人民代表大会通过了《著作权法》。

　　应该承认,首先是天分给了作家创作的能力。而《著作权法》则在一定程度上保护了创作的权利。著作权也就是文字保护权,文字从来就是神圣的,驾驭文字是一种神圣的权利。中国民间自古就有一种传说:文字是圣人造的,是不可亵渎的。以什么来实现这种对著作的"保护"? 一个非常重要的方式,就是"利"。数千年前古人就以一种别致的方式,赋予著作以特殊的权利,那就是将文字刻在龟背上或牛的肩胛骨上,文字也因此得以流传下来。

　　古人称:字字千金! 以"千金"比喻文字乃无价之宝。因为有了这些文字,才传导了人类有价值的思想,记录和描述了人类的历史实践和想象。"圣人之情见乎辞。"有些文字的经济价值,也确乎是"字字千金"的。汉武帝的皇后陈阿娇,失宠后被贬长门宫,终日以泪洗面,悲苦难挨,遂以百斤黄金,求得词赋圣手司马相如一篇不足千字的《长门赋》。其赋铺张扬厉,哀婉凄绝,感人至深,并打动汉武帝,陈皇后复得宠幸。唐朝著名文人皇甫湜所撰《福先寺碑》,所得稿酬相当于一千二百元一个字,高于现在《著作权法》所赋予的效益。

　　著作权利是对历史和文化的尊重,象征着文化的独立。保护文字、保护著作权,代表了一个民族的文化自觉。中国正是得益于这种历来就有的尊重文字的传统,才得以保护了几千年连续不断的文脉,使文化有了空间上的盛大和繁荣。说起来有趣,这种著作的权利最早还是文人自己争取来的。据《隋书·郑泽传》记载,郑泽为皇上拟诏书,由最初的笔走龙蛇,转而迟滞枯涩,旁边的人提醒他说"笔干了"。郑泽答道:"不得一钱,何以润笔?"于是"润笔"便成了稿费的代词,并一直延续下来。至唐代"润笔"之风大盛,成为文人堂而皇之的写作收入。到宋朝太宗时期,朝廷竟设专款做"润笔费"。

　　当中国进入最后一个封建王朝满清时期,"润笔"之风更烈,一些知名人物,可以将自己的文字或书画明码标价出售。如清代郑板桥就著有妙文《板桥润格》,其实就是一篇绝佳的字画价目表。"画竹多于买竹钱,纸高六尺价三千;任渠话旧任交接,只当秋风过耳边。"这种只认现银,不认六亲的姿态,虽惊世骇俗,却传为美谈。当时郑板桥的一大幅画作的价钱,可买米千斤。更有人把手中的笔视为"银行",随用随取,到需要时动笔就能来钱。明末清初的诗坛盟主、东林党领袖之一的钱谦益,晚年卧病不起,无力为文,自知来日无多,然丧葬费尚无着落。某日恰是文章大家的黄宗羲来访,钱命下人将黄反锁于房内,开夜车代替自己写了三篇文章,换得一千两白银。不久他便故去,正好以此银救急。

　　但是在中国文化传统里,还有一种"文以载道"的传统,视文章为千古事,应为民立言,为史存真。因此才成全了周文王被囚演《周易》,屈原遭贬赋《离骚》,司马迁受宫刑乃作《史记》的佳话。那些成为后世经典的著作,都是没有"润笔"的。甚至有人说,如果曹雪芹有稿费,就写不出《红楼梦》。谁知道呢?或许凭着"一把辛酸泪,满纸荒唐言",写出更多别的"梦",也未可知。

　　正是受这种传统的影响,我之所以写作除去兴趣,还想借助文字表述自己的思想和故事。甚至因写作被批判、遭歧视,也觉得这是作家,特别是一个关注现实的作家所应该付出的代价,并以此宽慰自己,缓解精神压力,度过了那段困苦的日子。《著作权法》的实行对我是意外之喜,生活境况有所好转,写作条件得到改善。当自己的著作权益受到侵犯时,常常无可奈何,求助法律太麻烦了,耽误不起工夫。一九九九年我出版了长篇小说《人气》,一家书店请我去签名售书,他们买进的两千册书竟全是盗版。最为可笑的是有人盗印我的书,却又把我的名字写错。二〇〇二年社会上流传过一本《将子龙随笔精选》,里面的文章全是我的,但把我头上的"草帽"给摘掉了。我打电话询问书上标出的那家出版社,人家说根本就没有出过这本书。

最后只好不了了之。许多中国作家对待盗版现象,也大体跟我的态度差不多。我欣赏书法家启功先生的幽默,有人拿着别人假冒他的大名写的字请他鉴定,他一笑了之,并说这个字比我写得好。这或许让外国同行不能理解,与文化上的差异有关。中国伟大的学者李大钊说过,西方文化是一种动的文化,中国文化是一种静的文化。陈序经在《东西文化观》一书里也说,西方文化是一种"游而求食"的"动物文化",而中国文化更像是"植物文化",对其最大的爱护就是让它深深地植根于自己的土壤,根深而叶茂。

无可否认,《著作权法》保护了作家的劳动成果,是人类文明的一种进步。进步需要一个过程,我希望从有了《著作权法》,到能很好地执行这个法的过程,越短越好。

谢谢主席,谢谢大家!

2010年9月3日

后　记

此生让我付出心血和精力最多的，就是建构了属于自己的"文学家族"。感谢人民文学出版社提供机会，能将这个"家族"召集起来，编成队列。

——这就是整理《蒋子龙文集》。

整理文集确实像召开家族大会。将我亲手创作的各色人物，聚集到一起，大大小小，林林总总，他们的风貌、灵魂、故事（即便是散文随笔中也有人物、事件和思想）……一下子勾起我许多回忆，感慨万端。

有的令我欣慰，有的曾给我惹过大麻烦。如今竟都让我感到了一种"亲情"，不仅不后悔，甚至庆幸当初创造了他们。

将他们收拾停当，排出先后次序，送到人民文学出版社这个"大广场"上，像所有等待检阅的人一样，有兴奋，有期待，还有紧张。

首先将检阅我这个"家族方阵"的是责任编辑包兰英，然后是出版社的老总。他们是我写作上的贵人。而人民文学出版社则是我的文学福地。

"文革"结束后，我头一次住在出版社的招待所里改稿子，就是在人民文学出版社。

我在文学讲习所读书时，导师是人民文学出版社的秦兆阳先生，他看了我的《赤橙黄绿青蓝紫》后，给我写过一封长信，那是我收藏中的珍品。

我的第一部长篇小说《蛇神》在人民文学出版社《当代》杂志上发表；我下功夫最大也是自己最看重的长篇小说《农民帝国》，也是在人民文学出版社出版。

　　写了大半生，能在人民文学出版社出版文集，我视为是一种"终身成就奖"。

　　由衷地感谢包兰英先生的举荐，感谢人民文学出版社的厚意。

蒋子龙

2012 年 12 月 31 日于天津